황폐한 집 3

황폐한 집 3

초판 1쇄 발행 2020년 11월 19일

지은이 찰스 디킨스
옮긴이 김옥수
펴낸이 김소연
디자인총괄 이유빈

펴낸곳 비꽃
등록 2013년 7월 18일 제2013-000013호
주소 서울 강북구 삼양로16길 12-11
이메일 rain_ _flower@daum.net 전화 02)6080-7287 팩스 070-4118-7287
홈페이지 www.rainflower.co.kr

ISBN 979-11-85393-88-9
      979-11-85393-19-3 (세트번호)

이 도서의 국립중앙도서관 출판시도서목록(CIP)은 서지정보유통지원시스템 홈페이지
(http://seoji.nl.go.kr)와 국가자료공동목록시스템(http://www.nl.go.kr/kolisnet)에서
이용할 수 있습니다.
(CIP제어번호: CIP2020047765)

값 14,000원

Bleak House

황폐한 집 3

찰스 디킨스 지음 · 김옥수 옮김

비꽃

· 일러두기 ─────────────

· 'Oxford World Classic 1998년 판본'과 '구텐베르크〔eBook #1023〕 판본'을 참고해서
번역했다.
· 일반명사를 따서 이름을 정하는 방식은 찰스 디킨스가 등장인물의 캐릭터를 묘사하고
규정하는 독특한 기법이다. 이번 번역에서는 일반명사를 활용한 이름을 가능하면 우리
말로 번역하고자 애썼다.

목 차

XLI.   토킹혼이 묵는 꼭대기 방에서   9

XLII.   토킹혼 사무실에서   23

XLIII.   에스더 이야기   35

XLIV.   편지와 답장   59

XLV.   믿음   70

XLVI.   그 아이를 잡아요!   88

XLVII.   조가 한 유언   101

XLVIII.   점차 조여오다   121

XLIX.   충실한 우정   145

L.   에스더 이야기   165

LI.   의문이 풀리다   180

LII.   고집불통   198

LIII.   장례 행렬   214

LIV.   지뢰가 터지다   231

LV.   탈출   260

LVI.   수색   282

LVII.   에스더 이야기   293

LVIII.   겨울 낮과 겨울밤   319

LIX.   에스더 이야기   338

LX.   전망   358

LXI.   새로운 발견   377

LXII.   또 다른 새로운 발견   392

LXIII.   강철과 쇳덩이   405

LXIV.   에스더 이야기   416

LXV.   새로운 세상   432

LXVI.   링컨셔에서   444

LXVII.   마지막 에스더 이야기   451

작가 소개   457

작품 해설 및 역자 후기   475

CHAPTER XLI

토킹혼이 묵는 꼭대기 방에서

토킹혼은, 천천히 올라오긴 했지만, 계단을 올라오긴 올라온 터라 꼭대기 방에서 약간 거친 숨을 몰아쉰다. 얼굴에는 중요한 문제를 마음에서 덜어낸 듯한, 속으로 만족스러운 듯한 표정이 어린다. 속마음을 엄격하고 모질게 억누르는 사내에게 의기양양하다는 표현을 사용하는 건 사랑이나 감상 같은 로맨틱한 약점에 시달린다고 하는 만큼이나 엉뚱하다고 볼 수 있다. 그래서 토킹혼은 차분하게 만족스럽다. 혈관이 불거진 손목을 다른 손으로 느슨하게 잡아서 뒷짐을 쥔 채 조용히 거니는데, 권력을 꽤 확보했다는 느낌이 어린 것 같기도 하다.

꼭대기 방에는 널찍한 책상이 있고, 책상에는 서류가 꽤 많이 쌓였다. 녹색 등잔에 불을 붙이고 독서용 안경을 책상에 놓고 바퀴 달린 안락의자를 앞으로 끌어다 놓은 걸 보면, 잠자리에 들기 전에 한 시간이라도 서류를 들여다볼 생각이었던 것 같다. 하지만 지금은 업무에 신경 쓰고픈 마음이 안 생긴다. 토킹혼은 (늙어서 밤에 글을 쓰거나 읽는 게 쉽지 않아, 책상에 얼굴을 바짝 댄 채) 관심을 기다리는 서류를

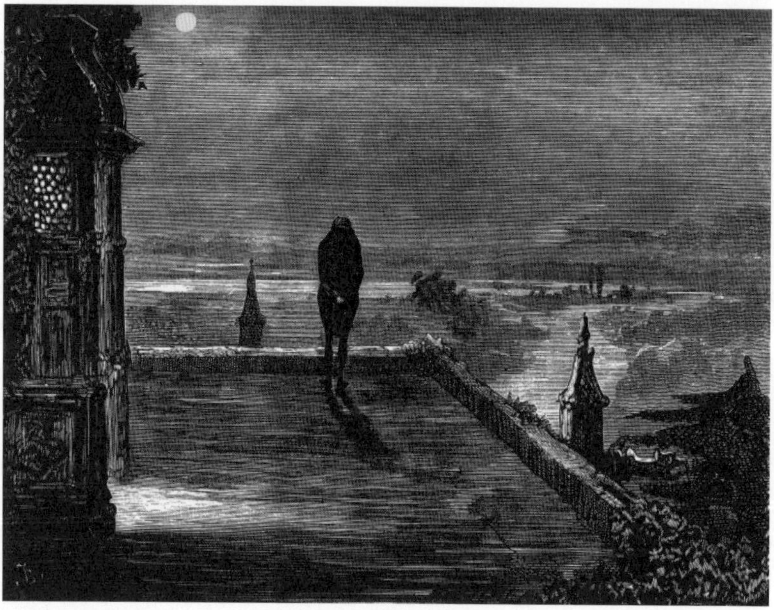

힐끗 보고는, 프랑스풍 창문을 열고 지붕 베란다로 나간다. 그래서 똑같은 자세로 다시 천천히 거닐며 마음을 가라앉히는 걸 보면, 그토록 냉정한 사람도 아래층에서 맘껏 떠들어대던 흥분은 가라앉혀야 하는 것 같다.

옛날에도 별빛이 환할 때 토킹혼처럼 많은 걸 아는 사람은 지붕 베란다를 걸으며 하늘을 보고 앞일을 읽으려 했을 것 같다. 오늘 밤은 별이 가득하지만, 너무 밝은 달빛에 가려서 별빛이 그렇게 밝지는 않다. 지붕 베란다를 규칙적으로 오가며 거니는 목적이 행여나 자기 별이라도 찾으려는 거라면, 그 별은 지상의 색바랜 차림새만큼이나 핼쑥한 별일 수밖에 없겠지만, 행여나 자신의 운명이라도 찾으려는 거라면, 훨씬 가까운 곳에 있는 서류와 글자에서 그 운명을 찾는 게 바람직할 것 같다.

지상 위 높은 곳인 만큼 생각이 높고 두 눈 역시 그만큼 높은 상태로 지붕 베란다를 거닐다, 자신과 마주친 시선에 토킹혼은 갑자기 창문을 지나치길 멈춘다. 꼭대기 방은 천장이 꽤 낮은 편이며, 창문 맞은편 방문은 윗부분이 유리다. 방문 안쪽에 초록 천이 있지만, 밤 날씨가 따듯해서 안으로 들어올 때 초록 천으로 안 가린 터였다. 자신과 마주친 눈동자가 복도에서 유리 사이로 안쪽을 들여다본다. 토킹혼이 잘 아는 눈동자다. 데드록 귀부인을 알아본 순간, 피가 갑자기 몰리면서 얼굴이 그리도 빨갛게 달아오른 건 수십 년 만에 처음이다.

토킹혼이 방으로 들어서자, 데드록 귀부인 역시 안으로 들어와서 문을 닫는다. 귀부인이 눈빛을 번뜩인다. 두려움인가, 분노인가? 눈빛 말고는 두 시간 전 아래층에서 본 모습 그대로다.

두려움인가, 분노인가? 토킹혼은 확신할 수 없다. 둘 다 창백할 수 있고, 둘 다 강렬할 수 있다.

"데드록 귀부인?"

귀부인이 처음에는 입을 안 연다. 책상 앞 안락의자에 천천히 앉을 때도 마찬가지다. 두 사람은 서로를 쳐다본다, 두 초상화처럼.

"많은 사람 앞에서 내 이야기를 한 이유가 무언가요?"

"데드록 귀부인, 내가 알고 있다는 사실을 귀부인께 알려드릴 필요가 있었으니까요."

"안지 얼마나 되었나요?"

"오랫동안 의심했으나 – 충분히 파악한 건 얼마 안 됩니다."

"몇 달?"

"며칠."

토킹혼은 귀부인 앞에서 의자 등받이에 한 손을 짚고 구식 조끼와 셔츠 주름 장식에 다른 손을 댄다. 귀부인이 결혼한 뒤로 그 앞에 설 때 늘 하던 자세 그대로다. 형식적인 예의도 똑같고, 무시하는 것처럼 보일 만큼 차분한 존경심도 똑같고, 까만 복장도 똑같고, 차가운 모습으로 일정한 거리를 유지하는 모습도 똑같다. 무엇하나 줄어들지 않았다.

"가련한 여자애 이야기는 사실인가요?"

귀부인이 묻자, 토킹혼은 머리를 살짝 기울이면서 앞으로 뺀다. 질문을 이해할 수 없다는 표시다.

"당신 입으로 말했잖아요. 그게 사실인가요? 여자애 가족들 역시 내 이야기를 아나요? 마을에서 쑥덕대나요? 벽마다 낙서를 해대고 거리마다 떠들어대나요?"

그렇다! 분노와 공포, 그리고 수치심. 세 감정이 충돌한다. 이처럼 강렬한 감정을 억누르다니, 정신력이 정말 강하다! 토킹혼은 이런 생각을 떠올리면서 귀부인을 가만히 바라본다, 하얀색이 누더기처럼 섞인

12

눈썹을 평소보다 살짝 더 찡그린 채.

"아닙니다, 데드록 귀부인. 그건 가설이었습니다, 레스터 경이 문제를 자신도 모르게 고압적으로 처리한다면 생겨날. 하지만 사람들이 – 우리가 아는 내용을 – 안다면 그런 일이 실제로 일어나겠지요."

"아직은 모르는 건가요?"

"그렇습니다."

"사람들이 알기 전에 가련한 여자애는 아무런 피해도 안 입게 할 수 있나요?"

"정말이지, 데드록 귀부인, 그 부분에 대해서는 만족스러운 대답을 못 드리겠군요."

토킹혼이 대답하고는 귀부인이 속으로 갈등하는 모습을 호기심 가득한 눈으로 지켜보는데, '정신력과 의지력이 정말 대단한 여자야!'라는 생각이 절로 든다.

데드록 귀부인이 순간적으로 모든 힘을 입술에 모은다, 또렷하게 말할 수 있도록.

"선생, 확실하게 말하겠습니다. 나는 선생의 가설을 반박하지 않습니다. 오래전부터 예상한 터라, 그럴 가능성을 선생만큼이나 강하게 느꼈으니까요, 라운스웰 선생이 찾아왔을 때. 그 사람이 내 과거를 볼 능력이 있다면, 가련한 여자애가 한없이 순수해도 잠시나마 내 밑에서 눈에 띄는 귀여움을 받으며 일했다는 이유로 명예를 더럽혔다고 여겨질 수 있다는 걸 나 역시 충분히 느꼈으니까요. 하지만 나는 가련한 여자애한테 관심이 있습니다. 아니, 더는 내 밑에서 일하지 않으니, 관심이 있었다는 과거형으로 말하는 게 옳겠군요. 그러니 그 사실을 기억하는 배려를 하신다면, 선생 발밑에 짓밟힌 여인은 선생의 자비에 크나큰 고마움을 느낄 겁니다."

13

토킹혼은 열심히 듣다, 겸손하게 어깨를 으쓱하는 식으로 그 말을 물리치고는 눈썹을 살짝 더 찡그린다.

"선생은 내 과거를 폭로할 준비를 해왔으며, 나는 그것 역시 고맙게 여깁니다. 무어든 나한테 요구할 게 있나요? 남편이 불명예에 시달리는 상황을 막는 차원에서 내가 할만한 방법이 있나요, 선생이 발견한 내용을 구체적으로 인정하는 서류라도 작성하는 식으로? 이 자리에서 선생이 구술하는 대로 어떤 내용이라도 쓰겠어요. 나는 준비를 마쳤습니다."

귀부인이 말하면서 펜을 단단히 움켜쥐는 모습을 보고, 토킹혼은 정말 그럴 것 같다고 생각한다.

"그럴 필요는 없습니다, 데드록 귀부인. 진정하세요."

"선생도 알다시피 나는 이런 사태를 오래전부터 예상했습니다. 나 자신을 지키거나 보호를 받고픈 생각은 없습니다. 선생이 한 일은 나한테 최악입니다. 그러니 마무리하시지요."

"데드록 귀부인, 마무리할 일은 하나도 없습니다. 귀부인께서 말씀을 마치면 내가 몇 마디 드리겠습니다."

두 사람이 서로를 쳐다볼 필요는 이제 없을 것 같은데, 그래도 두 사람은 서로를 계속 쳐다보고, 하늘에 총총한 별은 열린 창문 사이로 두 사람을 쳐다본다. 달빛은 멀리서 곤히 잠든 숲과 들판을 비추고, 드넓은 집은 비좁은 집처럼 고요하다. 비좁은 집처럼! 이렇게 평화로운 밤에, 무덤을 파는 사람과 삽은 어디에 있을까, 토킹혼이 지닌 수많은 비밀에 결정적인 비밀을 마지막으로 더할 운명을 타고난? 그 사람이 벌써 태어나고, 그 삽 역시 벌써 만들어졌을까? 여름밤을 내려다보는 수많은 별 밑에서 묻기에는 이상한 질문이지만 안 묻기에는 더 이상한 질문이다.

데드록 귀부인이 곧바로 말한다.

"후회나 가책 같은 감정을 말하는 거라면 할 말은 없습니다. 내가 멍청한 게 아니라면, 선생은 그걸 들을 귀가 없으니까요. 그러니 그 얘기는 그만합시다. 선생 귀가 들으라고 할 말은 아니니까요."

토킹혼이 항변하려는 것 같은데, 귀부인은 경멸하는 느낌이 가득한 손으로 그냥 쓸어버린다.

"내가 선생께 말하려고 찾아온 건 완전히 다른 내용입니다. 보석류는 원래 보관하던 곳에 그대로 놓았습니다. 그곳에 가면 보일 것입니다. 옷도 마찬가집니다. 내가 가진 모든 귀중품도 마찬가집니다. 내가 지닌 현금은, 굳이 말하자면, 많은 액수가 아닙니다. 옷도 제대로 갖춰 입지 않았습니다, 남의 눈에 안 띄려고. 이제 나는 사라지니, 사실을 알리세요. 선생께 다른 책임은 안 맡기겠습니다."

귀부인 말에 토킹혼이 꿈쩍도 않고서 반문한다.

"실례합니다만, 데드록 귀부인. 무슨 말인지 모르겠습니다. 귀부인 말씀은⋯⋯"

"여기에서 완전히 사라지겠다는 겁니다. 오늘 밤 체스니를 떠납니다. 지금."

토킹혼이 머리를 젓는다. 귀부인이 일어나지만, 토킹혼은 의자 등받이에서도 구식 조끼와 셔츠 주름 장식에서도 손을 안 뗀 채 머리만 젓는다.

"뭐라고요? 떠나지 말라는 겁니까?"

귀부인이 묻자, 토킹혼이 차분하게 대답한다.

"그렇습니다, 데드록 귀부인."

"내가 사라지는 게 바람직하다는 걸 모르세요? 이 저택에 달라붙은 오점을 잊었나요, 그게 무엇이며 누구 때문인지를?"

"그러면 안 됩니다, 데드록 귀부인, 절대로."

귀부인이 대답조차 없이 방문으로 걸어가서 손잡이를 잡는 순간, 토킹혼은 손가락 하나 발가락 하나 꼼짝 않고 목소리조차 안 키우며 말한다.

"데드록 귀부인, 바라건대 걸음을 멈추고 내 말을 들으세요, 아니면 층계참에 도달하기도 전에 비상종을 울려서 집안 전체를 깨우겠습니다. 이 저택에 머무는 모든 손님과 하인 앞에서, 모든 남성과 여성 앞에서, 모조리 털어놓겠습니다."

토킹혼이 이겼다. 귀부인이 멈칫하더니 와들와들 떨다 당혹스러운 표정으로 한 손을 머리에 올린다. 다른 사람 눈에는 사소한 징후로 보이겠지만, 토킹혼처럼 경험이 많은 눈에는 순간적으로 당황한 모습도, 협박이 발휘한 대단한 위력도 그대로 보인다. 그래서 "바라건대 내 말을 들어보세요, 데드록 귀부인"라 곧바로 말하고, 귀부인이 일어난 의자를 가리킨다. 귀부인이 망설이더니, 토킹혼이 다시 손짓하자, 의자에 앉는다.

"우리 사이는 관계가 좋은 편이 아니지만, 데드록 귀부인, 내가 안 좋게 만든 건 아니니, 사과 역시 않겠습니다. 내가 레스터 경을 보필하는 역할은 귀부인께서 잘 아시니, 오래전부터 귀부인 눈에는 내가 비밀을 파악할 당사자로 보일 수밖에 없었다고 상상하는 것 또한 어렵지 않습니다."

귀부인은 시선이 달라붙은 바닥에서 고개조차 안 들고 말한다.

"선생, 나는 멀리 사라져야 마땅합니다. 나를 붙잡지 않는 편이 좋아요. 더 할 말이 없으니까."

"실례합니다, 데드록 귀부인, 조금 더 말해도 괜찮겠습니까?"

"그렇다면 창가에서 듣겠습니다. 여기서는 숨을 쉴 수 없으니."

토킹혼은 걸어가는 귀부인을 물끄러미 바라본다. 창문 너머로 뛰어내려 튀어나온 벽에 부닥치며 테라스 바닥에 떨어져서 목숨을 끊을 수도 있겠다는 불안감이 순간적으로 일어난다. 하지만 귀부인이 창문 앞에서 무엇 하나 손을 안 댄 채 별을 – 하늘에 나지막이 걸친 별을 – 우울하게 내다보는 순간에 마음을 놓는다. 토킹혼은 약간 떨어진 거리에서 몸을 돌려, 귀부인 움직임을 가만히 쳐다보며 말한다.

"데드록 귀부인, 앞으로 어떻게 해야 좋을지 나는 만족스러운 결정을 아직 못 내렸습니다. 어떻게 할지 그리고 다음에 무엇을 할지 애매합니다. 그러니 확실하게 결정할 때까지는, 귀부인께서 오랫동안 해오던 것처럼 비밀을 지키길 바랍니다, 나 역시 비밀을 지킬 테니까요."

토킹혼이 말을 멈추지만 귀부인은 아무 대답도 없다.

"실례합니다, 데드록 귀부인. 이건 매우 중요합니다. 지금까지 내 말을 충분히 들으셨지요?"

"그렇습니다."

"고맙습니다. 귀부인은 정신력이 강하다는 걸 여태껏 겪고서도 내가 순간적으로 착각했습니다. 그렇게 묻지 말아야 했지만, 나는 바닥을 한발 한발 다지면서 앞으로 나아가는 습관이 있답니다. 이 불행한 사태에서 내가 고려할 대상은 레스터 경 한 명밖에 없으니까요."

귀부인이 머나먼 별을 쳐다보던 우울한 시선을 돌리지도 않고 나지막이 묻는다.

"그것 때문에 나를 이 집에 붙잡아두는 건가요?"

"레스터 경이 유일한 고려 대상이니까요. 데드록 귀부인, 레스터 경은 자부심이 대단하다는 사실을, 귀부인께 무조건 의존한다는 사실을, 하늘에 뜬 저 달이 떨어진다 해도 귀하가 귀부인이라는 높은 위치에서 떨어지는 것보다는 안 놀랄 거란 사실을 굳이 말씀드릴 필요는 없겠지요."

귀부인은 숨결이 빠르고 무겁지만, 자세만큼은 수많은 사람에 둘러싸일 때만큼이나 당당하다.

"분명히 말씀드리지만, 데드록 귀부인, 이번에 파악한 사례가 이렇게 막중하지 않다면, 그래도 레스터 경이 부인을 멀리하고 부인을 더는 안 믿거나 신뢰하지 않게 할 수만 있다면, 이 저택에서 아무리 오랫동안 뿌리내린 거목이라도 내 손으로 뿌리째 뽑아버렸을 겁니다. 그런데 지금 이 순간조차, 사례가 너무 막중해서, 망설이는 겁니다. (아무리 레스터 경이라도 그럴 순 없으니) 레스터 경이 의심할까 걱정해서가 아니라, 레스터 경이 충격을 감당할 수 없을 것 같아서요."

귀부인이 대답한다.

"내가 도망쳐도요? 다시 생각해 보세요."

"귀하가 도망치면, 데드록 귀부인, 이야기가 실제보다 백 배는 부풀어져서 사방에 퍼져나갈 겁니다. 그럼 가문의 명예는 하루도 유지할 수 없겠지요. 그건 고려 대상이 아닙니다."

토킹혼이 조용히 대답하지만, 어떤 반박도 허용하지 않을 만큼 단호하다.

"유일한 고려 대상은 레스터 경이며, 레스터 경과 가문의 명예는 하납니다. 레스터 경과 준남작 지위, 레스터 경과 체스니 대저택, 레스터 경과 그 조상 및 재산은, 굳이 말할 필요도 없겠지만 떨어질 수 없는 존잽니다, 데드록 귀부인."

"계속하세요!"

귀부인이 말하자, 토킹혼은 규칙적으로 달리듯 이어간다.

"따라서 나는 생각할 게 많습니다. 가능하다면 이번 사례는 세상에 숨겨야 합니다. 그런데 레스터 경이 정신을 잃고 흥분하거나 자리에 누워서 죽어간다면 어떻게 숨길 수 있겠습니까? 내가 내일 아침에 충격적인 비밀을 알려서 레스터 경이 돌변한다면, 그 이유를 어떻게 설명하겠습니까? 왜 그렇게 됐다고 하겠습니까? 두 분이 헤어진 이유를 뭐라고 하겠습니까? 데드록 귀부인, 그 순간부터 벽에 낙서가 돌고 거리마다 떠들어댈 게, (내가 이 사건에서 고려치 않을) 귀하는 물론 귀하 남편까지 해를 입을 게 분명하다는 사실을 명심해야 합니다, 데드록 귀부인, 귀하 남편까지."

이야기를 계속할수록 논리는 명확하게 드러나지만, 목소리를 키우거나 강조하는 느낌은 조금도 없다.

"이번 문제에서 고려할 사항이 또 있습니다. 레스터 경은 귀부인한테 흠뻑 빠졌습니다. 그래서 사모하는 마음을 이겨내지 못할 수도 있습니다, 우리가 아는 내용을 들은 다음조차. 극단적인 경우긴 하지만 가능성은 충분합니다. 그렇다면, 레스터 경은 아무것도 모르는 편이 낫습니다. 상식을 위해서도 레스터 경을 위해서도 나 자신을 위해서도 그게 낫습니다. 나는 이 모든 걸 고려해야 합니다. 그래서 결정하는 게 정말 어렵습니다."

귀부인은 한마디 없이 가만히 서서 별 무리를 똑같이 내다본다. 별 무리는 창백하게 변하고, 귀부인은 그 냉기에 얼어붙은 것 같다.

토킹혼은 어느덧 두 손을 주머니에 넣고 이번 문제를 사무적으로 판단하며 기계처럼 이어간다.

"살아오면서 경험한 바에 따르면, 데드록 귀부인, 내가 아는 거의 모든 사람은 결혼하지 않는 편이 훨씬 바람직했습니다. 그들이 겪는 문제 3/4은 기본적으로 결혼 때문에 생긴 것이니까요. 레스터 경이 결혼할 때도 나는 똑같이 생각했고 이후로도 마찬가지입니다. 그 얘기는 그만하겠습니다. 상황이 변하는 걸 보고 판단해야 하니까요. 그러는 동안 귀부인은 아무한테도 알리지 않기를 간청드리겠습니다, 나 역시 그럴 테니까요."

"그렇다면 현재처럼 살아가라는 말입니까, 선생이 원하는 대로 매일 매일 고통을 겪으면서?"

귀부인이 묻는데, 두 눈은 여전히 먼 하늘을 쳐다본다.

"그렇습니다, 안타깝게도, 데드록 귀부인."

"나를 말뚝에 묶어두어야 한다고 생각하세요?"

"내 말대로 해야 한다고 생각합니다."

귀부인이 천천히 묻는다.

"화려한 무대에서 오랫동안 해온 거짓 연기를 비참하게 계속해야 한다는 건가요, 그러다 선생이 손짓하는 순간에 밑으로 꼬꾸라져야 한다는 건가요?"

"사전에 통보하겠습니다, 데드록 귀부인. 미리 경고하지 않고 조치하는 일은 없을 겁니다."

귀부인이 다시 질문하는데, 기억 속에서 끄집어낸 것 같기도 하고 꿈에서 본 내용을 떠올리는 것 같기도 하다.

"우리는 평소처럼 대하나요?"

"평소와 똑같이, 가능하다면."

"내 죄도 숨겨야 하나요, 오랫동안 숨겨온 것처럼?"

"오랫동안 숨겨온 것처럼. 내 입으로 말하면 안 되겠지만, 귀부인은 예전보다 더 무거운 비밀이 조금도 없음을, 예전보다 나빠진 것도 좋아진 것도 없음을 명심해야 합니다. 나는 그걸 당연히 알지만, 지금 생각하니, 우리는 서로를 충분히 믿은 적이 한 번도 없는 것 같군요."

귀부인이 얼어붙은 자세로 한동안 멍하니 서 있다 묻는다.

"오늘 밤에 할 말이 또 있나요?"

토킹혼이 두 손을 부드럽게 문지르면서 차분하게 대답한다.

"지금까지 한 말에 충분히 동의하는지 확인하고 싶습니다, 데드록 귀부인."

"믿어도 좋습니다."

"좋습니다. 업무상 미리 조심하는 차원에서 마지막으로 다짐하고 싶은 부분은, 귀부인이 레스터 경과 어떤 대화를 하든, 우리가 이번에 대화하는 내내 나는 유일한 관심사가 레스터 경의 감정과 명예와 가문의 평판이라고 확실하게 언급했다는 사실을 명심해야 한다는 겁니다. 상황이 허락한다면 데드록 귀부인도 기꺼이 고려하겠지만, 불행히도 그렇지는 않군요."

"나는 선생의 충정을 잘 압니다."

귀부인은 이렇게 말하기 전에도 후에도 멍하니 있다, 마침내 움직이며 돌아서더니, 습관처럼 자연스럽고 단호하게 방문 쪽으로 걸어간다. 토킹혼은 어제도 그리고 십 년 전에도 그랬을 것처럼 공손하게 방문을 활짝 열어주고, 옆을 지나는 귀부인에게 구식으로 허리를 숙인다. 잘생긴 얼굴이 어둠 속으로 사라지며 바라보는 눈빛도 평범하지 않고, 미미하지만, 허리 숙인 인사에 답례하는 동작도 평범하지 않다. 토킹혼이 혼자 남은 순간에 곰곰이 생각한 것처럼 귀부인은 자신을 제어하는 힘이 평범하지 않다.

귀부인이 내실에서 얼굴을 뒤로 젖히고 머리칼을 마구 흩트린 채 거니는 모습을 보았더라면, 너무나 고통스러운 듯 양손으로 뒷머리를 움켜잡고 뒤트는 걸 보았더라면, 토킹혼도 그런 생각을 안 했을 것이다. 유령길을 걷는 소리가 굳세게 쫓아오는 가운데, 귀부인이 지치지도 않고 멈추지도 않은 채 몇 시간이나 정신없이 오가는 모습을 보았더라면, 토킹혼도 달리 생각했을 것이다. 하지만 지금 토킹혼은 차가운 공기를 차단하고 커튼까지 내린 채 잠자리에 들어서 곤하게 잔다. 그래서 별이 물러나고 희미한 햇살이 꼭대기 방으로 살며시 파고들어 더없이 늙은 토킹혼을 훔쳐볼 때는 무덤 파는 자와 삽을 당장에라도 구해서 묻을 자리를 파야 할 것만 같다.

　바로 그 희미한 햇살은 웅장하고 정중한 꿈속에서 참회하는 국가를 용서하는 레스터 경도 훔쳐보고, 꿈속에서 상당한 봉급을 받으며 다양한 공직 생활을 즐기는 친척도 훔쳐보고, 틀니가 피아노 건반처럼 가지런한, 끔찍하게 늙은 장군에게 5만 파운드 결혼 지참금을 꿈속에서 건네는 순결한, 배스에서는 오랫동안 칭찬받으나 다른 지역에서는 하나같이 공포를 자아내는 볼룸니아도 훔쳐본다. 비천한 하인들이 멋진 꿈을 꾸면서 황홀경에 빠져드는 방도, 지붕 높이 쭉 늘어선 방도, 안마당과 마구간 너머 작업실도, 관리인 오두막도, 남자 하인이나 여자 하인의 성스러운 결혼 생활도 훔쳐본다. 눈부신 해가 높이 떠오르자, 남자 하인도 여자 하인도, 땅에서 피어나는 아지랑이도, 푹 수그러든 나뭇잎도 꽃도, 새들도 짐승들도 기어 다니는 곤충도, 이슬이 앉은 잔디를 빗자루로 쓸어서 에메랄드 우단을 펼치는 정원사도, 커다란 주방에서 활활 타오르는 불에 맑은 공기로 높이 솟구치는 연기도 환히 보인다. 그러더니, 여전히 잠자는 토킹혼 머리 위로 깃발이 펄럭이며 올라가, 레스터 경과 데드록 귀부인이 행복하게 머문다는 사실을, 대저택이 손님을 맞이한다는 사실을 사방에 선포한다.

CHAPTER XLII
토킹혼 사무실에서

데드록 장원의 푸릇푸릇한 들판과 큼지막한 참나무 숲에서 토킹혼은 런던의 메케한 열기와 매연으로 이동한다. 두 곳을 오가는 방식은 정말 불가해하다. 체스니 대저택으로 들어설 때는 런던 사무실에서 바로 옆집으로 가는 것 같고, 런던 사무실로 돌아올 때는 링컨 법학원 광장을 아예 벗어난 적이 없는 것 같다. 먼 길을 떠나기 전에 옷을 갈아입지도 않고 나중에 여행길 얘기도 않는다. 오늘 아침에 꼭대기 방에서 살그머니 사라지더니, 바로 지금 이 순간, 짙은 황혼 녘에 링컨 법학원으로 살그머니 들어설 뿐이다.

이렇게 상쾌한 법학원에서, 살아있는 양은 하나같이 양피지로 변하고 염소는 하나같이 가발로 변하고 목초지는 하나같이 왕겨로 변하는 법학원에서 그곳에 틀어박힌 새 가운데 가장 더러운 새처럼, 토킹혼은 바싹 훈제돼서 쪼그라든 채 인간 사회에 살지만 인간과 교류하지 않으니, 상쾌한 젊음을 못 겪고 늙었으며, 비좁은 인간 본성에 비밀스러운 둥지를 오랫동안 튼 터라, 세상이 넓고 좋은 것도 많다는 사실을 잊어버린 채 집으로 어슬렁어슬렁 다가간다. 뜨거운 포장도로와 뜨거운 건물이라는 화로에 온몸이 평소보다 바짝 구워진 상태로, 메마른 가슴에는 반세기나 숙성된 적포도주 생각만 가득하다.

고상하고 신비로운 대사제는 우중충한 안마당으로 들어서고, 옆에서는 점등원이 사다리를 재빨리 오르내린다. 토킹혼이 현관 계단을 올라서 어스레한 복도로 들어서려는 순간, 계단 꼭대기에서 조그만 사내가 허리를 숙이며 인사한다.

"스낙스비?"

"네, 나리. 편안하시길 바랍니다, 나리. 안 계신 줄 알고 막 돌아가려던 참이었습니다, 나리."

"그래? 무슨 일인가? 무슨 일로 찾아왔나?"

스낙스비는 머리 옆으로 모자를 집어 들어서 제일 좋은 고객에게 존경심을 드러내며 대답한다.

"저, 드릴 말씀이 있습니다, 나리."

"여기에서 말할 수 있나?"

"당연합니다, 나리."

"그럼 말하게."

변호사는 몸을 돌려서 계단 꼭대기 쇠 난간에 두 팔을 기대고는 안마당 가로등에 불을 붙이는 점등원을 바라보고, 스낙스비는 이상하게 나지막한 목소리로 말한다.

"뭐라고 말씀드려야 좋을지 모르겠는데…… 외국인에 대한 겁니다, 나리!"

토킹혼이 깜짝 놀란 눈으로 쳐다본다.

"무슨 외국인?"

"외국 여성, 나리. 프랑스 여자, 제가 착각한 게 아니라면? 그 나라

24

언어를 잘 모르긴 하지만 태도나 모습으로 볼 때 프랑스 여자라고 판단했는데, 어쨌든 외국인은 확실합니다. 버킷 선생과 제가 청소하는 아이와 함께 나리를 찾아간 날 밤에 있던 여자."

"아! 그래, 맞아. 마드무아젤 오르탕스."

스낙스비는 모자로 입을 가린 채 순종하겠다는 의미로 기침을 한다.

"맞아요, 나리! 저는 외국인 이름이 익숙하지 않지만, 그 이름이 분명하다는 건 의심할 여지가 없습니다."

스낙스비는 그 이름을 직접 되풀이하는 식으로 대답하려는 것 같더니 다시 생각하고 기침으로 대신한다.

"그 여자가 어쨌다는 건가?"

토킹혼이 묻자, 문방구업자는 모자로 입을 가리며 대답한다.

"저, 나리, 제가 약간 난처하게 되었습니다. 가정의 행복은 매우 중요한데 - 최소한, 기대할 수 있는 만큼은 중요하다고 생각하는데 - 우리 마나님이 질투가 있는 편입니다. 어떻게 말씀드려야 좋을지 모르겠는데, 우리 마나님은 질투가 매우 심합니다. 그런데 나리도 아시다시피, 점잖은 외국 여성이 우리 가게에 들락거리고 주변을 맴돈다면 - 가능하면 강한 표현은 피하고 싶으나 맴도는 건 맴도는 것이니 - 어떻게 되겠습니까 - 안 그렇습니까, 나리? 그러니 나리께 하소연할 밖에요, 나리."

스낙스비는 더없이 애처로운 어투로 말하다, 공백이 생길 때마다 헛기침으로 메운다.

"맙소사, 대체 무슨 말인가?"

"말 그대로입니다, 나리. 우리 마나님이 툭하면 흥분하는 상황에서 제가 느낄 수밖에 없는 불안감을 나리도 이해하시리라, 똑같이 느끼시리라 확신한답니다. 나리도 아시다시피, 외국 여성이 - 나리께서 확실한 원어민 발음으로 방금 말씀하신 여성이 – 그날 밤에 스낙스비라는 이름을 낚아채고, 사방을 돌아다니며 수소문하더니, 저녁 먹는 시간에 들이닥쳤습니다. 그런데 우리 젊은 하녀 구스터는 겁이 많고 발작까지 하는데, 외국인을 보고 – 표정이 매우 사나웠답니다 – 이를 부드득 갈면서 말하는 모습을 보고 – 마음이 여린 사람을 겁주려고 일부러 그런 것 같은데 – 겁에 질려, 꾹 참아내다 그대로 무너져서 주방 계단을 굴러떨어져, 우리 집 말고는 다른 어떤 집에서도 안 그럴 거라는 생각이 절로 드는, 끔찍한 발작을 일으켰답니다. 그래서 다행히도 우리 마나님한테 할 일이 잔뜩 생기는 바람에, 가게에서 저 혼자 그 여자를 상대했답니다. 그 여자는 이렇게 말했습니다, 자신이 찾아갈 때마다 토킹혼 변호사가 고용인을 시켜서 (외국에서는 직원을 그렇게 표현하는 모양인데)[1] 자신을 따돌린다, 토킹혼 변호사가 자신을 만나주기 전까지 우리 가게에 계속 찾아오는 기쁨을 누리겠다고요. 그런 다음부터 그 여자는, 제가 처음에 밀씀드린 것처럼, 주변을 맴돌고 또 맴돈답니다, 나리."

스낙스비가 애처로운 어투로 강조하다, 이어간다.

"그렇게 맴도는 결과는 상상할 수도 없답니다. 동네 사람들이 더없이 고통스러운 오해를 품는다 해도, 우리 마나님이 그런 생각을 마음에 품는다 해도 딱히 놀라울 게 없을 정도랍니다."

스낙스비가 고개를 절레절레 흔들며 덧붙인다.

"그런데 다행히도 제가 아는 외국 여자라고는 예전에는 갓난아기를 업고 빗자루를 든 여자가, 그리고 현재는 탬버린을 들고 귀걸이를 한 여자가 전부입니다.[2] 분명히 말씀드리지만, 그게 전부입니다, 나리!"

---

1) 영어 'clerk'은 불어로 'employe'다.
2) 전자는 플랑드르와 독일에서 나타나 갓난아기를 업고 빗자루로 거리를 쓸며 구걸하는 여인을, 후자는 런던 거리에서 공연하며 구걸하는 프랑스 남동부 출신과 이탈리아 출신

토킹혼은 상대가 하소연하는 소리를 진지하게 듣다, 문방구점 주인이 말을 마친 다음에 묻는다.

"그게 전분가, 그런가, 스낙스비?"

"네, 나리, 전부입니다."

스낙스비가 대답하고는 기침하면서 또렷하게 덧붙인다.

"그거면 충분합니다…… 저로서는."

"마드무아젤 오르탕스가 왜 그러는지 모르겠군, 미친 게 아니라면."

"정말로 미쳤다면, 나리, 그 여자가 우리 가족을 외국 단검 같은 거나 칼로 찔러도 이상할 게 없겠네요!"

스낙스비가 하소연하자, 상대가 대답한다.

"아니야. 좋아! 내가 막아주겠네. 자네를 불편하게 해서 미안하군. 그 여자가 또 찾아오면 여기로 보내게."

스낙스비는 허리를 굽신대고 미안한 듯 짧게 기침하다 마음의 짐을 덜어낸 채 가볍게 떠나고, 토킹혼은 위층으로 올라가면서 중얼댄다.

"여자란 것들은 지구에서 문제만 일으키려고 태어났어. 여주인 문제도 해결을 못 했는데, 이제 그 하녀까지! 하지만 닳디 닳은 계집은 단번에 처리할 수 있겠지!"

이렇게 중얼대면서 방문 자물쇠를 열고 손을 더듬으며 깜깜한 실내로 들어가, 초에 불을 붙이고 주변을 둘러본다. 너무 어두워서 머리 위 천장화는 대부분 안 보이지만, 끈질긴 로마인이 구름에 걸린 채 손가락질하는 독특한 모습은 꽤 또렷하다. 토킹혼은 그런 로마인에게 별다른 관심을 안 보인 채, 주머니에서 조그만 열쇠를 꺼내고 서랍을 열어, 거기에 또 다른 열쇠가 있어, 그걸로 다른 서랍에 있는 상자를 여니, 지하실 열쇠가 나와, 그걸 들고 오래된 포도주 저장실로 내려갈

음악가를 말한다.

준비를 한다. 그러나 한 손에 초를 들고 방문으로 다가가는 순간에 문을 두드리는 소리가 인다.

"누구지? 아, 그래, 하녀, 자넨가, 그래? 딱 맞춰서 왔군. 조금 전에 자네 얘길 들었거든. 자! 원하는 게 무언가?"

토킹혼은 직원용 사무실 벽난로 선반에 촛불을 놓고 가만히 서서 열쇠로 마른 뺨을 톡톡 치며 마드무아젤 오르탕스를 맞이한다. 교활한 오르탕스는 입술을 꽉 깨문 채 토킹혼을 옆눈으로 흘기면서 문을 조용히 닫은 다음에 대답한다.

"만나려고 엄청나게 고생했답니다, 나리."

"그랬군!"

"여기를 자주 찾아왔거든요, 나리. 그럴 때마다 나리가 집에 없다, 선약이 있다, 이렇다저렇다, 만날 수 없다는 말만 들었답니다."

"맞아, 사실이야."

"사실이 아닙니다. 거짓말입니다!"

마드무아젤 오르탕스는 당혹스러울 정도로 갑작스러울 때가 종종 있어, 그럴 때면 무작정 달려드는 것 같아서 상대로선 자신도 모르게 놀라면서 뒤로 물러나게 된다. 지금 토킹혼이 그런데, 마드무아젤 오르탕스는 두 눈을 거의 감고 (옆눈으로 쳐다보면서) 경멸하는 미소를 머금은 채 머리를 절레절레 흔들 뿐이다. 그래서 변호사는 열쇠로 벽난로 선반을 급하게 톡톡 치면서 말한다.

"그래, 할 말이 있다면, 해보게, 어서."

"나리는 나를 제대로 대하지 않았습니다. 정말 야비하고 비열하게 대했습니다."

"야비하고 비열하게, 엉?"

변호사가 반문하며 열쇠로 코를 문지른다.

"네. 그렇게 말했습니다. 나리가 한 행동은 나리가 잘 압니다. 나리는 나를 함정에 빠뜨리고 - 옭아맸습니다 - 정보를 캐내려고. 그래서 우리 귀부인이 그날 밤에 입었을 게 분명한 의상을 입도록 요구하고, 이 방에서 소년을 만나도록 요구했습니다. 말해보세요! 아닌가요?"

마드무아젤 오르탕스가 다시 달려든다.

토킹혼이 의심스러운 표정으로 쳐다보는 게 '암 여우로군, 암 여우!'라고 속으로 생각하는 것 같다.

"으음, 천박하군, 천박해. 그래서 돈을 주었잖아."

토킹혼이 말하자, 오르탕스가 역겹다는 표정으로 반박한다.

"돈을 주었다! 금화 두 냥! 지금까지 그 돈을 안 쓴 데다 그 돈을 거부하고 경멸하니, 당장 내던지고 말겠어요!"

그러더니 실제로 가슴에서 금화 두 냥을 꺼내 바닥에 강하게 던지자, 금화가 이리저리 튀며 반짝이다 모서리로 데구루루 굴러서 힘차게 돌다 천천히 쓰러진다. 그러자 오르탕스가 까만 눈으로 무섭게 쳐다보며 소리친다.

"자! 돈을 주었다고요? 우웩, 하느님 맙소사!"

오르탕스가 구역질하며 빈정거리는 미소를 머금는 동안, 토킹혼은 열쇠로 머리를 긁다 차분하게 말한다.

"부자인가 보군, 친구, 그런 식으로 금화를 내던지는 걸 보면!"

"그래요, 부자예요, 증오심이 가득한 부자. 나는 우리 귀부인을 증오해요, 온 마음을 다해서. 나리도 알아요."

"나도 안다? 내가 어떻게 알지?"

"나한테 그 정보를 달라고 요구하기 전에 완벽하게 알았으니까요. 내가 잔뜩 부-부-분노했다는 걸 완벽하게 알았으니까요!"

오르탕스는 글자 "ㄴ"을 제대로 발음할 수 없지만, 두 손을 움켜쥐고

이를 악무는 식으로 해낸다. 그러자 토킹혼은 열쇠에 파인 홈을 살피면서 묻는다.

"아! 내가 그걸 알았다, 정말?"

"네, 확실해요. 나는 눈이 안 멀었어요. 나리는 그걸 알고서 나를 선택한 거예요. 이유가 있었다고요! 내가 귀부인을 증오한다는 거."

마드무아젤 오르탕스가 팔짱을 끼고서 마지막 말을 어깨너머로 내던진다.

"그 말은 했으니, 또 할 말이 있나, 오르탕스?"

"나는 아직 일자리가 없어요. 좋은 자리를 구해줘요. 조건이 좋은 곳을 찾아줘요! 그럴 수 없다면 나를 고용해서 귀부인 뒤를 쫓도록 하세요, 그래서 창피를 주고 모욕을 주도록 하세요. 내가 많이 도울게요, 좋은 방향으로. 그게 나리가 하는 일이잖아요. 내가 그걸 모르는 줄 아세요?"

"정말 많은 걸 아는 것 같군."

토킹혼이 핀잔을 준다.

"아닌가요? 여기에 와서 그 옷을 입고 그 소년을 맞이한 이유가 조그만 노름 때문이었다는, 내기 때문이었다는 말을 내가 어린애마냥 믿을 정도로 나약한 줄 아세요? 우엑, 하느님 맙소사!"

오르탕스는 "내기"라는 말까지 비꼬는 듯 정중하고 부드럽게 말하다, 갑자기 모질고 무례한 어투로 경멸스러운 느낌을 내뱉으며 까만 눈을 감는 동시에 커다랗게 뜨고 노려본다. 그러자 토킹혼은 열쇠로 턱을 툭툭 치면서 오르탕스를 차분하게 쳐다본다.

"그렇다면, 가만있자, 이 문제를 어떻게 한다……"

"아! 제대로 해결하세요."

오르탕스가 잔뜩 화난 표정으로 머리를 딱딱하게 끄덕인다.

"자네는 여기에 와서 놀라울 정도로 소박한 요구를 하는데, 그 요구를 안 들어주면 나를 다시 찾아오겠지?"

토킹혼이 말하자, 오르탕스는 잔뜩 화나서 훨씬 딱딱하게 고개를 끄덕이며 맞받아친다.

"그리고 또. 그리고 또. 그리고 또. 수없이 많이. 사실상, 영원히!"

"게다가 여기만 오는 게 아니라 스낙스비네 가게로도 가겠지? 그래도 소용이 없으면 또 갈 거고?"

토킹혼 말을 오르탕스가 단호하게 받아친다.

"그리고 또. 그리고 또. 그리고 또. 수없이 많이. 사실상, 영원히!"

"좋아. 그렇다면, 마드무아젤 오르탕스, 이 촛불을 받아서 자네 돈을 줍도록 하게. 저쪽 모서리에 있는 직원 칸막이 뒤로 가면 찾을 수 있을 거야."

하지만 오르탕스는 어깨너머로 웃음만 날릴 뿐 팔짱을 낀 채 꼼짝을 않는다.

"안 주울 건가, 엉?"

"네, 안 주워요!"

"그럼 자네는 그만큼 가난해지고 나는 그만큼 부자가 되겠군! 이봐, 오르탕스, 이건 포도주 저장실 열쇠야. 열쇠가 꽤 커다랗지. 하지만 감옥 열쇠는 더 커. 이 도시에는 (발로 밟아서 바퀴를 돌리는 여성용) 교정실이 많은데, 대문이 묵직하고 육중하지, 당연히 열쇠도 그렇고. 안타깝게도 자네처럼 용감하고 활동적인 여자라면 갇혀서 오랜 세월을 보내는 게 참 불편할 거야. 자네 생각은 어떤가?"

오르탕스는 아무런 동작도 없이 기죽은 목소리로 또렷하게 대답한다.

"나리는 정말 야비하고 비열한 인간이라고 생각해요."

토킹혼이 코를 조용히 풀면서 대답한다.

"그럴 수도 있겠지. 하지만 내가 물은 건 나를 어떻게 생각하느냐가 아니야. 감옥을 어떻게 생각하느냐는 거야."

"아무런 생각도 없어요. 나랑 무슨 상관이겠어요?"

토킹혼이 손수건을 조심스럽게 치우고 주름 장식을 고친다.

"맙소사, 상관이 많아, 오르탕스. 여기는 법이 매우 가혹하거든. 선량한 영국 시민을 괴롭히는 걸 가만두지 않아, 영국 시민 의사에 반해서 숙녀가 찾아오는 것조차. 그래서 영국 시민이 괴롭힘을 당했다고 고발하면, 골치 아픈 숙녀를 잡아다 감옥에 가두고 심하게 다루거든. 열쇠를 이렇게 돌려서, 오르탕스."

토킹혼이 지하실 열쇠로 모범을 보이자, 오르탕스가 여전히 쾌활한 목소리로 반문한다.

"정말요? 우습군요! 하지만 그렇다 해서 나랑 무슨 상관이겠어요?"

"다정한 친구, 여기에 혹은 스낙스비네 가게에 한 번만 더 찾아가 봐, 그럼 알게 될 테니."

"나를 감옥에 보낼 건가요?"

"아마도."

오르탕스처럼 쾌활하고 재미있는 사람이 입에 거품을 무는 게 정말 이상하다. 호랑이처럼 입을 크게 벌리는 것 역시 상상할 수 없을 정도다.

"한마디로, 오르탕스, 무례하게 굴어서 미안한데, 초대한 사람도 없는데 여기에 - 혹은 거기에 - 한 번만 더 나타난다면 경찰에 넘기겠네. 영국 경찰은 부녀자한테 친절하지만, 골치 아픈 사람일 경우에는 거리에서 질질 끌어가지, 판자에 묶어서, 매춘부 쓰레기."

토킹혼이 경고하자, 오르탕스가 한 손을 내밀며 속삭인다.

"감히 그럴 수 있는지 봅시다!"

하지만 토킹혼은 신경조차 안 쓰고 계속 말한다.

"행여나 내가 자네를 감옥에 가두게 한다면, 다시 자유를 누리는데 상당한 시간이 걸릴 거야."

"감히 그럴 수 있는지 봅시다!"

오르탕스가 또 속삭이는데, 변호사는 여전히 신경조차 안 쓰고 계속 말한다.

"그러니 이만 가보도록. 또 찾아오기 전에 한 번 더 생각하고."

"당신이나 한 번 더 이백 번씩 생각하세요!"

오르탕스가 소리치고, 토킹혼은 계단까지 따라가며 말한다.

"귀부인이 자네를 쫓아낸 건, 잘 알겠지만, 자네가 고집스럽고 교만했기 때문이야. 그러니 이제 새로운 사람으로 거듭나게, 내가 한 말을 경고로 받아들이고. 나는 말한 대로 하는 사람이야. 내 입으로 경고한 건 그대로 실천하거든."

오르탕스는 아무런 대답도 없고 뒤조차 안 돌아보며 계단을 내려간다. 그러다 사라지자, 토킹혼도 계단을 내려가더니, 거미줄이 뒤덮인 술병을 들고 돌아와서 내용물을 느긋하게 즐기다, 의자에서 머리를 뒤로 젖힌 채, 천장에서 집요하게 손가락질하는 로마인을 이따금 바라본다.

텅 빈 토킹혼 사무실

CHAPTER XLIII
에스더 이야기

살아있는 어머니를, 오래전에 죽었다고 여기라는 어머니를 제가 얼마나 많이 생각했는지는 이제 중요하지 않아요. 어머니에게 다가가거나 편지를 보내는 모험도 할 수 없었어요, 어머니가 그만큼 더 위험해질까 두려웠기 때문이에요. 저라는 존재가 살아있다는 것만으로도 어머니에게 눈에 안 보이는 위협이 된다는 사실을 알기에, 그 비밀을 처음 알았을 때 몰려든 공포를 늘 이겨낼 수도 없었어요. 어느 순간에도 감히 어머니 이름을 입에 올리지 않았어요. 그 이름을 듣는 것조차 안 된다는 느낌이었어요. 제가 있는 자리에서 대화가 종종 그런 것처럼 행여나 그쪽으로 자연스럽게 흘러가면, 안 들으려고 애썼어요. 머릿속으로 숫자를 세거나, 마음속으로 다른 내용을 떠올리거나, 자리를 벗어나는 식이었어요. 지금 생각하면 어머니 얘기가 나올 위험이 없을 때조차 그랬던 것 같은데, 어머니 비밀을 드러내는 말이 들릴까, 아니, 제 입에서 그 비밀이 튀어나올까 두려워서 어쩔 수 없었어요.

제가 어머니 목소리를 얼마나 많이 떠올리고, 그토록 듣고 싶은 목소리를 과연 다시 들을 수 있을까 얼마나 많이 속을 끓이고, 그 자체가 너무나 이상하고 쓸쓸하다 못해 더없이 낯설다는 생각을 얼마나 많이 했는지는 이제 중요하지 않아요. 어머니 이름이 사람들 입에 오르내릴 때마다 늘 조심했다는 건, 도심지에 있는 어머니 집 대문 앞을 지나고 또 지났다는 건, 들어가고 싶은 마음은 간절한데 무서워서 쳐다볼 수도 없었다는 건, 한번은 극장에 갔더니, 어머니도 와서 저를 보았다는, 그런데 온갖 사람 앞이라서 서로 멀찌감치 떨어졌다는, 단둘이 만나거나 속내를 주고받는 건 꿈일 수밖에 없었다는 건 이제 중요하지 않아요. 그런 시기는 모두 지나갔어요, 모조리. 저는 크나큰 은총을 누리니, 제 이야기는 줄이고 다른 사람 이야기를 해야 할 것 같아요. 살짝 건너뛰는 식으로 나아가는 게 좋겠어요.

우리는 집으로 돌아오고, 에이다와 저는 잔다이스 아저씨랑 자주 대화했는데, 주제는 주로 리처드였어요. 에이다는 리처드가 친절한 아저씨를 나쁘게 말한 걸 깊이 슬퍼했지만, 그런 부분에 대해서조차 리처드를 비난하는 건 못 견뎠어요. 리처드에게 그만큼 충실했던 거예요. 아저씨는 그 점을 알아차리고 리처드를 나무라는 말은 한마디도 안 했어요. "리처드가 실수한 거란다, 얘야. 아아! 우리는 누구나 실수하고 또 실수해. 그러니 서로를 믿어야 해. 그러면 시간이 해결해줄 거야"라고 말하는 게 전부였어요.

당시에 어렴풋이 느끼던 걸 나중에 확인했는데, 아저씨는 시간이 해결해줄 거라고 믿은 게 아니라 리처드가 눈을 뜨도록 수없이 노력했어요. 리처드에게 편지도 쓰고 직접 찾아도 가고 대화도 하면서 친절한 사람이 떠올릴 수 있는 모든 방법으로 설득하려 했어요. 하지만 가련하게도 리처드는 너무 깊이 빠진 나머지 귀가 먹고 눈이 멀었어요. 자신이 틀렸다면, 대법정 소송이 끝난 다음에 고치도록 하겠다. 자신이 어둠

속에서 헤매는 거라면, 모든 걸 혼란스럽고 애매하게 만드는 먹구름부터 깨끗이 치우려고 애쓰는 건 너무나 당연하다. 의심하고 오해하는 게 소송 때문이라고? 그렇다면 소송부터 깨끗하게 해결해야 모든 오해와 의심을 풀 수 있다. 이게 리처드 대답이었어요. 잔다이스 대 잔다이스 소송에 마음을 빼앗긴 터라, 무슨 얘기를 해도 리처드는 논리를 비비 꼬면서 자신이 그래야 하는 이유를 제시했어요. 한번은 아저씨가 저에게 "가련한 리처드를 나무라는 편이 그대로 놔두는 편보다 해로울 수 있겠다"는 말까지 할 정도였어요.

저는 기회를 엿보다, 스킴폴 선생이 리처드에게 바람직한 조언자인지 의심스럽다는 말을 했어요. 그러자 아저씨가 폭소를 터트리면서 되물었어요.

"조언자! 얘야, 스킴폴한테 누가 조언을 받겠니?"

"격려자라는 표현이 더 좋겠네요."

제가 말하자, 아저씨가 다시 되물었어요.

"격려자! 스킴폴한테 누가 격려를 받을 수 있겠니?"

"리처드도 아닐까요?"

제가 묻고, 아저씨는 대답했어요.

"아니야. 세상 물정 모르고 계산할 줄 모르고 박약한 사람이 리처드한테 재밋거리와 위안거리는 될 수 있겠지. 하지만 조언하거나 격려하거나 진지하게 대하는 건 스킴폴 같은 어린애한테는 기대조차 할 수 없어."

에이다가 이제 막 나타나서 제 어깨너머로 쳐다보며 물었어요.

"친애하는 아저씨, 그분은 왜 그런 어린애가 되었나요?"

"그 친구가 왜 그런 어린애가 되었느냐고?"

아저씨가 반문하면서 머리를 긁는 게, 약간 당황한 것 같았어요.

"네, 아저씨."

아저씨는 머리를 더 박박 긁으면서 천천히 대답했어요.

"감수성이 예민하고 - 그리고, 다정다감하고 - 그리고, 섬세하고 - 그리고, 상상력이 뛰어나서. 그런데 이 모든 특징을 제대로 조절하지 않아서. 스킴폴이 어릴 때 그런 특징을 높이 평가한 사람들이 마냥 중요하게 여길 뿐 균형감 있게 조절하는 훈련은 외면하고, 그래서 그렇게 된 것 같아."

아저씨가 말을 멈추고 잔뜩 기대하는 표정으로 쳐다보며 물었어요.

"너희 생각은 어떠니?"

에이다는 저를 힐끗 쳐다보더니 그분 때문에 리처드가 돈을 많이 쓰는 게 안타깝다 말하고, 아저씨는 급히 대답했어요.

"맞아, 맞아. 그런 일은 없어야 해. 우리가 막아야 해. 우리가 해결해야 돼. 그런 일이 있으면 절대로 안 돼."

저는 스킴폴 선생이 리처드를 볼스 변호사에게 소개하고 5파운드를 선물로 받은 건 옳지 않다고 말했어요. 그러자 아저씨는 얼굴에 고통스러운 그늘이 어린 채 대답했어요.

"정말? 하지만 그게 스킴폴이란다. 바로 그게 스킴폴이야! 그걸 목적으로 한 건 아니야. 돈의 가치를 모르거든. 리처드를 소개하고, 그래서 볼스 변호사와 친한 사이라 여기고 5파운드를 빌린 거야. 스킴폴한테 그건 아무것도 아니야, 실제로 아무것도 아니라 생각하고. 아마 스킴폴이 자기 입으로 말했을 거야, 그렇지, 얘야?"

"맞아요!"

제가 대답하자, 아저씨가 의기양양하게 말했어요.

"그럼 그렇지! 바로 그게 스킴폴이야! 나쁜 뜻이 조금이라도 있거나 나쁘다는 생각을 조금이라도 했다면 자기 입으로 말하지 않았겠지.

아무런 생각 없이 행동한 것처럼 아무런 생각 없이 말한 거야. 스킴폴이 자기 집에서 지내는 모습을 본다면 좀 더 이해하기 쉬울 텐데. 스킴폴네 집으로 찾아가서 앞으로 조심하도록 주의시켜야 할 것 같아. 어린애거든, 어린애!"

그래서 우리는 다음 날 일찍 런던으로 올라가서 스킴폴 선생댁 현관으로 다가갔어요.

소머스 타운에 있는 폴리곤이라는 연립주택[3]인데, 불쌍한 스페인 망명객[4] 서너 명이 망토 차림으로 돌아다니면서 조그만 궐련 담배를 태웠어요. 결국에는 어떤 친구가 월세를 꼬박꼬박 내준 덕분에 생각보다 좋은 세입자로 대우받는지, 아니면 월세 얘기를 아무리 꺼내도 소용이 없는지 모르겠지만, 스킴폴 선생은 똑같은 집에서 여러 해를 지냈어요. 우리가 예상한 것처럼 건물 상태는 황량했어요. 계단 난간은 두세 개 사라지고, 빗물 홈통은 깨지고, 문 두드리는 고리쇠는 헐렁하고, 초인종 손잡이는 철사가 녹슨 상태로 보건대 오래전에 끊어졌어요. 안에 사람이 산다는 징표는 계단에 난 더러운 발자국이 전부였어요.

우리가 문을 두드리자, 옷차림은 허술하고 키는 다 커서, 치마가 찢어진 틈새와 신발이 갈라진 틈새로 너무 익은 딸기처럼 터져 나올 것 같은 여자애가 그 모습을 가리려고 문을 살짝 열었어요. 그런데 잔다이스 아저씨를 아는 터라 (에이다와 제가 보기에는 이제 봉급을 받겠다며 반기는 표정으로) 곧바로 물러나서 우리를 들여보냈어요. 현관문 자물쇠는 망가지고, 여자애는 상태가 똑같이 안 좋은 쇠사슬로 문을 힘겹게 잠그더니 2층으로 올라가겠느냐고 물었어요.

2층으로 올라가도 더러운 발자국 말고는 어떤 가구도 안 보였어요.

---

3) 18세기에 동그란 원형으로 지은 연립주택으로, 1827년에 어린 찰스 디킨스가 살았다. 중하류층이 사는 허술한 분위기였다.
4) 정치적으로 망명한 사람들이 1820년대에 소머스 타운에 정착했다.

잔다이스 아저씨는 눈앞에 있는 방으로 무작정 들어가고 우리는 뒤를 따랐어요. 청소를 한 번도 안 해서 정말 지저분한데, 이상하게 생긴 초라한 사치품이 있고, 커다란 발판 하나, 소파 하나, 많은 방석, 안락의자 하나, 많은 베개, 피아노, 서적, 그림 도구, 악보, 신문, 스케치와 그림 몇 점이 있었어요. 더러운 창문 하나는 유리가 깨져서 종이를 대고 풀로 붙였지만, 식탁에는 온실 재배 복숭아를 담은 조그만 접시가 있고, 포도를 담은 접시도 있고, 스펀지케이크를 담은 접시도 있고, 알코올 도수가 낮은 포도주병도 있었어요. 스킴폴 선생은 실내복 차림으로 소파에 누워서 ─ 정오가 다 됐는데도 ─ 오래된 도자기 잔으로 향긋한 커피를 마시면서 베란다에 있는 관상용 식물을 쳐다보고 있었고요.

스킴폴 선생은 우리가 들어오는 모습을 보고도 전혀 당황하지 않고 벌떡 일어나서 평소처럼 우아하게 맞아주었어요. 그리고는 성한 의자가 하나도 없어서 우리가 꽤 어렵게 앉은 다음에 말했어요.

"모두 나를 보시오! 이게 나의 소박한 아침 식사요. 사람들은 아침으로 쇠고기와 양고기 다리를 바라지만, 나는 아니라오. 복숭아와 커피 한 잔, 포도알이면 만족한다오. 구태여 먹고 싶은 게 아니라 태양을 떠올리기 때문이라오. 쇠고기와 양고기 다리는 태양을 떠올리지 않는다오. 동물적 만족감 말고는!"

"여기가 (행여나 환자를 진찰하고 처방한다면) 우리 친구 진찰실이자 작업실이고 휴게실이란다."

아저씨가 우리에게 말하자, 스킴폴 선생이 환한 얼굴로 둘러보며 덧붙였어요.

"그렇다오, 여기가 새장이라오. 스킴폴이라는 새가 살면서 노래하는 곳 말이오. 사람들이 깃털을 뽑고 날개를 자르지만, 그래도 새는 노래한다오, 노래해!"

스킴폴 선생이 우리에게 포도를 건네며 특유의 환한 표정으로 다시 말했어요.

"새는 노래한다오! 야심만만한 선율은 아니지만, 그래도 노래한다오."

"포도알이 탐스럽군. 선물로 받았나?"

아저씨가 묻자, 스킴폴 선생이 대답했어요.

"아니야, 아니야! 사랑스러운 농원에서 파는 과일이야. 간밤에 농원 일꾼이 배달하더니 '기다리다 돈을 받아갈까요?' 하고 묻더군. 그래서 내가 '정말이지, 친구여, 안 그러는 게 좋겠소 - 시간이 조금이라도 소중하다면'이라고 말했지. 시간이 소중했나 봐, 당장 떠난 걸 보면."

잔다이스 아저씨는 빙그레 웃는 얼굴로 우리를 쳐다보는 게 '이런 갓난아기가 세상 물정을 어떻게 알겠어?'라고 묻는 것 같았어요.

스킴폴 선생은 컵에 담긴 포도주를 호사스럽게 마시면서 말했어요.

"오늘은 이 집에서 영원히 기념할 날일지니, 우리는 이날을 성 에이다와 성 에스더 날이라 부르리라. 두 분 아가씨는 우리 딸을 만나야 한다오. '예쁜이'라고 부르는 파란 눈 딸이 있고, '감수성'이라고 부르는 딸이 있고, '코미디'라고 부르는 딸이 있다오. 두 분 아가씨는 우리 딸을 만나야 한다오. 우리 딸이 기뻐할 거라오."

스킴폴 선생이 세 딸을 부르려 하자, 아저씨가 재빨리 끼어들어, 잠시 멈추라고, 먼저 몇 마디 할 말이 있다고 했어요. 그러자 스킴폴 선생은 소파로 돌아가면서 쾌활하게 대답했어요.

"친애하는 잔다이스, 하고 싶은 말이 있다면 오랫동안 해도 괜찮다네. 시간은 이 집에서 안 중요하거든. 이 집에서는 시간을 모르고 신경도 안 써. 이건 인생을 제대로 사는 게 아니라고 말할 건가? 하지만 우리는 인생을 제대로 안 산다네. 그런 척하지도 않고."

잔다이스 아저씨가 우리를 다시 보는데 '저 말을 들었니?'라고 묻는 기색이 또렷했어요. 그러더니 이렇게 말했어요.

"자, 스킴폴, 내가 말하려는 건 리처드와 관련된 내용이네."

그러자 스킴폴 선생이 진심으로 대답했어요.

"소중한 친구 리처드! 자네와 좋은 관계가 아니니 나도 그 친구가 더없이 소중한 친구면 안 되겠지. 하지만 더없이 소중한 친구인 건 나도 어쩔 수 없다네. 젊은이가 시적 감수성이 풍부해서 마음에 쏙 들거든. 자네 마음에 안 든다 해도, 나로선 어쩔 도리가 없다네. 내 마음에 정말 쏙 들거든."

아무런 사욕도 없는 너무나 솔직한 선언에 아저씨는 감동하고, 잠시나마, 에이다도 마찬가지였어요. 그래서 잔다이스 아저씨가 대답했어요.

"자네가 그 친구를 좋아하는 건 괜찮네만 우리는 그 친구 지갑을 지켜야 한다네, 스킴폴."

"아! 그 친구 지갑? 내가 알아들을 수 없는 말을 하는군."

스킴폴 선생이 말하고는 포도주를 조금 들이켜고 케이크 조각 하나를 포도주에 담그면서 머리를 젓고 에이다와 저를 쳐다보며 웃는 모습이 자신은 무슨 말인지 도무지 이해할 수 없다고 천진난만하게 말하는 것 같았어요. 하지만 아저씨는 분명하게 말했어요.

"자네가 그 친구와 여기저기를 다닌다면, 그 친구한테 두 사람 몫을 내게 하지 말아야 하네."

스킴폴 선생은 생각만 해도 우스꽝스럽다는 표정으로 상냥하게 대답했어요.

"친애하는 잔다이스, 그럼 내가 어떻게 해야 하나? 그 친구가 어디든 데려간다면 나는 가야 해. 그런데 내가 돈을 어떻게 내겠나? 하나도 없는데. 설사 돈이 있더라도 어떻게 내는지 모르고. 가령 내가 장사꾼한테 얼마요? 하고 물었다고 하세. 그래서 장사꾼이 7하고 6펜스라고 대답했다고 해보세. 나는 7하고 6펜스를 몰라. 그렇다 해서 사람들을 찾아다니면서 물어볼 수도 없잖은가! 바쁜 사람한테 무어족 말로 7하고 6펜스가 무어냐고 물어볼 순 없으니…… 말해줘도 알아들을 수 없고. 그런데 내가 돈으로 7하고 6펜스가 무어냐고 물을 이유가 무어란 말인가…… 말해줘도 알아듣질 못하는데?"

천진난만한 대답에 잔다이스 아저씨는 조금도 불쾌한 기색 없이 말했어요.

"으음, 그렇다면 리처드와 어디든 갈 때 (리처드한테 말하지 말고) 나한테 돈을 빌려서 리처드가 계산하도록 하게."

"친애하는 잔다이스, 자네가 바란다면 무어든 하겠지만, 그건 헛수고 같아…… 미신 같은 거. 게다가, 분명히 말하겠는데, 친애하는 에이다 아가씨와 에스더 아가씨, 나는 리처드가 엄청난 부자라고 생각했다오. 리처드가 무얼 내주거나, 채권이나 어음이나 수표나 청구서에 서명하거나, 서류에 무얼 적기만 하면 돈다발이 마구 쏟아지는 줄 알았다오."

에이다가 끼어들었어요.

"실제로는 전혀 아니에요, 선생님. 리처드는 가난하답니다."

"맙소사, 정말? 놀랍군요."

아저씨도 스킴폴 선생 실내복 소매에 한 손을 올리면서 강조했어요.

"썩은 갈대를 믿는다 해서 부자가 되는 것도 아니니, 그 부분 역시 리처드를 부추기지 않도록 조심하게, 스킴폴."

"친애하는 친구여, 그리고 친애하는 에이다 아가씨와 에스더 아가씨, 내가 어떻게 그럴 수 있겠소? 그건 비즈니스고 나는 비즈니스를 하나도 모르는데. 나를 부추기는 게 리처드인데. 리처드가 엄청나게 중요한 비즈니스를 하다 불쑥 나타나, 끝없이 바람직한 전망을 늘어놓으면서 나한테 칭찬해달라고 요구하는데. 그럼 나는 칭찬하고…… 끝없이 바람직한 전망을. 하지만 나는 그것에 대해서 더는 아는 게 없고, 그래서 아는 게 없다고 말하는데."

우리 앞에서 무기력하면서도 솔직하게 말하고, 자신은 아무런 책임도 없다는 걸 즐기며 쾌활하게 말하는 방식이, 자신을 지키면서도 호기심을 강변하는 기상천외한 모습이 모든 걸 즐겁고 편하게 말하는 방식과 어우러지는 게, 잔다이스 아저씨 주장이랑 딱 맞아떨어졌어요. 그런 스킴폴 선생을 볼수록 잔다이스 아저씨가 있을 때는 무얼 계획하거나 숨기거나 강요하지 않을 것 같아도, 잔다이스 아저씨가 없을 때는 정반대일 것 같다는 느낌이 드는 데다, 우리가 사랑하는 사람에게 어떤 식으로든 영향을 미친다는 생각이 들어서 마음이 불편했어요.

(스킴폴 선생이 말한) 심문이 끝나자, 친구가 특유의 어린애 기질을 증명한 방식에 잔다이스 아저씨가 한없이 기뻐하는 가운데, 스킴폴 선생은 세 딸을 데려오겠다며 환한 얼굴로 나갔어요. 곧이어 다 큰 세 딸에다 부인까지 데리고 곧바로 돌아오는데, 스킴폴 부인은 예전에는 예뻤겠지만 지금은 이런저런 병에 시달리느라 많이 허약한 모습이었어요.

"이 아이는 '예쁜이', 아레투사[5] – 아빠를 닮아서 자질구레한 노래도 하고 연주도 한다오. 이 아이는 '감수성', 로라 – 연주는 조금 하지만 노래는 안 한다오. 이쪽은 '코미디', 키티 – 노래는 조금 하지만 연주는 안 한다오. 우리 모두 그림을 조금 그리고 작곡도 조금 하는데, 시간이

---

5) 그리스 신화에 나오는 숲의 요정.

나 돈이라는 관념은 없다오."

스킴폴 선생이 말하자 스킴폴 부인이 한숨을 내쉬는데, 제가 보기에 가족이 지닌 마지막 특징을 유난히 강조하는 것 같았어요. 그래서 잔다이스 아저씨에게 강한 인상을 주려 한다는, 기회가 올 때마다 한숨을 내쉰다는 느낌도 들었어요.

스킴폴 선생은 기쁨이 넘치는 눈빛으로 우리를 일일이 쳐다보며 계속 말했어요.

"가족마다 지닌 기묘한 특징을 찾는 건 즐겁기도 하고 묘한 재미도 있다오. 우리 가족은 모두 어린애라는 거, 그리고 내가 제일 어리다는 게 특징이라오."

세 딸은 아빠를 많이 좋아하는 듯 우스꽝스러운 사실을 재미있게 받아들이는데, '코미디' 딸이 유별났어요.

"친애하는 여러분, 모두 사실이라오, 그렇지 않니? 모두 틀림없는 사실이고, 또 틀림없는 사실일 수밖에 없다오, 노래에 나오는 개처럼 '그건 우리 본성'이니 말이오. 여기에 계시는 에스더 아가씨는 살림을 꾸려가는 능력이 탁월하고 세세한 지식은 놀라울 정도로 완벽하니, 그런 에스더 아가씨 귀에 정말 이상하게 들리겠지만, 장담하건대 우리 모두 이 집에서 경비를 아끼는 방법을 하나도 모른다오. 정말 모른다오, 조금도. 요리라곤 무엇 하나도 못 하고 바늘과 실도 사용할 줄 모른다오. 우리는 우리한테 없는 실용적인 지혜를 지닌 사람들에 감탄할 뿐, 절대로 안 다툰다오. 그러니 그런 사람들 역시 우리하고 다툴 이유가 무어겠소? 그래서 우리는 그 사람들한테 말한다오, 마음껏 살아가라고, 우리도 살아가게 놔두라고. 그 사람들은 실용적인 지혜를 발휘해서 살아가고, 우리는 거기에 기대서 살아가게 놔두라고!"

스킴폴 선생이 말하고는 폭소를 터트리는데, 평소처럼 솔직한 표정이 정말로 그렇게 생각하는 것 같았어요.

"우리는 무어든 공감한다오, 무어든. 안 그러니, 얘들아?"

스킴폴 선생이 묻자, 세 딸이 동시에 대답했어요.

"당연하지요, 아빠!"

"사실, 바로 이게 복잡한 인생사에서 우리 가족이 맡은 역할이라오. 우리는 그냥 쳐다보면서 흥미를 느낄 능력이 있고, 그래서 그냥 쳐다보면서 흥미를 느낀다오. 우리가 무얼 더 할 수 있겠소? 여기에 있는 '예쁜이'는 3년 전에 결혼했다오. 내가 장담하는데, 또 다른 어린애랑 결혼한 데다 어린애 두 명을 더 낳았으니 정치경제학[6] 관점에서 문제가 있지만, 그런대로 버틸 만했다오. 그래서 어린애가 생길 때마다 조그만 잔치를 열어서 사교를 즐겼다오. 그러더니 하루는 젊은 남편을 집으로 데려와, 갓 낳은 자식들과 함께 위층에 둥지를 틀었다오. 장담하는데, 시간이 흐르다 보면 '감수성'과 '코미디'도 결혼해서 남편을 데리고 들어와 위층에 둥지를 틀 게 분명하다오. 그렇게 우리는 살아간다오, 방법은 모르지만, 어떤 식으로든."

큰딸은 정말 젊어 보이는데 벌써 두 아이를 둔 엄마라니, 저는 그 딸과 두 아이가 가엾지 않을 수 없었답니다. 세 딸은 아무렇게나 자라면서 별다른 교육을 못 받고, 아버지가 한가할 때 즐기는 놀이를 배우는 게 분명했어요. 그림을 그리는 취향이 세 딸 머리에 그대로 드러나는데, '예쁜이'는 고풍스러운 모양으로 머리를 가꾸고, '감수성'은 화려하게 흘러내리게 가꾸고, '코미디'는 아치형으로 이마를 훤히 드러낸 채 양쪽 눈 모서리로 곱슬머리가 살짝 내려오게 가꾸었어요. 옷차림도 거기

---

6) 19세기에 인간이 살아가는 경제적 측면을 지배하는 법칙으로 널리 사용한 용어다. 여기에서 말한 정치경제학은 맬서스의 인구론으로, 인구를 억제하지 않으면 생계수단이 인구증가를 따라잡을 수 없다는 내용이다.

에 맞게 꾸미긴 했지만, 지저분하고 너저분했어요.

에이다와 저는 젊은 세 딸과 대화하면서 세 딸 모두 아버지를 똑 닮았다는 사실을 깨달았어요. 그러는 사이에 잔다이스 아저씨는 (머리를 박박 긁어, 바람이 바뀐다는 느낌을 주며) 한쪽 구석에서 스킴폴 부인과 대화하는데, 쨍그랑대는 동전 소리가 들렸어요. 스킴폴 선생은 우리와 함께 우리 집으로 가겠다면서 옷을 갈아입으러 가고요. 그리고 돌아와서 말했어요.

"귀여운 세 딸아, 엄마를 잘 보살피렴. 엄마가 오늘은 몸이 안 좋아. 나는 잔다이스 아저씨 댁에 가서 하루 이틀 지내며 종달새가 노래하는 소리를 듣고 마음을 상냥하게 달래야겠구나. 너희도 알다시피, 계속 시달렸는데 집에 그대로 있다가는 또 시달릴 테니 말이다."

"나쁜 사람 때문에!"

'코미디'가 말했어요.

"아빠가 아픈 몸으로 식물 옆에 누워서 파란 하늘을 쳐다본다는 걸 알면서도, 그런 시간에."

로라가 투덜댔어요.

"하필이면 건초 냄새가 공중에 가득할 때!"

아레투사가 말했어요.

그러자 스킴폴 선생이 공감하면서 쾌활하게 말했어요.

"그건 그 사람한테 시적 감수성이 없어서 그래. 정말 거칠잖아. 인간 성이라곤 조금도 없고!"

그러더니 우리에게 설명했어요.

"세 딸이 화가 많이 난 것 같아요, 정직한 사람한테……"

"정직하다니, 아빠, 말도 안 돼요!"

세 딸이 동시에 항변하자, 스킴폴 선생이 다시 말했어요.

"거친 사람한테…… 인간 고슴도치처럼 굴러다니는, 동네에서 빵을 굽는, 우리한테 안락의자 두 개를 빌려준 사람한테. 우리는 안락의자 두 개가 필요했다오, 우리한테 없었거든. 그래서 당연히 그걸 가진 사람을 찾아가서 빌렸다오. 아아! 그 사람은 뚱한 표정으로 빌려주고, 우리는 거기에 신나게 앉았다오. 그런데 다 닳은 다음에 그 사람이 돌려달라고 했다오. 그래서 돌려줬지. 여러분은 그 사람이 만족했다고 말하겠지요? 하지만 아니라오. 의자가 닳았다며 반발했거든. 나는 그 사람한테 차분하게 말하면서 오류를 지적했다오. '어떻게 고집이 그리도 강하단 말이오, 친구여, 안락의자를 선반에 올려놓고 구경하는 물건인 것처럼 고집을 부리니 말이오. 멀리 떨어져서 구경만 하고 감상만 하는 물건이라도 되는 것처럼 말이오. 거기에 앉으려고 안락의자를 빌렸다는 사실을 정말 모르겠소?'라고. 그런데 그 사람은 말도 안 통하는 고집을 부리면서 험한 말까지 내뱉고, 나는 지금처럼 최대한 인내하면서 새로운 방식으로 설득했다오. '좋은 친구여, 비즈니스 역량이 아무리 다를지언정, 우리는 하나같이 위대한 어머니 자연의 자식들이라오. 화창한 여름날 아침에, 나는 여기에서 (그때는 소파에 앉아있었다오) 눈앞에 화사한 꽃을, 식탁에 놓은 과일을, 저 위에 구름 한 점 없이 파란 하늘을, 공중에 가득한 꽃내음을, 자연을 감상하는 중이라오. 그러니 형제애로 간청하는데, 저렇게 숭고한 대상과 나 사이를 잔뜩 화난 빵쟁이 모습으로 끼어들지 마시오'라고."

스킴폴 선생이 재밌다는 표정으로 환하게 웃으며 이어갔어요.

"그런데도 끼어들더군요. 더없이 어리석은 모습으로 말이오. 그러니 지금도 끼어들고 앞으로도 끼어들겠지요. 그 사람을 피해 친구 잔다이스네 집으로 가는 게 참 기쁘다오."

스킴폴 선생이 없으면 부인과 세 딸이 빵 굽는 사람을 상대해야 할 텐데도, 이런 적이 한두 번이 아니라서 모두 당연하게 받아들이는 것 같았어요. 그래서 늘 그런 것처럼 다정하고 상쾌하고 우아하게 가족과 헤어지고 완벽하게 편안한 마음으로 우리와 함께 마차에 올라탔어요. 계단으로 가면서 문이 열린 사이로 다른 방을 쳐다볼 기회가 있었는데, 그 방에 비하면 스킴폴 선생이 있던 방은 궁전이었답니다.

그때만 하더라도 그날이 가기 전에 정말 놀라운 일이, 영원히 못 잊을 일이 일어나리란 예상은 조금도 못했어요. 집으로 가는 내내 스킴폴 선생은 기분이 한없이 좋고, 저는 의문만 한가득 떠올랐답니다. 저만 그런 게 아니라 에이다도 완전히 포기한 것 같았고요. 잔다이스 아저씨는 소머스 타운을 떠나기 직전만 해도 동풍이 불 것 같더니, 채 3㎞도 벗어나기 전에 본격적으로 불어닥쳤고요.

의심스러운 철부지 기질 때문인지 다른 문제 때문인지, 스킴폴 선생은 뭐든 새로운 변화를, 그리고 화창한 날씨를 어린애처럼 좋아했어요. 마차를 타고 오는 내내 쉬지 않고 떠들어댔는데도 조금도 안 지치고 우리보다 먼저 응접실로 들어가더니, 제가 집안일을 처리하는 사이에 피아노를 연주하며 이탈리아어와 독일어로 뱃노래와 술 마시는 노래 후렴을 부르는 소리가 스무 번은 들렸답니다.

우리 모두 저녁 식사를 마친 뒤에 모이고, 스킴폴 선생은 피아노에서 편한 음악을 호사스럽고 느긋하게 골라서 연주하며, 세인트 올번스에 있는 로마 유적지 스케치를 마무리해야 하겠다고, 일이 년 전에 시작하다 피곤해서 관뒀다고 말하는데, 그때 명함 한 장이 들어와서 잔다이스 아저씨가 깜짝 놀란 목소리로 커다랗게 읽었어요.

"레스터 데드록 경!"

실내가 빙글빙글 도는 것 같았어요. 손님이 응접실로 들어오는데, 저는 꿈쩍할 힘조차 없었어요. 행여나 그럴 힘이 있다면 자리를 단번에

49

피했을 거예요. 하지만 머리가 어찔어찔하고 마음이 흔들려서 창가에 있는 에이다 옆으로 갈 수도, 창문이 보이지도, 창문이 어디에 있는지도 모를 정도였어요. 제 이름을 부르는 소리를 듣고 비로소 제가 의자로 가기도 전에 아저씨가 저를 소개한다는 걸 깨달을 정도였어요.

"자리에 앉으시지요, 레스터 경."

레스터 경이 고개를 숙여서 인사하고 자리에 앉으며 말했어요.

"잔다이스 선생, 영광입니다······"

"제가 영광입니다, 레스터 경."

"······링컨셔에서 런던으로 가는 도중에, 선생이 잘 알고 이 집에 모신 적도 있는 신사분을 상대로 하는 소송 때문에, 그래서 더는 언급할 수 없는 인물 때문에, 선생이 숙녀분들을 모시고 우리 집, 체스니 대저택에서 사소할지언정 공손하고 세련된 취향을 못 누린 걸 안타깝게 여긴다는 말씀을 드리려고 일부러 들렸답니다."

"친절하시군요, 레스터 경, (이 자리에 계신) 숙녀분들을 대신해서 고맙다는 말씀을 드립니다."

"앞에서 언급한 이유로 내가 암시하길 꺼리는 신사가 내 성향을 오해하고는 링컨셔에 있는 우리 저택에서 선생을 우아하고 정중하게 모시지 않을 거라고 믿도록 유도했을 가능성은 충분하지만, 실제는 정반대라는 사실을, 우리 저택에서 일하는 사람들은 저택을 찾아오는 모든 신사 숙녀를 우아하고 정중하게 모시라는 지시를 또렷하게 받았음을 알아주시기 바랍니다."

잔다이스 아저씨는 이 말에 구체적으로 대답하지 않은 채 부드럽게 넘어가고, 레스터 경은 무겁게 이어갔어요.

"분명히 말씀드리지만, 링컨셔에 선생과 함께 오신, 예술품에 세련된 취향을 지닌 듯한 신사분이 아까 말씀드린 이유로 가족 초상화를 주의해서 천천히 자세히 살피길 포기하신 것 같다는 말을 체스니 대저택 하녀장한테 듣고, 저는 크나큰 고통을 느꼈답니다. 그분께서는 자세히 살피고 싶은 갈망이 있으시고, 그래서 일부 초상화를 재평가할 수도 있었는데 말입니다."

여기에서 레스터 경은 명함을 꺼내고 외눈 안경으로 매우 엄숙하게, 하지만 약간 어렵게 읽었어요.

"히롤드 – 헤럴드 – 해롤드 – 스캠플링 – 스컴플링 – 죄송합니다 – 스킴폴 선생."

"이분이 해럴드 스킴폴 선생이랍니다."

잔다이스 아저씨가 깜짝 놀란 표정으로 소개하고, 레스터 경은 감탄했어요.

"아! 스킴폴 선생을 직접 만나서 안타깝게 여긴다는 말씀을 드릴 수 있어서 다행입니다. 바라건대, 선생, 그쪽에 다시 오신다면 저번처럼 포기하지 마십시오."

스킴폴 선생은 평소처럼 즐겁고 편안하게 대답했어요.

"정말 친절하십니다, 레스터 데드록 경. 그렇게 말씀하시니, 아름다운 대저택을 다시 방문하는 즐거움과 기쁨을 충분히 누리도록 하겠습니다. 체스니 대저택처럼 대단한 곳을 소유한 분은 누구든 사회에 베푸는 후원자십니다. 훌륭한 작품을 소유하고 유지하시어 우리처럼 가난한 사람이 숭배하는 즐거움을 누리도록 하시니 말입니다. 그런 작품을 숭배하는 즐거움을 거절하는 건 훌륭한 후원자의 은혜에 감사할 줄 모르는 행동이지요."

레스터 경은 이 말을 높이 평가하는 것 같았어요. 그래서 물었어요.

"예술가신가요, 선생?"

"아닙니다. 완벽하게 게으른 사내, 단순한 아마추어랍니다."

레스터 경은 이 말을 훨씬 높이 평가하는 것 같았어요. 그래서 스킴
폴 선생이 링컨셔에 내려올 때 자신이 체스니 대저택에 있는 행운을
누리길 바란다 말하고, 스킴폴 선생은 과찬의 말씀을 하시니 더없는
영광이라고 대답했어요.

레스터 경은 잔다이스 아저씨에게 다시 말했어요.

"스킴폴 선생이, 직접 보셔서 아시겠지만, 우리 하녀장한테, 우리
가문을 오랫동안 사랑하고 섬기는 노부인한테……"

(스킴폴 선생은 "에스더 아가씨와 에이다 아가씨를 만나러 내려갔다
가 하루를 잡아서 대저택으로 걸어갔을 때"라고 우리에게 상쾌하게
덧붙였어요.)

"……자신이 예전에 그곳에 함께 머문 친구가 잔다이스 선생이라고
하셨답니다."

레스터 경이 그 이름을 가진 당사자에게 고개를 숙여서 인사하며
덧붙였어요.

"그래서 내가 아까 안타깝다고 고백한 상황을 알게 되었답니다. 다른
분도 아니고, 잔다이스 선생, 우리 데드록 귀부인이 예전에 알던 사이
고, 우리 귀부인과 나름대로 연고가 있으며, 우리 귀부인이 (나중에
얘기해서 알았는데) 크게 존경하는 신사분께 그런 일이 생기다니, 분명
히 말씀드리지만, 고통스럽더군요."

잔다이스 아저씨가 대답했어요.

"그 말씀은 그만하시지요, 레스터 경. 여기에 있는 우리 모두, 경께서
배려하신 말씀은 충분히 이해했습니다. 실수한 건 저 자신이니, 사과드
릴 사람 역시 바로 저랍니다."

저는 고개를 한 번도 안 들었어요. 손님도 안 쳐다보고 대화 내용조
차 안 듣는 것 같았어요. 아무런 느낌도 없이 한쪽 귀로 들어와서 다른

쪽 귀로 빠져나가는 것 같았는데, 대화 내용이 지금 이 순간에 제대로 떠오르는 게 놀라울 뿐이에요. 저는 사람들이 말하는 소리를 듣긴 해도, 머리가 혼란스러운 데다 레스터 경을 본능적으로 꺼리는 마음조차 있어, 그 사람이 같이 있다는 자체로 너무나 괴로운 나머지 머리가 윙윙거리고 가슴이 쿵쾅거릴 뿐, 아무것도 못 알아들었다고 생각했거든요.

이윽고 레스터 경이 일어나며 말했어요.

"그런 일이 있었다고 했더니, 데드록 귀부인은 잔다이스 선생과 그 피후견인들이 주변에 머물 때 우연히 만나서 몇 마디 주고받는 기쁨을 누렸다더군요. 그러니 내가 스킴폴 선생께 이미 말씀드린 내용을 선생께, 그리고 숙녀분들께 그대로 말씀드리는 걸 허락하십시오. 여러 상황으로 보아, 보이손 선생이 우리 집에 찾아오는 걸 환영한다는 말씀까지 드리긴 어렵지만, 그 상황은 그 신사에 한정되지, 다른 분까지 적용되는 건 아니랍니다."

스킴폴 선생이 살짝 끼어들어서 우리에게 말했어요.

"내가 예전에 말했잖아, 그 선배는 모든 색상을 빨강으로 여기겠다고 작정한 사랑스러운 황소라고!"

레스터 데드록 경은 그 사람과 관계된 말은 더는 들을 수 없다는 듯 헛기침을 하고는 온갖 의식을 치르며 정중하게 떠났습니다. 그 즉시 저는 제 방으로 올라가서 차분한 마음을 회복할 때까지 머물렀고요. 굉장히 혼란스럽지만, 아래층으로 다시 내려가니 다행히도 사람들은 위대한 링컨셔 준남작 앞이라 제가 부끄러워서 아무 말도 못 했다며 놀리는 정도였답니다.

그즈음에 저는 제가 아는 비밀을 잔다이스 아저씨에게 말할 때가 왔다고 마음먹었습니다. 제가 어머니와 접촉할 가능성이, 어머니 집까지 찾아갈 가능성이, 저와 가까운 사이는 아닐지언정 스킴폴 선생이 어머니 남편에게 친절한 대접을 받을 가능성이 너무나 고통스러운 나머지, 잔다이스 아저씨가 안 도우면 못 버틸 것 같았거든요.

그날 밤에 잠자리로 다들 물러난 다음, 그래서 에이다와 함께 우리 예쁜 방에서 평소처럼 이야기를 나눈 다음, 저는 제 방문을 다시 나가서 서재에 있는 잔다이스 아저씨를 찾아갔어요. 아저씨는 이 시간이면 언제나 책을 읽는데, 가까이 다가가니 독서용 등잔에서 복도로 흘러나오는 불빛이 보였습니다.

"들어가도 되나요, 아저씨?"

"당연하지, 꼬마 아줌마. 무슨 일이니?"

"아무 일도 아니에요. 조용한 시간에 제 이야기를 몇 마디 드리고 싶었어요."

아저씨는 의자를 내어주고 책을 덮어서 옆으로 물리고는, 관심 어린 얼굴로 다정하게 쳐다보았어요. 예전에 – 제가 금방 이해할 문제는 하나도 없다고 말한 날 밤에 – 본 적이 있는, 호기심 가득한 표정이었어요.

"네 문제라면, 친애하는 에스더, 우리 모두의 문제야. 열심히 들을 테니 어서 말하렴."

"저도 알아요, 아저씨. 하지만 아저씨 조언과 지지가 정말 필요해요. 아! 오늘 밤에는 얼마나 절실한지 모르겠어요."

제가 진지하게 말하는 어투에 아저씨는 미처 준비를 못 한, 약간 놀란 표정까지 떠올렸어요.

"오늘 손님이 찾아오신 뒤로 아저씨한테 얼마나 말하고 싶었는지 몰라요."

"손님이라니! 레스터 데드록 경?"

"네."

아저씨는 깜짝 놀란 표정으로 팔짱을 끼고 가만히 앉아서 쳐다보며 계속 말하길 기다렸어요. 하지만 제가 어떻게 시작해야 좋을지 모르자, 아저씨가 미소를 떠올리며 말했어요.

"맙소사, 에스더, 우리 손님과 너 사이에 무슨 연관이 있으리란 생각은 조금도 못 했단다!"

"아, 맞아요, 아저씨. 저도 알아요. 저 역시 얼마 전까지는 그랬으니까요."

아저씨 얼굴에 미소가 사라지더니 더욱 진지한 표정이 되었어요. 그래서 방문으로 가서 문이 닫혔는지 (하지만 제가 미리 확실히 닫았답니다) 확인하고는 제 앞자리에 다시 앉고, 저는 이렇게 말했어요.

"아저씨, 기억하세요, 폭풍우가 몰아칠 때 데드록 귀부인을 만나서 그분 언니 이야기를 하신 거?"

"당연하지. 당연히 기억하지."

"그분과 그분 언니가 서로 생각이 달라서 각자 갈 길을 간 것도 기억하세요?"

"당연하지."

"두 분이 왜 헤어졌나요, 아저씨?"

저를 쳐다보는 아저씨 얼굴빛이 완전히 달라졌어요.

"얘야, 무슨 질문이 그러니! 나도 몰라. 두 사람 말고 그걸 알 사람은 아무도 없어. 잘 생기고 자부심 강한 두 여인한테 무슨 비밀이 있다고 누가 말할 수 있겠니! 데드록 귀부인을 너도 봤잖아. 그분 언니를 봤다면, 동생만큼이나 단호하고 도도하다는 걸 너도 알 거야."

"아, 아저씨, 저는 그분을 수없이 보았어요!"

"그분을 보았다고?"

아저씨가 말을 멈추고는 입술을 깨물었어요.

"그렇다면, 에스더, 오래전에 보이손 선배 얘기가 나왔을 때, 한 번 결혼할 뻔했다고, 숙녀분이 죽은 건 아닌데 보이손 선배한테는 죽었다고, 이후 생활에 결정적인 영향을 미쳤다고 내가 말했을 때 - 그걸 모두 알았니, 그 숙녀분이 누군지 알았니?"

"아니에요, 아저씨. 그건 지금도 몰라요."

제가 대답했어요, 희미하게 다가오는 진실을 두려워하면서.

"그 숙녀분이 데드록 귀부인 언니였어."

아저씨 말에, 제가 간신히 물었어요.

"그렇다면, 왜, 왜, 아저씨, 두 분이 왜 헤어졌는지 알려주시겠어요?"

"여자 쪽에서 헤어지자고 했어, 이유는 가슴속에 단단히 묻어둔 채. 보이손 선배가 나중에 추측한 바에 따르면 (정말이지 단순한 추측에 불과한데) 동생하고 다투다 알 수 없는 이유로 도도한 마음에 크나큰 상처를 입고는, 보이손 선배한테 편지를 보낸 거야, 자신이 쓴 편지를 본 날부터 자신은 죽었다는 내용과 함께 - 실제로 그렇게 했어 - 보이손 선배는 자존심이 강하고 명예를 중시한다는 걸 자신이 잘 안다고, 자신 역시 그런 성격이라는 내용까지 담아서. 보이손 선배의 성향을 고려하고, 그분 자신의 성향까지 고려해서, 자신이 희생하겠다고, 평생 가슴에 품고 살다 죽겠다고 했어. 그리곤 그렇게 했어, 안타깝게도. 보이손 선배는 그분을 두 번 다시 못 보고 그 시간 이후로 별다른 소식조차 못 들었거든. 다른 사람도 마찬가지고."

"아, 아저씨, 저 때문에 그런 일까지! 저 때문에 그렇게 커다란 슬픔까지 생기다니!"

저는 너무나 슬퍼서 엉엉 울었어요.

"너 때문에, 에스더?"

"네, 아저씨. 아무것도 모른 채, 하지만 더없이 확실하게. 그렇게 사라진 언니라는 분이 제가 기억하는 첫 번째 인물이랍니다."

아저씨가 깜짝 놀라며 한탄했어요.

"맙소사!"

"맞아요, 아저씨, 맞아요! 그분 동생이 바로 제 어머니예요!"

저는 어머니가 건넨 편지 내용까지 털어놓으려 했으나, 아저씨는 더 안 들으려 했어요. 그리고는 저에게 슬기로운 말을 다정하게 들려주고, 제가 애매하게 생각하던 모든 것을 또렷하게 파악해서 마음을 차분하게 정리하라고 말씀하셨어요. 저는 감사한 마음이 언제나 가득하긴 했어도, 그날 그 순간처럼 아저씨를 깊이 사랑한 적은, 온 마음을 다해서 감사한 적은 없었던 것 같아요. 그래서 그분이 저를 제 방으로 데려가, 방문 앞에서 뺨에 뽀뽀할 때, 마침내 제가 방으로 들어와서 잠자리에 누울 때, 앞으로 어떻게 해야 더 열심히 살아갈 수 있을지, 앞으로 어떻게 해야 착하게 살 수 있을지, 얼마 안 되는 힘이나마 앞으로 어떻게 해야 저 자신을 잊고 아저씨에게 충분히 헌신하고 다른 사람들에게 충분한 도움을 줄 수 있을지, 제가 아저씨를 어떻게 기쁘게 하고 명예롭게 할 수 있을지 생각했어요.

CHAPTER XLIV
편지와 답장

잔다이스 아저씨는 다음 날 아침에 저를 당신 방으로 불러서 간밤에 못한 얘기를 마저 했어요. 비밀을 지켜야 한다는, 어제와 같은 만남이 다시는 없도록 해야 한다는 이야기였어요. 아저씨는 제 마음을 이해하고 공감했어요. 스킴폴 선생이 대저택에 찾아가는 일이 없도록 하겠다는 다짐도 했어요. 아저씨가 굳이 이름을 언급할 필요가 없는 분에 대해서는 아저씨 자신도 조언하거나 도울 방법이 없다고, 돕고 싶은 마음은 충분하나 그러면 안 된다는 말도 했어요. 그분 말씀대로 그 집 변호사를 못 믿을 근거가 충분하다면, 아저씨 생각도 똑같은데, 발칵 날 위험이 있다고 했어요. 아저씨도 그 변호사를 직접 보기도 하고 평판도 들어서 웬만큼 아는데, 정말 위험한 사람이 분명하다면서요. 걱정과 애정이 가득한 표정으로 계속 강조한 바에 따르면, 지금까지 일어난 일에 대해서 저는 아저씨만큼이나 잘못이 없으며 어떤 영향도 미칠 수 없다는 거예요. 그러면서 덧붙였어요.

"하지만 그 집 변호사가 너를 의심하는 일은 없을 거야. 네가 아니어도 의심할 부분은 많을 테니까."

"그 변호사 말고도, 제가 걱정하기 시작한 이후로 두 사람이 부담스러웠어요."

제가 대답했어요. 그리고 거피 이야기를 했어요. 제가 모르는 내용을 막연하게 추측할 것 같아서 두려워, 마지막으로 만날 때 제가 모든 걸 파악했다 말하고, 그런 뒤로 지금껏 아무런 연락이 없었다고요.

"으음, 그렇다면 당장은 그 사람을 무시해도 되겠군. 또 한 사람은 누구지?"

저는 프랑스 하녀가 찾아와서 끈질기게 제안한 기억을 떠올렸어요. 그러자 아저씨가 깊이 생각하며 대답했어요.

"하! 거피보다는 걱정스러운 사람이로군. 하지만 실제로 일자리를 찾아온 걸 수도 있어. 그전에 너랑 에이다를 보았으니, 그 여자가 너를 떠올린 건 자연스러워. 그래서 하녀가 되겠다고 제안한 것에 불과해. 그 이상도 이하도 아니야."

"하지만 태도가 이상했어요."

"그래, 신발을 벗어 던진 채 물이 고인 웅덩이를 맨발로 걸어가는 건 정말 이상했어, 그러다 죽을 수도 있는데. 하지만 막연한 가능성까지 떠올리면서 자신을 괴롭히는 건 옳지 않아. 어떤 상황이든 위험하게 여기는 자체가 위험할 수 있으니, 조심하렴. 희망을 품어, 꼬마 아줌마. 너는 너 자신일 때가 가장 좋아. 그러니, 모든 비밀을 알아도 알기 전처럼 살아. 모든 사람을 위해서 그게 네가 할 수 있는 최선이야. 나도 너와 비밀을 공유했으니……"

"그래서 부담을 더없이 많이 덜어주셨고요, 아저씨."

"……그 집 가족한테 무슨 일이 일어나는지 지켜볼게, 충분한 거리를 유지하면서. 그리고 여기에서조차 이름을 언급하지 않는 게 좋은 분을 조금이나마 도울 때가 찾아온다면 충분히 도울게, 그분의 소중한 딸을 위해서."

저는 진심으로 고마웠어요. 고마워하는 것 말고 제가 할 수 있는 게 무어겠어요! 그리곤 방문을 나가려 할 때 아저씨가 잠시 기다리라고 했어요. 그래서 즉각 돌아서니, 아저씨 얼굴에 똑같은 표정이 다시 어렸어요. 그와 동시에, 어떻게 그랬는지 모르지만, 그 표정에 담긴 의미를 이해할 것 같은 느낌이 언뜻 떠올랐어요. 아저씨는 이렇게 말했고요.

"친애하는 에스더, 오래전부터 너한테 말하고 싶은 게 있었어."

"정말요?"

"그런데 말을 꺼내는 게 정말 어려웠어, 지금도 마찬가지고. 신중하게 생각해서 신중하게 답변하는 말을 듣고 싶어. 편지로 말하는 건 반대하니?"

"친애하는 아저씨, 아저씨가 저한테 편지 쓰는 걸 제가 어떻게 반대하겠어요?"

제가 대답하자, 아저씨는 기분 좋은 미소를 머금으며 물었어요.

"그렇다면, 내 사랑, 지금 이 순간에 내가 평소처럼 솔직하고 편안한 사람으로, 솔직하고 정직하고 고지식한 사람으로 보이니?"

저는 "정말 그렇게 보인다"고 진심으로 대답했어요. 그러자 아저씨가 순간적으로 망설이던 모습은 모진 진실과 더불어 순식간에 사라지고, 아저씨 특유의 훌륭하고 민감하고 따듯하고 믿음직한 모습이 돌아왔어요. 그러더니, 맑은 눈빛을 반짝이면서 물었어요.

"내가 무언가를 숨기거나, 속으로 다른 생각을 품거나, 조금이라도 망설이는 것처럼 보이니?"

저는 아니라고 자신만만하게 대답했어요.

"그럼 나를 충분히 신뢰하고, 내가 고백하는 말을 철저하게 믿을 수 있니, 에스더?"

"더없이 철저하게."

제가 진심으로 대답하자, 아저씨가 말했어요.

"친애하는 에스더, 손을 주렴."

아저씨는 제 손을 잡고 한쪽 팔로 저를 가볍게 껴안고는 – 이 집을 순식간에 제집으로 여기도록 만든, 저를 보호하는 자세로 – 신선하고 성실한 자세로 제 얼굴을 내려다보며 말했어요.

"너는 나를 끊임없이 바꾸어놓았어, 꼬마 아줌마, 역마차에서 만난 겨울날부터. 그때부터 지금까지 나는 네 덕분에 삶에서 희망과 활력을 느꼈어."

"아, 아저씨, 저야말로 그때부터 아저씨 덕분에 삶의 희망과 활력을 느꼈어요!"

"하지만, 지금은 그걸 생각하지 말자꾸나."

"영원히 잊을 수 없는 걸요."

제가 말하자, 아저씨가 다정하면서도 진지하게 말했어요.

"그래도, 에스더, 지금은 잊자꾸나, 당분간은. 너만큼 나를 바꿀 존재는 무엇도 없다는 생각만 하자꾸나. 그럴 수 있겠니?"

"네, 그럴 수 있어요."

"그럼 됐다. 그게 제일 중요해. 하지만 나는 그 말을 곧이곧대로 받아들이면 안 돼. 오랫동안 해오던 생각을 편지에 담지 않겠어, 나를 바꿀 수 있는 건 너 말고 무엇도 없다는 사실을 네가 충분히 깨달을 때까지. 그게 조금이라도 의심스러우면 나는 편지를 안 쓸 거야. 네가 충분히 생각해서 확신한다면, 일주일 뒤 이 시간에 찰리를 보내서 '편지를 받으러 왔다'고 말하게 하렴. 하지만 완벽하게 확신할 수 없다면,

보내지 마. 명심해, 이 약속 역시 다른 모든 부분에서 그런 것처럼, 나는 네가 최선을 다하리라고 믿어. 그러니 조금이라도 확신할 수 없다면, 절대로 보내지 마!"

"아저씨, 저는 이미 확신하며, 이 확신은 저에 대한 아저씨 생각이 변할 수 없는 만큼 변할 수 없어요. 그러니 편지를 받아오도록 찰리를 보내겠어요."

아저씨는 제 손을 잡고 흔들 뿐 더 말하지 않았어요. 일주일을 보내는 동안, 아저씨든 저든, 이 얘기를 아무도 안 했고요. 지정한 시간이 되자, 저는 찰리와 단둘이 남은 순간에 말했어요. "찰리, 잔다이스 선생님 방문으로 가서 노크한 다음, '편지를 받으러 왔다'고 말씀드려." 찰리는 복도를 따라 계단을 올라가고 계단을 내려가며 - 구식 집이라서 이리 꺾고 저리 꺾는 걸음 소리가 그날 밤에 유난히 오랫동안 들리는 것 같더니 - 마침내 복도를 따라 계단을 내려오고 계단을 올라와서 편지를 가져왔어요. 저는 "탁자에 놓으렴, 찰리"라고 말했어요. 찰리는 편지를 탁자에 놓고서 잠자러 가고, 저는 편지를 그대로 놓은 채 가만히 앉아서 쳐다보며 많은 걸 떠올렸어요.

마냥 우울하던 어린 시절로 시작해, 소심하게 살던 나날을 거쳐서 백모님이 냉혹하고 단호한 얼굴로 돌아가시고, 레이첼 부인과 더욱더 외롭게 살던 시절로, 세상에 말할 사람 하나 없고 쳐다볼 사람 하나 없던 시절로, 너무나 괴롭던 시절로 넘어갔어요. 그러다 사방에 친구가 가득하고 충분한 사랑도 받던 은혜로운, 완전히 다른 시절로 넘어갔어요. 사랑스러운 에이다를 처음 만나고 친자매 같은 애정을 나누던, 인생에서 가장 우아하고 아름다운 시절도 떠올렸어요. 춥디추운 밤에 기대감으로 부푼 우리 얼굴 앞에 창문마다 불빛을 환하게 켜서 다정하게 반기던, 그 뒤로 한 번도 안 꺼지는 불빛도 떠올렸어요. 이 집에서 행복하게 살던 나날도, 크게 아프다 회복한 나날도, 저 자신이 완전히 바뀌어도 주변 모두는 하나도 안 바뀐 생각도 떠올렸어요. 그런데 모든 행복이 반짝이는 중심에 한 인물이 있고, 탁자에는 그분이 작성한 편지가 있었어요.

저는 봉투를 열어서 편지를 읽었어요. 저에 대한 사랑과 저에게 신중하라는 이타적인 당부가 감동적이고, 한 마디 한 마디마다 저에 대한 배려가 배어 나오는 나머지, 눈이 뿌옇게 변해서 한 번에 길게 읽을 순 없었어요. 하지만 세 번은 꼼꼼하게 읽은 다음에 비로소 편지를 내려놓았어요. 그 의미를 알 것 같다는 생각을 일주일 전에도 했는데, 제 생각이 맞았어요. 저에게 묻는 내용이었어요. '황폐한 집' 안주인이 되어주겠느냐고.

사랑한다는 표현이 많긴 해도 연애편지는 아니었어요. 평소에 저에게 말하던 어투였어요. 한줄 한줄마다 그분 얼굴이 보이고 그분 목소리가 들리고 저를 보호하려는 다정한 모습이 가득했어요. 우리 입장이 뒤바뀐 것 같았어요. 좋은 행동은 제가 다하고, 그래서 풍부한 감성으로 그분의 감성을 일깨운 것 같았어요. 너는 젊지만 나는 인생의 황금기를 넘겼다는, 자신이 성숙한 나이에 도달할 때 너는 어린애였다는, 지금 이 글을 쓰는 자신은 백발이라는 사실을 명심하고 충분히 숙고해서 판단해야 한다. 이번 결혼으로 네가 얻을 건 하나도 없으며 이번 결혼을 거절한다 해서 네가 잃을 것 역시 하나도 없다. 너에 대한 다정한 마음은 어떤 관계가 되어도 지금보다 클 수 없다. 네가 어떻게 결정하든 자신은 올바른 결정으로 받아들이겠다. 하지만 우리가 최근에 속내를 주고받은 뒤로 이 문제를 새롭게 심사숙고하다, 네가 보낸 어린 시절을 온 세상이 단합해서 엉뚱하게 왜곡하는 억울한 상황을 헤쳐나가는 데 도움이 될 수 있다면, 자신은 그 길을 기꺼이 선택하기로 했다. 자신에게 네가 얼마나 커다란 행복인지를 너는 모른다. 하지만 그 말은 더 안 하겠다. 네가 빚진 건 하나도 없으며, 빚진 사람은 바로 자신이라는 사실을 늘 명심해야 하기 때문이다. 자신은 우리 미래를 종종 생각했다. 에이다가 (결혼할 나이가 거의 됐으니) 우리 곁을 떠날 날이, 그러면 우리가 살아가는 방식도 무너지는 날이 올 텐데, 그날이 금방 찾아올까 두려웠다. 그래서 이번 청혼을 곰곰이 생각하게 되었다. 그래서 이렇게 청혼하는 거다. 자신에게 너를 보호할 최상의 권리를 허락할 수 있겠다는 느낌이 들더라도, 자신의 남은 생애를 다정한 동반자 자격으로 행복하고 합당하게 지낼 수 있겠다는 느낌이 들더라도, 이 편지는 너한테 정말 새로울 수밖에 없으니, 어떤 식으로도 너를 옭아매지 않는다. 그러니 그런 느낌이 들더라도 충분한 시간을 두고 생각하고 또 생각해야 한다. 청혼을 받아들이더라도 거절하더라도, 자신을 부르는 호칭도, 오랜 관계도, 자신의 오랜 자세도 변할 건 없다. 나는 네가 총명한 더든 아줌마면서 꼬마 가정주부로 영원히 남을 걸 잘 안다.

이런 내용으로, 공평무사한 마음과 존엄성이 그대로 묻어나오는 걸 보면, 다른 사람이 청혼한 내용을 책임감 있는 보호자로 공평무사하게 평가해서 성실하게 담아낸 것 같았어요.

하지만 제 얼굴이 보기 좋을 때도 똑같은 생각을 했는데 꾹 참았다는 말은, 옛날 얼굴이 사라지고 그래서 매력이 없어졌어도 예전과 똑같이 사랑한다는 말은, 출생의 비밀을 알고서 충격을 받았다는 말은, 망가진 얼굴도 불명예스러운 출생도 충분히 포용하겠다는 말은, 저한테 충실한 지지가 필요한 만큼 자신이 끝까지 최선을 다하겠다는 말은 하지 않았어요.

하지만 저는 그걸 알고 있었어요. 그걸 확실히 깨달았어요. 편지는 자애로운 삶의 절정으로 다가왔으며, 제가 할 일은 하나밖에 없다는 느낌이 몰려들었어요. 그분이 행복하도록 인생을 바치는 게 그분께 조금이나마 감사하는 길이다! 그날 밤에 갈망하던 것 역시 그분께 감사하는 마음을 새로운 방식으로 나타내는 거였다!

그런데도 눈물이 마구 흘렀어요. 편지를 읽고서 가슴이 벅차기도 했지만, (어떤 내용인지 충분히 예상했으면서도 생소했으니) 그분과 결혼한다는 사실이 낯설기도 했지만, 구체적으로 또렷하게 떠올릴 수 없는 무언가를 잃는 막연한 느낌이었어요. 저는 한없이 행복하고 고맙고 가득한 희망에 부풀었지만, 눈물은 계속 나왔어요.

저는 오래된 거울로 갔어요. 두 눈이 빨갛게 부어오른 걸 보고 "아, 에스더, 에스더, 어떻게 그런 모습일 수 있니!"라고 나무랐어요. 이렇게 야단치는 소리에 거울 속 얼굴이 다시 울지나 않을까 걱정스러웠지만, 제가 손가락을 들이대자 거울 속 얼굴은 울음을 그쳤어요. 그래서 머리를 풀면서 말했어요.

"엄청나게 변한 얼굴을 보여주면서 편안하게 달래던 치분한 얼굴이 이제 비로소 나타나는구나. 네가 '황폐한 집' 안주인이 되면 늘 쾌활한 새처럼 살아야 하거든. 정말이야, 늘 쾌활하게 살아야 해. 그러니 지금부터 그러자꾸나."

저는 머리를 빗었어요, 아주 편안하게. 여전히 살짝 흐느끼긴 했지만, 그건 울던 끝이기 때문이지, 다시 우는 건 아니었어요.

"그래서 에스더, 행복하게 사는 거야. 친구들과 행복하게, 정겨운 너희 집에서 행복하게, 좋은 일을 많이 하면서 행복하게, 누구보다 훌륭한 남자에게 분에 넘치는 사랑을 받으면서 행복하게."

잔다이스 아저씨가 다른 사람과 결혼하면 나는 어떻게 받아들일까, 나는 어떻게 해야 할까, 그런 일이 생기면 모든 게 바뀔 게 분명하다는 생각이 갑자기 떠올랐어요! 그와 동시에 삶이 아예 새롭게 바뀔 거라는 생각도 들어, 저는 열쇠꾸러미를 쨍그랑대고 뽀뽀한 다음에 바구니에 다시 내려놓았어요.

그런 다음, 거울 앞에서 머리칼을 빗으며 생각했어요, 험한 병이 깊이 남긴 흔적은, 내가 출생한 환경은, 내가 바쁘고 바쁘고 바쁘게 살아야 할, 정직하고 겸손하고 유익하고 상냥하게 남을 도우며 살아야 할 또 다른 이유에 불과하다고 속으로 끝없이 되뇌었어요. '그런데도 멍청하게 앉아서 울기나 하다니! 내가 결국엔 '황폐한 집' 안주인이 된다는 생각이 처음에 너무나 낯설었다면 (내가 운 핑곗거리가 이거라면, 이는 절대로 핑곗거리가 못 되니) 애초에 이게 왜 낯설었을까? 예전에 다른 사람은 똑같은 생각을 했잖아, 나는 아니었을지언정.' 저는 거울을 쳐다보며 되물었어요. "멍청한 아가씨야, 기억 안 나니, 그 얼굴에 흉터가 생기기 전에 우드코트 부인이 네가 누구랑 결혼할 거라고 말한 거……"

그 이름을 떠올리는 순간에 문득 기억나는 게 있었어요. 말려서 보관하던 꽃. 이제 꽃을 보관하지 않는 편이 좋을 것 같았어요. 예전에 있었던 완전히 지나간 일로 기억에 남을지언정, 이제 그걸 보관할 순 없었어요.

말린 꽃을 책갈피에 보관했는데, 그 책은 옆방에 ─ 에이다와 제가 함께 사용하는 거실에 ─ 있었어요. 저는 촛불을 집어 들고 책장으로 살금살금 다가갔어요. 그래서 그 책을 꺼낸 다음, 열린 문 사이로 아름다운 에이다가 곤하게 자는 모습을 보고 조용히 다가가서 그 뺨에 뽀뽀했어요.

제가 운 건 마음이 약해서라는 걸, 울 이유가 하나도 없다는 걸 저는 압니다. 하지만 당시에는 사랑하는 에이다 얼굴에 눈물을 한 방울, 또 한 방울, 또 한 방울 떨어뜨렸어요. 저는 마음이 더 약해져, 말린 꽃을 꺼내서 에이다 입술에 가만히 대기도 했어요. 사실 그 꽃은 에이다와 아무런 상관도 없지만, 에이다가 리처드를 사랑한다는 사실을 떠올렸거든요. 그런 다음, 그 꽃을 들고 제 방으로 돌아와서 촛불에 태우니, 순식간에 재로 변하더군요.

다음 날 아침에 거실로 들어가니, 잔다이스 아저씨는 평소처럼 솔직하고 활달하고 자유롭게 보였어요. 긴장한 모습도 없고, (제가 생각하기에는) 저 역시 마찬가지였어요. 오전 시간에 집 안팎에 아무도 없이 단둘이 여러 번 있었고 그럴 때마다 편지 얘기가 나오리라 예상했지만, 아저씨는 거기에 대해서 한마디도 안 했어요.

다음 날 아침도 똑같고 그다음 날 아침도 똑같고, 그렇게 일주일이 지나고, 스킴폴 선생은 머무는 기간을 연장했어요. 저는 잔다이스 아저씨가 편지 얘기를 할 거라고 매일 기대했으나, 아저씨는 그 얘기를 한 번도 안 꺼냈어요.

그러다 보니 거북한 마음만 늘어나다, 답장을 써야겠다는 생각이 들었어요. 밤에 혼자 있을 때마다 답장을 쓰려고 했지만 무슨 말부터 해야 좋을지 몰라, 밤마다 하루만 더 기다리자고 생각했거든요. 그렇게 7일을 더 기다리는 동안, 아저씨는 한마디도 안 했어요.

마침내 스킴폴 선생이 떠나고 우리 세 사람은 오후에 바람이나 쐬러 가기로 해, 저는 에이다보다 먼저 옷을 입고 아래로 내려가고, 아저씨는 응접실 창문 앞에 서서 저에게 등을 돌린 채 바깥을 내다보다, 제가 들어오는 순간에 고개를 돌리고 웃는 얼굴로 "그래, 너구나, 꼬마 아줌마, 그치?"라고 말하고는 다시 밖을 내다보았어요.

저는 지금 말하기로 마음을 먹은 상태였어요. 그래서 일부러 일찍 내려온 거였어요. 저는 잠시 망설이다 덜덜 떨리는 목소리로 물었어요.

"아저씨, 찰리가 가져온 편지는 언제 답장받고 싶으세요?"

"준비되었을 때, 에스더."

"준비된 것 같아요."

"찰리가 가지고 오니?"

아저씨가 상냥하게 물어, 저는 대답했습니다.

"아니에요. 제가 직접 가져왔어요, 아저씨."

그리고는 두 팔을 아저씨 목에 두르며 키스하고, 아저씨는 지금 키스하는 사람이 '황폐한 집' 안주인이냐고 물어, 저는 그렇다고 대답했어요. 당장은 변하는 게 하나도 없고, 우리는 밖으로 나갔는데, 저는 소중한 에이다에게 아무런 얘기도 안 했어요.

CHAPTER XLV
믿음

하루는 아침에 열쇠꾸러미 바구니를 짤랑대면서 사랑스러운 에이다와 정원을 산책하다 집 쪽으로 우연히 고개를 돌리는데, 집으로 들어가는 기다랗고 가느다란 그림자가 볼스 변호사처럼 보였어요. 그날 아침에 에이다는 리처드가 대법정 소송에 진지하게 임하다 지쳐서 열정이 다 식으면 좋겠다는 말을 한 터라, 저는 사랑스러운 에이다가 의기소침하지 않도록 볼스 변호사 같은 그림자 얘기는 안 했어요.

곧이어 찰리가 덤불 사이를 굽이치면서 오솔길을 따라, 제 하녀가 아니라 꽃의 여신을 섬기는 수행원처럼 불그레하고 어여쁜 얼굴로 나타나 "아, 괜찮다면, 아가씨, 잔다이스 나리께서 들어오시래요!"라고 말했어요.

전갈을 전할 때마다 찾아갈 상대가 눈에 보이는 순간부터 거리에 상관없이 소리치는 게 찰리의 독특한 특징 가운데 하나였어요. 그래서 그 소리를 듣기 전부터 저는 잔다이스 아저씨가 "들어오라 한다"고 평소처럼 말하는 찰리 입 모양을 알아챘어요. 그리고 그 말이 들릴 때는 이미 하도 많이 말해서 찰리가 숨을 헐떡였고요.

저는 에이다에게 금방 돌아오겠다 하고 안으로 들어가면서 찰리에게 어떤 신사가 잔다이스 나리를 찾아왔느냐고 물었어요. 이 말에 찰리는, 솔직히 고백하건대 제가 제대로 가르쳤다고 보기에 너무나 창피한 문법으로 "네, 아가씨. 리처드 나리와 시골에 함께 내려왔던 사람요"라고 대답했어요.

잔다이스 아저씨하고 볼스 변호사처럼 완벽한 대조를 이루는 인물은 어디에도 없을 것 같았어요. 탁자를 마주하고 앉아서 서로를 쳐다보는데, 한 분은 더없이 개방적이고 다른 한 분은 더없이 폐쇄적이며, 한 분은 널찍한 상체를 쭉 펴는데, 다른 한 분은 가느다란 상체를 숙이고, 한 분은 쩌렁쩌렁한 목소리로 말하는데, 다른 한 분은 차가운 핏속에 갇힌 듯 물고기처럼 입을 뻐끔대며 말하는 모습을 보니, 두 분은 정말 안 어울린다는 생각이 들었어요.

"볼스 변호사가 오셨구나, 에스더."

잔다이스 아저씨가 말하는데, 굳이 말하자면 반가운 기색은 하나도 없었어요.

볼스 변호사가 평소처럼 장갑을 끼고 단추를 끝까지 채운 모습으로 일어나더니, 마차에서 리처드 옆에 앉던 모습 그대로 다시 앉았어요. 쳐다볼 리처드가 없는 터라 두 눈은 정면을 바라보고요.

"볼스 변호사께서 한없이 불행한 우리 리처드에 관해 안 좋은 소식을 가져오셨어."

잔다이스 아저씨가 온통 까만 형상을 불길한 흉조라도 되는 듯 쳐다보면서 "한없이 불행한"이라고 강조하는 게, 볼스 변호사를 만나면 그렇게 된다고 말하는 것 같았어요.

저는 두 사람 사이에 앉았어요. 볼스 변호사는 노란 얼굴에 빨갛게 틀어박힌 여드름 하나를 까만 장갑으로 몰래 잡아 뜯을 뿐, 꼼짝을 않은 채 가만히 있고, 잔다이스 아저씨는 다시 말했어요.

"다행히도 너랑 리처드는 좋은 친구니, 네 생각을 알고 싶구나, 에스더. 계속 말씀하겠습니까, 볼스 변호사?"

그러자 볼스 변호사가 말했어요.

"저는 리처드 선생의 법률 자문으로, 리처드 선생이 현재 당혹스러운 상황임을 알고 있을 이유가 충분하다는 말을 하는 중이었습니다. 리처드 선생이 긴급히 갚아야 할 독특한 채무가 얼마나 되는지, 그리고 채무를 어떻게 청산할 것인지는 모르겠습니다. 저는 리처드 선생을 위해서 사소한 문제를 수없이 해결했지만, 그러는 데도 한계가 있으며, 현재 그 한계에 도달했습니다. 불쾌한 일을 막으려고 제 주머닛돈까지 꺼냈으니까요. 하지만 그 돈은 꼭 돌려받길 바랍니다. 저는 자산가인 척하지 않는 데다, 톤턴 계곡에 부양할 아버지가 계시며, 집에 있는 세 딸이 살아갈 자산을 조금씩은 만들어주려고 애쓰는 중이니까요. 안타깝게도 리처드 선생은 한계에 부닥친 나머지 군대를 떠나는 사태로 나아갈 수 있으며, 그래서 저는 관련자들에게 상황을 꼭 알려야 한다고 느꼈습니다."

볼스 변호사는 저를 바라보며 말하더니, 목소리가 억눌린 나머지 스스로는 도저히 못 깨뜨릴 것 같은 침묵으로 빨려들어서 정면을 다시 바라보고, 잔다이스 아저씨는 저에게 말했습니다.

"불쌍한 아이가 지금 일하는 직장까지 잃어버리겠구나. 그런데 내가 무얼 어떻게 하겠니? 너도 리처드를 알잖아, 에스더, 내가 돕는 걸 절대로 안 받아들일 것을. 도움의 손길을 내밀거나 암시만 해도 극단으로 치달을 테니까, 다른 것도 그렇고."

볼스 변호사가 여기에서 저에게 다시 말했습니다.

"잔다이스 선생님 말씀이 확실히 옳으며, 아가씨, 그래서 문제가 훨씬 어렵습니다. 저로선 무얼 해야 하는지도 모르겠습니다. 물론 무얼 어떻게 해야 한다는 의미도 아닙니다. 결코 아닙니다. 비밀리에 여기까지 내려와서 이런 말씀을 드리는 이유는 모든 걸 그대로 털어놓아야 한다는, 나중에 모든 걸 그대로 털어놓지 않았다는 말이 안 나오도록 하려는 의도일 뿐입니다. 제가 바라는 건 모든 걸 있는 그대로 털어놓는 것이니까요. 제가 바라는 건 좋은 이름을 남기는 것이니까요. 리처드 선생한테서 제 이익만 추구한다면, 저는 여기에 내려오지 말아야 했습니다. 여러분도 아시다시피 리처드 선생이 단호하게 반대했을 테니까요. 지금 드리는 말씀은 법률 자문이 아닙니다. 그래서 누구한테 비용을 청구할 수도 없습니다. 저한테 중요한 건 사회의 일원이며, 아버지라는 사실…… 그리고 아들이라는 사실이 전부입니다."

볼스 변호사가 말하는데, 하마터면 뒷말을 빼먹을 뻔했어요.

우리가 볼 때, 볼스 변호사가 사실을 빼지도 덧붙이지도 않고 있는 그대로 말하는 건 리처드가 나쁜 상황에 처하게 된 책임을 분담하려는 속셈 같았어요. 제가 할 수 있는 제안은 리처드가 주둔한 '딜'[7]로 내려가서 직접 만나, 최악을 피할 방법이 있는지 알아보는 게 전부였어요. 저는 볼스 변호사와 상의하지 않고 잔다이스 아저씨를 옆으로 데리고 나와서 상의하고, 그동안 볼스 변호사는 빼빼 마른 몸으로 성큼성큼 걸어가서 벽난로 불에 장례용 같은 장갑을 따듯하게 데웠어요.

잔다이스 아저씨는 길이 멀어서 힘들다며 즉각 반대했지만, 그렇다 해서 다른 방법이 있는 건 아니고, 저는 직접 내려가야 마음이 놓일 것 같아 결국 아저씨 동의를 받아냈어요. 그런 다음에 볼스 변호사에게 통보했답니다. 잔다이스 아저씨가 이렇게 말한 거예요.

---

7) Deal: 영국 동남부 켄트 주에 있는 항구로, 그곳에 영불해협이 있다.

"그래요, 선생, 에스더 아가씨가 직접 내려가서 리처드를 만나겠다 하니, 아직은 되돌릴 방법이 있기만 바랄 뿐입니다. 먼 길을 오셨으니 점심을 들고 가세요."

그러면서 종을 울리려 하자, 볼스 변호사가 까맣고 기다란 소매를 내밀면서 만류했어요.

"고맙습니다, 잔다이스 선생님, 아닙니다. 고맙지만, 한 입도 먹을 수 없습니다. 소화기관이 안 좋아서 아무 때나 포크와 나이프를 들면 안 된답니다. 이 시간에 음식을 먹는다면 어떤 일이 일어날지 모릅니다. 모든 걸 말씀드렸으니, 선생님, 그만 벗어나도록 하겠습니다."

"우리가 아는 소송 역시 선생께서 그만 벗어나고 우리 역시 벗어난다면 좋겠군요."

잔다이스 아저씨가 쓰라린 어투로 대답하니, 볼스 변호사는 머리끝부터 발끝까지 까맣게 염색한 터라 벽난로 앞에서 모락모락 올라오는 김과 함께 불쾌한 냄새를 뿜어대며 머리를 목부터 기울인 채 천천히 흔들었어요.

"우리 같은 변호사는 존경스러운 변호사로 보이길 바라며, 따라서 마차 바퀴에 어깨를 댈 수밖에 없답니다. 누구나 그러지요, 선생님. 최소한 저 자신은 그리고, 같은 분야에 종사하는 형제 모두를 좋게 생각하려 애쓴답니다. 리처드 선생과 대화할 때, 아가씨, 저에 관해 말하면 안 된다는 사실은 아시겠지요?"

제가 안 그러도록 조심하겠다고 하자, 볼스 변호사는 죽은 장갑으로, 어떤 손도 못 들어갈 것 같은 장갑으로, 제 손가락과 잔다이스 아저씨 손가락을 차례대로 건들고는 가늘고 기다란 그림자를 이끌며 나갔답니다. 저는 우리 집에서 런던으로 가는 사이에 화사하게 자라던 식물이 볼스 변호사가 올라탄 역마차가 지날 때마다 얼어 죽을 것 같다는 생각을 문득 떠올렸어요.

당연히 저는 무슨 이유로 어디를 가는지 말할 수밖에 없고, 당연히 에이다는 걱정하면서 힘겨워했어요. 하지만 헌신적인 성격으로 리처드를 진심으로 생각하는 터라 연민과 배려가 가득한 말만 하고는, 리처드에게 보내는 편지를 길게 써서 저에게 맡겼답니다.

찰리가 함께 떠나야 했어요. 저는 찰리를 집에 남겨두고 혼자 떠나고 싶었지만, 어쩔 수 없었답니다. 우리는 그날 오후에 런던으로 가서 우편마차에 두 자리가 빈 걸 확인하고 그 자리를 구했어요. 평소에 잠자던 시간에는 켄트 주로 가는 우편물과 함께 바다가 있는 쪽으로 열심히 달리고요.

열차가 막 생기던 시절에 역마차를 타고 밤에 여행하는 거지만, 우리도 전달할 우편물이 있고 밤은 그다지 지루하지 않았어요. 밤은 이런 상황에서 누구한테나 그럴 것처럼 지나갔어요. 이번에 나선 여행이 잘 풀릴 것 같다가도 어느 순간에 암울한 느낌이 몰려들고, 먼 길에 나서길 잘했다는 생각이 들다가도 어느 순간에 왜 이런 결정을 내렸는지 의아하고, 직접 내려가는 게 가장 합리적인 것 같다가도 어느 순간에는 가장 불합리하게 보였어요. 이런 갈등과 함께, 리처드는 지금 어떤 상태일까, 내가 무슨 말을 해야 할까, 그러면 리처드는 뭐라고 할까, 하는 생각마저 번갈아 떠오르고, 마차 바퀴는 (잔다이스 아저씨가 쓴 편지를) 단조로운 선율로 밤새도록 노래하는 것 같았어요.

마침내 도로가 좁은 '딜'로 들어설 때는 새벽안개가 가득해서 무척 울적하게 보였어요. 기다랗고 편편한 해안을 따라 나무와 벽돌로 지은 조그만 주택이 간헐적으로 자리하고, 닻을 감아올리는 기계와 커다란 보트와 창고, 도르래와 목재를 매단 채 우뚝 솟구친 버팀목이 보이고, 자갈이 듬성듬성한 곳에 풀과 잡초가 높이 자란 풍경은 지금까지 본 어디보다도 을씨년스러웠어요. 바다는 하얗고 묵직한 안개 밑에서 출렁이고, 움직이는 거라곤 일찍 일어난 밧줄 노동자 두세 명이 전부인데, 온몸에 밧줄을 칭칭 휘감은 모습은 세상살이에 지쳐서 몸뚱이까지 밧줄로 만들어버리려는 것 같았어요.

하지만 훌륭한 호텔 따듯한 방으로 들어가서 의자에 앉은 뒤, 기분 좋게 씻고 옷을 갈아입고 (잠자리에 들기에는 너무 늦어서) 이른 아침을 먹을 때는 '딜' 전체가 상쾌하게 보이기 시작했어요. 조그만 우리 방은 선박 선실 같아, 찰리가 정말 좋아했고요. 그런 다음부터 안개가 커튼처럼 올라가면서 있는지조차 모르던 선박이 바로 옆에서 여러 척 나타났어요. 당시에 웨이터가 얕은 물에 선박이 몇 척 정박했는지 알려주었는데, 지금은 기억이 안 나요. 선박 가운데 일부는 규모가 엄청난데, 한 척은 고국에 이제 막 도착한 동인도회사 여객선이었어요. 태양이 구름 사이로 환하게 비추자 까만 바다는 은빛으로 바뀌면서 선박들이 환하기도 하고 그늘도 지는 식으로 변하는 가운데, 조그만 보트가 해안에서 선박으로, 선박에서 해안으로 바쁘게 움직이는 풍경은 물론 그 주변까지 모든 것이 아름답게 보였어요.

커다란 동인도회사 여객선은 밤에 얕은 물로 들어왔기 때문에 특히 눈길을 끌었어요. 주변에는 조그만 보트가 에워싸고, 우리는 해안으로 오려고 보트에 올라타는 사람들이 얼마나 기쁠까 얘기했어요. 찰리도 긴 여행에, 뜨거운 인도에, 독사와 호랑이에 대단한 호기심을 보이면서 문법보다 빠르게 익히는 것 같아, 저는 제가 아는 걸 모두 알려주었어요. 바다를 여행하다 선박이 좌초해서 암초에 매달리기도 하는데, 그 사람들을 한 인간이 용감하게 나서서 구해주었다는 말도 했어요. 그러자 찰리는 어떻게 그럴 수 있느냐 묻고, 저는 집에서 들은 사례를 알려주었어요.

저는 리처드에게 제가 도착했다는 전갈을 보낼까 생각했지만, 예고 없이 찾아가는 게 훨씬 좋을 것 같았어요. 병영에 사는 터라 과연 그럴 수 있을까 약간 의심스럽긴 했지만, 우리는 둘러보러 나갔어요. 이른 새벽이라 모든 게 조용한 가운데, 저는 병영 입구로 다가가서 그곳을 지키는 초병에게 리처드가 사는 곳을 물었어요. 초병은 안내할 병사를 붙여주고, 그 병사는 황량한 계단을 오르더니, 현관문을 주먹으로 때리고 우리 곁을 떠났어요.

"누구야!"

안에서 리처드 소리가 들렸어요. 저는 찰리를 조그만 문 앞에 남겨두고 반쯤 열린 문으로 들어가며 말했어요.

"들어가도 돼, 리처드? 더든 아줌마야."

리처드는 탁자에 앉아서 글을 쓰는데, 옷이며 깡통 상자며 책이며 군화며 빗이며 여행 가방 등이 바닥에 어수선하게 널린 상태였어요. 옷은 - 군복이 아니라 사복을 - 절반만 입고, 머리칼은 뒤엉킨 게 바닥처럼 어수선해 보였어요. 저는 리처드가 진심으로 따뜻하게 맞이하고 옆자리에 앉힌 다음에 이 모든 걸 보았어요, 제 목소리를 듣는 순간에 리처드가 깜짝 놀라면서 저를 꼭 껴안았거든요. 아아, 친애하는 리처드는 저에게 늘 한결같았어요! 바닥에 나뒹굴면서도 - 아, 불쌍한 친구 - 저를 대할 때는 예전처럼 쾌활하고 순박한 모습이었어요.

"맙소사, 친애하는 꼬마 아줌마, 어떻게 여기까지 왔어? 여기에서 아줌마를 볼 거란 생각은 한 번도 못 했어! 무슨 문제가 있는 건 아니지? 에이다는 잘 있고?"

"잘 있어. 어느 때보다 사랑스럽게, 리처드!"

제가 대답하자, 리처드는 의자 뒤로 축 늘어지며 말했어요.

"아! 불쌍한 에이다! 너한테 편지를 쓰는 중이었어, 에스더."

아, 젊디젊고 잘 생긴 청년이 지칠 대로 지쳐서 수척한 얼굴로 의자 뒤로 축 늘어진 채 빼곡하게 쓰던 종이를 한 손으로 구기는 모습이란!

"힘들게 쓴 편지를 안 보여줄 거야?"

제가 묻자, 리처드는 무기력한 몸짓을 하며 대답했어요.

"아, 에스더. 이 방을 보면 알 수 있잖아. 이곳 생활도 다 끝났어."

저는 낙담하지 말라고 온화한 목소리로 간청했어요. 리처드가 어려운 처지라는 이야길 우연히 들었다고, 어떻게 하는 게 최선일지 상의하러 왔다고 했어요.

그러자 리처드가 울적한 미소를 머금으며 대답했어요.

"너답구나, 에스더, 하지만 아무런 소용도 없어, 너답지 않게! 나는 오늘부로 군대를 떠나 – 한 시간 안에 떠나야 해 – 그래서 부드럽게 끝내야 해, 장교 자격증을 팔았거든. 아아! 지난 일은 그만 잊자. 결국엔 이 직업도 다른 직업처럼 끝나는 거야. 이제 교회 성직자라도 돼서 모든 직업을 한 바퀴 돌아보고 싶을 뿐이야."

"리처드, 아직 절망적인 수준은 아니지?"

"에스더, 이제 다 끝났어. 불명예를 겪기 직전이라, (교리문답 기도서에 있는 것처럼)[8] 나에게 권위를 부여한 상부에서도 나를 데리고 있는 편보다 내보내는 편을 좋아할 거야. 그러는 게 맞기도 하고. 빚을 갚으라는 빚쟁이들에다 온갖 결점이 아니더라도 이 직업 자체가 나한테 안 맞아. 관심도 안 가고 신경도 안 가고 마음도 안 가고 영혼도 안 끌려, 단 한 가지 말고는. 그런데 지금 안 끝낸다 해도……"

리처드가 조금 전까지 쓰던 편지를 갈기갈기 찢어서 사방에 조금씩 흩뿌리며 계속 말했어요.

---

8) 영국 성공회 교리문답 기도서에 있는 '여왕 폐하께 복종하며 영광을 바치니, 저에게 권위를 부여한 모든……'을 말한다.

"내가 해외로 어떻게 나가겠어? 해외로 나가라는 명령이 나올 수밖에 없는데, 내가 어떻게 떠나겠어? 나는 모든 관심이 하나로 쏠렸는데, 내가 바싹 안 달라붙으면 볼스조차 믿을 수 없는데, 내가 어떻게!"

리처드는 얼굴을 보고 제가 무슨 말을 하려는지 안 듯, 제가 그 팔에 얹는 손을 잡아서 제 입술에 대는 식으로 말을 못 하게 막았어요.

"안 돼, 더든 아줌마! 내가 금지한 – 금지해야 하는 두 가지. 첫째는 존 잔다이스고, 둘째는 너도 뭔지 알아. 그걸 미친 짓이라 한다면, 이제 나도 어쩔 수 없다고, 제정신으로 돌아갈 수 없다고 대답할 수밖에 없어. 하지만 정말 그런 건 아니야. 나한테는 목표가 있어. 예전에 다른 사람한테 압도당해서 내 길을 벗어난 게 아쉬워. 그걸 지금이라도 단념하는 게 지혜로울 수는 있어, 그동안 모든 시간과 불안과 고통을 거기에 퍼부었다 해도! 아, 그래, 그게 지혜일 수는 있어. 다른 사람한테 매우 바람직한. 하지만 나한테는 아니야. 나는 절대로 단념하지 않아."

제가 반대해서 리처드가 결심만 더 다지는 건 (행여나 더 다져나갈 결심이 있다면) 최선이 아니란 생각이 들 정도였어요. 그래서 에이다 편지를 꺼내, 그 손에 놓았어요.

"여기서 읽어야 하는 거야?"

리처드가 물었어요. 제가 그렇다고 대답하자, 리처드는 편지를 탁자에 펼치고 머리를 한 손에 기댄 채 읽기 시작했어요. 그러다 많이 읽지도 않고서 머리를 두 손에 파묻었어요 – 얼굴을 숨기려고 불빛이 흐린 듯, 얼마 뒤에 일어나서 창가로 갔어요. 그래서 등을 돌린 채 마저 읽더니, 다 읽은 다음에 편지를 가만히 접어서 한 손에 들었어요. 그러다 의자로 돌아오는데, 두 눈에 어린 눈물이 보였어요.

"물론, 에스터, 여기에 무슨 글이 적혔는지를 너도 알겠지?"

리처드가 부드러워진 목소리로 물으면서 편지에 뽀뽀했어요.

"그래, 리처드."

리처드가 한 발로 바닥을 톡톡 치면서 다시 말했어요.

"에이다가 얼마 안 되는 유산을 곧 받는대 - 내가 쓰기에 딱 맞을 정도로 적은 유산 - 그러니 그걸 받아서 빚을 청산하고 군대에 남으라는군."

"에이다 가슴에는 네가 잘되길 바라는 마음밖에 없어. 그리고, 아, 친애하는 리처드, 에이다는 마음이 정말 고결해."

"나도 알아. 내가 - 내가 죽어버리면 좋겠어!"

리처드는 창가로 돌아가서 팔 하나를 창턱에 걸치고는 그 팔에 머리를 기댔어요. 그런 모습을 보니까 마음이 더없이 아프긴 하지만, 리처드가 고집을 꺾을 수도 있겠다는 생각이 들어서 잠자코 있었어요. 하지만 저는 경험이 많이 부족했어요. 리처드가 그런 마음 상태에서 갑자기 상처받은 것처럼 분노하며 말하리라고는 상상도 못 했거든요.

"이건 모두 존 잔다이스 때문이야. 우리가 말하면 안 되는 사람이 우리 사이를 이간질하는 거라고. 소중한 에이다가 존 잔다이스네 지붕 밑에서 관대하게 하는 제안이잖아, 장담하건대, 나를 새롭게 구워삶을 수단으로, 바로 그 존 잔다이스가 우아하게 동의하고 묵인한 가운데."

저는 벌떡 일어나며 반발했어요.

"리처드! 그렇게 못된 말은 안 듣겠어!"

생전 처음으로 리처드에게 정말 화났지만, 순간에 불과했어요. 미안하다는 표정으로 쳐다보는 지칠 대로 지친 얼굴을 바라보는 순간, 한 손을 그 어깨에 올리면서 말했거든요.

"괜찮다면, 친애하는 리처드, 나한테 그런 투로 말하지 마. 명심해!"

리처드는 극도로 자책하면서 더없이 다정한 어투로, 자신이 잘못했다고, 수천 번이라도 용서를 빈다고 사과했어요. 그 말에 저는 웃었지만, 몸은 여전히 떨렸어요. 너무 화난 뒤라 심장이 쿵쾅거렸거든요. 하지만 리처드는 바로 옆에 앉으면서 다시 말했어요.

"이 제안을 받아들일 수는, 친애하는 에스더 – 다시 말하는데, 제발, 제발 용서해 줘, 정말, 정말 미안해 – 말할 필요도 없겠지만, 누구보다 소중한 친척의 제안을 받아들일 수는 없어. 이곳 생활이 다 끝났다는 걸 증명할 편지와 서류를 너한테 다 보여줄 수 있다고. 분명히 말하지만, 이제 장교 생활은 끝났어. 당혹스럽고 어려운 상황에나마, 내가 내 이익을 밀어붙이면서 에이다 이익도 함께 밀어붙였다는 사실이 그나마 다행스러울 뿐이야. 볼스가 마차 바퀴에 어깨를 대고 미는데, 내 이익만 아니라 에이다 이익도 함께 추구하도록 했거든, 다행히도!"

낙관적인 희망이 솟구치면서 얼굴이 밝아졌지만, 저는 오히려 그 모습이 슬퍼 보이는데, 리처드가 환희에 들뜨며 소리쳤어요.

"안 되지, 안 돼! 에이다가 받을 얼마 안 되는 유산을 준다 해도 나로선 적성에 맞지도 않고, 흥미도 못 느끼고, 지겹기만 한 여기에 남으려고 그 돈을 쓸 순 없어. 그 돈은 훨씬 바람직한 보상이 나올 곳에 써야 해, 에이다가 훨씬 많은 몫을 받는 곳에 써야 한다고. 나 때문에 걱정할 필요는 없어! 이제부터 한 가지만 생각하면서 볼스와 함께 해낼 테니까. 방법이 없지도 않아. 아무 말도 들으려 않고 빚만 돌려달라고 떼쓰는 채권자들은 장교 자격증을 판 돈이면 해결할 수 있을 거야. 볼스가 그렇게 말했어. 어쨌든 유리한 방향으로 이끌어야 하는데, 가능성이 점차 늘어날 거야. 걱정하지 마, 에스더! 내 편지를 에이다한테 전해줘, 에스더. 너희 둘 다 나에 대한 희망을 조금은 품어야 해, 이제 완전히 망가졌다는 말은 믿지 말고, 에스더."

제가 리처드에게 한 말을 여기에서 반복하진 않겠어요. 귀찮기만 할 테니까요. 조금이나마 적는 게 바람직하다고 여길 사람은 아무도 없을 테니까요. 하나같이 제 마음에서 나온 말이라는 언급만 하고 넘어 가겠어요. 리처드는 꾹 참으면서 끝까지 들었지만, 스스로 금지한 두 가지에 관한 한, 현 상태에서 어떤 식으로 말해도 소용이 없다는 걸 저는 깨달았어요. 리처드를 그대로 두는 편보다 설득하려 애쓰는 편이 훨씬 나쁘다는 잔다이스 아저씨 말이 옳다는 점 역시 이번 대화를 통해 서 충분히 깨달았어요.

결국 저로서는 리처드에게 느낌 정도가 아니라 실제로 그곳 생활이 끝났다면, 직접 말한 것처럼, 증거를 보여달라고 요구할 수밖에 없었어 요. 리처드는 자신이 퇴역한다는 사실을 확실히 드러내는 서류를 망설 이지 않고 보여주었어요. 리처드를 통해, 볼스 변호사가 그 일을 처리 했으며 서류 복사본을 가지고 있다는 사실도 깨달았어요. 여기까지 내려와서 한 일이라고는, 에이다 편지를 전달하고 이 사실을 확인하고 리처드와 함께 런던으로 돌아가기로 한 게 전부였어요. 저는 마지못한 마음으로 인정한 다음, 호텔로 돌아가서 리처드가 올 때까지 기다리겠 다 하고, 리처드는 망토를 어깨에 걸치고 병영 입구까지 배웅했으며, 찰리와 저는 해안을 따라 돌아갔어요.

그런데 잔뜩 모인 사람들이 보였어요. 보트에서 막 내리는 선박 직원 을 에워싼 관심이 대단했어요. 저는 거대한 동인도회사 선박에서 내린 사람들 같다고, 잠시 지켜보자고 찰리에게 말했어요.

선박 직원들이 흥겹게 대화하고 주변에 몰려든 사람을 둘러보며 천 천히 올라오는 모습이 고국에 도착해서 정말 기쁘게 보이는 순간, 저는 "찰리, 찰리, 어서 가자!"고 재촉했어요. 그리고 조그만 하녀가 놀랄 정도로 빠르게 걸었어요.

저는 우리가 묵는 선박 선실 방문을 닫고 한숨을 돌린 다음에 비로소 제가 왜 그렇게 황급히 도망쳤는지 생각했어요. 햇볕에 탄 얼굴 가운데 우드코트 선생이 있는데, 그분이 저를 알아볼까 두려웠던 거예요. 그분에게 완전히 변한 얼굴을 보여주고 싶지 않았던 거예요. 너무나 갑작스러운 충격에 용기가 완전히 사라진 거예요.

하지만 그러면 안 된다는 걸 깨닫고 속으로 타일렀어요.

'얘야, 그럴 이유가 없어 - 그럴 이유도 없고, 그래서도 안 돼 - 지금이라 해서 예전보다 나빠진 게 없잖아. 너는 지난달이나 오늘이나 똑같아. 더 나빠진 것도 없고, 더 좋아진 것도 없어. 이건 네가 한 결심과 다르잖아. 정신 차려, 에스더, 정신 차리라고!'

열심히 달려온 터라 몸이 너무 떨려서 처음에는 정신을 차릴 수 없었어요. 하지만 이제 훨씬 좋아진 데다, 다행히도 저 자신도 돌아볼 수 있었어요.

사람들이 호텔로 들어왔어요. 층계참에서 말하는 소리가 들렸어요. 그 사람들이 분명했어요. 목소리를 알아들었거든요 - 최소한 우드코트 선생 목소리는. 저를 알아보기 전에 도망쳤다는 사실이 여전히 다행스러우면서도, 그러면 안 된다고 다짐했어요.

"안 돼, 에스더, 안 돼, 안 돼, 안 돼!"

저는 보닛 모자를 풀고 망사를 절반 정도 올리고 - 절반을 내렸다는 의미로, 별다른 차이는 없는데 - 우연히 그곳에 리처드와 함께 머물게 되었다는 글을 제 명함에 써서 우드코트 선생께 보냈어요. 우드코트 선생은 당장 찾아왔어요. 저는 우드코트 선생이 고국으로 돌아온 걸 제일 먼저 환영할 기회를 누려서 기쁘다고 인사했어요. 그런데 우드코트 선생은 저 때문에 더없이 안타까운 표정이었어요. 그래서 다시 말했어요.

"우리 곁을 떠난 뒤에 배가 난파하는 위험에 처했지만, 우드코트 선생님, 그렇게 용감하고 훌륭하게 활약하게 된 계기를 불행이라고 할 순 없겠지요. 우리 모두 진심 어린 관심을 느끼며 기사를 읽었답니다. 심각한 병에서 회복하는 중에 선생님의 오랜 환자를 통해, 가련한 플라이트 할머니를 통해 처음 알게 되었거든요."

"아! 조그만 플라이트 할머니! 아직도 똑같이 사시나요?"

"네, 똑같이 사세요."

저는 이제 망사를 신경 쓰지 않고 완전히 걷을 정도로 자신감이 생겼어요.

"우드코트 선생님, 그분은 선생님께 고마운 마음이 상당하답니다. 굳이 말하자면, 인정이 참 많은 분이지요."

"아가씨께서 – 아가씨께서 보시기에 그러시던가요? 그 말을 – 그 말을 들으니 정말 기쁩니다."

우드코트 선생은 제가 너무 안타까워서 말조차 제대로 못 했어요. 그래서 제가 말했어요.

"분명히 말씀드리지만, 제가 언급한 시기에 그분이 동정하고 기뻐하는 모습에 깊이 감동했답니다."

"아가씨가 크게 아팠다는 말을 듣고서 정말 안타까웠답니다."

"네, 정말 아팠어요."

"하지만 이제 다 나은 거죠?"

"몸도 마음도 다 나았어요. 선생님도 우리 잔다이스 아저씨가 얼마나 훌륭하신지, 우리가 얼마나 즐겁게 사는지, 제가 부러울 것 없이 모든 걸 얼마나 감사하는 마음으로 사는지, 잘 아시잖아요."

우드코트 선생은 예전에 저 자신이 그런 이상으로 안타까워하는 것 같았어요. 상대를 달랠 사람은 바로 저라는 느낌이 새로운 용기와 만족감을 주었어요. 그래서 긴 여행을 마치고 고국으로 돌아온 마음은 어떤지, 앞으로 계획은 어떤지, 인도로 다시 돌아갈 생각인지 물었어요.

우드코트 선생은 애매하다고, 해외라 해서 국내보다 사정이 좋은 것도 아니더라고 대답했어요. 불행한 배에 의사로 취직해서 나갔는데, 뚜렷한 소득도 없이 고국으로 돌아왔다면서요. 한창 대화할 때, (이렇게 표현해도 좋을지 모르겠는데) 저를 본 충격이 많이 누그러진 것 같아서 다행으로 여길 때, 리처드가 들어왔어요. 누가 왔는지 아래층에서 들은 터라 두 사람은 서로를 진심으로 반기며 기뻐했어요.

두 사람이 첫인사를 마치고 리처드가 하는 일을 말하는 사이에 우드코트 선생은 리처드 일이 안 풀린다는 걸 알아챈 것 같았어요. 리처드 얼굴을 슬쩍슬쩍 쳐다보는 눈빛은 뭔가 걱정스러운 기색이 가득하고, 저를 쳐다보는 눈빛은 그 사정을 제가 아는지 확인하려는 것 같았어요. 그런데도 리처드는 특유의 낙천적이며 쾌활한 분위기를 유지하며, 늘 좋아하던 우드코트 선생과 다시 만난 걸 진심으로 반가워했어요.

리처드는 런던으로 함께 돌아가자고 제안했지만, 우드코트 선생은 조금 더 남아서 관련 업무를 마무리해야 하는 터라 우리랑 올라갈 수 없었어요. 하지만 우리와 함께 이른 점심을 드는 동안 예전 모습이 훨씬 많이 돌아온 걸 보고 그분이 안타까워하던 마음을 달랜 것 같아서 저 역시 마음이 편안했어요. 그런데도 리처드에 대한 걱정은 여전한 것 같았어요. 역마차가 준비를 거의 마쳐서 리처드가 짐 싣는 걸 감독하러 뛰어나갔을 때, 저에게 리처드가 어떤지 물었거든요.

저는 리처드 얘기를 모두 털어놓을 권리가 있는지 확실하지 않아, 잔다이스 아저씨와 사이가 안 좋다는 사실과 불행한 대법원 소송에 휩쓸린 상태라는 말만 몇 마디 했어요. 우드코트 선생은 열심히 들으며 안타까워했고요.

"아까 열심히 살피시던데, 리처드가 많이 변한 것 같던가요?"

제가 묻자, 우드코트 선생이 머리를 끄덕이며 대답했어요.

"네, 많이 변했어요."

저는 피가 얼굴로 쏠리는 걸 느꼈지만 한순간에 불과했어요. 머리를 옆으로 돌리자마자 사라졌으니까요.

"얼굴이 실제보다 젊거나 늙거나, 말랐거나 뚱뚱하거나, 혈색이 창백하거나 좋아 보이는 문제 때문이 아니라, 얼굴에 어린 매우 독특한 표정 때문이에요. 젊은 사내한테 그렇게 독특한 표정이 어린 건 처음 봐요. 불안감 때문일 수도 있고 많이 지쳐서 그럴 수도 있어요, 둘 다일 수도 있고요. 절망의 싹 같은 거."

"병에 걸린 것 같지는 않나요?"

아니다. 몸은 튼튼하게 보인다.

"리처드 마음이 편안하지 않아서 그래요, 그럴만한 이유가 많거든요." 제가 대답하고 다시 물었어요.

"우드코트 선생께서는 런던으로 언제 올라오시나요?"

"내일이나 그다음 날이요."

"리처드한테 무엇보다 필요한 건 친구예요. 리처드는 선생님을 늘 좋아했어요. 그러니 런던에 올라오시면 리처드를 만나주세요. 가능하다면 자주 만나는 식으로 도와주세요. 그러면 얼마나 도움이 될지 선생님은 모르세요. 에이다와 잔다이스 아저씨는 물론 저 역시 – 우리 모두. 선생님께 정말 고마워할 거예요, 우드코트 선생님!"

제가 말하자, 우드코트 선생은 처음에 그런 이상으로 감동하며 말했어요.

"에스더 아가씨, 하늘에 맹세합니다, 리처드에게 진실한 친구가 되겠음을! 리처드를 진심으로 대하는 신성한 임무를 다하겠음을!"

저는 두 눈에 눈물이 빠르게 차오르는 걸 느꼈지만, 저를 위한 눈물이 아니라서 괜찮다고 생각하며 대답했어요.

"하느님 은총이 가득하길! 에이다가 리처드를 사랑해요 – 우리 모두 리처드를 사랑하지만 에이다는 우리와 다르게 사랑해요. 선생님이 하신 말씀을 에이다한테 그대로 전할게요. 에이다를 대신해서 고마운 마음으로 하느님 은총을 빌겠어요!"

우리가 황급히 주고받던 대화를 마무리할 즈음에 리처드가 돌아오더니 저에게 한쪽 팔을 내밀고 역마차로 에스코트했어요. 그리고는 부지불식간에 열정적으로 말했어요.

"우드코트, 런던에서 꼭 만납시다!"

그러자 상대가 대답했어요.

"만나요? 지금 런던에 친구라고는 당신밖에 없어요. 어디로 찾아갈까요?"

리처드가 곰곰이 생각하면서 대답했어요.

"어디든 묵을 방을 구해야 하는데⋯⋯ 일단 시몬드 법학예비원 볼스 변호사 사무실로 오세요."

"좋아요! 이른 시일에 찾아갈게요."

두 사람은 진심으로 악수했어요. 제가 역마차 안에 앉고 리처드는 밖에 있을 때, 우드코트 선생이 리처드 어깨에 한쪽 손을 다정하게 얹고 저를 쳐다보았어요. 저는 그 뜻을 알아채고 감사하는 마음으로 손을 흔들었어요.

마차가 구를 때 마지막으로 쳐다본 우드코트 선생 얼굴에는 저 때문에 안타까워하는 표정이 가득했어요. 그 표정이 저는 기뻤어요. 죽은 사람이 세상에 다시 찾아오면 느낄만한 감정을 저는 제 예전 모습에서 느꼈거든요. 그 모습을 다정하게 기억한다는 사실이, 그 모습을 아쉬워한다는 사실이, 영원히 잊은 건 아니라는 사실이 기뻤거든요.

CHAPTER XLVI
그 아이를 잡아요!

'톰 올 얼론스'에 어둠이 깔린다. 태양이 떨어지면서 어둠이 조금씩 넓어지더니 '톰 올 얼론스' 구석구석까지 집어삼킨다. 그런 곳에도 사람이 산다는 듯, 그런 곳에도 등잔불은 깜빡이니, 역겨운 공기에 지하 감옥 같은 불빛이 한동안 무겁게 타오르면서 섬뜩한 대상을 깜박깜박 밝힌다. 하지만 그 불빛도 사라진다. 달이 흐릿하고 차가운 눈빛으로 톰을 바라보는 게, 달 표면 역시 화산 폭발이 몰아쳐서 생명체가 살 수 없는 황량한 지역임을 인정하는 것 같더니, 그런 달조차 지나가다 사라진다. 지옥 같은 마구간에서 가장 끔찍한 악몽이 '톰 올 얼론스'를 스치듯 지나고, 톰은 깊이 잠잔다.

의회 안에서도 밖에서도 톰에 관해서 훌륭한 연설을 수없이 하고, 톰을 제대로 세울 방법을 과격하게 수없이 토론한다. 그곳에 무엇을 투입해야 하는가, 경찰관인가, 교구 하급관리인가, 종 치는 사람인가, 막대한 돈인가, 취향을 올바로 잡아주는 원칙인가, 교구청인가, 지역 교회인가, 아니면 교회를 하나도 안 넣어야 하는가! 논쟁하는 밀짚

다발을 마음이 삐뚤어진 칼로 톰에게 가르도록 해야 하는가, 아니면 톰을 돌 깨는 기계에 집어넣어야 하는가! 먼지와 소음만 가득한 와중에 완벽하게 또렷한 게 딱 하나 있으니, 우습게도, 이론을 제시하는 사람은 많으나 실천하는 사람은 하나도 없다는 사실이다. 그래서 쓸데없는 희망만 가득한 사이에 톰은 굳센 고집을 발휘하며 지옥으로 곤두박질친다.

하지만 톰도 복수한다. 바람조차 그 말을 들으니, 어둠이 가득한 시간에 심부름하러 돌아다닌다. 부패한 톰의 피 한 방울이면 어디든 심각하게 오염시키고 전염시킬 수 있다. 바로 오늘 밤, 그 피는 노르만 명문가에 선택된 사람들을 (화학자들이 분석해서 진정으로 고귀한 피라고 확인할 수도 있는 사람들을) 오염시킬 수 있으니, 더없이 역겨운 동맹을 누구도 거부할 수 없다. 톰네 진흙탕 원자 하나하나가, 톰이 사는 지역의 전염병 세균 하나하나가, 톰 주변의 퇴폐와 타락 하나하나가, 무지와 폭력 하나하나가, 사악함 하나하나가, 잔인한 행동 하나하나가, 제일 고귀한 인물과 제일 높은 자리에 있는 인물까지 사회 모든 계층을 심판할 것이다. 정말이지, 톰은 오염으로, 약탈로, 부패로 복수한다.

'톰 올 얼론스'가 더 추악한 게 낮인지 밤인지는 논쟁의 여지가 있지만, 상상력이 아무리 대단해도 실제보다 뛰어날 순 없다는 주장에 따른다면, 충격적인 풍경이 그대로 드러나는 낮이 훨씬 추악하다. 그런 낮이 지금 밝아 오니, 실제는, 태양이 떠올라서 끝없이 사악한 톰을 비추는 편보다는 영국 전역에서 태양이 지는 편이 영국을 영광스럽게 할 수도 있다.

햇볕에 갈색으로 탄 신사 한 명이, 잠을 이룰 수 없어서 베개만 뒤척이느니 차라리 밖으로 나온 것 같은 신사 한 명이, 이렇게 조용한 시간에 이쪽으로 천천히 다가온다. 호기심에 이끌려서 걸음을 멈추고 주변을 가끔 둘러보며 비참한 골목을 오르내린다. 호기심 하나만은 아니다. 까맣게 반짝이는 눈에 동정 어린 관심이 가득한 데다, 여기저기 둘러볼 때마다 더없이 비참한 풍경을 이해하는 듯한 표정은 예전에도 그곳을 다녀간 것 같으니 말이다.

'톰 올 얼론스' 도로를 관통하는 진흙탕 해협 양쪽으로 보이는 거라곤 꽉 닫힌 채 침묵하는, 무너질듯한 주택 말고 하나도 없다. 깨어난 인물 역시 그 신사 말고 없는 것 같다. 다른 쪽을 보니 현관 입구 계단에 외롭게 앉은 여자 한 명이 보인다. 신사는 그쪽으로 걸어간다. 가까이 다가갈수록, 먼 길을 걸어오느라 신발에 쓸려서 상처가 난 발과 초라한 차림새가 보인다. 팔꿈치를 무릎에 기대고 머리를 손으로 받친 자세로 현관 계단에 앉은 모양새는 누군가를 기다리는 것도 같다. 옆에는 천 가방 같기도 하고 보따리 같기도 한 게 있다. 꾸벅꾸벅 조는지, 신사가 가까이 다가가는 발소리조차 눈치를 못 챈다.

깨져나간 인도가 너무 좁아서 앨런 우드코트가 여인이 앉은 곳으로 가려면 도로로 접어들어서 여인 앞을 지나야 한다. 그래서 얼굴을 내려다보다, 상대와 시선이 마주치는 순간에 걸음을 멈춘다.

"무슨 일인가요?"

"아무 일 아닙니다, 나리."

"안으로 들어가려는 건가요? 사람을 깨우면 안 되나요?"

우드코트가 묻는 말에 여인이 가까스로 대답한다.

"이 집이 아니라 다른 집에서 - 묵는 집에서 - 사람들이 깨어나길 기다린답니다. 여기서 기다리는 이유는 태양이 뜨면 금방 따뜻해질 것 같았고요."

"안타깝게도 많이 지친 것 같군요. 거리에 앉은 모습을 보니 마음이 아픕니다."

"고맙습니다, 나리. 괜찮아요."

가난한 사람에게 말할 때 윗사람인 척하거나 겸손한 척하거나 천진난만한 척하는 (이런 사람 대부분은 초등학교 1학년 국어책에 실린 내용처럼 말하는 걸 요령처럼 생각하는데) 모습을 꺼리는 습관 덕분에, 우드코트는 여인과 말문이 쉽게 트인다. 그래서 허리를 숙이며 말한다.

"이마를 살펴보겠습니다. 저는 의사입니다. 두려워하지 마세요. 무슨 일이 있어도 아프게 안 할 테니까요."

능숙하고 익숙한 손으로 만지면 여인을 훨씬 쉽게 달랠 수 있다는 걸 우드코트는 잘 안다. 여인은 살짝 거부하며 "아무렇지 않다"고 말하지만, 우드코트가 상처 부위에 손가락을 대는 순간에 여인이 이마를 환한 쪽으로 돌려준다.

"맙소사! 상처가 심하네요, 피부가 찢어졌어요. 정말 아프겠어요."

"조금 아픕니다, 나리."

여인이 대답하는데, 깜짝 놀란 눈물이 뺨으로 한 방울 흘러내린다.

"제가 편하게 치료해 드릴게요. 손수건으로 대도 안 아플 거예요."

"아, 네, 나리, 저는 괜찮습니다!"

우드코트는 상처 부위를 소독하고 자세히 살핀 다음에 손바닥으로 가만히 누른 채, 주머니에서 조그만 상자를 꺼내 상처 부위를 붕대로 감아서 묶는다. 그러더니, 거리에 치료실을 차렸다는 생각에 웃음을 터트리면서 묻는다.

"남편이 벽돌공인가요?"

"어떻게 아셨어요, 나리?"

여인이 깜짝 놀라며 묻는다.

"맙소사, 아주머니 가방과 옷에 묻은 진흙을 보았거든요. 저는 벽돌

공이 도급제 일거리를 찾아서 사방을 돌아다닌다는 사실도 안답니다. 안타깝게도, 그런 사람은 부인을 때린다는 것도."

여인이 급히 고개를 들고 쳐다보는 게 이 상처는 그것과 아무런 상관이 없다고 말하려는 것 같다. 하지만 손이 이마에 있는 걸 느끼고 바쁜 얼굴이 차분한 걸 보더니, 고개를 다시 가만히 떨어뜨린다.

"남편은 어디에 있나요?"

"간밤에 문제가 있었답니다, 나리. 하지만 우리가 묵는 집으로 찾아올 거예요."

"크고 묵직한 손을 이런 식으로 엉뚱하게 사용하다가는 나중에 커다란 곤경에 처할 거예요. 하지만 남편이 이렇게 잔인해도 부인께서 용서하시니, 저 역시 더 말하지 않겠습니다, 남편이 정신을 차리길 바란다는 말 말고는. 아이가 없나요?"

여인이 머리를 저으며 대답한다.

"제 것이라고 부르는 아이가 한 명 있지만, 리즈 아이랍니다."

"아주머니가 낳은 아이는 죽었군요. 알겠습니다! 불쌍한 것!"

우드코트는 어느덧 치료를 마치고 상자를 챙기더니, 상대가 일어나서 고마워하자, 자신이 한 일을 가볍게 여기면서 묻는다.

"원래 살던 집이 다른 곳에 있겠군요. 여기에서 먼가요?"

"30~40km는 족히 떨어진 곳이랍니다, 나리. 세인트 올번스. 선생님도 세인트 올번스를 아세요, 나리? 깜짝 놀라시는 모습이 아시는 것 같아요."

"네, 안답니다. 이번에는 제가 묻겠습니다. 하루 묵을 돈은 있나요?"

"네, 나리. 정말입니다."

여인이 대답하더니 돈을 보여준다. 우드코트는 여인이 억눌린 어투로 감사하는 말에 답례하며, 만나서 반가웠다고, 좋은 하루가 되길 바란다고 인사한 뒤에 멀어진다. '톰 올 얼론스'는 여전히 깊이 잠잘 뿐, 무엇 하나 꿈틀대지 않는다.

아니다, 무언가 꿈틀댄다! 여인이 현관 계단에 앉은 모습을 처음 목격한 지점으로 돌아가다, 우드코트는 누더기 형상이 한 손을 앞으로 살그머니 내밀어서 진흙이 잔뜩 묻은 담장을 피하느라 잔뜩 움츠리며 ─ 이렇게 비참한 형상조차 더러운 걸 피하려 애쓰며 ─ 조심스럽게 걸어오는 모습을 바라본다. 어린애로, 얼굴은 퀭하고 두 눈은 너무 여위어서 반짝인다. 아무에게도 안 보이도록 걸어오는데 집중하느라, 낯선 사람이 의상을 제대로 차려입고 갑자기 나타나는데도 뒤돌아보지 않는다. 맞은편 도로에서 누더기 팔꿈치로 얼굴을 가리며 지나, 한 손을 불안하게 내밀고 누더기를 엉성하게 걸친 모습으로 잔뜩 움츠리며 살금살금 나아갈 뿐이다.

누더기는 어떤 목적으로 만들었는지는 물론 어떤 재질로 만들었는지도 알 수 없다. 색상이나 형태로 보건대, 늪지에서 자라다 오래전에 썩어 문드러진 잎사귀 다발 같다.

우드코트는 걸음을 멈추고 아이를 물끄러미 바라보는데, 어디선가 보았다는 막연한 느낌이 든다. 어디에서 어떻게 보았는지는 기억나지 않지만, 그 모습은 마음속에 강하게 떠오른다. 병원이나 구빈원에서 본 것 같다는 생각은 드는데, 유난히 강하게 떠오르는 이유를 도무지 이해할 수 없다.

우드코트는 '톰 올 얼론스'에서 아침 햇살이 환한 곳으로 나오며 곰곰이 생각하는데, 갑자기 뒤에서 마구 뛰어오는 소리에 돌아보니, 아까 그 아이가 전속력으로 뛰어오고 아까 그 아줌마가 열심히 쫓아오다, 숨을 헐떡이며 소리친다.

"아이를 잡아요, 아이를 잡아요! 아이를 잡아요, 나리!"

우드코트는 아이가 달리는 도로 맞은편으로 쫓아가지만, 아이가 훨씬 빨라, 5~6m 앞에서 방향을 틀고 허리를 숙이면서 두 손 밑으로 빠져나가, 계속 도망친다. 아줌마 역시 계속 쫓아가며 "아이를 잡아요, 나리, 제발 아이를 잡아요!"라고 소리친다. 우드코트는 아이가 아줌마 돈을 훔쳤다 생각하고 열심히 쫓아가다 열 번 정도는 따라잡는데, 그럴 때마다 아이는 다시 방향을 틀고 허리를 숙이며 도망친다. 아이를 때려서 넘어뜨리면 될 것 같지만, 추적자는 그럴 마음이 없으니, 단호하면서도 우스꽝스러운 추격전이 이어진다. 끝내는 쫓기는 자가 좁은 길로 들어서고, 앞에는 마당만 나올 뿐 길이 없다. 썩어가는 목재를 쌓아놓은 마당에서 궁지에 몰린 아이는 철퍼덕 쓰러진 채 가쁜 숨을 몰아쉬고 추적자는 가만히 서서 가쁜 숨을 몰아쉬는데, 마침내 아줌마가 나타나서 소리친다.

"아, 너구나, 조! 왜 그랬니? 마침내 너를 찾았구나!"

우드코트 역시 아이를 가만히 쳐다보며 중얼거린다.

"조, 조! 맞아! 확실해! 예전에 검시 재판정에 나온 아이가 분명해."

조가 울면서 하소연한다.

"맞아요, 재판정에서 아저씨를 봤어요. 그게 어때서요? 나처럼 불쌍한 아이를 그냥 놔두면 안 되나요? 아저씨 눈에는 아직도 충분히 불쌍하지 않은가요? 내가 얼마나 더 불쌍하게 되길 바라세요? 나는 지금껏 이 사람한테 이리 쫓기고 저 사람한테 저리 쫓겼어요, 끊임없이, 가죽과 뼈다귀만 남을까 걱정스러울 정도로. 검시 재판정은 내 잘못이 아니에요. 나는 아무런 잘못도 안 했어요. 그분은 나한테 잘했어요, 정말로. 그분은 사거리를 건널 때마다 말을 건 유일한 아저씨였어요. 나는 그분이 검시 재판을 받기를 바란 적이 없어요. 차라리 내가 그렇게 되고 싶을 뿐이라고요. 물속에 당장 빠져 죽지 않는 이유를 모르겠다고요,

정말 모르겠다고요."

아이가 너무 불쌍하게 말하는 데다, 땟국이 흐르는 눈물은 진짜로 보이고, 한쪽에 쌓아놓은 목재 모서리에 내버린 쓰레기에서 자라난 독버섯처럼 누워있는 모습을 보니, 우드코트는 마음이 아프다. 그래서 아줌마에게 묻는다.

"저 불쌍한 것이 무엇을 잘못했나요?"

이 말에 아줌마는 바닥에 누운 아이를 화난 표정이 아니라 깜짝 놀란 표정으로 바라보고 고개를 저으며 말할 뿐이다.

"아, 너구나, 조, 너야, 조. 마침내 너를 찾았어!"

"저 아이가 무엇을 잘못했나요? 물건을 훔쳤나요?"

"아니에요, 나리, 아니에요. 물건을 훔쳐요? 저 아이는 저를 다정한 마음으로 도운 것 말고 잘못한 게 없으니, 그거야말로 기적이지요."

우드코트는 조에서 아줌마를 보고 아줌마에서 조를 바라보며, 누구든 수수께끼를 풀어주기만 기다리는데, 마침내 아줌마가 말한다.

"저 애는 나랑 함께 있었답니다, 나리. 아, 너구나, 조! 저 아이는 나랑 함께 있었답니다, 세인트 올번스에, 아파서. 그런데 내가 어쩔 수 없을 때, 젊은 숙녀가, 하느님, 그분을 축복하소서, 저 아이를 가엾이 여기고 집으로 데려갔는데……"

우드코트가 갑자기 몰려드는 충격에 뒤로 움찔한다.

"네, 네, 맞아요. 저 아이를 집으로 데려가서 편히 쉬게 했는데, 은혜를 모르는 괴물처럼 한밤중에 도망치더니, 조금 전까지 어디에도 안 보이고 어떤 소식도 안 들렸답니다. 그런데 그렇게 아름답던 숙녀가 저 아이 때문에 병에 걸려서 예쁜 얼굴을 잃어, 천사 같은 마음씨와 아름다운 자태와 다정한 목소리가 아니라면 누구도 알아볼 수 없을 정도로 변했답니다. 나리도 아세요? 은혜도 모르는 저놈 때문인걸?

그게 다 네놈 때문이야, 그분이 네놈을 다정하게 대했기 때문이라고!"

아줌마가 갑자기 몰아치면서 눈물을 흘리는 게, 그때 일을 떠올리는 순간에 분노가 치미는 것 같다.

아이는 그 말을 듣고 깜짝 놀라더니, 더러운 손바닥에 더러운 이마를 떨어뜨리고는 땅바닥만 물끄러미 쳐다보다 머리끝부터 발끝까지 덜덜 떤다, 아이가 기댄 목재까지 흔들릴 정도로.

우드코트는 차분하지만 효율적인 몸짓으로 아주머니를 타이른다. 그리고 덜덜 떨리는 목소리로 중얼댄다.

"리처드가 말했어……듣긴 들었어요……괜찮아요, 괜찮아, 잠시 숨 좀 돌릴게요."

그리고는 몸을 돌려서 지붕으로 덮은 통로를 가만히 쳐다본다. 그러다 돌아서는데, 이미 차분한 표정이다. 아이를 피하려는 본능과 싸울 뿐인데, 그 모습이 너무나 놀라워서 이번에는 아주머니가 가만히 쳐다본다.

"아주머니가 하는 말을 들었잖아. 그러니 일어나, 일어나!"

조는 덜덜 떠는 몸으로 훌쩍이며 천천히 일어나, 그런 부류가 어려움에 부닥치면 흔히 그러듯, 목재가 쌓인 곳으로 다가가서 한쪽 어깨를 기대고 오른손으로 왼손을, 왼발로 오른발을 문지른다.

"아주머니 얘기를 너도 들었는데, 모두 사실이야. 그때 이후로 여기에서 지냈니?"

"오늘 아침 이전에 '톰 올 얼론스'에 왔다면, 그대로 죽어버리겠어요."

조가 쉰 목소리로 대답한다.

"그럼 왜 이제 나타났니?"

조는 사방이 막힌 마당을 둘러볼 뿐, 질문자 무릎 위를 차마 못 보다, 마침내 대답한다.

"무얼 어떻게 해야 좋을지 모르고 할 것도 없었어요. 나는 돈이 한 푼도 없고 아파서, 아무도 모르게 돌아와서 밤이 깊을 때까지 숨어서 누워있다, 밖으로 나와서 스낙스비 아저씨한테 구걸할까 생각했어요. 그분은 늘 나한테 무어든 주거든요. 하지만 스낙스비 아줌마는 늘 나무라지요, 다른 사람이 모두 그러는 것처럼."

"그럼 어디에서 온 거니?"

조는 사방이 막힌 마당을 다시 둘러보고, 다시 질문자 무릎만 쳐다보다, 결국에는 체념한 듯 목재 무더기에 얼굴을 댄다.

"어디에서 오는 거냐고 물었잖니!"

"줄곧 걸어 다녔어요."

조가 대답하자, 우드코트는 혐오감을 이겨내려고 애쓰면서 가까이 다가가, 확신이 가득한 표정으로 허리를 숙여서 쳐다본다.

"그럼, 훌륭한 숙녀가 너를 불쌍히 여기고 집으로 데려가는 불행을 감수했는데도, 몰래 떠난 이유가 무언지 말하렴."

조는 체념한 표정에서 벗어나 갑자기 흥분하며 아줌마를 보고 선언한다, 자신은 그 숙녀가 그렇게 된 걸 하나도 몰랐다고, 자신은 아무런 얘기도 못 들었다고, 자신은 그 숙녀를 해칠 생각이 한치도 없었다고, 그러느니 차라리 죽고 말겠다고, 그 숙녀 옆으로 가느니 차라리 가련한 자기 목을 잘라버리겠다고, 그 숙녀는 자신에게 정말 친절했다고, 정말이라고. 초라한 모습으로 하는 말이 사실인 듯, 갑자기 얼굴을 숙이며 구슬프게 울어댄다.

우드코트는 거짓말이 아니란 걸 느낀다. 그래서 손을 억지로 움직여서 조를 건든다.

"어서, 조, 말해."

"싫어요, 말하지 않겠어요. 말할 수도 없고, 말하지도 않겠어요."

조가 소리치며 얼굴을 목재 무더기에 다시 기댄다.

"아무리 그래도 나는 알아야 해. 어서, 조."

상대가 재촉한다. 두세 차례 간청하자, 조는 머리를 치켜들고 마당을 다시 둘러보더니, 나지막이 말한다.

"그래요. 말하지요. 끌려갔어요. 그곳에서!"

"끌려가? 한밤중에?"

조는 누가 들을까 두려운 표정으로 주위를 둘러보는 데 그치지 않고, 3m 높이 목재 꼭대기까지 올려다보고 그 틈새도 쳐다보아, 불신의 대상이 위에서 내려다보거나 맞은편에 숨지 않았다는 걸 확인한다.

"너를 누가 끌고 갔니?"

"이름은 말할 수 없어요. 절대로 말하지 않겠어요, 나리."

"하지만 나는 듣고 싶어, 젊은 숙녀분을 대신해서. 나를 믿어야 해. 네 말을 엿듣는 사람은 아무도 없어."

"하지만 그 사람이 들을 수도 있어요."

조가 대답하며 두려운 표정으로 머리를 젓는다.

"맙소사, 그 사람은 여기에 없어."

"정말 그럴까요? 그 사람은 사방에 있어요."

우드코트는 당혹스러운 표정으로 쳐다보다, 어이없는 대답 밑바닥에 깃든 강력한 확신을 깨닫는다. 그래서 구체적으로 대답할 때까지 끈기 있게 기다리니, 조는 그 모습에 당황해서 마침내 체념한 채 귀에 대고 속삭이고, 우드코트는 깜짝 놀란다.

"뭐라고! 맙소사, 네가 무슨 잘못을 했는데?"

"아무 잘못도 안 했어요, 나리. 문제를 일으킬 짓은 하나도 안 했어요. 끊임없이 움직이지 않고 검시 재판정에 들른 것 말고는. 하지만 지금은 계속 움직여요. 공동묘지를 향해서 계속 나아가요 – 결국엔 내가 들어갈 곳으로."

"아니야, 아니야, 우리가 못 그러게 막을 거야. 그 사람이 그런 다음에 너를 어떻게 했니?"

"병원에 넣었어요, 그러다 쫓겨나니, 나한테 돈을 조금 주었어요 - 반 크라운 은화 네 냥을 - 그런 다음에 '어서 꺼져! 여기에는 널 보려는 사람이 아무도 없어'라고 했어요. '어서 꺼져. 어서 계속 걸으라고. 끝없이 걸어. 런던 근처 60km 이내로 절대로 들어오지 마. 그러다 들키면 혼쭐날 테니까'라고 했어요. 그러니 그렇게 될 거예요, 그 사람한테 들킨다면, 땅 위를 돌아다니다 들킨다면."

조는 결론을 내리고 조금 전처럼 불안한 눈으로 주변을 둘러본다.

우드코트는 곰곰이 생각하다, 조를 격려하는 눈으로 쳐다보며 아줌마에게 말한다.

"저 아이는 아주머니 생각처럼 은혜를 모르는 아이가 아니에요. 그 집을 떠날 수밖에 없는 이유가 있었어요, 그 이유가 애매하긴 하지만."

그러자 조가 소리친다.

"고마워요, 나리, 고마워요! 그것 보세요! 그런데 나한테 어떻게 그리도 모질게 말하나요! 하지만 신사분이 한 말을 젊은 숙녀분한테 그대로 전한다면, 나는 괜찮아요. 아줌마는 나한테 잘했고, 나도 아니까요."

우드코트는 그런 아이를 가만히 바라보며 말한다.

"조, 이제 나랑 가자, 여기보다 숨기 좋은 곳을 알려줄게. 다른 사람이 쳐다보는 시선을 피하는 차원에서 너는 이쪽을 나는 건너편을 걸어도 도망치지 않겠다고 약속하겠니?"

"네, 그 사람이 오는 게 보이지 않는 한, 나리."

"좋아. 네 말을 믿으마. 이제 런던 사람 절반이 깨어나고, 앞으로 한 시간이면 런던이 전부 깨어나겠지. 어서 가자. 안녕히 계세요, 착한 아주머니."

"안녕히 가세요, 나리, 여러 번 친절하신 모습에 다시 한번 감사드려요."

아줌마는 지금껏 가방에 앉아서 열심히 쳐다보다 비로소 일어나서 가방을 집어 들고, 조는 "나는 그분을 해치려고 따라간 게 아니라는 말과 신사분이 한 말을 젊은 숙녀분한테 그대로 전해주세요!"라고 다시 말하고는 고개를 끄덕이고, 덜덜 떨리는 몸을 비틀대고, 끔벅대는 눈을 문지르고, 반은 웃고 반은 울며 아주머니에게 작별인사하고, 우드코트가 걷는 도로 맞은편에서 건물에 바싹 달라붙은 채 살금살금 따라간다. 두 사람은 그런 식으로 '톰 올 얼론스'를 벗어나, 햇살이 환하고 공기는 맑은 거리로 나온다.

CHAPTER XLVII
조가 한 유언

    우드코트와 조가 거리를 따라 나아가는 사이에 멀리 떨어진 높은 교회 첨탑마다 아침 햇살을 받아서 가깝고 선명하게 보이는 게 도시가 깊은 잠에서 깨어나는 것 같고, 우드코트는 불쌍한 조가 묵을 곳을 어디서 어떻게 구할지 생각하고 또 생각하지만 해답이 안 나온다. '문명사회 한가운데서 인간 형상을 한 아이가 쉴 곳을 찾는 게 주인 없는 강아지보다 어렵다니, 정말 이상한 현실이로군'이라는 생각이 절로 떠오른다. 하지만 아무리 이상할지언정 현실은 현실이고, 어려운 건 여전하다.

    처음에는 조가 여전히 따라오는지 확인하려고 뒤를 자주 돌아본다. 그럴 때마다 조는 맞은편 건물에 바싹 달라붙어서 잔뜩 경계하는 손으로 벽돌과 벽돌을, 그리고 문과 문을 짚으면서 도로 건너편을 조심스러운 눈으로 힐끗거리며 살금살금 쫓아온다. 그래서 우드코트는 조가 도망가지 않으리라 확신하곤, 계속 걸으면서 앞으로 어떻게 할지에 생각을 집중한다.

길모퉁이에서 아침 음식 가판대가 무엇보다 먼저 할 일을 알려준다. 우드코트는 그곳으로 다가가서 주변을 둘러보고 조에게 손짓한다. 조가 주저하면서도 마지못한 걸음으로 거리를 건너며, 인간 절구와 공이로 더러운 걸 반죽하듯, 오른 주먹으로 왼손 손바닥 움푹 들어간 부위를 천천히 문지른다. 훌륭한 음식이 앞에 놓이자, 조는 커피를 허겁지겁 마시고 버터 바른 빵을 물어뜯는데, 그렇게 먹고 마시는 사이에도 불안한 눈으로 사방을 둘러보는 게 잔뜩 겁먹은 짐승 같다.

그러나 너무 아프고 힘든 나머지 배고픔조차 조를 외면한다. 그래서 음식을 금방 내려놓으며 "조금 전까지 배고파 죽을 것 같았는데, 나리, 지금은 아무것도 모르겠어요 - 저것조차. 먹는 것도, 마시는 것도 안 당겨요"라고 말한다. 그리고는 가만히 서서 와들와들 떨며 의아한 눈으로 음식을 쳐다본다.

우드코트는 어린애 맥박을 짚고 가슴에 손을 얹는다. "숨을 깊이 들이마셔, 조!" "숨이 짐마차처럼 묵직해요." 조가 말하더니 '그래서 짐마차처럼 덜거덕대요'라고 덧붙일 것 같지만, "나는 계속 움직여요, 나리"라고 중얼거리는 게 전부다.

우드코트는 약재상을 찾는다. 근처에는 약재상이 없지만, 아쉬우나마 선술집은 있다. 그래서 포도주 소량을 사서 아이에게 일부를 조심스럽게 먹인다. 포도주가 입술을 넘어가자 곧바로 아이가 살아나기 시작한다. 우드코트는 조심스러운 얼굴로 찬찬히 살피다 말한다.

"더 마시자꾸나, 조. 그래! 이제 5분을 쉬고서 걷는 거야."

우드코트는 어린애가 아침 음식 가판대 벤치에 앉아서 쇠 난간에 등을 기대게 한 다음, 이른 햇살을 받으며 이리저리 거닐다, 감시하는 느낌 없이 가끔 쳐다본다. 아이가 몸이 따뜻해지고 기운이 새롭게 난다는 걸 한눈에 알 수 있다. 그늘진 얼굴도 밝아질 수 있다면, 아이 얼굴이 어느 정도 밝아졌다. 무기력하게 내려놓았던 빵조각도 조금씩 뜯어먹는다. 좋아진 징후를 살핀 다음, 우드코트는 조에게 말을 걸어서 망사를 쓴 숙녀가 다가온 이야기와 이후에 일어난 일을 들으며 적지 않게 놀란다. 조는 빵을 천천히 씹으면서 천천히 이야기한다. 그러다 이야기도 빵도 끝나고, 두 사람은 다시 걷는다.

아이가 당장 묵을 곳을 찾는 문제를 예전 환자인 열정적인 플라이트 할머니와 상의할 생각으로 우드코트는 자신이 조를 처음 본 동네로 나아간다. 하지만 고물상은 모든 게 변하고, 플라이트 할머니는 거기에 없다. 문도 닫혔는데, 딱딱하게 생긴 여성이 먼지를 뒤집어써서 얼굴을 알 수 없는 모습으로 — 하지만 흥미로운 주디가 분명한 여인이 — 나와서 가시 돋친 말로 아무렇게나 대답한다. 그러나 플라이트 할머니와 그 새들이 '벨 야드' 블라인더 부인네 집에서 산다는 사실을 알아듣기에는 충분해, 그 집으로 찾아가니, (대법관이라는 훌륭한 친구가 여는 정의로운 법정에 안 늦으려고 일찍 일어난) 플라이트 할머니가 반가운 눈물을 흘리며 계단을 달려서 내려와 두 팔을 벌리며 소리친다.

"친애하는 의사 선생! 훌륭한 공을 세운, 명예롭고 유명한 장교!"

플라이트 할머니가 이상한 표현을 사용하지만 제정신이 허락하는 만큼 — 평소보다 또렷하게 — 진심으로 따듯하게 맞이한다. 우드코트는 플라이트 할머니가 황홀경에 빠져서 열심히 칭찬하는 말이 끝날 때까지 참을성 있게 기다리다, 입구에서 덜덜 떠는 조를 가리킨 다음, 여기까지 찾아온 이유를 말한다.

"저 아이가 잠시 묵을 곳이 근처에 있을까요? 할머니는 아는 것도 많고 인정도 많으시니, 좋은 방법을 알 것 같아서요."

플라이트 할머니는 칭찬을 듣고 기분이 좋아서 곰곰이 생각하는데, 좋은 생각이 떠오른 건 시간이 한참 지난 다음이다. 블라인더 부인은 세가 모두 나가고, 할머니는 불쌍한 그리들리 방을 쓰는 터라, "그리들리!"라고 스무 번은 되풀이한 다음에 비로소 손뼉을 치면서 소리친 것이다.

"그리들리! 맞아! 당연해! 친애하는 의사 선생! 조지 장군이 도와줄 거라오."

우드코트는 조지 장군이 누군지 묻지만 소용이 없다. 플라이트 할머니는 벌써 위층으로 달려가서 꽉 끼는 보닛 모자를 쓰고는 초라하고 조그만 숄을 걸치고 서류 손가방을 팔에 끼우느라 바쁘기 때문이다. 하지만 준비를 마치고 내려와서 두서없이 전하는 말을 통해, 조지 장군은 할머니가 자주 찾아가는 사람으로, 친애하는 피츠 잔다이스를 아는데다 관심도 대단하다는 사실을 깨달으니, 제대로 찾은 것 같다는 생각이 절로 든다. 그래서 조금만 더 걸으면 된다며 조를 격려한 다음, 장군네 집으로 찾아간다. 다행히도 먼 거리는 아니다.

조지 사격연습징 외관에서도, 기다란 입구에서도, 그 너머로 휑뎅그렁한 풍경에서도, 우드코트는 좋은 징후를 느낀다. 조지 선생이 아침 운동을 하다 셔츠 차림으로 입에 파이프를 물고 뚜벅뚜벅 다가오는 모습도, 검술과 덤벨로 단련시켜 얇은 셔츠 소매 사이로 묵직하게 보이는 팔 근육도 느낌이 좋다.

조지 선생이 군대식으로 경례하며 인사한다.

"어서 오세요, 선생."

그리고는 넓은 이마에 뻣뻣한 머리칼까지 기분 좋게 웃더니, 플라이트 할머니가 대법정처럼 오랫동안 소개하는 의식을 위엄있게 듣는다. 그러더니 "어서 오세요, 선생!"이라 다시 말하고 다시 경례하며 묻는다.

"실례합니다만, 해군이신가요?"

"그렇게 보여서 영광이긴 한데, 장거리 여객선 의사에 불과하답니다."

"그렇군요, 선생! 해군인 줄 알았습니다."

우드코트는 아무런 예고도 없이 불쑥 찾아온 걸 용서하길 바란다고, 파이프 담배를 예의상 내려놓는 것 같은데 계속 태워도 된다고 말하니, 기병은 "플라이트 할머니는 담배 연기를 싫어하지 않는 걸 겪어서 아는 데다, 선생도 괜찮다고 하시니……"라고 대답하다, 파이프를 입술 사이에 넣는 거로 마무리한다. 그러자 우드코트는 조에 대해서 자세히 말하고, 기병은 엄숙한 얼굴로 듣는다. 조는 입구에 가만히 서서 하얗게 회칠한 정면에 적힌 커다란 글자를, 자신에게는 아무런 의미도 있을 수 없는 글자를 물끄러미 쳐다보고, 기병은 그런 조를 바라보며 묻는다.

"저 아이인가요, 선생?"

"그렇습니다. 그런데, 조지 선생님, 어려운 문제가 있답니다. 병원에서 대뜸 받아준다 해도 저는 저 아이를 병원에 넣고 싶지 않거든요, 설사 들어간다 해도 저 아이는 오래 못 버틸 게 분명하니까요. 구빈원도 마찬가지고요. 저를 이리 보내고 저리 보내며 서로 떠넘기는 풍토야 꾹 참는다고 해도, 시스템 자체가 정말 마음에 안 들거든요."

"누구나 똑같답니다, 선생."

조지 선생이 대답하고, 우드코트는 계속 말한다.

"게다가 저 아이는 병원에도 구빈원에도 머물 수 없을 게 분명합니다. 어떤 사람이 자신을 한곳에 못 머물게 한다는 독특한 공포에 시달리는데, 그 사람이 사방에 있으면서 모든 걸 다 꿰뚫어 본다는 확신마저 하거든요."

"실례지만, 선생, 그 사람 이름을 말씀하시지 않는군요. 비밀인가요, 선생?"

"저 아이는 비밀로 여깁니다. 하지만 버킷이라는 사람입니다."

"수사관 버킷이요, 선생?"

"그렇습니다."

기병은 담배 연기를 길게 내뿜고서 가슴을 똑바로 펴며 대답한다.

"그 사람은 나도 아는데, 선생, 저 아이 말이 맞아요. 정말 위험한 인물이랍니다."

조지 선생은 담배 연기를 의미심장하게 내뿜고는 플라이트 할머니를 가만히 살피고, 우드코트는 다시 말한다.

"그래서 잔다이스 선생님과 에스더 아가씨한테 조가 다시 나타나서 이상한 얘기를 한다고, 원한다면 조를 직접 만나서 얘기할 수 있다고 알려야 합니다. 따라서 저로선 저 아이를 받아줄 만큼 믿음직한 사람이 운영하는 초라한 하숙방에서 저 아이가 지내도록 하고 싶은 마음입니다."

우드코트는 조지 선생이 입구를 쳐다보는 눈길을 쫓아가며 다시 말한다.

"조는 믿음직한 사람을 모른답니다, 조지 선생님. 그래서 어려움이 많지요. 행여나 동네 사람 가운데 저 아이를 잠시나마 받아줄 사람을 아시는지요, 제가 비용을 미리 내는 조건으로?"

우드코트는 이렇게 묻는 동안, 얼굴이 더럽고 조그만 사내가 이상하게 뒤틀린 몸과 얼굴로 기병 팔꿈치 옆에서 올려다보는 걸 알아챈다. 기병은 파이프 담배를 서너 차례 빨다 곁눈질하며 내려다보고, 조그만 사내는 눈을 껌뻑이며 올려다보는 식이다. 그러다 마침내 조지 선생이 말한다.

"으음, 선생, 분명히 말씀드리지만, 나는 에스더 아가씨한테 도움이 된다면 무슨 일이든 기꺼이 하고, 아무리 사소한 일이라도 에스더 아가씨한테 도움을 준 걸 영광으로 여긴답니다. 우리는 여기에서 방랑자처

럼 간편하게 살아요, 나와 필은. 둘러보세요. 선생만 좋다면 저 아이한
테 조용한 귀퉁이를 내주겠습니다. 방값은 없고, 먹는 값만 내면 됩니
다. 우리도 넉넉하게 살지는 않거든요, 선생. 자칫하면 한순간에 모조
리 쫓겨날 수도 있고요. 하지만 선생, 그렇다 하더라도, 이곳에 머무는
한 기꺼이 도와드리겠습니다."

그러더니 파이프로 쭉 가리켜서 건물 전체를 마음대로 써도 된다고
표시한 다음에 묻는다.

"의사시니 묻겠는데, 저 불쌍한 아이가 병을 옮기지는 않겠지요?"

우드코트는 그럴 가능성은 조금도 없다 대답하고, 조지 선생은 구슬
픈 표정으로 머리를 저으며 말한다.

"왜냐하면, 선생, 우리는 그런 걸 지겹도록 겪었거든요."

우드코트 역시 똑같이 구슬픈 어투로 공감하고는, 다시 한번 장담한
다음에 말한다.

"그렇지만 이 말씀은 드려야 하겠는데, 저 아이는 체력이 비참할
정도로 안 좋아서 어쩌면 - 확실한 건 아니지만 - 회복을 못 할 수도
있습니다."

"위험한 상태로 보시나요, 선생?"

"네, 안타깝게도."

우드코트가 대답하자, 기병이 단호한 어투로 말한다.

"그렇다면, 선생, 방랑자처럼 간편하게 살긴 하지만 저 아이를 빨리
들이는 게 좋겠군요. 너, 필! 아이를 데려와!"

필은 명령을 수행하려고 한쪽 벽에 붙어서 옆걸음으로 아이에게 다
가가고, 기병은 다 피운 파이프를 옆에 내려놓는다. 조가 안으로 들어
온다. 조는 파디글 여사의 토파후포 인디언도 아니고 젤리비 여사의
양도 아니며 보리오부라-가와 관련도 없으니, 멀리서 낯설게 산다는

이유로 동정받는 인종도 아니며, 실제로 외국에서 성장한 야만인도 아니다. 조는 평범한 영국산 아이다. 몸뚱이는 평범한 거리에서 평범하게 사느라 모든 점에서 더럽고 추하고 불쾌한, 영혼만 이방인이다. 영국산 오물이 온몸에 더럽게 달라붙고, 영국산 기생충이 몸속에 있고, 영국산 상처가 있고, 영국산 누더기를 걸쳤으니, 영국 풍토에서 자란 영국산 무식쟁이로, 불멸의 속성은 금방 사라질 짐승보다 떨어지는구나. 머리끝부터 발끝까지 관심을 끄는 건 하나도 없으니, 똑바로 나아가려무나, 조, 힘차게!

조는 발을 질질 끌며 조지 사격연습장으로 천천히 들어와서 몸을 움츠린 채 바닥만 내려다본다. 조라는 존재 자체로도 냄새 때문에도 사람들이 조를 보고 움츠리는 경향이 있다는 걸 조도 아는 것 같다. 하지만 조 역시 사람들을 보고 움츠린다. 조는 똑같은 부류도 아니며, 똑같은 신분도 아니다. 부류도 신분도 없으니, 짐승도 아니고 인간도 아니다.

"여길 봐, 조! 이분은 조지 선생님이셔."

우드코트가 말하니, 바닥만 살피던 조는 고개를 들어서 잠시 쳐다보고 다시 고개를 숙인다.

"좋은 분이셔. 네가 여기에 묵도록 도와주신대."

조는 한 손을 국자처럼 오므리는 게 나름대로 인사하는 것 같더니, 조금 더 생각하고는 뒤로 물러나서 발 위치를 바꾸고 "고맙습니다"라고 중얼댄다.

"여기는 안전해. 말을 잘 들으면서 체력만 튼튼하게 다지면 돼. 여기서는 무엇이든 사실대로 말하고, 조."

조가 익숙한 선언을 되풀이한다.

"안 그러면 그대로 죽어버리겠어요. 나는 문제가 될만한 일을 한 적이 없어요. 어떤 문제를 일으킨 적도 없고요, 나리, 아무것도 모르고 배가 너무나 고프다는 점 말고는."

"나도 알아, 조. 이제 조지 선생님 말씀을 들어봐. 너한테 말씀하실 테니까."

조지 선생이 멋있게 쩍 벌어진 어깨를 쭉 펴면서 말한다.

"나는 그저 저 아이가 편히 누워서 곤하게 잘 곳을 알려주려는 것뿐이었습니다."

기병이 사격연습장 반대편 끝으로 일행을 데려가, 조그만 칸막이 방을 열면서 덧붙인다.

"자, 보렴. 네 방이야! 매트리스가 있으니……"

기병은 우드코트가 아까 건네준 명함을 미안한 표정으로 쳐다보며 말을 이어간다.

"우드코트 선생께서 바라시는 만큼 편하게 지낼 수 있어. 총소리가 들려도 놀라지 말고. 네가 아니라 표적을 쏘는 거니까. 그런데 한 가지 제안할 게 있는데요, 선생."

기병이 우드코트에게 말하더니, 이렇게 소리친다.

"필, 이리 와!"

필은 평소와 같은 방법으로 다가오고, 기병은 다시 말한다.

"이 친구는 어릴 때 배수구에서 발견되었습니다. 따라서 가난한 아이한테 당연히 관심이 많을 겁니다. 안 그런가, 필?"

필이 "당연히 확실히 그렇습니다, 주인님"이라고 대답하자, 조지 선생은 전쟁터에서 북을 모아놓고 임시 탁자로 쓰며 회의할 때 의견을 말하는 것처럼 단호하면서도 은밀한 어투로 말한다.

"이 친구가 저 아이를 공중목욕탕에 데려가서 목욕도 시키고 몇 실링으로 소박한 옷이라도 사서 입히면 좋겠다는 생각을 했습니다, 선생."

"조지 선생님, 좋은 말씀입니다. 제가 먼저 말씀드려야 했는데요."
우드코트가 대답하면서 지갑을 꺼낸다.

필과 조는 목욕도 하고 옷도 사 입으러 즉시 나간다. 플라이트 할머니는 일이 잘 풀린 게 좋아서 어쩔 줄 모르면서도, 자신이 안 가면 대법관 친구가 불안해하지나 않을까 혹은 자신이 없는 사이에 오랫동안 기대하던 판결이 나오지나 않을까 걱정하며 "친애하는 의사 선생도 조지 장군도 잘 아시다시피, 오랜 세월을 기다렸는데, 그런 일이 일어나면 낭팹니다, 낭패!"라는 말을 남기고 급히 떠난다. 우드코트는 기회를 이용해서 회복제를 구하러 밖으로 나가, 금방 구해서 손에 든 채 돌아오더니, 기병이 사격연습장을 이리저리 거닐자, 우드코트도 발을 맞추며 나란히 걷는다. 그러자 기병이 묻는다.

"선생은 에스더 아가씨를 당연히 잘 알겠지요?"

네, 그런 것 같습니다.

"친척은 아니시죠, 선생?"

네, 아닌 것 같습니다.

"노골적인 호기심을 양해하십시오. 에스더 아가씨가 불행하게도 저 아이한테 보인 관심 때문에 선생 역시 저 아이한테 평균 이상의 관심을 보이는 것 같아서요. 내가 보기에 그렇다는 것뿐입니다, 선생."

"제 생각도 그렇습니다, 조지 선생님."

기병이 까맣게 반짝이는 눈으로 햇볕에 탄 우드코트를 곁눈질해서 그 체격과 키를 대충 판단하는데, 괜찮다고 여기는 눈치다.

"선생이 나가신 동안, 버킷이 데려갔다고 아이가 말한 곳은 링컨 법학원이라는 생각을 했습니다. 아이는 그 이름을 모르지만, 나는 그 이름을 알지요. 토킹혼 법률사무소. 그게 바로 그곳입니다."

우드코트는 궁금한 표정으로 쳐다보며 그 이름을 따라서 읊조리고,

조지는 다시 말한다.

"토킹혼. 그게 그 이름입니다, 선생. 나는 그 사람을 압니다, 그리들리라는 고인이 그 사람을 공격한 문제로 예전에 버킷과 얘기를 주고받았다는 사실도 압니다. 나 역시 그 사람을 알아요, 선생. 슬프게도."

당연히 우드코트는 그 사람이 어떤 사람인지 묻는다.

"어떤 사람이냐! 얼굴을 말하는 건가요?"

"저도 그 정도는 알 것 같습니다. 사람이 어떻냐는 뜻입니다. 일반적으로, 어떤 부류냐?"

기병은 걸음을 멈추고 두 팔을 널찍한 가슴에 팔짱 끼더니, 잔뜩 화나서 빨갛게 달아오른 얼굴로 대답한다.

"맙소사, 그렇다면 말씀드리지요, 선생. 터무니없는 악당이랍니다. 녹슨 소총만큼이나 뼈도 살도 피도 없는 놈이요. 아! 그놈은 다른 모든 사람을 하나로 합친 이상으로 끊임없이 괴롭히고 끊임없이 흔들어대서 나 자신을 끊임없이 불만스럽게 여기도록 만드는 부류랍니다. 토킹혼은 그런 부류에요!"

"아픈 부분을 건드려서 죄송합니다."

우드코트가 말하니, 기병은 두 발을 활짝 벌리고 널찍한 오른손 손바닥에 물을 적셔서 없는 콧수염을 쓰다듬는다.

"아픈 부분? 선생 잘못은 아니지만, 판단은 해야 할 겁니다. 그놈은 나를 좌지우지할 힘이 있어요. 여기에서 나를 언제든 쫓아낼 수 있거든요. 그래서 나를 끊임없이 흔들어댄답니다. 멀리 떨어지지도 않고 가까이 다가오지도 않으면서요. 내가 돈을 갚으러 가도, 조금만 기다려 달라고 부탁하러 가도, 무어든 용건이 있어서 가도, 그놈은 나를 안 만나고 제대로 듣지도 않으면서 - 클리퍼드 법학원에 있는 멜키세덱 변호사 사무실로 넘기고, 그래서 찾아가면 그곳 역시 나를 다시 돌려보내는데

- 내가 자기처럼 돌덩이로 만들어지기라도 한 듯 끊임없이 쫓아다니며 괴롭힌답니다. 아아, 인생 절반은 그놈 문 앞을 어슬렁대면서 보냈을 거예요. 그런다고 그놈이 관심을 보였을까요? 아니에요. 조금 전에 그 놈을 비유한 녹슨 소총 그 이상도 이하도 아닙니다. 그놈은 - 하, 말도 안 돼! - 내가 정체성을 잃을 정도로 못살게 군답니다."

기병이 다시 행진한다.

"내가 말하려는 건, 그놈은 늙었다는 것, 하지만 경마장에서 말을 타고 그놈과 겨룰 기회가 없어서 다행이라는 것입니다. 그럴 기회가 있으면, 갑자기 화가 치밀어서 그놈을 바닥에 내팽개치고 말 테니까요, 선생!"

너무 흥분한 나머지 셔츠 소매로 이마를 훔쳐야 한다는 걸 조지 선생은 깨닫는다. 흥분을 가라앉히려고 휘파람으로 국가를 부르는 동안에도 머리는 저절로 흔들리고 가슴은 들썩이는데, 두 손으로 셔츠 목깃을 활짝 벌리는 모습이, 아직 충분히 안 벌려서 숨이 턱턱 막히기라도 하는 것 같다. 한 마디로, 우드코트는 앞에서 말한 경마 경주가 있다면 토킹혼이 바닥에 나뒹굴고 말 것을 조금도 의심하지 않는다.

조는 안내인과 함께 금방 돌아오더니, 필이 조심스럽게 돕는 가운데 매트리스에 눕는다. 우드코트는 필에게 복용법을 알려주고 회복제를 맡기는 등, 필요한 조치를 모두 설명한다. 아침 시간은 빠르게 흐르고, 우드코트는 숙소에 가서 옷도 갈아입고 아침도 먹은 뒤, 잠시도 안 쉬고 잔다이스 선생한테 곧장 가서 새로운 소식을 알린다.

잔다이스 선생은 조가 있는 곳으로 우드코트와 단둘이 가는 동안, 진지한 관심을 보이면서 조용히 처리해야 하는 이유를 은밀하게 말한다. 이런 잔다이스 선생에게 조는 아침에 말한 내용을 조금도 안 바꾸고 똑같이 되풀이한다. 짐마차는 더욱 무거워져서 억지로 끄는데, 소리가 공허하다. 그래서 조가 말을 더듬는다.

"여기에 그냥 가만히 누워있게 해주세요, 더 말하지 말고. 내가 잠자던 곳 근처에 가는 사람이 있으면, 스낙스비 아저씨를 찾아서 예전에 알던 조가 앞으로 꾸준히 나아간다고 알려주면 고맙겠어요. 그럴 수만 있다면 나처럼 불쌍한 아이로서는 더할 수 없이 고마울 거예요."

하루 이틀을 보내는 사이에 조는 문방구점 주인 얘기를 정말 많이 하고, 우드코트는 잔다이스 선생과 상의해서 법률 전문 문방구점을 찾아가기로 정한다. 짐마차가 당장에라도 부서질 것 같아서.

그래서 우드코트가 법률 전문 문방구점으로 나아간다. 스낙스비는 회색 외투에 토시를 끼고 계산대 너머에서 대서인한테 이제 막 받은 양피지 계약서 몇 장을 검사한다. 법률 서체와 양피지라는 광활한 사막에 커다란 글씨조차 몇 자 안 쓴 오아시스가 여기저기에 있어, 끔찍한 단조로움을 깨뜨리고 여행객이 절망하는 걸 막아준다. 스낙스비는 잉크가 없는 오아시스에 머물다, 장사 준비에 들어가는 헛기침을 하면서 낯선 인물을 맞이한다.

"저를 기억하시겠어요, 스낙스비 선생님?"

그러자 문방구점 주인은 심장이 무섭게 쿵쾅거린다. 오랜 불안감이 사라지질 않는다. 스낙스비가 할 수 있는 대답은 이게 전부다.

"아니요, 선생, 기억난다고 할 순 없겠습니다. 까놓고 말해서, 전에 본 적이 없는 것 같습니다, 선생."

"전에 두 번 보았지요. 한 번은 불쌍한 사람이 누운 침상에서, 그리고 한 번은……"

불안감에 시달리던 문방구점 주인이 기억을 되짚는데, '그래, 맞아! 이제 기억나는데, 머리가 깨질 것 같아!'라는 생각만 절로 난다. 하지만 정신은 그대로라, 가게 안쪽 조그만 내실로 손님을 안내하고 문을 닫는다. 그리고 묻는다.

"결혼하셨습니까, 선생?"

"아닙니다."

우드코트가 대답하자, 스낙스비가 우울하게 속삭인다.

"아무리 독신이라도, 최대한 나지막이 말하도록 신경을 써주시겠습니까? 우리 마나님이 어디선가 엿들을 텐데, 까딱하다가는 사업체를 몰수당할 뿐 아니라 500파운드 벌금까지 내야 하거든요!"

스낙스비는 걸상에 앉아서 책상에 등을 기댄 채 크게 낙담한 표정으로 계속 말한다.

"나는 지금까지 비밀이 없었답니다, 선생. 우리 마나님이 결혼 날짜를 정한 뒤로 우리 마나님을 속이려 한 기억 자체가 안 난답니다. 까놓고 말해서, 그럴 수도 없고 지금까지 그러지도 않았답니다. 그런데도 이상한 비밀이 주변을 휘감은 다음부터는 하루하루를 사는 자체가 정말 괴롭답니다."

손님은 안타깝다 말하고, 조를 기억하느냐고 묻는다. 스낙스비는 억누른 신음을 뱉어낸다. 하느님 맙소사!

"우리 마나님이 조보다 노골적으로 싫어하는 사람은 – 나를 빼면 – 아무도 없답니다."

스낙스비가 대답하자, 우드코트가 이유를 묻는다.

스낙스비는 대머리 뒤에 남은 머리칼 한 줌을 절망적으로 움켜잡는다.

"이유요? 내가 그걸 어떻게 알겠습니까? 하지만 선생은 독신이니, 결혼한 사람한테는 그런 걸 안 묻는 게 좋을 겁니다!"

스낙스비는 완전히 체념했다는 헛기침까지 하면서 손님이 하는 말에 귀를 기울인다. 그러다 감정이 치솟는데 목소리를 억누르려니, 빨갛게 달아오른 얼굴로 말한다.

"또 그 얘깁니까! 또 그 얘기라니, 완전히 다른 방향에서! 어떤 특정인이 나한테 엄숙하게 당부했지요, 조 얘기를 누구한테도, 심지어 우리 마나님한테도 하지 말라고. 그런데 이번에는 다른 사람, 선생이 와서 똑같이 엄숙하게 당부하는군요, 조 얘기를 다른 사람한테, 특정인한테 특히 하지 말라고. 아아, 정신병원이 따로 없군요! 아아, 정신병원이 따로 없어요, 선생!"

하지만 실제는 예상보다 바람직하다. 스낙스비 발밑에서 지뢰가 터진 것도 아니고 자신이 떨어진 구덩이가 깊어진 것도 아니다. 게다가 스낙스비는 여린 성격에 조가 아프다는 설명을 듣고서 마음마저 아파, 자신이 조용히 움직일 수 있는 초저녁 이른 시각에 "둘러보겠다"고 금방 약속한다. 그래서 초저녁에 실제로 조용히 둘러보지만, 그렇게 조용히 둘러보는 건 스낙스비 부인 역시 똑같다.

조는 고마운 아저씨를 보고 기뻐하더니, 두 사람만 남을 때, 자신처럼 보잘것없는 것 때문에 멀리 와준 걸 더없이 고맙게 받아들인다. 스낙스비는 눈앞에 펼쳐진 광경이 뭉클해서 반 크라운 은화를 탁자에 올려놓으니, 스낙스비에게는 그게 모든 병을 고치는 만병통치약인 셈이다. 그리고는 동정하는 헛기침을 하면서 묻는다.

"그래, 기분은 어떠니, 불쌍한 조?"

"나는 운이 좋아요, 스낙스비 아저씨, 정말로. 그래서 딱히 필요한 게 하나도 없어요. 아저씨가 생각하는 이상으로 편안하거든요. 스낙스비 아저씨! 내가 그런 짓을 해서 정말 미안해요. 하지만 일부러 그런 건 아니에요, 아저씨."

문방구점 주인은 반 크라운 은화를 또 하나 내려놓고, 뭐가 미안하다는 거냐고 묻는다.

"스낙스비 아저씨, 내가 아가씨한테 병을 옮겼어요. 그런데 내가 그런 걸 누구도 나무라지 않고 내가 힘들게 사는 걸 안타까워만 해요. 어제는 그 아가씨가 직접 찾아와서 '아, 조! 우리가 너를 잃어버린 줄 알았어, 조!'라며 반가워했어요. 그리고는 가만히 앉아서 웃는 얼굴로 바라보는데, 나를 나무라는 말도 없고 나무라는 표정도 없어, 나는 벽으로 고개를 돌렸어요, 스낙스비 아저씨. 잔다이스 아저씨도 고개를 돌렸어요. 우드코트 선생님도 밤낮없이 찾아와서 나한테 좋은 걸 주는데, 한번은 고개를 숙인 채 말해서 쳐다보니, 눈물을 뚝뚝 떨구고 있었어요, 스낙스비 아저씨."

뭉클한 문방구점 주인은 반 크라운 은화를 탁자에 또 올려놓는다. 그처럼 확실하게 마음을 달래주는 만병통치약은 없다.

"내가 계속 생각했는데, 아저씨는 커다란 글자를 쓸 수 있겠죠?"

"그럼, 조, 다행히도."

"정말 엄청나게 기다란 글자도요?"

조가 진지하게 묻자, 스낙스비가 대답한다.

"그래, 불쌍한 조."

조가 좋아하며 웃는다.

"계속 생각한 건, 스낙스비 아저씨, 내가 더 갈 수 없는 곳까지 가서 더는 못 움직일 때, 아저씨가 정말 커다란 글씨로 누구나 어디서든 볼 수 있도록 쓰는 거였어요, 내가 그런 짓을 해서 진심으로 미안하다고, 일부러 그런 건 아니라고, 하지만 나는 하나도 몰랐다고, 우드코트 선생님이 울면서 얘기할 때 비로소 알았다고, 우드코트 선생님이 늘 슬퍼한다고, 우드코트 선생님이 마음속으로 나를 용서하면 좋겠다고. 그렇게 커다랗게 써놓으면 우드코트 선생님도 나를 용서할 수 있을 거예요."

"그래, 그러마, 조. 아주 커다랗게."

조가 다시 웃는다.

"고마워요, 스낙스비 아저씨. 정말 친절하세요. 이제 마음이 놓여요."

온순한 문방구점 주인은 기침을 간헐적으로 하다 네 번째 반 크라운 은화를 슬그머니 내려놓더니 – 이렇게 많은 은화를 꺼낸 적은 한 번도 없어 – 그만 떠나야 한다. 이제 조와 스낙스비는 비좁은 지상에서 다시 볼 수도 없다.

짐마차는 너무 무거워서 끄는 게 힘들고, 길은 거의 끝나서 돌만 가득하다. 무너진 계단을 온종일 힘겹게 오르느라, 너무 힘들어서 정신이 없다. 힘들게 나아가는 짐마차를 태양이 비추는 날도 이제 많지 않으리라.

필 스쿼드는 화약 연기가 시꺼먼 얼굴로 모서리 조그만 작업대에서 무기를 정비하는 역할과 간병인 역할을 동시에 하느라, 툭하면 다가와서 녹색 모자 머리를 끄덕이고 한쪽 눈썹을 추켜세우며 격려한다.

"얘야, 기운 내! 기운 내라고!"

잔다이스 선생도 여러 번 찾아오고 우드코트 선생은 늘 곁에 머물러, 아이가 완전히 다른 거미줄에 얽히면서 버림받는 이상한 운명을 떠올린다. 기병도 자주 찾아와서 건장한 신체로 입구를 틀어막아, 넘쳐나는 힘과 활력으로 잠시나마 활기를 불어넣는 것 같아, 그럴 때면 조는 기병의 쾌활한 말에 훨씬 활기차게 대답한다.

오늘 조는 자는 것 같기도 하고 혼미한 것 같기도 하고, 이제 막 도착한 우드코트는 바로 옆에서 지친 형상을 내려다본다. 그러다 법률 서류 대서인 방에서 그런 것처럼 조 머리맡 침대 모서리에 가만히 앉아, 그 가슴과 심장에 손을 얹는다. 짐마차는 거의 포기했으면서도 힘겹게 조금 더 나아간다.

기병은 문가에 가만히 서서 아무 말이 없다. 필은 손에 작은 망치를 들고 나지막이 때리던 소음을 멈춘다. 우드코트 선생은 전문가 특유의 심각한 표정으로 주변을 둘러본다. 그러다 기병을 의미심장하게 바라보고는 필에게 탁자를 밖으로 내가라고 신호한다. 필이 작은 망치를 다시 사용할 때는 손잡이에 눈물 자국이 어렸을 것 같다.

"맙소사, 조! 왜 그러니? 겁내지 말렴."

조가 깜짝 놀라서 주변을 둘러보며 말한다.

"'톰 올 얼론스'인 줄 알았어요. 여기에 선생님만 있나요?"

"그래."

"나를 '톰 올 얼론스'로 돌려보내지 않을 거죠, 그죠, 선생님?"

"그래."

조가 두 눈을 감으며 중얼댄다.

"고맙습니다."

우드코트는 아이를 가만히 살피다, 그 귀에 입을 대고 또렷한 목소리로 나지막이 묻는다.

"조! 기도문을 아니?"

"그런 건 하나도 몰라요."

"짧은 기도문도 모르니?"

"네, 선생님, 몰라요. 차드밴드 목사가 스낙스비 아저씨네 집에서 기도하는 소리를 들었는데, 자신에게 말하는 것 같았어요, 내가 아니라. 기도를 계속하는데 나는 알아들을 수 없었어요. '톰 올 얼론스'에 신사분들이 찾아와서 기도할 때는 다른 사람 기도가 틀렸다는 말만 했어요. 다른 사람 잘못을 지적하면서 자신에게 중얼댈 뿐, 우리한테 말하는 것 같지는 않았어요. 그래서 우리는 아무것도 몰라요. 그게 무언지도 몰라요."

이렇게 말하는 데도 시간이 걸리는데, 풍부한 경험으로 열심히 안 들으면 들을 수 없고, 듣는다 해도 이해할 수 없다. 조는 잠시 잠들거나 혼미한 상태에 빠져들다, 침대에서 나오려고 갑자기 몸부림친다.

"그대로 있어, 조! 왜 그러니?"

조가 섬뜩한 표정으로 대답한다.

"공동묘지로 떠날 시간이에요."

"가만히 누워서 말해. 무슨 공동묘지, 조?"

"나한테 잘한, 나한테 정말 잘한 아저씨를 묻은 공동묘지요. 그 공동묘지로 가야 하니, 나를 그 아저씨 옆에 묻어주세요. 그곳에 묻히고 싶어요. 그분은 나한테 '오늘은 나도 너처럼 땡전 한 푼 없구나, 조'라고 말하곤 했어요. 이제 내가 그분처럼 땡전 한 푼 없이 옆에 누우러 왔다고 말할 거예요."

"나중에, 조. 나중에."

"아! 나 혼자 가면 사람들이 그곳에 안 묻을 거예요. 그러니 나를 거기로 데려간다고, 그래서 그분 옆에 눕히겠다고 약속할래요?"

"그래, 꼭."

"고맙습니다, 선생님. 고맙습니다, 선생님. 안으로 들어가려면 대문 열쇠가 있어야 해요, 자물쇠로 늘 잠가놓거든요. 계단도 있는데, 내가 빗자루로 깨끗하게 쓸었어요. 어두워요. 촛불을 가져오나요?"

"그래, 금방 가져올 거야, 조."

금방. 짐마차는 산산이 깨져나가고, 울퉁불퉁한 길은 거의 끝난다.

"조, 불쌍한 친구!"

"선생님 목소리가 들려요, 어둠 속에서. 하지만 손으로 더듬으니 - 계속 더듬으니 - 선생님 손으로 잡아주세요."

"조, 내가 하는 말을 따라 할 수 있겠니?"

"선생님이 하는 말이라면 무어든 따라 하겠어요, 좋은 말일 테니까요."

"하늘에 계신 우리 아버지."

"하늘에 계신 우리 아버지! 정말 좋네요, 선생님."

"아버지의 이름이 거룩히 빛나시며."

"아버지의 이름이 거룩히 빛나시며. 촛불이 오나요?"

"응, 거의 다 왔어. 아버지의 나라가 오시며."

"아버지의……나라가……"

날이 저물어 어두운 길로 빛이 내려온다. 죽었다!

죽었습니다, 국왕 폐하. 죽었습니다, 상하원 의원 여러분. 죽었습니다, 착한 성직자와 나쁜 성직자 여러분. 죽었습니다, 남녀 여러분, 천상의 자비를 가슴에 품고 태어난 여러분. 오늘도 우리 주변에서 이렇게 억울하게 죽어갑니다.

CHAPTER XLVIII
점차 조여오다

링컨셔에 있는 대저택은 수많은 눈을 다시 감고, 런던에 있는 저택은 눈을 다시 뜬다. 링컨셔에서 과거의 데드록 사람들은 초상화 틀에서 꾸벅꾸벅 졸고, 나지막한 바람은 기다란 응접실을 지나며 웅얼대는 게 규칙적으로 숨을 쉬는 것 같다. 런던에서 현재의 데드록 사람들은 번쩍이는 눈을 양쪽에 단 마차에서 깜깜한 밤을 내달리며 덜거덕대고, 데드록 하인들은 머리에 재를 (혹은 파우더를) 발라서 대단한 겸손을 드러내며 응접실 조그만 창가에 축 늘어진 채 꾸벅꾸벅 졸면서 오전 나절을 보낸다. 상류사회는 – 반경 8km에 달하는 거대한 궤도는 – 열심히 돌아가고, 태양계는 일정한 거리를 유지하며 차분히 움직인다.

사교계가 제일 번잡한 곳에, 불빛이 가장 환한 곳에, 가장 섬세하고 세련된 곳에 데드록 귀부인이 있다. 데드록 귀부인은 힘겹게 올라간 화려한 정상에서 절대로 방심하지 않는다. 무엇이든 자부심이라는 망토 밑에 넣을 수 있다던 오랜 확신은 사라졌으며, 자신을 오늘 둘러싼 사람들이 내일도 그러리란 확신 역시 없지만, 부럽게 쳐다보는 시선에

주춤하거나 물러나는 일은 귀부인 성격에 안 맞는다. 사람들은 귀부인이 최근 들어서 훨씬 아름답고 도도하다고 말한다. 허약한 친척은 데드록 귀부인이 너무 아름답다고 - 한 떨기 꽃송이 같다고 - 하지만 표정이 불안하다고 - 셰익스피어 작품에 나오는 몽유병 환자 같다는 말까지 한다.

토킹혼은 아무 말도 안 하고 아무것도 안 본다. 언제나 그런 것처럼 지금도 구식 옷에 하얀색 후줄근한 넥타이 차림으로 응접실 입구에서 '귀족의 후원을 받으면서도' 아무런 표정을 안 드러낸다. 모든 남성은 여전히 토킹혼을 귀부인에게 어떤 영향도 못 미칠 인물로 간주한다. 모든 여성은 귀부인이 토킹혼을 두려워할 이유는 조금도 없다고 간주한다.

체스니 대저택 꼭대기 방에서 지난번에 만난 뒤로 데드록 귀부인 머릿속에는 한 가지 생각만 가득하다. 그러다 마침내 결심하고 모든 걸 털어낼 준비에 들어간다.

위대한 상류사회는 아침이지만, 조그만 태양은 오후다. 화려한 의상을 차려입은 하인들은 창문을 내다보는 것도 지겨워, 응접실에서 묵직한 머리를 웃자란 해바라기처럼 축 늘어뜨린다. 말끔한 옷 장식과 꼬리마다 씨앗이 매달린 듯한 모습이 진짜 해바라기 같다. 레스터 경은 서재에서 의회 위원회 보고서를 읽다 나라가 안녕하도록 곤히 잠든다. 데드록 귀부인은 거피라는 젊은이를 접견하던 방에 앉아있다. 로사가 곁에서 편지를 대신 쓰고 책도 읽어준 다음이다. 이제 로사는 얼굴을 숙인 채 자수에 열중하고, 귀부인은 그 모습을 물끄러미 바라본다. 오늘 그러는 게 처음은 아니다.

"로사."

아름다운 시골 처녀가 고개를 들어서 환한 얼굴로 쳐다본다. 그러다 귀부인이 심각한 표정인 걸 깨닫고 깜짝 놀라서 어리둥절한 표정을 떠올린다.

"방문을 확인해. 닫혔니?"

네. 로사가 방문으로 갔다 돌아오는데, 훨씬 더 놀란 표정이다.

"얘야, 지금 나는 너한테 은밀한 얘기를 하려는 거야, 네 충성심은 믿어도 된다는 걸 알거든, 판단력은 아닐지언정. 내가 앞으로 할 행동을 너한테는 안 숨길 거란다. 너를 믿거든. 하지만 우리 사이에 오간 말을 누구한테도 하지 말렴."

아름다운 얼굴은 겁에 질린 표정으로 그러겠다고 진심으로 약속하고, 데드록 귀부인은 의자를 가까이 끌어오라고 손짓하면서 묻는다.

"내가 너를 대하는 태도는 다른 사람을 대하는 태도와 다르다는 사실을 아니, 로사?"

"네, 마님. 훨씬 친절하세요. 그래서 마님의 진짜 모습을 알 것 같은 생각이 자주 들어요."

"진짜 모습을 알 것 같은 생각이 자주 든다고? 아아, 불쌍한 것!"

데드록 귀부인이 경멸하듯 – 하지만 로사를 경멸한 건 아닌데 – 말하고 가만히 앉아서 깊은 생각에 잠기며 로사를 바라본다.

"네가 나한테 정말 커다란 위안과 위로가 된다고 생각하니, 로사? 젊고 자연스러운 모습 때문에, 나를 좋아하고 고마워해서, 내가 너를 곁에 두는 거라고 생각하니?"

"모르겠어요, 마님. 제가 어떻게 그렇게 생각하겠어요. 하지만 그렇게 되길 진심으로 바라긴 해요."

"얘야, 실제로 나는 네가 곁에 있는 게 좋단다."

너무 기뻐서 예쁜 얼굴이 빨갛게 달아오르다, 눈앞에서 잘생긴 얼굴에 어리는 어두운 표정을 보고 자제한다. 그리고 그 이유를 묻듯, 겁먹은 표정으로 바라본다.

"그러니 오늘 너한테 '나가! 내 곁을 떠나!'라고 말할 수밖에 없다면, 나는 얼마나 불안하고 고통스럽고 외로울까."

"마님! 제가 무슨 잘못을 했나요?"

"아니야. 이리 오렴."

로사가 귀부인 발치에 있는 발판으로 머리를 숙인다. 귀부인은 유명한 강철 제조업자를 만난 날 밤에 쓰다듬던 어머니 같은 손길로 까만 머리칼을 가만히 쓰다듬는다.

"로사, 너한테 말했듯, 나는 네가 행복하게 살기를 바라며 내가 세상 사람 누구를 행복하게 할 수 있다면 바로 너를 그렇게 해주고 싶어. 그런데 그럴 수 없게 되었구나. 네가 여기서 나가는 편이 너한테 더욱 좋을 이유가 생겼어, 너하고 상관없는 이유. 너는 여기에 남으면 안 돼. 나는 이미 마음을 정했어. 너를 사랑하는 남자 부친께 편지를 보냈으니, 그분이 오늘 오실 거야. 하나같이 너를 위해서란다."

흐느끼는 소녀는 귀부인 손을 잡고 키스하며, 이렇게 헤어진다면 자신은 어떻게 해야 하느냐, 자신은 어떻게 해야 하느냐며 하소연한다. 귀부인은 그런 소녀 얼굴에 뽀뽀할 뿐 대답을 안 한다.

"그러니 얘야, 훨씬 좋은 환경에서 행복하게 살렴. 사랑받으면서 행복하게!"

"아, 마님, 그동안 여러 번 생각했는데 – 무례하게 말하는 걸 용서하세요 – 마님은 행복하지 않게 보이세요."

"내가!"

"그런데 저를 멀리 보내시면 더 그러시지 않겠어요? 그러니 제발 다시 생각해주세요. 저를 좀 더 머물게 해주세요!"

"나는 어떻게 할지, 얘야, 이미 다 말했어. 내가 이러는 건 너를 위해서야, 나를 위해서가 아니라. 이제 다 끝났다. 너에게 나는, 로사, 지금 이 모습이야 – 나중에 드러날 모습이 아니라. 이걸 명심하고, 비밀을 지키렴. 나를 위해서 꼭. 이제 우리 사이는 끝났어!"

귀부인이 티 없이 맑은 동반자 곁에서 일어나, 밖으로 나간다. 늦은 오후 시간에는, 층계참에 다시 나타날 때는, 귀부인 특유의 도도하고 차가운 모습으로 돌아왔다. 열정도 감정도 흥미도 세상이 생긴 초기에 모두 사라진 것처럼, 오래전에 사멸한 공룡과 함께 지표면에서 사라진 것처럼 냉랭하다.

라운스웰 선생이 찾아왔다고 하인이 알린 게 귀부인이 다시 나타난 이유다. 라운스웰 선생이 서재에 있는 건 아니지만, 귀부인은 서재로 간다. 그곳에 있는 레스터 경에게 먼저 말하고 싶다.

"레스터 경, 말씀드릴 게 있는데 – 선약이 있군요."

아, 아니오! 그렇지 않소. 토킹혼 변호사뿐이오.

저 작자는 언제나 근처를 맴돈다. 모든 곳에 따라다니며 괴롭힌다. 아아, 잠시도 벗어날 수 없다!

"실례합니다, 데드록 귀부인. 그만 물러나도록 허락하시겠습니까?"

귀부인은 '당신에게는 머물고 싶으면 머물 힘이 있다는 걸 당신도 안다'고 또렷하게 말하는 표정으로, 꼭 그럴 필요는 없다고 대답하면서 의자로 다가간다. 토킹혼은 귀부인이 앉도록 의자를 앞으로 살짝 밀어주고 서툴게 허리 숙여서 인사하며 맞은편 창가로 물러난다. 조용한 거리에서 떨어지는 태양과 귀부인 사이에 끼어들며 그림자를 드리워서 귀부인 앞을 어둡게 한다. 귀부인의 삶조차 어둡게 한다.

바깥에 늘어선 주택들은 좋아도 거리는 우중충하다. 주택이 두 줄로 길게 늘어서서 서로를 노려보니, 화려한 저택 여섯 채는 천천히 노려보는 눈빛에 처음 쌓아 올린 재질이 돌로 변한 것 같다.[9] 황량하면서도 웅장한 거리는 활력을 물리치려고 단호하게 결심한 듯, 대문과 창문마다 까만 페인트와 먼지에 음산한 느낌이 달라붙고, 너머에서 소리가 이는 마구간은 바싹 말라붙은 자태가 묵직한 게, 고상한 군마 석상을 보관한 것 같다. 섬뜩한 거리 계단 위로 쇠로 만든 장식이 복잡하게 뒤엉키고, 굳어버린 아치에서 시대에 뒤떨어진 장식용 커다란 횃불 끄개는 벼락출세한 가스등을 보고 깜짝 놀라서 가쁜 숨을 몰아쉰다. 여기저기에서 약하고 조그만 쇠고리[10]가, (이제 다른 용도는 없으니) 대담한 아이들이 친구 모자를 넣으려고 애쓰는 쇠고리가, 녹슨 나뭇잎 장식 사이에 남아서 예전에 사라진 기름 등잔을 추모한다. 아니다, 기름 등잔 자체도 굴 껍데기 같은 바닥에 손잡이가 이상하게 달린 조그만 유리그릇에 담긴 채 여전히 살아서 기다란 간격을 유지하고, 새로 나온 가스등 불빛에 깜빡거리며 질투하는 게, 상원의 거만하고 냉랭한 귀족들 같다.

데드록 귀부인은 의자에 앉아서 토킹혼이 가로막은 창문 바깥을 보려고 해도 보이는 게 많지 않다. 그런데도 – 그런데도 – 귀부인은 그쪽을 쳐다보는 게, 가로막은 상대가 물러나기를 바라는 것 같다.

레스터 경이 용서를 청하며 묻는다. 무슨 말을 하려고 했소?

"라운스웰 선생이 오셨으니 (제가 보낸 편지를 보고 오신 건데) 여자애 문제를 마무리하는 게 좋겠어요. 이제 신물이 나거든요."

"내가 어떻게……도우면……좋겠소?"

레스터 경이 회의적인 표정으로 묻는다.

"그분을 여기에 불러서 매듭을 지읍시다. 하인한테 그분을 모셔오라고 할래요?"

---

9) 고르곤이 꾸준히 노려보는 대상은 돌로 변한다는 그리스 신화를 빗댄 표현이다.
10) 기름 등잔을 걸던 고정물이다.

"토킹혼 변호사, 종을 울려주시오. 고맙소."

레스터 경이 말하더니, 전문용어가 곧바로 안 떠올라서 하인에게 이렇게 말한다.

"강철 신사를 모셔오게."

하인은 곧바로 떠나더니 곧바로 강철 신사를 찾아서 데려오고, 레스터 경은 강철 성분이 깃든 인물을 우아하게 맞이한다.

"잘 지냈길 바라오, 라운스웰 선생. 의자에 앉으시오. (이쪽은 내 일을 거드는 토킹혼 자문 변호사.)"

레스터 경이 한 손을 근엄하게 흔들어서 화제를 능숙하게 바꾼다.

"우리 귀부인께서 라운스웰 선생께 할 말이 있다고 하시오. 으흠!"

"데드록 귀부인께서 말씀하시는 영광을 베푸신다면 기쁜 마음으로 최선을 다해서 열심히 듣겠습니다."

강철 신사가 대답하고는 시선을 돌리는데, 귀부인 표정이 예전에 만났을 때보다도 바람직하지 않다. 쌀쌀맞고 거만한 분위기가 차가운 대기처럼 에워쌌다. 예전과 마찬가지로 속을 시원하게 터놓을 것 같은 느낌은 조금도 없다. 그런 데드록 귀부인이 냉랭하게 묻는다.

"자제분이 품은 망상에 관해서 선생과 자제분 사이에 무슨 말이 오갔는지 물어도 될까요, 선생?"

너무나 귀찮은 문제라서 이렇게 묻는 동안에도 냉랭한 눈길로 쳐다보는 것조차 귀찮다는 표정이다.

"제 기억이 정확하다면, 데드록 귀부인, 예전에 두 분을 만나는 즐거움을 누릴 때, 저는 아들놈한테 그……망상을 정리하도록 진지하게 조언하겠다는 말씀을 드렸습니다."

기계 제조업자가 '망상'이라는 표현을 살짝 강조하며 말한다.

"그래서 그렇게 했나요?"

"아! 당연히 그렇게 했습니다."

레스터 경이 잘했다는 표정으로 고개를 끄덕인다. 매우 적절하다. 그렇게 하겠다고 했으니, 당연히 강철 신사는 그렇게 말할 의무가 있다. 이런 점에 관한 한 천박한 금속과 고귀한 금속은 아무런 차이가 없다. 매우 적절하다.

"그래서 자제분이 조언대로 했나요?"

"정말이지, 데드록 귀부인, 그것만큼은 딱 부러지게 대답할 수 없군요. 아닌 것 같습니다. 아직도 우리처럼 살다 보면, 결혼 의지가 그……망상과 뒤얽히곤 해서 쉽게 떨쳐내지 못한답니다. 차라리 우리 어른들이 진지하게 생각하는 편이 바람직할 것 같습니다."

레스터 경은 이 말에 농민 반란군의 감성이 숨은 것 같다는 불쾌감을 느끼며 살짝 분노한다. 라운스웰 선생이 완벽하게 상쾌하고 예의 바르긴 해도, 일정한 틀 안에서 어투를 교묘하게 바꾸는 느낌이 있다.

"이 문제를 생각하다 완전히 지쳐서 묻는 겁니다."

귀부인이 말하고, 라운스웰 선생이 사과한다.

"죄송합니다."

"그리고 레스터 경 역시 이 문제에 대해 말씀하셨고, 나는 거기에 완벽히 공감하니……" (레스터 경이 우쭐한다) "그 망상을 끝내겠다는 보장을 우리한테 할 수 없다면, 나로서는 여자애를 내보내는 게 바람직하다는 결론에 도달했습니다."

"저는 그걸 보장할 수 없습니다, 데드록 귀부인. 그럴 수 있는 문제가 아닙니다."

"그렇다면 여자애를 내보내는 게 좋겠군요."

레스터 경이 잠시 생각하다 끼어든다.

"실례하오, 귀부인. 그러면 여자애는 아무런 잘못도 없이 부당한 징

벌을 받는 것 아니오."

레스터 경이 음식 접시를 내밀 듯 오른손을 우아하게 내밀며 덧붙인다.

"저명한 귀부인이 관심을 보인 여자애가 저명한 귀부인의 보호를 받으며, 그런 신분으로서는 당연히 대단한 - 정말 대단한 - 이익과 행운을 다양하게 누리며 살아가는데, 정말 이상한 생각이 드는군요. 라운스웰 선생 아들이 관심을 보인다는 이유로 그런 이익을 여자애한테서 빼앗는다는 건……"

여기에서 레스터 경이 사과하듯, 강철 신사 쪽으로 머리를 우아하게 기울이며 이어간다.

"여자애한테서 그런 이익을, 그런 행운을 빼앗는 게 과연 합당한가? 여자애가 그만한 벌을 받을 짓을 했는가? 과연 그게 여자애한테 정의로운가? 이 부분에 대해서 이미 우리는 예전에 공감대를 쌓아 올리지 않았는가? 하는 의문점 말이오."

라운스웰 선생 아들의 아버지가 끼어든다.

"실례합니다만, 레스터 경, 내가 말씀드려도 될까요? 짧게 말씀드리겠습니다. 그렇게 말씀하시면 안 됩니다. 정말 사소한 내용까지 기억하신다면 - 그렇지는 않은 것 같은데 - 내가 이 문제에서 가장 중요하게 여긴 건 여자애가 여기에 있으면 안 된다는 내용임을 상기하시기 바랍니다."

데드록 가문이 베푸는 은혜를 중요하게 여기면 안 된다고? 아아! 레스터 경으로서는 명문가에 대대로 내려오는 귀를 불신할 수도 없지만, 강철 신사가 한 말을 인정할 수도 없다. 하지만 레스터 경이 깜짝 놀라서 숨을 급히 몰아쉬는 이상으로 나아가기 전에 귀부인이 차가운 어투로 재빨리 끼어든다.

"두 분 모두 이 문제에 뛰어들 필요는 없습니다. 여자애는 좋은 아입니다. 나는 그 아이한테 불평하고 싶은 게 없습니다. 하지만 그 아이는 사랑에 빠진 나머지 - 가련하게도 그렇다고 착각한 나머지 - 자신이 누리는 이익과 행운을 조금도 못 느끼며, 그래서 감사하는 마음조차 없답니다."

레스터 경이 끼어들어, 그렇다면 이야기가 완전히 달라진다고 말한다. 우리 귀부인이 그렇게 판단할 근거와 이유는 충분할 거라는 확신도 한다. 그래서 귀부인 의견에 전적으로 공감한다. 여자애는 내보내는 게 좋다.

데드록 귀부인은 냉랭한 어투로 계속 말한다.

"우리가 지난번에 이 문제로 골치를 썩일 때 레스터 경이 말씀하신 것처럼, 라운스웰 선생, 우리는 어떤 조건도 내걸지 않겠습니다. 어떤 조건도 없이, 현 상황에서, 여자애는 여기에 머물면 안 되니 당장 내보내겠습니다. 여자애한테도 말했습니다. 여자애를 마을로 돌려보내는 게 좋겠습니까, 아니면 선생이 직접 데리고 나가시겠습니까, 아니면 다른 방법을 선호하십니까?"

"데드록 귀부인, 솔직하게 말씀드린다면……"

"솔직하게 말씀하세요."

"……당연히 나로서는 여자애를 직접 데리고 나가, 두 분이 골칫거리를 최대한 빨리 덜어내는 쪽을 선호합니다."

귀부인은 아무래도 상관없다는 어투로 대답한다.

"솔직하게 말씀드려서 저도 마찬가지입니다. 그럼 직접 데리고 나가겠다는 뜻으로 받아들여도 되나요?"

강철 신사가 강철 허리를 숙인다. 그러자 귀부인이 말한다.

"레스터 경, 종을 울려줄래요?"

토킹혼이 창가에서 앞으로 나오며 밧줄을 당기자, 귀부인이 말한다.

"당신이 있다는 걸 잊었군요. 고마워요."

토킹혼이 평소처럼 허리를 숙인 다음에 원래 자리로 조용히 돌아간다. 하인이 순식간에 나타나서 사람을 데려오라는 지시를 받고 살며시 사라지더니, 앞에서 말한 사람을 데려다 놓고 밖으로 나간다.

로사는 아직도 우는데, 여전히 괴로운 표정이다. 로사가 들어오자 기계 제조업자가 의자에서 일어나, 문가로 가서 로사 팔을 자기 팔에 끼워서 떠날 채비를 하고, 귀부인은 피곤하다는 어투로 말한다.

"그분이 널 데리고 나가실 거야. 너를 정말 좋은 아이라고 했으니, 울지 말렴."

토킹혼 변호사가 뒷짐 진 채 앞으로 살짝 어슬렁대며 말한다.

"저 아이는 밖으로 나가는 걸 슬퍼하는 것 같군요."

변호사에게 반박할 기회가 생겨서 다행이라는 듯, 라운스웰 선생이 재빨리 대답한다.

"그래요, 보시다시피 좋은 교육을 못 받은 데다 경험이 적어서 더 좋은 곳이 있다는 걸 모르니까요. 여기에 머무는 걸 제일 좋은 선택으로 확신하니까요."

"그렇겠지요."

토킹혼이 차분하게 대답한다.

로사는 계속 흐느끼면서, 마님 곁을 떠나서 정말 안타깝다고, 그동안 체스니 대저택에서 행복하게 지냈다고, 마님 곁에서 행복하게 지냈다고, 마님께 감사하고 또 감사한다고 말한다. 그러자 기계 제조업자가 나지막이 나무라면서 "그만해, 멍청한 계집애 같으니!"라고 말하는데, 화난 어투는 아니다. 귀부인은 관심 없다는 표정으로 손을 흔들면서 "기운 내, 와트라는 청년을 좋아한다면! 그만 울고! 너는 좋은 아이야.

그만 나가!"라고 말한다. 레스터 경은 이 문제에서 파란 외투 속으로 우아하게 피신한다. 토킹혼은 가로등이 어느덧 점점이 틀어박힌 어두운 거리를 배경으로 어렴풋하게 변하니, 귀부인 눈에는 그만큼 더 커다랗고 새까맣게 보인다.

라운스웰 선생이 잠시 뜸을 들이다 말한다.

"레스터 경, 그리고 데드록 귀부인, 그만 떠나겠습니다. 내가 그런 건 아니지만, 이렇게 귀찮은 문제로 두 분이 피곤하게 된 걸 사과드립니다. 분명히 말씀드리지만, 이렇게 사소한 문제도 데드록 귀부인에게 정말 피곤할 수 있다는 사실을 저는 충분히 이해합니다. 내가 이 문제를 처리한 방식에 문제가 있다면, 그건 내가 처음에 조용히 영향력을 발휘해서 젊은 아가씨를 데리고 나가지 않았다는 것, 그래서 두 분이 골치를 앓는 일이 없도록 하지 않았다는 것입니다. 하지만 감히 말씀드린다면, 나는 이처럼 중요한 문제를 두 분께 충분히 설명하고 두 분의 사정과 희망을 솔직하게 묻는 게 예의를 다하는 자세라고 보았습니다. 상류사회에 익숙하지 않아서 실수한 걸 양해하시기 바랍니다."

레스터 경은 이 말을 듣고 거룩한 피난처에서 나올 때라 생각하고 대답한다.

"라운스웰 선생, 그런 말 마세요. 어느 쪽이든 굳이 정당화할 필요까지는 없기를 바랍니다."

"그렇게 말씀하시니 다행입니다, 레스터 경. 괜찮다면 어머니께서 이 가문과 오랜 관계를 맺는 동안 양측이 그 가치를 증명했다고 예전에 드린 말씀으로 돌아가서, 마지막으로 한 말씀만 더 드리고 싶은데, 여기에 내 팔을 잡은 조그만 아가씨가 저택을 떠나면서 크나큰 애정과 믿음을 보이는 데는, 감히 말씀드리자면, 제 어머니가 상당한 역할을 하셨기 때문이라고 지적하고 싶습니다 – 물론 데드록 귀부인께서 정성 어린 관심과 다정한 태도를 보여주신 것 역시 커다란 역할을 했겠지만요."

라운스웰 선생이 비꼬는 의도로 한 말이라면, 이 말은 그가 생각한 이상으로 진실일 수 있다. 하지만 귀부인이 앉은 어두운 공간을 바라보면서 말하긴 했어도, 평소처럼 솔직하게 말하는 어투에서 조금도 안 벗어났다. 레스터 경은 일어나서 작별인사를 하고, 토킹혼은 다시 종을 울린다. 하인이 다시 달려오고, 라운스웰 선생과 로사는 밖으로 나간다.

이윽고 촛불이 잔뜩 들어오지만, 토킹혼은 여전히 뒷짐 진 채 창가에 서고, 귀부인은 낮 풍경이 가로막힌 것처럼 밤 풍경도 가로막힌 채 앉아있다. 그런데 얼굴이 창백하다. 토킹혼은 귀부인이 물러나려고 일어날 때 그 얼굴을 보고서 '그래, 저럴 수도 있어! 저 여자는 의지력이 정말 놀라워. 처음부터 끝까지 자신이 할 역할을 다 해냈어'라고 생각한다. 하지만 토킹혼 역시 역할이 – 한 번도 안 변한 역할이 – 있어, 그 여자가 나가도록 방문을 열어주니, 레스터 경보다 눈이 50배 밝은 눈 50쌍도 토킹혼에게서 아무런 결점을 찾을 수 없다.

데드록 귀부인은 자기 방에서 혼자 저녁을 먹는다. 레스터 경은 어서 등원해서 쿠들 분파를 막고 두들 당을 지키라는 통보를 받고 의회로 출발한다. 데드록 귀부인은 여전히 창백한 얼굴로 (허약한 친척이 한 말을 증명하며) 저녁 식탁에 앉아서 묻는다, 레스터 경이 나가셨느냐? 네. 토킹혼 변호사도 나갔느냐? 아닙니다. 데드록 귀부인이 곧바로 다시 묻는다, 아직 안 나갔느냐? 네. 그럼 무얼 하느냐? 하인은 토킹혼 변호사가 서재에서 편지를 쓰는 것 같다고 대답한 다음에 묻는다. 마님께서 만나길 바라신다고 전할까요? 그럴 필요는 없다.

하지만 토킹혼이 귀부인을 만나길 바란다. 몇 분 뒤에 토킹혼이 안부를 전하면서, 귀부인께서 저녁 식사를 마친 뒤에 한두 마디 나눌 수 있겠느냐고 묻는 말이 들어온다. 귀부인은 토킹혼을 불러들인다. 귀부인이 식탁에 앉아있는 동안 토킹혼이 들어와, 허락을 받았는데도, 방해해서 미안하다고 사과한다. 두 사람만 남자, 귀부인이 손을 흔들어서 맘에도 없는 말을 물리치며 묻는다.

"무슨 일인가요, 선생?"

변호사는 약간 떨어진 의자에 앉아서 녹슨 다리를 천천히 쓰다듬고, 또 쓰다듬고, 또 쓰다듬으며 말한다.

"맙소사, 귀부인께서 취한 조치에 깜짝 놀랐습니다."

"그래요?"

"네, 확실히. 미처 준비를 못 했거든요. 나는 이번 조치를 귀부인께서 우리가 맺은 협정을 깨고 약속을 어긴 행위로 봅니다. 국면이 새롭게 변한 거지요, 데드록 귀부인. 나로선 이번 조치를 인정하기 어렵다고 말씀드릴 수밖에 없습니다."

토킹혼은 문지르기를 멈추고 두 손을 무릎에 올린 채 귀부인을 쳐다본다. 변함없이 차분한 토킹혼 특유의 모습은 평소와 같지만, 자유로운 모습이 어렴풋이 드러나는 게 새롭고 귀부인은 그걸 안 놓친다.

"무슨 말인지 모르겠군요."

"아닙니다, 확실히 압니다. 나는 부인이 확실히 안다고 생각합니다. 그러지 마세요, 데드록 귀부인, 인제 와서 교묘하게 얼버무리면 안 되니까요. 귀부인은 그 여자애를 좋아하며, 그건 스스로도 잘 아십니다."

"그래서요, 선생?"

"여자애를 내보낸 건 귀부인이 지목한 이유 때문이 아니라 – 업무상 하는 말이니 용서하십시오 – 자신한테 닥쳐올 폭로와 비난에 최대한 멀리 떨어뜨릴 목적이라는 사실은 나도 알고 귀부인도 압니다."

"그래서요, 선생?"

변호사는 다리를 겹쳐서 위로 올라온 무릎을 문지르며 대답한다.

"으음, 데드록 귀부인, 나는 그것을 반대합니다. 그건 정말 위험한 행동입니다. 완벽하게 불필요한 행동은 저택 내부에 온갖 억측과 의혹과 소문만 일으킬 게 분명합니다. 게다가 그건 우리가 맺은 협정을 위반한 겁니다. 귀부인은 예전 모습을 유지해야 마땅합니다. 그런데 오늘 초저녁에는 예전 모습과 다르게 행동했다는 사실을 귀부인도 분명히 알고 나도 분명히 압니다. 아아, 속을 그렇게 뻔히 내보이다니, 당치도 않습니다!"

"내가 내 비밀을 알고서, 선생……"

귀부인이 말하지만, 곧바로 차단당한다.

"맙소사, 데드록 귀부인, 이건 업무상 문제며, 업무상 문제는 근거를 아무리 또렷하게 밝혀도 모자랍니다. 이건 더는 귀부인 비밀이 아닙니다. 미안합니다. 그건 착각입니다. 이건 레스터 경과 가문을 지켜야 하는 내 비밀입니다. 이게 귀부인의 비밀이라면, 데드록 귀부인, 우리는 이런 대화를 하지 말았어야 합니다."

"맞는 말입니다. 그 비밀을 내가 알고서 아무런 죄도 없는 여자애를 (선생이 체스니 대저택에 가득한 손님들 앞에서 이야기할 때 언급한 여자애를 떠올린다면 더더욱) 앞으로 닥쳐올 수치스러운 사태에서 구하려면, 나로선 스스로 결심해서 행동할 수밖에 없었습니다. 세상 그 무엇도, 세상 그 누구도 그걸 뒤집거나 막을 순 없습니다."

귀부인은 신중하면서도 또렷하게 말하는데, 토킹혼 이상으로 열정을 안 드러낸다. 토킹혼은 귀부인을 업무상 필요한 도구 정도로 여기면서 업무상 문제를 얘기하듯 차분하게 말한다.

"정말요? 그렇다면, 잘 알겠지만, 나로선 귀부인을 믿을 수 없습니다. 이번 사태를 정말 그렇게 생각하신다면, 정말 그렇다면, 나는 귀부인을 안 믿겠습니다."

"우리가 체스니 대저택에서 대화할 때 내가 바로 이 문제를 걱정한
건 선생도 기억하겠죠?"

귀부인이 묻자, 토킹혼은 쌀쌀맞게 일어나서 벽난로 앞으로 다가가
며 대답한다.

"그렇습니다. 귀부인께서 여자애 문제를 언급한 기억은 확실하지만,
우리가 협정에 도달하기 전에 나온 말이며, 우리가 맺은 협정은 형식에
서도 본질에서도 내가 찾아낸 내용에 근거해서 귀부인이 행동하는 걸
완전히 배제합니다. 논란의 여지가 조금도 없습니다. 여자애를 구하겠
다니, 그 여자애가 도대체 뭐가 중요하며 무슨 가치가 있습니까? 구하
겠다니! 데드록 귀부인, 지금 가문의 명예가 달렸습니다. 우리는 앞으
로 곧장 나아가야 합니다 – 모든 걸 뛰어넘어, 오른쪽이나 왼쪽으로
기우는 것 없이, 어떤 장애물이 나타나도, 누구도 구하지 말고, 모든
걸 짓밟으면서."

귀부인은 지금껏 식탁만 바라보았다. 그런데 지금 두 눈을 들고 토킹
혼을 바라본다. 귀부인 얼굴에 단호한 표정이 어리고 아랫입술은 이로
질근질근 깨문다. 그러다 시선을 다시 떨구자, 토킹혼은 '저 여자가
내 말을 알아들었군. 저 여자는 파멸할 수밖에 없어. 그런데도 다른
여자를 구하겠다고?'라는 생각이 절로 든다.

두 사람은 한동안 침묵한다. 데드록 귀부인은 아직도 저녁을 안 먹었
다. 차분한 손으로 물을 두세 차례 따라 마신 게 전부다. 그런 귀부인이
얼굴에 그늘을 드리운 채 식탁에서 일어나, 안락의자에 앉아서 등을
기댄다. 약한 모습을 드러내거나 동정심을 일으키는 태도는 조금도
없다. 깊은 생각에 잠겨서 우울하게 집중하는 모습이다. 토킹혼은 벽난
로 앞에서 귀부인의 시선을 다시 어둡게 가리며 '저 여자는 관찰 대상이

야'라고 생각한다.

토킹혼은 귀부인을 느긋하게 관찰할 뿐, 한동안 아무 말도 없다. 하지만 귀부인이 먼저 말하지 않는 게, 한밤중까지 벽난로 앞에 가만히 있어도 말할 것 같지 않아, 아무리 토킹혼이라도 먼저 입을 열 수밖에 없다.

"데드록 귀부인, 이번 비즈니스 상담에서 가장 불쾌한 부분이 남았지만 어쩔 수 없군요. 우리 협정은 깨졌습니다. 상식과 판단력이 뛰어난 분이니, 내가 협정이 깨졌다고 선언하고 적절한 조처에 나설 것에 준비는 하셨겠지요."

"충분히 준비했습니다."

토킹혼이 머리를 한쪽으로 기울인다.

"내가 할 말은 그게 전부입니다, 데드록 귀부인."

토킹혼이 말하고 밖으로 나가려 할 때 귀부인이 묻는다.

"내가 받을 경고는 그게 전부겠지요? 선생 말을 오해하고 싶지 않거든요."

"이건 경고가 아닙니다, 데드록 귀부인, 심사숙고해서 하는 경고는 협정이 유지된다고 여길 때만 가능하니까요. 하지만 사실상 똑같습니다, 사실상 똑같아요. 그 차이는 변호사 머릿속에만 있으니까요."

"다시 경고할 생각은 없겠지요?"

"그렇습니다. 없습니다."

"오늘 밤에 레스터 경한테 알릴 생각인가요?"

귀부인이 묻자, 토킹혼은 그늘진 얼굴을 바라보며 미소를 살짝 머금고 머리를 조심스럽게 저으며 대답한다.

"정곡을 찌르는군요! 아닙니다, 오늘 밤은."

"내일인가요?"

"이것저것 고려할 때, 그 질문에는 대답하지 않는 게 좋겠습니다, 데드록 귀부인. 그게 언제일지 모른다고 대답한다면 귀부인께서 안 믿으실 테니 굳이 대답할 이유는 없겠지요. 내일일 수도 있고요. 더 말하지 않겠습니다. 귀부인께서 충분히 준비하셨으니 나는 실패할 상황을 고려하지 않겠습니다. 그럼 좋은 밤 되시길."

귀부인은 한 손을 움직이며 창백한 얼굴로 쳐다보더니, 토킹혼이 아무 말 없이 걸어가서 방문을 열려고 할 때 다시 묻는다.

"이 집에 더 머물 생각인가요? 서재에서 편지를 쓰고 있었다고 들었습니다. 서재로 돌아가는 건가요?"

"모자가 거기에 있거든요. 집으로 갈 겁니다."

귀부인은 머리가 아니라 두 눈으로 보일 듯 말 듯 미묘하게 인사하고, 토킹혼은 물러난다. 방을 완전히 나온 다음에는 회중시계를 보는데, 시간이 일이 분 정도 틀린 것 같다. 층계참에 훌륭한 벽시계가, 정확하기로 유명한 시계가 있다. 그래서 벽시계를 쳐다보며 묻는다.

"네 생각은 어떠니? 어떻게 하는 게 좋겠니?"

벽시계가 '집으로 가지 말라!'고 대답했다면, 그 많은 밤 가운데 굳이 오늘 밤에, 그 앞에 선 수많은 젊은이와 늙은이 가운데 굳이 그 늙은이한테 '집으로 가지 말라!'고 대답했다면, 정말 훌륭한 시계가 아닐 수 없다. 하지만 벽시계는 종소리로 7시 45분을 선명하고 날카롭게 알리고서 다시 똑딱거릴 뿐이니, 토킹혼 역시 자기 회중시계를 보면서 나무라는 게 전부다.

"맙소사, 네놈은 내가 생각한 이상으로 엉뚱하구나. 2분이나 틀려? 이런 식이면 죽을 때까지 함께 갈 수 없다고."

그런데도 회중시계가 똑딱대면서 '집으로 가지 말라!'고 대답했다면, 원수를 은혜로 갚는 셈이 될 터였다!

토킹혼은 거리로 나와서 두 손을 뒷짐 진 채 고래 등 같은 대저택이 쭉 늘어선 그늘 밑을 나아간다. 대저택마다 가득한 불가사의와 온갖 어려움과 저당권 같은 미묘한 문제를 낡고 새까만 조끼 안주머니에 고이 간직한 채 나아간다. 벽돌과 회반죽마다 속 얘기를 털어놓고, 높은 굴뚝마다 가족의 비밀을 드러낸다. 하지만 토킹혼에게 '집으로 가지 말라!'고 속삭이는 목소리는 2km 반경 안에 하나도 없다.

평민이 붐비는 거리를 지나고, 시끄럽게 덜거덕대는 수많은 마차와 수많은 발걸음과 수많은 목소리를 지난다. 환한 상점 불빛을 받고, 서풍을 맞고, 밀어붙이는 인파를 헤치며 무자비하게 나아가는데, 도중에 마주치는 누구도 '집으로 가지 말라!'고 속삭이지 않는다. 마침내 우중충한 방에 들어서서 초에 불을 붙이고 주변을 둘러보고 고개를 들어, 천장에서 손가락으로 가리키는 로마인을 쳐다보는데, 오늘 밤 역시, 로마인 손에도 주변에서 날갯짓하는 사람도 '들어오지 말라!'고 늦게나마 경고하는 색다른 느낌은 없다.

달빛이 환하지만, 보름달에서 꺾인 하현달이 런던이라는 거대한 황무지 위로 이제 막 떠오르는 중이다. 별은 체스니 대저택 꼭대기 방위에서 그런 것처럼 반짝인다. 토킹혼이 최근에 귀부인을 지칭하던 표현대로, "이 여자" 역시 별을 내다본다. 마음이 아프고 불안하다. 영혼이 소용돌이친다. 커다란 방도 옥죄듯 답답하다. 더는 참을 수 없어, 홀로 정원을 산책하러 나간다.

너무나 변덕스럽고 오만해, 귀부인이 무얼 하든 주변에서는 별로 안 놀라니 "이 여자"는 숄로 대충 감싸고 환한 달빛으로 나간다. 하인이 열쇠를 들고 수행한다. 그래서 정원 대문을 연 다음, 귀부인이 지시하는 대로 열쇠를 넘겨주고 지시하는 대로 돌아간다. 귀부인은 지근지근 쑤시는 머리를 달래면서 정원을 산책한다. 한 시간이 될 수도 있고 두 시간이 될 수도 있다. 에스코트는 더 필요하지 않다. 용수철 달린 대문은 철커덕 닫히고, 귀부인은 나무가 울창하고 어두운 그늘로 들어간다.

밤 날씨는 좋고 커다란 달은 환하며 별은 수없이 많다. 토킹혼 변호사는 지하에 있는 포도주 저장실로 가려고 소리가 울리는 문을 여닫은 다음에 감옥 같은 조그만 마당을 가로지른다. 그러다 무심코 고개를 들어, 밤 날씨가 정말 좋다고, 커다란 달이 정말 환하다고, 별이 수없이 많다고 생각한다. 정말 고요한 밤이라고도 생각한다.

정말 고요한 밤이다. 달이 환하게 빛날 때는 고독이 고요하게 흘러나와 사람이 가득한 곳으로 나아가는 느낌이다. 먼지가 이는 고속도로와 언덕 꼭대기만 고요한 밤이 아니라, 광활한 들판도 고요한 밤이고, 숲마다 활짝 편 채 하늘과 맞닿는 곳으로 나아가는 회색 유령도 고요한 밤이다. 정원과 숲만 고요한 밤이 아니라, 온갖 식물이 싱그러운 강변 목초지도, 조그만 섬 사이로 반짝이며 흐르는 강물도, 웅얼대는 둑도, 속삭이는 갈대숲도 고요한 밤이다. 주택이 가득 모인 곳만 고요함이 흐르는 게 아니라, 다리가 여기저기서 비치는 강물도, 선창과 선박이 까맣고 섬뜩하게 보이는 곳도, 횃불이 해안으로 휩쓸린 해골처럼 모질게 올라선 늪지도, 땅이 용감하게 일어나서 밀밭 풍차와 뾰족탑을 세운 곳도, 그러다 끊임없이 몰아치는 바다로 합류하는 곳도 고요함이 흐른다. 망망대해만 고요한 밤이 아니라, 선박이 날개를 활짝 펴고 가로지르는 광경을 지켜보는 해안도 고요한 밤이며, 낯선 자로 가득한 런던이라는 황무지조차 고요한 밤이다. 무수한 뾰족탑, 하나밖에 없는 거대한 돔은 천상처럼 보이고, 연기에 그을린 지붕들은 창백하면서도 눈부신 빛을 받아 추잡한 모습이 사라지고, 거리마다 일어나던 소음도 모두 사라지고, 인도를 걷는 발소리는 아득하게 멀어진다. 토킹혼이 거주하는 광장에서, 목동들이 피리를 불고 지팡이와 갈고리로 양 떼를 몰아넣어, 그 털을 바싹 깎을 때까지 멈추지 않는 대법정에서, 달빛이 이렇게 환한 밤에, 갑자기 커다란 소리가 일며 모든 소리를 빨아들인다, 도시 전역을 거대한 유리로 둘러싸는 것처럼.

저게 뭐지? 누가 총을 쐈지? 어디에서 나는 소리지?

얼마 안 되는 행인이 깜짝 놀라서 걸음을 멈추고 주변을 둘러본다. 곳곳에서 창문과 대문이 열리고, 사람들이 나와서 둘러본다. 총소리가 커다랗게 메아리치고 창문을 묵직하게 흔든다. 지나던 사람 한 명은 건물까지 흔들렸다고 말한다. 인근에서 모든 개가 깨어나 힘껏 짖어댄다. 공포에 질린 고양이들은 도로를 가로지르며 도망친다. 개들이 여전히 짖어대는 동안 – 한 마리가 악마처럼 유난히 짖어대는 동안 – 교회 종소리가 깜짝 놀란 듯 일어난다. 거리에서 중얼대던 소리가 고함으로 부풀어 오른 것 같다. 하지만 그 소리도 금방 끝난다. 열 번째 종소리가 마지막으로 울리면서 고요함이 깔린다. 그 소리마저 사라지자, 고요한 밤, 환하고 커다랗게 반짝이는 달, 수없이 많은 별에는 다시 평화만 가득하다.

토킹혼 변호사도 잠에서 깨어났을까? 그 방 창문은 하나같이 어둡고 조용하며, 그 문은 꽁꽁 닫혔다. 단단한 껍데기에 파묻힌 토킹혼을 밖으로 꺼내려면 소리가 훨씬 더 커야 하나 보다. 토킹혼 소리를 아무도 못 듣고 토킹혼 모습을 아무도 못 본다. 꿈쩍도 안 하는 구식 늙은이를 깨우려면 강력한 대포 소리라도 일어야 한단 말인가?

로마인은 천장에서 오랜 세월 동안 손가락으로 줄기차게 가리키는데, 특별한 의미는 없다. 오늘 밤도 별다른 의미는 없는 것 같다. 애초에 가리킨 대로 늘 가리킨다, 모든 로마인처럼, 심지어 모든 영국인처럼, 한 가지 생각으로. 당연히 지금도 불가능한 자세로 손가락을 밤새도록 헛되이 가리킨다. 달빛이 흘러들고, 어둠이 깔리고, 동이 트고, 해가 뜨고, 날이 밝는다. 그런데도 로마인은 손가락으로 열심히 가리키는데 신경 쓰는 사람은 하나도 없다.

하지만 날이 밝고 조금 뒤에 사람들이 방을 청소하러 들어온다. 그런데 로마인 손가락이 예전과 달리 새로운 걸 가리킨 걸까, 아니면 제일 앞에서 들어오던 사람이 미친 걸까? 로마인이 가리킨 손을 바라보고 그 밑을 내려다보다, 비명을 내지르며 도망치니 말이다. 다른 사람들 역시 그 사람처럼 쳐다보다 비명을 내지르는 건 똑같고, 거리에는 경보가 울린다.

도대체 왜 저럴까? 깜깜한 실내로 불빛은 안 흘러들고, 낯선 사람들이 묵직한 물체를 들고 조심스럽게 천천히 발을 내디디며 침실로 들어가서 바닥에 내려놓는다. 온종일 걱정스러운 어투로 속삭이는 소리가 일고, 구석마다 샅샅이 뒤지고, 발자국을 조심스레 조사하고, 가구 한 점 안 흐트러뜨리려고 조심한다. 모든 눈이 로마인을 쳐다보고, 모든 목소리가 "저 로마인이 본 걸 알려준다면!"이라고 중얼댄다.

로마인은 탁자를 가리키는데 거기에는 (거의 꽉 찬) 포도주병 하나와 유리잔 하나, 불을 켜자마자 갑자기 꺼진 초 두 개가 있다. 로마인은 텅 빈 의자를, 그 앞바닥에 흘린 핏자국을 가리키는데, 손바닥으로 덮으면 덮일 것 같은 크기다. 하나같이 로마인 앞에 놓여있는 광경이다. 상상의 나래를 펼친다면, 천장화 전체가, 길쭉한 다리로 시중드는 소년들뿐 아니라 구름과 꽃과 기둥조차 - 한 마디로, 우화에 등장하는 몸뚱이와 영혼은 물론 그 머리조차 모조리 - 미쳐버린 것 같다. 어두운 방으로 들어오는 사람은 하나같이 고개를 들어서 로마인이 손가락을 가리키는 천장화를 올려보는데, 그 로마인은 두 눈에 놀라움과 경이로움이 가득한 게, 입이 굳어서 아무 말도 못 하는 증인 같다.

바닥에 고인 핏자국은 손바닥으로 가리는 건 쉬울지언정 들어내는 건 어려우니, 그걸 둘러싼 유령 이야기는 앞으로 오랫동안 나돌고, 먼지와 습기와 거미줄이 안 가리는 한, 로마인은 토킹혼이 살던 때보다 훨씬 중요하고 치명적인 의미를 담아서 손가락으로 영원히 가리킬 게 분명하다. 토킹혼이 살던 때는 영원히 끝나고, 그 목숨을 앗아간 살인자의 손을, 그리고 심장에 총을 맞아 밤부터 아침까지 바닥에 얼굴을 박고 쓰러진 토킹혼을 무기력하게 가리킨 것처럼 말이다.

144

CHAPTER XLIX
충실한 우정

포병 출신으로 현재는 비순을 연주하는 매트네 집에, 유창목네 집에 대단한 연중행사가 들이닥쳤다. 잔치를 열어야 한다. 가족 구성원의 생일이 찾아왔다.

매트 생일은 아니다. 매트는 자기 생일이 되면 아침 식사 전에 아이들 뺨에 짝 소리 나도록 뽀뽀하고 저녁 식사 뒤에 파이프를 한 대 더 태우고, 불쌍한 어머니는 – 20년 전에 돌아가시어 마냥 생각만 나는 어머니는 – 이날 어떤 느낌이었을지 저녁이 깊도록 생각하는 게 전부다. 이럴 때 아버지를 생각하는 남자는 드무니, 기억이라는 예금 통장에 담긴, 부모를 떠올리는 마음은 어머니에게 모두 쏠리는 것 같다. 매트 역시 그런 사람 가운데 하나다. 부인의 장점을 높이 평가하는 마음이 그로 하여금 '선량함'이라는 명사를 여성 명사로 여기도록 한 것일 수도 있다.

세 아이 가운데 누구도 생일이 아니다. 아이들 생일 역시 특별히 기념하긴 해도, 축하한다는 말과 푸딩을 뛰어넘는 경우는 드물다. 어린 울리치가 지난번 생일 때, 확실히 매트는 그 이상까지 가긴 했다. 시간이 엮어낸 변화를 감개무량하게 살피다, 많이 큰 키와 체격과 좋아진 실력을 칭찬한 뒤, 교리문답 시험까지 들어가, 첫 번째와 두 번째 질문, "이름은 무엇이냐?" 그리고 "그 이름을 누가 주었느냐?"를 상당히 정확하게 물었지만, 세 번째 질문[11]은 기억이 정확하지 않아, "그 이름이 마음에 드느냐?"고 바꿔서 물었다. 이것 역시 중요하다고, 정통 교리를 함양하고 일깨우는 데 도움이 된다고 생각한 것이다. 하지만 생일 때만 하는 특별 행사일 뿐, 일반적인 행사는 아니다.

　오늘은 부인의 생일이자 가장 중요한 축제로, 매트가 달력에 새빨갛게 칠한 날이다. 이렇게 경사스러운 날은 매트 자신이 오래전에 일정한 형식과 절차를 정해서 가족과 함께 늘 지켜왔다. 매트는 저녁으로 닭 두 마리를 먹는 게 이날을 기념하는 최고봉이라 확신하고, 이날이 오면 아침 이른 시간에 닭 두 마리를 사러 직접 나가고 매번 똑같은 장사꾼에게 속아 넘이가 유럽 전역에서 가장 늙은 닭을 산다. 그래서 질기디질긴 닭 두 마리를 (합당한 의식대로) 파란색과 하얀색이 어우러진 깨끗한 보자기로 묶어서 돌아와, 아침에 부인에게 생일상으로 무얼 먹고 싶으냐고 선언하듯 묻는다. 부인은 단 한 번도 어긋나지 않는 우연의 일치로 닭고기라 대답하고, 매트는 숨겨놓은 보자기 묶음을 그 즉시 꺼내고, 나머지는 하나같이 깜짝 놀라며 좋아한다. 그러면 매트는 부인에게 온종일 아무것도 하지 말라고, 제일 좋은 옷을 입고 가만히 앉아있으라고, 자신과 아이들이 다 알아서 하겠다고 주장한다. 하지만 매트는 요리 솜씨가 좋을 리 없어, 부인으로서는 가만히 앉아있는 게 즐겁기는커녕 초조할 수밖에 없으나, 그래도 겉으로는 최대한 즐거운 표정을 떠올

---

11) 영국 성공회 교리문답에 나오는 세 번째 질문은 "그렇다면 대부님과 대모님은 너한테 무슨 역할을 하느냐?"다.

린다.

오늘이 바로 그런 날이고, 매트는 평소처럼 준비를 마쳤다. 닭 두 마리를 사 왔는데, 속담[12]이 옳다면, 두 마리 모두 왕겨 먹이로 안 잡힌 게 확실해서 꼬챙이까지 확실하게 준비해, 온 가족을 깜짝 놀라고 즐겁게 하면서 닭 굽는 작업을 직접 감독하니, 부인은 엉망으로 요리하는 모습에 건강한 갈색 손가락이 끊임없이 근질거려도 제일 좋은 옷차림으로 주빈석에 앉아서 기다린다.

퀘벡과 몰타는 식탁보를 깔고, 울리치는 아버지가 시킨 대로 닭 꼬챙이를 돌린다. 그리고 매트 부인은 어린 자식들이 실수할 때마다 눈짓하거나 머리를 젓거나 얼굴을 찡그려서 신호한다.

"요리는 다 될 거야. 정확히. 앞으로 한 시간 반."

매트가 선언하고, 부인은 불 위에 얹은 닭 한 마리가 돌기를 멈춰서 타들어 가는 모습을 불안하게 바라본다.

"당신은 생일상을 즐기기만 하는 거야. 왕비한테 딱 맞는 생일상을."

매트가 선언하고, 부인은 하얀 이를 드러내며 웃긴 해도 아들이 하는 실수에 불안한 모습을 드러내니, 아들은 그런 어머니에게 눈을 동그랗게 뜨고서 왜 그러느냐고 묻는데 정신을 파느라 꼬챙이를 돌릴 가능성만 줄어든다. 다행히도 큰딸은 엄마 가슴이 들썩이는 이유를 알아채고 울리치를 쿡 찔러서 경고한다. 그와 동시에 꼬챙이는 다시 돌아가고, 매트 부인은 안도감에 두 눈을 꼭 감는다.

"조지가 올 거야. 4시 반에. 정확히. 조지가 생일날에 오는 게 몇 해나 되지, 여보?"

매트가 묻는다.

"아, 유창목, 유창목, 젊은 아가씨가 늙은 할머니로 변할 만큼 오래.

---

12) 늙은 닭은 왕겨 먹이로 안 잡힌다.

더도 덜도 아니고."

매트 부인이 웃으면서 대답하다 머리를 절레절레 흔들자, 매트가 위로한다.

"여보, 아니야. 당신은 예전처럼 젊어. 더 젊은 건 아니더라도. 아주 젊어. 모두가 알아."

퀘벡과 몰타는 허풍선이 아저씨가 어머니에게 선물을 가져올 거라고 손뼉 치며 좋아하다 어떤 선물일까 궁금해하고, 매트 부인은 식탁보를 힐끗 보며 몰타에게 오른 눈으로 '소금!'이라 눈짓하고, 퀘벡에게 머리를 흔들어서 후추를 치우라고 신호하며 말한다.

"당신도 알겠지만 유창목, 조지가 다시 방랑길에 나설 것 같아."

"아니야, 조지는 절대로 안 도망가. 오랜 전우를 궁지로 몰아넣지 않는다고. 조금도 걱정하지 마."

"아니야, 유창목. 아니야. 조지가 그런다는 뜻이 아니야. 나는 조지가 그런다고 생각하는 게 아니라고. 하지만 돈 문제를 해결하면 멀리 떠날 것 같아."

매트가 이유를 묻자, 부인은 가만히 생각하다 대답한다.

"으음, 내가 볼 때 조지는 적지 않게 불안하고 초조한 것 같아. 물론 예전처럼 자유롭지 않다는 말은 아니야. 당연히 자유롭게 사니까. 안 그러면 조지가 아니니까. 하지만 속이 상한 데다 소외감마저 느끼는 것 같아."

"하도 시달려서 그래. 변호사한테. 악마보다 더한 놈이라고."

매트가 말하자, 부인이 공감한다.

"뭔가 있긴 한데, 당신 말도 맞아, 유창목."

더는 대화할 수 없다. 매트가 생일상 준비에 신경을 바짝 곤두세워야 하기 때문이다. 닭고기는 육즙이 없어서 푸석푸석하고 소스는 아무런 맛도 안 나는 데다 색깔마저 변하기 시작한다. 감자마저 엉망이니, 껍질을 벗기는 도중에 으깨지고, 솥에 넣어서 찔 때는 한가운데가 갈라지는 게 지진이라도 난 것 같다. 닭 다리 역시 바람직한 이상으로 기다랗고 질기다. 하지만 매트는 최선을 다해서 모든 난국을 이겨내고 마침내 음식 접시에 담으니, 온 가족은 식탁에 둘러앉고, 매트 부인은 매트 오른편 귀빈석을 차지한다.

매트 부인으로선 생일이 일 년에 한 번밖에 없는 게 다행이다. 이런 닭을 두 번이나 먹으면 몸에 이상이 생길 게 분명하기 때문이다. 닭고기는 힘줄과 근육이 부드러운 게 장점인데, 이 닭고기는 고래 힘줄 같은 데다, 날갯죽지는 가슴과 몸속으로 뿌리를 단단히 내린 게 땅속에 단단히 박힌 나무뿌리 같다. 다리는 더없이 질긴 걸 보면 평생에 걸쳐서 달리기 연습만 끈질기게 했다는 느낌이 절로 든다. 하지만 매트는 이런 결점을 모른 채 부인이 눈앞에 있는 별미를 마음껏 즐기도록 특별히 배려하고, 착하디착한 부인은 평소에 남편이 조금이라도 실망하지 않도록 애쓰는데 이날은 더할 나위 없으니, 소화기관을 위태로울 정도로 괴롭힌다. 어린 울리치가 타조[13] 혈통도 아니면서 닭 다리를 깨끗하게 먹어치우는 모습이 엄마는 걱정스러우면서도 신기하기만 할 정도다.

매트 부인은 생일상을 마친 뒤에 가만히 앉아, 실내를 청소하고 벽난로를 청소하고 식탁을 치우고 뒷마당에서 설거지하는 모습을 구경만 하는 시련을 또다시 겪는다. 두 딸이 어머니가 그런 것처럼 치맛자락을 걷어 올린 채 나막신을 신고 조그만 발판을 미끄러지듯 들락거리면서 신나고 흥겹게 처리하는 모습이 미래에 대한 희망을 드높이긴 하지만, 당장으로선 마냥 불안하기만 하다. 두 딸이 시끄럽게 떠드는 소리도

---

13) 타조는 무엇이든 잘 먹는다고 한다.

그릇을 쨍그랑대는 소리도 머그잔을 덜그덕대는 소리도 빗자루를 획획 쓰는 소리도 물을 마구 쓰는 소리도 물에 흠뻑 젖은 채 바삐 움직이는 동작도, 앉아서 구경만 해야 하는 어머니 눈에는 불안하기만 하다. 마침내 청소와 설거지는 의기양양하게 끝나고, 퀘벡과 몰타는 갈아입은 옷차림으로 환하게 웃으며 나타나고, 식탁에는 파이프와 담배와 마실 것이 등장하자, 매트 부인은 즐거운 생일날에 처음으로 마음의 평화를 누린다.

매트가 평소처럼 의자에 앉을 때, 시침과 분침은 4시 30분으로 다가가고, 정확히 그 시간이 되었을 때 매트가 선언한다.

"조지! 군대 시간."

조지가 나타나, 매트 부인에게 (뺨에 뽀뽀하면서) 진심으로 축하하고 아이들과 매트 뺨에 차례대로 뽀뽀하며 축복한다.

"행복이 모두 가득하기를!"

매트 부인이 궁금한 표정으로 쳐다보며 묻는다.

"그런데, 조지! 무슨 일 있어?"

"무슨 일?"

"그래! 얼굴이 백지장 같아, 큰일을 겪은 사람처럼. 그렇지 않아, 유창목?"

매트도 거든다.

"조지, 무슨 일인지. 우리 마누라한테 말해."

기병은 한 손으로 이마를 긁으며 대답한다.

"얼굴이 백지장 같은 줄 몰랐어. 큰일을 겪은 사람처럼 보이는 것도 몰랐고. 괜히 미안하군. 우리 집에 있던 아이가 어제 오후에 죽었어, 그래서 충격을 받았나 봐."

매트 부인이 어머니 특유의 어투로 안타까워한다.

"불쌍한 것! 죽었다고? 어머나, 어머나!"

"이 얘길 할 생각은 아니었어, 생일날에, 하지만 내가 자리에 앉기도 전에 이상한 걸 알아채는군. 곧바로 정신을 차리려 했는데 당신이 너무 빨랐어, 매트 부인."

기병이 훨씬 흥겨운 어투로 말하자, 매트가 동조한다.

"자네 말이 맞아. 우리 마누라는 아주 빨라. 폭약처럼."

조지도 다시 흥겹게 떠들어댄다.

"오늘은 자네 부인이 주인공이니, 자네 부인 얘기만 하자고. 여길 봐, 내가 조그만 브로치를 가져왔어. 별것 아니지만, 선물이야. 이런 재미라도 있어야지, 매트 부인."

조지는 선물을 내밀고, 아이들은 펄쩍펄쩍 뛰고 손뼉 치며 좋아하고, 매트는 존경스러운 표정으로 감탄하며 말한다.

"여보, 저 친구한테 내 생각을 말해줘."

"맙소사, 정말 놀라워, 조지! 여태 본 어떤 물건보다도 아름다워."

매트 부인이 감탄하고, 매트가 동조한다.

"맞아! 내 의견이야."

매트 부인이 브로치를 이리저리 둘러보다 앞으로 쭉 내밀고 살피면서 좋아한다.

"정말 아름다워, 조지, 나한테 과분한 것 같아."

"나빠! 내 의견이 아니야."

매트가 말하고, 매트 부인은 기쁨이 가득한 눈으로 한 손을 조지에게 내밀며 덧붙인다.

"하지만 이게 무어든 백 번이고 천 번이고 고마워, 친구. 내가 당신한테 까다롭게 굴 때도 있지만, 조지, 실제로 우리는 더없이 좋은 친구야. 이제 당신 손으로 달아줘, 행운이 깃들도록, 조지."

아이들은 바싹 다가와서 지켜보고, 매트는 다 큰 목석같으면서도 어린애처럼 즐거운 표정으로 어린 울리치 머리 너머로 쳐다보니, 매트 부인은 흥겹게 웃으면서 "아, 유창목, 유창목, 어른이 너무 귀여운 것 같아!"라는 말이 절로 나온다. 하지만 기병은 브로치를 달다 실패한다. 손을 덜덜 떨다 떨어뜨린다. 그래서 떨어지는 브로치를 손으로 낚아채고 주변을 둘러보며 "믿어져? 넋이 나가서 이렇게 쉬운 일조차 실수하다니!"라고 한탄한다.

매트 부인은 브로치를 직접 달면서, 이럴 때는 파이프 담배만큼 좋은 치료제가 없다고 결론지어, 기병에게 평소처럼 아늑한 공간에 앉아서 파이프를 태우게 하면서 덧붙인다.

"그래도 기운이 안 난다면, 조지, 여기에 달린 브로치를 틈틈이 보라고, 그러면 기분이 풀릴 테니까."

"애초에 당신이 직접 다는 건데 그랬어. 내가 알아, 매트 부인. 이런저런 일로 나는 많이 우울하거든. 불쌍한 아이 때문에. 아이가 죽어가는 모습을 보면서 아무것도 못 도와준 게 너무 우울해."

"무슨 말이야, 조지? 당신이 도와주었잖아. 당신 집에 머물게 했다고."

"그러긴 했지만, 그건 아무것도 아니야. 내 말은, 매트 부인, 아이가 왼손과 오른손이 다른 것 이상을 못 배운 채 죽어갔다는 거야. 지금은 너무 멀리 떠나서 도와줄 수도 없고."

"아, 불쌍한 것!"

매트 부인이 한탄하고, 기병은 파이프에 불조차 안 붙인 채 묵직한 손으로 머리칼을 쓸어넘기며 말한다.

"그런데 그리들리가 갑자기 떠오르더라고. 비참하게 죽은 건 똑같거든. 그러자 두 사람을 그렇게 만든 냉혈한 늙은이가 떠오르는 거야.

모든 걸 공평하게 만드는 소총이 한쪽 모서리에 무심하게 서 있다는 생각도 떠오르고. 피가 거꾸로 솟구칠 정도로."

"내가 충고하고 싶은 건 파이프에 불을 붙이고 다 잊어버리라는 거야. 그게 몸에도 좋고 건강에도 좋아."

매트 부인이 말하자, 기병이 대답한다.

"당신 말이 맞아. 그렇게 할게."

그래서 기병은 그렇게 하지만, 아이들은 여전히 무거운 분위기에 눌리고, 평소라면 매트가 간결한 연설을 곁들여서 부인의 건강을 위해 건배하자고 제안했을 텐데, 매트는 그것조차 미룬다. 하지만 어린 두 아가씨는 아빠가 "혼합물"이라고 부르는 습관이 있는 음료수를 만들고, 조지 파이프에 불빛이 이글대자, 매트는 이제 건배할 차례가 되었다고 생각한다. 그래서 주변을 둘러보며 연설한다.

"조지. 울위치, 퀘벡. 몰타. 오늘은 이 집 안주인 생일이다. 온종일 행군해도 이런 여자는 두 번 다시 못 찾는다. 자, 이 집 안주인을 위해서 건배!"

건배한 음료수를 모두 맛나게 마시고, 매트 부인은 간결하게 답례한다. "또한 여러분 모두를 위해!"라는 단어 네 개가 전부다. 그리고 모든 사람에게 고개를 차례대로 끄덕이며 혼합물을 한 모금씩 마신다. 그러다 누구도 예상 못 한 소리를 내지른다.

"어떤 사내가 왔어!"

모두가 깜짝 놀라는 가운데 어떤 사내가 나타나서 거실문을 들여다본다. 사내는 눈길이 매섭고, 머리 회전이 빠르고, 모든 시선을, 따로든 함께든 한꺼번에 받아내며 정말 대단한 인물임을 모두에게 각인시킨다. 그러다 고개를 끄덕이며 묻는다.

"조지, 그동안 잘 지냈나?"

"맙소사, 버킷이야!"

조지는 깜짝 놀라고, 사내는 안으로 들어와서 거실문을 닫으며 대답한다.

"그래, 길을 따라 내려가던 중에 진열장 악기를 구경하다 - 친구가 음색이 좋은 중고 첼로를 찾거든 - 사람들이 즐거워하는 모습을 보았는데, 한쪽 모서리에 있는 사람이 자네 같더군. 내가 착각한 게 아니란 생각도 들고. 그래, 요새는 하는 일이 잘되나, 조지? 부드럽게 풀려? 그리고 당신은요, 부인? 그리고 당신은요, 선생?"

버킷이 말하다 두 팔을 벌리며 덧붙인다.

"맙소사, 아이들도 있군! 나는 아이를 매우 좋아한다오. 여기에 뽀뽀해주렴, 얘들아. 아버지와 어머니가 누군지 물을 필요는 없겠구나. 이렇게 똑 닮은 아이들은 생전 처음 보니까!"

버킷은 앉으라는 말이 없는데도 조지 옆자리에 앉아, 퀘벡과 몰타를 자기 무릎에 올리며 말한다.

"정말 예쁜 아이로구나, 여기에 다시 뽀뽀해주렴. 내가 좋아하는 건 이게 전부야. 맙소사, 참 건강해 보이는구나! 두 아이는 나이가 어떻게 되나요, 부인? 제 눈에는 대략 8살과 10살로 보이는군요."

"거의 비슷합니다, 선생."

매트 부인이 말하자, 버킷이 대답한다.

"저는 아이들을 좋아해서 대체로 비슷하게 맞춘답니다. 제 친구 한 명은 아이가 열아홉이나 되고, 모두 한배에서 나왔는데, 엄마는 아직도 아침 햇살처럼 상큼하고 신선하답니다. 부인처럼 대단하진 않지만 거의 비슷하답니다! 이걸 뭐라고 부르니, 얘야?"

버킷이 몰타 뺨을 잡으며 계속 말한다.

"이건 복숭아야. 정말 대단해! 그런데 너는 아빠를 어떻게 생각하니?

아빠가 음색이 좋은 중고 첼로를 버킷 아저씨 친구한테 추천할 수 있을 것 같니? 버킷은 내 이름이란다. 이름이 우스꽝스럽지 않니?"

술술 구워삶듯 하는 말에 온 가족이 호감을 느낀다. 매트 부인은 자기 생일날이란 사실조차 잊은 채 파이프에 담배를 재워주고 술잔을 따라주는 등 버킷에게 온갖 친절을 베푼다. 이렇게 유쾌한 인물이라면 언제라도 환영할 것 같은데 조지 친구라니 한층 더 반갑다고, 조지가 오늘은 평소처럼 쾌활하지 않아서라고 말한다. 그러자 버킷이 깜짝 놀란다.

"평소처럼 쾌활하지 않아요? 맙소사, 그런 말은 처음 듣는군요! 무슨 일이야, 조지? 설마 나한테 기운이 없다고 말하지는 않겠지? 왜 그렇게 기운이 없는 거야? 아무런 걱정거리도 없잖아, 조지."

"네, 걱정거리는 없어요."

기병이 대답하자, 버킷이 다시 말한다.

"그럼, 그래야지. 자네한테 무슨 걱정거리가 있겠나! 그리고 이렇게 귀여운 아가씨들한테 무슨 걱정거리가 있겠나, 엉? 이 아가씨들한테는 아무런 걱정거리도 없다고, 나중에 젊은 사내들이 마음에 품고서 하나같이 울적할 수는 있을지언정. 나는 예언자가 아니지만 그 정도는 안답니다, 부인."

매트 부인은 기분이 좋아, 버킷 선생도 자녀가 있느냐고 묻는다.

"맙소사, 부인! 제 말을 믿을 수 있겠습니까? 아니랍니다, 하나도 없답니다. 집사람과 하숙인 한 명이 전부랍니다. 집사람 역시 저만큼이나 어린애를 좋아해서 아이를 가지려고 애쓰긴 하는데, 한 명도 없답니다. 정말이랍니다. 세상이 불공평하답니다. 그래도 우리는 불평하지 말아야 하겠죠. 뒷마당이 매우 훌륭하군요, 부인! 저 뒷마당에도 나가는 문이 있나요?"

뒷마당에는 나가는 문이 없다.

"정말인가요? 얼핏 보기에는 나가는 문이 있을 것 같은데요. 으음, 저렇게 마음에 꼭 드는 뒷마당은 처음 봅니다. 한번 둘러봐도 괜찮겠습니까? 고맙습니다. 맙소사, 나가는 문이 정말로 없군요. 하지만 비율이 매우 훌륭합니다!"

버킷은 뒷마당을 날카롭게 둘러보고 옆자리로 돌아와서 조지 어깨를 다정하게 두드린다.

"지금은 기분이 어떤가, 조지?"

"지금은 괜찮습니다."

기병이 대답하자, 버킷이 다시 말한다.

"그럼, 당연히 그래야지! 그러지 않을 이유가 없잖은가! 자네처럼 얼굴이 잘생기고 체격 좋은 사내가 기운이 떨어지면 어떻게 하나. 이렇게 멋진 가슴에 기운이 빠져나갈 순 없잖은가, 그렇지 않나요, 부인? 게다가 자네한테는 아무런 걱정도 없잖은가, 조지. 자네 마음에 무슨 걱정이 있을 수 있겠나!"

버킷은 입담을 자랑하면서 똑같은 말을 두세 차례 늘어놓다 파이프에 불을 붙이고, 상대가 말하기를 기다리는 본연의 표정을 떠올린다. 하지만 사교성이 번뜩이는 태양은 짧은 일식을 벗어나며 다시 환하게 빛난다. 퀘벡과 몰타에게 울리치 얘기를 꺼낸 것이다.

"그럼 저 아이는 오빠로구나, 그렇지, 얘들아? 오빠가 정말 멋있어. 피가 절반만 섞인 오빠. 친아들이라고 하기에는 나이가 너무 많군요, 부인."

그러자 매트 부인이 웃으면서 대답한다.

"저 아이가 다른 사람 아이가 아니라는 건 제가 보증한답니다."

"맙소사, 놀랍네요! 하기야 얼굴이 똑 닮아서 부정할 수도 없군요.

아이가 엄마를 똑 닮았어요! 하지만 이마에서는 아빠 모습이 묻어나오네요!"

버킷이 한쪽 눈만 뜨고서 세 아이를 비교하는 동안, 매트는 극히 만족스러운 표정으로 담배를 태운다.

매트 부인은 아들이 조지 대자라는 사실까지 알려준다. 그러자 버킷이 한없이 따뜻한 어투로 대답한다.

"조지 대자요, 저 아이가? 그렇다면 조지 대자와 다시 한번 악수해야겠군요. 대부와 대자가 서로를 자랑스럽게 여기겠어요. 저 아이를 어떻게 키우실 생각인가요, 부인? 무슨 악기에 특별한 관심이라도 보이나요?"

매트가 갑자기 끼어든다.

"군악대용 피리를 분답니다. 아름답게."

버킷이 우연의 일치에 깜짝 놀란다.

"맙소사, 나도 어릴 적에 군악대용 피리를 불었다면 믿겠습니까, 선생? 저 아이처럼 체계적으로 배운 건 아니지만 귀동냥으로 대충 배웠답니다. 대단하군요! '영국 척탄병 행진곡!' 영국인이라면 언제 들어도 가슴이 울렁이는 곡이지요! 멋진 친구, 우리한테 '영국 척탄병 행진곡!'을 불어줄 수 있겠나?"

그곳에 모인 사람들에게는 어린 울리치에게 한 곡 바라는 청보다 바람직한 게 없으니, 울리치는 곧바로 피리를 가져와서 활달한 행진곡을 연주하고, 그러는 동안 버킷은 열심히 박자를 맞추며 매번 "영국 처억타안병!"을 커다랗게 불러댄다. 한 마디로, 버킷이 음악적 취향을 훌륭하게 드러내자, 매트는 담배 파이프를 입에서 떼어내고 노래 실력이 대단하다며 칭찬한다. 버킷은 곳곳에서 칭찬하는 소리를 겸손하게 받아들이며 한때는 성가대에서 활동했다고, 가슴에 가득한 감정을 표

현하고 싶었다고, 하지만 친구들 앞에서 자랑하려는 교만한 생각은 없었다고 고백하다, 노래 한 곡 하라는 요청을 받는다. 버킷은 사교적인 분위기에 안 밀리려고 요청을 받아들여 '믿어주오, 모든 아름다움이 스러질지라도'[14]를 부른다. 그러더니, 매트 부인을 처녀 시절에 만났다면 심금을 울리는 민요를 멋들어지게 불러서 결혼식이라는 제단으로 유혹했을 거라고 – 버킷 표현대로라면 "출발선으로 나아갔을 거"라고 – 말한다.

재치 넘치는 이방인이 생일잔치를 어찌나 새롭고 유쾌하게 만들던지 처음 들어올 때만 해도 그다지 기뻐하지 않던 조지조차 버킷을 자랑스럽게 여기기 시작한다. 버킷은 붙임성이 좋고 재주가 많고 편하게 어울리는 특징을 모두 보여주니, 그런 사람을 나타나게 한 조지 역시 대단한 능력이 아닐 수 없다. 매트는 그런 사람을 만난 기회를 소중히 여긴 나머지, 파이프 담배를 한 대 더 태우고는, 집사람 다음 생일날에도 함께 어울리는 영광을 부탁한다. 버킷은 오늘 모임의 성격을 깨닫고서 그 가족에 느낀 존경심을 더욱 단단히 다진다. 그래서 매트 부인에게 황홀할 정도로 다정하게 건배하고, 앞으로 열두 달 뒤에 고마운 마음으로 참석하겠다 약속하고, 띠로 묶은 커다랗고 새까만 수첩에 날짜를 적은 다음, 그날이 오기 전에 매트 부인과 버킷 부인이 친자매처럼 어울릴 수 있기를 소망한다. 그러면서 덧붙인다. 개인적인 교류가 없는 공직 생활은 아무런 재미가 없다. 자신은 공무원으로 소박하게 살지만, 행복을 느끼는 건 다른 영역이다. 그렇다, 인간은 가정이 행복해야 진정으로 행복할 수 있다.

---

14) Believe Me, If All Those Endearing Young Charms; 아일랜드 시인이자 소설가, 가수, 작곡가 토머스 모어(Thomas Moor. 1779~1852)가 1808년 아일랜드 전래민요에 가사를 붙인 '애처가의 노래'. 작품에서는 버킷의 애창곡으로 나온다.

이런 상황에서 버킷이 이렇게 좋은 사람들을 만나게 해준 친구를 떠올리는 건 너무나 당연하다. 그래서 조지 옆에 바짝 달라붙어 떨어질 줄 모른다. 대화 주제가 무어든 조지를 늘 다정하게 바라보고, 조지와 함께 집으로 가려고 기다리고, 조지가 신은 신발에도 관심을 기울이다 못해, 조지가 벽난로 모서리 의자에 앉아서 다리를 꼬고 담배를 태울 때는 신발 바닥까지 열심히 살핀다.

마침내 조지가 떠나려고 일어선다. 우정이 은밀하게 통했는지, 동시에 버킷도 일어선다. 그래서 아이들을 마지막으로 귀여워하더니, 그 자리에 없는 친구를 떠올리며 묻는다.

"중고 첼로 말인데요, 선생…… 나한테 좋은 물건을 추천할 수 있겠습니까?"

"얼마든지요."

매트가 대답하자, 버킷이 그 손을 꼭 잡으며 말한다.

"고맙습니다. 선생은 정말 좋은 친구로군요. 음색이 좋은 악기를 부탁합니다! 제 친구는 실력이 상당하거든요. 모차르트와 헨델을 비롯한 거장을 전문가처럼 연주하니까요."

그러더니 곰곰이 생각하는 표정으로 살며시 덧붙인다.

"가격을 너무 낮게 책정할 필요는 없답니다, 선생. 친구 때문에 너무 높은 가격을 지급하고 싶진 않지만, 선생이 정당한 이윤을 책정하는 게, 수고한 시간만큼 보상받는 게 바람직하답니다. 그러는 게 공평해요. 인간은 누구나 먹고살아야 하니 당연히 그래야겠지요."

매트는 참 좋은 손님이 생겼다는 느낌으로 부인에게 고개를 끄덕이고, 버킷은 계속 말한다.

"내일 아침 10시 반에 찾아올 것 같은데, 음색이 좋은 첼로 몇 대를 소개할 수 있겠습니까?"

당연하다. 매트 부부는 필요한 정보를 꼭 준비하겠다는 약속과 함께 몇 개를 준비해서 직접 살펴보도록 하겠다는 암시까지 한다. 그러자 버킷이 대답한다.

"고맙습니다, 고맙습니다. 안녕히 계십시오, 부인. 안녕히 계세요, 선생. 잘 있어라, 얘들아. 모처럼 즐겁게 지냈습니다. 고맙습니다."

매트 부부는 함께 어울려서 모두를 즐겁게 해주어 오히려 우리가 고맙다 대답한다. 양측이 따뜻한 인사를 여러 번 주고받은 다음에 비로소 버킷은 상점 입구에서 조지 팔을 잡으며 말한다.

"가자고, 친구!"

두 사람은 좁은 길을 내려가고 매트 가족은 그 모습을 가만히 바라본다. 매트 부인은 버킷 선생이 "바싹 달라붙은 걸 보면 조지를 정말 좋아하는 것 같다"는 말까지 소중한 유창목에게 한다.

주변 거리는 길이 좁은 데다 포장 상태가 안 좋아, 두 사람이 팔을 잡고 나란히 걷는 게 약간 불편하다. 그래서 조지는 따로따로 걷자고 제안하지만, 버킷은 다정하게 붙잡은 팔을 놓아줄 수 없어 "조금만 기다리게, 조지. 그전에 자네한테 할 말이 있네"라고 말한다. 그런 직후에 조지를 선술집으로 잡아끌어 응접실에 들어서더니, 문에 등을 바싹 댄 채 바라본다.

"자, 조지, 우정은 우정이고 임무는 임무야. 두 개가 충돌하는 상황은 절대로 바라지 않아, 가능하다면. 나는 오늘 밤에 즐거운 분위기를 만들려고 노력했으니, 내가 잘했냐 아니냐는 자네 판단에 맡기겠네. 자네는 체포되었거든, 조지."

"체포요? 왜요?"

기병이 깜짝 놀라며 묻자, 버킷이 통통한 집게손가락을 내밀며 상황을 제대로 파악하길 촉구한다.

"자, 조지, 자네도 알다시피, 대화는 대화고 임무는 임무야. 내 임무는, 지금부터 자네가 하는 말은 자네한테 불리하게 적용될 수 있다고 알리는 거고. 그러니, 조지, 앞으로 조심해서 말하게. 살인이 일어났다는 소식을 못 들었나?"

"살인이요!"

버킷이 집게손가락을 다시 의미심장하게 움직이며 말한다.

"자, 조지, 내가 한 말을 명심하게. 나는 다른 걸 묻는 게 아니야. 자네는 오후 내내 기분이 울적했어. 다시 묻겠는데 살인이 일어났다는 소식을 못 들었나?"

"네. 그런 일이 어디에서 일어났습니까?"

"자, 조지, 서둘지 말게. 내가 자네를 체포한 이유를 지금 말할 테니까. 링컨 법학원 광장에서 살인 사건이 일어났어…… 토킹혼이라는 신사. 지난밤에 총을 맞았네. 그래서 자네를 체포한 거야."

기병은 뒤에 있는 의자로 그대로 무너지고, 이마에서는 큼지막한 식은땀이 솟고, 얼굴은 죽은 사람처럼 새하얗다.

"버킷! 토킹혼 변호사가 살해당했다는 건, 그래서 나를 의심한다는 건 말도 안 돼요!"

버킷이 집게손가락을 다시 흔들며 대답한다.

"조지, 충분히 돼, 사실이니까. 그 행위는 지난밤 열 시에 있었어. 이제, 자네는 지난밤 열 시에 어디에 있었는지 알 테니, 당연히 증명도 할 수 있겠지."

"지난밤! 지난밤!"

기병이 곰곰이 생각하더니, 문뜩 떠오른 듯 소리친다.

"하느님 맙소사, 지난밤에 그곳에 있었어요!"

그러자 버킷이 신중하게 대답한다.

"나도 그렇게 알고 있네, 조지. 나도 그렇게 알아. 자네가 자주 찾아 갔다는 사실도 알고. 주변에서 어슬렁대는 모습을 많은 사람이 보고, 토킹혼 선생과 다투는 소리를 한 번 이상 들은 사람도 있고. 그러니 토킹혼 선생을 죽이겠다고 협박하는 소리를 들은 사람도 나올 수 있겠 지 - 확실성을 말하는 게 아니라 가능성을 말하는 거야, 위험한 친구."

기병이 숨을 헐떡이는 게, 말할 수만 있다면 그 사실을 모두 인정할 것 같고, 버킷은 실내장식업자 같은 분위기로 모자를 탁자에 올려놓으 며 계속 말한다.

"자, 조지, 내가 바라는 건, 초저녁 내내 재밌게 지낸 것처럼, 이번 일도 재미있게 처리하는 거야. 레스터 데드록 준남작이 100기니를 현 상금으로 내걸었다는 소식을 솔직하게 말하겠네. 자네와 나는 늘 유쾌 하게 지내왔지만, 나는 처리할 임무가 있어. 게다가 누군가 100기니를 받아야 한다면 이왕이면 내가 받는 편이 좋잖은가. 이런 이유로 나는 자네를 체포할 수밖에 없다는 사실을, 자네를 절대로 놓아줄 수 없다는 사실을 확실히 이해했기를 바라네. 그래, 내가 조수를 불러야 하겠나, 아니면 순순히 가겠나?"

조지는 정신을 차리고 군인처럼 일어나며 말한다.

"좋겠습니다, 갑시다."

"조지, 잠깐만 기다리게!"

버킷은 기병이 치수를 잴 창문이라도 되는 듯, 실내장식업자 같은 분위기로 주머니에서 수갑을 꺼내며 덧붙인다.

"심각한 범죄라서, 조지, 이래야만 하네."

기병은 화나서 얼굴이 벌겋게 달아오른 채 잠시 망설이지만, 결국 두 손을 내밀어 하나로 모으며 대답한다.

"자! 어서 채우세요!"

버킷이 쇠고랑을 채우고 묻는다.

"자, 느낌이 어떤가? 편안한가? 아니면 아니라고 말하게, 임무에 적합한 선에서 최대한 상쾌하게 처리하고 싶으니까, 그래서 수갑을 한 벌 더 가져왔다네."

버킷은 주문 내용을 깔끔하게 처리해서 고객이 완벽하게 만족하도록 애쓰는 탁월한 장사꾼처럼 제안한 다음에 덧붙인다.

"그런대로 편안한가? 좋아! 자네도 알겠지만, 조지……"

버킷이 구석에서 망토를 가져와 기병 목에 두르며 계속 말한다.

"자네가 밖으로 나서는 기분까지 신경 써서 일부러 가져왔다네. 그러니 누가 더 지혜로운가?"

"오직 나 한 명이요. 하지만 어차피 이렇게 됐으니, 모자를 당겨서 두 눈을 가려주세요."

"진심인가! 정말 그러길 바라나? 그럼 너무 가엾지 않겠나? 그렇게 보이거든."

버킷이 묻자, 조지가 황급히 대답한다.

"이렇게 묶인 상태로 얼굴을 드러낼 순 없습니다. 그렇게 해주세요, 모자를 앞으로 당겨서."

너무나 강력한 요청에 버킷은 그렇게 하고, 자신도 모자를 쓴 다음에 전리품을 끌고 거리로 나서니, 기병은 평소처럼 꼿꼿하게 행진하지만 머리를 똑바로 들진 않고, 버킷은 사거리나 갈림길이 나올 때마다 팔꿈치로 찔러서 방향을 바꾼다.

CHAPTER L
에스더 이야기

딜(Deal)에서 집으로 돌아오니까 캐디 젤리비 편지가 기다리는데, 계속 안 좋던 건강이 나빠졌다는, 내가 만나러 오면 정말 기쁘겠다는 내용이었어요. 편지는 캐디가 소파에 누워서 쓴 서너 줄에 불과하지만, 부인의 간청을 적극 지지한다는 남편 쪽지가 봉투에 함께 있었어요. 캐디는 이제 엄마가 되고 저는 대모가 되었는데, 불쌍할 정도로 조그만 아기는 얼굴이 쭈글쭈글해서 모자 테두리처럼 보이고, 가늘고 길쭉한 손은 언제나 턱밑으로 왔어요. 이런 자세로 온종일 누워서 두 눈을 반짝이는 모습이, 나는 왜 이렇게 조그맣고 연약하게 태어났을까 궁금하게 여기는 것 같았어요. 다른 데로 옮길 때마다 울지만 안 그럴 때는 꾹 참는 모습이, 세상에 바라는 거라곤 가만히 누워서 골똘히 생각하는 것밖에 없는 것처럼 보였고요. 얼굴에는 거무스레한 혈관이 묘하게 드러나고 두 눈 밑에는 까만 흔적이 묘하게 자리 잡아, 불쌍한 캐디가 얼굴에 잉크를 묻히던 시절을 희미하게 떠올리곤 하는데, 전체적으로, 그 모습에 익숙하지 않은 사람에게는 아기가 참 불쌍하게 보였어요.

하지만 캐디는 그 모습에 충분히 적응한 것 같았어요. 자신이 아픈 것도 잊은 채, 어린 에스더를 학교에 보내고, 어린 에스더를 결혼시키고, 자신이 늙어서 어린 에스더가 낳은 또 다른 에스더의 할머니가 되는 생각마저 하면서 아기를 더없이 자랑스럽게 여기며 헌신하는 모습이 아름다워, 몇 가지 사례를 기록하고 싶은 생각조차 들었는데, 제가 앞으로 어떻게 될지 모른다는 생각이 때마침 떠올라서 포기하고 말았답니다.

편지 얘기로 돌아가지요. 캐디는 오래전에 제 무릎에 머리를 기대고 누워서 곤히 잠잔 뒤로 저에 대한 미신을 키웠답니다. 솔직히 말하자면, 제가 옆에 있을 때마다 좋은 일이 일어난다고 믿는 거예요. 얘기하는 자체가 부끄러울 정도로, 정 많은 아가씨의 환상에 불과하지만, 캐디가 아플 때는 일정한 힘을 발휘할 수도 있을 것 같았어요. 그래서 저는 잔다이스 아저씨에게 급히 허락받아 캐디를 만나러 가고, 캐디와 프린스는 말로 설명할 수 없을 정도로 기뻐했어요.

다음 날도 다시 찾아가서 간호하고, 다음 날도 다시 찾아갔어요. 문제 될 건 없었어요. 아침에 약간 일찍 일어나서 가계부를 정리하고 집안일을 처리한 다음에 길을 나서면 충분했거든요.

하지만 삼 일 연속으로 길을 나선 뒤에 집으로 돌아오니, 잔다이스 아저씨가 이렇게 말했어요.

"맙소사, 꼬마 아줌마, 꼬마 아줌마, 이런 식이면 곤란해. 물방울이 계속 떨어지다 보면 바위도 뚫리는 법이니, 마차를 그렇게 자주 타다 보면 더든 아줌마가 녹초가 되고 말겠어. 우리 모두 런던으로 가서 예전에 살던 집에 묵자."

"저는 괜찮아요, 친애하는 아저씨, 피곤하지 않아요."

제가 대답했어요. 정말로 피곤하지 않았어요. 다른 사람에게 도움을 준다는 자체가 참 행복했거든요.

"그렇다면 나를 위해서, 혹은 에이다를 위해서, 혹은 우리 둘 다를 위해서 그렇게 하자꾸나. 내일은 중요한 사람 생일이잖니."

잔다이스 아저씨 말에, 저는 이제 스물한 살이 되는 사랑하는 에이다 뺨에 키스하며 대답했어요.

"맞아요."

그러자 아저씨는 반은 유쾌하고 반은 진지한 어투로 말했어요.

"으음, 이번 생일은 아주 중요해. 앞으로 독립하겠다고 주장할 때 필요한 모든 걸 아름다운 친척이 경험할 기회를 주어야 한다고. 우리 모두 런던에서 지내는 게 훨씬 바람직하다고. 그러니 우리 모두 런던으로 가는 거야. 결정 났으니, 다른 문제 - 캐디는 어떻니?"

"안 좋아요, 아저씨. 건강과 체력을 회복하려면 시간이 꽤 걸릴 것 같아요."

제가 대답하자, 아저씨가 깊이 생각하는 표정으로 물었어요.

"얼마나 걸릴 것 같니?"

"몇 주는 필요할 것 같아요."

"아!"

아저씨는 그 정도는 생각했다는 표정으로 두 손을 주머니에 찌른 채 실내를 이리저리 거닐다 덧붙였어요.

"그렇다면 캐디를 치료하는 의사는 뭐라고 하니? 실력은 좋니?"

저는 그런 것 같다고, 하지만 그날 초저녁에 프린스가 다른 의사에게 보이고 싶다 하고 저는 동의했다고 솔직하게 대답했어요. 그러자 아저씨가 재빨리 대답했어요.

"으음, 그렇다면 우드코트가 있잖아."

저는 그 생각은 안 한 터라 깜짝 놀랐어요. 우드코트 선생과 관련된 일이 떠올라서 순간적으로 당혹스럽기도 했고요.

"우드코트를 반대하는 건 아니겠지, 꼬마 아줌마?"

"반대요, 아저씨? 아니에요!"

"그럼 캐디도 반대하지 않겠지?"

반대는커녕 캐디는 우드코트 선생을 매우 좋아해서 크게 의지할 게 분명했어요. 그래서 저는 우드코트 선생이 플라이트 할머니를 다정하게 치료하는 모습을 자주 보았기 때문에 캐디도 우드코트 선생을 잘 안다고 대답했어요.

"잘됐구나. 우드코트가 오늘 다녀갔으니 내가 내일 찾아가서 상의해야겠다."

저는 짧은 대화를 통해 - 왜 그런지 모르겠지만 에이다가 아무 말 없는 데다 저에게 눈길조차 안 주는 걸 보고서 - 작별 인사로 보낸 꽃다발을 바로 그 캐디가 가져올 때 에이다 자신이 제 허리춤을 꼭 껴안으며 좋아하던 장면을 떠올린다고 느꼈어요. 에이다에게, 그리고 캐디에게도, 제가 '황폐한 집' 안주인이 된다고 말해야 한다는, 이 소식을 계속 말하지 않는 건 아저씨의 사랑에 보답하는 행동이 아니라는 느낌이 들었어요. 그래서 위층으로 올라가서 시계가 자정을 알리는 종소리를 울릴 때까지 기다리다, 사랑하는 에이다 생일을 제일 먼저 축하하고 꼭 껴안은 다음, 제 마음을 들여다보는 것처럼 에이다 마음을 들여다보면서, 잔다이스 아저씨의 선량하고 명예로운 마음과 저를 기다리는 행복한 삶을 털어놓았어요. 사랑하는 에이다는 지금까지 나와 대화하는 걸 좋아하긴 했지만 그날 밤처럼 좋아한 적은 없었어요. 저 역시 정말 즐거웠어요. 마지막까지 망설이던 이야길 모두 털어놓아 잘했다는 느낌마저 편안하게 다가와, 그러기 전보다 열 배는 행복했어요. 불과 몇 시간 전만 해도 주저한다는 느낌이 없었는데, 모두 털어놓으니, 제가 그동안 주저했다는 사실이 그대로 느껴지는 것도 같았고요.

다음 날 우리는 런던으로 떠났어요. 예전에 묵던 집이 비어서 우리는 삼십 분만에 애초에 떠난 적이 없는 것처럼 조용히 적응했어요. 우드코트 선생은 사랑하는 에이다 생일을 축하하는 만찬에 참석하고, 우리는 즐겁게 지내면서도 이런 자리에 당연히 있어야 할 리처드가 없어서 한쪽이 텅 빈 기분이었어요. 다음 날부터 저는 몇 주 동안 - 대략 8주에서 9주 동안 - 캐디와 많은 시간을 보냈어요. 그래서 에이다를 처음 만난 이후로, 제가 아플 적만 빼면, 둘이 보낸 시간은 많지 않았어요. 물론 에이다도 캐디를 만나러 자주 왔지만, 그 집에서 우리 역할은 캐디를 즐겁게 하고 기운을 북돋는 것이지, 평소처럼 속말을 주고받는 건 아니었거든요. 밤에는 집에 가서 늘 함께했지만, 캐디가 심하게 아프면 그 곁에 머물기도 했답니다.

사랑하는 남편과 불쌍할 정도로 조그만 아기와 함께 열심히 가꿀 가정이 있으니, 캐디는 정말 행복했습니다! 그렇게 헌신적이며, 참을성이 그렇게 많고, 가족을 위해서 건강을 회복하려 그렇게 애쓰고, 불편을 안 끼치려 그렇게 조심하고, 혼자 고생하는 남편을 그렇게 안타까워하고, 아버지 터비드롭이 편히 지내도록 그렇게 노심초사하는 모습을 볼 때마다 제가 지금까지 캐디의 장점을 많이 몰랐다는 생각마저 들었어요. 댄스 교습으로 먹고사는 집인데, 교습용 바이올린 소리와 도제들 댄스가 댄스장에서 매일 아침 일찍 시작하고 옷차림이 지저분한 아이는 오후 내내 주방에서 혼자 왈츠를 추는 집인데, 캐디는 창백한 얼굴과 무기력한 몸으로 매일 누워있어야 한다는 사실이 정말 이상하다는 느낌도 들었고요.

캐디가 부탁해, 저는 캐디 방을 도맡아 관리하면서 청소도 하고 가구 배치도 바꿔, 예전보다 공기 순환이 잘 되고 훨씬 쾌적한 구석 자리로 캐디를 밀어 넣었어요. 그리고는 매일같이 주변을 깨끗하게 정돈한 다음, 제 이름을 딴 한없이 조그만 아기를 캐디 품에 안겨주고 옆에 앉아서 잡담하거나 수를 놓거나 책을 읽어주곤 했어요. 조용한 시간이 면 캐디에게 '황폐한 집' 이야기도 해주었고요.

에이다 말고도 우리를 찾아오는 손님이 있었어요. 누구보다 먼저 프린스가 있는데, 댄스 교습을 하다 잠시 쉬는 시간이면, 캐디와 너무 나 조그만 아기를 사랑하고 걱정하는 표정으로 들어와서 의자에 조용 히 앉곤 했답니다. 그러면 캐디는 자신이 어떤 상태든 늘 많이 좋아졌다 말하고, 저 역시, 하느님 용서하소서, 정말 그렇다고 맞장구쳤어요. 이럴 때마다 프린스는 기분이 좋은 나머지 주머니에서 댄스용 바이올 린을 꺼내 아기를 놀래주려고 한두 소절 연주도 하는데, 제가 아는 한, 아기가 놀란 적은 한 번도 없었어요. 제 이름을 딴 아기는 그 소리가 들린다는 표시조차 안 했어요.

그다음에 젤리비 여사가 있었어요. 평소처럼 산만한 모습으로 들어 와서 외손녀 너머 수십 킬로미터 너머를 가만히 바라보는 게, 아프리카 해안에 있는 보리오부라-가 아기에게 관심을 몽땅 쏟는 것 같았어요. 지저분한 옷차림에 차분한 표정으로 평소처럼 눈빛을 반짝이며 "그래, 얘야, 캐디, 오늘은 어떠니?"라고 묻긴 했어요. 그러고 나서 대답에는 아무런 관심도 안 기울인 채 가만히 앉아서 상냥하게 웃거나, 최근에 받은 편지와 답장한 편지 숫자를 자랑하거나, 보리오부라-가 커피 생산 량을 자랑하기 일쑤였어요. 행동 영역이 좁은 우리를 경멸하는 눈빛을 차분하면서도 노골적으로 드러내면서요.

그다음에 아버지 터비드롭이 있는데, 캐디가 아침부터 저녁까지 그 리고 저녁부터 아침까지 언제나 조심하는 대상이었어요. 아기가 울기 라도 하면 행여나 아버지 터비드롭이 불편할까 걱정하며 입을 틀어막을 정도였답니다. 밤에 벽난로 불길을 뒤척일 때면, 아버지 터비드롭이 쉬는 걸 방해하지 않도록 조용히 뒤척이고요. 집 안에 있는 물건이 행여나 필요하면, 캐디는 먼저 아버지 터비드롭이 안 쓸 건지 조심스레 묻는 식이었어요. 이렇게 조심하는 보답으로 아버지 터비드롭이 하루에 한 번씩 은혜를 베푼다는 듯 그 방에 들어와서 높이 세운 어깨를 자랑하며 거들먹거리는 모습은, 행여나 사정을 자세히 모르는 사람이 본다면, 캐디에게 큰 은혜를 베푸는 사람이 분명하다고 생각할 것 같았어요.

아버지 터비드롭은 최대한 가까이 다가가서 캐디에게 상체를 숙이며 말하곤 했어요.

"우리 캐디, 오늘은 좋아졌다고 말하렴."

그러면 캐디는 이렇게 대답했어요.

"아, 많이 좋아졌어요, 고맙습니다, 아버님."

"다행이구나! 정말 기뻐! 그리고 친애하는 에스더 아가씨는 너무 많이 지친 게 아니겠지요?"

아버지 터비드롭은 이렇게 말하고는 주름투성이 눈꺼풀을 추켜올리고 자기 손에 키스해서 저에게 날리곤 했는데, 다행히도 제 얼굴이 바뀐 다음부터 그 이상 특별한 관심을 안 보였답니다.

"아닙니다."

"다행이군요! 우리는 친애하는 캐디를 잘 보살펴야 한답니다, 에스더 아가씨. 캐디가 회복하는데 필요한 건 우리 모두 아끼지 말아야 해요. 음식도 잘 먹여야 하고요."

아버지 터비드롭은 더없이 자비롭고 관대한 표정으로 며느리를 쳐다보며 덧붙였어요.

"친애하는 캐디는 바라는 게 하나도 없구나. 필요한 게 있으면 말하려무나, 우리 딸. 이 집에 있는 모든 걸, 내 방에 있는 모든 걸 마음대로 쓰려무나."

그러다 예의범절이 폭발할 때는 이런 말까지 쏟아냈어요.

"네가 건강을 회복하는데 방해되는 것 같다면 소박한 내 소망은 잊어버리렴, 캐디. 나보다는 자네한테 더 많이 필요하니까."[15]

(아들이 어머니에게서 유산으로 물려받은) 아버지 터비드롭은 예의범절에 대한 해묵은 규범과 권리를 확보한 터라, 이렇게 다정하게 헌신하는 모습을 내보일 때마다 캐디든 남편이든 눈물을 흘리기 일쑤였어요.

한번은 캐디가 가느다란 팔로 뚱뚱한 시아버지 목을 휘감은 채 눈물을 흘리자, 원인은 달라도 나까지 눈물이 나는데, 아버지 터비드롭은 이렇게 나무랐어요.

"얘야, 울지 말렴, 울지 마! 나는 너희 곁을 절대로 안 떠난다고 맹세했잖니. 나한데 효성과 정성을 다하렴, 다른 보답은 안 바라니까. 그래, 이제 몸조리 잘하렴! 나는 공원으로 나가야겠다."

이제 아버지 터비드롭은 공원에 나가서 바람을 쐬다, 호텔에 들러서 식욕을 채울 게 분명했어요. 저는 아버지 터비드롭을 나쁘게 말하고 싶지는 않지만, 여기에 충실하게 기록하는 이상으로 그 특징을 보여주는 더 좋은 방법을 모르겠는데, 재미있는 점은 아버지 터비드롭이 피피를 끔찍하게 좋아한 나머지 피피를 데리고 산책하러 나가곤 했다는 사실로, 그럴 때는 식사하러 가기 전에 집으로 먼저 돌려보냈어요, 가끔은 피피에게 동전 한 푼까지 쥐여주면서요. 하지만 제가 알기로, 이

---

15) 1586년에 주트펜 전투에서 필립 시드니 공이 죽어가는 와중에도 자신이 마실 물을 다른 병사에게 양보하며 했다는 "나보다는 자네한테 더 많이 필요하다"는 말이다. 진정한 기사도 정신의 상징이 아버지 터비드롭의 위선과 잘 대비된다.

렇게 사소한 행사를 치르는데도 적지 않은 비용이 들었어요. 예의범절의 대가와 손을 맞잡고 나란히 걸을 수준으로 끌어올리느라 캐디와 남편이 피피를 머리끝부터 발끝까지 새롭게 단장하는데 돈을 꽤 들여야 했거든요.

마지막 손님으로 젤리비 선생이 있었어요. 초저녁에 찾아와서 힘없는 목소리로 캐디에게 좀 어떻냐고 묻고는 가만히 앉아서 벽에 머리를 기댄 채 더는 말하지 않는데, 저는 이 분이 참 좋았어요. 제가 조그만 일이라도 하려고 부스럭대면, 이분은 외투를 반쯤 벗는 모습이 온 힘을 다해서 도와줄 것 같다가도 그 이상 나아간 적은 없었어요. 언제나 벽에 머리를 기댄 채 가만히 앉아서 깊은 생각에 잠긴 아기를 열심히 바라보는 게 전부로, 그럴 때면 두 사람이 서로를 이해한다는 환상이 마음속에서 피어오르곤 했어요.

우리를 찾아오는 손님으로 우드코트 선생은 안 넣었어요. 이제 캐디를 정기적으로 치료하기 때문이에요. 캐디는 그분에게 치료받으면서 금방 좋아지기 시작했지만, 그분이 그렇게 친절하고 그렇게 좋은 실력으로 모든 고통을 기꺼이 참아내는 모습을 보면, 너무나 당연한 결과라는 생각이 들었어요. 이 기간에 우드코트 선생을 많이 보긴 했지만, 생각만큼은 아니었어요. 그분이 있으면 캐디가 안전하다는 걸 아는 터라, 그분이 올 시간이면 살짝 빠져나와서 집으로 돌아가곤 했거든요. 그렇다 해도 자주 마주친 건 사실이에요. 저는 저 자신과 충분히 화해했으면서도 제 얼굴이 변한 걸 그분이 안타까워한다는 생각을 하면 여전히 기쁘기도 했고요. 그분은 당시에 배저 선생을 도왔는데, 일이 많긴 해도 미래에 대한 확실한 계획은 아직 없었어요.

캐디가 회복할 즈음, 저는 사랑하는 에이다가 변했다고 느끼기 시작했어요. 처음에 그런 느낌이 든 이유는 지금 생각해도 모르겠어요. 아무래도 상관없는 사소한 현상을 다양하게 겪으면서 애매하게 느끼다, 그 모든 걸 하나로 엮는 순간에 비로소 이상하다 느끼게 되었거든요. 하지만 저는 모든 걸 하나로 엮어서, 에이다가 예전만큼 쾌활하고 솔직하지 않다는 사실을 깨달았어요. 다정하게 대하는 모습은 예전처럼 사랑스럽고 진실했어요. 이건 한순간도 의심하지 않았어요. 그러나 그 가슴속에는 솔직히 털어놓지 않는 슬픔이 있고, 저는 거기에 깃든 남모를 고통을 느꼈어요.

하지만 이해할 수 없었어요. 사랑스러운 에이다가 행복하길 바라는 마음이 강해, 걱정도 하고 곰곰이 생각도 했어요. 에이다가 저에게 털어놓지 않는 이유는 저를 힘들게 하지 않으려는 거라는 확신이, 에이다가 저 때문에, 제가 '황폐한 집'에 대해서 한 말 때문에 슬퍼한다는 생각도 문득 떠올랐어요.

그럴 가능성을 어떻게 떠올렸는지는 지금 생각해도 모르겠어요. 제가 이기적으로 해석한 거란 생각은 조금도 못했어요. 저 자신은 조금도 슬프지 않았거든요. 모든 게 만족스럽고 행복했거든요. 그런데 저 자신은 예전 얼굴을 안 떠올려도, 에이다는 예전 얼굴을 떠올리면서 어쩔 수 없다고 여길 수 있는 터라, 저로서는 달리 생각할 도리가 없었던 것 같아요.

나는 슬프지 않다는 걸 사랑하는 에이다에게 어떻게 알리고 어떻게 확신시켜야 할까, 저는 곰곰이 생각했어요. 아아! 제가 생각할 수 있는 방법은 최대한 바쁘고 활발히 움직이는 게 전부라서 그렇게 하려고 노력했어요. 캐디를 간호하느라 집안일에 어느 정도 소홀했지만 – 아침이면 잔다이스 아저씨 식사를 꼭 차려서 꼬마 아줌마가 두 명인 게 분명하다며 아저씨가 마냥 웃을 정도로 – 두 배는 열심히 일하면서 즐거워하려고 애썼어요. 아침, 점심, 저녁마다 집 안을 돌아다니며 제가 아는 모든 곡조를 흥얼대고, 의자에 앉아서 필사적으로 수를 놓고, 잡담을 늘어놓기도 했어요.

그런데도 사랑하는 에이다와 저 사이에는 그늘이 여전했어요.

어느 날 밤에 우리 셋이 있을 때, 아저씨가 책을 덮으면서 말했어요.

"그래, 더든 아줌마, 우드코트가 캐디 젤리비를 다시 즐겁게 살아갈 만큼 회복시켰니?"

"네, 캐디가 고맙다고 한 말을 돈으로 환산하면 대단한 부자가 될 정도로요, 아저씨."

"그 친구가 정말 부자가 되면 좋겠구나."

잔다이스 아저씨가 말했어요. 저도 그 부분만큼은 마음이 똑같았어요. 그래서 그렇게 말하니, 아저씨가 다시 말했어요.

"그래! 우리가 방법만 안다면 그 친구를 유대인 같은 부자로 만들어 주었을 거야. 그렇지 않니, 꼬마 아줌마?"

저는 열심히 수놓으면서 웃다, 확실히 모르겠다고, 그러면 그분 성격이 변할 수도 있고, 그래서 지금처럼 유익하지 않을 수도 있고, 플라이트 할머니나 캐디를 비롯해 아픈 사람이 생겨도 모른 척할 수 있다고 대답했어요.

"맞아. 그 생각을 미처 못 했구나. 하지만 충분히 먹고살 만큼 부자로 만드는 건 우리 모두 동의하겠지? 마음 편히 일할 만큼 부자로? 행복한 가정을 꾸리고 자녀를 낳아서 기를 만큼 부자로?"

그건 완전히 다른 문제라고 저는 대답하고, 우리 모두 공감했어요.

"그래, 우리 모두. 나는 우드코트를 정말 존중한단다, 존경할 정도로. 그래서 그 친구 장래 계획을 열심히 들어. 자부심도 강하고 독립심도 강한 사내한테 돕겠다는 말을 하는 건 참 어려워. 그래도 그럴 힘이 있거나 방법을 안다면 기꺼이 돕고 싶어. 그 친구는 배에 다시 올라탈 생각이 절반은 있는 것 같아. 하지만 그건 실력 좋은 사내를 내동댕이치는 짓과 똑같아."

"그분한테 신세계가 열릴 수도 있잖아요."

제가 말하자, 아저씨도 공감했어요.

"그래, 그럴 수도 있어, 꼬마 아줌마. 그 친구는 구세계에 바라는 게 없는 것 같아. 느꼈는지 모르겠지만, 나는 그 친구가 구세계에 가득한 불행에 크게 실망했다는 생각이 종종 들어. 그 친구한테 그런 얘기를 들은 거 없니?"

저는 고개를 젓고 아저씨는 계속 말했어요.

"으음, 물론 내가 잘못 봤을지도 모르지."

그리고 침묵이 깔려, 저는 사랑하는 에이다를 위해서 그 침묵을 해소하는 게 좋겠다 생각하고, 수를 놓으면서 아저씨가 좋아하는 곡조를 흥얼댔어요. 그래서 한 곡을 끝까지 조용히 흥얼댄 다음에 물었어요.

"아저씨는 우드코트 선생이 배를 다시 탈 거로 생각하세요?"

"단정하긴 어렵지만, 현재로써는 다른 나라를 오랫동안 돌아볼 가능성이 큰 것 같아."

"그분이 어디를 가시든 우리 마음에 가득한 소망을 품고 가실 테니, 그것 때문에 부자가 되는 건 아닐지언정, 최소한 더 가난해지는 않을 거예요, 아저씨."

"그럼, 그렇고말고, 꼬마 아줌마."

아저씨가 대답했어요. 저는 평소와 똑같은 자리에 있었는데, 아저씨 바로 옆자리였어요. 편지를 받기 전까지는 그게 평소에 앉던 자리는 아니지만, 이제는 그렇게 됐어요. 제가 고개를 들어서 맞은편에 앉은 에이다를 쳐다보니 에이다 역시 저를 쳐다보는데, 두 눈에 눈물이 고이다 볼을 타고 흘러내렸어요. 사랑하는 에이다가 미망을 확실히 깨우치고 사랑스러운 마음을 편히 가지도록 하려면 저는 차분하고 흥겹게 행동해야 한다고 느꼈어요. 정말 그랬어요. 그래서 저 자신을 있는 그대로 보여주려고 애썼어요.

사랑하는 에이다를 제 어깨에 기대게 했어요, 무엇이 에이다 마음을 짓누르는지 짐작도 못 한 상태로! 그러다 에이다 몸이 안 좋은 것 같다고 말하고는, 팔로 움켜잡고 부축해서 위층으로 데려갔어요. 우리 방으로 들어설 때, 그래서 저로선 들을 준비가 전혀 안 된 말을 에이다가 할 수도 있을 때, 저는 모든 걸 시원하게 말하도록 격려하지 않았어요. 에이다에게 필요한 건 바로 그거라는 생각을 조금도 못했거든요.

"아, 착하디착한 에스더, 잔다이스 아저씨와 네가 함께 있을 때 내가 마음을 굳게 먹고 말할 수 있다면!"

에이다가 하는 말을 제가 나무랐어요.

"맙소사, 사랑하는 에이다! 우리한테 모두 말하지 그랬니!"

에이다는 머리를 숙인 채 저를 꼭 껴안을 뿐이었어요. 그래서 제가 웃으며 말했어요.

"우리가 차분한 구식 인간이라는 걸, 내가 점잖은 아줌마가 되기로 결심했다는 걸 설마 모르는 건 아니겠지? 내가 얼마나 행복하고 평화롭게 사는지, 그게 누구 덕분인지 잊은 건 아니겠지? 그게 모두 고상한 분 때문이란 사실을 너는 조금도 안 잊었을 거야, 에이다. 결코 그럴 순 없으니까."

"당연하지, 에스더."

"그렇다면 사랑하는 에이다, 잘못된 건 하나도 없어…… 그런데 우리한테 모두 말하지 않는 이유가 뭐니?"

"잘못된 게 없다고, 에스더? 아, 여태까지 살아온 세월을, 그분이 아버지처럼 다정하고 친절하게 보살핀 걸, 우리가 오랫동안 쌓아온

관계를, 그리고 너를 생각할 때, 내가 어떻게 해야 좋겠니, 내가 어떻게 해야 좋겠어!"

저는 깜짝 놀란 눈으로 쳐다보았지만, 쓸데없는 대답으로 에이다 감정을 북돋지 않는 편이 좋을 것 같았어요. 그래서 함께 살아온 수많은 추억을 거론해서 에이다가 더 말하는 걸 막았어요. 그러다 에이다가 누워서 잠든 다음에 비로소 아저씨에게 돌아가서 안녕히 주무시라 인사하고, 에이다에게 다시 돌아가서 한동안 곁에 머물렀어요.

곤하게 자는 모습을 바라보자니 에이다가 약간 변했다는 생각도 들었어요. 최근에 몇 차례 떠오르던 생각이었어요. 깊이 잠자는 모습을 바라보면서도 저는 에이다가 어떻게 변했는지를 깨달을 수는 없지만, 아름다운 얼굴이 왠지 다르게 보였어요. 에이다와 리처드가 헤어져야 한다는 잔다이스 아저씨의 오랜 소망이 마음속에 슬프게 떠올라, "리처드가 걱정스러워서 저런 거야"라고 속으로 중얼거렸어요. 그 사랑이 이렇게 끝날지 궁금했어요.

캐디를 간호하고 집으로 돌아오면 에이다가 수를 놓다 황급히 치우는 모습을 자주 보았는데, 무슨 수를 놓는 건지는 몰랐어요. 그 일부가 지금 에이다 옆 서랍에 있는데 문이 완전히 닫힌 건 아니었어요. 저는 서랍을 안 열었지만, 수를 다 놓으면 누구한테 줄지 정말 궁금했어요. 에이다가 사용할 용도는 아닌 게 분명했거든요.

허리를 숙여서 사랑하는 에이다 뺨에 뽀뽀하려다, 에이다가 한 손을 베개 밑으로 숨긴 걸 알아챘어요.

사랑하는 에이다를 바로 잡아주어서 마음을 편하게 만들 사람은 오로지 저밖에 없다고 생각하며 혼자 신나서 좋아했으니, 사람들 눈에 정말이지 얼마나 한심하게 보였을까요! 제가 생각하는 저 자신보다 얼마나 더 한심하게 보였을까요!

하지만 저는 엉뚱한 믿음에 빠진 채 잠자리에 누웠어요. 그러다 다음 날 깨어나, 사랑하는 에이다와 저 사이에 그늘이 그대로 있는 걸 깨달았어요.

CHAPTER LI
의문이 풀리다

우드코트 선생은 런던에 도착한 바로 그 날, 시몬드 법학예비원에 있는 볼스 변호사를 찾아갔어요. 제가 리처드에게 진정한 친구가 되어 달라고 간청한 순간부터 지신이 한 약속을 잊거나 무시한 적이 한 번도 없었어요. 당시에 그분은 '신성한 임무'로 받아들이겠다고 대답하고는, 지금껏 그에 합당하게 행동했어요.

그분은 사무실에서 볼스 변호사를 만나, 이곳에 오면 주소를 알 수 있다고 리처드가 한 말을 그대로 전했어요. 그러자 볼스 변호사가 말했어요.

"그렇습니다, 선생. 리처드 선생 주소는 여기에서 멀지 않습니다, 선생, 리처드 선생 주소는 여기에서 멀지 않아요. 먼저 의자에 앉으시겠습니까, 선생?"

우드코트 선생은 고맙지만 금방 말한 것 외에는 볼일이 없다고 대답했어요. 그래도 볼스 변호사는 주소를 알려주지 않고서 의자에 앉도록 고집부리며 말했어요.

"그렇습니다, 선생. 선생께서는 리처드 선생께 영향력을 행사할 수 있는 것으로 보이는군요. 선생께는 그럴 영향력이 있는 게 분명해요."

"나는 잘 모르겠지만, 선생께서 잘 아시겠지요."

우드코트 선생이 대답하자, 볼스 변호사는 평소처럼 답답한 목소리로 다시 말했어요.

"선생, 우리처럼 전문직에 종사하는 사람으로선 법적 관심사를 은밀하게 털어놓는 신사를 제대로 파악하고 이해하는 일이 매우 중요하답니다. 그러면 법적 의무를 다하는데 부족한 게 없거든요, 선생. 하지만 제대로 모르면, 의도가 아무리 좋더라도 뭐든 부족한 게 생긴답니다, 선생."

우드코트 선생은 주소를 알려달라 다시 말하고, 볼스 변호사는 이렇게 대답했어요.

"잠시만요, 선생. 제 말을 잠시만 들어주세요, 선생. 리처드 선생은 상당히 큰돈이 걸린 도박에 뛰어들었는데, 제대로 하려면 꼭 필요한 게 있으니, 그게 무언지는 선생도 아시겠지요?"

"돈인가요?"

"선생께 솔직히 말씀드린다면 (저는 '솔직'이 황금률이니, 이익을 보든 손해를 보든 지키려 하지만, 대체로 손해를 보는 편인데) 그건 바로 돈입니다. 리처드 선생이 도박에서 이길 가능성에 대해 저는 아무런 의견도 드리지 않겠습니다, 선생, 아무런 의견도. 오랫동안 많은 돈을 들이고 나서 손을 떼는 건 상책이 아닐 수도 있고 정반대일 수도 있지만, 저는 아무런 말도 않겠습니다, 선생, 아무런 말도."

볼스 변호사가 책상에 한 손을 납작하게 대면서 단호하게 말했어요. 그러자 우드코트 선생이 반박했지요.

"잊으신 것 같은데, 저는 선생께 그런 의견을 요청한 적이 없습니다,

선생이 하는 말에도 관심이 없고요."

"죄송합니다, 선생! 그건 선생이 잘못 말씀하시는 겁니다. 그렇습니다, 선생! 죄송합니다만, 선생께서 - 제 사무실에서, 제가 다 아는데 - 그렇게 엉뚱한 말씀을 하실 순 없습니다. 선생은 선생 친구가 관련된 모든 일에 관심이 있습니다. 저는 인간 본성을 잘 아니, 선생처럼 생긴 신사분이 친구와 관련된 일에 관심이 없다는 말을 곧이곧대로 받아들이긴 어렵습니다."

"으음, 그럴 수도 있겠군요. 친구 주소에 관심이 많으니까요."

"주소는 이미 말씀드린 것 같군요. 리처드 선생이 큼지막한 도박판을 계속 벌이려면 자금이 있어야 합니다. 제 말을 잘 들으세요! 물론 지금도 자금은 있습니다. 저는 바라는 게 없으며, 자금은 지금도 있습니다. 하지만 도박판을 계속하려면 더 많은 자금이 있어야 합니다, 리처드 선생이 여태껏 들인 돈을 포기하지 않으려면. 그건 전적으로 리처드 선생의 판단에 달렸습니다. 저는, 선생, 기회가 있을 때마다 리처드 선생 친구분께 이런 사실을 있는 그대로 알려드린답니다. 자금이 없어도 저는 리처드 선생을 기꺼이 대리하겠지만, 그건 자산에서 모든 비용을 조달하는 수준에 한정될 뿐, 그 선을 넘을 순 없습니다. 그걸 넘는다면, 누군가 피해를 봐야 합니다. 하지만 저로선 사랑하는 세 딸한테도, 톤턴 계곡에서 저한테 전적으로 의지하며 살아가시는 아버지한테도, 그 누구한테도 피해를 줄 수 없습니다. (약하다 해도 좋고 어리석다 해도 좋은데) 저는 누구한테도 피해를 주지 말자고 단단히 결심했습니다, 선생."

우드코트 선생은 그런 말을 들어서 다행이라고 엄격하게 대답하고, 볼스 변호사는 계속 말했어요.

"저는 제가 죽은 뒤에 좋은 이름이 남길 바랍니다. 그래서 기회가 될 때마다 리처드 선생 친구분들께 리처드 선생이 처한 상황을 있는 그대로 알려줍니다. 저를 말씀드린다면, 선생, 일꾼이 품삯을 받는 건 당연한 일입니다.[16] 어깨로 마차를 밀어야 한다면, 저는 그렇게 하고 대가를 받습니다. 그럴 목적으로 여기에 있는 겁니다. 그럴 목적으로 바깥 간판에 제 이름을 적어놓은 겁니다."

"그래서 리처드 주소는요, 볼스 선생?"

"이미 말씀드린 것처럼, 선생, 바로 위층입니다. 3층에 올라가면 리처드 선생 숙소가 보일 겁니다. 리처드 선생께서 법률 자문 옆에 머물길 바라시고 저로선 반대할 이유가 없으니까요."

이 말을 듣는 순간, 우드코트 선생은 볼스 변호사에게 잘 있으라 말하고 리처드를 찾아 나서는데, 그 얼굴에 그늘이 깃든 원인을 충분히 파악한 다음이었답니다.

리처드는 제가 얼마 전에 목격한 병영 막사와 크게 다를 바 없는, 가구도 별로 없이 우중충한 공간에 있는데, 다른 게 있다면 편지를 쓰는 대신 책을 펼쳐놓고 앉아서 먼 곳만 바라보았다는 거예요. 현관문이 열린 터라, 우드코트 선생이 안으로 그냥 들어서도 리처드는 못 알아챘는데, 깊은 몽상에 빠져든 바싹 야윈 얼굴과 풀죽은 모습을 영원히 못 잊을 거라고 우드코트 선생이 저에게 말했답니다. 그런 리처드가 몽상에서 깨어나, 벌떡 일어나서 두 손을 벌리며 소리쳤어요.

"아, 우드코트, 친구여, 유령처럼 눈앞에 나타나는군."

"다정한 유령이지, 사람들 말처럼, 인간이 말하기만 기다리는 유령. 그래, 인간세계는 어떻게 굴러가나?"

우드코트 선생이 묻고, 이제 두 사람은 서로에게 바싹 다가가서 앉았어요.

---

16) 누가 10장 7절; '일꾼이 품삯을 받은 것은 당연한 일이다.'

"더없이 나쁘다네, 더없이 느리고, 최소한 나와 관련된 부분만큼은."

"어떤 부분인데?"

"대법정."

리처드 대답에 우드코트 선생이 머리를 저으며 대답했어요.

"대법정이 잘 돌아간다는 말은 한 번도 못 들었네."

"나도 마찬가지네. 그런 말을 들은 사람이 어디에 있겠는가?"

리처드가 우울하게 말하더니, 순식간에 특유의 솔직한 어투로 쾌활하게 이어갔어요.

"우드코트, 자네가 행여나 오해하는 건 아닐까 걱정스럽네, 나를 너무 높이 평가해서 나오는 오해더라도. 지금껏 나는 제대로 한 게 없다는 사실을 알아야 하네. 누구한테 해를 끼칠 의도는 없었네만, 그것 말고는 제대로 한 게 하나도 없는 것 같아. 운명처럼 에워싼 그물에서 벗어나면 내가 훨씬 잘할 거라고 말하는 사람도 있네만 - 자네가 지금껏 아무런 소리도 못 들었다면, 곧 들을 텐데 - 나는 생각이 완전히 달라. 긴 얘기를 짧게 해서, 안타깝게도 나는 목적의식이 부족한 상태로 살았어. 하지만 지금은 또렷해. 목적의식에 사로잡힐 정도로. 그걸 가지고 이러쿵저러쿵하기엔 너무 늦었네. 그러니 나를 있는 그대로 받아주게, 이런 나를 최선으로 여기고."

"좋아, 그럼 자네도 나를 있는 그대로 받아주게, 이런 나를 최선으로 여기고."

"맙소사! 자네는 정말 훌륭한 의술을 갈고 닦지 않는가, 쟁기를 움켜잡고 뒤를 안 돌아보며 앞으로 곧장 나아가지 않는가,[17] 그래서 커다란 업적을 이루지 않는가! 자네는 나와 완전히 다른 유형이라네."

---

17) 누가 9장 62절; '쟁기를 잡고 뒤를 자꾸 돌아다 보는 사람은 하느님 나라에 들어갈 자격이 없다.'

리처드는 후회하는 어투로 말하더니 갑자기 풀이 죽어서 입을 꾹 다물었어요. 그러다 곧바로 털어내며 소리쳤어요.

"그래, 맞아! 어떤 일이든 끝이 있는 법이야. 두고 보면 알아! 그러니 나를 있는 그대로 받아들이고 이런 나를 최선으로 여겨주겠나?"

"그래! 당연히 그러겠네."

두 사람은 협정을 맺고 웃으면서, 하지만 진심으로 악수했어요. 두 사람 모두 진심이었다고 저는 누구한테나 장담할 수 있답니다.

"자네는 하느님의 선물이야. 여기서 볼스 말고 아무도 못 보았거든. 우드코트, 협정을 맺은 초기에 확실히 밝힐 게 있네. 내가 안 밝히면 자네는 나를 최선으로 여길 수 없을 거야. 감히 묻겠는데, 자네는 내가 친척 에이다를 사모하는 걸 아는가?"

우드코트 선생은 나한테 들어서 어느 정도 안다고 대답했어요. 그러자 리처드가 다시 말했어요.

"그렇다면 나를 이기심 덩어리로 생각하지 말아주게. 내가 비참한 대법정 소송으로 머리가 쪼개지고 가슴이 무너지는 걸 오로지 나만의 권리와 이익을 찾으려는 행동으로 여기지 말라는 말이네. 에이다 소송도 내 소송이랑 얽혔으니까. 그래서 떼어낼 수 없으니까. 볼스는 우리 두 사람을 대변하는 거라네. 그걸 명심하게!"

너무나 강하게 말한 나머지, 우드코트 선생은 충분히 알겠다고 대답해서 상대를 안심시키고, 리처드는 이 문제에 집착하며 더없이 구슬픈 표정으로 말했어요, 전문 지식 없이 즉흥적으로.

"우호적인 얼굴로 찾아온 올곧은 친구한테, 내가 이기적이고 잔인한 모습으로 비친다고 생각하니 견딜 수 없군. 나는 나뿐 아니라 에이다 권리도 제대로 지키려고 애쓴다네, 우드코트. 내 권리는 물론 에이다 권리도 최선을 다해서 지키려 애쓴다고. 나 자신은 물론 에이다까지 수렁에서 꺼내려고 모든 돈을 긁어모아서 다 쏟아붓는다네! 제발 부탁하니, 그걸 명심하게!"

우드코트 선생은 당시에 오간 대화를 나중에 회상할 때, 이 부분을 열심히 강조하는 리처드 모습에 강한 인상을 받았어요. 그래서 시몬드 법학예비원에 처음 간 날을 설명할 때는 이 부분을 특히 많이 말했어요. 저는 사랑하는 에이다의 얼마 안 되는 재산을 볼스 변호사가 몽땅 빨아먹는 건 아닌가, 리처드가 굳이 자신을 정당화한 건 바로 그걸 뜻하는 게 아닌가 하는 걱정이 되살아났고요. 우드코트 선생에게 이 말을 들은 건 제가 캐디를 보살피기 시작할 즈음인데, 이제 캐디가 회복해서 집으로 돌아왔는데도 사랑하는 에이다와 저 사이에는 그늘이 여전했어요.

그래서 하루는 아침에 리처드를 만나러 가자고 에이다에게 제안했어요. 그런데 에이다가 예상한 만큼 좋아하지 않고 망설이는 모습에 저는 살짝 놀리면서 물었어요.

"사랑하는 에이다, 내가 캐디를 간호하는 사이에 리처드와 사이가 틀어진 거니?"

"아니야, 에스더."

"그럼 그동안 아무 소식도 못 들었니?"

"아니야, 소식은 들었어."

에이다가 대답하는데, 두 눈에는 눈물이 가득하고 얼굴에는 사랑이 가득했어요. 저는 사랑하는 에이다를 이해하지 못했어요. 그럼 나 혼자 리처드를 찾아갈까? 제가 물었어요. 아니야, 혼자 안 가는 게 좋겠어. 그럼 너도 함께 갈래? 그래, 함께 가는 게 좋겠어. 그럼 지금 떠날까? 그래, 지금 떠나자. 아아, 저는 사랑하는 에이다를 이해하지 못했어요, 두 눈에는 눈물이 가득하고 얼굴에는 사랑이 가득한 에이다를!

우리는 곧바로 채비하고 길을 나섰어요. 날씨가 우울했어요. 차가운 빗방울이 간헐적으로 떨어졌어요. 잿빛 날씨에 모든 게 묵직하고 가혹하게 보였어요. 늘어선 건물마다 우리한테 눈살을 찡그리고, 먼지는 우리한테 일어나고, 안개는 우리한테 몰려들 뿐, 무엇 하나 좋아 보이지 않고 무엇 하나 다정해 보이지 않았어요. 험상궂은 거리에 아름다운 에이다가 조금도 안 어울린다는 느낌이, 황량한 인도에 장례 행렬이 쭉 늘어선 느낌이 들었어요.

일단 우리는 시몬드 법학예비원부터 찾아야 했어요. 상점으로 들어가서 물으려고 할 때 에이다는 대법정 거리 주변에 있는 것 같다 말하고, 저는 "그럼 저쪽 길로 가면 멀지 않을 거야"라고 말했어요. 그래서 대법정 거리로 가니, 실제로 거기에서 시몬드 법학예비원이라고 쓴 간판이 보였어요.

그다음에 찾아야 할 건 번지였어요. "혹은 볼스 변호사 사무실을 찾아도 되고. 볼스 변호사 사무실 바로 위층이라고 했거든." 제가 기억을 더듬으며 말하자, 에이다는 저기 모서리에 있는 게 볼스 변호사 사무실 같다고 말했어요. 그 말이 맞았어요.

그다음 문제는 양쪽 계단 가운데 어느 계단이냐는 거였어요. 저는 한쪽 계단으로 가고 사랑하는 에이다는 다른 쪽 계단으로 갔는데, 이번에도 사랑하는 에이다가 맞았어요. 3층으로 올라가니, 관뚜껑 같은 판자에 하얀 글씨로 커다랗게 쓴 리처드 이름이 보였어요.

문을 두드리려 했지만 에이다는 그냥 열고 들어가는 게 좋겠다고 했어요. 그래서 안으로 들어가니, 리처드는 지저분한 서류가 가득한 탁자만 열심히 바라보는데, 제 눈에는 서류 하나하나가 리처드 마음을 비추는 지저분한 거울처럼 보였어요. 서류마다 '잔다이스 대 잔다이스'라는 단어가 불길하게 보였거든요.

리처드는 엄청 반갑게 맞이하더니, 우리가 의자에 앉자, 이렇게 말했어요.

"조금만 일찍 왔다면 우드코트를 만났을 텐데. 우드코트처럼 좋은 친구는 어디에도 없어. 바쁜 사이에 틈틈이 시간 내서 찾아오거든. 일이 안 바쁜 사람도 여기를 찾아올 생각을 전혀 안 하는데 말이야. 게다가 매우 쾌활하고 신선하고 현명하고 솔직해. 모든 점에서 나랑 달라, 우드코트가 나타날 때마다 이 방이 환하게 변해, 그러다 떠나면 다시 어두워지고."

저는 '나한테 한 약속을 충실히 지키는 그분한테 하느님 은총이 가득하길!'이라 빌고, 리처드는 가득한 서류 더미를 힘없이 바라보며 이어갔어요.

"소송을 볼스와 나처럼 낙관적으로 보는 편은 아니지만, 우드코트는 제삼자라서 복잡한 내막을 몰라. 지금까지 우리는 그 내막을 깊이 파고들었지만, 우드코트는 안 그랬거든. 미로처럼 얽히고설킨 내막을 우드코트가 이해하길 기대하면 안 돼."

리처드가 흔들리는 시선을 서류 쪽으로 던지며 두 손으로 머리를 감쌀 때, 저는 두 눈이 퀭한 걸, 입술이 바싹 마른 걸, 손톱마다 바싹 물어뜯은 걸 목격했어요.

"리처드, 여기가 사람이 살기에 쾌적한 공간이라고 생각해?"

제가 묻자, 리처드는 예전처럼 쾌활하게 웃으며 대답했어요.

"맙소사, 친애하는 지의 여신 미네르바여, 여기는 전원주택도 아니고 쾌적한 공간도 아니야. 태양이 환하게 떠올라도 바깥만 비출 뿐 여기는 햇살조차 안 들어온다고. 하지만 당장은 지낼 만해. 법원도 가깝고 볼스도 가깝거든."

"두 곳에서 잠시라도 벗어나는 게……"

제가 넌지시 말하자, 리처드가 억지로 웃으면서 마무리했어요.

"나한테 좋지 않겠느냐고? 그야 당연하지! 하지만 이제 남은 길은 하나밖에 없어…… 두 길 가운데 하나라는 말이 정확하겠군. 소송이 끝나든가, 에스더, 소송인이 끝나든가. 하지만 끝나는 건 소송이 될 거야, 사랑하는 에이다, 소송!"

마지막 말은 바로 옆에 앉은 에이다에게 했어요. 에이다는 제가 아니라 리처드 쪽을 바라보아서 저는 그 표정을 볼 수 없고, 리처드는 계속 말했어요.

"일이 잘 풀리고 있어. 볼스도 똑같이 말할 거야. 우리가 정말 잘 풀어가거든. 볼스한테 물어봐. 우리는 저들한테 쉴 틈을 안 준다고. 볼스는 저들 머릿속 생각을 속속들이 아는 터라 사방에서 궁지로 몰아가거든. 우리는 이미 저들을 깜짝 놀라게 했어. 사람들이 잠자는 둥지를 우리가 모조리 뒤집어엎을 테니, 기대해!"

저는 예전부터, 리처드가 좌절에 휩싸인 모습을 보일 때보다 이렇게 희망 어린 말을 할 때 더욱 고통스러웠어요. 못 이룰 희망을 억지로 불러일으키고 갈망하면서도, 억지에 불과할 뿐 오래 갈 수 없다는 걸 아는 어투에 마음이 너무 아팠어요. 하지만 헛된 희망이 잘생긴 얼굴에 낙인처럼 찍혀나오는 건 더더욱 괴로웠어요. 제가 낙인 같다고 말한 이유는, 치명적인 소송이 행여나 끝나더라도, 지금 이 순간에 리처드에게 더없이 바람직하게 끝나더라도, 불안감에 너무 일찍 시달리며 자책하고 좌절하던 흔적이 죽는 날까지 남을 것 같았기 때문이에요.

에이다는 여전히 입을 꾹 다문 채 침묵하고, 리처드는 다시 말했어요.

"친애하는 꼬마 아줌마 모습이 나한테 너무나 자연스러워. 열정적인 얼굴 역시 예전과 너무나 비슷하고……"

아! 그러지 마, 그러지 마. 저는 미소를 머금은 채 머리를 젓고, 리처드는 특유의 다정한 목소리로 말하면서 예전 그대로 친오빠처럼 제 손을 잡았어요.

"······옛날 얼굴이 그대로 떠올라서 내가 거짓말을 할 수 없어. 그래, 내가 약간 흔들리는 건 사실이야. 어떨 때는 희망이 솟구치고, 에스더, 어떨 때는······ 완전히 좌절하는 건 아니어도, 비슷하고."

리처드가 제 손을 가만히 놓고 맞은편으로 걸어가며 한탄했어요.

"이제 완전히 지쳤어!"

리처드는 서너 차례 오가며 거닐다 소파에 풀썩 주저앉더니, 암담한 어투로 다시 말했어요.

"완전히 지쳤어. 하루하루가 정말, 정말 힘들어!"

리처드가 팔에 머리를 기대고 깊이 생각하는 목소리로 말하면서 바닥만 내려다볼 때, 사랑하는 에이다가 벌떡 일어나서 보닛 모자를 벗고 리처드 옆에 무릎을 꿇어서 황금빛 머리칼을 리처드 머리에 햇살처럼 떨어뜨린 채 두 팔로 리처드 목을 꼭 껴안고 저를 쳐다보았어요. 아, 너무나 사랑스럽고 헌신적인 얼굴이었어요! 그러더니, 조용히 말했어요.

"사랑하는 에스더, 나는 집으로 안 돌아가."

제 머리에 갑자기 번갯불이 번쩍였어요.

"이제 다시는. 사랑하는 남편 곁에 머물 거야. 우리는 두 달 전에 결혼했어. 나를 두고 혼자 가, 사랑하는 에스더. 이제 나는 집으로 더는 안 돌아가니까!"

이 말을 하며 사랑하는 에이다는 리처드 머리를 당겨서 자기 가슴에 꼭 껴안았어요. 죽음만이 갈라놓을 사랑을 살아생전에 보았다면 그건 바로 그때였어요.

191

리처드가 곧바로 침묵을 깼어요.

"사랑하는 에이다, 에스더한테 말해. 어떻게 된 건지 알려줘."

저는 에이다가 오기도 전에 먼저 달려가서 두 팔로 꼭 껴안았어요. 누구도 말하지 않았어요. 저는 아무런 소리도 듣고 싶지 않아, 에이다 뺨을 제 뺨에 바싹 대기만 했어요. 그러다 말했어요.

"사랑하는 에이다, 내 사랑. 불쌍한 것, 불쌍한 것!"

에이다가 너무나 불쌍했어요. 저 역시 리처드를 좋아하긴 해도, 저를 지배하는 건 에이다가 너무나 불쌍하다는 감정이었어요.

"에스더, 나를 용서하겠니? 잔다이스 아저씨가 나를 용서하실까?"

"사랑하는 에이다, 그걸 잠시라도 의심하는 건 잔다이스 아저씨한테 잘못하는 거야. 나한테도 그렇고!"

아아, 내가 용서할 게 뭐라고!

저는 흐느끼는 에이다 눈물을 닦아주면서 소파에 나란히 앉고, 리처드는 제 옆에 앉았어요. 두 사람이 저에게 은밀한 얘기를 처음 하면서 세상 무엇보다 행복해하던 완전히 다른 날 밤이 눈앞에 선하게 떠오르는 동안, 두 사람은 양옆에서 어떻게 된 건지 알려주었어요. 먼저 에이다가 말했어요.

"내가 가진 돈은 모두 리처드 거야. 그런데도 리처드가 안 받으려 하니, 에스더, 리처드를 지극히 사랑하는 나로선 그 부인이 될 수밖에 없었어!"

이번에는 리처드가 말했어요.

"그런데 훌륭한 더든 아줌마는 환자를 간호하는 일에 흠뻑 빠져들었으니, 그렇게 바쁜 사람한테 우리가 어떻게 말하겠니! 오랫동안 생각하고 그런 것도 아닌데. 어느 날 아침에 갑자기 결혼했는데."

사랑하는 에이다가 덧붙였어요.

"그래서 결혼식을 마친 다음에, 에스더, 너한테 언제 말할까 계속 고민했어. 너한테 털어놓아야 한다는 생각도 들고, 너한테 말하지 않아야 한다는, 그래서 잔다이스 아저씨한테 비밀로 해야 한다는 생각도 들었어. 어떻게 해야 좋을지 몰라, 속으로 끙끙 앓기만 했어."

이렇게 될 가능성을 생각조차 않다니, 제가 너무나 이기적이었어요! 뭐라고 말해야 좋을지 모를 정도였어요. 너무나 미안했어요. 그러면서도 두 사람을 많이 좋아하는 터라, 두 사람이 저를 좋아한다는 게 아주 기뻤어요. 두 사람이 너무나 불쌍하면서도, 서로를 지극히 사랑하는 모습이 자랑스러웠어요. 고통과 기쁨이 동시에 이리도 커다랗게 몰려드는 경험은 처음이었어요. 고통이 큰지 기쁨이 큰지조차 깨달을 수 없었어요. 하지만 그 자리에서 두 사람 앞길을 어둡게 할 순 없었어요. 그래서 그런 말은 안 했어요.

제가 혼란스러운 마음을 정리하고 차분한 표정을 떠올리자, 사랑하는 에이다는 가슴에서 결혼반지를 꺼내고 뽀뽀하더니 손가락에 끼웠어요. 그때 비로소 간밤에 목격한 장면이 떠올라, 에이다는 결혼한 뒤로 아무도 안 보는 밤이면 반지를 손가락에 끼웠다고 리처드에게 말했어요. 그러자 에이다는 얼굴을 빨갛게 물들이면서 그걸 어떻게 알았느냐고 물었어요. 저는 간밤에 한쪽 손을 베개 밑에 숨긴 걸 보았다고, 하지만 당시에는 아무런 생각도 못 했다고 대답했어요. 그러자 두 사람은 어떻게 된 일인지 다시 말하고, 저는 안타까운 마음과 기쁜 마음이 다시 떠오르고 다시 혼란스러워, 두 사람이 낙담하지 않도록, 얼굴에 드러나는 표정을 숨기려고 애썼어요.

시간은 이렇게 흘러가다, 결국 제가 돌아갈 생각을 해야 할 때가 되었어요. 그와 동시에 모든 게 최악으로 변했어요. 사랑하는 에이다가 완전히 무너졌어요. 제 목에 매달린 채 떠올릴 수 있는 온갖 이름을 사랑스럽게 부르면서, 제가 없으면 자신은 어떻게 하느냐고 하소연했어요! 리처드도 비슷했어요. 하지만 셋 가운데 가장 힘든 사람은 바로 저였을 거예요. '정신 차려, 에스더, 안 그러면 너한테 두 번 다시 말하지 않겠어!'라고 저 자신을 모질게 꾸짖어야 했어요. 그런 다음에 말했어요.

"맙소사, 이런 아줌마는 본 적이 없어. 남편을 조금도 사랑하지 않나봐. 자, 리처드, 당신 부인을 받아."

그러면서도 에이다를 꼭 껴안았어요. 금방이라도 눈물이 터져 나올 것 같았어요. 하지만 저는 다시 말했어요.

"젊은 신혼부부한테 분명히 통보하는데, 내가 지금 집으로 돌아가는 이유는 내일 다시 찾아오는 건 물론이고 시몬드 법학예비원이 지겹게 여길 때까지 끊임없이 찾아올 거기 때문이야. 그러니 잘 있으라고 하지 않겠어, 리처드. 금방 찾아올 사람이 그렇게 인사할 필요는 없을 테니까!"

저는 사랑하는 에이다를 리처드에게 넘기고 떠나려 했어요. 하지만 마음이 찢어지는 것 같아, 소중한 얼굴을 한 번 더 보려고 머뭇거렸어요. 그러다 (바쁘게 서두르는 태도로 쾌활하게) 두 사람이 다시 오라고 권하지 않는데 제가 다시 와도 되는지 모르겠다고 말하자, 사랑하는 에이다가 고개를 들어서 눈물 사이로 희미하게 웃어, 저는 사랑스러운 얼굴을 두 손으로 잡고 그 뺨에 작별 키스하고 웃으면서 밖으로 도망쳤어요.

계단을 다 내려온 다음에, 아, 엉엉 울었어요! 에이다를 영원히 잃은 느낌이었어요. 더없이 외롭고 허전했어요. 집으로 가도 에이다가 없다는 생각이 너무나 쓸쓸하게 다가와, 한동안 마음을 못 달래고 어둑한 모서리를 오가며 구슬피 흐느꼈어요.

그러다 저를 나무라고 정신을 차려서 마차를 타고 집으로 갔어요. 세인트 올번스에서 만난 불쌍한 아이가 얼마 전에 다시 나타났으나 자리에 누워서 죽어갈 때였어요. 저는 몰랐지만, 실제로는 이제 막 죽은 다음이었어요. 잔다이스 아저씨는 불쌍한 아이를 보러 가서 집에 없었어요. 저는 혼자 있다 다시 조금 울었지만, 전체적으로 볼 때, 지금 생각하면, 제가 크게 어리석게 행동한 것 같지는 않아요.

사랑하는 에이다가 없는 분위기에 제대로 적응을 못 하는 건 너무나 당연했어요. 오랜 세월을 함께 지냈는데, 서너 시간은 너무나 짧으니까요. 에이다와 헤어지던 구슬픈 장면이 계속 떠올랐어요. 제가 너무나 냉정하게 헤어진 것 같았어요. 에이다에게 가서 어떤 식으로든 도와주고 싶은 마음이 간절했어요. 그래서 초저녁에 찾아가 불 켜진 창문이라도 보고 오자고 결심했어요.

지금 생각하면 정말 어리석었지만, 당시에는 그런 것 같지 않았고, 지금도 그런 마음이 전혀 없지는 않아요. 그래서 어스름 녘에 찰리를 데리고 몰래 나갔어요. 사랑하는 에이다가 있는 낯선 집에 도착한 건 사방이 어두운 다음이고, 노란 블라인드 뒤에서는 불빛이 반짝였어요. 우리는 그 앞을 서너 차례 조심스럽게 오가면서 올려보다, 하마터면 볼스와 부닥칠 뻔했어요. 사무실을 나와서 집으로 가기 전에 우리처럼 고개를 들고 창문을 올려다보았거든요. 홀쭉하고 새까만 볼스 모습과 어둠 속으로 움푹 들어간 황량한 분위기가 마치 제 마음 상태를 드러내는 것 같았어요. 너무나 소중한 에이다가, 젊고 사랑스럽고 아름다운 에이다가, 조금도 안 어울리는 은신처에, 더없이 잔인한 공간에 갇혔다는 생각이 절로 떠올랐어요.

너무나 외지고 한산한 곳이라 아무도 모르게 계단을 올라갈 것 같았어요. 그래서 찰리를 밑에 놔두고 혼자 살금살금 올라가는데, 계단

중간중간에 희미한 기름 등잔 불빛이 있어서 어려운 건 없었어요. 가만히 귀를 기울이니, 주변이 고요한 가운데 젊은 목소리 두 개가 집 안에서 웅얼대는 것 같았어요. 저는 사랑하는 에이다에게 키스하듯 관뚜껑 같은 판자에 입술을 대고, 다시 조용히 내려오며, 나중에 시간이 많이 지나면 제가 이렇게 찾아왔다는 이야길 할 수도 있겠다고 생각했어요.

그러고 나니 기분이 약간 풀렸어요. 찰리와 저 말고 아는 사람은 하나도 없지만, 에이다와 저 사이에 생긴 거리감이 사라져, 잠시나마 다시 함께하는 것 같았거든요. 새로운 변화에 충분히 적응한 건 아니지만 사랑하는 에이다 주변을 맴돈 덕분에 저는 훨씬 편한 마음으로 돌아갔어요.

잔다이스 아저씨는 벌써 돌아와서 깊이 생각하는 표정으로 어두운 창가에 서 있더니, 제가 들어서는 순간, 환하게 밝아진 얼굴로 다가와서 의자에 앉다, 마찬가지로 의자에 앉을 때 불빛에 비친 제 얼굴을 보았어요.

"울었구나, 꼬마 아줌마."

"맙소사, 네, 아저씨. 안타까운 일이 있었거든요. 에이다가 너무 괴로워했어요, 많이 미안해하기도 하고요, 아저씨."

저는 아저씨가 앉은 의자 등받이에 팔을 걸친 채 텅 빈 에이다 자리를 바라보고, 아저씨는 이상한 낌새를 알아채며 물었어요.

"에이다가 결혼했니?"

저는 어찌 된 상황인지, 에이다가 얼마나 간절하게 아저씨 용서를 빌었는지 말했어요.

"그럴 필요는 없었는데. 에이다와 그 애 남편을 하늘이 축복하길!"

아저씨가 말했어요. 하지만 제가 에이다를 불쌍하게 여긴 것처럼,

아저씨도 똑같았어요.

"아, 에이다가 너무 불쌍하구나! 리처드도 불쌍하고! 아, 불쌍한 에이다!"

그런 다음에 둘 다 아무 말 없다, 아저씨가 한숨을 내쉬며 말했어요.

"아, 아, 꼬마 아줌마! '황폐한 집'이 순식간에 기우는구나."

저는 말하기 부끄러웠지만 아저씨가 너무나 슬픈 어투로 말하는 바람에 용기를 냈어요.

"하지만 안주인이 있잖아요, 아저씨. 안주인이 모든 노력을 다해서 이 집을 행복하게 만들 거잖아요."

"그래, 그렇겠지, 꼬마 아줌마!"

편지를 받고 대답한 뒤로 아저씨 옆자리가 제 자리로 된 것만 빼면 우리 사이는 변한 게 하나도 없는데, 그건 그때도 마찬가지였어요. 아저씨는 저를 아버지처럼 다정하게 바라보며 예전처럼 당신 손을 제 손에 올려놓은 채 말한 게 전부였어요.

"그래, 그렇겠지, 꼬마 아줌마. 그렇지만, '황폐한 집'이 순식간에 기우는구나, 꼬마 아줌마!"

이게 우리 사이에 오간 대화 전부라는 사실이 너무나 안타까웠어요. 아니, 실망스러웠어요. 편지를 읽고 대답한 뒤로 제가 열심히 노력한 게 아무런 의미도 없는 건 아닌가 걱정스러웠어요.

CHAPTER LII
고집불통

하루는 우리가 식사하려는 이른 아침에 우드코트 선생이 황급히 들어와서 끔찍한 살인 사건이 일어났다는, 조지 선생이 체포돼서 갇혔다는 놀라운 소식을 알려주었어요. 실인자를 체포한 사람한테 레스터 경이 커다란 상금을 내걸었다는 말을 듣는 순간, 저는 처음에 깜짝 놀라면서도 이해할 수 없다, 살해당한 사람이 레스터 경 법률고문이란 설명을 듣고 이해했는데, 어머니가 두려워하던 인물이란 생각도 함께 떠올랐어요.

어머니가 오랫동안 불신하고 감시했으며 마찬가지로 어머니를 오랫동안 불신하고 감시하던 인물이, 어머니가 위험한 적으로 여기면서 속으로 두려워할 뿐 다정한 말 한마디 건넬 수 없던 인물이, 뜻하지 않게 폭력적으로 제거되다니, 너무나 끔찍한 나머지 어머니 생각이 제일 먼저 떠올랐어요. 그런 인물이 그렇게 죽었다는 말을 듣고도 아무런 동정심을 못 느낀다는 사실이 섬뜩했어요! 어머니는 다 늙은 변호사가 빨리 죽기만 바랐을 거란 느낌마저 들어서 한층 더 섬뜩했어요!

이런저런 생각이 몰려드는 데다 그 이름을 들을 때마다 걱정과 불안이 피어오르는 터라, 저는 마음이 심하게 흔들린 나머지 식탁에 제대로 앉아있는 것도 힘들었어요. 오가는 말조차 제대로 이해가 안 됐어요. 그러다 시간이 지나면서 정신을 차리니, 큰 충격을 받은 아저씨가 보이고, 두 분은 피의자를 떠올리며, 우리가 아는 그 사람은 정말 좋은 사람이라고, 그런 짓을 저지를 사람이 아니라고 말하는 게 들렸어요. 저는 체포당한 분이 걱정스럽고 궁금해서 마음을 다잡고 물었어요.

"아저씨, 설마 그분을 정말 그런 짓을 저지를 분으로 여기시는 건 아니겠지요?"

"그래, 꼬마 아줌마, 나는 그렇게 생각할 수 없구나. 그 사람은 속이 넓고 정이 많아. 덩치는 거인 같아도 어린애처럼 순박하며, 누구보다 용감해도 소박하고 얌전하니, 어떻게 그런 사람이 그런 범죄를 저지를 수 있겠니? 나는 그렇게 믿을 수 없어. 그렇게 안 믿는 게 아니라, 그렇게 못 믿는 거야!"

우드코트 선생도 말했어요.

"저 역시 마찬가집니다. 하지만 우리가 그분을 어떻게 알고 어떻게 믿든, 겉으로 드러난 증거는 그분한테 불리하다는 사실을 잊지 말아야 합니다. 그분은 고인을 증오했어요. 여러 곳에서 공공연하게 말하고요. 고인한테 직접 화낸 적도 있다는데, 제가 아는 한, 그건 사실입니다. 살인이 일어난 시각에 살인 현장에 그분 혼자 있었다는 사실도 확인했습니다. 저는 그분이 이번 사건에 관여하지 않았다고 진심으로 믿지만, 그분한테 혐의를 품을 근거는 곳곳에 있습니다."

"맞아."

아저씨가 공감하더니, 저를 쳐다보며 덧붙였어요.

"이런 내용을 사실이 아니라고 부정하는 건 그 사람한테 해만 될 뿐이란다, 꼬마 아줌마."

물론 저 역시 우리 자신뿐 아니라 다른 사람에게도 모든 상황이 그분한테 불리하다는 사실을 인정하지 않을 수 없다고 느꼈어요. 아무리 그렇다 해도 곤경에 빠진 그분을 우리가 모른 척할 순 없다는 생각도 들어, 그렇게 말했어요.

"당연하지! 우리가 도와야 해, 그 사람이 세상을 떠난 불쌍한 두 사람을 도운 것처럼."

아저씨가 말한 두 사람은, 조지 선생이 편히 쉴 곳을 제공한 그리들리와 소년을 의미했어요.

우드코트 선생은 기병 밑에서 일하는 사람이 너무나 괴로운 나머지 밤새도록 거리를 돌아다니다 새벽에 자신을 찾아왔다고, 기병이 가장 크게 열망하는 건 우리가 그분을 유죄로 여기지 말라는 것이라고, 자신은 아무런 죄가 없다는 걸 우리에게 확실히 알리도록 심부름꾼에게 신신당부했다고, 그래서 우드코트 선생은 아침 일찍 우리 집에 찾아가서 모두 전달하겠다고 다짐하는 식으로 심부름꾼을 진정시킬 수 있었다고 설명하더니, 감옥에 갇힌 그 사람을 곧바로 찾아갈 생각이라고 덧붙였어요.

잔다이스 아저씨도 함께 가겠다고 했어요. 저는 그 퇴역군인을 좋아하고 그분 역시 저를 좋아할 뿐 아니라, 잔다이스 아저씨를 빼면 아무도 모르는 은밀한 관심마저 있었어요. 그게 지금 눈앞에 나타난 것 같았어요. 진실을 밝혀야 한다는 사실이, 아무런 죄도 없는 사람이 의심받으면 안 된다는 사실이 - 의심이 날뛰기 시작하면 걷잡을 수 없다는 사실이 - 개인적으로 중요하게 다가오는 것 같았어요.

한마디로, 저는 두 분과 함께 가야 할 의무와 책임이 있었어요. 잔다이스 아저씨는 그런 나를 안 막고, 그래서 저도 함께 갔어요.

감옥은 컸어요. 마당도 많고 통로도 많은데 바닥에 깔린 판석이 하나같이 비슷하고 단조로운 나머지, 책에서 읽은 것처럼, 감방에 혼자 갇힌 죄수들이 몇 년이고 벽만 우두커니 바라보며, 씨앗이 어디선가 날아와서 벽에 잡초나 풀잎이 자라나기만 바란다는 이야기를 실감할 것 같았어요. 퇴역군인은 건물 꼭대기 다락방처럼 천장이 높은 감방에 혼자 있는데, 벽이 너무나 하얘서 창문에 틀어박힌 쇠창살도, 문에 틀어박힌 쇠막대도 실제보다 까맣게 보였어요. 기병은 한쪽 모서리에서 일어선 자세였어요. 그곳 벤치에 앉아있다, 자물쇠와 빗장이 열리는 소리를 듣고 일어난 거예요.

기병은 우리를 보는 순간 평소처럼 묵직한 걸음으로 한 발 다가오더니, 그대로 멈춰서 고개를 살짝 숙이며 인사했어요. 하지만 저는 가까이 다가가서 한 손을 내밀고, 그 순간에 그분은 우리 마음을 알아채고 정겹게 인사하고는 숨을 길게 들이마시며 말했어요.

"분명히 말씀드리지만, 아가씨와 두 신사분 덕분에 마음의 부담을 모두 덜었습니다. 이제는 이번 일이 어떻게 끝나도 괜찮습니다."

감옥에 갇힌 분 같지 않았어요. 군인처럼 침착한 태도는 오히려 교도관 같았어요.

"이곳은 숙녀를 맞이하기에 사격연습장 이상으로 누추하군요. 하지만 에스더 아가씨라면 충분히 이해하실 거로 생각합니다."

조지 선생이 말하고는 자신이 앉았던 벤치를 가리키더니, 제가 앉자 무척 만족스러운 것 같았어요.

"고맙습니다, 아가씨."

조지 선생이 말하고, 아저씨가 끼어들었어요.

"조지, 그대가 우리한테 해명할 필요는 없듯, 우리 역시 그대한테 설명할 필요는 없는 것 같소."

"그렇습니다, 선생님. 진심으로 고맙습니다. 행여나 제가 이번 범죄에 책임이 있다면, 저로선 이렇게 찾아오신 여러분을 보는 순간에 전부 털어놓고 말았을 겁니다. 말솜씨는 없지만, 에스터 아가씨와 두 신사분의 진심을 가슴 깊이 느끼니까요."

조지 선생은 널찍한 가슴에 한 손을 대고 우리에게 머리를 숙였어요. 그리고는 가슴을 쭉 폈지만, 단순한 동작 하나에 가슴속 심정이 한가득 묻어나왔어요.

"무엇보다 먼저, 개인적으로 편히 지내도록 우리가 도울 게 무엇이오, 조지?"

아저씨가 묻자, 조지 선생이 목청을 가다듬으며 물었어요.

"왜요, 선생님?"

"그나마 편히 지내야 하니까요. 이렇게 갇힌 고통을 조금이나마 덜어낼 방법이 무엇이오?"

조지 선생이 가만히 생각하다 대답했어요.

"으음, 선생님. 정말 고맙지만, 담배는 규칙에 어긋나니, 특별히 더 필요한 건 없습니다."

"이렇게 지내다 보면 필요한 게 조금씩 생각날 테니, 그럴 때마다, 조지, 우리한테 알려주시오."

조지 선생은 햇볕에 그을린 독특한 미소를 머금으며 대답했어요.

"고맙습니다, 선생님. 하지만 저처럼 온 세상을 떠돌던 사람은 이런 곳도 나름대로 지낼 만 하답니다."

"두 번째는 사건과 관련된 문제요."

아저씨가 말하자, 조지 선생은 조금도 관심 없다는 듯 두 팔을 가슴에 차분하게 팔짱 끼면서 대답했어요.

"그렇군요, 선생님."

"지금 상황이 어떻소?"

"맙소사, 선생님, 당장은 구류 상태입니다. 버킷 말이, 사건을 완벽하게 파악할 때까지 필요한 시점마다 신청해서 구류를 연장하겠답니다. 어떻게 완벽하게 파악하겠다는 건지 모르겠지만 버킷이라면 어떤 식으로든 해내겠지요."

조지 선생이 말하자, 아저씨는 깜짝 놀라면서 한탄했어요.

"맙소사, 친구, 다른 사람 얘기하듯 하는군요!"

"죄송합니다. 선생님께서 선의로 말씀하신 건 저도 잘 압니다. 하지만 아무런 죄도 없는 사람이 이렇게나마 말하지 않는다면 벽에 머리를 처박고픈 충동에 시달릴 수밖에 없을 겁니다."

조지 선생이 말하자, 아저씨는 부드러운 표정으로 대답했어요.

"그렇군요, 충분히 이해합니다. 하지만 착하디착한 친구여, 아무런 죄가 없는 사람이라도 자신을 지켜야 할 때가 있다오."

"물론입니다, 선생님. 그래서 지금까지 그렇게 했습니다. 치안판사 앞에서 '판사님, 이번 사건에 저는 판사님만큼이나 관련이 없습니다. 지금까지 제시한 불리한 증거는 완벽한 사실입니다. 하지만 제가 아는 건 그게 전부입니다'라고 말했으니까요. 앞으로도 계속 그렇게 말할 겁니다. 저한테 더 필요한 게 무어겠습니까, 그게 사실인데요?"

"하지만 사실만 가지고 이길 순 없다오."

아저씨가 말하자, 조지 선생이 기분 좋게 대답했어요.

"그런가요, 선생님? 그렇다면 저는 전망이 나쁘군요!"

"변호사가 있어야 해요. 우리가 좋은 변호사를 구하겠소."

아저씨 말에 조지 선생이 한발 물러나며 대답했어요.

"죄송합니다, 선생님. 그리고 고맙습니다. 하지만 그런 부류는 단호하게 사양합니다."

"변호사를 안 쓰겠다고요?"

아저씨가 묻는 말에, 조지 선생이 단호한 표정으로 머리를 저으며 대답했어요.

"그렇습니다, 선생님. 정말 고맙지만, 선생님, 변호사는 싫습니다!"

"왜요?"

"그런 부류는 제 눈에 좋게 보이지 않습니다. 그리들리도 그랬습니다. 제 말을 용서하시기 바라는데, 당연히 선생님께서도 그런 부류를 싫어하실 게 분명합니다."

"하지만 법은 법이라오, 조지."

아저씨 말에 기병이 아무렇지 않게 대답했어요.

"그렇습니까, 선생님? 저는 그렇게 암울한 명칭을 잘 모르지만, 그런 부류를 싫어하는 건 확실합니다."

조지 선생은 팔짱을 풀고 자세를 바꾸면서 묵직한 손 하나를 탁자에 대고 다른 손을 엉덩이에 댄 모습이 한번 정한 마음을 절대로 안 바꿀 완벽한 화신 같았어요. 그분을 설득하려고 우리 셋이 모두 달려들어도 소용이 없었어요. 무뚝뚝한 태도에 잘 어울리는 표정으로 우리가 하는 말을 열심히 듣긴 하지만, 우리 말에 안 흔들리는 자세는 자신을 가둔 감방만큼이나 확고했어요.

"제발 한 번 더 생각하세요, 조지 선생님. 이번 사건과 관련해서 바라시는 게 하나도 없나요?"

제가 묻자, 조지 선생이 대답했어요.

"굳이 바란다면 군법 회의에서 재판받는 것인데, 불가능하다는 건 저도 잘 압니다. 조금만 귀를 기울여주신다면 제 입장을 최대한 또렷하게 설명하겠습니다."

조지 선생은 우리 세 사람을 차례대로 쳐다보고 머리를 살짝 흔드는 게 꽉 끼는 죄수복 목깃을 느슨하게 하려는 것 같더니, 잠시 생각하다 이어 말했어요.

"아가씨, 저는 체포당해서 수갑을 차고 여기로 끌려왔습니다. 불명예스러운 낙인이 찍히고 감옥에 갇혔습니다. 제가 운영하는 사격연습장은 버킷이 철저히 수색했으며, 얼마 안 되는 자산은 형편없이 뒤집혀서 형체도 알아볼 수 없습니다. 저는 (방금 말한 것처럼) 감옥에 갇히고요! 불평하는 건 아닙니다. 아무런 잘못도 없이 갇히고 보니, 제가 젊은 시절에 이리저리 안 떠돌았더라면 이런 일도 안 생겼을 거란 생각이 떠올랐을 뿐입니다. 하지만 이런 일은 일어났고, 앞으로 남은 건 어떻게 대처하느냐는 겁니다."

그분은 사람 좋은 표정으로 가무잡잡한 이마를 문지르며 "저는 말을 못 해서 조금씩 생각해야 한답니다"라고 변명하듯 덧붙였어요. 그리곤 잠시 생각하다 고개를 들고 이어갔어요.

"어떻게 대처하느냐. 불행한 피해자는 변호사로, 저를 심하게 옭아매던 인물입니다. 죽은 사람을 가지고 이러쿵저러쿵하고 싶지 않으나 그 사람이 살았더라면 지금도 심하게 옭아맸을 겁니다. 저는 그 사람이 하는 일을 정말 싫어합니다. 그 사람이 하는 일에 말려들지 않았다면 이런 곳에 갇히는 일도 없었을 겁니다. 하지만 제가 말하려는 건 그게 아닙니다. 그래요, 제가 그 사람을 죽였다고 칩시다. 버킷이 사격연습장에서 찾아낸, 그곳에 가면 언제라도 찾을, 최근에 발사한 적이 있는 권총으로 제가 그 사람 몸뚱이에 실제로 총알을 박았다고 칩시다. 그렇다면 제가 여기에 갇히는 순간에 제일 먼저 무엇부터 하겠습니까? 변호사부터 구하겠지요."

자물쇠와 빗장을 여는 소리가 들리자, 그분은 감방문이 열리고 닫히는 소리가 끝날 때까지 말을 멈추다 계속 말했어요. 감방문이 열린 이유는 조금 뒤에 말하겠어요.

"그러면 변호사는 (신문에서 자주 읽은 것처럼) '제 고객은 할 말이 없습니다, 제 고객은 답변을 거부합니다'라고 하겠지요. 제 고객은 이렇다, 저렇다, 요렇다. 아아, 제가 볼 때 그런 부류는 직설적으로 말하지 않는 게 전통이고 다른 사람도 그렇다고 생각합니다. 제가 무죄고, 그래서 변호사를 구한다고 칩시다. 변호사는 저한테 죄가 있다고 믿을 가능성이 큽니다. 그 이상일 수도 있고요. 그렇게 믿든 안 믿든, 변호사가 어떻게 하겠습니까? 저한테 죄가 있는 것처럼 행동하겠지요. 그래서 제 입을 틀어막고, 저한테 무엇도 인정하지 말라 하고, 모든 상황을 뒤로 돌려서 증거를 이리저리 쪼개고, 쓸데없는 말을 늘어놓고, 그러다 저를 풀어줄 수도 있겠지요! 하지만 에스더 아가씨, 제가 그런 식으로 풀려나길 바라겠습니까, 아니면 - 숙녀분한테 안 어울리는 소릴 해서 죄송한데 - 제 방식대로 하다 사형당하는 편을 바라겠습니까?"

이제 충분히 달아올라, 잠시 생각할 필요조차 없었어요.

"차라리 제 방식대로 하다 사형당하고 말겠습니다. 진심입니다!"

기병이 튼튼한 두 팔을 허리에 대고 까만 눈썹을 추켜세운 채 우리를 둘러보았어요.

"제가 사형당하는 걸 다른 사람보다 유난히 좋아한다는 말을 하는 게 아닙니다. 저는 완전히 결백하다고 인정받아야 합니다. 다른 건 소용이 없습니다. 그래서, 저한테 불리하지만 사실인 걸 물을 때, 저는 사실이라고 대답했습니다. '지금 말하는 건 불리하게 사용될 수 있다'고 저들이 말할 때는 아무래도 상관없다고, 마음대로 사용하라고 했습니다. 저들이 모든 진실을 파악하고도 제가 무죄라는 사실을 밝혀낼 수 없다면, 다른 식으로 밝혀내는 건 아무런 소용도 없습니다. 중요한 건 진실을 통해서 무죄를 밝혀내는 것일 뿐 다른 방법은 저한테 아무런 의미도 없습니다."

기병은 돌바닥을 한두 걸음 거닐다 탁자로 돌아와서 자신이 하고픈 말을 마무리했어요.

"숙녀분과 두 신사분께서 열심히 들어주시어 정말 고맙습니다, 관심을 보여주신 점 역시 고맙고요. 머리가 뭉툭한 칼처럼 단순한 기병이 이 문제와 관련해서 하고 싶은 말은 이게 전부입니다. 저는 살아오면서 군인으로 임무를 다한 것 말고는 무엇 하나 제대로 한 게 없으니, 최악의 순간이 온다면, 저는 제가 심은 것을 그대로 거두겠습니다.[18] 살인자라는 죄목으로 체포되는 충격을 처음 이겨낸 순간 – 사방을 떠돌면서 수많은 고비를 겪은 사람은 아무리 커다란 충격도 금방 벗어나니 – 곰곰이 생각한 결과 지금과 같은 결론에 도달했습니다. 이 결론은 안 변합니다. 저 때문에 불명예를 겪을 가족도 없으며 저 때문에 힘들어할 사람도 없으니까요. 제가 말씀드릴 건 이게 전부입니다."

아까 감방문이 열린 이유는 군인처럼 보이는 사내 한 명과 살갗은 햇볕에 그을리고 두 눈은 반짝이는 건장한 여인 한 명을 들여보내는 거였는데, 바구니를 든 여인은 안으로 들어오자마자 조지 선생이 하는 말을 열심히 들었어요. 조지 선생은 친숙하게 고개를 끄덕이고 다정하게 바라보았을 뿐, 두 사람한테 인사하느라 말을 멈추지는 않았고요. 그런 조지 선생이 두 사람과 다정하게 손을 맞잡고 흔들다 소개했어요.

"에스더 아가씨 그리고 두 신사분, 이쪽은 오랜 동지 매트, 그리고 이쪽은 매트 부인입니다."

매트 선생은 군대식으로 뻣뻣하게 인사하고, 매트 부인은 무릎을 구부리며 인사했어요.

---

18) 갈라디아서 6장 7절; '사람은 무엇을 심든지 자기가 심은 것을 그대로 거둘 것입니다.'

"저한테는 정말 좋은 친구랍니다, 두 사람 모두. 제가 잡힌 곳도 이 친구네 집이었지요."

조지 선생이 말하자, 매트 선생이 잔뜩 화난 표정으로 끼어들었어요.

"가격은 아무래도 괜찮다며. 친구한테 사준다며. 음색이 좋은. 중고 첼로를 구한다더니."

조지가 물었어요.

"매트, 내가 숙녀분과 두 신사께 하는 말을 자네 역시 들었는데, 반대는 안 하겠지?"

매트 선생은 가만히 생각하다, 부인에게 말했어요.

"여보, 저 친구한테 말해줘. 내가 반대하는지 아닌지."

그러자 매트 부인이 절인 돼지고기, 차와 설탕, 갈색 빵 한 덩어리 등을 바구니에서 꺼내다 소리쳤어요.

"맙소사, 조지, 그러면 안 된다는 건 당신도 알아야 해. 당신이 하는 말을 듣다 보면 화가 솟구친다는 걸 당신도 알아야 한다고. 그런 식으로 풀려나진 않겠다, 그런 식으로 풀려날 순 없다니…… 까다롭게 구는 이유가 뭐야? 그건 말도 안 되는 소리라고, 조지."

"안 그래도 힘든 사람한테 너무 심하게 말하지 마, 매트 부인."

기병이 태연하게 말하자, 매트 부인이 다시 소리쳤어요.

"맙소사! 맘껏 힘들어하라고, 이런 나쁜 일을 겪고도 정신을 못 차리겠다면. 여기에 모인 사람한테 그렇게 어리석은 말이나 하다니, 지금 나는 창피해서 몸 둘 바를 모르겠다고. 변호사? 맙소사, 신사분이 당신한테 추천한다면, 사공이 많아서 배가 산으로 가는 것만 아니라면, 변호사 열 명이라도 못 구할 이유가 뭐야?"

"사리를 아시는 분이로군요. 저 친구가 받아들이길 바랍니다, 매트 부인."

아저씨가 말하자, 부인이 대답했어요.

"저 친구가 받아들여요, 선생님? 맙소사, 어림도 없답니다. 선생님은 조지를 모르세요."

매트 부인이 바구니를 내려놓고 갈색 손을 모두 들어서 조지 선생을 가리키며 이어갔어요.

"저 모습을 보세요! 저렇게 선 모습을! 자기 마음대로 엉뚱하게 결정해서 주변 사람을 지옥 구덩이로 몰아넣는 인간을! 저 인간이 한번 마음을 정하면, 그 마음을 바꾸려 드느니 차라리 혼자서 48구경 대포를 어깨에 짊어지는 편이 낫답니다."

매트 부인이 설명하더니, 다시 소리쳤어요.

"맙소사, 제가 저 사람을 모르나요! 내가 당신을 모르겠어, 조지! 평생을 그렇게 살았으니 인제 와서 새롭게 변할 생각이 없는 거잖아, 그치?"

매트 부인이 허물없이 분노하는 모습은 남편에게 독특한 영향을 미쳤어요. 매트 선생은 기병을 바라보며 그만 항복하라고 권고하듯 말없이 머리만 절레절레 흔들었거든요. 그러는 사이에 매트 부인이 저를 쳐다보면서 눈을 깜빡이는 게 무슨 신호라도 하는 것 같은데, 저는 그 의미를 이해할 수 없고, 매트 부인은 저를 다시 쳐다보고, 절인 돼지고기에 묻은 먼지를 불어내며 나무랐어요.

"하지만 당신을 설득하는 건 오래전에 포기했으니, 친구, 신사 숙녀 분들 역시 나만큼 알면 당신을 설득하는 걸 포기할 거야. 당신이 아무리 고집불통이라도 음식은 먹어야 할 테니, 자, 이거나 먹으라고."

"고맙게 먹을게."

기병이 대답하니, 매트 부인이 듣기 좋은 목소리로 다시 투덜댔어요.

"정말? 고맙게 먹겠다고? 놀랄 노자로군. 그냥 굶어 죽을 줄 알았는데. 당신이라면 그럴 것 같았는데. 다음에는 그런 쪽으로 마음을 정할 수도 있겠군."

여기에서 매트 부인이 저를 다시 쳐다보는데, 저와 문을 번갈아 쳐다보는 모습이 우리가 그만 나가길, 감옥 바깥에서 기다리길 바라는 것 같았어요. 저는 그 뜻을 잔다이스 아저씨와 우드코트 선생께 똑같은 방법으로 알리고 자리에서 일어나며 말했어요.

"좋은 쪽으로 생각하시길 바랍니다, 조지 선생님. 선생님이 그렇게 하실 거라 믿고 다시 찾아오겠습니다."

"고맙습니다, 에스더 아가씨, 하지만 그렇게 믿지 마십시오."

조지 선생이 하는 대답에 제가 말했어요.

"설득할 힘이 우리한테 있으면 좋겠군요. 저로서는 수수께끼 같은 사건을 조사해서 진짜 범인을 찾는 게 선생님은 물론 다른 사람한테도 중요하다는 점을 충분히 고려하시길 바랄 뿐입니다."

제기 밖으로 나가려고 몸을 실짝 돌린 채 별 생삭 없이 하는 말을 조지 선생은 조용히 듣다 (나중에 들은 바에 따르면) 갑자기 무슨 생각이 떠오른 듯, 제 키와 몸매를 열심히 바라보았어요. 그러면서 중얼댔어요.

"정말 기묘하군. 당시에도 똑같은 느낌이었는데!"

잔다이스 아저씨는 그게 무슨 말이냐 묻고, 조지 선생은 대답했어요.

"맙소사, 선생님, 살인 사건이 일어난 밤에 제가 죽은 사람네 층계참까지 올라가는 불운을 겪을 때, 어떤 여인이 어둠 속에서 지나치는 모습을 보고 에스더 아가씨 같다는 느낌에 말을 걸까 하는 생각마저 했답니다."

그 순간, 저는 온몸이 부르르 떨렸어요. 그렇게 심하게 떨린 건 이전에도 이후에도 처음이었어요. 두 번 다시 느끼고 싶지 않았어요.

"제가 계단을 오를 때 상대가 까만 망토를 느슨하게 걸치고 내려오다 달빛이 환한 창문을 지나고, 저는 망토에 달린 술을 보았답니다. 하지만 그건 우리랑 상관이 없겠지요, 순간적으로 에스더 아가씨와 똑같이 생긴 것 같았다는 느낌이 문득 떠오른 점 말고는."

이 말을 듣는 순간에 속에서 솟구친 다양한 감정을 저는 지금도 하나하나 분리해서 파악할 수 없으니, 어찌 된 건지 알아보아야 한다는 막연한 의무감을 자세히 따져보지도 않은 채 곧바로 느꼈다는 사실을, 제가 두려워할 이유가 있을 가능성은 전혀 없다고 확신했다는 사실을 말하는 거로 충분할 것 같아요.

우리 세 사람은 감옥을 나가, 대문에서 조금 떨어진 한적한 공간을 오가며 거닐었어요. 오래 안 기다렸는데, 매트 선생 부부가 나와서 우리 쪽으로 빠르게 다가왔어요.

매트 부인 눈에는 눈물이 가득하고, 빨갛게 달아오른 얼굴은 급하게 서두는 표정이었어요. 그러다 우리에게 제일 먼저 한 말은 "제 생각을 조지에게 알려줄 순 없지만, 아가씨, 상황이 매우 심각하답니다, 불쌍한 친구!"였답니다.

"우리가 관심을 가지고 신중하게 행동하면서 도우면 괜찮을 거예요."

잔다이스 아저씨가 말하자, 매트 부인은 회색 망토 자락으로 눈물을 황급히 닦아내며 대답했어요.

"선생님 같은 신사분이 제일 잘 아시겠지요. 하지만 저는 불안하답니다. 저 친구는 경솔하게 하면 안 되는 말을 너무 많이 하거든요. 배심원단은 저 친구를 유창목이나 저만큼 배려하지 않을 거예요. 게다가 여러 정황이 불리하고, 여러 사람이 증인으로 나와서 불리한 증언마저 할 거고요. 버킷은 정말 음흉하답니다."

"중고 첼로를 산다더니. 어릴 적에 피리를 불었다는 말도 했답니다."

매트 선생이 엄숙하게 덧붙이고, 매트 부인은 계속 말했어요.

"제가 말씀드릴게요, 아가씨. 아가씨라고 말한 건 세 분 모두를 뜻한 답니다! 담장 모서리로 갑시다, 그러면 말씀드릴 테니!"

매트 부인은 좀 더 은밀한 공간으로 급히 가더니, 처음에는 숨이 가빠서 말조차 못 하고, 매트 선생은 "여보! 말해!"라고 다그쳤어요. 그러자 호흡하기에 편하도록 보닛 모자 끈을 풀면서 입을 열었어요.

"네, 그런데, 아가씨, 조지 생각을 움직이는 건 도버 성을 움직이는 일보다 어려울 테니, 조지를 움직일만한 인물을 찾아야 하는데, 제가 그럴만한 사람을 알아요!"

"대단한 분이군요. 어서 말하세요!"

잔다이스 아저씨가 재촉하고, 매트 부인은 문장이 끝날 때마다 급히 손뼉 치며 이어갔어요.

"분명히 말씀드리는데, 아가씨, 저 친구가 가족이 없다고 한 건 새까 만 거짓말이에요. 가족은 저 친구를 모르지만, 저 친구는 가족을 아는 게 확실해요. 우리한테 이상한 말을 할 때가 가끔 있었는데, 한번은 우리 울리치한테 어머니 머리가 하얗게 세고 주름이 가득하다고 말한 적이 있거든요. 그날 자기 어머니를 본 거예요. 어머니가 살아계시니, 당장 모셔 와야 해요!"

이 말이 끝나자마자 매트 부인은 핀을 입에 쭉 물더니, 치맛자락을 회색 망토보다 약간 높게 올려서 하나씩 꽂는데, 그 실력이 정말 놀랍고 정교했어요. 그러다 말했어요.

"유창목, 아이들은 당신이 돌보고 있어, 우산은 나한테 주고! 지금 당장 링컨셔로 가서 노부인을 모셔오겠어."

"하지만 부인, 어떻게 갈 건가요? 돈은 충분한가요?"

잔다이스 아저씨가 한 손을 주머니에 넣으면서 묻자 매트 부인은 치맛자락을 마저 고치더니, 가죽 지갑을 꺼내서 은화 몇 개를 급히 세다, 지극히 만족스러운 표정으로 지갑을 닫으며 대답했어요.

"걱정하지 마세요, 아가씨. 나는 군인 마누랍니다, 혼자서 돌아다니는 일에 익숙한."

그리고는 남편에게 키스하며 말했어요.

"유창목, 동전 하나는 당신 거, 세 개는 아이들 거야. 이제 나는 조지 어머니를 찾으러 링컨셔로 떠나!"

그러더니, 우리 셋이 깜짝 놀란 눈으로 서로를 물끄러미 쳐다보는 사이에 실제로 길을 나섰어요. 회색 망토 차림으로 억센 걸음을 내디디며 걷다, 모서리를 돌며 사라졌어요.

"매트 선생, 부인이 저렇게 떠나도 괜찮소?"

잔다이스 아저씨가 묻자, 매트 선생이 대답했어요.

"어쩔 수 없습니다. 지구 반대편에서 집까지 혼자 온 적도 있으니. 바로 저 회색 망토를 걸치고. 똑같은 우산을 들고. 마누라는 자기 입으로 말한 건 한답니다. 그대로! 마누라가 말하면. 저도 그대로 하고. 마누라도 그대로 한답니다."

"그렇다면 부인께서 정말 정직하고 성실한 분이니, 더 말할 필요가 없겠군요."

아저씨가 말하자, 매트 선생은 이미 집으로 발길을 돌리다 어깨너머로 쳐다보며 대답했어요.

"우리 마누라는 세상에서 가장 훌륭한 연대의 주임상사랍니다. 저런 마누라는 어디에도 없지요. 하지만 마누라 앞에서는 이런 말을 절대로 안 한답니다. 규율을 유지해야 하거든요."

CHAPTER LIII
장례 행렬

　버킷이 현 상황을 통통한 집게손가락하고 상의한다. 버킷에게 긴급한 문제가 생겨서 깊이 생각할 때마다 통통한 집게손가락이 품위 있는 악마처럼 벌떡 일어서는 것 같다. 그래서 집게손가락을 귀에 갖다 대면 정보를 속삭이고, 입술에 대면 비밀을 지키게 하고, 코에 대고 문지르면 후각이 날카로워지고, 앞에 대고 흔들면 죄지은 상대를 마법처럼 무너뜨린다. 그러니 버킷이 집게손가락하고 상의할 때마다 '경찰 사원' 점쟁이들은 얼마 뒤에 어떤 사람이 끔찍한 고통에 시달릴 걸 하나같이 예언한다.

　그래도 버킷은 평소에 인간의 본성을 세심하게 관찰하고, 전체적으로 인간의 어리석은 모습을 모질게 비난하지 않는 관대한 철학자 분위기로 수많은 집을 파고들고 수많은 거리를 어슬렁거리니, 겉으로 보기에는 뚜렷한 목적도 없이 빈둥대는 것 같다. 같은 부류에는 더없이 친절하며 술도 함께 마신다. 씀씀이는 시원하고 태도는 사근사근하며 대화는 허물이 없다. 하지만 평온하게 살아가는 이면에는 집게손가락이라는 물살이 은밀하게 흐른다.

시간과 공간은 버킷을 얽어맬 수 없다. 추상적인 인간처럼 오늘은 여기에 나타났다 내일은 사라진다. 하지만 그런 인간과 달리, 다음 날 여기에 다시 나타난다. 오늘 초저녁에는 런던에 있는 레스터 데드록 저택 입구의 촛불 11개를 가만히 살피고, 내일 아침에는 체스니 대저택으로 이어진 길을 걸으니, 예전에 늙은 변호사가 걷던 길로, 100기니 상금이 그 영혼을 달랜다. 버킷은 서랍과 책상과 주머니를 비롯해, 늙은 변호사가 사용하던 물건을 전부 뒤지고, 몇 시간 뒤에는 로마인 집게손가락과 자기 집게손가락을 비교도 한다.

이런 직업은 즐거운 가정생활과 양립할 수 없을 것 같은데, 당장으로선 버킷이 집에 안 들어가는 게 확실하다. 그는 대체로 버킷 부인과 - 천부적으로 타고난 수사관으로, 전문적인 훈련을 받았더라면 대단한 실력을 발휘했겠지만, 실제로는 똑똑한 아마추어 수준에 머문 부인과 - 어울리는 걸 매우 좋아하지만, 많은 위안이 되는 배우자와 당장은 멀리 떨어져서 지낸다. 그래서 버킷 부인이 말동무하며 어울리는 사람은 (다행히도 관심이 가는 상냥한 숙녀) 하숙인 한 명밖에 없다.

장례식 날이 되자 링컨 법학원 광장에 엄청난 인파가 모여든다. 레스터 데드록 경도 몸소 참석한다. 엄밀히 말해서 몸소 참석한 사람은 레스터 데드록 경 말고 세 명이 전부로, 두들 경, 윌리엄 버피, (숫자를 채우려고 참석한) 허약한 친척밖에 없지만, 장례 행렬에 참석할 마차[19]는 셀 수 없이 많다. 귀족들이 그 동네에 나타난 적조차 없는 사륜마차로 애도하는 뜻을 드러내는 것이다. 그래서 명문가 문장을 단 마차가 잔뜩 모인 걸 보면 각 가문의 문장을 관리하는 문장원 대표가 아버지와

---

19) 실제로 참석하지 않은 사람을 대변하는 텅 빈 장례 행렬 마차로, 빅토리아 시대 당시에 상류층은 물론 일반인 사이에도 널리 유행했다.

어머니를 한꺼번에 잃은 것처럼 보일 정도다. 푸들 공작은 은으로 만든 바퀴에 독특한 굴대와 최신 발명품이 가득한 마차로 장례용 가발 차림 하인 세 명을 화려하게 치장해서 보내, 이들은 하나같이 커다란 키로 마차 뒤에 매달려서 애도한다. 런던에서 화려하게 차려입은 마부는 하나같이 애도하러 온 것 같으니, 색바랜 옷차림으로 죽은 노인이 (가능성은 없겠지만) 행여나 말고기를 좋아했다면 이날을 크게 기뻐했을 것 같다.

버킷은 하나같이 슬퍼하는 장례 마차와 하인과 수많은 다리 사이에서 장례 마차 귀퉁이로 조용히 숨어들어, 창문 블라인드 사이로 인파를 느긋하게 관찰한다. 매서운 눈으로 여기를 살피고 저기를 살피고, 마차 이쪽에서 보고 마차 저쪽에서 보고, 건물 유리창을 올려다보고, 사람들 머리를 훑으니, 그 시선에서 벗어날 수 있는 건 무엇 하나 없다.

버킷은 고인이 살던 건물 입구 계단에 있는 버킷 부인을 보고서 바로 앞에 있는 사람처럼 중얼댄다.

"아, 당신도 거기에 있군, 그치? 당신도 거기에 있어. 당신도 거기에 있어! 좋아 보이는군, 버킷 부인!"

장례 행렬은 아직 출발하지 않은 채, 이렇게 모이도록 한 당사자가 실려 나오기만 기다린다. 버킷은 문장이 화려한 제일 앞 마차에서 통통한 집게손가락 두 개로 창문 블라인드를 실오라기만큼 벌리고 밖을 내다본다. 그래서 버킷 부인에게 여전히 집중하며 남편으로서 다시 중얼댄다.

"거기에 있군, 부인, 그치? 하숙인과 함께. 내가 당신을 보고 있다고, 버킷 부인. 건강하게 잘 지내라고, 여보!"

버킷이 마차에 숨어서 열심히 살피며 중얼거릴 때, 고상한 비밀을 잔뜩 짊어진 시신이 들려서 내려오고 – 그렇게 많던 비밀은 지금 어디로 간 거야? 저 노인이 그대로 가지고 있나? 아니면 갑자기 죽으면서 함께 날아갔나? – 이윽고 장례 행렬이 움직이니, 버킷의 시야도 변한다. 그래서 버킷은 편하게 앉아, 행여나 알아두면 나중에 유용할 수 있다는 생각으로 마차 내부를 자세히 살핀다.

까만 마차에 갇힌 토킹혼과 또 다른 까만 마차에 갇힌 버킷이 대비된다. 한 사람은 영원한 잠에 빠져든 채 도로 판석에 묵직하게 덜커덩대며 뒤에 늘어선 수많은 장례 행렬을 이끌고, 한 사람은 핏빛으로 물든 좁은 길을 나아가며 사람들 머리칼까지 감시한다! 하지만 두 사람에게는 모든 게 하나고, 그것 때문에 당황하는 사람은 어디에도 없다.

버킷은 마차에 편히 앉아서 장례 행렬을 따라가다, 기회가 생기는 순간에 살그머니 빠져나온다. 그래서 레스터 데드록 경 저택으로 간다. 당장은 버킷이 자기 집처럼 사용하는 곳으로, 언제든 마음대로 들어가고 나오며, 늘 중요한 인물로 환대받고, 건물 전체를 속속들이 파악했으니, 버킷은 신비롭고 고귀한 인물처럼 안으로 들어선다.

문을 두드리거나 종을 울릴 필요조차 없다. 열쇠를 손에 넣은 상태라 마음대로 들락거린다. 현관으로 들어서니 하인이 "편지가 또 왔습니다, 나리, 우편으로"라고 알리며 편지를 건넨다.

"또 왔나?"

버킷이 묻는다. 행여나 하인이 호기심을 느낀다 해도 경계심 많은 인간은 편지 내용을 보여줄 수 없다. 그래서 버킷이 하인을 물끄러미 쳐다보는 게 몇 킬로미터는 떨어진 경치를 보는 것 같고, 하인 역시 그런 식으로 느긋하게 바라본다.

"혹시 코담배 곽을 가지고 있나?"

버킷이 묻지만, 불행히도 하인은 코담배를 즐기지 않는다. 그래서 버킷이 다시 말한다.

"다른 곳에 가서 한 움큼 가져올 수 있겠나? 고맙네. 어떤 종류든 상관없네. 특정 종류를 좋아하는 건 아니니까. 고맙네!"

이윽고 버킷은 아래층 누군가에게 빌려온 양철통에서 코담배를 한 움큼 집어, 그 맛을 즐기는 놀라운 쇼를 하니, 처음에는 한쪽 코로 맡고 다음에는 다른 쪽 코로 맡는다. 한동안 맛을 음미하다 정말 좋은 제품이라고 감탄하며 편지를 들고 떠난다.

이제 버킷은 계단을 올라서 커다란 서재 안에 있는 조그만 서재로 들어서는데, 표정은 편지를 매일 스무 통 이상 받는 사람 같아도, 실제로 그렇게 많은 편지를 받은 적은 없다. 글 쓰는 걸 좋아하지 않아, 몸에 지니고 다니는 주머니용 몽둥이를 움켜잡듯 펜을 움켜잡는 수준이니, 미묘한 일을 처리하는데 별다른 도움이 안 된다면서 편지로 소통하는 걸 만류할 정도다. 게다가 해로운 편지가 증거물로 채택되는 경우를 자주 본 터라, 편지 쓰는 걸 어리숙한 행동으로 여기기조차 한다. 그래서 버킷은 편지 보내는 일도 받는 일도 거의 없다. 그런데도 지난 24시간 사이에 편지를 여섯 통이나 받은 것이다. 버킷은 이번에 온 편지를 탁자에 펼치며 중얼거린다.

"이것 역시 필체가 똑같고, 두 단어도 똑같군."

두 단어?

버킷은 서재 문을 잠그고 (많은 사람의 운명이 걸린) 새까만 수첩을 열어, 그 옆에 다른 편지를 놓고서 대문자로 쓴 똑같은 글씨를 읽는다.

"데드록 귀부인. 좋아, 좋아. 하지만 나는 익명의 제보가 없어도 현상금을 탈 수 있다고."

버킷은 편지를 운명의 수첩에 모두 넣고 끈으로 다시 묶은 다음에 서재 문을 여니, 때마침 음식이 들어오는데, 고급 쟁반에는 백포도주를 담은 고급 유리병까지 있다. 버킷은 가까운 동료에게 자신은 동인도 백포도주를 정말 좋아한다고, 자신에게 그보다 훌륭한 대접은 없다고 스스럼없이 말하곤 했다. 그런 버킷이 백포도주를 한 잔 따라서 단숨에 들이켜고 입맛을 다시며 음식으로 달려드는데, 어떤 생각 하나가 갑자기 떠오른다.

버킷은 조그만 서재와 커다란 서재를 이어주는 중간 문을 가만히 열어서 안을 들여다본다. 커다란 서재에는 아무도 없고, 벽난로 불길도 나지막하다. 버킷은 커다란 서재를 쭉 훑어보다, 편지가 오면 올려놓는 탁자에 시선을 멈춘다. 레스터 경에게 온 편지가 여러 통이다. 버킷은 가까이 다가가서 봉투를 살핀다.

"아니야, 똑같은 필체는 하나도 없어. 나한테만 온 거야. 내일, 준남작 레스터 데드록 각하께 보고해야 하겠군."

버킷은 중얼거리며 돌아가서 맛난 음식을 마저 먹고 낮잠을 즐긴 다음, 응접실로 간다. 최근 들어 레스터 경이 응접실에서 초저녁마다 보고를 받기 때문이다. 옆에는 (장례식에 다녀오느라 녹초가 된) 허약한 친척과 볼룸니나가 있다.

버킷은 세 사람에게 고개를 숙이며 인사하는데, 묘한 특징이 있다. 레스터 경에게는 신하가 주군에게 하는 인사를, 볼룸니나에게는 숙녀에게 하는 인사를, 허약한 친척에게는 너도 있느냐는 식으로, '멋쟁이가 나타났군, 당신은 나를 알고 나는 당신을 알아'라고 상쾌하게 말하는 느낌이다. 버킷이 각자에게 적절하게 인사하는 재치를 발휘하고 두 손을 비비자, 레스터 경이 묻는다.

"새로 보고할 사항이 있소, 경관? 나한테만 은밀하게 보고하길 바라오?"

"아닙니다…… 오늘 밤은, 준남작 레스터 데드록 각하."

버킷이 대답하고, 레스터 경은 다시 말한다.

"법을 어긴 자만 잡아낼 수 있다면 언제든 시간을 내겠소."

버킷이 헛기침하면서 입술연지에 진주 목걸이까지 한 볼룸니나를 힐끗 쳐다보는 게 마치 '제가 분명히 말씀드리는데, 귀하는 정말 아름다운 분입니다. 귀하와 나이는 비슷해도 얼굴은 훨씬 못생긴 여인을 수없이 보았답니다, 정말입니다'라고 공손하게 말하는 것 같다.

볼룸니나는 자신의 매력이 타인에 미치는 영향력을 완전히 모르는 건 아닌 듯, 삼각모 쪽지[20]를 쓰다 멈추고 진주 목걸이를 매만진다. 버킷은 진주 목걸이 가격을 마음속으로 떠올리며, 볼룸니나가 시를 쓰는 건 아닌 것 같다 생각하고, 레스터 경은 계속 말한다.

"이번에 일어난 흉악한 범죄를 규명하는데 노력을 다하도록 행여나 내가 지금까지 강력하게 지시하지 않았다면, 이번 기회를 빌려서 강력하게 지시하겠소. 비용은 생각하지 마시오. 내가 모두 부담하겠소. 그러니 조금도 주저하지 말고 범인을 찾아내시오."

버킷은 다시 고개를 숙여서 답례하고, 레스터 경은 관대하게 덧붙인다.

"금방 알아챘겠지만, 극악무도한 사건이 일어난 뒤로 여태껏 충격에서 헤어나오질 못했소. 앞으로도 못 헤어나올 것 같소. 충성스럽고 열정적이고 헌신적인 추종자를 무덤에 묻는 시련을 겪으니 오늘 밤에는 분노마저 솟는구려."

레스터 경은 목소리가 떨리고 백발이 흔들린다. 두 눈에 눈물까지 고인다. 선한 본성이 깨어난 것이다.

"분명히, 엄숙하게 선언하는데, 이번 범죄를 세세하게 파악해서 정당하게 재판하고 합당하게 벌할 때까지, 나는 내 이름에 먹칠한 기분을

---

20) 봉투에 넣는 대신 삼각형으로 접어서 삼각모에 찔러넣는 쪽지.

못 벗어날 것 같소. 거의 모든 삶을 나한테 바친 신사가, 마지막 날까지 그 삶을 나한테 바친 신사가, 내 식탁에 변함없이 앉고 내 집 지붕 아래 변함없이 깃들던 신사가 내 집을 나서서 자기 집으로 가더니, 30분도 안 돼서 총에 맞았소. 범인이 내 집에서 지켜보다 쫓아간 건 아닌지는 물론, 내 집과 특별한 관계가 있는 걸 보고 돈이 많은 데다, 조용한 태도 이상으로 중요한 인물이라 여기고 처음부터 표적으로 삼은 건 아닌지조차 나는 의심스럽소. 모든 수단과 영향력과 지위를 활용해서 흉악한 범죄자를 샅샅이 밝혀내지 않는다면, 그건 훌륭한 신사를 제대로 추모하지 않는 것이며, 나한테 영원히 충성한 신사한테 최선을 다하지 않는 것이오."

레스터 경이 의회 연설이라도 하듯 좌중을 둘러보면서 스스로 감동한 표정으로 진지하게 주장하는 동안, 버킷은 호쾌한 사고방식에 크게 감동한 표정으로 엄숙하게 바라본다.

"오늘 장례식은 돌아가신 친구를……"

레스터 경이 친구라는 단어를 강조하다니, 죽음은 모든 차별을 없애는구나!

"많은 명문가가 높이 평가한다는 사실을 또렷하게 보여주었으며, 분명히 말하는데, 나는 한없이 끔찍하고 대담한 범죄에 그만큼 더 커다란 충격을 받았소. 범죄를 저지른 자가 친형제라 해도 절대로 용서하지 않겠소."

버킷은 엄숙하게 쳐다보고, 볼룸니나는 고인이야말로 가장 소중하고 믿음직한 인물이었다고 평가한다. 그러자 버킷이 달래듯 대답한다.

"아씨 역시 좋은 사람을 잃은 분위기로군요. 맞아요, 그분을 잃은 건 정말 좋은 사람을 잃은 거지요."

볼룸니나는 감수성이 풍부하니, 자신이 살아있는 동안에는 그 충격에서 못 벗어날 거라고, 마음이 영원히 아플 거라고, 이제 두 번 다시 못 웃을 것 같다고 대답한다. 그러면서 배스에 있는 늙은 장군에게 자신의 우울한 마음을 알리는 삼각형 쪽지를 접는다.

그러자 버킷이 동정하듯 말한다.

"섬세한 여성으로선 크게 충격받을 사건이긴 하지만, 시간이 지나면 괜찮을 겁니다."

볼룸니나는 사건이 앞으로 어떻게 흘러갈지 궁금하다. 끔찍한 군인에게 유죄가 떨어질까? 공범이 있을까? 무엇보다, 그런 짓을 저지른 목적이 무언지 알고 싶다.

버킷은 집게손가락을 멋들어지게 흔들면서 "그대도 아시겠지만, 아씨……"라고 대답하는데, 너무나 정중한 나머지, "사랑하는 아씨"라고 말하는 것 같다. "……현재는 그런 질문에 가볍게 대답할 수 없답니다. 지금 당장은."

버킷은 자신이 제일 중요하게 여기는 인물을 대화에 끌어들이며 다시 말한다.

"준남작 레스터 데드록 각하, 저는 이번 사건을 지금껏 추적했습니다, 아침에도, 낮에도, 밤에도. 하지만 백포도주 한두 잔으로는 충분히 집중할 수 없었던 것 같습니다. 귀하의 질문에 대답할 수도 있겠지만, 아씨, 직무상 그럴 순 없습니다. 준남작 레스터 데드록 각하께 지금까지 수사한 내용을 조만간에 보고드릴 예정입니다."

버킷이 엄숙한 표정으로 덧붙인다.

"저로서는 각하께서 충분히 만족하시기를 바랄 뿐입니다."

허약한 친척은 범인이 사형당하길 바랄 뿐이다. 범인을 감옥에 일만 년 가두는 것보다 교수형에 처하는 게 훨씬 바람직하다고 생각한다. 누구도 교수형에 처하지 않는 것보다는 엉뚱한 사람이라도 교수형에 처하는 게 훨씬 바람직한 건 의심할 여지가 없다는 것이다.

그러자 버킷이 집게손가락을 구부리고 눈빛을 반짝이며 칭찬하듯 대답한다.

"그대는 세상 물정을 아시니, 선생, 내가 숙녀분께 드린 말씀을 참고하시기 바랍니다. 내가 지금까지 수사해서 파악한 내용을 듣는다면 그런 말을 못 할 테니까요. 그대는 그렇게 기대하면 안 됩니다. 숙녀분도 그렇게 기대하지는 않습니다. 사회적으로 신분이 높으신 숙녀분조차도."

버킷은 "사랑하는 아씨"라는 말이 목구멍으로 삐져나오는 걸 간신히 억누르느라 얼굴이 빨갛게 달아오른다.

"경관은, 볼룸니아, 임무에 충실한 것이니, 그 말이 완벽하게 옳소."

레스터 경이 말하자, 버킷이 나직이 속삭인다.

"좋게 인정해주셔서 고맙습니다, 준남작 레스터 데드록 각하."

"사실, 볼룸니아, 경관한테 그런 걸 묻는 건 좋은 모습이 아니에요. 경관은 자신이 맡은 임무를 잘 알고, 거기에 맞게 처신하오. 법을 만드는 우리가 그 법을 집행하는 경관을……"

레스터 경이 말하다, 볼룸니아가 끼어들려는 순간, 재빨리 근엄하게 덧붙인다.

"권위를 합당하게 부여받은 경관을 방해하거나 간섭하는 건 옳지 않아요."

볼룸니아는 (여성 일반이 지닌 경솔한) 호기심 때문이 아니라 소중한 인물이 죽은 게 안타깝기도 하고 억울하기도 해서 그런 거라 겸손하게 변명하고, 레스터 경은 대답한다.

"그래요, 볼룸니아. 그럼 그만큼 더 신중해야지요."

"준남작 레스터 데드록 각하, 각하께서 허락하신다면 숙녀분께 충분히 말씀드릴 수 있습니다, 이번 수사는 거의 마무리되었다는 사실을. 이번 사건은 정말 산뜻해서 수사를 거의 마무리했으니, 앞으로 서너 시간만 조사하면 모두 말씀드릴 수 있을 것 같습니다."

"그 말을 들으니 기쁘구려. 모두 경관 덕분이오."

레스터 경이 말하자, 버킷이 진지하게 대답한다.

"준남작 레스터 데드록 각하, 저로선 모든 분께서 만족하시길 바랄 뿐입니다. 제가 이번 사건을 정말 산뜻하다고 표현한 건, 아씨……"

버킷이 레스터 경을 진지하게 바라보며 계속 말한다.

"제 시각에서 그렇게 본다는 뜻입니다. 다른 시각으로 본다면, 이런 사건은 불쾌한 요소가 어느 정도 끼어들 수도 있답니다. 가족 내부에서도 이상한 일이 일어나곤 하니, 아씨처럼 생각하는 건 극히 일반적인 현상이랍니다."

볼룸니나는 이 말에 공감하며 순진무구한 비명을 살짝 내지르고, 버킷은 레스티 경을 옆눈으로 진지하게 바라보며 계속 말한다.

"그렇습니다, 점잖은 가문도, 고귀한 가문도, 위대한 가문도 마찬가지입니다. 예전에 위대한 가문에서 일하는 영광을 누린 적이 있는데, 당시에 있었던 일을 아씨는 상상도 못 할 텐데…… 그래요, 그곳에서 무슨 일이 일어나는지 선생은 상상조차 못 할 거라고 말하는 정도로 마무리하겠습니다!"

마지막은 허약한 친척에게 한 말이다. 그러자 허약한 친척은 소파 베개를 머리에 베고 늘어지게 하품하느라, "그렇겠네요"라고 한 대답이 "그려요"라고 들린다.

레스터 경은 이제 경관을 내보낼 시간이라 생각하고, 위엄있게 끼어들어 "잘했소. 고맙소!"라 말하며 한 손을 흔들어, 대화는 끝났다는 암시와 함께, 고귀한 가문이라도 천박한 습관에 빠져들면 책임져야 한다는 암시까지 하면서 엄숙하게 덧붙인다.

"필요하면 언제든 찾아와도 된다는 걸 잊지 마시오, 경관."

버킷은 (여전히 진지한 표정으로) 내일 아침에 찾아와도 되겠느냐고 묻더니, 레스터 경이 "언제든 좋소"라고 대답하자, 세 사람에게 차례대로 인사하고 물러나다 깜빡 잊은 걸 떠올린다. 그래서 조심스럽게 돌아오며 나지막이 묻는다.

"그런데 층계참에 현상금 포스터를 누가 붙였는지 물어도 괜찮을까요?"

"내가 붙이라고 지시했소."

레스터 경이 대답한다.

"준남작 레스터 데드록 각하, 이유를 물어도 괜찮을까요?"

"괜찮소. 저택에서 눈에 제일 잘 띄는 곳이 거기였소. 안에 있는 모든 사람에게 똑똑히 보여주고 싶었소. 이번에 극악무도한 범죄가 일어났다는 사실을, 범인을 꼭 잡아내고 말겠다는 결심을, 도저히 도망칠 수 없다는 사실을 모든 사람에게 알리고 싶었소. 하지만 그대가 전문가 차원에서 반대한다면, 경관……"

레스터 경이 말하는데, 버킷으로서는 반대할 이유가 없다. 이왕 붙였으니 그대로 두는 편이 낫다는 것이다. 그리고 다시 차례대로 인사하고 물러나서 문을 닫는 순간, 볼룸니나는 짧막한 비명을 내지르더니, 정말 끔찍한 사람이라고, 완벽하게 '파란 방'[21]이라고 말한다.

버킷은 모든 계급에 어울리는 사교적인 성향답게 - 초겨울 날씨에 환하고 따뜻하게 타오르는 - 현관 거실 벽난로 앞에서 하인을 칭찬한다.

---

21) '파란 수염'이라는 동화에 나오는, 전처를 죽여서 그 시신을 넣어두는 방으로, 새로 결혼하는 신부는 그 방에 절대로 들어갈 수 없었다. 볼룸니나가 이렇게 말한 건, 버킷이 속으로 무슨 생각을 하는지 정말 모르겠다는 뜻이다.

"맙소사, 키가 180cm는 되겠구먼!"

"185cm입니다."

하인이 대답하자, 버킷은 예술가 같은 표정으로 바라보며 묻는다.

"정말? 가슴이 널찍해서 그렇게 안 보였군. 다리도 단단하고. 모델을 한 적 있나?"

하인은 모델을 한 적이 없다.

"그렇다면 한번 해보게. 내 친구가 나중에 유명해질 왕립 예술원 조각가인데, 자네처럼 아름다운 신체를 스케치해서 대리석으로 조각하면 좋겠어. 마님께서는 나가셨나?"

"만찬 모임에 가셨습니다."

"매일 나가시나?"

"네."

"당연히 그렇겠군! 그렇게 훌륭하고 아름답고 우아하고 품위 있는 여인이라면 어디를 가든 만찬 식탁에 올린 신선한 레몬처럼 빛날 테니 말이야. 아버지도 자네와 같은 일을 하셨나?"

아니라는 대답이 나온다.

"우리 아버지는 이런 일을 하셨네. 처음에는 심부름꾼, 그러다 하인, 그러다 감독, 그러다 집사, 그러다 여관 주인을 하셨지. 모두에게 존경받으며 사시다, 모두가 슬퍼하는 가운데 돌아가셨다네. 마지막 숨이 넘어가시기 전에 당신께서는 사람들한테 봉사한 걸 가장 명예롭게 생각하신다고 하셨는데, 참 맞는 말씀이야. 동생 한 명이 그렇게 봉사하면서 살거든. 처남도 그렇게 살고. 그런데 마님께서는 성격이 좋으신가?"

"정말 좋으시답니다."

하인이 대답하자, 버킷이 감탄한다.

"아! 조금도 나쁘지 않고? 변덕스럽지도? 하기야 매우 아름다운 분이시니 그런 부분이 약간은 있어도 괜찮겠지! 아니, 그런 부분이 있는 게 더 좋아 보일 수도 있어, 그치?"

하인은 복숭아 꽃처럼 화사한 반바지 주머니에 두 손을 찌른 채, 비단 스타킹을 신은 균형 잡힌 두 다리를 멋들어지게 쭉 펴면서, 부정할 수 없다고 대답한다. 바로 그때 마차 바퀴 소리가 다가오다 초인종이 커다랗게 울리니, 버킷이 중얼댄다.

"호랑이 얘기를 하니 호랑이가 나타나는군!"

대문이 활짝 열리더니, 귀부인이 현관 거실을 지나간다. 여전히 창백한 얼굴로, 살짝 애도하는 복장에 아름다운 팔찌 두 개를 했다. 팔찌가 아름다운 건지 두 팔이 아름다운 건지 버킷이 유난히 관심을 보인다. 그래서 열심히 바라보며 주머니 속에서 무언가를 짤랑대는데, 반 페니 동전일 가능성이 크다.

귀부인은 멀리서 버킷을 알아보고 누구냐고 묻는 표정으로 쳐다보자, 하인이 대답한다.

"버킷 경관입니다, 마님."

버킷이 한쪽 발을 뒤로 빼고 허리를 숙여서 인사하며 집게손가락으로 입술을 문지른다.

"레스터 경을 기다리나요?"

"아닙니다, 마님. 이미 만나 뵀습니다!"

"나한테 할 말이 있나요?"

"당장은 아닙니다, 마님."

"새로운 사실을 알아냈나요?"

"몇 가지요, 마님."

지나치면서 나눈 대화에 불과하다. 귀부인은 한 번도 안 멈추고 계단

228

을 올라간다. 버킷은 계단 입구로 다가가, 늙은 변호사가 무덤으로 들어가려고 내려온 계단을 귀부인이 올라, 무기 그림자를 벽에 드리운 섬뜩한 조각상 무리를 지나고, 현상금 포스터를 살짝 쳐다보며 지나다 사라지는 모습을 열심히 바라본다. 그리고는 하인에게 돌아오며 감탄한다.

"정말 사랑스러운 분이야, 정말. 하지만 얼굴이 건강해 보이지는 않는군."

하인은 건강한 편이 아니라고, 두통이 심하다고 알려준다.

버킷이 깜짝 놀란다. 그래? 안됐군! 두통에는 산책이 좋아. 그러자 하인은 마님이 자주 산책한다고 대답한다. 두통이 심할 때는 두 시간이나 산책한다, 그것도 밤에.

"정말 185cm가 맞나? 말을 잠시 끊어도 괜찮겠나?"

하인은 당연히 괜찮다.

"몸매 비율이 정말 좋아서 그렇게 크다는 생각을 못 했네. 근위병이 늘씬하다고 해도 이만큼 늘씬한 건 아니거든. 밤에도 산책하나, 마님이? 하지만 달빛이 환할 때겠지?"

그렇다. 당연히 달빛이 환할 때다!

"하지만 자네는 산책하는 습관이 없을 것 같은데? 산책할 시간도 없을 것 같고!"

하인은 시간이 없기도 하지만 산책을 좋아하지도 않는다. 차라리 마차 모는 연습을 하겠다.

"맞아. 그게 훨씬 좋을 거야."

버킷이 말하더니, 활활 타오르는 불길을 쳐다보고 두 손을 데우며 덧붙인다.

"지금 생각하니, 그 일이 있던 날 밤에도 마님이 산책하러 나갔어."

"맞아요! 제가 정원으로 나가는 문을 열어드렸어요."

"그리고 자네 혼자 돌아왔어. 정말이야. 내 눈으로 똑똑히 보았거든."

"저는 경관님을 못 봤는데요?"

하인이 묻자, 버킷이 대답한다.

"당시에 내가 급했거든, 첼시에 사시는 - 그 유명한 첼시 빵집 두 칸 너머에 사시는 - 고모님을 만나러 가는 중이라서. 아흔 살이 넘는 나이에 혼자 사시는데, 재산이 조금 있다네. 그래서 근처를 지나다 우연히 본 거야. 가만있자. 그때가 몇 시였더라? 10시는 아니었어."

"9시 반이요."

"맞아. 9시 반. 내가 착각한 게 아니라면, 마님은 당시에 까만 망토를 펑퍼짐하게 걸쳤어, 술이 달린 망토."

"네, 맞아요."

그렇다, 맞다. 버킷은 할 일이 있어서 위층으로 올라가야 한다. 그래서 대화가 즐거웠다며 하인과 악수힌다. 자신이 부탁하고 싶은 건 나중에 시간이 나면 왕립 예술원 조각가 앞에 모델로 서길 바란다는 말이 전부라는, 그러면 양측 모두 좋을 거라는 말도 한다.

CHAPTER LIV
지뢰가 터지다

버킷은 상쾌하게 자고 아침 일찍 일어나서 큰일을 마무리할 준비에 들어간다. 깨끗한 셔츠에 물 묻힌 빗으로 깔끔하게 단장하고, 평생을 수사관으로 보내느라 얼마 안 남은 머리칼에 기름을 칠하고, 아침 식사로 양고기 두 조각을 홍차와 달걀과 토스트와 마멀레이드와 함께 느긋하게 먹는다. 그래서 기운을 차리고 집게손가락과 미묘한 대화를 나눈 뒤, 하인에게 "준남작 레스터 데드록 각하께서 시간이 되신다면 언제든 뵙고 싶다는 말을 조용히 전달하도록" 지시한다. 레스터 경에게서 옷을 금방 차려입고 나갈 테니 10분 뒤에 서재에서 만나자는 자비로운 대답을 전달받고, 버킷은 서재 벽난로 앞에서 집게손가락을 턱에 댄 채, 활활 타오르는 석탄을 바라본다.

버킷은 매우 중요한 일을 앞둔 사내답게 깊은 생각에 빠져들긴 해도, 신중하고 차분하고 자신만만한 모습이 엿보인다. 얼굴은 유명한 도박사가 큰돈이 걸린 - 100기니가 걸린 - 카드 도박에서 마지막 카드를 멋들어지게 펼치기 직전 같은 표정이다. 레스터 경이 나타나도 그 표정은 조금도 안 흔들린 채, 안락의자로 천천히 다가가는 레스터 경을 어제 그런 것처럼 옆눈으로 진지하게 바라보는데, 그 시선에 불쌍하다는 기색까지 어린다.

"기다리게 해서 미안하오, 경관, 하지만 오늘 아침에는 평소보다 늦게 일어났다오. 몸이 안 좋거든. 최근에 일어난 사건 때문에 너무 흥분하고 분노한 게 무리였다오. 통풍이 있는데, 최근에 겪은 사건 때문에 재발한 것 같아."

레스터 경은 내키지 않은 어투로 말하고, 버킷은 또렷하게 느낀다.

레스터 경이 고통스러운 표정으로 안락의자에 힘겹게 앉자, 버킷은 가까이 다가가서 큼지막한 손으로 서재 탁자를 짚는다.

"그대가 나하고 단둘이 말하길 바라는지 어떤지 모르겠지만, 원하는 대로 하시오. 단둘이 말하고 싶다면 지금 말하고, 아니라면 볼룸나도 관심이 있을 테니……"

레스터 경이 고개를 들고 올려다보며 말하자, 버킷이 고개를 한쪽으로 기울이고 집게손가락을 한쪽 귀에 귀걸이처럼 대면서 대답한다.

"아닙니다, 준남작 레스터 데드록 각하, 당장은 단둘이 은밀하게 대화할수록 좋습니다. 이유는 각하께서도 금방 이해하실 겁니다. 이런 상황에 숙녀분이 참석하시는 것을, 특히 볼룸나 아씨처럼 사회적으로 신분 높은 분이 참석하는 것을 굳이 반대하고 싶진 않지만, 당장으로선 실례를 무릅쓰고 보안을 유지하는 쪽을 택하는 게 좋겠습니다."

"알았소."

"마찬가지 이유로 준남작 레스터 데드록 각하, 서재 문을 잠그는 걸 허락하시길 부탁드리겠습니다."

"그러시오."

버킷은 서재 문을 잠그더니, 한쪽 무릎을 습관처럼 구부린 채, 바깥에서 안을 누구도 못 훔쳐보도록 열쇠를 정교하게 조작해서 자물쇠 구멍을 완전히 막는다. 그리고 말한다.

"준남작 레스터 데드록 각하, 어제 초저녁에 저는 조금만 더 조사하면 이번 사건을 마무리할 수 있다고 말씀드렸습니다. 이제 조사를 마쳤으며 범죄에 대한 증거를 완벽하게 확보했습니다."

"군인이오?"

"아닙니다, 준남작 레스터 데드록 각하, 군인이 아닙니다."

레스터 경이 깜짝 놀란 표정으로 묻는다.

"그럼 죄지은 사내를 잡았소?"

버킷이 잠시 망설이다 대답한다.

"범인은 여성입니다."

레스터 경이 안락의자에 몸을 파묻더니, 숨을 헐떡이며 뱉어낸다.

"맙소사!"

버킷은 레스터 경 앞에 우뚝 서서 서재 탁자에 짚은 손을 쭉 펼치고 다른 손 집게손가락을 인상적으로 흔들며 다시 말한다.

"준남작 레스터 데드록 각하, 제가 드릴 말씀은 매우 충격적이니, 앞으로 받으실 충격에 마음의 준비를 하시는 게 좋겠습니다. 하지만 준남작 레스터 데드록 각하는 신사며, 저는 신사가 어떤 인물이고 능력은 얼마나 대단한지 잘 압니다. 신사는 닥칠 수밖에 없는 충격을 대담하고 착실하게 이겨낼 수 있습니다. 신사는 마음을 다져서 어떤 충격에도 맞설 수 있습니다. 그러니, 마음 단단히 먹으십시오, 준남작 레스터 데드록 각하. 커다란 충격이 몰려오면, 가문을 생각하십시오. 그리고 스스로 물어보십시오, 그런 충격이 몰려들 때 줄리어스 시저까지 이어지는 조상은 어떻게 대처했는지, 수많은 조상이 그런 충격에 어떻게 대처하고 어떻게 이겨내며 가문의 명예를 지켜냈는지. 지금 중요한 건 똑같이 사고하고 똑같이 행동하는 겁니다, 준남작 레스터 데드록 각하."

레스터 경은 안락의자에 몸을 파묻어서 양쪽 팔꿈치를 움켜잡은 채 돌처럼 딱딱한 얼굴로 쳐다보고, 버킷은 계속 말한다.

"그래서 준비가 되셨다면, 준남작 레스터 데드록 각하, 제가 보고드리는 내용을 기분 나쁘게 듣지 마시기를 부탁드립니다. 저는 지위 고하를 막론하고 많은 인물의 비밀을 알며, 거기에 비하면 이번에 보고하는 내용 역시 크게 대단한 건 아닙니다. 제가 놀랄 비밀은 세상에 없으며, 제가 한두 가지 더 안다고 해서 대단할 것도 없고, 제가 경험한 바에 따르면 (잘못된 방향으로 나갈 때) 어떤 비밀이든 생길 수 있습니다. 따라서, 제가 드리고 싶은 말씀은, 준남작 레스터 데드록 각하, 제가 각하의 가족 문제를 안다고 해서 흥분하시거나 걱정하실 필요는 조금도 없다는 사실입니다."

레스터 경이 돌처럼 굳은 채 침묵하다 대답한다.

"미리 다짐을 주어서 고맙긴 하지만 그럴 필요는 없소, 아무리 선의라도. 그러니 어서 말하시오."

레스터 경이 말하더니, 상대 모습에 압도당한 듯 덧붙인다.

"그리고, 의자에 앉도록 하시오, 괜찮다면."

버킷은 당연히 괜찮다. 그래서 의자를 끌어다 앉으며 말한다.

"준남작 레스터 데드록 각하, 충분히 말씀드렸으니 본론으로 들어가겠습니다. 데드록 귀부인께는……"

레스터 경은 자리에 앉은 몸을 똑바로 세우며 무섭게 노려보고, 버킷은 집게손가락을 완화제처럼 흔들며 이어간다.

"데드록 귀부인께는 숭배하는 사람이 많습니다. 그게 데드록 귀부인이십니다, 많은 사람이 숭배하는 분."

버킷이 말하자, 레스터 경이 딱딱하게 대답한다.

"경관, 이번 논의에서 우리 귀부인 이름은 완전히 빼는 게 좋겠소."

"저 역시 그러고 싶지만, 준남작 레스터 데드록 각하, 그럴 수 없습니다."

"그럴 수 없다?"

버킷이 머리를 단호하게 흔든다.

"준남작 레스터 데드록 각하, 완전히 불가능합니다. 제가 보고드리려는 내용은 바로 데드록 귀부인에 관한 겁니다. 데드록 귀부인이 이번 사건의 중심축입니다."

레스터 경이 섬뜩한 눈으로 입술을 떨며 반박한다.

"경관, 당신은 자신이 할 역할을 알아요. 그러니 그 역할만 하고, 선을 안 넘도록 조심하시오. 내가 안 참을 테니. 보고만 있지는 않을 테니. 이번 사태에 우리 귀부인 이름을 언급하면 안 되오. 우리 귀부인은 보잘것없는 사람들 입에 오르내릴 이름이 아니란 말이오!"

"준남작 레스터 데드록 각하, 저는 꼭 필요한 것만 말씀드릴 뿐, 그 이상도 이하도 아닙니다."

"충분히 증명하길 바라겠소. 좋소. 계속하시오, 계속해!"

레스터 경은 두 눈에 분노가 가득하고 머리끝부터 발끝까지 덜덜 떨면서도 차분한 자세를 유지하려 애쓰고, 버킷은 집게손가락으로 방향을 잡아가며 나지막이 말한다.

"준남작 레스터 데드록 각하, 저로서는 돌아가신 토킹혼 변호사께서 데드록 귀부인을 오랫동안 불신하고 의심했다는 사실을 알려드릴 의무가 있습니다."

"그자가 나한테 그런 말을 조금이라도 비쳤다면 ─ 실제로는 그런 적이 없는데 ─ 내 손으로 그자를 죽여버리고 말았을 거요!"

레스터 경이 소리치며 한 손으로 탁자를 내려친다. 하지만 모든 걸 다 아는 듯한 시선을 마주하는 순간에 얼어붙고, 버킷은 확신과 인내가 뒤섞인 표정으로 집게손가락을 천천히 흔들면서 머리를 젓는다.

"준남작 레스터 데드록 각하, 돌아가신 토킹혼 변호사는 속이 깊고 치밀했으니 애초에 무슨 생각을 했는지는 정확히 모르겠습니다. 하지만 저한테 직접 말하길, 데드록 귀부인을 의심하기 시작한 건, 귀부인께서 오래전에 - 준남작 레스터 데드록 각하께서 계시는 바로 이 집 이 자리에서 - 어떤 글씨체를 보고 어떤 인간이, 각하께서 청혼하시기 전에 연인이었으며 남편이 되었을 뻔한 인간이, 극심한 빈곤에 시달린 다는 사실을 깨닫는 순간이었습니다."

버킷이 말을 멈추더니, 일부러 반복한다.

"남편이 되었을 뻔한 인간 말입니다. 그 입으로 직접 들은 바에 따르면, 그 인간은 곧바로 죽고 토킹혼 변호사는 데드록 귀부인이 초라한 셋방과 초라한 무덤을 혼자 은밀하게 찾아갔다고 의심했습니다. 저는 데드록 귀부인이 하녀 옷을 입고 정말 그런 곳에 찾아갔다는 정황을 수소문해서 제 눈과 귀로 직접 확인했으니, 그건 돌아가신 토킹혼 변호 사가 - 저희가 통상 사용하는 표현을 양해하신다면 - 귀부인 뒤를 조사 하도록 저를 고용하고, 그래서 제가 그 뒤를 조사하는 임무를 완수했기 때문입니다. 링컨 법학원 방에서 데드록 귀부인에게 길을 알려준 증인 과 함께 하녀까지 직접 만났는데, 귀부인이 그 하녀 몰래 그 옷을 입었 다는 건 의심할 여지가 없었습니다. 준남작 레스터 데드록 각하, 저는 고귀한 가문에도 이상한 일이 벌어지곤 한다고 어제 미리 말씀드려서 지금 이렇게 불쾌한 사실을 밝힐 채비를 했습니다. 이 모든 일은, 아니 더 많은 일이, 각하의 가문에서 일어났습니다, 각하의 귀부인을 통해 서. 토킹혼 변호사는 돌아가실 때까지 이 문제를 추적하다, 사건이 일어난 밤에 그 문제로 데드록 귀부인과 크게 다퉜다고 저는 확신합니다. 이제 남은 문제는 준남작 레스터 데드록 각하께서 귀부인께 직접 묻는 겁니다. 토킹혼 변호사가 이 집을 떠난 뒤로 귀부인께서 더 할 말이 있어, 술이 달린 새까맣고 널찍한 망토 차림으로 토킹혼 변호사가 사는 곳까지 찾아갔는지 아닌지를."

레스터 경은 석상처럼 앉아, 심장을 가차 없이 찔러대는 집게손가락을 물끄러미 쳐다본다.

"경찰 수사관 버킷이 귀부인께 그렇게 묻더라고 말씀하세요, 준남작 레스터 데드록 각하. 귀부인께서 인정하지 않으시면, 아무리 그래도 소용없다고, 버킷 수사관이 안다고, (지금 군대에 있는 것도 아닌데) 사람들이 기병이라고 부르는 사내를 귀부인이 층계참에서 지나친 것도 안다고, 귀부인이 그걸 안다는 사실조차 안다고 말씀하세요. 그런데, 준남작 레스터 데드록 각하, 제가 이런 상황을 모두 연결해서 설명하는 이유는 무얼까요?"

레스터 경은 두 손으로 얼굴을 감싼 채 외마다 신음을 뱉어내며 잠시 멈추라고 요청한다. 그러면서 두 손을 조금씩 떼어내는데, 혈색이 백발처럼 하얗긴 해도 겉으로는 위엄 어린 자세를 차분하게 유지하니, 버킷으로선 살짝 존경스러울 정도다. 그런데 평소의 거만한 모습 위로 뭔가 딱딱하게 얼어붙은 느낌이 떠오른다. 말하는 소리도 평소와 달리 느린데다 이따금 말을 꺼내는 데 묘한 문제가 있고, 발음도 애매하다. 하지만 레스터 경은 마침내 자신을 추스르며 침묵을 깨뜨리더니, 토킹혼 변호사처럼 열심히 충성하던 신사가 그렇게 고통스럽고, 그렇게 비참하고, 그렇게 황당하고, 그렇게 중요하고, 그렇게 못 믿을 정보를 자신에게 말하지 않은 이유를 정말 이해할 수 없다고 애매한 발음으로 뱉어내고, 버킷은 대답한다.

"다시 말씀드리지만, 준남작 레스터 데드록 각하, 그 이유 역시 귀부인께 설명을 부탁하십시오. 필요하다면, 경찰 수사관 버킷한테 들었다고 하십시오. 제가 착각한 게 아니라면, 돌아가신 토킹혼 변호사는 적당한 시기에 각하께 모두 말씀드릴 예정이었으며, 귀부인께는 벌써 말씀드렸을 게 확실합니다. 그렇습니다, 제가 그 시신을 조사하던 날 아침에 그 사실을 말씀드릴 예정이었을 수도 있습니다! 앞으로 5분 뒤에 제가 무얼 하고 무슨 말을 할지는 아무도 모르는 법이니까요, 준남작 레스터 데드록 각하. 그러다 총에 맞는다면, 각하께서는 그때 비로소 제가 말씀드리지 않은 이유를 궁금하게 여길 수도 있으니까요, 안 그렇습니까?"

맞다. 레스터 경은 귀에 거슬리는 소리가 너무 힘들어서 시선을 피하며 "맞다"고 대답한다. 바로 그 순간에 현관 거실에서 시끌벅적한 소리가 인다. 버킷이 가만히 듣다, 서재 문으로 가서 열쇠를 가만히 돌리고 문을 살짝 밀어서 머리를 내밀고 다시 듣는다. 그러다 머리를 안으로 들여서 급하지만 차분하게 속삭인다.

"준남작 레스터 데드록 각하, 제가 예상한 것처럼, 토킹혼 변호사가 갑자기 쓰러지면서 이 집안의 불행한 추문이 밖으로 샜습니다. 조용히 잠재우려면 지금 하인들과 다투는 사람들을 안으로 들여야 합니다. 제가 그들을 파악하는 동안 ─ 집안 문제에 대해 ─ 아무 말씀 마시고 가만히 앉아계시겠습니까? 제가 하는 말을 인정해야 할 것 같을 때만 고개만 끄덕이면서요?"

레스터 경은 "경관. 최선을 다하시오, 최선을 다하시오!"라며 모호하게 대답하고, 버킷은 고개를 끄덕이면서 집게손가락을 구부린 다음, 현관 거실로 살그머니 다가가니 시끌벅적한 소리가 순식간에 가라앉는다. 버킷은 곧바로 돌아오고, 서너 걸음 뒤에서 머리에 하얀 분을 바른 하인 한 명과 머리에 하얀 분을 똑같이 바르고 복숭아 꽃처럼 화사한 반바지를 입은 또 다른 하인 한 명이 양쪽에서 의자 하나를 들고 쫓아오는데, 의자에는 못 움직이는 노인이 앉아있다. 그 뒤로 또 다른 사내 한 명과 여자 두 명이 쫓아온다. 버킷은 의자를 조심히 들고서 따라오도록 안내한 다음, 하인 두 명을 내보내고 문을 다시 잠근다. 레스터 경은 신성한 영역에 침입한 사람들을 차가운 눈으로 쳐다보고, 버킷은 친밀한 어투로 말한다.

"자, 여러분은 아마 저를 알 겁니다, 신사 숙녀 여러분. 저는 경찰 수사관 버킷입니다."

버킷이 가슴주머니에서 휴대용 몽둥이 끝을 살짝 들추며 덧붙인다.

"그리고 이것은 제가 지닌 권위입니다. 자, 여러분은 준남작 레스터 데드록 각하를 만나고자 하셨습니다. 으음! 앞에 계신 분이 준남작 레스터 데드록 각하신데, 누구나 접견하는 영광을 누리는 건 아니란 사실을 명심하시오. 귀하는, 노인장, 이름이 스몰위드예요. 그게 노인장 이름이지요. 내가 잘 안답니다."

"그래요, 나쁜 평판이 나도는 이름은 아니지요!"

스몰위드 노인이 날카롭게 소리치자, 버킷이 물끄러미 쳐다보며 반박하는데, 화난 목소리는 아니다.

"돼지 같은 자를 저들이 무엇 때문에 죽였는지 아직도 모르시오?"

"모릅니다!"

"맙소사, 저들이 그자를 죽인 이유는 너무 뻔뻔했기 때문이오. 노인장도 조심하시오, 그럴 가치는 하나도 없으니. 설마 귀먹은 사람하고 대화하는 습관이라도 있는 건 아니겠지요, 노인장?"

"있소, 마누라가 귀를 먹었소."

"노인장이 목청을 키우는 이유를 알겠구면. 하지만 노인장 마누라는

239

자리에 없으니 한 옥타브나 두 옥타브를 낮추는 게 좋겠소. 그러면 훨씬 잘 들릴 테니 말이오. 그런데 옆에 계신 신사분은 교회에 계시는 분이로군요, 그죠?"

"차드밴드라고 하는 사람이오."

스몰위드 노인이 훨씬 낮은 목청으로 소개하자, 버킷이 한 손을 내밀 며 말한다.

"예전에 이름이 똑같은 동료가 있었는데, 형제처럼 지내서 그런지 이름이 마음에 드는군요. 그럼 이쪽은 차드밴드 부인이겠지요?"

"옆은 스낙스비 부인이고."

스몰위드 노인이 소개하자, 버킷이 말한다.

"남편이 법률 관련 문방구점 주인으로 나랑 친하지요. 형제처럼 가깝 답니다! 그래, 무슨 일로 오셨나요?"

"우리가 무슨 일로 찾아왔느냐는 뜻인가요?"

스몰위드 노인이 묻는데, 갑작스러운 화제 전환에 약간 당황한 표정 이다.

"아! 무슨 뜻인지 아시는군요. 준남작 레스터 데드록 각하가 계신 앞에서 무슨 일인지 들어봅시다, 어서요."

버킷이 말하자, 스몰위드 노인이 차드밴드에게 가까이 오라 손짓하 더니 조그만 목소리로 상의하고, 차드밴드는 이마 숨구멍과 양손 손바 닥으로 기름을 뿜어대며 "그래요, 노인장 먼저!"라고 커다랗게 대답하 고 원래 자리로 돌아간다. 그러자 스몰위드 노인이 소리친다.

"나는 토킹혼 변호사의 고객이자 친구였소. 일도 함께 했소. 나는 그 사람한테 도움을 주고 그 사람은 나한테 도움을 주었소. 얼마 전에 죽은 크룩은 내 처남이오. 표독스러운 수다쟁이 마누라가 하나밖에 없는 누나였으니 말이오. 나는 크룩 재산을 상속받았소. 그래서 모든 동산과 모든 서류를 뒤졌소. 내가 보는 앞에서 여러 명이 모조리 뒤졌소. 오래전에 죽은 세입자가 지녔던 편지 다발이 크룩네 고양이 잠자리 옆 선반 뒤에서 나왔소. 크룩이 온갖 것을 사방에 숨겨놓은 것이오. 토킹혼 변호사가 그걸 달라면서 가져갔지만, 그전에 내가 먼저 살펴보았소. 나는 사업가며, 그래서 하나도 안 빼고 모두 읽었소. 편지 다발은 세입자 애인이 보낸 것으로, 호노리아[22]라는 서명이 있었소. 맙소사, 정말이지 평범한 이름이 아니었소, 호노리아는, 그렇지 않소? 이 집에는 호노리아라고 서명하는 귀부인이 없겠지요? 아, 그렇소, 아마 없을 거요! 정말 없을 거요! 필체가 똑같은 귀부인도 없을 거고! 그럼요, 당연히 없고말고!"

스몰위드 노인이 의기양양하게 말하다 갑자기 무섭게 기침하며 "아, 맙소사! 아, 하느님! 온몸이 찢어지는군!"이라고 간헐적으로 뱉는다. 그러자 버킷은 노인이 회복할 때까지 기다리다 말한다.

"그게 여기에 앉아계신 준남작 레스터 데드록 각하와 무슨 관련이 있다는 건지 말씀하시오."

"내가 지금까지 말하지 않았소, 버킷 경관? 그게 저 신사분과 관련이 없다는 거요? 호돈 대위도, 영원히 사랑하던 호노리아도, 두 사람이 낳은 아이도? 좋소, 그렇다면 편지 다발이 지금 어디에 있는지 알고 싶소. 그게 레스터 데드록 경과 관련이 없다 해도 나하고는 관련이 있소. 그러니 어디에 있는지 알려주시오. 나는 그게 조용히 사라지게 놔둘 수 없소. 나는 그걸 친구며 변호사인 토킹혼에게 넘겨주었지, 다른 사람에게 넘겨준 게 아니오."

"맙소사, 그분이 대가로 돈을 주었잖소, 상당히 많은 돈을."

버킷이 말하자, 스몰위드 노인이 반박한다.

---

22) Honoria: 명예와 정조를 나타내는 여성형 별칭.

"그건 관심사항이 아니오. 나는 편지 다발을 누가 가져갔는지 알고 싶소. 그러면 우리가 바라는 걸 말하겠소…… 여기에 참석한 우리가 무얼 바라는지, 버킷 경관. 우리가 바라는 건 이번 살인 사건을 더욱 깊이 파고들라는 것이오. 우리는 이해관계가 어떻게 얽히고 동기가 무언지 아는데, 귀하는 아직 충분히 조사하지 않았소. 행여나 거지 같은 조지가 관여했다면, 그건 함정에 빠진 것에 불과하오. 내가 무슨 말을 하는지 귀하는 알 것이오."

이 말과 동시에 버킷은 자세를 완전히 바꿔, 노인에게 바싹 다가가서 집게손가락을 열심히 흔들어대며 말한다.

"분명히 말하는데, 누구든 내가 맡은 사건을 엉망으로 만들거나 간섭하거나 방해한다면 절대 용서하지 않겠소. 귀하는 더 깊이 파고들길 바란다! 귀하가 그런다? 이 손이 보이시오? 내가 이 손을 뻗어서 총을 쏜 팔을 움켜잡기에 딱 좋은 시점을 모른다고 귀하는 생각하시오?"

버킷은 무서운 힘이 있으며 지금 허풍떠는 게 아님을 너무나 잘 아니, 스몰위드 노인은 사과하고, 버킷은 갑작스러운 분노를 삭이며 다시 말한다.

"내가 노인장께 하고 싶은 충고는, 이번 살인 사건 때문에 골머리를 앓지 말라는 거요. 그건 내가 할 일이오. 신문을 열심히 본다면 얼마 안 가서 그 사건에 관한 기사를 읽을 거요. 나는 내가 할 일을 안다는 것, 이 문제에 대해서 내가 노인장께 할 말은 그게 전부요. 편지 다발을 누가 가져갔는지 알고 싶다니, 내가 알려주겠소. 나한테 있소. 이게 그거지요?"

버킷이 상의 옷자락 어디에선가 꺼낸 조그만 다발을 스몰위드 노인이 탐욕스러운 눈으로 바라보아서 그것임을 확인하고, 버킷은 다시 묻는다.

242

"더 말할 게 있소? 입을 너무 크게 벌리지 마시오, 추악해 보이니까."

"500파운드를 받고 싶소."

"맙소사, 말도 안 돼. 50파운드겠지."

버킷이 장난스럽게 받아친다. 하지만 스몰위드 노인은 500파운드라고 말한 게 확실하다.

"나는 준남작 레스터 데드록 각하를 대리하는 사람으로, 그 정도라면 내가 (인정하거나 약속할 순 없어도) 심사숙고할 문제인데……"

이 말에 레스터 경은 기계적으로 머리를 끄덕이고, 버킷은 계속 말한다.

"귀하는 500파운드를 심사숙고하도록 제안했소. 맙소사, 그건 말도 안 되는 제안이오! 250파운드도 많은 돈이나, 500파운드보다는 바람직하오. 그러니 250파운드가 안 좋겠소?"

스몰위드 노인이 절대로 그럴 수 없다고 다짐하니, 버킷이 다시 말한다.

"그렇다면 차드밴드 목사 말을 들어봅시다. 맙소사! 예전에 동료 덕분에 그 이름을 정말 많이 들었는데, 모든 점에서 중용이라는 걸 아는 동료였다오!"

그러자 차드밴드가 앞으로 나서서 번지르르한 미소를 살짝 머금고 두 손 손바닥으로 기름을 살짝 문지른 뒤에 자기 생각을 밝힌다.

"친구 여러분, 우리는 - 부인 레이첼과 나는 - 지금 돈 많고 위대한 인물이 사는 대저택에 왔소. 우리가 지금 돈 많고 위대한 인물이 사는 대저택에 들어온 이유가 무어겠소, 친구 여러분? 우리가 초대받았기 때문이오? 잔치에 초대받았소, 함께 즐겁게 지내자고 초대받았소, 함께 악기를 연주하자고 초대받았소, 함께 춤을 추자고 초대받았소? 아니오. 그렇다면 우리가 왜 왔겠소, 친구 여러분? 죄 많은 비밀을 알고 있으니 비밀을 지키는 대가로 곡식과 포도주와 기름을, 그것에 해당하는 돈을 달라고 요구하러 왔을까요? 그게 맞을 겁니다, 친구 여러분."

"사업가로군요, 선생은, 그래서 그 비밀의 본질이 무언지 말하겠군요. 좋습니다. 어서 말하시오."

버킷이 다그치자, 차드밴드가 교활한 눈으로 쳐다보며 말한다.

"그렇다면 형제여, 사랑하는 마음으로 말하겠소. 레이첼, 부인, 앞으로 나오시오!"

차드밴드 부인이 기다렸다는 듯 남편을 뒤로 밀치면서 나오더니, 버킷을 마주 보며 잔뜩 찡그린 미소를 딱딱하게 머금은 채 입을 연다.

"우리가 무엇을 아는지 알고자 하셨으니, 내가 말하지요. 나는 호돈 아가씨를, 귀부인 따님을 키우는 걸 도왔습니다. 귀부인 언니 밑에서 일했는데, 그분은 귀부인이 자초한 불명예에 더없이 민감한 나머지, 태어나자마자 – 거의 죽을 뻔한 – 아기가 죽었다고 귀부인에게 말했습니다. 하지만 따님은 살아났고, 나는 그 따님이 누군지 압니다."

차드밴드 부인은 "귀부인"을 씁쓸하게 강조하면서 웃다, 두 팔을 팔짱 낀 채 무섭게 노려보니, 경관이 대답한다.

"그래서 부인 역시 20파운드 지폐나 그만한 선물을 받고 싶은가요?"

차드밴드 부인이 웃으면서 차라리 20페니를 "주겠다" 하라고 경멸스럽게 대답하고, 버킷은 손가락으로 스낙스비 부인을 불러내며 묻는다.

"그쪽, 법률 관련 문방구점 주인의 훌륭한 부인. 부인이 하고 싶은 말은 무어요?"

스낙스비 부인이 울면서 한탄하는 바람에 처음에는 무슨 말인지 알아들을 수 없다, 혼란스러운 가운데 조금씩 알아들으니, 그 내용은 이렇다. 자신은 부당한 대우 속에서 온갖 상처를 받으며 살아가는 여인이다. 스낙스비는 자신이 아무것도 모르도록 끊임없이 속이고 무시했다.

이처럼 고통스러운 가운데, 결혼 맹세를 저버린 남편이 자리에 없을 때, 돌아가신 토킹혼 변호사가 법률 전문 문방구점에 행여나 나타나면 자신을 불쌍히 여기면서 동정한 게 그나마 위로가 되어, 최근까지 자신은 그분께 모든 고통을 털어놓았다. 이 방에 참석한 사람만 빼면 모든 사람이 자신을 괴롭히려고 음모를 꾸미는 것 같다. '켄지와 카보이'에서 일하는 거피만 해도 처음에는 한낮에 떠오른 태양처럼 모든 걸 알려주다, 갑자기 한밤중 태양처럼 모든 걸 숨기니, 스낙스비가 사주한 게 분명하다. 한 동네에 살그머니 들어와서 살던 거피 친구 위블도 마찬가지다. 이미 죽은 크룩도 마찬가지고, 이미 죽은 니므롯도 마찬가지고, 이미 죽은 조도 마찬가지다. 모두 "한통속"이다. 이들이 무얼 꾸미는지 구체적으로 말할 순 없지만, 조는 스낙스비 아들인 게 "나팔로 불어댄 만큼" 분명하고, 그래서 자신은 스낙스비가 조를 마지막으로 찾아갈 때 몰래 쫓아갔는데, 조가 아들이 아니라면 스낙스비가 그곳에 왜 갔겠는가? 얼마 전부터 자신은 스낙스비를 몰래 쫓아다니면서 의심스러운 상황을 하나로 엮는 걸 업으로 삼는데, 지금 생각하면 모든 게 하나같이 의심스럽다. 자신은 나쁜 남편을 이런 식으로 밤낮없이 쫓아다니며 조사하고 까발리는 게 목적이다. 그러다 보니 자신 때문에 차드밴드 부부와 토킹혼 변호사가 만나게 됐으며, 거피가 변한 걸 토킹혼 변호사와 상의하고, 이 자리에 모인 사람들이 관심을 보이는 상황마다 거들었으니, 현재 자신은 스낙스비를 완전히 폭로해서 결혼 생활을 끝장내려고 애쓰는 중이다. 스낙스비 부인은 상처 입은 여인으로, 그리고 차드밴드 부인의 친구로, 그리고 차드밴드 목사의 추종자로, 그리고 돌아가신 토킹혼 변호사를 애도하는 자격으로, 지금까지 언급한 모든 내용이 확실한 사실임을 증명하려고 여기에 왔을 뿐, 금전상의 동기는 없으며, 앞에서 말한 것 말고는 다른 목적이 없으니, 자신은 남편을 끝없이 쫓아다닌 결과를 상처만 가득한 마음으로 지금 이렇게 털어놓은 것처럼 다른 모든 곳에서도 털어놓겠다.

서두를 길게 늘어놓는 동안 - 그래서 상당한 시간이 흐르는 동안 - 버킷은 스낙스비 부인의 질투심을 한눈에 꿰뚫어 보고서 집게손가락과 상의하더니, 차드밴드 부부와 스몰위드 노인에게 매서운 관심을 보인다. 레스터 데드록 경은 버킷을 세상에서 가장 믿음직한 인물로 여기며 한두 차례 쳐다볼 뿐, 얼음처럼 차가운 표정으로 앉아서 꼼짝을 않는다. 그런 가운데 마침내 버킷이 입을 연다.

"좋소. 이제 모두 이해했으니, 준남작 레스터 데드록 경을 대리하는 자격으로……"

레스터 경은 고개를 기계적으로 끄덕여서 다시 인정하고, 버킷은 계속 말한다.

"이 문제를 공정하고 세밀하게 검토하겠소. 돈을 부당하게 강탈하려고 꾸민 음모라고 말하지는 않겠소, 여기에 있는 모두는 속세를 살아가는 인간이며, 우리 목적은 상황을 상쾌하게 해결하는 것이기 때문이오. 하지만 내가 궁금하게 여긴 건 분명히 말하겠소. 여러분이 아까 아래층 현관 거실에서 소란을 피운 걸 생각하면 어이가 없으니 말이오. 그런 행위는 여러분의 이익을 갉아먹는 것이기 때문이오. 이게 내 판단이오."

"들어오려고 그런 겁니다."

스몰위드 노인이 변명하자, 버킷이 기분 좋게 반박한다.

"맙소사, 당연히 들어오려고 그런 것이겠지요. 하지만 노인장처럼 세상을 오래 산 신사는 - 노인장처럼 훌륭한 신사는! - 팔다리 대신에 머리로 기운이 모두 올라가서 지혜가 대단할 텐데도, 현재와 같은 일은 최대한 은밀하게 처리하지 않으면 땡전 반푼만 한 가치마저 사라질 수 있다는 사실을 생각하지 않았다는 게 나로선 정말 신기할 뿐이오!
노인장도 아시다시피, 성질이 급하면 지혜를 잃는 법인데, 노인장이
바로 그런 실수를 범했단 말이오."

버킷이 논쟁하는 어투로 친숙하게 말하자, 스몰위드 노인이 변명
한다.

"누구든 레스터 데드록 경한테 우리 말을 전하라고, 그러기 전까지
안 돌아가겠다고 한 것뿐이오."

"바로 그거요! 바로 그게 성질이 급했다는 거요. 그러니 나중에 다시
만날 때까지 기다리시오, 그러면 돈을 손에 쥘 테니. 이제 하인을 불러
서 밑으로 운반해도 되겠소?"

"그럼 언제 다시 만나면 되겠습니까?"

차드밴드 부인이 단호하게 묻자, 버킷이 정중하게 대답한다.

"훌륭한 여인이로군! 늘 흥겹고 늘 궁금하니 말이오! 내일이나 다음
날 내가 직접 찾아가는 기쁨을 누리겠소 - 스몰위드 노인이 제안한
250파운드를 안 잊은 채."

"500파운드!"

스몰위드 노인이 소리치자, 버킷이 대답한다.

"좋소! 명목상으로는 500파운드."

그리고는 종에 달린 밧줄을 한 손으로 잡으면서 은근한 어투로 묻
는다.

"오늘은 내가 이 집 주인을 대신해서 배웅해도 괜찮겠소?"

이걸 반대할 정도로 뻔뻔한 사람은 아무도 없고, 버킷이 그렇게 하
니, 일행은 올라온 순서대로 내려간다. 버킷은 대문까지 배웅하고 돌아
와서 심각한 표정으로 말한다.

"준남작 레스터 데드록 각하, 편지 다발을 살 건지 말 건지는 각하가

판단해야 합니다. 전반적으로 볼 때 저라면 사는 걸 추천하겠습니다. 꽤 저렴하게 살 수 있을 것 같으니까요. 각하도 보시다시피, 절인 오이 같은 스낙스비 부인은 온갖 억측을 해대는 사람들한테 이용당하며, 설사 고의는 아닐지언정, 자질구레한 것을 끌어모아서 엄청난 해를 입히고 있습니다. 돌아가신 토킹혼 변호사라면 미쳐 날뛰는 말을 한 손에 모조리 움켜잡고 바람직한 방향으로 몰아갔을 겁니다. 하지만 마부석에서 곤두박질치며 나가떨어지고 말았으니, 이제 저들은 각자 마음대로 날뛰면서 살길을 모색하겠지요. 하기야 그게 인생이기도 하고요. 고양이가 사라지면 쥐가 날뛰고, 얼음이 녹으면 물이 흐르듯이. 그럼 이제, 체포할 당사자에 대해서 말씀드리겠습니다."

레스터 경은 두 눈을 끊임없이 크게 뜨고 있는데도 이제 막 깨어난 사람처럼 열심히 쳐다보고, 버킷은 시계를 들여다본다. 그리고 시계를 주머니에 다시 차분하게 넣으면서 새로운 마음으로 말한다.

"체포할 당사자는 지금 이 집에 있으며, 저는 그 사람을 각하가 보는 앞에서 체포할 생각입니다. 준남작 레스터 데드록 각하께서는 아무 말씀 마시고 가만히 계십시오. 조금도 시끌벅적하지 않을 겁니다. 그리고, 각하만 괜찮다면, 초저녁에 돌아와서 가문 내부의 불행한 사태를 각하가 바라시는 대로 최대한 조용히 마무리하겠습니다. 그러니 준남작 레스터 데드록 각하께서는 지금 범인을 체포하는 것 때문에 긴장하지 마십시오. 처음부터 끝까지 제가 모든 걸 깨끗하게 정리할 테니까요."

버킷이 종을 울리더니, 문가로 가서 하인에게 간략하게 속삭인 다음, 방문을 닫고서 두 팔을 팔짱 낀 채 문 뒤에 조용히 선다. 그렇게 일이 분이 지나자, 문이 살그머니 열리면서 프랑스 여인이 들어온다. 마드무아젤 오르탕스다.

오르탕스가 안으로 들어오자마자 버킷은 방문을 쾅 닫고 방문에 등을 기댄다. 갑작스러운 소리에 오르탕스는 몸을 돌리려 하다, 의자에 앉은 레스터 데드록 경을 발견하고 황급히 중얼댄다.

"죄송합니다. 아무도 없다고 해서……"

오르탕스는 방문으로 돌아서다, 버킷과 정면으로 마주한다. 그와 동시에 오르탕스 얼굴에 경련이 일면서 하얗게 질린다. 그런 오르탕스를 버킷이 고개로 가리키며 말한다.

"이쪽은 우리 집에 사는 하숙인이랍니다, 레스터 데드록 각하. 젊은 외국인 여자가 몇 주 전부터 우리 집에 묵는답니다."

"레스터 경이 그런 것에 관심이나 있겠어요, 수호천사님?"

오르탕스가 우스꽝스러울 정도로 긴장하며 묻자, 버킷이 대답한다.

"두고 보면 알겠지요, 수호천사님."

오르탕스가 잔뜩 긴장한 얼굴을 찡그리며 바라보더니, 경멸하는 미소를 조금씩 떠올리며 나무란다.

"정말 이상하군요. 술에 취했나요?"

"말짱하답니다, 수호천사님."

"나는 선생 부인과 함께 너무나 역겨운 저택에 다시 왔어요. 그런데 선생 부인이 몇 분 전에 갑자기 사라졌어요. 아래층 사람들이 선생 부인은 여기에 있다더군요. 그래서 올라왔는데, 선생 부인은 없어요. 이렇게 멍청한 장난질을 치는 의도가 무언가요?"

마드무아젤이 물으며 두 팔을 차분하게 팔짱 끼지만, 짙은 뺨 안에서 무언가 규칙적으로 흔들린다.

버킷은 그런 프랑스 여인에게 집게손가락만 흔들고, 프랑스 여인은 머리를 흔들고 웃으며 소리친다.

"아, 선생은 졸렬한 멍청이예요! 아래층으로 내려가게 비키세요, 멍청한 양반."

마드무아젤이 발을 구르며 협박하자, 버킷이 차분하면서도 단호하게 말한다.

"자, 마드무아젤, 저리 가서 소파에 앉아요."

"나는 아무 데도 안 앉아요."

마드무아젤이 대답하며 고개를 마구 젓자, 버킷은 집게손가락만 흔들며 다시 말한다.

"자, 마드무아젤, 저리 가서 소파에 앉아요."

"왜요?"

"굳이 말할 필요는 없겠지만, 내가 당신을 살인죄로 체포할 예정이기 때문이오. 그래도 가능하면 외국 여성한테 최대한 정중하게 행동하려는 것이오. 하지만 불가능하다면, 나 역시 거칠게 변할 수밖에 없으며, 밖에는 나보다 거친 사람들이 있소. 내가 어떻게 할지는 당신에 달렸소. 그래서 지금 낭장은 저리 가서 소파에 앉으라고 친구로서 권하는 것이오."

마드무아젤은 짙은 뺨 안에서 무언가 열심히 흔들리는 사이에 잔뜩 억눌린 목소리로 "당신은 악마야"라면서 소파에 가서 앉고, 버킷은 만족스러운 표정으로 다시 말한다.

"자, 상식을 지닌 외국 여자답게 내가 바라는 대로 편히 앉았구려. 그렇다면 내가 충고 한마디 할 텐데, 너무 많이 말하지 말라는 것이오. 여기에서는 아무 말도 않는 게 좋소. 입안에 혀를 꼭 처박는 게 좋다는 뜻이오. 한마디로, 당신은 '팔레'[23]를 덜할수록 좋소."

버킷은 자신이 프랑스말로 설명한 것에 만족하고, 마드무아젤은 입을 호랑이처럼 사납게 벌리고 새까만 눈으로 불꽃을 내뿜으며 소파에

---

23) PARLAY; 프랑스말로 '말하다'는 뜻이다.

똑바로 딱딱하게 앉아, 두 손을 꼭 움켜쥔 채 - 어쩌면 두 발까지 꽉 오므린 채 - 중얼댄다.

"아, 버킷, 당신은 악마야!"

이 순간부터 버킷은 한 번도 안 쉬고 집게손가락을 흔들면서 말한다.

"자, 준남작 레스터 데드록 각하, 우리 집에서 하숙하는 젊은 여자는 제가 예전에 말씀드린 시기에 귀부인 하녀였는데, 귀부인한테 쫓겨난 뒤로 원한을 품은 나머지……"

"거짓말! 내가 스스로 관뒀어."

마드무아젤이 반박하고, 버킷은 애원하는 어투로 강하게 말한다.

"맙소사, 내가 한 충고를 받아들이지그래. 당신이 그리도 경솔하게 말하다니, 정말 놀랍구먼. 지금 당신이 하는 말은 당신한테 불리하게 사용될 수 있어. 명심하라고. 법정에서 증언하기 전에는 내가 하는 말에 신경 쓰지 마. 당신한테 하는 말이 아니니까."

"귀부인이 쫓아냈다니! 흥, 어여쁜 귀부인이…… 어이가 없군! 그렇게 불명예스러운 귀부인 곁에 남았다가는 나까지 망가졌을 거라고!"

마드무아젤이 화내며 소리치자, 버킷이 나무란다.

"어이가 없군. 프랑스인은 점잖은 줄 알았는데, 정말 그런 줄 알았는데. 준남작 레스터 데드록 각하 앞에서 여자가 그런 식으로 말할 줄이야!"

"준남작은 불쌍한 멍청이야! 이 저택에, 이 가문에, 무능한 작태에 침을 뱉겠어."

마드무아젤이 소리치더니, 실제로 양탄자에 침을 뱉으며 덧붙인다.

"아, 저런 자가 위대한 인물이라니! 그래, 탁월하지! 멍청한 쪽으로! 흥!"

"으음, 레스터 데드록 각하, 이렇게 분수를 모르는 외국인이 돌아가신 토킹혼 변호사한테 받을 빚이 있다는 확신을 품고 그 방에 들어가서 제가 말씀드린 범죄를 저질렀답니다. 실제로는 수고한 대가 이상을 넉넉하게 받았는데도요."

"거짓말! 나는 그 돈을 거부했어."

마드무아젤이 소리치자, 버킷이 다시 설명한 다음에 덧붙인다.

"그렇게 '팔레'할 거라면 결과도 감수해야 할 거야. 어쨌든, 레스터 데드록 각하, 저 여자가 그런 행위를 하고서 내 눈을 가리려는 의도로 우리 집 하숙인이 되었는지는 저도 모르겠습니다. 하지만 저 여자는, 우리 집에 머무는 동안, 돌아가신 토킹혼 변호사와 다툴 목적으로 그 주변을 맴돌았을 뿐 아니라, 불쌍한 문방구점 주인까지 괴롭히며 협박했습니다."

"거짓말! 모두 거짓말!"

"그러다 사람까지 죽였으니, 그 정황은 준남작 레스터 데드록 각하께서도 아십니다. 이제부터 일이 분 동안 집중해서 들어주시기 바랍니다. 저는 현장을 조사하러 나가고, 그 사건을 맡았습니다. 그래서 현장과 시신과 서류 등, 모든 걸 조사했습니다. 저는 (그 집에 있던 직원에게) 조지가 살인 사건이 일어난 날 밤 그 시각에 어슬렁댄 걸 보았으며, 예전에 고인과 심하게 다툰 건 물론 협박하는 소리까지 들었다는 증언을 듣고서 조지를 체포했습니다. 제가 처음부터 조지를 범인으로 믿었는지를 물으신다면, 레스터 데드록 각하, 솔직히 아니라고 말씀드리겠지만, 그렇다 해도 조지가 범인일 가능성은 없지 않았으며, 불리한 증언도 충분한 터라, 저는 조지를 체포해서 감옥에 가둘 수밖에 없었습니다. 그런데, 보십시오!"

버킷은 - 어울리지 않게 - 잔뜩 흥분해서 상체를 앞으로 숙인 채 집게손가락을 공중에 대고 흔들며 색다른 말을 시작하고, 마드무아젤 오르탕스는 까만 눈으로 뚫어지게 쳐다보며 짙은 얼굴을 찡그린 채 마른 입술을 꼭 깨문다.

"그날 밤에 집으로 가니, 준남작 레스터 데드록 각하, 저 여자가 버킷 부인과 저녁을 먹더군요. 저 여자는 우리 집에 하숙하겠다고 처음 제안할 때부터 버킷 부인한테 심할 정도로 친근하게 굴었지만, 그날 밤에는 훨씬 더했습니다, 아니, 도가 지나쳤습니다. 마찬가지로, 돌아가신 토킹혼 변호사를 애도하는 모습 역시 하나같이 도가 지나쳤습니다. 저는 식탁 맞은편에 앉아서 저 여자가 나이프를 손에 든 모습을 보는 순간, 갑자기 저 여자가 범인이라는 느낌을 받았습니다!"

"당신은 악마야."

마드무아젤이 입술과 이를 꽉 깨문 사이로 애매하게 중얼대고, 버킷은 계속 말한다.

"그렇다면 저 여자는 살인 사건이 일어난 밤에 어디에 있었을까요? 극장에 있었습니다. (제가 조사한 바에 따르면 사건 이전과 이후에 실제로 극장에 있었습니다.) 저는 범인이 매우 교활하다고, 증거를 찾는 게 쉽지 않겠다고 느꼈습니다. 그래서 함정을 팠습니다…… 예전에 없던 함정을, 누구도 생각 못 한 함정을. 저 여자와 저녁을 먹으며 대화하는 사이에 함정을 떠올렸습니다. 그리고 잠자리로 올라가는 순간, 우리 집은 아주 좁고 젊은 여자는 귀가 날카로운 터라, 버킷 부인 입에 천을 넣어서 내가 말하는 동안 가만히 듣게만 했습니다. 이봐, 아가씨, 그런 생각은 두 번 다시 말도록, 안 그러면 두 발을 꽁꽁 묶어버릴 테니까."

버킷이 갑자기 소리치며 달려들어 마드무아젤 어깨를 묵직한 손으로 움켜잡자, 마드무아젤이 반박한다.

"왜 이러는 거야?"

그러자 버킷이 집게손가락으로 경고하며 대답한다.

"창문 밖으로 뛰어내릴 생각은 두 번 다시 말도록. 그래서 이러는 거야. 자! 내 팔을 잡아. 일어날 필요 없어. 내가 옆에 앉을 테니. 내 팔을 잡아, 어서! 당신은 내가 유부남이란 것도 알고, 우리 마누라하고도 가깝잖아. 내 팔을 잡아."

마드무아젤이 마른 입술을 적시려고 하지만 소용이 없자, 꾹 참느라 고통스러운 소리를 뱉어내면서 팔을 잡는다.

"이제 다 됐습니다. 준남작 레스터 데드록 각하, 이번 사건은 버킷 부인이 아니면 해결할 수 없었습니다. 버킷 부인이 큰일을 했습니다! 군계일학입니다! 이 여자가 경계심을 풀도록, 저는 그때 이후로 우리 집에 한 번도 안 들어간 채, 빵집에서 구운 빵이나 우유에 쪽지를 넣어서 전달하는 식으로 소통했으니까요. 저는 버킷 부인 입에 천을 넣자마자 이렇게 속삭였습니다. '여보, 조지를 의심한다는 말을 자연스럽게 해서 저 여자가 경계심을 풀도록 할 수 있겠어? 저 여자를 밤이고 낮이고 끊임없이 감시할 수 있겠어? 저 여자가 하는 행동을 모두 파악하겠다고, 의심을 안 사면서 끊임없이 감시하겠다고, 죽기 전까지 당신한테서 벗어날 수 없다고, 당신이 그림자처럼 따라붙겠다고, 저 여자 생활이 당신 생활이며, 저 여자 영혼이 당신 영혼이라고, 저 여자가 살인을 저질렀다면 저 여자를 꼭 잡고 말겠다고 다짐할 수 있겠어?' 버킷 부인은 입안에 천이 있어서 제대로 말할 수 없는데도 '그러겠다!'고 다짐했답니다. 그리고는 지금까지 멋들어지게 해냈답니다!"

"거짓말! 모두 거짓말이야!"

"준남작 레스터 데드록 각하, 제 판단이 지금까지 어떤 결과로 나타났을까요? 저 여자가 그렇게 충동적이라면 새로운 측면에서 선을 또다시 넘을 거란 제 판단이 틀렸을까요, 맞았을까요? 저 여자가 무얼 어떻게 하려고 했을까요? 놀라지 마십시오! 살인죄를 귀부인께 덮어씌우려 했습니다."

레스터 경이 의자에서 벌떡 일어나다 비틀거리며 쓰러진다.

"저 여자는 내가 여기에서 지낸다는 말을 듣고 용기를 냈으니, 그건 제가 바라는 바였습니다. 자, 제가 실례를 무릅쓰고 던질 테니, 수첩을 열어, 저한테 보낸 편지마다 '데드록 귀부인'이란 두 단어가 있는 걸 보십시오, 레스터 데드록 각하. 각하께 왔지만, 제가 오늘 아침에 압수한 편지를 열어, 거기에 적힌 '살인자, 데드록 귀부인'이란 세 단어를 보십시오. 모든 편지가 한순간에 소낙비처럼 날아왔습니다. 저 여자가 그걸 쓰는 모습을 버킷 부인이 몰래 지켜보았다면 뭐라고 하시겠습니까? 편지에 사용한 잉크와 종이를 버킷 부인이 삼십 분 전에 가져왔다면 뭐라고 하시겠습니까? 저 여자가 편지를 우편으로 한 장씩 보내는 장면을 버킷 부인이 모두 지켜보았다면 뭐라고 하시겠습니까, 준남작 레스터 데드록 각하?"

버킷은 의기양양하게 물으며 자기 부인의 천재성에 감탄한다. 결론으로 치닫는 동안, 두 가지 특징이 눈에 띈다. 하나는 버킷이 마드무아젤을 막다른 골목으로 몰아간다는 사실이고, 다른 하나는 마드무아젤이 들이마시는 공기가 목구멍을 그물처럼 조여온다는 사실이다.

"사건이 일어난 밤에 귀부인께서 현장에 간 건, 그래서 여기에 있는 외국인 친구가 층계참 위에서 귀부인을 본 건 의심할 여지가 없습니다. 귀부인과 조지와 외국인 친구가 그 자리에 모두 있었던 겁니다. 하지만 그건 중요하지 않으니, 더 말하지 않겠습니다. 저는 토킹혼 변호사한테 총을 쏠 때 권총에 집어넣은 충전물을 찾아냈습니다. 체스니 대저택 그림을 새긴 천 조각이었습니다. 커다란 조각은 당연히 아닙니다, 준남작 레스터 데드록 각하. 하지만 여기에 있는 외국인 친구는 경계심을 완벽하게 해제한 덕분에 나머지 천 조각을 찢어서 버려도 된다 생각하고, 버킷 부인은 그걸 모아서 충전물로 사용한 천 조각이 빈다는 사실을 발견했으니, 모든 게 맞아떨어진 것입니다."

버킷이 말하자, 마드무아젤이 끼어든다.

"거짓말이 그럴싸하군. 소설을 쓰는 솜씨가 대단해. 아직 안 끝났나, 아니면 계속 떠벌릴 건가?"

하지만 버킷은 그냥 무시한 채, 기다란 호칭을 일부라도 생략하는 건 옳지 못하다는 듯 즐거운 마음으로 다시 말한다.

"준남작 레스터 데드록 각하, 제가 이번 사례에서 말씀드릴 마지막 핵심은 우리 업무에서 가장 중요한 건 인내심이라는, 급하게 서둘면 안 된다는 겁니다. 어제 버킷 부인이 일부러 저 여자랑 장례식을 구경할 때 저는 저 여자를 몰래 지켜보았습니다. 유죄 혐의를 잔뜩 모은 상태에서 저 여자 얼굴을 가만히 바라보는데, 귀부인에게 원한을 품었다는 사실에 갑자기 분노가 치밀다 못해, 하마디면 보복이라고 할 법한 짓을 저지를 뻔했으니, 행여나 제가 경험이 적은 수사관이었다면 그 자리에서 저 여자를 체포했을 겁니다. 마찬가지로, 간밤에, 모든 사람이 숭배하는 귀부인께서 집으로 오실 때 – 아, 바다에서 막 올라온 비너스 같은 모습으로 오실 때 – 그런 귀부인께 살인죄 누명을 씌운다는 사실이 역겹고 어이가 없어, 마침표를 찍고 싶은 마음이 굴뚝 같았습니다. 하지만 그러면 어떻게 됐을까요? 준남작 레스터 데드록 각하, 살인 무기를 못 찾는 겁니다. 그런데 범인은 장례 행렬이 출발한 뒤, 승합마차를 타고 야외로 나가 멋진 곳에서 차를 들자고 버킷 부인에게 제안했습니다. 멋진 찻집 옆에는 연못이 있었습니다. 차를 마실 때, 범인은 보닛 모자를 둔 침실에서 손수건을 가져오겠다며 일어나더니, 시간이 한참 지난 뒤에 돌아왔는데, 숨이 약간 가빴습니다. 두 사람이 집으로 돌아오자마자, 버킷 부인은 자신이 관찰한 내용과 의혹을 저에게 알렸습니다. 저는 부하직원 두 명을 데리고 가서 달빛을 받으며 연못을 샅샅이 수색한 결과, 여섯 시간 만에 권총을 찾아냈습니다. 자, 아가씨, 내 팔에 끼운 팔을 앞으로 살짝 내밀고 가만히 있어, 그래야 안 아프니!"

버킷이 수갑을 순식간에 채우며 덧붙인다.

"자, 한쪽은 됐고, 이제 다른 쪽, 아가씨. 그래, 됐어!"

버킷이 일어나자, 마드무아젤도 일어난다. 그리고 커다란 눈을 내리깐 채……그래도 노려보며 묻는다.

"저주받을 사악한 배신자 마누라는 어디에 있어?"

"먼저 출발했으니 경찰서에 가면 만날 거야, 아가씨."

"그 얼굴에 뽀뽀라도 하고 싶군!"

마드무아젤 오르탕스가 암사자처럼 헐떡이며 소리친다.

"깨물고 싶은 거겠지."

버킷이 대답하자, 오르탕스가 두 눈을 더 크게 뜨며 소리친다.

"그래! 사지를 갈기갈기 찢어발기고 싶어."

하지만 버킷은 태연하게 대답한다.

"맙소사, 그런 말이 나올 줄 알았어. 여자는 서로 친하게 지내다가도 틀어지면 불가사의한 적개심을 품거든. 나에 대한 적개심은 절반도 안 될 정도로, 그치?"

"맞아. 그래도 당신은 여전히 악마야."

"천사가 악마로, 그치? 하지만 나는 주어진 임무를 다하는 것뿐이란 사실을 알아야지. 숄을 단단히 감싸줄게. 예전에 귀부인 심부름꾼을 한 적이 있거든. 보닛 모자는 그 정도면 됐나? 대문 앞에서 마차가 기다려."

마드무아젤 오르탕스는 잔뜩 화난 눈으로 거울을 쳐다보며 몸을 한 차례 흔들어서 차림새를 깔끔하게 정돈하고, 놀라울 정도로 점잖게 바라보더니, 비꼬는 투로 고개를 몇 차례 끄덕인 다음에 말한다.

"잘 들어, 수호천사. 당신은 영적인 기운이 뛰어나. 그렇다 해서 토킹혼을 되살릴 수 있어?"

"그럴 순 없겠지."

"우습군. 하나만 더 들어. 당신은 영적인 기운이 뛰어나. 그렇다 해서 귀부인의 명예를 되돌릴 수 있어?"

"심술궂은 말은 그만해."

버킷이 나무라자, 마드무아젤이 레스터 경한테 말할 수 없는 모멸감을 드러내며 소리친다.

"아니면 오만방자한 레스터를? 응? 저놈 좀 보라고! 불쌍한 갓난아기를! 하! 하! 하!"

"그만해, '팔레'가 너무 심하군. 그만 나가자고!"

"당신도 못하지? 그렇다면 나를 미음대로 해도 좋아. 어차피 한 번 죽는 거니까. 그래, 가자고, 수호천사, 백발노인도 잘 있고. 나는 당신이 불쌍해, 당신을 경-멸하고!"

이 말과 함께 자물쇠라도 채운 것처럼 입을 꽉 다문다.

마드무아젤을 끌어낸 과정을 묘사하는 건 불가능하지만, 버킷은 제우스고 오르탕스는 그 연인이라도 되는 듯, 구름처럼 휘감고 맴돌고 감싸는 독특한 능력을 발휘해서 작업을 완수한다.

레스터 경은 혼자 남았는데도 여전히 듣고 여전히 관심을 기울이는 자세다. 그러다 텅 빈 실내를 둘러보아 아무도 없다는 사실을 확인하고는, 비틀거리며 일어나서 의자를 뒤로 밀고 탁자를 잡아, 서너 걸음 걷는다. 그러다 멈추더니, 훨씬 더 애매한 소리를 뱉어내고 두 눈을 들어 올리는 게, 무언가를 빤히 쳐다보는 것 같다.

레스터 경이 무얼 보는지는 아무도 모른다. 짙푸른 체스니 숲일 수도, 고귀한 대저택일 수도, 조상들 초상화일 수도, 조상의 명예를 갉아먹는 이방인일 수도, 더없이 소중하고 고귀한 가문을 추잡하게 다루는 경찰관일 수도, 자신을 가리키는 수많은 손가락일 수도, 자신을 비웃는 수많은 얼굴일 수도 있다. 하나같이 당혹스러운 환영이지만, 또 다른 환영도, 이런 순간조차 너무나 또렷하게 다가오는 환영도 있다. 레스터 경은 백발을 쥐어뜯다 멈추고 두 손을 앞으로 내민다.

자신과 관련된 여자, 자신이 위엄과 자부심을 오랫동안 가꿀 수 있던 근원, 자신이 끝까지 이타적으로 대한 여자. 자신이 사랑하고 숭배하고 명예롭게 여긴 여자, 그래서 온 세상이 존경한 여자. 거북한 형식과 관습이 에워싼 삶 한가운데서 자신이 다정하게 사랑하며 살아가도록 하고 자신이 느낀 모든 고통을 아무렇지 않게 넘기도록 버팀목처럼 잡아준 여자. 레스터 경은 자신을 까마득히 잊은 채 귀부인만 바라보는데, 그렇게 소중한 귀부인이 그렇게 우아하고 고귀한 자리에서 질질 끌려 내려오는 광경을 도저히 견딜 수 없다.

바닥에 쓰러지는 순간조차, 모든 고통을 잊은 채, 방해하는 소리가 수없이 일어나는 가운데, 레스터 경은 귀부인 이름을 또렷하게 뱉어낸다, 나무라는 소리가 아니라 동정하고 애도하는 소리로.

CHAPTER LV

탈출

경찰 수사관 버킷이 앞장에서 설명한 결정적인 일격을 아직은 날리기 전으로, 결전의 날을 준비하며 곤하게 잠잘 때, 말 한 쌍과 마차 한 대가 링컨셔를 빠져나와 깜깜한 밤을 뚫고서 꽁꽁 언 겨울 길을 따라 런던으로 달린다.

철로가 나라 곳곳을 가로지르고 열차가 엔진을 덜커덕대며 광활한 밤 풍경을 유성처럼 내달릴 예정이지만, 아직은 그 지역에 그런 시설이 없다. 그러나 예측을 못 할 정도는 아니다. 여기저기에서 다양하게 준비하고, 측량하고, 땅에 말뚝을 박으니 말이다. 다리도 세우기 시작했으나, 양쪽으로 떨어진 교각이 도로와 강물 너머로 상대를 황량하게 쳐다보는 게 벽돌과 회반죽이 힘을 합쳐서 그 결합을 방해하는 것처럼 보이고, 강둑을 여기저기에 세우면서 생긴 절벽마다 녹슨 마차와 손수레 대열이 기다랗게 이어지고, 언덕 꼭대기에 박은 높다란 장대 세 개는 터널을 뚫는다는 소문만 자아내니, 모든 게 혼란스러울 뿐 희망은 안 보이는 분위기다. 그래서 역마차는 꽁꽁 언 겨울 길을 따라 깜깜한 밤을 꿰뚫으며 열심히 달린다.

역마차 안에는 체스니 대저택에서 오랜 세월을 하녀장으로 보낸 라운스웰 부인이 있고, 옆에는 회색 망토와 우산을 지닌 매트 부인이 있다. 매트 부인은 예전에 험하게 여행할 때처럼 조수석에서 험한 날씨를 만끽하고 싶었으나, 라운스웰 부인이 편히 앉아서 가길 바라는 마음으로 만류한 것이다. 노부인은 매트 부인이 그저 고마울 뿐이다. 그래서 당당한 자세로 앉아, 살갗이 거친 손을 꼭 잡고 툭하면 입술에 갖다 대며 말하기 일쑤다.

"당신도 아이를 기르는 엄마라, 우리 조지한테 엄마를 찾아주었구려!"

"아, 조지는 저한테 속을 자주 털어놓았답니다, 아주머니. 그런데 하루는 우리 집에서 우리 울리치한테, 나중에 어른이 되었을 때 자신이 어머니 얼굴에 슬픈 주름살이 어리게 하지도 않고 어머니 머리칼 한 올이라도 하얗게 세게 하지 않았다고 생각할 수 있으면 가장 행복하다고 말할 때, 저는 그 모습을 보고서 조지한테 어머니를 떠올리게 한 무언가 색다른 사건이 있었다고 확신했답니다. 예전에도 어머니한테 몹쓸 짓을 했다는 말을 툭하면 했거든요."

매트 부인이 말하자, 라운스웰 부인이 눈물을 터트리며 대답한다.

"아니라오! 착하디착한 조지는 결코 그런 적이 없다오! 그 애는 어미를 언제나 좋아하고 사랑했다오! 담력이 있어서 밖으로 나돌다 군인이 된 거라오. 처음에는 장교로 승진한 다음에 우리한테 알리려고 했는데, 승진이 안 되자, 자신을 못난 인간으로 여기고 우리를 망신시키지 않으려고 그랬을 뿐이라오. 조지는 어릴 때부터 남한테 해가 되는 걸 싫어했다오!"

노부인은 두 손을 덜덜 떨면서 옛날을 회상한다, 조지가 얼마나 잘생긴 아이였는지, 얼마나 착한 아이였는지, 얼마나 명랑하고 싹싹하고 똑똑한 아이였는지, 체스니 사람들이 하나같이 얼마나 좋아했는지, 청년이 되었을 때 레스터 경이 얼마나 좋아했는지, 강아지들이 얼마나 따랐는지, 불쌍하게도 멀리 떠나는 순간에는 조지에게 화난 사람들조차 모두 용서하고 얼마나 행운을 빌었는지! 그런데 이렇게 만나러 가다니, 그것도 감옥으로! 노부인이 말하는 동안 널찍한 가슴받이가 들썩이다, 꼿꼿이 편 허리가 크나큰 슬픔에 눌려서 앞으로 굽는다.

매트 부인은 다정하고 따뜻한 성격답게 노부인이 한동안 슬퍼하도록 놔두다 - 그러면서 자신도 어머니 특유의 눈물을 훔치다 - 이내 흥겹게 말한다.

"그래서 (조지가 바깥에서 파이프를 태우는 척할 때) 제가 차를 마시라고 부르러 나가, '오늘 오후에 유난히 힘들어하는 이유가 뭐야, 조지? 그동안 온갖 모습을 보았는데, 해외든 국내든, 당신이 잘 나가는 모습도 보고 못 나가는 모습도 보았는데, 그렇게 슬퍼하고 아파하는 모습은 처음 봐'라고 물었어요. 그러자 조지가 대답했어요. '아, 매트 부인, 오늘 오후는 정말 슬프기도 하고 아프기도 하기 때문이야.' '무슨 일이 있었는데, 친구?' 제가 묻자, 조지는 고개를 저으면서 대답했어요. '아, 매트 부인, 오랜 세월 동안 저지른 잘못을 또 저질렀어, 이제 그대로 두는 게 최선인 잘못을. 내가 천국에 간다 해도, 홀어미한테 효도한 것 때문일 순 없어. 더 말하고 싶지 않아.' 그런데, 아주머니, 조지가 그대로 두는 게 최선인 잘못이라고 말할 때, 저는 예전에 자주 하던 생각을 떠올리고, 그날 오후에 그런 마음이 든 이유를 물었답니다. 그러자 조지는 변호사 사무실 앞에서 고상한 노부인을 우연히 보았는데 자기 어머니를 똑 닮았다더니, 노부인 얘기를 마냥 늘어놓다, 예전 모습을 그림까지 그려서 보여주었답니다, 오래전 모습을. 그래서 저는 아까 본 노부인이 누구냐 묻고, 조지는 링컨셔 체스니 대저택 데드록 가문에서 반세기 넘게 하녀장으로 일하는 라운스웰 부인이라고 대답하더군요. 예전에도 자신이 링컨셔 출신이라는 말을 자주 한 터라, 그날 밤에 저는 우리 남편한테 '유창목, 그분은 조지 어머니가 분명해!'라고 말했답니다."

지금까지 말한 내용은 매트 부인이 지난 4시간 동안에 최소한 스무 번째 하는 소리로, 새가 노래하듯 어조가 높아, 마차 바퀴가 아무리 덜커덩대도 노부인은 충분히 들을 수 있었다.

"고마워요, 하느님 은총이 가득하길. 고마워요, 훌륭한 여인!"

노부인이 사례하자, 매트 부인이 자연스럽게 말한다.

"맙소사! 저한테 고마워하지 마세요. 먼 길을 따라나선 자신한테 고마워하세요, 아주머니! 다시 말씀드리는데, 지금 중요한 건, 아주머니, 조지가 진짜 아들인지 확인하는 것, 그런 다음에 조지가 가능한 도움을 모두 받게 해서 아주머니나 저만큼이나 죄가 없다는 사실을 밝혀내는 것이에요! 진실과 정의만 가지고는 아무것도 안 되니까요. 법과 변호사가 필요하니까요."

매트 부인이 소리치는 게, 법과 변호사는 진실과 정의하고 아무런 상관이 없다고 확신하는 것 같다.

그러자 라운스웰 부인이 대답한다.

"조지는 세상에 존재하는 모든 도움을 다 받을 거예요. 고맙게도 지금까지 모은 돈을 다 써서라도 그렇게 하겠어요. 레스터 경도 최선을 다할 거고, 가문 전체가 최선을 다할 거예요. 내가…… 내가 아는 게 있으니, 탄원도 하겠어요, 아들을 오랫동안 못 만나다, 마침내 그 아들을 감옥에서 찾아낸 어머니 심정으로."

노부인은 극단적인 불안감을 보이면서 말을 더듬고 두 손을 쥐어짜는 모습이 강한 인상을 주긴 하지만, 아들이 그런 처지가 된 걸 슬퍼서 그러는 게 매트 부인은 조금도 이상하지 않다. 그렇긴 해도 "우리 마님, 우리 마님, 우리 마님!"이라고 중얼거리면서 괴로워한 이유만큼은 조금도 이해할 수 없다.

얼어붙은 밤은 서서히 물러나면서 동녘이 트고, 역마차는 새벽 안개를 뚫고 유령 마차처럼 나타난다. 사방에 가득한 나무와 산울타리도 유령처럼 괴기하나, 천천히 사라지면서 실제 형상에 자리를 내준다. 런던에 도착해서 마차를 내릴 때, 노부인은 너무나 고통스럽고 혼란스러운 반면에 매트 부인은 생기가 돌면서도 차분한 걸 보면, 아무런 장비가 없어도 희망봉이든, 남태평양 해군기지든, 홍콩이든, 어떤 해외기지든, 다음 기착지로 당장에라도 떠날 수 있을 것 같다.

하지만 기병이 갇힌 감옥으로 들어서는 순간, 노부인은 옅은 자주색 드레스를 단정하게 해서 평소처럼 차분하고 평온한 자세를 되찾는다. 겉모습은 놀라울 정도로 엄숙하고 정교해서 훌륭한 도자기처럼 보이나, 심장은 빠르게 뛰고 가슴받이는 고집쟁이 아들 때문에 오랫동안 그런 이상으로 펄럭인다.

감방으로 다가가니, 때마침 교도관이 문을 열고서 밖으로 나오는 중이다. 매트 부인은 아무 말 말라는 신호를 재빨리 보내고, 교도관은 고개를 끄덕인 다음, 두 여인이 들어가도록 기다리다 감방문을 닫는다.

탁자 앞에 앉아서 글을 쓰는 조지는 감방 안에 자신밖에 없다 여기고 고개조차 안 돌린 채, 하던 일에 열중한다. 노부인이 조지를 쳐다보고 덜덜 떠는 두 손을 확인하는 순간, 매트 부인은 어머니와 아들이 서로를 알아본다 해도 그보다 확실하지는 않을 거라고 확신한다.

노부인은 옷자락을 부스럭대지도, 꿈쩍하지도, 입을 열지도 않는다. 가만히 앉아서 글 쓰는 아들을 가만히 서서 바라본다. 덜덜 떨리는 두 손만 용솟음치는 감정을 드러낸다. 하지만 그 감정이 생생하다, 너

265

무나 생생하다. 고마움과 기쁨과 슬픔과 희망이, 용감한 사내가 청년이 된 뒤로 가슴에 품기만 하던 억누를 수 없던 모정이, 더없이 사랑스럽고 자랑스러운 아들한테, 훌륭한 아들한테 못 베푼 모정이 감동적으로 생생하게 웅변하는 모습에 매트 부인은 눈물이 고이다 햇볕에 탄 뺨을 타고 흘러내리며 반짝인다.

"조지 라운스웰! 아, 사랑하는 아들, 고개를 들고 어미를 바라보렴!"

기병이 깜짝 놀라며 일어나다 어머니를 꼭 껴안더니, 그대로 무너지면서 무릎을 꿇는다. 오랫동안 아파했기 때문인지, 갑자기 나타난 어머니 때문인지, 기병은 어린애가 기도할 때 그러는 것처럼 두 손을 모아서 어머니 가슴으로 올리더니, 허리를 숙이며 절하다, 울음을 터트린다.

"우리 조지, 사랑하는 아들! 내가 늘 좋아하고, 지금도 좋아하는 아들, 잔인한 세월 동안 도대체 어디에 있었니? 이제 다 자랐구나, 멋지고 훌륭한 어른이 됐어. 하느님 은혜로 살아만 있다면, 이렇게 훌륭하게 자랄 줄 알았어!"

노부인은 묻고 기병은 대답하나, 한동안 연결이 안 된다. 그러는 내내 매트 부인은 고개를 돌려, 하얗게 회칠한 벽에 한쪽 팔을 대고 정직한 이마를 기댄 채 쓸모 많은 회색 망토로 눈물을 훔치며 마음껏 감동한다.

이윽고 흥분이 가라앉자, 기병이 말한다.

"어머니, 무엇보다 먼저 저를 용서해주세요, 저한테 필요한 건 어머니 용서니까요."

용서! 노부인은 마음과 영혼을 다해서 아들을 용서한다. 아니, 예전에 용서했다. 어미는 오래전 작성한 유언장에 사랑하는 아들 조지를 넣기도 했다. 지금껏 아들 조지를 나쁘게 생각한 적이 없다. 어미는 이제 늙어서 오래 살 수 없으니, 이런 행운을 못 누리고 죽었더라면, 마지막 숨을 거둘 때 마지막 남은 정신으로 사랑하는 아들 조지를 축복했을 거다.

"어머니, 저는 어머니한테 불효만 저질렀으며, 그래서 그 벌을 받는답니다. 하지만 최근 몇 년 사이에는 마음이 끊임없이 흔들렸답니다. 집을 떠날 때만 해도 별다른 관심이 없었는데, 안타깝게도. 멀리 가서 군대에 들어가, 경솔하게도, 나는 아무한테도 관심이 없다고, 나는 아니라고, 다른 사람 역시 나한테 관심이 없다고 믿으려 애썼는데."

기병이 눈물을 훔치고 손수건을 내리는데, 흐느낌을 억누르며 다정하게 말하는 방식이 습관적으로 말하는 어조와 크게 다르다.

"그래서 잘 아시는 것처럼, 어머니, 다른 이름으로 입대해서 해외로 나갔다는 편지 한 줄만 집으로 보냈답니다. 해외에 머무는 동안에는, 내년에 상황이 좋아지면 집으로 편지를 보내자고 생각하다, 그해가 다 가면, 다음 해에 상황이 좋아지면 집으로 편지를 보내자 생각했는데, 그해 역시 다 가면서 그런 생각을 더는 안 한 것 같아요. 그렇게 한해한해를 보내다 십 년이란 세월이 지나고, 나이를 먹은 다음에는 집으로 편지를 왜 보내야 하느냐는 회의까지 일고요."

"당연히 그럴 수 있어, 아들…… 하지만 어미 걱정을 덜어줄 순 없었니, 조지? 사랑하는 어미한테, 이렇게 늙어가는 어미한테 편지 한 줄 보낼 수 없었니?"

이 말에 기병은 다시 무너질 뻔하지만, 크게 헛기침하면서 마음을 억지로 가라앉힌다.

"도저히 용서할 수 없는 짓이지만, 어머니, 저는 어머니가 제 소식을 안 듣는 편이 조금이나마 편하실 거로 생각했어요. 어머니는 존경과 존중을 받으시며 살아가고, 형님은, 가끔 북부지역 신문을 읽으면, 사업에 성공해서 번창했어요. 그런데 저는 기병으로 떠돌 뿐 정착도 못하고 형님처럼 자수성가도 못 한 채 스스로 망가졌잖아요. 어린 시절의 장점은 모두 내팽개치고, 조금이나마 배운 건 잊어버리고, 생각도 못할 만큼 나쁜 습관만 잔뜩 생겼잖아요. 그런 제가 어떻게 소식을 알리겠어요? 귀중한 세월을 허송한 제가 무슨 염치로 그러겠어요? 어머니는 가장 슬픈 시기를 넘기셨는데요. 어른이 된 다음에 비로소, 어머니가 저 때문에 얼마나 슬퍼하고, 얼마나 눈물을 흘리고, 얼마나 기도했는지 깨달았지만, 이제 어머니도 그 고통이 끝나고 부드럽게 가라앉아서 마음이 편안한데요."

노부인은 슬프게 머리를 저으며 큼지막한 아들 손을 잡아서 당신 어깨에 다정하게 내려놓고, 아들은 다시 말한다.

"아니에요, 제 말은 그런 뜻이 아닌데, 어머니, 그런 것처럼 말했네요. 소식을 알리는 게 무슨 소용이 있겠느냐고 제가 조금 전에 말했지요? 아아, 사랑하는 어머니, 그러면 저한테 좋은 일이 - 저 자신을 비열하게 여길 일이 - 있을 수도 있겠지요. 어머니가 저를 찾아낼 테니까요, 돈을 내고 군대에서 빼낼 테니까요, 체스니 대저택으로 데려갈 테니까요, 형님과 그 가족을 제 앞으로 데려올 테니까요, 모두가 이리 궁리하고 저리 궁리해서 제가 존경받는 시민으로 성장하도록 도울 테니까요. 하지만 제가 저 자신을 확신할 수 없는데, 어머니를 비롯한 가족이 어떻게 저를 확신할까요? 군대에서 규율에 얽매일 때 말고는 두통거리에 불신만 가득하고 게으르던 기병 꼴통을, 하나같이 골칫덩이에 믿을 건 없는 놈을 가족이 어떻게 견디어낼까요? 이런 제가 조카들 얼굴을 어떻게 마주하면서 모범을 보이는 척할 수 있을까요, 집에서 도망친 불효자가, 어머니 인생에 슬픔과 불행만 가득 지운 불효자가? 그래서 저는 '안 돼, 조지, 네가 쌓은 업보야. 그 업보를 짊어지고 살자!'

고 다짐했답니다, 어머니."

라운스웰 부인은 품위 있는 모습을 회복하고 자부심이 가득한 표정으로 매트 부인에게 머리를 절레절레 젓는 게 "내가 말했지요!"라고 말하는 것 같다. 매트 부인은 긴장한 마음을 풀고 기병 어깨 사이를 우산으로 콕 찔러서 열심히 듣는다는 신호를 보내더니, 그런 뒤로는 하얀 회벽과 회색 망토에 의지할 때마다 한 번을 안 빼먹고 콕콕 찔러서 감동한 마음을 드러낸다.

"어머니, 저는 제가 쌓은 업보를 짊어지고 살다 그 업보로 죽는 게 제일 좋은 방법이라고 생각했습니다. 그런데 (체스니 대저택으로 몰래 내려가서 어머니를 살펴본 게 여러 번이긴 하지만) 여기에 있는 오랜 동지 부인 덕분에, 나를 오랫동안 도와준 부인 덕분에 이렇게 뵙는군요. 정말 고마워, 매트 부인, 진심으로 고마워."

조지 말에 매트 부인이 우산으로 두 번 찌르는 거로 대답한다.

이제 노부인은 아들 조지를 마침내 되찾은 소중한 아들, 기쁨이자 자부심, 가장 소중한 아들, 인생의 즐거움 등, 떠올릴 모든 호칭으로 다정하게 부르더니, 돈이든 인맥이든 모두 동원해서 가장 훌륭한 도움을 받아야 한다고, 제일 훌륭한 변호사를 구해서 사건을 맡겨야 한다고, 변호사가 시키는 대로 해서 심각한 사태를 헤쳐나가야 한다고, 아무리 옳더라도 마음대로 행동하면 안 된다고, 아들이 풀려날 때까지 불쌍한 노모가 걱정할 것만 생각하겠다는 약속을 해야 한다고, 안 그러면 어미는 마음이 무너질 거라 주장하고, 기병은 그런 어머니 뺨에 뽀뽀해서 말을 막으며 대답한다.

"어머니, 그럴게요. 무어든 말씀만 하세요, 늦게나마 시키는 대로 할 테니까요. 매트 부인, 우리 어머니를 보살펴줄 거지?"

매트 부인이 우산으로 힘껏 찌른다.

"어머니를 잔다이스 선생님과 에스더 아가씨한테 소개하면 함께 좋은 방법을 찾아내실 거야. 그분들이 조언도 하고 도와도 주시고."

조지 말에, 노부인이 덧붙인다.

"그리고, 조지, 사람을 급히 보내서 네 형을 데려와야 해. 네 형은 견문도 넓고 상식도 훌륭하니 - 나는 잘 모르겠지만, 체스니는 물론 사방에서 사람들이 그렇게 말하니 - 많은 도움이 될 거야."

"어머니, 제가 부탁 하나만 하기에는 너무 이를까요?"

"당연히 아니지, 우리 아들."

"그럼 중요한 약속 한 가지만 해주세요. 형님한테 안 알리겠다고."

"무얼, 아들?"

"저를 만난 거요. 사실, 어머니, 제가 견딜 수 없어요. 제가 수용할 수 없어요. 형님은 저와 완전히 다른 사람이라는 걸 스스로 증명했어요. 제가 군대에서 허송세월하는 동안 스스로 일어나서 큰일을 해냈어요. 그런데 제가 이런 죄를 뒤집어쓴 채 이런 곳에 갇혔으니, 형님을 만날 면목이 없네요. 그런 형님이 이런 동생하고 만나는 걸 좋아하겠어요? 불가능해요. 그래요, 형님한테 제 소식을 알리지 마세요, 어머니. 아무런 자격도 없는 아들이지만, 부탁을 꼭 들어주세요. 형님한테만큼은 절대로 안 알리겠다고."

"하지만 영원히 그런 건 아니지, 사랑하는 조지?"

"네, 어머니, 영원히 그럴 순 없겠지요 - 두고 봐야 알겠지만 - 그러나 당장은 비밀로 하길 간청드려요. 불량한 동생이 나타났다는 소식을 형님한테 알려야 한다면……"

기병이 극히 의심스러운 표정으로 머리를 저으며 덧붙인다.

"직접 알리고, 형님이 받아들이는 모습을 보고서 전진할지 퇴각할지 판단하겠어요."

이 점에 관한 한 조지는 확고부동한 게 분명하고, 매트 부인 얼굴에서 그 사실을 확인하자, 어머니는 암묵적으로 동의하고 아들은 그런 어머니에게 고마워한다.

"다른 건, 사랑하는 어머니, 시키는 대로 충실히 따르겠어요, 그것 하나만 빼고. 변호사도 구하겠어요."

기병이 말하다, 탁자에서 쓰던 걸 힐끗 쳐다보며 이어간다.

"고인에 대해서 아는 내용을, 그리고 제가 불행한 사건에 끼어든 과정을 구체적으로 설명하는 글을 작성하는 중이었어요. 명령을 작성한 서류처럼 또렷하고 체계적으로요. 사실에 근거하지 않는 내용은 한 줄도 없어요. 언제든 변호하라고 할 때, 저걸 끝까지 또박또박 읽을 생각이었어요. 가능하면 그러고 싶은 생각이 여전해요. 하지만 이번 사건에서 제 마음대로 더는 안 하겠다고, 행동이든 말이든, 무엇 하나 안 그러겠다고 약속합니다."

골치 아픈 문제는 만족스럽게 풀리고 시간은 사라지니, 매트 부인이 그만 떠나자고 제안한다. 노부인은 아들 목덜미에 매달리다 또 매달리고, 기병은 그런 어머니를 널찍한 가슴에 안다 또 안는다.

"우리 어머니를 어디로 모셔, 매트 부인?"

기병이 묻자, 라운스웰 부인이 직접 대답한다.

"나는 런던 저택으로 간다. 처리할 일이 있거든."

"그럼 마차를 타고 그곳까지 어머니를 안전하게 모셔다드릴래, 매트 부인? 아아, 당연히 그럴 텐데, 내가 왜 물어본담!"

정말 그러니, 매트 부인은 우산으로 대답하고, 기병은 다시 말한다.

"우리 어머니를 모시고 가, 소중한 친구, 내가 감사하는 마음도 함께 가져가고. 퀘벡이랑 몰타한테 뽀뽀를, 대자한테 사랑을, 유창목한테 진심 어린 악수를, 그리고 이건 당신에게 직접, 이게 금화 1만 파운드라면 좋겠어!"

그러더니 햇볕에 탄 매트 부인 이마에 뽀뽀하고, 감방문은 기병만 남겨둔 채 닫힌다.

마차를 그대로 타고 집까지 가라고 착한 노부인이 아무리 간청해도 소용이 없다. 매트 부인은 데드록 저택 대문 앞에서 힘차게 뛰어내려 라운스웰 부인이 계단을 올라가도록 손을 잡아주고 악수한 다음, 터벅 터벅 걸어서 가족의 품으로 곧장 돌아가더니, 아무 일 없다는 듯 채소 씻는 일에 몰두한다.

우리 귀부인은 살해당한 피해자와 마지막으로 협의한 방에서 그날 밤 의자에 그대로 앉아, 피해자가 벽난로 불을 쬐며 자신을 느긋하게 관찰하던 지점을 바라보는데, 방문을 두드리는 소리가 인다. 누구지? 라운스웰 부인이다. 라운스웰 부인이 갑자기 런던까지 무슨 일로?

"일이 생겼습니다, 마님. 슬픈 일. 아, 마님, 한 말씀 드려도 되겠습니까?"

도대체 무슨 일이길래 평소에 차분하던 노부인이 저렇게 덜덜 떨지? 귀부인은 노부인이 자신보다 행복하다는 생각을 늘 했는데, 못 미더운 눈으로 쳐다보면서 저렇게 덜덜 떠는 이유가 무어지?

"무슨 일인가요? 자리에 앉아서 숨부터 돌리세요."

"아, 마님, 마님. 아들을 찾았답니다…… 오래전에 군대로 들어간다 며 떠난 둘째 아들을. 그런데 감옥에 있답니다."

"빚 때문에요?"

"아, 아닙니다, 마님. 빚이라면 제가 기꺼이 갚았을 겁니다."

"그럼 무슨 일로 감옥에 들어갔나요?"

"살인죄를 뒤집어썼답니다, 마님, 아무런 죄도…… 저만큼이나 죄도 없이. 토킹혼 변호사를 살해했다는 혐의로."

저렇게 쳐다보는 눈빛과 저렇게 애원하는 몸짓은 무얼까? 왜 이리도 가까이 다가올까? 손에 든 편지는 뭐지?

"데드록 마님, 소중한 마님, 착하신 마님, 다정하신 마님! 저를 가엾게 여기셔야 합니다, 저를 용서하셔야 합니다. 저는 마님이 태어나기 전부터 이 집안에서 일했습니다. 이 가문에 헌신했습니다. 하지만 사랑하는 아들이 억울하게 갇힌 걸 생각하십시오."

"내가 고발하지 않았어요."

"그렇지요, 마님, 아닙니다. 하지만 다른 사람들이 고발해서 감옥에 갇히고 위험에 처했답니다. 아, 데드록 마님, 우리 아들한테 혐의를 벗겨줄 말씀을 하실 게 있다면, 지금 말씀하세요!"

저건 또 무슨 소리지? 부당한 혐의를 – 정말 부당하다면 – 벗겨줄 힘이 나한테 있다고 생각하는 건가? 마님이 쳐다보는 잘생긴 눈에 놀라움이, 공포에 가까운 느낌이 어린다.

"마님, 저는 간밤에 체스니 대저택에서 늙은 몸을 이끌고 아들을 찾으러 올라왔습니다. 유령길 걸음 소리가 몇 년 사이에 그렇게 또렷하고 확실한 적은 없었습니다. 밤마다 어둠이 깔리면 마님 방에 메아리쳤지만, 간밤에는 더없이 끔찍하게 울렸습니다. 그리고 간밤에 어둠이 깔릴 때, 마님, 이 편지를 받았습니다."

"무슨 편진데요?"

귀부인이 묻자, 라운스웰 부인이 주변을 둘러보더니, 겁에 질린 목소리로 속삭인다.

"쉿! 쉿! 마님, 편지 내용은 누구한테도 말하지 않았고, 그 내용도 안 믿고, 사실일 수도 없다고, 절대로 사실이 아니라고 확신합니다. 하지만 둘째 아들이 위험하니, 마님께서는 저를 진심으로 불쌍히 여기셔야 합니다. 행여나 다른 사람이 모르는 내용을 아신다면, 조금이나마 의심스러운 게 있다면, 조금이나마 단서를 안다면, 그런데 가슴에 묻어 두어야 할 이유가 있다면, 아, 친애하는 마님, 저를 생각하시고, 그 이유를 뛰어넘어서 저한테 알려주십시오! 그게 제가 생각할 수 있는 최선입니다. 저는 마님이 가혹한 성격은 아니지만, 언제나 자기 방식대 로 살아가신다는 걸, 그래서 친구와 가까이 지내지 않으신다는 걸, 아 름답고 우아한 귀부인으로 마님을 숭배하는 모든 사람은 마님이 늘 초연하며 가까이 다가갈 수 없다고 생각한다는 걸 잘 압니다. 마님, 아시는 내용을 털어놓는 게 자존심이 상할 수도 있으나, 그렇다면, 이 집안에서 평생을 보낸 충실한 하인을 제발, 아, 제발 생각하시어, 사랑 하는 아들이, 너무나 불쌍한 아들이 혐의를 벗도록 도와주십시오! 마 님, 착하신 마님, 저는 미천하고 마님은 천부적으로 고귀하시니, 제가 아들한테 느끼는 감정을 모르실 수 있지만, 저는 가슴이 찢어질 것 같으니, 이토록 섬뜩한 시기에 틀린 걸 고치고 정의를 되돌릴 수 있다면 우리를 경멸하지 마시고 제발 그렇게 해날라고 산정하려고 여기까지 대담하게 찾아온 것입니다!"

늙은 하녀장은 진심으로 소박하게 간청하고, 데드록 귀부인은 아무 말 없이 하녀장을 일으키고는 그 손에서 편지를 받아든다.

"지금 읽어야 하나요?"

"괜찮으시다면 제가 떠난 다음에요, 마님, 그래서 제가 생각할 수 있는 최선을 떠올려주십시오."

"내가 무얼 할 수 있는지 모르겠군요. 아드님한테 영향을 미칠 만한 내용을 모르거든요. 내가 아드님을 고발한 것도 아니고."

"마님, 편지를 읽으시면 엉뚱한 혐의를 뒤집어쓴 제 아들이 훨씬 더 불쌍하게 보이실 거예요."

노부인은 데드록 귀부인 손에 편지를 남기고 떠난다. 실제로 귀부인은 가혹한 성격이 아니며, 예전 같으면 존경스러운 하녀장이 저리도 강력하고 솔직하게 간청하는 모습을 보고 크게 동정했을 게 분명하다. 하지만 감정을 억제하고 본성을 억누르는 게 오래 묵은 습관인 터라, 자연스러운 마음속 감정을 송진 호박 속 파리처럼 가둔 채, 선과 악, 정과 무정, 분별과 무분별을 황량하게 다루며 천편일률적으로 재단하는 파괴적인 학교 교육을 오랫동안 받은 터라, 경이로운 느낌을 여전히 억누를 뿐이다.

귀부인은 편지를 펼친다. 가슴에 총을 맞아서 얼굴을 바닥에 대고 쓰러진 시신이 발견되었다는 기사가 나오고, 그 밑에는 "살인자"란 글자와 함께 귀부인 이름이 있다.

편지가 귀부인 손에서 떨어진다. 편지가 바닥에 얼마나 오래 쓰러져 있었는지 귀부인도 모를 때 하인이 나타나서 거피라는 젊은이가 찾아왔다고 알린다. 그 말을 여러 번 되풀이했는지, 귀부인이 미처 깨닫기도 전에 그 말이 머리에 울린다.

"들여보내도록!"

거피가 들어온다. 귀부인은 바닥에서 편지를 주워들고 정신을 차리려 애쓴다. 하지만 거피 눈에는 여전히 자신만만하고 자부심 강하고 냉랭한 귀부인이다!

"두 번 다시 안 보겠다던 사람이 또 찾아오면 마님께서 안 만나주실 줄 알았습니다."

불평하려는 의도가 아니다. 자신이 찾아올 수밖에 없었던 이유를 설명하려는 것뿐이다.

"하지만 찾아온 이유를 말씀드린다면, 제가 잘못한 게 아님을 마님께서 이해하실 겁니다."

"말해보세요."

귀부인이 말하자, 거피가 의자 모서리에 앉아서 모자를 발 옆 양탄자에 내려놓는다.

"고맙습니다, 마님. 먼저 에스더 아가씨가, 예전에 말씀드린 것처럼, 한때는 그 모습을 가슴에 품었지만 제가 어쩔 수 없는 사정 때문에 지워낸 아가씨가 저에게, 지난번에 마님을 뵙는 기쁨을 누린 직후에, 자신과 관련된 조사를 그만하기를 바란다고 말씀하셨다는 이야기부터 알려드려야 할 것 같습니다. 에스더 아가씨 말씀은 (어쩔 수 없는 사정과 관련된 부분만 빼면) 저한테 법과 같은 터라, 당연히 저는 마님을 다시 만나는 고귀한 명예를 기대하지 않았습니다."

그런데도 다시 찾아온 사실을 데드록 귀부인이 울적하게 지적하자, 거피도 인정한다.

"그런데도 찾아온 이유는, 비밀보장을 전제로, 마님께 드릴 말씀이 있기 때문입니다."

귀부인은 최대한 단순명쾌히게 말하라 요구하고, 거피는 상처받는 표정으로 대답한다.

"하지만 여기까지 온 건 제 문제 때문이 아님을 마님께서 아셔야 합니다. 저는 굳이 여기까지 와야 할 정도로 제 문제에 관심이 없습니다. 에스더 아가씨한테 약속한 것만, 제가 그걸 지키려고 애쓰는 것만 아니라면…… 사실, 저는 이 저택 문턱을 두 번 다시 넘고 싶은 생각이 없었습니다."

거피가 두 손으로 머리칼을 뾰족하게 세우며 계속 말한다.

"지난번에 찾아뵈었을 때 우리 분야에서 매우 유명하며 그 죽음을 우리 모두 애도하는 분과 맞닥뜨린 적이 있다는 말씀을 드리면 마님께서도 기억하실 겁니다. 그때부터 그분이 교활하다고 할 수밖에 없는 방식으로 방해하는 바람에, 저로서는 부지불식간에 에스더 아가씨 부탁과 정반대로 나가는 일이 없도록 하는 게, 중요한 순간마다, 너무나 어려웠답니다. 하지만, 자화자찬하자는 건 아닌데, 저 역시 우리 분야에서 나쁜 편은 아니라고 말할 수 있지요."

데드록 귀부인은 근엄하게 묻는 표정으로 쳐다보고, 거피는 그 즉시 귀부인 얼굴에서 시선을 돌려, 다른 곳을 쳐다보며 이어나간다.

"그래서 우리 모두 애도하는 죽음이 발생할 때까지, 저는 그분이 다른 사람들과 힘을 합쳐서 꾸미는 일을 파악하는 게 너무나 힘들어 – 마님께서는 상류사회에서 활약하시니 머리가 돌아버릴 정도로 힘들다고 표현하실 수도 있겠는데 – 한 마디로 바닥을 박박 기었답니다. 게다가 스몰은 – 마님께서 모르는 이름인데 – 이중인격자로, 속을 안 드러내는 꼬마라 속내를 들여다보는 게 여간 힘들지 않았답니다. 그래도 저는 변변찮은 능력을 쥐어짜고, 양쪽 모두와 친구인 토니 위블에게 (귀족 지향성이 강하며, 마님 초상화를 벽에 늘 걸어놓는 친구로) 도움을 받은 결과, 마님을 만나서 조심하도록 경고할 이유가 몇 가지 생겼습니다. 무엇보다 먼저, 혹시 오늘 아침에 낯선 사람들이 찾아오지 않았나요? 상류사회 인사가 아니라, 가령, 예전에 바바리 아씨 밑에서 하녀로 일하던 여자라든가, 다리를 못 써서 의자에 실린 채 계단을 오르내리는 노인 같은 사람요?"

"아니오!"

"그렇다면 그런 사람이 여기에 와서 안으로 들어갔다는 사실을 마님께 알려드려야 하겠군요. 제가 대문 앞에 그 사람들이 있는 걸 보고, 그들과 마주치지 않도록 광장 모서리에서 30분이나 기다리다 나오는 모습까지 확인했으니까요."

"그게 나랑 무슨 상관이고, 당신하고는 무슨 상관인가요? 무슨 말인지 모르겠군요. 하고자 하는 말이 뭔가요?"

"마님, 제가 찾아온 이유는 조심하시도록 경고하려는 겁니다. 굳이 이럴 필요는 없을 수도 있겠지요. 좋습니다. 그렇다면 에스더 아가씨한 테 한 약속을 지키려고 최선을 다하는 것이라고 하지요. (스몰이 우연히 흘린 말에, 그리고 우리가 유도신문해서 파악한 내용에 근거할 때) 제가 마님께 가져오려고 했던 편지 다발은 실제로 불타지 않은 것 같습니다. 따라서 중요한 내용이 담겼다면 그대로 드러날 가능성이, 방금 언급한 사람들이 그걸로 돈을 받아내려고 오늘 아침에 찾아왔을 가능성이, 돈을 받았거나 앞으로 받을 가능성이 큽니다."

거피가 모자를 집고서 일어난다.

"알려드린 상황이 중요한지 아닌지는 마님께서 제일 잘 아십니다. 중요하든 아니든, 저는 이번 일을 그냥 놔두라는, 그래서 더는 조사하지 말라는 에스더 아가씨 소망에 합당하게 행동하려고 최선을 다했으니, 그걸로 충분합니다. 굳이 그럴 필요가 없는데도 마님께 조심하도록 경고하는 무례를 저지른 거라면, 마님께서는 제 억측을 무사히 넘기시고 저는 마님의 비난을 감수해야겠지요. 이제 저는 마님께 작별을 고하니, 두 번 다시 찾아뵙는 일은 없을 겁니다."

귀부인은 작별인사를 가볍게 받아넘기지만, 거피가 나가고 시간이 조금 지나자, 종을 울린다.

"레스터 경은 어디에 계시지?"

나리께서는 서재에서 문을 닫은 채 혼자 계신다고 하인이 보고한다.

"오늘 아침에 손님이 레스터 경을 찾아왔나?"

업무로 몇 명이 찾아왔다면서, 거피가 말한 특징을 그대로 묘사한다. 됐다, 그만 나가도록.

그렇다! 이제 모든 게 무너졌다. 귀부인 이름은 이제 수많은 입에 오르내릴 것이고, 남편은 자신이 잘못한 걸 깨달을 것이고, 그 불명예는 사방에 떠돌 것인데 - 지금 이 순간에도 널리 퍼져나갈 수 있는데 - 귀부인은 오랫동안 예견하고 남편은 조금도 모르던 번갯불이 내려치는데, 원수를 죽였다는 누명까지 쓰고 만 것이다.

토킹혼은 살아서도 원수였으며, 귀부인은 그자가 죽기를 진짜 바라고 또 바라고 또 바랐다. 그런데 토킹혼은 지금도 원수다, 무덤에 들어가서도. 살인이라는 끔찍한 죄목이 생명을 잃은 그 손에서 귀부인에게 새로운 고통으로 다가온 것이다. 제일 좋아하는 하녀가 추문에 안 휩쓸리도록 곧바로 내보내야 한다고 강하게 주장한 걸 떠올리고, 그날 밤에 토킹혼 방문으로 은밀하게 다가간 걸 떠올리니, 귀부인은 교수대 밧줄이 목에 닿기라도 한 것처럼 몸서리가 인다.

귀부인은 바닥에 몸을 던져서 머리칼을 사방에 흩뜨린 채 얼굴을 소파 방석에 묻는다. 그러더니 벌떡 일어나서 이리저리 초조하게 거닐다 다시 바닥에 쓰러져서 온몸을 흔들며 한탄한다. 온몸으로 몰려드는 공포가 섬뜩하다. 진짜 살인범이라 해도 그렇게 섬뜩할 순 없을 것 같다.

사람을 죽일 생각이었다면, 실제로 죽이기 전에 아무리 조심하더라도, 증오하는 대상이 거대하게 확대되면서 두 눈으로 밀려들어, 그 뒤에 나타날 결과를 못 볼 텐데, 그리고 실제로 사람을 죽이면 늘 그런 것처럼, 상대가 바닥에 쓰러지는 순간, 그 결과가 상상도 못 할 홍수처럼 몰려들 텐데, 토킹혼이 감시의 눈초리를 번뜩일 때마다 "심장 발작이라도 일어나서 죽어버리면 좋겠다!"는 생각을 자주 했어도, 그건 자신을 파멸시킬 비밀이 바람에 흩날리길 바란 것일 뿐, 사방으로 날아가서 씨앗이 되길 바란 건 결코 아니었음을 귀부인은 이제 비로소 깨닫는다. 물론 늙은이가 죽었다는 소식을 듣고서 다행스럽게 여긴 건 사실이다. 하지만 그 죽음은 섬뜩한 아치에서 제일 중요한 돌을 빼낸 것에 불과할 뿐이니, 이제 수천 조각으로 무너져서 하나하나가 치명적으로 난도질해대지 않겠는가!

상대는 살아서도 죽어서도 ─ 또렷이 기억나는 대로 냉정하면서도 침착하게, 혹은 관에 누워서 더는 냉정하지도 침착하지도 않게 ─ 끔찍하게 스며들며 짓누르니, 죽음 말고는 도망칠 데가 없다. 다른 방법이 없다. 불명예와 공포와 후회와 고뇌가 마냥 솟구치며 귀부인을 압도하니, 다시 일어설 기운마저 강력한 바람에 휩쓸린 잎사귀처럼 뒤집혀서 날아간다.

귀부인은 남편에게 전하는 글을 급히 써서 봉인하고 탁자에 올려놓는다.

행여나 제가 토킹혼을 죽인 살인범이라는 주장이 나오더라도 저는 완전히 결백하다는 걸 믿어주세요. 하지만 다른 미덕은 믿지 마세요, 지금까지 나왔거나 앞으로 나올 비난에서 저는 결백하지 않으니까요. 살인 사건이 일어난 밤에 토킹혼은 제가 저지른 잘못을 당신에게 털어놓겠다고 통보했습니다. 토킹혼이 떠난 뒤, 제가 자주 거닐던 정원을 산책하는 척하면서 밖으로 나가 그 뒤를 쫓은 건 맞지만, 그건 폭로를 미루는 식으로 더는 끔찍하게 고문하지 말라고 ─ 언제 그럴지 모르는 공포에 너무 시달렸다고, 더는 못 견디겠다고 ─ 마지막으로 부탁하려는 의도에 불과했습니다.

토킹혼네 집은 깜깜하고 조용했습니다. 방문 앞에서 초인종을 두 번이나 눌렀지만, 아무런 대답이 없고, 그래서 저는 집으로 돌아왔습니다.

이제 저한테 집은 없습니다. 이제 당신을 귀찮게 하는 일도 없을 겁니다. 이 글을 보고 불끈 화낸 다음, 저라는 여자를 잊으세요.

당신이 그토록 고결하게 헌신할 가치가 없는 여자…… 당신 곁에서 떠나는 불명예를 지금 황급히 도망치는 뿌리 깊은 불명예보다 커다랗게 느끼는 여자…… 그래서 글로 작별하는 여자를.

귀부인은 옷을 급히 입고 망사를 쓴 뒤, 보석과 돈은 모두 남겨둔 채, 귀를 가만히 기울이다, 현관 복도가 텅 빈 순간에 아래층으로 내려가서 커다란 대문을 열었다 닫고는, 매서운 겨울바람에 흔들리며 사라진다.

CHAPTER LVI

수색

　명문가에 걸맞게 런던의 데드록 저택은 웅장하긴 해도, 황량한 거리에서 다른 저택을 차분하게 쳐다만 볼 뿐, 내부에서 일어나는 문제를 겉으로 조금도 안 드러낸다. 수많은 마차가 덜거덕대고 수많은 대문이 쿵쾅대고 세상이 서로를 불러대고, 늙은 여인은 주름진 목과 분홍색 뺨이 대낮에 분홍색 시신처럼 보이는데도, '죽음과 숙녀'[24]가 하나로 녹아든 황홀한 모습으로 남성의 눈길을 사로잡는다. 꽁꽁 언 마구간에서는 멋진 마차가 흔들거리며 나오고, 담황색 가발을 눌러쓴 다리 짧은 마부는 솜털 담요로 온몸을 덮고, 뒤에 악착스럽게 올라탄 하인은 삼각모를 삐딱하게 눌러쓰고 굵은 막대기[25]를 움켜쥔 모습이 천사처럼 보인다.

---

24) 18세기 독일 시인 G.A. 뷔르거가 쓴 민요 시집 '레노레'에 나오는 유명한 시로, 영어로 널리 번역되었다. 시집에서 설정한 내용은 젊은 여인이 죽음에 사로잡힌다는 비극적인 내용이나, 디킨스가 여기에서 의미한 건, 르네상스 이후에 유행한, 늙은 여자가 젊은 여자처럼 진하게 화장해서 '죽음'의 눈을 피하는 내용에 훨씬 가깝다.
25) 처음에는 마차 방어용으로 사용했으나, 나중에는 장식용으로 변했다.

데드록 런던 저택은 겉으로 변한 게 없지만, 안에서는 따분한 시간이 계속된다. 볼룸니나는 너무나 따분한 분위기를 도저히 견딜 수 없어, 뭔가 색다른 변화를 찾아서 서재로 가는 모험을 감행한다. 서재 문을 부드럽게 두드리지만 아무런 반응이 없어, 문을 열고 들여다보다, 아무도 없는 걸 확인하고 안으로 들어선다.

풀이 자라는 고대도시 배스에서도 쾌활한 데드록 후손은 호기심이 대단해서 황금 안경을 한쪽 눈에 댄 채 편한 자리든 불편한 자리든 살금살금 돌아다니다 눈에 띄는 물건이라면 가리지 않고 살피는 사람으로 유명하다. 지금도 마찬가지니, 볼룸니나는 친척의 편지와 서류를 새처럼 가볍게 돌아다닐 기회를 만끽하며 머리를 한쪽으로 기울인 채 이 서류를 살짝 들여다보고 저 서류를 살짝 들여다보고, 황금 안경을 한쪽 눈에 댄 채 이 탁자에서 저 탁자로 폴짝폴짝 뛰어다니며 호기심을 채운다. 신나게 돌아다니다 무언가 발에 걸리자, 볼룸니나는 그쪽으로 안경을 돌려, 바닥에 나무처럼 쓰러진 친척을 발견한다.

볼룸니나 특유의 가느다란 비명은 놀라운 상황에 엄청 커다랗게 솟구치고, 저택은 곧바로 혼란에 휩싸인다. 하인은 계단을 급하게 오르내리고, 종소리는 울려대고, 의사를 부르러 달려가고, 데드록 귀부인을 사방으로 찾아다니는데, 어디에도 없다. 귀부인이 종을 마지막으로 울린 뒤로 그 모습을 보거나 그 소리를 들은 하인 역시 아무도 없다. 탁자에서 편지를 찾아내긴 했으나, 저승에서 보낸 편지부터 봐야 하는 건 아닌가 의심스러울 정도로, 레스터 경에게는 산 자가 한 말이든 죽은 자가 한 말이든 차이가 없다.

사람들은 레스터 경을 침대에 누인 채 굳은 몸뚱이를 비비고 문지르고 머리에 부채질하고 얼음을 올리는 등, 모든 노력을 다한다. 하지만 태양은 끊임없이 밀려나니, 호흡이 안정되고 굳은 눈이 풀리면서 지나가는 촛불을 가끔 알아보는 느낌이 드는 건 밤이 깃든 다음이다. 하지만 한 번 나타난 변화는 계속되니, 고개도 끄덕이고 눈알도 움직이는 건 물론, 무슨 소린지 알아듣는다는 표시까지 손으로 한다.

레스터 경은 아침에 쓰러질 때만 해도 잘생기고 건장하며, 나이가 많긴 해도 꽤 건강한 모습이고 얼굴도 살이 탱탱했으나, 지금 침대에 누운 모습은 볼이 움푹 들어간 영락없는 늙은이로, 노쇠한 분위기가 또렷하다. 목소리는 풍성하며 감미롭고, 무슨 말을 하든 중요한 느낌에 무게감까지 깃들어, 레스터 경이 하는 말이라면 뭔가 중요한 의미가 있을 거라는 인상이 강했으나, 지금은 가느다랗게 속삭이는 게 전부로, 그마저도 무슨 소린지 알아듣기 힘들다.

침대 곁에는 레스터 경이 제일 좋아하고 신뢰하는 하녀장이 있다. 레스터 경이 처음 알아본 사람이며, 그래서 기뻐하는 모습을 또렷이 드러낸 대상이다. 레스터 경은 뭔가 말하려 애쓰다 소용이 없자, 쓸 것을 가져오라는 동작을 보인다. 하지만 너무나 애매한 나머지, 사람들이 파악할 수 없는데, 그 의미를 알아채고 석판을 가져온 사람 역시 하녀장이다.

레스터 경은 한동안 가만히 있다, 손을 천천히 힘겹게 움직인다.

"체스니 저택?"

하녀장은 아니라고, 여기는 런던이라고, 오늘 아침에 서재에서 쓰러지셨다고, 마침 런던에 올라올 일이 있었는데, 나리를 간호할 수 있어서 다행이라고 대답한다. 그러더니 곱게 늙은 얼굴로 눈물을 흘리며 덧붙인다.

"병이 심각한 건 아닙니다, 나리. 하룻밤 편히 주무시면 좋아질 겁니다, 나리. 의사 선생님들 모두 그렇게 말했답니다."

레스터 경은 실내를 둘러보고 의사들이 서 있는 침대 주변을 특히 자세히 살피면서 글을 쓴다.

"마님은?"

"외출하셨습니다, 나리께서 쓰러지기 전에, 아직 나리가 아픈 걸 모르십니다."

레스터 경이 잔뜩 흥분한 표정으로 글자를 다시 가리킨다. 사람들이 진정시키려 애쓰지만, 레스터 경은 한층 더 흥분한 표정으로 다시 가리킨다. 사람들은 뭐라고 대답할지 몰라서 서로만 멀뚱멀뚱 쳐다보고, 레스터 경은 석판에 다시 쓴다. "마님은. 제기랄, 어디에?" 그리고 애원하듯 끙끙 소리를 뱉는다.

데드록 귀부인이 남긴 편지는 내용을 누구도 볼 수 없고 추측도 할 수 없으니, 하녀장이 레스터 경에게 건네는 게 좋겠다는 의견이 돈다. 하녀장은 편지 봉투를 뜯어서 레스터 경이 직접 읽도록 건넨다. 레스터 경은 그걸 두 번이나 힘겹게 읽고는 아무도 못 보도록 뒤집은 다음, 끙끙 소리를 뱉어낸다. 그러다 다시 혼절하더니 한 시간 뒤에 눈을 뜨고 믿음직한 하녀장 팔에 기댄다. 의사들은 하녀장이 곁에 있는 게 가장 좋다는 걸 알기에, 특별히 관여할 필요가 없는 한, 옆에 멀뚱멀뚱 서서 기다릴 뿐이다.

석판을 다시 받지만, 레스터 경은 쓰고 싶은 단어가 떠오르질 않는다. 그걸 떠올리려 애쓰는 모습이 보기에도 애처롭다. 무언가 지시하려는, 누군가 부르려는 의지는 너무나 강한데, 그걸 표현할 수 없어서 금방이라도 머리가 돌아버릴 것 같은 표정이다. 그러다 'B'를 쓰고 멈춘다. 그리고 비참한 표정이 최고조로 치솟다, 갑자기 그 앞에 'Mr.'를 붙인다. 하녀장은 버킷을 말하는 거냐고 묻는다. 다행이다! 그 말이다.

버킷 선생은 아래층에 있습니다. 올라오라고 할까요?

레스터 경이 버킷을 만나길 바라는 마음도, 하녀장만 남고 나가길 바라는 마음도 또렷하니, 모두 그 뜻에 따르고, 버킷이 들어온다. 레스터 경은 모든 지위를 내려놓은 채, 지상에 널린 수많은 사람 가운데 딱 한 명, 버킷만 믿고 의지하는 것 같다.

"준남작 레스터 데드록 각하, 누워계신 모습을 보니 마음이 아픕니다. 어서 쾌차하시길 바랍니다. 금방 쾌차하실 게 분명합니다, 가문의 명예를 위해서."

레스터 경은 부인이 쓴 편지를 넘기고, 버킷이 읽는 동안, 상대 얼굴을 열심히 쳐다본다. 버킷은 편지를 읽다, 이제 알겠다는 눈빛으로 손가락 하나를 구부려서 'O'를 만들어 '준남작 레스터 데드록 각하, 무슨 뜻인지 알겠습니다'라고 신호하며 편지를 마저 읽는다.

레스터 경이 석판에 "모든 걸 용서. 찾아……"라 쓰는데, 버킷이 그 손을 잡는다.

"준남작 레스터 데드록 각하, 제가 마님을 찾겠습니다. 하지만 어서 빨리 수색해야 합니다. 일 분 일 초도 낭비할 수 없습니다."

버킷은 레스터 경이 탁자에 있는 조그만 상자를 바라보는 순간에 재빨리 묻는다.

"저걸 가져오라는 겁니까, 준남작 레스터 데드록 각하? 알겠습니다. 여기에 있는 열쇠꾸러미로 상자를 열라는 겁니까? 알겠습니다. 제일 조그만 열쇠요? 알겠습니다. 지폐를 꺼냅니까? 알겠습니다. 지폐를 셉니까? 당장 세겠습니다. 20에 30을 더하면 50, 거기에 20을 더하면, 70, 거기에 50을 더하면 120, 거기에 40을 더하면 160. 이걸 경비로 쓰라고요? 알겠습니다, 나중에 명세서를 드리겠습니다. 돈을 아끼지 말라고요? 네, 아끼지 않겠습니다."

상대의 머릿속 생각을 재빨리 정확하게 해석하는 능력이 기적처럼 보이니, 불빛을 들고 있던 라운스웰 부인은 버킷이 바삐 움직이는 눈동자와 두 손에 현기증까지 일다, 밖으로 나가려고 채비하는 버킷을 돕는다.

"노부인이 조지 어머니로군요, 그죠? 만나 뵈니 알겠습니다."

버킷이 옆으로 물러나며 말하는데, 모자는 벌써 쓰고 외투 단추를 채우는 중이다.

"네, 나리. 조지를 크게 걱정하는 어미랍니다."

"그런 줄 알았습니다, 조지한테 조금 전에 들은 말이 있거든요. 그렇다면 제가 한마디 하겠습니다. 조지 때문에 더는 걱정할 필요가 없습니다. 이제 괜찮으니까요. 맙소사, 울지 마세요. 지금 중요한 건 준남작 레스터 데드록 각하를 돌보는 건데, 너무 울면 제대로 돌볼 수 없잖습니까. 분명히 말씀드리지만, 아들 조지는 이제 괜찮습니다. 조지는 자신에게 주어진 의무를 멋지게 해냈으니 노부인 역시 그러길 바랍니다. 조지는 자신이 뒤집어쓴 혐의를 명예롭게 벗어냈습니다. 조지답지요. 노부인이 그런 만큼이나 조지 역시 혐의를 깨끗하게 벗어냈으니, 이제 모든 게 깔끔합니다. 제 말을 믿어도 됩니다, 노부인 아들을 체포한 사람이 바로 저니까요. 조지는 모든 점에서 당당하게 행동했습니다. 훌륭한 남자가 아닐 수 없으며, 노부인 역시 훌륭한 분이 아닐 수 없으니, 훌륭한 어머니와 아들의 표본으로 밀랍인형 순회 전시를 하는 게 마땅할 정돕니다. 준남작 레스터 데드록 각하, 저를 믿고 이번 일을 맡기셨으니, 완벽하게 해내겠습니다. 이번 작업을 완수할 때까지, 왼쪽이든 오른쪽이든 도중에 옆길로 새거나 잠을 자거나 목욕을 하거나 면도를 하는 일은 결코 없을 겁니다. 모든 걸 용서하신다고 하셨지요? 알겠습니다. 그대로 전하겠습니다, 준남작 레스터 데드록 각하. 어서 쾌차하시고, 가족 문제 역시 부드럽게 풀길 바랍니다. 어떤 집이든 비슷한 문제가 지금껏 있었고, 앞으로도 있을 수밖에 없으니까요."

버킷이 열변을 토하면서 단추를 마저 채우고 정면을 차분히 바라보며 조용히 나가는 모습은 벌써 어두운 밤을 꿰뚫으며 도망자를 탐색하는 것 같다.

버킷은 무엇보다 먼저 데드록 귀부인 내실로 들어가서 수색에 도움이 될만한 물건을 찾는다. 내실이 완벽한 어둠에 잠겼으니, 버킷은 조그만 양초를 한 손에 들어 머리 위로 높이 든 채, 자신이 살아온 삶과 너무나 다른 상류층 물건을 호기심 가득한 눈으로 매섭게 살피는 장면이 볼만하지만, 혼자 들어와서 문을 잠근 상태라 아무도 볼 수 없다. 그런 버킷이 불어 실력을 발휘하는 느낌으로 중얼댄다.

"브드와르[26]가 화려하군. 돈을 상당히 들였어. 이렇게 꾸민 내실을 포기하다니, 마음이 복잡했겠군!"

그리고는 옷장 서랍을 여닫으면서 조그만 상자와 보석함을 들여다보기도 하고 다양한 거울에 비친 자신을 바라도 보면서 중얼거린다.

"누가 보면 내가 상류사회에서 활약하는 인사로 런던에서 가장 화려한 공간에 들어선 줄 알겠네. 나도 모르는 사이에 근위대 멋쟁이가 된 기분이야."

버킷은 계속 뒤지다, 안쪽 서랍에서 예쁘고 귀여운 상자를 연다. 커다란 손이 부드러운 장갑을 들어 올리자, 그 밑에서 하얀 손수건이 나온다. 버킷이 조그만 불빛을 비추며 중얼댄다.

"으흠! 당신을 살펴야겠군. 당신을 여기에 숨긴 이유가 무얼까? 왜 그랬을까? 귀부인 물건일까, 다른 사람 물건일까? 자세히 살피면 어딘가 표시가 있겠지?"

버킷이 표시를 찾아낸다.

"에스더 서머슨."

---

26) boudoir, 여성의 내실을 뜻하는 프랑스어.

버킷이 흠칫하더니, 손가락을 귀에 갖다 대며 중얼댄다.

"그렇군! 당신을 데려가야겠어."

버킷은 5분 동안 최대한 조용하면서도 자세히 살피다 모든 물건을 원래대로 돌려놓은 뒤, 살그머니 빠져나와 거리로 나선다. 그래서 불빛이 희미한 레스터 경 창문을 살짝 올려보고, 제일 가까운 역마차 대기소로 급히 걸어, 넉넉한 돈이 안 아까운 말을 고른 다음에 사격장으로 달리도록 지시한다. 버킷은 말을 과학적으로 판단할 능력은 없지만, 예전에 그쪽 방면으로 돈을 조금 쓴 적이 있는 터라, 말이 달리는 걸 보면 상태를 대충 파악할 수 있다.

그 실력이 이번에 유감없이 나타난다. 판석이 깔린 길을 무서운 속도로 달리며 덜거덕대는데도, 깜깜한 거리를 지나는 사람들이 날카로운 눈에 모두 잡히는 건 물론, 사람들이 잠자거나 잠자리에 드는 위층 창문 불빛도, 우당탕 돌아가는 모서리도, 묵직한 하늘도 ― 어디든 사람을 쫓는데 좋도록 ― 눈이 엷게 깔리는 땅바닥마저 그대로 보이니, 말이 신나게 달리다 목적지에서 멈추고 내뿜는 콧김은 버킷 몸뚱이 절반을 뒤덮는다.

"마구를 풀어서 말이 편히 쉬도록 하게, 금방 돌아오겠네."

버킷이 나무를 덧댄 기다란 통로를 달려가니, 파이프 담배를 태우는 기병이 보인다.

"여기에 있을 줄 알았네, 조지. 괜히 고생했군, 친구. 할 말이 없네. 자, 명예! 여자를 구하는 데 필요하네. 그리들리가 죽을 때 여기에 있던 에스더 아가씨 ― 맞아, 그 이름이야! ― 사는 곳이 어딘가?"

기병은 그 집에서 이제 막 온 터라, 옥스퍼드 거리에 있는 주소를 알려준다.

"후회하지 않을 걸세, 조지. 잘 있게!"

버킷은 필이 썰렁한 벽난로 옆에 앉아서 입을 쩍 벌린 채 쳐다본다는 느낌을 받으면서 다시 뛰어나가, 다시 열심히 달리다, 다시 내려서 마구 내뿜은 콧김에 휩싸인다.

그 집에서 유일하게 깨어있던 잔다이스 선생은 잠자리에 들려고 책상에서 일어나다 급히 울리는 종소리를 듣고 실내복 차림으로 현관문을 연다.

방문객이 안으로 들어와서 문을 닫고 손잡이에 손을 올린 채 말한다.

"놀라지 마십시오, 선생님. 예전에 만난 적이 있습니다. 수사관 버킷입니다. 손수건을 보세요, 선생님, 에스더 서머슨 아가씨 손수건입니다. 데드록 귀부인 옷장 서랍에서 한 시간 전에 찾았습니다. 일 분 일 초도 낭비하면 안 됩니다. 사느냐 죽느냐는 문젭니다. 데드록 귀부인을 아시죠?"

"네."

"오늘 ㄱ 집에 문제가 있었습니다. 가속 문제가 터져 나왔습니다. 준남작 레스터 데드록 각하께서 쓰러져서 - 뇌출혈인지 중풍인지 모르겠는데 - 못 일어나는 바람에 소중한 시간을 많이 잃었습니다. 데드록 귀부인이 오후에 사라지면서 편지 한 장을 남겼는데, 느낌이 안 좋습니다. 직접 읽어보세요. 이것입니다!"

잔다이스 선생은 편지를 다 읽더니, 어떻게 될 것 같으냐고 묻는다.

"저도 모르겠습니다. 자살할 것 같습니다. 어쨌든, 시간이 지날수록 위험은 그만큼 더 커집니다. 지금은 한 시간이 100파운드 이상으로 중요합니다. 그래서 준남작 레스터 데드록 각하는 저를 고용해, 귀부인을 찾아서 구하도록, 모든 걸 용서하겠다고 전하도록 지시했습니다. 저는 돈도 권한도 충분하나, 또 필요한 게 있습니다. 바로 에스더 아가씹니다."

잔다이스 선생이 당혹스러운 어투로 묻는다.

"에스더 아가씨요?"

버킷이 상대 표정을 자세히 읽고서 대답한다.

"지금 저는, 잔다이스 선생님, 인도적인 마음이 강한 신사로, 더없이 강한 압박을 받으면서 말하는 겁니다. 늦을수록 위험한 상황이 있다면, 바로 지금입니다. 시간을 낭비한 것 때문에 나중에 자신을 용서하지 못할 일이 생긴다면, 바로 지금입니다. 데드록 귀부인이 사라지고 여덟 시간에서 열 시간이 지났으니, 말씀드렸듯이 시간당 최소한 100파운드 가치를 잃은 겁니다. 저는 귀부인을 찾을 임무를 부여받았습니다. 저는 수사관 버킷입니다. 귀부인은 자신을 옥죄던 극심한 고통 말고도 살인 혐의까지 뒤집어썼다고 확신합니다. 저 혼자 뒤를 쫓는다면, 귀부인은 준남작 레스터 데드록 각하께서 저한테 한 말을 모르기 때문에 자포자기할 가능성이 큽니다. 하지만 젊은 아가씨가 함께 쫓는다면, 그래서 귀부인께서 좋아하는 아가씨가 – 이 부분은 더 묻지도 더 말하지도 않겠습니다 – 함께 간다면, 귀부인께서는 제가 우호적인 이유로 찾아왔다는 걸 믿을 겁니다. 제가 젊은 아가씨를 앞세워서 귀부인을 만류하도록 도와주십시오. 귀부인이 살아만 있다면, 꼭 찾아내서 설득하겠습니다. 어려운 문제지만, 젊은 아가씨가 함께 간다면, 저 역시 최선을 다하겠습니다, 어떤 방법이 최선인지 모르지만. 지금도 시간이 흐릅니다. 이제 한 시간이 지나려 합니다. 한 시간이 지나면, 또 다른 한 시간이 지나고, 그 시간은 100파운드가 아니라 1,000파운드 가치로 변할 겁니다."

이 말은 사실이며, 급한 상황 역시 의심할 수 없다. 잔다이스 선생은 조금만 기다리라 말하고 에스더 아가씨한테 달려간다. 버킷은 그러겠다고 대답하지만, 평소 원칙에 따라 상대를 바라보며 계단을 올라간다.

그러다 어두운 층계참에 숨어서 두 사람이 대화하는 걸 지켜본다. 잔다이스 선생은 곧바로 내려와, 에스더 아가씨가 금방 준비하고 내려와서 버킷 수사관에게 보호받으며 어디든 따라갈 거라고 알린다. 버킷은 크게 만족하고 현관 앞에서 에스더 아가씨가 나오기만 기다린다.

버킷은 현관 앞에서 높은 탑에 올라 사방을 훑어보는 장면을 상상한다. 혼자서 거리를 기어가는 사람이 곳곳에 보이고, 들판과 도로를 혼자 기어가는 사람도, 건초 더미 밑에 누운 사람도 보인다. 하지만 자신이 찾는 대상은 아니다. 밑으로 흐르는 강물을 다리에서 내려다보는 사람도 있고, 강변 어두운 곳에 있는 사람도 있는데, 한없이 까만 모습으로 강물에 둥둥 떠가는 뭔지 모를 물체가 유난히 눈에 띈다.

귀부인은 어디에 있을까? 살았든 죽었든, 어디에 있을까? 손수건을 곱게 접어서 조심스레 들어 올리면 마법의 힘이 작용해서 귀부인이 있는 곳으로, 손수건이 갓난아기를 덮은 움막 주변의 밤 풍경으로 안내해서 그곳에 있는 귀부인을 찾게 하진 않을까? 벽돌 가마가 파란 불꽃을 희미하게 내뿜으며 타오르고, 벽돌을 올린 비참한 움막에 밀짚 지붕이 세찬 바람에 흩날리고, 진흙탕이 딱딱하게 얼어붙고, 삐쩍 마른 채 눈을 가린 말 한 마리가 온종일 돌아가는 방앗간이 인간을 고문하는 도구처럼 보이는 황량한 곳을 - 끝없이 황량한 곳을, 모든 게 메마른 곳을, 외로운 물체 하나가 세상 슬픔을 모두 짊어진 채, 모든 인간한테 버림받은 채, 홀로 쓸쓸하게 걸어가며 눈보라를 맞는다. 여인 형상이다. 하지만 옷차림이 초라하다. 데드록 저택 현관 통로를 지나서 화려한 대문을 빠져나올 옷차림이 아니다.

CHAPTER LVII
에스더 이야기

잠자리에 들어서 곤하게 자는데, 아저씨가 방문을 두드리며 어서 일어나라고 소리쳤어요. 황급히 일어나서 무슨 일이냐고 묻자, 아저씨는 마음을 준비시키는 말을 한두 마디 하고는, 레스터 데드록 준남작 집에 문제가 생겼다고, 어머니가 사라졌다고, 어머니를 찾아서 모든 걸 용서하겠다는 말을 전할 권한을 위임받은 사람이 지금 현관에서 기다린다고, 그 사람은 제가 함께 움직이다, 행여나 어머니를 찾는다면, 그래서 자신이 실패하면, 제가 나서서 설득하길 바란다고 했어요. 대체로 이런 내용인 것 같은데, 저는 너무 놀랍고 당황한 나머지 마음을 달래려고 노력을 다했지만, 정신을 충분히 차린 건 몇 시간이 지난 다음이었던 것 같아요.

하지만 저는 찰리도 누구도 안 깨운 채 서둘러 옷을 충분히 껴입은 다음에 계단을 내려갔어요. 아저씨는 계단을 함께 내려가면서 은밀한 권한을 위임받은 사람은 버킷 수사관이라고 알려주고, 그 사람이 저를 떠올리게 된 과정까지 설명했어요. 버킷 수사관은 현관 복도에서 아저씨가 추켜든 촛불에 의지한 채, 어머니가 탁자에 남겼다는 편지를 조그맣게 읽어주고, 저는 잠에서 깬 지 10분도 안 돼서 옆자리에 올라타고 밤거리를 빠르게 내달렸어요.

버킷 수사관은 질문 내용에 제가 얼마나 단순명쾌하고 확실하게 대답하느냐에 따라 모든 게 변할 수 있다고 날카로우면서도 사려 깊게 설명했어요. 그런 다음, 어머니를 (물론 버킷 수사관은 데드록 귀부인이라고만 언급했는데) 얼마나 자주 만났느냐, 마지막으로 만난 건 언제고 장소는 어디냐, 어머니가 그 손수건을 어떻게 소유하게 되었느냐고 물었어요. 제가 또렷하게 대답하자, 버킷 수사관은 곰곰이 생각해서 대답하라더니, 누구든 상관없으니 이렇게 절박한 상황에서 어머니가 속을 털어놓고 상의할 사람을 아느냐고 물었어요. 저는 아저씨 말고는 아무도 생각이 안 났어요. 그러다 보이손 선생을 언급했어요. 예전에 어머니 이름을 정중하게 언급한 사실과 함께, 아저씨가 알려준 바에 따르면, 백모님과 약혼해서 어머니의 불행한 삶에 부지불식간에 관련되었다는 생각이 떠올랐거든요.

버킷 수사관은 제가 대답하는 동안 한 마디도 안 놓치려고 마부에게 지시해서 마차를 세운 상태였어요. 그러더니, 마차를 몰도록 다시 지시하고는 곰곰이 생각하다, 이제 어떻게 할지 결정했다고 저한테 말했어요. 그리고는 계획을 전달하려고 애쓰는데, 저는 제대로 알아들을 정도로 정신이 맑지 않았어요.

마차는 얼마 안 가서 가스등을 켜놓은 공공기관 같은 건물 앞에 멈추었어요. 버킷 수사관은 저를 데리고 안으로 들어가서 불길이 환한 안락의자에 앉혔어요. 벽시계를 보니 새벽 한 시가 넘은 시간이었어요. 경찰관 두 명은 한숨도 못 잔 사람답지 않게 완벽한 복장으로 책상에 앉아서 글을 쓰는 중이고, 실내는 매우 고요한 느낌인데, 지하에서 문을 내차며 내지르는 소리가 들리긴 해도 관심을 기울이는 경찰관은 아무도 없었어요.

버킷 수사관이 부르자, 세 번째 경찰관이 들어와서 버킷이 속삭이는 지시를 듣고 밖으로 나갔어요. 그런 다음에 처음부터 있던 경찰관 두 명이 상의하더니, 버킷 수사관이 차분하게 구술하는 내용을 한 명이 받아적었어요. 어머니 인상착의였어요. 기록을 마친 뒤에 버킷 수사관이 가져와서 조그맣게 읽어주었거든요. 내용도 정확했고요.

두 번째 경찰관이 옆에서 가만히 듣다 내용을 베낀 다음, (옆방에 있는 경찰관 여러 명 가운데) 또 다른 정복 경찰관을 부르고, 그 경찰관은 그걸 받아들고 밖으로 나갔어요. 모든 작업을 한순간도 낭비하지 않고 신속하게 처리할 뿐, 허둥대는 사람은 한 명도 없었어요. 베낀 서류를 밖으로 보내자마자, 경찰관 두 명은 원래 하던 작업으로 돌아가서 글 쓰는 작업에 차분하게 몰두했어요. 버킷 수사관은 깊이 생각하는 표정으로 다가와서 벽난로 불길에 발바닥을 번갈아가며 데우고요. 그러다 저와 시선이 마주치는 순간에 물었어요.

"옷을 충분히 껴입었나요, 에스더 아가씨? 젊은 아가씨가 돌아다니기에는 밤 날씨가 너무 춥네요."

날씨야 어떻든 상관없다고, 옷을 충분히 껴입었다고 제가 대답하니, 이렇게 덧붙였어요.

"오래 걸릴 수도 있지만, 무사히 끝날 수도 있으니, 걱정하지 마세요, 아가씨."

"무사히 끝나도록 하늘에 기도하겠습니다."

제가 대답하자, 버킷 수사관이 고개를 끄덕이며 기분 좋게 말했어요.

"아가씨도 아시겠지만, 무엇을 하든, 안달복달하면 안 됩니다. 언제나 차분한 마음을 유지하고 무슨 일이 있더라도 한결같아야 해요. 그게 아가씨한테 좋고 나한테 좋고 데드록 귀부인한테 좋고 준남작 레스터 데드록 각하한테 좋답니다."

버킷 수사관은 친절하고 다정한 데다, 벽난로 앞에서 발바닥을 데우며 집게손가락으로 얼굴을 긁을 때는 일을 잘 풀어간다는 믿음이 들어서 마음이 놓이기도 했어요. 1시 45분에 바깥에서 말발굽 소리와 마차 바퀴 소리가 들리는 순간, 버킷 수사관이 말했어요.

"이제, 에스더 아가씨, 출발합시다, 괜찮다면!"

버킷 수사관은 저한테 팔을 내주고 경찰관 두 명은 정중하게 허리를 숙이며 배웅하고, 현관 앞에는 말 네 필과 사륜마차가 기다렸어요. 버킷 수사관은 제가 마차에 타도록 잡아주고 자신은 마부 조수석에 앉았어요. 정복 경찰관이 마차를 불러오는 심부름을 완수하자, 버킷 수사관은 손 등잔을 넘겨받고 마부에게 몇 가지 지시한 다음, 우리는 덜거덕대며 나아갔어요.

꿈인지 생신지 애매했어요. 미로처럼 얽힌 길을 엄청난 속도로 달리는데, 어디가 어딘지 모를 정도였어요. 강을 건너고 또 건넜다는 사실, 그런데도 선창과 선박, 길게 늘어선 높다란 창고 건물, 현수교, 높다란 돛대가 바둑판처럼 늘어선 강변 저지대 좁은 도로를 달리는 느낌이었어요. 마침내 우리는 좁다란 진흙탕 갈림길 모서리에 멈추는데, 강에서 바람은 거세게 몰아치고 주변은 지저분했어요. 저는 동반자가 손 등잔을 비추면서 경찰과 뱃사람이 뒤섞인 몇 명이랑 대화하는 모습을 바라보았어요. 바로 옆은 금방 무너질 것 같은 담벼락인데, '익사자 안치소'라는 글씨가 벽보에 또렷했어요. 끔찍한 예감이 온몸을 휘감았어요.

제가 감정에 휩싸여서 수색을 어렵게 하거나 희망을 줄이거나 시간을 질질 끌려고 따라온 건 아니라고 굳이 다짐할 필요는 없었어요.

그래서 조용히 있었지만, 끔찍한 장소에서 겪은 고통은 영원히 못 잊을 거예요. 악몽에 시달리는 느낌이었어요. 보트에 있던 사내가 물에 젖어서 잔뜩 부풀어 오른 신발과 모자 차림으로 불려 나와 버킷 수사관과 속닥이더니, 물기가 축축한 계단을 나란히 내려가는 게…… 무언가 은밀한 대상을 살피려는 것 같았어요. 무언가 축축한 물체를 뒤지더니, 두 사람이 손을 외투에 닦으며 돌아오는데, 다행히도 제가 두려워하던 사태는 아니었어요!

버킷 수사관은 다시 상의하다, 저만 마차에 남겨둔 채, 문가에 있던 (하나같이 버킷 수사관을 알고 존중하는 것 같은) 사람들과 안으로 들어가고, 마부는 몸을 데우려고 마차 주변을 걸어 다녔어요. 물살이 이는 소리로 판단하건대, 밀물이 들어오는 중으로, 강물이 골목 끝에 부닥치면서 잔물결이 마차로 달려드는 소리까지 들렸어요. 수백 시간이 지난 것 같지만 실제로는 15분이 채 안 되는 시간 내내, 저는 어머니가 마차 옆으로 쓸려오는 공포에 끊임없이 시달렸어요.

버킷 수사관이 다시 나와서 다른 사람들에게 경계를 늦추지 말라고 경고하더니, 손 등잔을 어둡게 하고 조수석에 또 앉았어요. 그리고는 뒤를 돌아보면서 "이곳에 온 것 때문에 두려워할 필요는 없어요, 에스더 아가씨. 모든 게 제대로 돌아간다는 사실을 확인하고, 만반의 준비를 하고 싶었을 뿐이니까요. 마부, 출발!"이라고 했어요.

마차는 왔던 길로 돌아가는 것 같았어요. 마음이 심란한 상태라서 특정 대상을 알아본 건 아니지만, 거리 분위기가 비슷하다는 느낌을 받은 거예요. 우리는 다른 파출소에 잠시 들르고 강을 다시 건넜어요. 이렇게 보낸 시간 내내, 수색하는 내내, 동반자는 조수석에서 담요를 뒤집어쓴 채 주변을 안 살핀 적이 없었어요. 하지만 어떤 다리[27]를

---

27) 워털루 다리를 뜻한다. 유난히 많이 자살하는 장소로 유명했다.

건널 때는 특히 더 유심히 살피는 것 같았어요. 일어나서 난간 너머를 살피고, 어둠에 휩싸인 여성 형상이라도 지나치면 마차에서 내려 그쪽으로 돌아가고, 시커먼 강물을 열심히 들여다보아서 저를 공포에 질리게 했어요. 저지대 사이를 빠르면서도 음울하고 은밀하게 흐르는 강물이 섬뜩했어요. 물체든 그림자든, 애매하면서도 무서운 형상이 섬뜩하고, 죽은 것 같기도 하고 불가해하기도 한 모습이 섬뜩했어요. 나중에 햇빛에도 달빛에도 그곳을 여러 번 보았는데, 그날 본 느낌을 벗어날 수 없었어요. 다리 위 가로등은 늘 희미하게 타오르고, 살을 에는 바람은 우리가 지나친 여성 걸인에게 사납게 몰아치고, 마차 바퀴는 단조롭게 돌아가고, 마차 앞에 매달린 등불에서 창백하게 다가오는 불빛은 새까만 강물에서 올라오는 얼굴 같았어요.

우리는 텅 빈 거리를 덜거덕대며 나아가다, 판석 도로에서 흙이 부드러운 도로로 벗어나고 수많은 주택은 뒤로 밀려나기 시작했어요. 그러다 보니 세인트 올번스로 가는 낯익은 길이 눈에 들어왔어요. 바네트에서 새 말을 준비하고 기다리다 갈아 끼우고, 마차는 다시 내달렸어요. 날씨는 정말 춥고, 광활한 들판에는 눈이 하얗게 깔렸지만, 눈이 내리는 건 아니었어요.

"익숙한 길이죠, 에스더 아가씨?"

버킷 수사관이 쾌활하게 물어, 제가 대답했어요.

"네. 좋은 정보를 수집했나요?"

"쓸만한 정보는 없지만, 아직은 시간이 이르니까요."

버킷 수사관은 불빛이 흘러나오는 선술집이 보일 때마다 (가축 장사꾼이 많이 지나는 길이라 그 시간에 문을 연 집이 많았는데) 빼놓지 않고 들어가고, 통행요금 징수원이 나올 때마다 마차에서 내려 무언가를 물어보았어요. 매번 상냥하고 흥겨운 표정으로 술을 주문하고 돈을 짤랑댔어요. 하지만 조수석에 다시 앉는 순간에는 꾸준히 살피는 표정으로 돌아가서 늘 사무적인 어투로 "마부, 출발!"이라고 말했어요.

이런 식으로 도중에 멈추다 보니, 시간은 5시에서 6시 사이가 됐는데도 세인트 올번스는 아직 몇 킬로미터가 남고, 버킷 수사관은 그런 선술집 가운데 한 곳을 나와서 차를 한 잔 건넸어요.

"마셔요, 에스더 아가씨, 몸에 좋으니까. 정신이 들 거예요, 그죠?"

고맙다고, 그러길 바란다고 대답하자, 버킷 수사관이 다시 말했어요.

"처음에는 정신이 하나도 없는 것 같더군요. 당연히 그럴 수밖에요! 크게 말하지 마세요, 아가씨. 일이 잘 풀리니까요. 귀부인이 이쪽 길로 갔어요."

제가 얼마나 감탄했는지 혹은 감탄하려 했는지 모르겠지만, 버킷 수사관은 집게손가락을 들고, 저는 입을 다물었어요.

"어젯밤 8시에서 9시 사이에 걸어서 지나갔어요. 하이게이트 너머 통행요금소에서 처음 들었는데, 당시에는 확신을 못 했어요. 계속 따라오는 동안 귀부인 흔적이 나타나다 사라졌어요. 한곳에서 그 흔적을 잡았다 다른 곳에서 놓치는 식으로요. 하지만 우리 앞에 있는 게 확실해요. 찻잔과 접시를 받게, 일꾼. 그래, 버터 장사를 안 할 생각이라면 이거나 잡게. 동전을 잡을 수 있는지 보자고. 하나, 둘, 셋! 그래, 됐어, 마부, 전속력으로 출발!"

이윽고 세인트 올번스가 나오고 우리는 날이 밝기 직전에 마차에서 내리는데, 그때 비로소 밤새도록 일어난 사건이 실제라는, 꿈이 아니라는 느낌이 몰려들었어요. 버킷은 마차를 역참에 맡기고 새 말을 준비하라 지시하고, 저에게 팔을 내주어, 우리는 집으로 걸어갔어요.

"당신이 살던 곳이니, 에스더 아가씨가 직접, 아가씨 자신이나 잔다이스 선생이 사는 곳을 물어본 낯선 사람이 있는지 알아보는 게 좋겠어요. 크게 기대하는 건 아니지만 가능성이 없지는 않으니까."

언덕을 오를 때는 - 동녘이 트기 전이라 - 버킷 수사관이 주변을 매섭게 둘러보다, 예전에 제가 밤에 - 저로선 기억이 또렷할 수밖에 없는 밤에 - 어린 하녀와 불쌍한 조와 함께 (조를 '거친 놈'이라고 부르면서) 언덕을 올라가는 걸 본 적이 있다고 했어요.

저는 그걸 어떻게 아느냐며 깜짝 놀랐어요.

"도중에 저쪽에서 사내 한 명이 지나갔지요?"

맞아요, 그것 역시 또렷이 기억났어요.

"그게 나였답니다."

버킷 수사관이 말하더니, 제가 놀란 걸 보고 계속 말했어요.

"그날 오후에 이륜마차를 몰고 '거친 놈'을 찾아 나섰답니다. 아가씨가 '거친 놈'을 만나러 갈 때 마차가 지나는 소리를 들었을 수도 있어요. 마차에서 내려 말고삐를 잡고 걸어가다, 아가씨가 어린 하녀랑 걸어가는 모습을 똑똑히 보았거든요. 마을에서 '거친 놈'을 수소문해서 벽돌 공장으로 갔다는 말을 듣고 그곳으로 가다, 아가씨가 그놈을 집으로 데려가는 광경을 보았지요."

"아이가 범죄를 저질렀나요?"

제가 묻자, 버킷 수사관이 모자를 쌀쌀맞게 들어 올리며 대답했어요.

"범죄 혐의는 없지만, 말이 너무 많으면 안 되거든요. 내가 그놈한테 바란 건 데드록 귀부인과 관련된 문제에서 입을 꾹 다무는 거였어요. 돌아가신 토킹혼 변호사한테 돈을 받고 대답한 별것 아닌 내용을 아무렇게나 떠들어댔는데, 그러면 안 되거든요. 어떤 대가를 치르더라도 못 그러게 만들어야 했거든요. 그래서 런던을 떠나라 경고하고, 런던 밖까지 쫓아가서 두 번 다시 못 돌아오게 했답니다."

"불쌍한 조!"

제가 말하자, 버킷 수사관도 공감했어요.

"그래요, 불쌍하지요, 골치도 아프고, 런던을 멀리 벗어나더라도. 그런데 아가씨 집에 들어갔으니, 지금이라 말하는데, 당시에 정말 당혹스러웠답니다."

저는 그 이유를 묻고, 버킷 수사관은 대답했어요.

"왜냐고요, 아가씨? 당연히 그놈이 혀를 끝없이 놀리기 때문이지요. 길이가 1m하고도 50cm가 넘는 혀를 가지고 태어난 것 같았거든요."

지금은 대화 내용을 기억하지만, 당시에는 머리가 복잡하고 집중력이 떨어진 상태라, 버킷 수사관이 제 관심을 다른 데로 돌리려고 일부러 말하는 정도로만 이해했어요. 똑같은 의도로 다른 얘기도 자주 했는데, 그러는 동안에도 두 눈은 주변을 끊임없이 살폈거든요. 우리가 정원 대문으로 나아갈 때도 주변을 살피는 건 여전했고요.

"아! 드디어 도착했군요. 멋지고 한적한 집이에요. 딱따구리 소리가 들리고 굴뚝에서 연기가 우아하게 굽이치는 모습을 보니, 전원주택 분위기가 물씬하네요. 주방에서 불을 때기엔 이른 시간이니, 저건 하녀들이 부지런하다는 증거지요. 하지만 하녀를 다룰 때는 누가 감독하느냐가 정말 중요하답니다. 그걸 모르면 뒤에서 무슨 짓을 할지 모르거든요. 또 중요한 건, 아가씨. 주방 문 뒤에 젊은 사내가 있다면, 나쁜 목적으로 몰래 들어왔다는 의심부터 해야 한다는 거랍니다."

건물 전면에서는 버킷 수사관이 자갈길에 발자국이 있나 살펴본 다음에 눈을 들어서 창문을 쳐다보았어요.

"늙은 어린애가 찾아올 때마다 저 방을 제공하나요, 에스더 아가씨?"

버킷 수사관이 물으며 스킴폴 선생이 자주 묵는 방을 올려다보았어요.

"스킴폴 선생님을 아세요?"

버킷 수사관이 귀를 기울이다 되물었어요.

302

"이름이 뭐요? 스킴폴이요? 그 사람 이름이 무얼까 궁금했답니다. 스킴폴. 존이라는 성도, 야곱이라는 성도 아니겠지요?"

"해럴드요."

"해럴드. 그래요. 이상한 사람이더군요, 해럴드는."

버킷 수사관이 말하면서 묘한 표정으로 쳐다보았어요.

"네, 성격이 독특하지요."

"돈이란 개념이 없다. 그러면서도 돈은 받더군요!"

버킷 수사관 말을 듣고, 저는 버킷 선생이 그분을 아는 것 같다고 무심코 말했어요.

"맙소사, 내가 알려주지요, 에스더 아가씨. 한 가지만 꾸준히 생각하면 안 좋으니 기분전환용으로 말할게요. '거친 놈'이 있는 곳을 알려준 게 그 사람이었어요. 그날 밤에 나는 대문으로 다가가서 '거친 놈'을 내달라고 요구하려고 마음먹었어요, 다른 방법이 없다면. 그런데 먼저 다른 방법이 있는지부터 살폈어요. 그래서 그림자가 보이는 창가에 조그만 자갈을 던졌지요. 해럴드가 창문을 열고 내다보는 표정을 보는 순간, 그래, 당신이면 충분하겠다는 생각이 절로 들더군요. 그래서 잠자리에 든 사람들을 방해하고 싶지 않다면서, 자비심 많은 숙녀들이 사는 집에 부랑아를 들이는 건 옳지 않다고 꼬드겼어요. 상대의 기질을 충분히 파악한 다음에는 '거친 놈'을 조용히 빼내도록 도와준다면 큰돈을 주겠다고도 제안했어요. 그러자 해럴드는 기쁜 표정으로 눈썹을 추켜세우면서 '나한테 돈을 준다고 해도 소용없다오, 친구, 나는 그런 부분에서 어린애에 불과하며, 돈이란 개념 자체가 없답니다'라고 말하더군요. 물론 나는 해럴드가 돈을 단번에 받겠다는 걸 한눈에 깨달았어요. 그래서 나를 도와줄 사람이라 확신하고는, 지폐를 조그만 돌에 감아서 던져주었답니다. 맙소사! 그러자 해럴드가 환하게 웃으면서 순진무구한 표정으로 '하지만 나는 이런 물건에 무슨 가치가 있는지 모른다오. 내가 이걸로 무얼 해야 하나요?'라고 묻더군요. 나는 '그걸로 물건을 사세요!'라 말하고, 해럴드는 '하지만 이걸 내도 사람들이 거스름돈을 제대로 안 주어서 그냥 사라지고 말 테니, 나한테는 아무런 소용도 없다오'라고 하는 거예요. 그러면서도 그렇게 좋아하는 표정을 아가씨는 한 번도 못 봤을 거예요! 당연히 해럴드는 '거친 놈'이 있는 곳을 알려주고, 나는 목적을 달성했답니다."

이 얘기를 듣는 순간, 저는 스킴폴 선생이 잔다이스 아저씨를 배신했다고, 순진무구한 한계를 넘었다고 느꼈어요. 그러자 버킷 수사관이 대답했어요.

"한계요, 아가씨? 한계라……. 나중에 결혼해서 가정을 꾸리면 남편이 좋아할 방법을 하나 알려드리지요. 돈에 관한 한 순진무구해서 아무것도 모른다는 사람이 나타나면, 품에 있는 돈을 잘 간직하세요, 그런 사람은 돈을 빼내는 게 목적이니까요. '세속적인 문제에서 나는 어린애'라고 주장하는 사람이 있다면, 어떤 책임도 안 지려고 그러는 것에 불과하다는, 정신 바싹 차리고 경계할 대상이라는, 경계 1순위라는 사실을 명심하세요. 나는 시적으로 표현할 줄 모르니 주변에서 겪은 내용을 구체적으로 말할 뿐이지만, 실용적인 성격이고, 하나같이 직접 경험한 내용이랍니다. 원칙은 이렇습니다. 하나가 풀어지면 모든 게 풀어진다. 실수한 적이 없는 원칙이지요. 아가씨도 실수하지 않고. 다른 사람도 실수하지 않고. 중요한 원칙을 얘기하다, 아가씨, 초인종 밧줄을 무심코 당겼으니, 이제 우리 일로 돌아갑시다."

지금 생각하면, 제가 그런 것처럼 상대 역시 마음속으로 우리 일을 한순간도 안 잊은 게 얼굴에 똑똑히 드러났어요. 제가 아무런 통보도 없이 너무 이른 시각에 다른 사람까지 데리고 나타난 걸 보고서 집안

식구 전체가 놀라더니, 제가 묻는 말에 다시 한번 놀랐어요. 하지만 누구도 찾아오지 않았어요. 그 말이 사실인 건 의심할 여지가 없었어요. 그러자 동반자가 말했어요.

"그렇다면 에스더 아가씨, 벽돌공 가족이 사는 움막으로 한시바삐 가야겠군요. 그곳에서도 아가씨가 질문하세요, 그들이 순순히 대답하도록 다정하게 물을 수 있다면. 자연스러운 방식이 제일 좋은 방식이고, 아가씨가 잘하는 방식이니까요."

우리는 즉시 길을 나섰어요. 움막에 도착하니, 문이 잠기고 사람이 안 사는 것도 분명한데, 이웃 사람 한 명이 저를 알아보더니, 누구든 알려달라며 소리치려고 하는 순간에 밖으로 나와, 두 아주머니와 두 남편은 다른 집에 산다고, 벽돌 가마가 있는 곳 옆에서, 벽돌을 기다랗게 쌓아놓고 말리는 곳에서, 벽돌을 대충 쌓아 만든 집에 산다고 알려주었어요. 우리는 당장 찾아갔어요. 몇백 미터 거리인데, 문이 살짝 열린 상태라, 저는 단번에 밀어서 젖혔어요.

세 사람만 앉아서 아침을 먹고, 아기는 모서리 침대에서 자는 중이었어요. 죽은 아기 엄마 제니는 안 보였어요. 다른 여자가 저를 보면서 일어나고, 두 사내는 평소처럼 부루퉁한 채 말이 없긴 해도 저를 알아보고 뚱한 표정으로 고개를 끄덕이며 인사했어요. 버킷 수사관이 잇따라 들어서자 사람들이 서로를 쳐다보는데, 저는 아기 엄마가 버킷 수사관을 안다는 사실에 깜짝 놀랐어요.

물론 저는 안으로 들어가도 되느냐고 물었어요. (제가 아는 유일한 이름인) 리즈 아줌마가 일어나서 자기 의자를 내줬지만, 저는 불가 근처 걸상에 앉고, 버킷 수사관은 침대 모서리에 앉았어요. 친숙하지 않은 사람들 사이에서 말해야 하는 상황에 마음이 급하고 현기증까지 일었어요. 말을 꺼내는 자체가 힘들어서 눈물까지 터트렸어요. 그러다 입을 뗐어요.

"리즈 아주머니, 밤새도록 눈길을 뚫고 달려왔답니다, 귀부인을 찾아서……"

버킷 수사관이 차분하게 달래는 표정으로 끼어들었어요.

"여기에 왔던 숙녀분이요. 젊은 아가씨가 말하는 사람이 바로 그 숙녀분이랍니다. 간밤에 여기에 왔던 숙녀분."

식사를 멈추고 뚱한 표정으로 듣던 제니 남편이 노려보며 물었어요.

"여기에 그런 사람이 왔다고 누가 그럽디까?"

버킷 수사관이 즉시 대답했어요.

"마이클 잭슨이라는 사람, 파란 벨벳 조끼에 커다란 자개단추가 두 줄로 기다랗게 달린 외투를 입은 사내."

"그 사람이 누구든 자기 일에나 신경 쓰는 게 좋을 거요."

제니 남편이 으르렁대자, 버킷 수사관이 마이클 잭슨을 변명하듯 말했어요.

"직장을 잃어서 말이 많은 것 같더군요."

아주머니는 의자에 앉을 생각은 안 하고 부러진 등받이를 손으로 잡은 채 저를 쳐다보면서 덜덜 떨었어요. 따로 말하고 싶은데 용기가 안 나는 표정이었어요. 그렇게 애매한 자세로 서 있을 때, 한 손에는 빵과 돼지고기를 다른 손에는 커다란 접칼을 들고서 우적우적 씹어먹던 남편이 접칼 손잡이로 식탁을 힘껏 내려치면서 아주머니에게 신경 쓰지 말고 자리에 앉아서 자기 일에나 열중하라며 욕설을 퍼부었어요. 그래서 제가 말했어요.

"제니 아주머니를 만나고 싶어요. 제니 아주머니라면 숙녀분에 대해서, 제가 간절하게 - 여러분은 생각도 못 할 정도로 간절하게 - 찾으려 애쓰는 숙녀분에 대해서 자신이 아는 모든 걸 알려줄 테니까요. 제니

아주머니가 금방 오나요? 어디에 갔나요?"

아주머니는 대답하고픈 욕구가 또렷했지만, 남편은 다시 욕설을 퍼부으며 신발이 묵직한 발로 아주머니 발을 노골적으로 찼어요. 그리고는 제니 아주머니 남편에게 마음대로 하라고 맡기니, 당사자는 고집스럽게 침묵하다 덥수룩한 머리를 저한테 돌렸어요.

"나는 높으신 양반들이 우리 집에 오는 걸 좋아하지 않는다오, 내가 전에 말한 것처럼, 아가씨. 나는 그 양반네들 집을 안 건드는데, 그네들은 우리 집을 가만히 안 두는 게 정말 이상하다오. 내가 그네들 댁에 불쑥 들어가면 난리가 날 텐데 말이오. 하지만 아가씨한테는 다른 사람한테 그러는 것처럼 투덜대지 않겠소. 궁금한 게 있으면 친절하게 대답도 하겠소. 하지만 오소리 몰듯 몰아붙이지 않는 게 좋을 것이오. 제니가 금방 오느냐고? 아니오, 금방 안 옵니다. 어디에 갔느냐고? 런던으로 갔소."

"간밤에 갔나요?"

제가 묻자, 상대는 머리를 짜증스럽게 흔들며 대답했어요.

"간밤에 갔느냐고? 그래요, 간밤에 갔소."

"하지만 숙녀분이 왔을 때는 여기에 있었지요? 숙녀분이 제니 아주머니한테 무슨 말을 했나요? 그리고 숙녀분이 어디로 갔나요? 제발, 간청하고 사정하니, 알려주세요. 너무나 걱정스럽답니다."

제가 묻자, 아주머니가 쭈뼛쭈뼛하며 입을 열었어요.

"우리 주인님이 허락하신다면, 제가 한마디 해도……"

하지만 남편이 천천히 강조하며 협박했어요.

"당신 주인님은 당신이 상관없는 일에 끼어들면 모가지를 분질러버릴 거야."

다시 침묵이 흐르는 가운데, 제니 아주머니 남편이 저를 다시 쳐다보며 평소처럼 투덜대는 어투로 마지못해 대답했어요.

"숙녀분이 왔을 때 제니가 여기에 있었느냐고? 그래요, 숙녀분이 왔을 때 제니가 있었소. 숙녀분이 제니한테 무슨 말을 했느냐고? 좋아요, 숙녀분이 제니한테 무슨 말을 했는지 알려주겠소. 숙녀분은 '예전에 여기에 찾아온 젊은 아가씨 이야기를 아주머니한테 물어보러 온 내가 기억나냐요? 젊은 아가씨가 남긴 손수건 대신 상당한 돈을 준 게 기억나냐요?' 그렇소, 제니는 기억났소. 우리 모두 기억났소. 그렇다면 그 젊은 아가씨가 지금 집에 있나요? 아닙니다, 젊은 아가씨는 집에 없습니다. 숙녀분은 혼자 먼 길을 힘겹게 왔으니, 우리 모두 이상하게 생각하겠지만, 한 시간 정도만 앉아서 쉬어갈 수 있느냐고 물었소. 우리는 그러라 했고, 숙녀분은 그렇게 했소. 그런 다음에 떠났소. 그때가 11시 20분 아니면 12시 20분이었을 거요. 여기에는 시간을 알만한 회중시계도 없고 벽시계도 없거든. 숙녀분이 어디로 갔느냐고? 어디로 갔는지는 모르겠소. 숙녀분은 한쪽으로 가고, 제니는 다른 쪽으로 갔소. 한 명은 런던으로 곧장 가고, 다른 한 명은 런던에서 곧장 오고. 내가 아는 건 이게 전부요. 저 친구한테 물어보시오. 저 친구도 모두 듣고 모두 보았으니까. 저 친구도 아니까."

그러자 다른 사내도 똑같이 말했어요.

"내가 아는 것도 그게 전부요."

"숙녀분이 우시던가요?"

제가 묻자, 첫 번째 남자가 대답했어요.

"조금도 안 울었소. 신발이 안 좋고, 옷도 안 좋지만, 울지는 않았소…… 내가 보는 앞에서."

아주머니는 두 팔을 팔짱 낀 채 바닥만 내려다보았어요. 남편은 의자를 살짝 틀어서 노려보며 해머 같은 손을 식탁에 올려놓는 게, 말을 안 들으면 금방이라도 휘두를 것 같았어요.

"제가 선생님 부인한테 물어도 괜찮을까요, 숙녀분이 어떤 표정이었는지?"

"그렇다면 좋소! 아가씨가 묻잖아. 짤막하게 대답해."

상대가 무뚝뚝하게 소리치자, 아주머니가 대답했어요.

"나빴어요. 지쳐서 창백했어요. 아주 나빴어요."

"말을 많이 하던가요?"

"많이 안 했지만, 목소리에 기운이 없었어요."

아주머니가 대답하면서 허락을 구하는 표정으로 남편만 쳐다보았어요.

"힘이 하나도 없던가요? 여기에서 무얼 먹거나 마셨나요?"

제가 묻자, 남편이 소리쳤어요.

"어서! 짤막하게 대답해."

"물을 조금 마셨어요, 아가씨, 제니가 빵과 차도 갖다 주었어요. 하지만 손을 거의 안 댔어요."

"그럼 숙녀분이 여길 나가서……"

제가 다시 묻는데, 제니 남편이 성급하게 가로챘어요.

"숙녀분은 여길 나가서 큰길을 따라 북쪽으로 갔어요. 내 말이 의심스러우면 길을 가면서 물어보시오. 내 말이 맞았다는 걸 알 테니. 자, 그게 끝이오. 우리가 아는 전부요."

살짝 쳐다보니, 동반자는 벌써 일어나서 떠날 준비를 마쳐, 저는 알려주어서 고맙다 하고 밖으로 나왔어요. 버킷 수사관이 나올 때는 아주머니가 계속 쳐다보고, 버킷 수사관 역시 아주머니를 계속 쳐다보았어요. 그러더니 빠르게 걸으면서 말했어요.

"에스더 아가씨, 저들이 귀부인 시계를 가지고 있어요. 확실해요."

"직접 보았나요?"

제가 깜짝 놀라자, 버킷 수사관이 대답했어요.

"직접 본 거나 마찬가지예요. 시간을 정확히 볼 시계가 없다면 그놈이 '20분'이란 말을 어떻게 하겠어요? 20분이라니! 그놈은 평소에 시간을 그렇게 정확하게 자르지 않아요. 30분 정도로 자르겠지요. 그렇다면 귀부인이 시계를 주었거나, 그놈이 시계를 빼앗은 거예요. 내가 볼 때는 귀부인이 준 것 같아요. 그렇다면 무엇 때문에 주었을까요? 귀부인이 그놈한테 시계를 왜 주었을까요?"

버킷 수사관은 급히 걸으면서 여러 차례 자문하며 다양한 해답을 찾다가 불쑥 말했어요.

"시간만 충분하다면, 당장으로선 조금도 낭비할 수 없는 게 시간이나, 아주머니한테 대답을 들었을 거예요. 하지만 현 상황으로는 지극히 의심스러운 대답이 나올 가능성이 커요. 사내 두 명이 눈을 부릅뜨고 감시하는 데다, 불쌍한 아주머니는 머리끝부터 발끝까지 두드려 맞고 발로 채여서 상처투성이여도 남편을 지키려고 애쓸 테니까. 분명히 무언가 숨기고 있어요. 다른 아주머니를 못 만난 게 아쉬울 뿐입니다."

저도 정말 아쉬웠어요. 제니 아주머니라면 저에게 고마운 마음이 있으니, 제가 묻는 말에 망설이지 않고 대답했을 테니까요.

버킷 수사관이 곰곰이 생각하다 다시 말했어요.

"귀부인이 제니한테 런던으로 가서 아가씨한테 말을 전하라 하고, 제니 남편은 부인을 보내는 대가로 시계를 받았을 가능성이 커요. 흡족할 만큼 확실하지는 않지만 가능성은 열어두어야겠지요. 하지만 아무렇게나 억측해서 준남작 레스터 데드록 각하의 돈을 낭비할 순 없어요, 당장은 특별한 도움이 안 되는 것 같기도 하고. 맞아요! 먼 길을 왔으니, 에스더 아가씨, 앞으로 계속 가는 거예요 - 곧장 앞으로 - 모든 걸 묻어둔 채!"

우리는 쪽지를 급히 쓰고 집에 다시 들러서 잔다이스 아저씨에게 보내도록 한 다음, 마차를 세워둔 곳으로 급히 돌아갔어요. 우리가 다가가는 모습을 보자마자 말을 모두 끌고 나온 터라, 몇 분 뒤에는 도로를 다시 내달렸어요.

동녘이 틀 즈음에 눈이 내리더니, 이제 펑펑 내렸어요. 태양을 가릴 정도로 엄청난 눈에 사방이 어두워서 아무것도 안 보였어요. 날씨는 끔찍하게 추워도, 눈은 반만 얼다 - 조그만 조가비가 가득한 해안을 걷는 듯한 소리를 내며 - 부서지고 바닥은 진흙탕투성이였어요. 말이 미끄러지는 바람에, 우리는 몇 킬로미터를 힘겹게 나아가다 멈춰서 말이 쉬게 할 수밖에 없었어요. 다음 역참까지 가는 사이에는 말 한 마리가 세 번이나 넘어지고 심하게 떨면서 비틀거려, 결국엔 마부가 내려서 고삐를 당기며 걸어야 했고요.

저는 음식을 먹을 수도, 잠을 이룰 수도 없었어요. 늘어지는 시간과 늦어지는 속도가 초조한 나머지, 마차를 내려서 걸어가고픈 욕구까지 터무니없이 치밀었어요. 하지만 저보다 판단력 좋은 동반자가 만류하는 바람에 그대로 있었어요. 그러는 내내, 동반자는 선술집이 나올 때마다 마차에서 내려, 처음 보는 사람들한테 오랜 친구처럼 말하고, 벽난로가 보일 때마다 몸을 따듯하게 데우면서 대화하고 건배하고 악수하는 식으로, 마부든, 수레 고치는 목수든, 대장장이든, 요금 징수원이든 다정하게 대하는 식으로, 모든 과정을 즐기면서 새롭게 힘을 냈어요. 하지만 시간을 낭비하지는 않았어요. 늘 주변을 살피는 표정으로 마차에 올라타서 "마부, 출발!"이라고 사무적으로 말했어요.

다음에 말을 바꿀 때는 버킷 수사관이 축축한 눈을 잔뜩 뒤집어써서 물방울을 뚝뚝 떨어뜨리며 - 세인트 올번스를 떠난 뒤로 자주 그런 것처럼 축축한 무릎에 뚝뚝 떨구며 – 마구간을 나와 마차 옆에서 말했어요.

"기운을 내세요, 에스더 아가씨. 귀부인이 들른 게 확실하니까요. 귀부인이 입은 게 확실한 드레스를 여기에서 본 사람이 있거든요."

"여전히 걸어서요?"

"여전히 걸어서. 아가씨가 말한 신사를 찾아가는 것 같은데, 귀부인이 살던 지역이란 점에서 마음에 걸리긴 합니다."

"잘 모르겠네요. 제가 못 들어본 사람이 근처에 살 수도 있잖아요."

"맞아요. 하지만 아가씨는 무슨 일이 있더라도 울지 마세요. 지나친 걱정도 하지 말고요. 이제 출발, 마부!"

진눈깨비는 온종일 내리고, 이른 시각에 묵직하게 깃든 안개는 한순간도 줄어들거나 걷히지 않았어요. 마차가 가는 길도 처음 본 길이었어요. 행여나 길에서 벗어나, 고랑이 깊은 밭이나 습지로 빠지는 건 아닌가 하는 공포가 툭하면 일었어요. 길을 나서고 굉장히 오랜 기간이 지난 것 같기도 하고 근심 걱정에 끊임없이 시달린 것 같기도 한 묘한 기분이었어요.

마차는 앞으로 꾸준히 나아가는데, 동반자가 자신감을 잃었다는 불안감이 떠오르기 시작했어요. 도로변에서 사람을 만날 때마다 아까처럼 행동하지만, 조수석에 앉을 때는 표정이 어두웠어요. 다음 역참까지 힘겹게 나아가는 내내 걱정스러운 표정으로 집게손가락을 입에 대고 또 대는 모습도 보였어요. 도중에 역마차나 짐마차를 마주칠 때마다 맞은편 마부에게 다른 마차에 어떤 승객이 탔느냐고 물어보는 소리도 들렸어요. 하지만 바람직한 대답은 한 번도 못 들었어요. 조수석에 다시 올라탈 때마다 집게손가락을 까닥이고 눈꺼풀을 추켜올리는 식으로 저를 안심시키긴 했지만, 이제는 "출발, 마부!"라고 말하는 소리에 당혹스러운 기색이 물씬 묻어났어요.

마침내, 말을 바꿀 때, 동반자는 드레스 흔적을 한참이나 잃었다고, 어이가 없을 정도라고 털어놓았어요. 흔적이 사라지다 다시 나타나고 또 그러는 건 이상할 게 없지만, 이번에는 흔적이 이해 못 할 이유로 완전히 사라졌다는, 단 한 번도 안 나타난다는 거예요. 그러더니 이정표가 나올 때마다 사방을 살피고, 교차로가 나올 때마다 마차에서 내려 15분 정도 이리저리 탐색하는데, 너무나 걱정스러웠어요. 하지만 동반자는 기운을 잃지 말라고, 다음 역참에서 흔적을 발견할 수도 있다고 저를 달랬어요.

하지만 다음 역참도 사정은 똑같았어요. 아무런 흔적도 없었어요. 여기에는 한적하지만 편안하고 널찍한 여인숙이 있었는데, 나도 모르는 사이에 우리 마차가 커다란 대문으로 들어가자, 여주인과 어여쁜 딸들이 다가오더니, 말을 바꾸는 동안 내려와서 편히 쉬라 간청하고, 저는 매정하게 거절할 수 없었어요. 그들은 저를 위층 따뜻한 방으로 안내해서 혼자 편히 쉬도록 해주었어요.

건물 모서리 방이라서 양쪽 길이 보였던 기억이 나요. 한쪽 길가에는 마구간이 있어, 하인들이 진흙탕 마차에서 지칠 대로 지친 진흙투성이 말을 한 마리씩 풀어내고, 그 너머로 샛길이 있어, 맞은편에서 간판이 묵직하게 흔들렸어요. 다른 쪽 길은 새까만 소나무 숲으로 이어지는데, 나뭇가지마다 눈이 쌓여, 창가에서 쳐다보는 동안에도 축축한 눈덩이가 밑으로 떨어지곤 했어요. 밤이 깃들던 즈음이라, 유리창에서 이글거리는 불빛 때문에 숲이 한층 더 황량해 보였어요. 나뭇가지에서 떨어진 눈덩이가 진흙탕으로 녹아드는 광경을 바라볼 때는, 조금 전에 저를 맞이한 세 딸을 정겹게 바라보던 어머니 특유의 상냥한 얼굴과 황량한 숲에 쓰러져서 죽어가는 우리 어머니가 떠올랐어요.

저는 주변에 가득한 사람을 보고 깜짝 놀랐지만, 제가 기절하기 전에 쓰러지지 않으려고 애쓰던 기억을 떠올리고 마음을 가라앉혔어요. 사람들은 저를 벽난로 옆 커다란 소파에 누워서 방석으로 머리를 받치고, 정겨운 안주인은 오늘 밤에 먼 길을 나서면 안 된다고, 침대에서 편히 자야 한다고 주장했어요. 하지만 제가 그곳에 누워서 시간을 낭비할 수 없다며 온몸을 심하게 떨자, 안주인은 자신이 한 말을 취소하고 30분을 편히 쉬는 정도로 절충했어요.

안주인은 착하고 다정했어요. 세 딸도 어머니를 도와서 저를 열심히 보살폈어요. 그래서 뜨거운 수프와 닭죽을 가져오는 동안, 버킷 수사관은 다른 방에서 젖은 몸을 말리며 식사했어요. 하지만 벽난로 옆에 아늑하고 동그란 식탁을 차린 순간, 저는 무엇 하나 먹을 수 없었어요, 사람들이 실망하는 표정을 보고 싶지 않았는데도요. 하지만 토스트와 설탕을 넣어서 데운 포도주를 맛있게 마시는 거로 그나마 답례했어요.

30분이 지나자, 마차는 예정대로 대문에 들어오고, 친절한 대접을 받아서 마음도 편하고 몸도 데우고 기운도 차린 저를 사람들이 부축해, 저는 (사람들한테 장담한 대로) 두 번 다시 안 쓰러지고 무사히 내려왔어요. 마차에 올라타서 고마운 마음으로 작별할 때, 막내딸이 – 활짝 편 열아홉 살 소녀로, 제일 먼저 결혼할 예정이라는 막내딸이 – 마차 발판에 올라서 얼굴을 안에 들이밀고 제 뺨에 뽀뽀했어요. 그때 이후로 다시는 못 만났지만, 저는 그 막내딸을 지금도 친구로 여긴답니다.

벽난로 불길과 등잔 불빛이 비쳐서 어둡고 차가운 바깥에 더없이 밝고 따뜻하게 보이던 창문은 금방 사라지고, 우리는 바닥에 쌓인 눈을 다시 짓밟고 진흙탕을 다시 첨벙댔어요. 마차는 힘겹게 나아가도, 음울한 도로는 여태 지나온 길보다 나쁘지 않고, 역참은 15km밖에 안 남았어요. 여인숙 커다란 벽난로 앞에서 담배를 맛나게 태우던 모습을 보고,

마차에서 태워도 괜찮다고 제가 간곡히 말한 터라, 동반자는 조수석에서 담배를 태우면서도 예전처럼 사방을 살피고, 앞에서 마차나 사람이 나타나기만 하면 재빨리 내리고 올라탔어요. 마차 등잔불이 환한데도, 조그만 손 등잔이 마음에 드는지 불을 붙이고 있다, 저를 비추어서 괜찮은지 확인도 했어요. 마차 머리에 접이식 창문이 하나 있지만, 저는 한 번도 안 닫았어요. 희망을 닫는 것 같았거든요.

결국 우리는 역참에 도착했는데, 잃어버린 흔적은 여전히 못 찾았어요. 말을 바꾸려고 멈추었을 때 초조한 눈으로 쳐다보았지만, 버킷 수사관이 하인을 바라보는 표정이 훨씬 침통한 걸 보면 특별한 증언은 못 들은 게 분명했어요. 그런 직후에 제가 의자에 등을 기대며 축 늘어지는 순간, 버킷 수사관이 손 등잔을 비춰서 안을 들여다보는데, 잔뜩 흥분한 게 완전히 다른 사람 같았어요. 그래서 제가 깜짝 놀라며 물었어요.

"무슨 일이에요? 귀부인을 찾았나요?"

"아니에요, 아니야. 자신을 속이지 맙시다, 아가씨. 이 길에는 아무도 없어요. 이제 알 것 같아요!"

눈이 그 속눈썹에도 그 머리칼에도 그 옷 주름에도 쌓였어요. 버킷 수사관은 얼굴에 쌓인 눈을 털어내고 숨을 길게 들이마신 다음에 집게손가락으로 무릎 덮개를 톡톡 치며 말했어요.

"앞으로 내가 하려는 행동에 놀라지 말아요, 에스더 아가씨. 나를 알잖아요. 나는 수사관 버킷이며, 아가씨는 나를 믿어야 해요. 지금까지 먼 길을 왔지만, 걱정하지 말아요. 어이, 다음 역참에다 말 네 필을 준비하라고 해! 서둘러!"

마당에서 소동이 일고, 마구간에서 한 사람이 급히 뛰어나와, 상행인지 하행인지 물었어요.

"상행! 상행이라고! 무슨 말인지 몰라? 상행!"

제가 깜짝 놀라며 물었어요.

"상행이요? 런던으로! 돌아가는 건가요?"

"에스더 아가씨, 돌아가는 거예요. 런던으로 곧장. 아가씨는 나를 알아요. 걱정하지 말아요. 다른 사람을 쫓아야 해요."

"다른 사람요? 누구요?"

"아까 제니라고 했지요? 그 여자를 쫓아야 해요. 말 두 쌍을 가져와, 누구든 1크라운씩 줄 테니. 서둘라고!"

"귀부인을 포기할 순 없어요! 이렇게 끔찍한 밤에 모든 걸 포기한 마음으로 걸어가는 분을 단념할 순 없다고요!"

제가 괴로운 표정으로 하소연하면서 그 손을 움켜잡았어요.

"물론입니다, 아가씨, 나는 절대로 포기하지 않아요. 하지만 다른 사람을 쫓아가야 해요. 어서 말을 묶어. 사람을 말 등에 태워서 다음 역참으로 보내, 그다음 역참으로 또 보내서 말 네 필을 준비하라고 시켜, 곧장 올라가도록. 아가씨, 걱정하지 말아요!"

버킷 수사관이 이리저리 뛰어다니며 급하게 지시하고 재촉해서 마당이 온통 요동치는데, 저는 갑작스러운 변화가 당혹스럽기만 했어요. 혼란스러운 가운데 사내 한 명이 말에 올라타서 지시 사항을 전달하러 전속력을 달리고, 마차로 데려온 말은 순식간에 묶이고, 버킷 수사관은 조수석으로 뛰어올라서 저를 다시 쳐다보았어요.

"아가씨, 내가 친숙하게 말하더라도 양해하세요, 필요 이상으로 안달복달하지 말라고요. 당장은 더 말하지 않겠지만, 아가씨는 나를 알아요. 그렇지 않나요?"

저는 걱정스러운 표정으로 상대 손을 꼭 움켜잡고 간신히 속삭였어요. 물론 당신은 판단하는 능력이 나보다 훨씬 뛰어나다, 하지만 이 방법이 옳다고 확신하느냐? 나 혼자라도 어머니를 찾아서 앞으로 계속 가면 안 되겠느냐? 그러자 상대가 대답했어요.

"아가씨, 나도 알아요, 나도 알아. 그런데 내가 아가씨를 엉뚱한 길로 인도하겠어요? 수사관 버킷이? 아가씨는 나를 알아요, 그렇지 않나요?"

제가 그렇다는 대답 말고 뭐라고 하겠어요?

"그렇다면 계속 믿고 따라오세요, 나는 준남작 레스터 데드록 각하를 거드는 만큼, 아가씨를 거드니까요. 여봐, 준비가 끝났나?"

"네, 나리!"

"출발하겠네. 마부, 출발!"

우리는 지금까지 지나온 황량한 길을 거꾸로 내달리며, 살얼음 낀 진흙탕을 가르고 눈을 짓밟았어요, 물레바퀴로 물길을 가르는 것처럼.

CHAPTER LVIII
겨울 낮과 겨울밤

    명문가에 걸맞게 런던의 데드록 저택은 웅장하지만 황량한 거리에서 다른 저택을 여전히 차분하게 바라본다. 현관 복도에 늘어선 조그만 창문에서는 파우더를 하얗게 뿌린 머리들이 하늘에서 세금 없이 온종일 내리는 파우더[28]를 이따금 내다보고, 온실에서는 분홍색 꽃이 틈새마다 파고드는 냉기를 피해서 대응접실 벽난로 불길을 이국적인 자태로 쳐다본다. 귀부인은 링컨셔로 내려갔으나, 금방 돌아올 예정이라는 말이 돈다.

    그러나 소문은 빠르게 늘어날 뿐, 링컨셔로 내려가지 않는다. 런던 주변만 재잘재잘 줄기차게 날아다닌다. 레스터 경이 불행하고 가련하고 구슬프게 이용당했다는 소문이다. 충격적인 이야기가 다양하다. 그래서 10km 반경에 있는 사람은 하나같이 흥겹다. 데드록 가문에 커다란 문제가 생겼다는 소식을 모른다는 건 자신이 별 볼 일 없는 인간임을 증명할 뿐이다. 주름진 목에 분홍색 뺨이 진한 여인 한 명은 레스터

---

28) 프랑스와 전쟁하면서 '머리에 뿌리는 파우더'에 세금을 매기기 시작했다.

경이 귀족원에 제출할 이혼청구 핵심 내용까지 꿰찰 정도다.

보석상 반짝이와 눈부심마다, 포목상 광택과 허영마다, 소문 내용은 시대의 화제며 세기의 추문으로 지금도 떠오르고 나중에도 떠오를 것이다. 단골손님들은 도도하고 고상한 척해도 판매 중인 상품만큼이나 속속들이 간파당한 터라, 계산대 뒤에서 일하는 점원은 새롭게 떠도는 소문을 그대로 알린다. 보석상 반짝이와 눈부심이 문제의 점원에게 "여보게, 손님은 양 떼와 같아, 순진한 양 떼. 두세 마리만 몰면 나머지는 모두 따라온다고. 두세 마리만 파악하면 나머지는 모두 장악할 수 있어"라고 말했기 때문이다. 포목상 광택과 허영도 상류층을 잡아서 자신들이 선택한 유행으로 끌어오는 방법을 직원에게 가르치는 건 똑같다. 도서관 사서 슬래더리 선생 역시, 호사스러운 양 떼를 몰고 다니는 위대한 목동으로, 바로 이날 비슷한 원칙을 인정한다.

"맙소사, 그렇습니다, 선생님, 데드록 귀부인 소문이 상류층 고객 사이에 빠르게 도는 게 사실입니다. 상류층 고객은 무어든 화젯거리가 필요하답니다. 숙녀 한두 분한테만 알려드리면 사방에 퍼트릴 수 있지요. 선생께서 알려주신 색다른 소문 역시 제가 말하는 즉시, 숙녀분들 스스로 사방에 퍼트렸답니다. 데드록 귀부인을 잘 아는 데다, 순진무구한 질투심도 약간은 작용했겠지요. 이번 화제는 상류층 고객 사이에서 인기가 아주 좋을 겁니다. 투자 정보였다면 돈을 충분히 벌었을 정도로요. 허풍이 아니랍니다. 저는 상류층 고객을 연구해서 시계처럼 태엽을 감아주는 걸 업으로 삼거든요."

그래도 소문은 런던 전역에 무성할 뿐, 링컨셔로 내려갈 생각은 않는다. 시간이 가장 정확하다는 근위기병 연대본부 시계가 오후 5시 30분을 가리킬 때 명예로운 밥 스테이블스 입에서 새로운 비평이 나오는데, 예전보다 탁월해서 사람들 입에 오랫동안 오르내리니, 자신은 데드록 귀부인이 가장 많이 손질한 암말이란 건 늘 알았지만, 미친 말이란 건 조금도 몰랐다는 내용으로, 상류사회는 이 비평을 그대로 받아들인다.

어제까지만 해도 데드록 귀부인은 잔치가 열릴 때도 축제가 한창일 때도 가장 우아한 스타로 수많은 별 가운데서 반짝였으나, 지금은 사람들 입에 가장 많이 오르내리는 화젯거리다. 그게 뭐지? 그게 누구지? 그게 언제였지? 그게 어디였지? 어떻게 된 거지? 가깝게 지내던 친구들은 유행하는 말 가운데 가장 점잖은 은어, 최신 어투, 최신 방식, 완벽하게 정중하면서도 무심하게 천천히 말하는 최신 어법으로 데드록 귀부인 얘기를 해댄다. 화제에 담긴 놀라운 특징은 예전에 전혀 거론된 적 없는 사람조차 재밌는 화젯거리로 등장한다는 사실이다. 윌리엄 버피는 산뜻한 화젯거리 가운데 하나를 식당에서 건져내고 의사당으로 가져오니, 소속당 원내총무는 소속 의원들이 집으로 돌아가는 걸 막으려고 코담배 갑과 함께 전달하고, (가발 모서리 밑으로 몰래 듣던) 의장은 "모두 정숙하세요!"라고 세 번이나 소리치나, 소용이 없다.

데드록 귀부인이 화젯거리가 되면서 나타난 또 다른 놀라운 현상은 슬래더리 선생의 상류층 고객 언저리를 맴돌던 사람들조차, 데드록 귀부인을 예전에도 현재도 전혀 모르는 사람들조차, 데드록 귀부인을 아는 척해야, 가장 점잖은 은어, 최신 어투, 최신 방식, 완벽하게 정중하면서도 무심하게 천천히 말하는 최신 어법 기타 등등으로 데드록 귀부인에 대해서 떠도는 소문을 떠들어대야 자기네 평판을 유지할 수 있다고 생각하는 것이니, 나머지는 더 말할 게 없고, 새로울 것 없는 소문이 새로운 소문처럼 돌아다니는 것 역시 더 말할 게 없다. 이들 가운데 문인이나 예술가나 과학자라도 있다면 근거 없는 소문을 버팀목으로 받쳐주니, 그 또한 얼마나 고상한가!

데드록 런던 저택 바깥은 겨울 낮이 이렇게 흘러간다. 그렇다면 저택 내부는 어떤가?

레스터 경은 침대에 누워서 조금은 말할 수 있으나, 힘겹고 어눌한 건 어쩔 수 없다. 절대안정을 취하라는 처방과 함께 아편으로 통증을 달래는데, 통풍이 너무 심하기 때문이다. 레스터 경은 고개를 꾸뻑대며 조는 것처럼 보일 때가 있지만, 절대로 잠들지 않는다. 날씨가 험상궂다는 말을 듣고는 침대를 창문 근처로 옮기고 진눈깨비와 눈이 내리는 게 보이도록 머리 높이와 각도를 조정하게 했다. 그리고는 마냥 내리는 눈과 진눈깨비를 겨울 낮 내내 지켜본다.

아무런 소리도 안 나도록 집안 전체가 조용히 움직이는 가운데, 레스터 경이 손으로 연필을 집는다. 침대 곁에 앉은 늙은 하녀장이 무얼 쓰는지 알아채고 속삭인다.

"아닙니다, 아직 돌아오지 않았습니다, 나리. 수사관이 떠난 건 간밤 늦은 시각입니다. 아직은 시간이 얼마 안 지났습니다."

레스터 경이 손을 거두고 진눈깨비와 눈을 다시 바라본다. 오랫동안 쳐다보니, 눈발이 굵어지면서 빠르게 내리는 것 같다. 소용돌이치는 것처럼 어지러울 때는 눈을 잠시 감을 수밖에 없다.

어지럼증이 가라앉자, 레스터 경은 눈발을 다시 쳐다본다. 낮이 여전히 한창일 때, 귀부인이 돌아올 것에 대비해서 내실을 준비해야 한다는 생각을 떠올린다. 날씨가 정말 춥고 눅눅하다. 벽난로에 불을 활활 땔 때라. 귀부인이 돌아온다고 하인들에게 알려라. 당신이 직접 처리하라. 레스터 경은 석판에 이렇게 쓰고, 라운스웰 부인은 무거운 마음으로 복종한다.

노부인은 시간이 잠시 날 때마다 함께 지내려고 아래층에서 기다리는 아들에게 말한다.

"걱정스럽구나, 조지, 마님이 이 집에 발을 두 번 다시 안 들이실 것 같아서."

"나쁜 예감이네요, 어머니."

"체스니 대저택에도 발을 안 들이실 것 같아, 조지."

"더 나쁜 예감이네요. 왜 그런 예감이 드세요, 어머니?"

"어제 마님을 뵐 때, 조지, 내 눈에 그렇게 보였어, 유령길 걸음 소리에 완전히 빠져든 표정."

"맙소사, 어머니! 그건 옛날이야기에 불과해요, 어머니."

"아니야, 그렇지 않아, 조지. 내가 이 가문에 들어온 게 육십 년이 돼가는데, 예전에는 유령길을 이렇게 두려워한 적이 없어. 이제 무너지는 거야, 위대한 데드록 가문이 무너지는 거야."

"그렇지 않아요, 어머니."

"내가 오래 살아서 이렇게 아프고 힘든 나리를 돌볼 수 있다는 게 고마울 뿐이야. 나리 눈에는 내가 너무 늙은 것도 아니고 쓸모가 없는 것도 아니거든. 하지만 유령길 발소리는 마님을 집어삼킬 거야, 조지. 그 뒤를 오랫동안 쫓아다니더니, 이제 드디어 사로잡는 거야."

"으음, 사랑하는 어머니, 다시 말씀드리지만, 그렇지 않아요."

아들이 말하자, 노부인이 포갠 손을 풀고 머리를 저으면서 대답한다.

"아, 나도 그렇게 생각하고 싶어, 조지. 하지만 내가 두려워하던 게 현실로 나타난다면, 나리한테 알려야 하는데, 누가 알리느냐고!"

"여기는 귀부인이 쓰는 공간인가요?"

"그래, 마님이 떠날 때 모습 그대로야."

기병이 둘러보면서 나지막한 목소리로 말한다.

"맙소사, 어머니가 그렇게 생각하는 이유를 알 것 같아요. 실내 장식을 한 사람한테 맞췄는데, 그 사람이 슬픈 일 때문에 아무도 모르는 곳으로 떠나면, 내부 풍경이 이처럼 섬뜩하게 보이는 법이거든요."

현실과 동떨어진 말은 아니다. 모든 이별은 결국엔 마지막 이별을 예고하며, 주인이 떠나서 텅 빈 방은 당신 방도 내 방도 언젠가는 그렇게 될 현실을 구슬프게 속삭인다. 귀부인이 쓰던 방 역시 공허하며 우울하고 황량하다. 버킷이 간밤에 은밀하게 뒤진 내실에서 드레스와 장신구는 물론 주인이 있을 때 들여다보던 거울조차 쓸쓸하고 공허한 느낌만 가득하다. 겨울 낮이 아무리 춥고 어두워도, 눈보라에 노출된 수많은 움막보다 주인을 잃은 내실이 훨씬 춥고 어둡다. 하인이 벽난로에 불을 활활 피우고, 따뜻한 유리 방열판 안쪽에 소파와 의자를 갖다 놓아서 구석까지 빨간빛이 골고루 비추게 해도, 어떤 빛도 그늘을 몰아낼 수 없다.

늙은 하녀장과 아들은 준비를 마칠 때까지 그 방에 머물다, 하녀장 혼자 위층으로 돌아간다. 그동안 비운 자리를 볼룸니나가 대신하는데, 진주 목걸이와 입술연지는 배스를 아름답게 꾸밀지언정, 환자가 침대에 누운 상황에서는 아무런 도움이 안 된다. 볼룸니나는 문제가 무언지 (실제로 아는 것도 없지만) 아는 척하면 안 되는 데다, 환자를 간호하는 것 역시 쉬운 일이 아니라는 걸 깨닫고는 침대보를 펴고 발끝으로 걷고 친척 눈을 자세히 들여다보다, "잠자는군"이라고 한탄하니, 레스터 경이 불필요한 한탄에 불끈하며 석판에 "안 자"라고 쓴다.

그래서 볼룸니나는 늙은 하녀장에게 침대 곁 의자를 내주고 동정 어린 한숨을 내쉬면서 약간 떨어진 식탁에 앉는다. 레스터 경은 진눈깨비와 눈을 바라보며, 기다리던 발소리가 들리나 귀를 기울인다. 오래된 초상화에서 나와, 데드록을 다른 세상으로 데려가려는 것처럼 보이는 늙은 하녀장 양쪽 귀에는 "누가 알리느냐고!"가 침묵 속에서 메아리친다.

레스터 경은 아침에 하인을 시켜서 차림새를 가다듬고 상황이 허락하는 만큼 일어나 앉았다. 베개로 등을 받치고, 백발은 평소처럼 빗질하고, 내복은 깨끗하게 갈아입고, 꽤 괜찮은 실내복으로 온몸을 감쌌다. 외알 안경도 회중시계도 바로 옆에 준비했다. 힘들어하는 모습을 최대한 숨기고 평소처럼 보여야 한다, 자신이 아니라 귀부인의 존엄을 위해. 여자는 수다가 심하니, 볼룸니나 역시 데드록 혈통인데도 예외가 아니다. 레스터 경이 볼룸니나를 붙잡아두는 건 다른 곳에서 수다를 못 떨게 하려는 목적이 확실하다. 레스터 경은 병이 심해도, 몸과 마음의 고통을 용감하고 의연하게 이겨낸다.

어여쁜 볼룸니나는 오랫동안 침묵하면 '따분함'이라는 괴물에 사로잡힐 수밖에 없는 쾌활한 여성이니, 곧바로 연달아 하품해서 괴물이 다가온 징후를 노골적으로 드러낸다. 대화 말고는 그 무엇도 하품을 억누를 수 없다는 걸 깨닫자, 볼룸니나는 라운스웰 부인에게 아들을 칭찬하며, 군인처럼 멋진 사내라고, 이름이 뭐였더라, 자신이 제일 좋아하는 근위기병, 자신이 홀딱 반해서 마냥 좋아하던 군인, 워털루에서 전사한 군인[29]이 절로 떠오른다고 선언한다.

레스터 경은 칭찬하는 말을 듣고 깜짝 놀라서 혼란스러운 표정으로 둘러보고, 라운스웰 부인은 설명할 수밖에 없다고 느낀다.

"볼룸니나 아씨가 언급한 사람은 큰아들이 아니라, 나리, 둘째 아들이랍니다. 마침내 찾았답니다. 그래서 집으로 돌아왔답니다."

레스터 경이 거친 소리로 침묵을 깬다.

"조지가? 둘째 아들 조지가 돌아왔다는 거요, 라운스웰 부인?"

늙은 하녀장이 눈물을 훔친다.

---

29) '제2 근위기병대' 병장으로 워털루 전투에서 프랑스군 열 명을 칼로 죽이고 전사한 국민 영웅, '존 쇼'다.

"네, 나리. 하느님 덕분에."

잃어버린 사람을 찾았다는 게, 오래전에 집을 나간 사람이 돌아왔다는 게 레스터 경에게 강한 희망을 불러일으킨 걸까? '이렇게 많은 세월이 흐른 뒤에도 사람을 찾아내는데, 내가 모든 수단을 동원한다면, 나간 지 몇 시간밖에 안 되는 부인을 왜 못 찾겠어?'라고 생각하는 걸까?

주변에서 아무리 간청해도 소용이 없다. 레스터 경은 이제 말해야겠다 결심하고, 그렇게 한다. 그래서 거칠지만 충분히 알아들을 소리가 흘러나온다.

"왜 말하지 않았소, 라운스웰 부인?"

"하루밖에 안 됐습니다, 나리, 말씀을 드릴 만큼 몸이 좋으신지 의심스럽기도 했고요."

그때 비로소 볼룸니나는 그 사람이 라운스웰 부인의 아들인 걸 아무한테도 말하지 말아야 했다는 사실을 떠올리고 조그만 비명을 내지른다. 하지만 라운스웰 부인은 가슴받이를 부풀려, 나리가 좋아지면 당연히 말씀드렸을 거라며 온화하게 말하고, 레스터 경은 묻는다.

"지금 어디에 있나요, 라운스웰 부인?"

라운스웰 부인은 레스터 경이 의사의 지시를 어기는 모습에 적지 않게 놀라며, 런던이라고 대답한다.

"런던 어디요?"

라운스웰 부인으로선 지금 이 저택에 있다고 인정할 수밖에 없다.

"당장 이 방으로 데려오세요. 당장 데려와."

늙은 하녀장은 아들을 데리러 갈 수밖에 없고, 레스터 경은 온 힘을 다해서 자세를 고치며 조지를 맞으려 준비한다. 그러다 떨어지는 진눈깨비와 눈을 다시 내다보고 발걸음 소리가 들리나 귀를 기울인다. 하지만 소리를 잠재우려고 바로 앞 도로에 밀짚을 잔뜩 깔았으니, 설사 귀부인이 마차를 타고 온다 해도 소리는 들릴 리 없다.

다시 눕는 걸 보면 조금 전에 살짝 놀란 일을 잊은 게 분명할 때, 하녀장이 기병 아들을 데리고 돌아온다. 조지는 침대 곁으로 살며시 다가가서 허리를 숙이며 인사하고 상체를 쭉 펴서 똑바로 서는데, 진심으로 창피해서 얼굴을 빨갛게 물들이고, 레스터 경은 감탄한다.

"맙소사, 정말 조지 라운스웰이로군! 나를 기억하나, 조지?"

기병은 상대를 쳐다보면서 무슨 소린지 파악하다, 어머니가 살짝 거드는 가운데, 그 의미를 깨닫고 대답한다.

"당연합니다, 레스터 경을 기억하지 못한다는 건 말도 안 됩니다."

레스터 경이 다시 힘겹게 말한다.

"자네를 보니, 조지 라운스웰, 체스니 대저택에서 뛰놀던 어린애가 생각나는구먼. 또렷하게 기억나, 또렷하게."

레스터 경은 두 눈에 눈물이 고일 때까지 기병을 바라보다, 진눈깨비와 눈을 다시 쳐다본다.

"죄송하지만, 레스터 경, 제가 팔로 잡아서 일으켜 앉혀도 되겠습니까? 그럼 편히 누울 수 있을 겁니다, 레스터 경."

"그래 주겠나, 조지 라운스웰? 도와주고 싶다면."

기병은 두 팔로 레스터 경을 어린애처럼 가볍게 들어서 얼굴이 창문을 똑바로 바라보도록 돌려준다.

"고맙네. 착한 어머니를 빼닮았군. 힘도 세고. 고맙네."

레스터 경이 사례하고는 멀리 가지 말라고 한 손으로 신호하니, 조지는 침대 곁에 가만히 머물면서 무슨 말이 나오기만 기다리고, 레스터 경은 상당한 시간을 들여서 묻는다.

"그동안 숨은 이유가 무언가?"

"사실, 저는 자랑할 게 별로 없는 인간이며, 지금도 - 레스터 경께서 병환 중만 아니라면 - 어서 쾌차하시길 바라는데 - 모습을 드러내지 않았을 겁니다. 제가 숨은 이유는 누구나 쉽게 추측할 것들인데, 지금은 말씀드리기에 적절치 않고, 저한테도 바람직하지 않습니다. 사람마다 의견은 다양하겠지만, 제가 자랑할 게 별로 없는 인간이라는 사실만큼은 누구나 동의할 것 같습니다."

"자네는 군인이었어, 믿음직한 군인."

조지가 군대식으로 경례하며 대답한다.

"그 부분에 관한 한, 레스터 경, 저는 엄한 군기를 지키고 주어진 의무를 다했으니, 그건 제가 할 수 있는 최소한이었습니다."

조지가 대답하자, 레스터 경은 상대를 더 열심히 바라보며 말한다.

"자네도 알겠지만, 나는 몸이 안 좋아, 조지 라운스웰."

"안타깝습니다, 레스터 경."

"그렇겠지. 아아, 오랜 질병이 있는데, 뇌졸중까지 갑자기 찾아왔어. 당혹스럽고……"

레스터 경이 한 손을 내리려고 애쓰며 이어간다.

"……혼란스러워."

조지가 공감하고 동정하는 표정으로 다시 허리를 숙이며 인사한다. 한창 젊던 시절이(기병이 막 청년이던 시절이), 체스니 대저택에서 서로를 쳐다보던 시절이 정겹게 다가온다.

레스터 경이 침묵으로 다시 빠져들기 전에 생각난 걸 말하려고 굳게 결심한 듯, 베개 사이에서 몸을 조금 더 일으키려 애쓴다. 조지는 두 팔로 다시 붙잡아서 레스터 경이 바라는 자세를 만들어준다.

"고맙군, 조지. 자네가 도와주니 정말 편하군. 체스니 대저택에서도 여별로 가져온 총을 자네가 들어주곤 했지, 조지. 그런 독특한 상황마다 나는 자네가 편해, 정말 편해."

조지는 그나마 괜찮은 레스터 경 팔을 자기 어깨에 올려서 일으켜 앉히고, 레스터 경은 그 팔을 천천히 거두며 말한다.

"이번에 닥친 뇌졸중은 불행하게도 우리 귀부인과 나 사이에 오해가 약간 생길 때 찾아왔어. 우리 사이에 불화가 있다는 말은 아니야. 그런 건 하나도 없으니까. 하지만 우리 두 사람한테만 중요한, 특정 상황에 대한 오해가 생겨서 우리 귀부인이 잠시 떠난 거야. 여행을 안 떠날 수 없었거든. 하지만 금방 돌아올 거야. 볼룸니나, 내 말 똑똑히 들었소? 말을 할 때 발음이 제대로 안 돼서 말이오."

볼룸니나는 레스터 경이 한 말을 완벽하게 이해한다. 사실, 레스터 경이 하는 말은 조금 전까지 상상도 못 할 정도로 또렷하다. 그렇게 말하려 애쓰는 표정까지 얼굴에 그대로 나타난다. 목적의식이 그만큼 강한 것이다.

"그래서 볼룸니나, 당신이 있는 앞에서 ─ 그리고 진정성과 충성심을 누구도 의심할 수 없는 오랜 하인이자 친구, 라운스웰 부인이 있는 앞에서, 그리고 우리 조상들이 살던 체스니 대저택에서 지낸 젊은 시절이 편한 추억처럼 돌아온 조지가 있는 앞에서 ─ 말하고 싶소, 이대로 쾌차하면 좋겠지만, 나중에 병이 심해질 때를, 회복하지 못할 때를, 말도 못하고 글을 쓸 힘도 없을 때를 대비해서⋯⋯"

늙은 하녀장은 조용히 흐느끼고, 볼룸니나는 잔뜩 긴장해서 두 뺨이 빨갛게 물들고, 기병은 두 팔을 팔짱 끼고 머리를 살짝 기울인 채 공손히 듣는다.

"⋯⋯말하고 싶소, 여러분 모두를 증인으로 삼아 ─ 볼룸니나, 무엇보다 당신부터 시작해서 ─ 나는 데드록 귀부인과 사이가 틀어지지 않았다고. 나는 귀부인을 비난할 이유가 하나도 없다고. 나는 귀부인을 더없이 강력하게 사랑하며, 그 사랑은 여전히 변함없다고. 이렇게 말해요, 귀부인한테, 그리고 모든 사람한테. 내 말을 줄여서 한다는 건 나를 일부러 기만하는 짓이 될 것이오."

볼룸니나는 몸을 부르르 떨면서, 당신이 한 말을 한 자도 안 빼고 그대로 말하겠다고 강변한다.

"우리 귀부인은 주변 사람보다 대체로 신분이 너무 높고 너무 잘생기고 너무 교양있고 너무 능력이 탁월한 나머지, 적도 많고 중상모략하는 사람도 없을 수 없소. 그들 모두에게 확실히 알리시오, 내가 여러분에게 확실히 알리듯이, 지금 나는 정신도 기억도 이해력도 또렷하다는 사실을, 나는 우리 귀부인에게 베푼 호의를 그 무엇도 철회하지 않는다는 사실을. 나는 지금까지 우리 귀부인에게 부여한 특권을 그 무엇도 박탈하지 않는다는 사실을. 나는 우리 귀부인과 사이가 틀어진 게 없으며, 내가 우리 귀부인의 이익과 행복을 바라며 진행한 모든 조치를 – 내가 마음만 먹으면 충분히 철회할 힘이 있는데도 – 무엇 하나 철회하지 않는다는 사실을."

레스터 경이 질서 정연하게 한 말은 다른 때라면, 예전에도 자주 그랬으니, 우습게 들릴 수 있겠지만, 이번에는 진지하고 애절하다. 고상한 진정성, 부인에 대한 믿음, 부인을 용감하게 방어하는 행위, 크나큰 자부심과 과실을 부인을 생각해서 자비롭게 모두 이겨낸 행동이 더없이 고귀하고 남자답고 진실하다. 이처럼 고결하고 영광스러운 품성은 비천한 노동자한테도 나타날 수 있고 명문가에 태어난 신사한테도 나타날 수 있다. 그런 점에서 양쪽 모두 흙에서 나온 자녀답게 똑같이 반짝이고, 똑같이 열망하고, 똑같이 일어난다.

레스터 경은 힘겹게 말하다 지쳐서 베개로 머리를 누이고 두 눈을 감더니, 일 분도 안 돼서 바깥 날씨를 다시 바라보고 방음 처리한 소리에 집중한다. 기병이 살짝 거들고 레스터 경이 받아들인다는 차원에서, 기병은 레스터 경에게 꼭 필요한 사람이 되고 말았다. 무슨 말도 없지만, 모두 그렇게 받아들인다. 그래서 기병은 한두 걸음 물러나 어머니 의자 바로 뒤에 우뚝 서서 지켜본다.

겨울 낮이 밀려난다. 하얀 눈은 안개와 진눈깨비로 녹아들면서 어두워지고, 활활 타오르는 불길은 벽과 가구에 생생하게 어린다. 어둠은 늘어나고, 가로등 불빛은 거리마다 피어나고, 여전히 고집스럽게 버티는 기름 등잔은 생명의 원천이 반은 얼고 반은 녹은 채 물에서 튀어오른 물고기처럼[30] 헐떡거린다. 세상은 마차 바퀴를 덜거덕대며 밀짚을 넘어서 초인종 밧줄을 당기고 "병세를 묻고" 집으로 돌아가서 옷을 갈아입고 만찬을 들며, 앞에서 언급한 최신 방식을 모두 동원해서 가까운 친구와 말을 주고받는다.

이제 레스터 경은 상태가 나빠져서 초조하고 불안하고 엄청난 고통에 시달린다. 볼룸니나는 (못마땅하게 행동할 수밖에 없는 운명이라) 촛불을 켜자마자, 아직 어둡지 않으니 어서 불을 끄라는 말을 듣는다. 하지만 날이 매우 어둡다, 밤새 똑같을 만큼 어둡다. 그래서 불을 다시 붙이려 한다. 안 돼! 어서 꺼. 아직 어둡지 않아.

늙은 하녀장은 레스터 경이 어둡지 않다는 허구를 붙잡으려 애쓰는 이유를 누구보다 먼저 이해한다. 그래서 부드럽게 속삭인다.

"친애하는 레스터 경, 명예로운 주인님, 주인님의 건강을 위해, 주인님께서 어두운 곳에 외롭게 누워서 지켜보고 기다리며 시간을 붙잡지 않기를 간청드립니다. 제가 커튼을 치고 촛불을 켜서 주인님이 편히 쉬도록 하겠습니다. 교회 시계는 똑같이 울리고, 나리, 밤은 똑같이 지나갈 테니까요. 우리 귀부인 역시 똑같이 돌아오시고요."

---

30) 등잔 기름이 고래 기름이라는 사실을 재미나게 드러낸 표현이다.

"나도 알아요, 라운스웰 부인, 하지만 기운이 떨어져…… 우리 귀부인은 너무 오랫동안 안 오고."

"오랜 시간이 아니에요, 나리. 아직 24시간도 안 지난 걸요."

"하지만 그건 정말 오랜 시간이야. 아, 정말 오랜 시간!"

레스터 경이 끙끙대며 말해서 라운스웰 부인의 심장을 쥐어짠다.

지금은 레스터 경에게 불빛을 정면으로 비출 때가 아니라는 걸 라운스웰 부인은 깨닫는다. 그 눈물은 너무나 신성해서 차마 드러낼 수 없다는 생각도 든다. 그래서 아무 말 없이 어둠 속에 가만히 앉아있다, 조용히 움직이면서 벽난로 불길도 뒤척이고 어두운 창가에서 바깥도 내다본다. 마침내 레스터 경이 자제력을 회복한다.

"당신 말대로, 라운스웰 부인, 솔직히 인정해도 괜찮겠구려. 날이 저물었는데도 사람들은 안 오네요. 촛불을 켜요!"

촛불을 켜고 바깥 날씨를 차단하니, 이제 레스터 경한테 남은 건 가만히 듣는 것뿐이다.

하지만 레스터 경은 아무리 낙담하고 고통스러워도, 귀부인 내실 벽난로에 불을 피우는 등 귀부인을 맞이할 준비에 최선을 다한다는 대답에 기력을 되찾는다. 뻔한 대답인데도, 귀부인이 돌아오리라는 상상에 다시 희망을 거는 것 같다.

자정이 다가오는데, 실내는 여전히 공허하다. 거리를 지나던 마차는 사라지고, 어떤 사내가 곤드레만드레 취해서 꽁꽁 언 거리를 고래고래 소리치며 지나갈 뿐, 늦도록 일어나던 소리는 끝내 사라졌다. 겨울밤이 너무나 고요하다. 깊은 침묵에 귀를 기울이는 건 깊은 어둠을 바라보는 것과 같다. 멀리서 소리가 일더라도, 깜깜한 어둠을 희미한 불빛이 스치고 지나는 수준이라, 정적은 더 짙게 깔릴 뿐이다.

하인은 (간밤에 한숨도 못 잔 터라, 모두 기꺼운 마음으로) 잠자리에 들고, 레스터 경을 지키는 사람은 라운스웰 부인과 조지가 전부다. 겨울밤이 느리게 지날 때 - 아니, 2시와 3시 사이에서 완전히 멈춘 것 같을 때 - 두 사람은 레스터 경이 바깥 날씨를 끊임없이 궁금하게 여기는 걸 깨닫는다. 그래서 조지는 30분마다 저택 내부를 규칙적으로 순찰하다 현관까지 가서 바깥을 살피고, 날씨가 최악이라고, 진눈깨비가 계속 내린다고, 질척질척한 눈이 현관 돌계단에 발목 높이까지 쌓였다고, 최대한 정확하게 보고한다.

볼룸니아는 계단 안쪽 층계참에 있는 방에서 - 조각품과 금장 예술품을 지나 모서리를 두 번 돌아가고, 제대로 못 그려서 처박아둔 레스터 경 초상화가 무섭게 노려보고, 낮에는 마당에 있는 깡마른 홍차 조상처럼 생긴 관목이 내다보이는 방에서 - 다양한 공포에 시달린다. 레스터 경한테 "무슨 일이 생긴다면" 얼마 안 되는 수입조차 사라질 수 있다는 공포도 그중에 하나 같다. 그렇게 된다면 결과는 너무나 참혹할 테니, 준남작이 살아있는 동안 그런 일은 결코 없도록 장치해야 한다.

볼룸니아는 섬뜩한 공포에 시달리다, 방에서 잠잘 수도 없고 벽난로 앞에 앉아있을 수도 없다는 걸 깨닫고, 널찍한 숄로 금발 머리를 감싸고 널찍한 천으로 늘씬한 몸뚱이를 감싼 채 저택 내부를 유령처럼 돌아다니다, 여전히 안 돌아오는 사람을 맞을 준비를 마친, 따듯하고 화려한 귀부인 내실에 출몰한다. 볼룸니아는 이런 상황에서 혼자 다닐 순 없다는 생각에 하녀를 수행시키니, 따듯한 잠자리에서 일어난 하녀는 너무나 춥고 너무나 졸린 데다, 이런 여자 뒤치다꺼리나 하는 상황이 저주스러운 나머지, 앞으로 천 년은 그렇게 살아야 하는 것처럼 험악한 표정이 얼굴에 가득하다.

하지만 기병이 순찰하면서 정기적으로 찾아올 때마다 볼룸니아와 하녀는 안도감이 들어서 겨울밤 짧은 시간이나마 그렇게 반가울 수 없다. 그래서 기병이 다가오는 소리가 들릴 때마다 두 사람 모두 옷매무시를 고치며 준비하나, 나머지 시간에는 서로 한눈을 파느라, 볼룸니나가 의자에 앉아서 벽난로 울타리에 두 발을 올려놓았는데, 두 발이 불길에 닿았다거나 안 닿았다는 식으로 가시 돋친 말만 주고받으니, 해결사는 다시 찾아오는 기병밖에 없다.

"레스터 경은 어떤가요, 조지 선생?"

볼룸니나가 물으면서 머리 위 숄을 고쳐 쓴다.

"아아, 차도가 없답니다, 아씨. 병세가 심하고 기운이 없어요. 어떨 때는 정신마저 살짝 왔다 갔다 한답니다."

"나를 부르진 않나요?"

볼룸니나가 다정하게 묻는다.

"아닙니다. 그런 것 같진 않습니다, 아씨. 제가 듣는 앞에서는."

"정말 슬픈 시간이에요, 조지 선생."

"맞아요, 아씨. 이제 잠자리에 드시는 게 안 좋겠어요?"

조지가 말하자, 하녀가 날카롭게 끼어든다.

"맞아요, 이제 잠자리에 드시는 게 좋아요, 볼룸니나 아씨."

하지만 볼룸니나는 대답한다. 안 돼! 안 돼! 어느 순간에 부를지 모른다. "무슨 일이 생겼는데" 그 자리에 없다가는 자신을 영원히 용서할 수 없을지도 모른다. 그렇다면 (레스터 경이랑 훨씬 가까운) 볼룸니나 방이 아니라 여기에 있는 이유가 뭐냐고 하녀가 묻지만, 볼룸니나는 대답을 거부한 채, 자신은 그냥 있겠다고 완고하게 선언한다. 그러면서 자신은 – 눈이 20개나 30개는 되는 듯 – "지금까지 눈 하나 안 감았다"고 자랑하지만, 이 말은 불과 5분 전에 두 눈을 떴다는 너무나 구체적인 사실과 어긋날 수밖에 없다.

하지만 4시가 되어도 여전히 똑같자, 볼룸니나 역시 결심이 흔들린다, 아니, 더욱 강해진다. 날이 밝은 다음을 준비해야 한다는, 혹시나 손님이라도 찾아오면 자신이 접대해야 한다는 생각이, 그 자리에 있고 픈 의지가 아무리 강하더라도, 자신을 희생하고 그곳을 떠나야 한다는 생각이 떠오른 것이다. 그런 참에 기병이 다시 나타나서 "이제 잠자리에 드시는 게 안 좋겠어요?"라는 말을 또 하고 하녀 역시 어느 때보다 날카롭게 "이제 잠자리에 드시는 게 좋아요, 아씨!"라고 말할 때, 볼룸니나는 순순히 일어나서 "그대들이 최선이라고 생각하는 대로 하지요!"라고 대답한다.

조지는 당연히 볼룸니나에게 팔을 내주어 방문 앞까지 에스코트하는 게 최선이라 생각하고, 하녀는 당연히 볼룸니나를 잠자리로 재빨리 몰아넣는 게 최선이라 생각한다. 그래서 모두 그렇게 하고, 기병은 혼자 집을 순찰한다.

날씨가 좋아진 느낌은 조금도 없다. 현관에서, 베란다에서, 처마마다, 턱진 곳과 말뚝과 기둥마다 눈 녹은 물이 뚝뚝 떨어진다. 은신처를 찾는 듯 커다란 문틈으로 파고들고, 그 밑으로 파고들고, 창문 모서리마다 파고들고, 움푹 들어간 틈새마다 파고들다 힘을 잃으며 죽어간다. 진눈깨비는 지붕으로, 채광창으로, 심지어 채광창 사이로 계속 내리며 유령길처럼 규칙적으로 돌바닥에 뚝, 뚝, 뚝 떨어진다.

기병은 촛불을 들고 계단을 오르고 이런저런 방을 지나다 ─ 예전에 살던 체스니 대저택만큼은 아닐지라도 ─ 적막하고 웅장한 분위기에 옛 추억이 절로 떠오른다. 지난 몇 주 사이에 겪은 다양한 사건도 떠오르고 소박한 어린 시절도 떠오르다, 두 시기가 드넓은 시공을 가로지르며 하나로 이상하게 모인다. 살해당한 변호사 모습도 떠오르고, 자신이 순찰하는 화려한 내실에서 최근까지 머물던 흔적을 남긴 채 사라진 귀부인도 떠오르고, 위층에 있는 저택 주인도, "누가 알리느냐!"는 불길

한 예감도 떠올라, 기병은 여기를 쳐다보고 저기를 쳐다보다, 무언가
보인 것 같아 대담하게 다가가서 손을 뻗어, 환상인 걸 깨닫는다. 모든
게 공허하다, 위도 아래도 어두운 만큼이나 공허하다. 기병이 웅장한
계단을 다시 오르는 동안에도 무서운 정적만큼이나 공허하다.

"준비는 모두 잘 되었겠지, 조지 라운스웰?"

"네, 준비는 모두 잘 되었습니다, 레스터 경."

"소식은 없고?"

기병은 고개를 끄덕인다.

"빠뜨린 편지도 없고?"

하지만 그럴 가능성이 없다는 걸 아는 터라, 레스터 경은 대답을
안 기다리고 머리를 누인다. 조지는 레스터 경이 몇 시간 전에 말한
것처럼 편안하게 레스터 경을 들어서 아직도 오래 남은 공허한 겨울밤
을 편히 보내도록 누이더니, 레스터 경이 말하지 않은 것까지 편안하도
록, 촛불을 끄고 커튼을 걷어서 이제 막 터오는 햇살이 깃들게 한다.
태양이 유령처럼 떠오른다. 그래서 경고하는 빛줄기를 죽음처럼 차갑
고 흐릿하고 애매하게 들이미는 게, 마치 "내가 들이민 색깔을 보라고!
누가 알리느냐고!"라 소리치는 것 같다.

337

CHAPTER LIX
에스더 이야기

런던 외곽에 늘어선 주택이 나타나고 시골 풍경을 몰아내면서 좋은 길로 접어든 건 새벽 3시였어요. 눈이 계속 내리고 끊임없이 녹아, 지금껏 우리는 대낮에 내려갈 때보다 훨씬 나쁜 길을 돌아왔어요. 말이 제대로 못 나아가서 거들어야 할 때도 너무 많았어요. 언덕을 오르다 중간에 멈추기도 하고, 물살이 사나운 개울을 건널 때는 잡아끌기도 하고, 말이 미끄러져서 마구를 풀어야 할 때도 있었어요. 하지만 동반자는 한 번도 안 지쳤어요. 조그만 손 등잔을 늘 준비하다, 힘든 일이 닥칠 때마다 순식간에 해결한 다음, 조수석에 올라타며 늘 변함없이 사무적으로 "마부, 출발!"이라고 말했어요.

동반자가 돌아오는 내내 한결같이 보여준 확신과 자신감을 저는 어떻게 받아들여야 좋을지 몰랐어요. 한 번도 안 흔들리는 건 물론이고 런던 몇 킬로미터 지점에 들어설 때까지 중간에 마차도 안 세웠어요. 여기저기서 몇 마디 들은 게 전부였어요. 그래서 새벽 3시와 4시 사이에 이즐링턴으로 들어섰어요.

매분 매초 어머니랑 멀어진다는 생각이 들어서 불안하고 초조했다는 이야기는 안 하겠어요. 동반자 판단이 옳아야 한다는, 제니 아주머니를 찾아서 만족스러운 결과를 꼭 구해야 한다는 희망을 강하게 품었던 것 같아요. 그런데도 마차를 타고 오는 내내 속으로 의심하고 궁리하면서 저 자신을 괴롭혔어요. 제니 아주머니를 찾으면 어떻게 될까, 이렇게 낭비한 시간을 어떻게 벌충할까 하는 의문을 도저히 떨쳐낼 수 없었어요. 계속 흔들리며 속을 끓일 때 마차가 멈췄어요.

역참이 있는 큰 도로였어요. 동반자는 지금까지 고생한 마부 두 명에게, 하나같이 진흙탕을 뒤집어쓴 모습이 진창길을 마차만큼이나 질질 끌려온 것 같은 마부에게 돈을 주고는, 마차를 가져가야 할 곳을 짧게 설명하고, 제가 마차에서 내리도록 들어주더니, 나머지 마차 가운데서 고른 전세 마차에 태웠어요. 그러면서 말했어요.

"맙소사, 아가씨! 온몸이 흠뻑 젖었군요!"

저는 몰랐어요. 하지만 눈 녹은 물이 마차로 스며들고, 말이 쓰러져서 버둥댈 때 두세 차례 마차에서 내렸다 타느라 물기가 드레스로 파고들었던 거예요. 저는 아무렇지 않다고 대답했지만, 동반자를 아는 마부는 모르는 척할 수 없어, 도로변을 달려서 마구간으로 가더니 깨끗하게 마른 지푸라기를 한 아름 가져왔어요. 그래서 제가 앉을 자리 주변에 따뜻하고 편안하도록 넉넉하게 뿌렸어요. 제가 문을 닫은 다음에는 버킷 수사관이 창문으로 머리를 집어넣고 말했어요.

"앞으로 그 사람을 쫓아갑니다. 시간이 조금 걸리겠지만, 신경 쓰지 마세요. 나한테 그럴만한 이유가 있다는 걸 확실히 알잖아요. 그렇지 않은가요?"

저는 그게 무언지 생각을 안 했다고, 짧은 시간에 이해할 것 같지도 않다고, 하지만 버킷 수사관을 믿는다고 대답했어요.

"그럼 나를 믿는군요, 아가씨. 분명히 말하지요! 내가 겪은 바에 따르면, 아가씨는 내가 아가씨를 믿는 절반만 나를 믿어도 충분해요. 아가씨는 조금도 방해하지 않았어요. 살면서 수많은 아가씨를 보았지만, 상류층 아가씨도 많이 보았지만, 늦은 밤에 잠자리에서 불려 나온 뒤로 아가씨처럼 행동한 아가씨는 한 번도 못 보았어요. 아가씨는 훌륭한 모범이에요, 바로 그게 아가씨예요, 정말 훌륭한 모범."

버킷 수사관이 다정하게 하는 말에, 저는 방해가 안 되어서 매우 기쁘다고, 정말 기쁘다고, 앞으로도 방해가 안 되길 바란다고 대답했어요.

"젊은 아가씨가 용감하면서 온순하고, 온순하면서 용감하면 최고라고 할 수 있지요, 더 바랄 게 없을 정도로, 아가씨. 그러다 보면 여왕이 되는데, 아가씨가 바로 그래요."

버킷 수사관은 이렇게 힘을 북돋더니 – 쓸쓸하고 불안한 상황에서 저한테 엄청난 힘을 주더니 – 조수석에 올라타고, 마차는 도시를 내달렸어요. 마차가 어디로 가는지는 당시에도 모르고 이후에도 몰랐지만, 런던에서 가장 비좁고 나쁜 길을 찾아가는 것 같았어요. 버킷 수사관이 마부에게 방향을 가리킬 때마다 저는 그런 길로 더 깊이 빠져들 준비를 했는데, 예상이 빗나간 적은 없었어요.

가끔은 넓은 도로로 나오기도 하고 불빛이 환하고 비교적 커다란 건물로 다가가기도 했어요. 우리가 먼 길을 처음 나설 때 방문한 것 같은 경찰서에도 들르고, 버킷 수사관은 다른 경찰관들과 이런저런 대화를 주고받았어요. 가끔은 아치나 모서리로 다가가서 손 등잔 불빛을 비추기도 했어요. 그러면 어두운 곳 여기저기에서 비슷한 불빛이 수많은 반딧불처럼 불가사의하게 나타나고 새로운 대화를 주고받았어요. 그러는 사이에 수색 범위가 줄면서 또렷하게 드러나는 것 같았어요.

파출소 한 곳에서는 버킷 수사관이 파악하려는 내용과 위치까지 알려주었고요. 버킷 수사관이 그런 경찰관 한 명과 한참 대화하는데, 때때로 고개를 끄덕이는 걸 보면 극히 만족스러운 것 같았어요. 대화가 끝나자, 버킷 수사관은 마음이 급하면서도 기분 좋은 표정으로 다가와서 말했어요.

"이제, 에스더 아가씨, 무슨 일이 일어나더라도 놀라지 마세요. 지금 당장으로선 결국 그 사람을 찾아냈으며, 아가씨가 도와줄 일이 생길 수도 있다는 말만 하겠어요. 이런 부탁까지 하고 싶진 않지만, 나랑 조금 걸을까요?"

물론 저는 마차를 즉시 내려서 버킷 수사관 팔을 잡았어요.

"바닥이 미끄러워서 쉽진 않겠지만, 천천히 걸으세요."

머리가 혼란스럽기도 하고 거리도 급하게 건넜지만, 어딘지 알 것 같았어요.

"홀본인가요?"

"네. 갈림길을 아세요?"

"대법정 거리처럼 보이네요."

"네, 맞아요, 아가씨."

우리는 그 길로 들어서서 진눈깨비를 헤치고 발을 질질 끌며 나아가는데, 5시 반을 알리는 종소리가 들렸어요. 미끄러운 길을 최대한 조용히 빠르게 나아가는데, 좁은 판석 도로 맞은편에서 어떤 사람이 망토 차림으로 우리 쪽으로 오다 걸음을 멈추고 옆으로 물러나서 길을 만들어주었어요. 바로 그 순간 깜짝 놀라는 소리와 제 이름을 부르는 소리가 들렸어요. 우드코트 선생이었어요. 그 목소리를 잘 알거든요.

정신없이 돌아다닌 끝에, 그것도 한밤중에 그렇게 마주치니 - 기쁜 건지 고통스러운 건지조차 모르겠는데 - 너무나 뜻밖이라, 절로 흐르는 눈물을 멈출 수 없었어요. 낯선 나라에서 우드코트 선생 목소리를 들은 것 같았거든요.

"친애하는 에스더 아가씨, 이런 시간에, 그것도 이런 날씨에 돌아다니다니요!"

우드코트 선생은 흔하지 않은 일로 불려 나간 사정을 잔다이스 아저씨에게 들었다고, 따로 설명할 필요는 없다고 말했어요. 저는 마차를 조금 전에 내려서 걷는다고 말하다, 동반자를 쳐다볼 수밖에 없었어요. 그러자 동반자는 내가 부른 이름을 낚아채며 말했어요.

"맙소사, 우드코트 선생, 우리는 다음 거리로 가는 중이랍니다. 수사관 버킷입니다."

우드코트 선생은 제가 만류하는 걸 안 들은 채 망토를 급히 벗어서 저를 덮어주고, 버킷 수사관은 동조했어요.

"잘했습니다, 정말 잘했습니다."

"함께 가도 괜찮을까요?"

우드코트 선생이 물었어요. 저한테 물은 건지 동반자한테 물은 건지는 지금도 애매해요. 어쨌든 버킷 수사관이 대답했어요.

"그럼요! 당연히 괜찮지요."

순식간에 마무리되고, 망토를 두른 제 양옆에서 두 사람이 걷는 가운데, 우드코트 선생이 설명했어요.

"리처드네 집에서 나오는 중입니다. 간밤 10시부터 리처드 곁을 지켰거든요."

"맙소사, 리처드가 아픈가요?"

"아닙니다, 아니에요. 아픈 건 아닙니다. 하지만 좋은 상태도 아니지요. 아시다시피 걱정도 많고 피로도 쌓인 터라 심한 좌절감에 시달리다 혼절하고, 에이다는 당연히 저한테 사람을 보냈어요. 저는 집으로 돌아와서 에이다 쪽지를 발견하자마자 곧장 찾아가고요. 아아! 리처드는 잠시 뒤에 정신이 돌아오고, 에이다는 제 덕이라면서 좋아해, 제가 한 일은 조금도 없다는 걸 하느님은 아시지만, 리처드가 깊은 잠에 빠질 때까지 곁을 몇 시간 지켰답니다. 지금쯤은 에이다도 깊이 잠들었길 바랄 뿐이고요!"

우드코트 선생이 두 사람에 대해서 다정하고 친숙하게 말하고 진심으로 헌신하는 모습을, 사랑하는 에이다한테 불어넣은 확신을, 에이다를 안심시킨 것을, 우드코트 선생이 저한테 한 약속과 별개로 여길 수 있을까요? 제 외모가 변한 걸 보고 너무나 안타까운 나머지 "리처드를 진심으로 받아들이는 신성한 임무를 다하겠다!"고 한 말을 떠올리지 않는다면, 그건 제가 은혜를 모르는 거 아닐까요?

이제 우리는 또 다른 골목으로 들어서고, 버킷 수사관은 지금까지 오는 내내 우드코트 선생을 가만히 살피다 말했어요.

"우드코트 선생, 우리는 문방구점에 볼일이 있습니다, 스낙스비 문방구점. 맙소사, 그곳을 아는군요, 그죠?"

그 표정을 순식간에 파악한 거예요.

"네, 조금 압니다. 예전에 찾아간 적이 있죠."

"정말요, 선생? 그렇다면 내가 들어가서 스낙스비랑 몇 마디 주고받는 사이에 에스더 아가씨를 맡겨도 되겠습니까?"

버킷 수사관이 마지막으로 대화한 경찰관이 우리 뒤에 가만히 섰어요. 누군가 우는 소리가 들린다고 제가 말하자, 그 경찰관이 불쑥 끼어들어서 설명할 때 비로소 저는 그 사실을 깨달았답니다.

"놀라지 마세요, 아가씨. 스낙스비 하녀가 우는 거랍니다."

"하녀가 툭하면 발작하는데, 오늘 밤은 심하군요. 상황이 안 좋아요. 저 하녀한테 중요한 정보를 들어야 하거든요. 어떻게 해서든 정신을 차리게 해야 돼요."

버킷 수사관이 덧붙이자, 경찰관이 다시 끼어들었어요.

"어쨌든 저 하녀가 아니면 주인 부부도 깊이 잠들었을 겁니다. 밤새
도록 저러는 중이거든요, 수사관님."

"으음, 그 말이 맞아. 내 손전등은 기름이 떨어졌어. 자네 것을 빌려
주게."

모든 대화를 속삭이듯 주고받는 동안에도 울음소리와 끙끙대는 소리
는 한두 집 너머에서 희미하게 일어났어요. 버킷 수사관은 넘겨받은
손 등잔을 들고 소리가 흘러나오는 건물로 가서 대문을 두드렸어요.
대문은 두 번째 두드린 다음에 열리고, 버킷 수사관은 우리를 거리에
세워둔 채 안으로 들어갔어요.

"에스더 아가씨, 제가 곁에 머무는 게 주제넘지 않다면, 그렇게 하도
록 해주십시오."

우드코트 선생이 하는 말에 제가 대답했어요.

"친절하시군요. 저는 선생님께 제 비밀을 숨기고 싶은 생각이 조금도
없어요. 행여나 숨기는 게 있다면, 그건 다른 사람 비밀이에요."

"충분히 이해합니다. 저를 믿으십시오. 비밀을 충분히 존중할 수 있
는 동안만 곁에 머물 테니까요."

"저는 선생님을 절대적으로 믿습니다. 약속을 신성하게 여기는 분이
니까요."

잠시 뒤에 조그만 손 등잔이 밖으로 다시 나오더니, 버킷 수사관이
그 불빛에 진지한 얼굴을 드러내며 다가와서 말했어요.

"들어와서, 에스더 아가씨, 벽난로 앞에 앉으세요. 우드코트 선생,
내가 들은 바에 따르면 선생은 의사입니다. 그러니 하녀를 살펴서 정신
을 차리게 할 수 있는지 보세요. 나한테 정말 중요한 편지를 하녀가

받았는데, 사물함에 없는 걸 보면, 몸에 지닌 것 같아요. 하지만 몸을 너무 심하게 비틀고 주먹을 꽉 움켜쥐어서 그냥 뒤지다간 몸을 다칠 것 같아요."

우리 세 사람은 안으로 들어갔어요. 실내가 으스스하게 춥긴 해도, 사람이 밤새도록 머문 느낌은 있었어요. 대문 뒤 통로에서 겁에 질린, 조그만 덩치에 표정이 슬픈 사내가 회색 외투 차림으로 기다리다 말하는데, 천성적으로 행동은 점잖고 말은 온순한 것 같았어요. 저는 그 사람이 스낙스비 선생이란 사실을 금방 깨달았어요.

"아래층이요, 버킷 나리. 숙녀분은 정면 주방으로 가세요. 평소에 저희가 거실로 쓰는 곳이랍니다. 뒤쪽 주방은 구스터 침실인데, 지금 그곳에서 끔찍하게 발작하는 중이랍니다!"

우리는 아래층으로 내려가고, 스낙스비 선생이 뒤를 따랐어요. 정면 주방으로 들어가니, 벽난로 앞에 스낙스비 부인이 앉아있는데 두 눈은 충혈되고 얼굴엔 험악한 표정이 가득했어요. 스낙스비 선생이 곧바로 들어와서 말했어요.

"우리 마나님, 단도직입적으로 말해서, 기나긴 밤을 지새우는 동안에 단 한 순간도 적대감에 흔들리지 않도록 미리 말하겠는데, 이분은 경찰 수사관 버킷 선생, 우드코트 선생, 그리고 숙녀분이라오."

스낙스비 부인은 그럴만한 이유가 충분하다는 듯 깜짝 놀라는 표정을 떠올리더니 저를 유난히 매섭게 쳐다보고, 스낙스비 선생은 무례하게 행동하면 안 된다는 듯 입구 옆 구석진 모서리에 앉으면서 덧붙였어요.

"우리 마나님, 경찰 수사관 버킷 선생, 우드코트 선생, 숙녀분이 이런 시각에 영장발행 거리 법률 전문 문방구점까지 무엇 때문에 찾아왔느냐고 묻고 싶겠지요. 하지만 나도 모른다오. 하나도 모른다오. 행여나 알려준다 해도 제대로 알아들을 수 없을 테니, 나는 차라리 안 듣는 게 편하다오."

스낙스비 선생이 머리에 한 손을 얹은 채 앉은 모습이 너무나 비참하게 보이는 데다, 저를 언짢게 여기는 분위기까지 느껴져, 제가 미안하다는 말을 하려는 순간에 버킷 수사관이 말했어요.

"스낙스비 선생은 우드코트 선생과 저쪽으로 가서 당신의 구스터를 보살피는 게 좋겠소."

그와 동시에 스낙스비 선생이 소리쳤어요.

"나의 구스터라니요, 버킷 선생! 계속하세요, 선생, 계속하시라고요. 나중에 본격적으로 공격당하도록."

하지만 버킷 수사관은 가볍게 무시한 채 계속 말했어요.

"우드코트 선생이 시키는 대로 촛불을 들어주거나 구스터를 잡아주거나 도와주세요. 당신 같은 적임자는 어디에도 없어요, 세련되고 온유한 데다, 다른 사람을 불쌍히 여기는 마음이 있으니까요. 우드코트 선생은 하녀를 세심하게 치료하다 행여나 편지를 찾는다면, 나한테 최대한 빨리 건네주시고."

두 사람이 다른 곳으로 가자, 버킷 수사관은 저를 벽난로 옆 모서리에 앉게 하고 제 발에서 축축한 신발을 벗기고 빨리 마르도록 벽난로 울에 걸치면서 다시 말했어요.

"스낙스비 부인이 환영하는 표정은 아니지만, 이해하세요, 아가씨, 뭔가 크게 오해해서 그러니까. 생각을 금방 고쳐먹을 겁니다, 내가 자세히 설명할 테니까."

그러더니 홀딱 젖은 몸으로 벽난로 앞에 서서 젖은 모자와 숄을 손에 들고 스낙스비 부인을 쳐다보며 말했어요.

"매력이라는 걸 지닌 부인에게 내가 제일 먼저 하고 싶은 말은, 부인

은 유부녀로서 '나를 믿으세요, 사랑스럽고 매력적인 부인이라면'[31]이
라는 노래를 잘 안다는 겁니다. 부인이 상류사회와 무관하다고 해도
소용이 없어요. 매력과 매혹은 자신을 믿을 때 가능하니, 그게 바로
부인이랍니다."

　스낙스비 부인은 다소 놀란 표정이더니, 약간 누그러들면서 더듬는
어투로 무슨 뜻이냐고 물었어요. 버킷 수사관은 그 말을 그대로 되풀이
하는데, 그러는 사이에도 편지를 찾았다는 말이 나오기만 기대하는
표정에 저도 마음을 잔뜩 졸였어요, 그게 정말 중요하다는 사실을 깨달
았거든요.

　"무슨 뜻이냐? 그게 무슨 뜻인지 말씀드리지요, 부인. 연극 오셀로를
보세요. 부인한테 딱 맞는 비극이랍니다."

　스낙스비 부인이 뭔가 눈치채고 왜냐고 물었어요.

　"왜냐고요? 조심하지 않으면 부인도 오셀로처럼 될 테니까요. 내가
이렇게 말하는 순간에도 부인은 여기 숙녀분한테서 자유롭지 않으니까
요. 그렇다면 이 숙녀분이 누군지 알려줄까요? 그런데 부인은 지성이
가득한 여인으로 영혼이 너무나 커서 몸뚱이에 부대낄 정도니, 부인은
나를 압니다. 지난번에 나를 본 곳은 물론 무슨 말이 오갔는지도 기억하
고요. 아닌가요? 그래요! 맞습니다. 바로 이 분이 그 숙녀분입니다."

　나는 무슨 말인지 모르는데, 스낙스비 부인은 무슨 말인지 아는 것
같았어요.

　"그리고 '거친 놈'은 - 부인이 조라고 부르는 아이는 - 다른 일이
아니라 바로 그 일에 얽힌 거고, 부인이 아는 대서인 역시 다른 일이
아니라 바로 그 일에 얽힌 거고, 그것에 대해서 부인의 증조할아버지보

---

31) 앞에서 매트 부인 생일 때 버킷이 노래한 아일랜드 전래민요 '애처가의 노래(Believe
　 Me, If All Those Endearing Young Charms)'로 버킷의 애창곡일 가능성이 크다.

다 아는 게 없는 부인 남편도 (제일 좋은 단골이던 고 토킹혼 변호사 때문에) 바로 그 일에 얽히는 등, 모든 사람이 다른 일이 아니라 바로 그 일에 얽힌 거예요. 그런데도 매력이 이렇게 대단한 부인이 (아름다운) 두 눈을 감은 채 무작정 달려들어서 고운 머리로 벽을 무작정 들이받다니, 맙소사, 창피한 줄 아세요! (이제 우드코트 선생도 편지를 찾았겠군.)"

스낙스비 부인은 머리를 젓다 손수건을 두 눈에 대고, 버킷 수사관은 잔뜩 흥분한 어투로 다그쳤어요.

"그게 전분가요? 아니에요. 무슨 일이 생겼는지 보세요. 그 일에 얽힌 또 다른 사람이, 다른 사람도 아니고 바로 그 사람이 비참한 마음에 빠져들어, 오늘 밤에 여기에 와서 부인 하녀한테 뭐라고 말하는 장면이, 그래서 그분과 부인 하녀 사이에 종이 한 장이 오간 장면이 목격되었으니, 그 종이를 찾을 수만 있다면 백 파운드라도 주겠어요. 그런데 부인은 어떻게 했나요? 숨어서 몰래 지켜본 다음, 하녀가 조그만 충격만 받아도 발작한다는 사실을 알면서도 모질게 몰아세우며 닦달했으니, 하녀로서는 당연히 정신을 잃고 발작할 수밖에요, 하녀 말 한마디에 한 인간의 소중한 목숨이 달린 중요한 시기에!"

지금 하는 말이 폐부에 꽂히는 순간, 저는 저도 모르게 두 주먹을 불끈 움켜쥐는데, 실내 공간이 빙글 돌아가는 느낌이 들었어요. 그러다 멈췄어요. 우드코트 선생이 들어와서 종이 한 장을 버킷 수사관한테 건네고 다시 나간 거예요. 버킷 수사관이 종이를 재빨리 훑어보며 이어갔어요.

"이제, 부인이 속죄할 유일한 방법은 내가 이 숙녀분과 단둘이 사적인 대화를 하도록 자리를 비켜주는 거예요. 행여나 저 뒤쪽 주방에서 하녀가 정신을 차리는데 의사 선생님을 도울 방법을 알거나 떠올릴 수 있다면, 어서 가서 최선을 다하세요!"

이 말과 동시에 스낙스비 부인은 물러나고, 버킷 수사관은 문을 닫았어요.

"이제, 아가씨, 마음을 차분하게 가라앉히고 정신을 바싹 차렸나요?"

"네."

"이게 누구 필체죠?"

어머니 필체였어요. 연필로 썼는데, 구겨지고 찢어진 종이에 눈물 자국이 얼룩졌어요. 편지처럼 대충 접어서 저한테 보내는 거였어요.

"필체를 안다면, 마음을 단단히 먹고, 읽어주세요, 어서! 단어 하나하나 또렷하게."

서로 다른 시간에 조금씩 쓴 내용은 다음과 같았어요.

내가 움막까지 온 목적은 두 개란다. 하나는, 사랑하는 사람을, 가능하다면, 한 번만 더 보는 것 – 내가 근처에 온 걸 모르도록 말도 건네지 말고 보기만 하는 것. 또 하나는, 추적을 따돌리고 사라지는 것. 나를 도와준 것 때문에 아기 엄마를 나무라지 말렴. 아기 엄마가 나를 도와준 건 사랑하는 사람에게 도움이 된다는 강한 확신 때문이니까. 너도 죽은 아기를 알잖아. 남자는 대가를 바라고 도왔지만, 아기 엄마는 아무런 대가 없이 도왔단다.

"'내가 움막까지 왔다.' 귀부인이 움막에서 쉴 때 썼군요. 내가 추측한 게 맞았어요."

버킷 수사관이 말했어요.

다음 내용은 다른 시간에 쓴 거였어요.

아, 먼 거리를 오래도록 걸었구나. 이제 곧 죽을 게 분명해. 아아,
수많은 거리! 나는 이제 아무런 목적도 없어, 죽는 것밖에. 집에서
나올 때만 해도 더 나쁜 생각을 했는데, 다른 모든 죄에 그 죄까지
더하지 않아서 다행이야. 추위와 진눈깨비와 피로에 지쳐서 죽은
채 발견될 이유도 충분하지만, 이것만 해도 아주 고통스럽지만, 나
는 다른 것 때문에 죽을 거야. 나를 오랫동안 지탱하던 게 모두
사라졌으니, 양심의 가책과 두려움으로 죽는 게 옳아.

"용기를 내세요. 몇 마디 안 남았습니다."
버킷 수사관이 말했어요.
이번 역시 시간이 다른데, 깜깜한 어둠 속에서 쓴 게 분명했어요.

나는 그냥 사라지는데 필요한 모든 걸 다 했어. 사람들은 나를
잊고, 남편의 불명예는 최소한으로 줄어들 거야. 내 몸에는 나를
알만한 물건이 하나도 없어. 이 종이는 이제 보낼 거야. 내가 누울
자리를 미리 생각해두었어, 그곳까지 갈 수 있을지 모르겠지만. 잘
있어. 용서해.

버킷 수사관이 한쪽 팔로 저를 부축하고 의자에 가만히 앉히며 말했
어요.
"기운을 내세요! 무정하게 들리겠지만, 기운이 나는 즉시 신발을 신
고 떠날 준비를 하세요."
저는 시키는 대로 했지만, 그 방에 한동안 혼자 있는 사이에 불행한
어머니를 위해 기도했어요. 사람들은 하나같이 불쌍한 하녀한테 매달
리느라, 우드코트 선생이 사람들한테 지시하고 하녀한테 말하는 소리

도 들렸어요. 마침내 우드코트 선생이 버킷 수사관과 나타나, 하녀한테 다정하게 묻는 게 중요하다고, 우리한테 필요한 정보를 제가 묻는 게 제일 좋겠다고 말했어요. 놀라지 않게 잘 달래면서 묻는다면 하녀가 대답할 게 분명하다면서요. 버킷 수사관이 궁금한 건 편지를 어떻게 받았느냐, 편지를 건넨 사람과 무슨 얘기를 했느냐, 그 사람이 어디로 갔느냐는 거였어요. 저는 내용을 마음에 차분히 담고 두 사람을 따라서 건넛방으로 갔어요. 우드코트 선생은 바깥에 남으려 했지만, 제가 간청해서 함께 들어왔어요.

불쌍한 하녀는 사람들이 애초에 누인 바닥에 앉아있었어요. 사람들이 서서 주변을 에워싸긴 해도 살짝 떨어져서 하녀한테 숨 쉴 공간을 주었어요. 하녀는 예쁜 얼굴이 아닌 데다 기운이 하나도 없어서 애처롭고, 아직도 약간은 정신이 안 돌아왔지만, 정직한 얼굴로 호소하는 표정이었어요. 저는 그 옆에 무릎을 꿇고 앉아서 불쌍한 머리를 제 어깨에 누이고, 상대는 제 목을 두 팔로 끌어안고 눈물을 터트렸어요. 저는 그 이마에 제 얼굴을 댔어요. 저 역시 온몸을 떨면서 울었거든요. 그러면서 말했어요.

"불쌍한 아가씨, 이런 시간에 귀찮게 하는 게 잔인한 것 같지만, 편지와 관련된 내용을 당장 파악하지 않으면 안 된답니다."

하녀가 "악의는 없었어요, 정말이지 악의는 없었어요, 스낙스비 부인!"이라고 측은하게 소리치기 시작했어요. 그래서 제가 달랬어요.

"우리 모두 잘 알아요. 하지만 편지를 손에 어떻게 넣었는지 알려주세요."

"네, 아가씨, 사실대로 말할게요. 사실대로 말할게요, 정말로, 스낙스비 부인."

제가 다시 말했어요.

"네, 그렇겠지요. 그래, 어떻게 된 건가요?"

"저는 심부름을, 아가씨, 사방이 어두운 다음에, 아주 늦게, 심부름을 나갔어요. 그리고 돌아오니, 초라하게 생긴 사람이 축축하게 젖은 몸으로 진흙탕투성이가 돼서 우리 집을 쳐다보는 거예요. 그러다 제가 문으로 다가가는 걸 보고서 불러세우더니 여기에 사느냐고 물었어요. 그래서 저는 그렇다 대답하고, 그 여자는 주변을 한두 곳밖에 모른다고, 그런데 길을 잃어서 찾을 수가 없다고 말했어요. 아, 이제 어떻게 해요, 어떻게 해야 하느냐고요! 사람들이 제 말을 안 믿을 거예요! 그 여자는 저한테 나쁜 말을 안 하고, 저는 그 여자한테 나쁜 말을 안 했어요, 정말이에요, 스낙스비 부인!"

다음으로 넘어가려면 여주인이 하녀를 달래주어야 하고, 여주인은 그렇게 했어요, 크게 회개하는 표정으로.

"그 여자가 길을 잃어서 찾을 수가 없었군요."

제가 말하자, 하녀가 머리를 저으면서 소리쳤어요.

"네! 네! 찾을 수가 없었어요. 그런데 힘이 하나도 없었어요, 그리고 다리를 절뚝였어요, 비참하게요. 아, 너무나 비참한 모습을 직접 보았더라면, 스낙스비 주인님, 그 여자한테 반 크라운을 주었을 거예요, 제가 알아요!"

스낙스비 선생은 처음에는 뭐라고 대답해야 좋을지 몰라서 당황하다 말했어요.

"그래, 구스터, 당연히 그랬겠지."

그러자 하녀가 눈을 동그랗게 뜨고 저를 쳐다보며 말했어요.

"그런데 그 여자는 사람의 심금을 울릴 정도로 말을 잘했어요. 그러면서 저한테 물었어요, 공동묘지로 가는 길을 아세요? 저는 어떤 공동묘지냐고 물었어요. 그랬더니 그 여자가 대답했어요, 가난한 사람들이 묻히는 공동묘지라고. 그래서 제가 말했어요, 저 역시 가난한 사람인데, 그렇다면 교구 공동묘지라고. 하지만 그 여자는 말했어요, 자기가 찾는 건 가난한 사람들이 묻히는 공동묘지라고, 여기에서 안 멀다고, 아치가 있고 계단이 있고 철문이 있다고."

저는 그 얼굴을 살피고 계속 말하라고 달래면서 슬쩍 쳐다보니, 버킷 수사관은 매우 놀라는 표정이고, 하녀는 두 손으로 머리칼을 쥐어뜯으면서 울부짖었어요.

"아, 맙소사, 맙소사! 이제 어떻게 하나요, 이제 어떻게 하나요! 그 여자는 잠자는 약을 먹은 사내가 묻힌 공동묘지를 말하는 거였어요 ― 주인님이 우리한테 말한 ― 제가 겁에 질린 곳이요, 스낙스비 부인. 아, 무서워요. 저를 잡아주세요!"

"이제 괜찮아요. 그러니 더 말해주세요."

제가 달래고, 하녀는 다시 말했어요.

"네, 알겠어요, 알겠어요! 하지만 저를 나무라지 마세요, 착한 아가씨, 지금껏 많이 아팠으니까요."

나무라다니, 불쌍한 영혼!

"그래요, 말하겠어요, 말하겠어요. 그 여자는 그곳이 어딘지 아느냐 묻고, 저는 그곳을 아는 터라, 그렇다고 대답했어요. 그러자 그 여자는 앞이 안 보이는 사람 같은 눈으로 저를 쳐다보면서 몸을 마구 흔들었어요. 그러더니 편지를 꺼내서 저한테 보여주며 말했어요, 우체국에 넣으면 그냥 찢어버리고 안 보낼 거라고, 받아달라고, 그래서 보내달라고, 편지에 적힌 집 주인이 심부름꾼한테 비용을 줄 거라고. 그래서 제가 그러겠다고, 해로운 게 아니라면 하고 말하니, 그 여자는 아니라고, 해로운 게 아니라고 대답했어요. 그래서 저는 편지를 받고, 그 여자는 저한테 줄 게 하나도 없다고 말해, 저 역시 가난한 사람이니 아무것도 바라지 않는다고 대답했어요. 그러자 그 여자는 하느님 은총이 가득할 거라 말하고는 떠나갔어요."

"떠나갔다면, 어디로……"

하녀는 질문을 예상하고 대뜸 소리쳤어요.

"네, 네! 그 여자는 가르쳐준 길로 떠나갔어요. 그런 다음에 안으로 들어오는데, 스낙스비 부인이 갑자기 뒤에서 붙잡는 바람에 정말 무서웠어요."

우드코트 선생은 저한테서 하녀를 부드럽게 떼어내고, 버킷 수사관은 저에게 숄을 씌워주고, 우리는 거리로 나왔어요. 우드코트 선생이 망설였지만 저는 "지금 제 곁을 떠나지 마세요!"라 사정하고, 버킷 수사관은 "함께 가는 게 좋겠소, 의사가 필요할 수도 있으니. 어서 갑시다!" 라고 말했어요.

당시에 걷던 광경이 지금도 혼란스럽게 떠올라요. 밤도 아니고 낮도 아닌, 동녘은 터오지만 가로등은 안 끄고, 진눈깨비는 계속 내려서 거리마다 가득 쌓인 기억이 나요. 몇몇 사람이 추위에 떨면서 거리를 지나던 기억이 나요. 지붕 꼭대기는 축축하고, 홈통은 막히고 중간이 터져서 물은 콸콸 쏟아지고, 우리가 지나는 길 너머는 새까만 얼음과 눈 둔덕이 생기고, 골목은 너무나 좁았던 기억이 나요. 불쌍한 하녀가 제 팔에 몸을 기대고 커다랗게 말하던 소리는 여전히 또렷하게 들리고, 지저분한 건물마다 인간 형상으로 바라보고, 거대한 수문은 머릿속인지 공중인지 모를 곳에서 열렸다 닫히고, 비현실적인 물체가 실제보다 구체적으로 보이던 기억이 나요.

마침내 우리는 어둡고 비참한 아치 밑으로 들어서는데, 철문 위에는 등불 하나가 타오르고, 새벽빛은 희미하게 밀려들었어요. 철문은 닫혔어요. 그 너머로 공동묘지가, 밤이 느리게 꿈틀대는 섬뜩한 지역이 있는데, 지저분한 무덤과 비석이 가득하고 그 주변을 에워싼 더러운 주택이, 창문마다 희미한 불빛을 내뿜고 담장마다 묵직한 수증기를 전염병처럼 내뿜는 더러운 주택이 희미하게 보였어요. 철문으로 올라가는 계단에, 사방에서 스며 나온 물기가 섬뜩하게 고인 지점에, 여인 한 명이 쓰러진 걸 보고서 저는 동정심과 공포에 질린 외마디 비명을 내뱉었어요. 제니, 죽은 아이 어머니였어요.

앞으로 달려가는데, 두 사람 모두 저를 막았어요. 그러더니 우드코트 선생이 더없이 진지하게 간청했어요, 눈물까지 흘리면서, 쓰러진 이에게 다가가기 전에 버킷 수사관이 하는 말부터 들으라고. 저는 그렇게 했던 것 같아요. 아니, 그렇게 한 게 확실해요.

"에스더 아가씨, 조금만 생각하면 제가 하는 말을 이해할 거예요. 두 사람이 움막에서 옷을 갈아입었어요."

두 사람이 움막에서 옷을 갈아입었다. 저는 속으로 이 말을 되풀이했어요. 무슨 말인지 알아들었어요. 하지만 별다른 의미를 떠올릴 순 없었어요. 그러자 버킷 수사관이 다시 말했어요.

"그래서 한 사람은 돌아서고 한 사람은 계속 걸었어요. 계속 걸은 사람은 약속한 길까지 걷다 들판을 가로질러서 집으로 돌아가고요. 생각 좀 하세요!"

저는 이 말 역시 속으로 되풀이했지만, 아무런 의미도 떠올릴 수 없었어요. 죽은 아이 어머니가 바로 앞에, 계단에 쓰러진 모습만 보였어요. 팔 하나로 철문 쇠창살을 휘감고 껴안듯 쓰러진 모습이었어요. 저를 낳은 어머니를 마지막으로 만난 여인이 그렇게 쓰러져 있었어요. 지칠 대로 지친 모습으로 덮은 것 하나 없이 정신을 잃은 채 쓰러져 있었어요. 어머니가 쓴 편지를 가져온 여인이, 어머니가 있는 곳을 알려줄 유일한 여인이, 우리가 그토록 간절하게 찾는 어머니를 구하도록 도와주어야 할 여인이, 어머니와 관련된 일로, 내가 이해할 수 없는 일로 여기까지 온 여인이, 제가 더는 다가가서 도울 수 없는 곳으로 떠난 것 같은 여인이, 그런 여인이 눈앞에 쓰러져 있는데, 두 사람이 저를 막았어요! 저는 우드코트 선생 얼굴에 엄숙하면서도 슬픈 표정이 어린 걸 두 눈으로 보았지만, 이해할 수 없었어요. 우드코트 선생이 한 손을 버킷 수사관 가슴에 대고서 다가오지 못하게 하는 모습을 두 눈으로 보았지만, 이해할 수 없었어요. 우드코트 선생이 가만히 서서 무언가를 슬퍼하며 괴로워하는 표정을 두 눈으로 보았지만, 이해할 수 없었어요. 저는 모든 걸 이해할 능력이 완전히 사라졌어요.

두 사람 사이를 오가는 소리마저 들렸어요.

"아가씨를 보내줄까요?"

"그러는 게 좋겠어요. 그 손이 제일 먼저 닿는 게 마땅해요. 그 손이 그럴 권리가 우리 손보다 크니까요."

저는 철문으로 다가가서 웅크리고 앉았어요. 무거운 머리를 들어서 축축하고 기다란 머리칼을 젖히고 얼굴을 돌렸어요. 어머니였어요, 죽어서 차가운.

CHAPTER LX
전망

이제 다른 분들 이야기를 하겠습니다. 주변에 계신 모든 분이 애쓰신 덕분에 저는 영원히 못 잊을 위로를 받았습니다. 저에 관한 이야기는 이미 많이 한 데다 아직도 꽤 남았으니, 슬퍼하던 이야기는 안 하겠습니다. 저는 많이 아팠지만 오래 가진 않았습니다. 아니, 이런 이야기조차 안 했을 겁니다, 주변에서 많은 분이 보여주신 관심을 떠올릴 필요가 없었다면.

그러니 다른 분들 이야기를 하겠습니다.

제가 아픈 동안, 우리는 여전히 런던에서 지냈는데, 잔다이스 아저씨 초청으로 우드코트 부인이 와서 함께 머물렀어요. 저는 몸이 충분히 좋아지고 성격도 충분히 쾌활해져서 예전처럼 대화해도 되겠다고 아저씨가 생각한 다음부터 – 아저씨가 이렇게 생각하기 훨씬 전부터 저는 그럴 수 있다고 생각했지만 – 일도 다시 시작하고 아저씨 옆자리에도 앉았어요. 우리가 단둘이 지내도록 아저씨가 배려한 덕분이었어요. 그래서 아저씨는 제 뺨에 뽀뽀하며 말했어요.

"더든 아줌마, 속풀이 비밀방에 돌아온 걸 환영해. 좋은 계획이 있어. 여기에서 충분히 오랫동안 지내는 거야, 대략 6개월 정도, 어쩌면 더 오랫동안. 한 마디로, 한동안 여기에 정착하는 거지."

"황폐한 집은 그대로 두고요?"

제가 묻자, 아저씨가 대답했어요.

"당연하지. 황폐한 집도 앞으로 스스로 살아가는 법을 배워야 해."

목소리에 슬픔이 깃든 느낌이 들어서 쳐다보니, 아저씨 얼굴에는 상쾌한 미소만 환하게 빛났어요. 그러다 다시 말하는데, 이번에는 슬픈 느낌이 조금도 없었어요.

"황폐한 집도 앞으로 스스로 살아가는 법을 배워야 해. 에이다가 사는 곳이랑 너무 먼데, 에이다한테는 네가 필요하잖아."

"우리 둘 때문에 이렇게 놀라운 생각마저 하시다니, 정말 아저씨다워요."

"나를 칭찬할 필요는 없어, 사심이 없는 건 아니니까. 더든 아줌마가 런던까지 먼 길을 오가다 보면 나를 만날 시간이 없잖아. 게다가 불쌍한 리처드가 나를 멀리하는 상황에서 에이다 소식이라도 자주 듣고 싶고. 에이다 소식만 아니라, 리처드 소식까지. 불쌍한 리처드!"

"우드코트 선생을 오늘 아침에 만나셨나요, 아저씨?"

"우드코트는 아침마다 만나, 더든 아줌마."

"리처드가 여전히 똑같은 상태라던가요?"

"응, 똑같은 상태래. 몸에 특별한 병이 있는 건 아니래. 아니, 그런 건 하나도 없는 게 분명하대. 하지만 마음을 놓을 순 없다는데, 하기야 누가 마음을 놓을 수 있겠니?"

친애하는 에이다는 최근에 우리를 매일 찾아왔어요, 어떨 때는 하루에 두 번씩. 하지만 제가 쾌차하는 순간에 그것도 끝날 거라는 생각은 계속했어요. 열정이 가득한 에이다 가슴속에 리처드를 사랑하고 존경하는 마음이 여전히 가득하다는 사실을 충분히 느꼈거든요. 에이다가 우리랑 지내는 걸 리처드가 특별히 반대하는 건 아니었어요. 하지만 에이다는 우리 집에 최대한 안 가는 걸 리처드에 대한 의무로 여겼어요. 아저씨는 섬세한 성격답게 상황을 금방 파악하고. 자신은 그런 자세를 옳게 여긴다는 마음을 에이다에게 전달하려고 애쓰기조차 했어요.

"친애하는 리처드는 크게 오해하고 불행하게 살아가는 미망에서 언제나 깨어날까요?"

제가 묻자, 아저씨가 대답했어요.

"가능성은 없어. 생활이 어려울수록, 책임을 나한테 미루면서 그만큼 더 미워할 테니까."

"말도 안 돼요!"라는 말이 제 입에서 저절로 터져 나오자, 아저씨가 다시 말했어요.

"아, 더든 아줌마, 더든 아줌마, 잔다이스 대 잔다이스 소송에 말이 되는 건 하나도 없어! 꼭대기도 말이 안 되는 부정으로 가득하고, 그 몸통과 바닥에도 말이 안 되는 부정으로 가득하고, 처음부터 끝까지 ─ 행여나 끝이 있다면 ─ 말이 안 되는 부정으로 가득한데, 불쌍한 리처드가 어떻게 안 그럴 수 있겠니, 맨날 근처를 맴돌면서 합리적인 사고방식을 갉아먹는데? 아무리 리처드라도, 옛말에 나오는 것처럼 가시나무에서 포도를 딸 수는 없어, 엉겅퀴에서 무화과를 딸 수도 없고."[32]

리처드를 말할 때마다 진하게 묻어나오는 배려심에 저는 다시 감동

---

32) 마태오복음 7장 16절. '가시나무에서 어떻게 포도를 딸 수 있으며 엉겅퀴에서 어떻게 무화과를 딸 수 있겠느냐?'

하면서 입을 다물었어요.

"행여나 소송에 참여한 사람이 그런 말도 안 되는 짓거리를 한다면 대법관도, 일반 법관도, 그 아래에 있는 대포군단도 하나같이 말도 안 되게 놀랄 텐데 말이야. 차라리 나라면, 배울 만큼 배운 법관들이 가발에 뿌린 파우더에서 이끼 장미라도 피어날 때 그렇게 놀라겠는데 말이야!"

아저씨는 말을 멈추고 창문 쪽을 힐끗 쳐다보는 게 바람이 부는 방향을 보려는 것 같더니, 그러는 대신에 제 의자 등받이에 몸을 기댔어요.

"아아, 꼬마 아줌마! 소송이라는 암초는 시간과 우연과 상황에 맡겨 놓을 수밖에 없어. 그것 때문에 에이다가 좌초하면 안 돼. 에이다도 그렇고 리처드도 그렇고, 친구하고 또 헤어지는 건 피하는 게 좋아. 그래서 우드코트한테 특별히 사정했는데, 지금은 너한테 특별히 사정해야겠구나, 리처드 문제를 외면하지 말라고. 옆에 그냥 있는 거야. 다음 주든 다음 달이든 다음 해든, 언젠가는 리처드도 나를 또렷하게 볼 수 있을 테니. 나는 기다릴 수 있어."

하지만 저는 리처드하고 이미 얘기했다고, 제 생각에는 우드코트 선생도 그런 것 같다고 고백했어요. 그러자 아저씨가 말했어요.

"우드코트도 그러더구나. 잘했어. 우드코트도 나무라고 더든 아줌마도 나무랐으니, 그 문제는 더 말할 게 없겠구나. 그럼 우드코트 부인 문제로 가서, 너는 그분이 마음에 드니, 꼬마 아줌마?"

너무나 갑작스러운 질문에 저는 그분을 좋아한다고, 예전보다 훨씬 상냥한 것 같다고 대답했어요.

"내 생각도 그래. 혈통 얘기도 줄고! 모건 앞 뭔가 하는 이름도 자주 안 꺼내고!"

저는 제 말이 바로 그 말이라며 공감했어요, 모건 앞 뭐라는 조상이 아무리 많이 나와도 특별히 해로울 건 없다면서도.

"그래도 전체적으로 그 조상은 산속에 머무는 편이 좋아. 나도 네 말에 공감해. 그렇다면 꼬마 아줌마, 우드코트 부인을 한동안 여기에 묵게 해도 괜찮을까?"

네. 하지만……

잔다이스 아저씨는 다음 말이 나오길 기다렸어요.

하지만 할 말이 없었어요. 제가 할 수 있는 말이 마음속에 하나도 없었어요. 가능하다면 안 들이는 편이 좋을 것 같다는 애매한 느낌은 있지만, 그 이유를 저 자신한테도 설명할 수 없었거든요. 아니, 저 자신은 아니더라도 다른 사람한테는 설명할 수 없는 게 확실했거든요.

"너도 알다시피, 우리가 사는 지역은 우드코트가 자주 다니는 길목이라, 언제든 내킬 때마다 어머니를 만나러 올 수 있으니 두 사람 모두한테 좋을 거야. 게다가 부인은 우리랑 친숙한 데다 너를 많이 좋아하잖아."

맞아요. 그건 부정할 수 없었어요. 그래서 반대할 말도 없었어요. 그렇다 해서 더 좋은 방법을 제안할 수 있는 것도 아니었어요. 하지만 마음은 편치 않았어요. 에스더, 에스더, 왜 그래? 에스더, 생각을 해!

"좋은 계획이네요, 아저씨, 더 좋기 어려울 정도로."

"정말, 꼬마 아줌마?"

정말이에요. 제가 의무감 때문에 그러는 것 같아서 잠시 생각하니, 괜찮다는 결론이 나왔거든요.

"좋아. 그러면 그러자꾸나. 만장일치로 결정한 거야?"

"네, 만장일치로 결정했어요."

저는 그대로 되풀이하고는 자수작업에 다시 빠져들었어요.

아저씨 독서용 탁자를 장식할 덮개였어요. 슬픈 여행길에 나서기 전날 밤에 시작하고는 다시 손대지 못한 작업이었어요. 저는 이번 기회에 그걸 보여주고, 아저씨는 정말 멋지다며 좋아했어요. 그래서 자수 놓을 문양을 비롯한 작업이 끝나면 나타날 효과를 모두 설명한 다음, 이전 주제로 돌아가는 게 좋겠다고 생각했어요.

"친애하는 아저씨, 에이다가 우리 곁을 떠나기 전에 우드코트 선생 이야기가 나왔을 때, 그분이 다른 나라에 오랫동안 나갈 것 같다고 하셨잖아요. 그런 뒤로 그 얘기를 더 하셨나요?"

"그럼, 꼬마 아줌마, 기회가 날 때마다."

"그래서 그렇게 하기로 했나요?"

"아닌 것 같아."

"그럼 다른 전망이라도 생겼나요?"

제가 묻자, 아저씨는 깊이 생각하는 표정으로 대답했어요.

"으음…… 그래…… 어쩌면. 앞으로 반년 정도면 요크셔 특정 지역에서 가난한 사람을 치료할 의사를 임명할 거야. 빠르게 성장하는 지역으로 – 개울과 거리, 읍내와 시골, 공장과 황무지 등 – 주변 풍경이 좋으니, 그런 사내한테 좋은 기회가 되겠지. 살아가는 목적과 소망이 평범한 수준 이상인 사내한테. 물론 모든 인간이 비슷하겠지만, 그런 사내는 남한테 도움만 된다면 평범한 수준이라도 매우 중요하게 여기니. 자비로운 사람은 하나같이 야심이 있는 것 같아. 하지만 남을 돕는 일에 산발적으로 뛰어드는 게 아니라 그 길을 차분하게 꾸준히 나아가겠다는 야심이 중요한데, 우드코트한테는 그런 야심이 있어."

"그래서 우드코트 선생이 그 일을 맡는 건가요?"

제가 묻자, 아저씨가 미소를 머금으며 대답했어요.

"맙소사, 꼬마 아줌마, 나는 예언자가 아니라서 확답하기는 어렵지만, 그럴 것 같아. 평판이 좋은 데다, 부서진 선박에서 살아남은 사람들이 그쪽 지역에 많이 살거든. 이렇게 말하면 이상하겠지만, 가장 훌륭한 사내한테 가장 훌륭한 기회가 생기는 것 같아. 그렇다고 해서 썩 좋은 자리는 아니야. 일은 많고 급료는 적은, 흔해 빠진 자리거든. 그래도 열심히 일하다 보면 형편이 좋아지겠지."

"우드코트 선생이 임명되면 그곳에 사는 가난한 사람들한테도 좋겠네요, 아저씨."

"맞아, 꼬마 아줌마. 정말."

우리는 이 얘기도, 황폐한 집의 미래에 대해서도 더 말하지 않았어요. 하지만 상복 차림으로 아저씨 옆에 앉은 건 처음이고, 중요한 건 바로 그거라고 저는 생각했어요.

그 후로 저는 에이다가 사는 우중충하고 어두운 골목으로 매일 찾아갔어요. 대체로 오전 시간에 가곤 했지만, 다른 때라도 한 시간 정도만 여유가 나면 보닛 모자를 쓰고 길을 나섰어요. 두 사람 모두 제가 어떤 시간에 찾아가든 좋아하는 데다, 제가 (우리 집 같아서 노크조차 하지 않고) 문을 그냥 열고 들어가는 소리만 나도 얼굴이 환하게 펴는 터라, 아직은 방해가 되지나 않을까 걱정한 적이 없었어요.

제가 찾아갈 때마다 리처드는 집에 없을 때가 잦았어요. 집에 있다 해도 한 번을 안 들춘 서류가 가득한 책상에 앉아서 서류를 쓰거나 읽곤 했어요. 어떨 때는 볼스 변호사 사무실 문 앞에서 우물쭈물 망설이는 리처드랑 마주치기도 했어요. 어떨 때는 손톱을 물어뜯으면서 동네를 배회하는 리처드랑 마주치기도 했어요. 링컨 법학원 마당을 돌아다니는 리처드랑 마주칠 때도 잦았고요. 제가 런던에 와서 리처드를 처음 만난 곳이 근처에 있는데, 당시랑 지금이랑 모습이 너무나 달랐어요, 놀라울 정도로!

에이다가 가져온 돈은 볼스 사무실에 타오르는 촛불처럼 녹아서 사라진다는 사실을 저는 너무나 잘 알았어요. 애초에 큰돈이 아니고, 리처드는 빚더미에 앉은 채 결혼한 데다, 볼스가 어깨로 마차 바퀴를 민다는 말은 여전히 들리고, 그즈음엔 그 말이 무슨 뜻인지 깨달았거든요. 친애하는 에이다는 집안일을 열심히 하면서 절약하려고 애썼지만, 두 사람은 매일매일 더 가난해진다는 사실도 저는 느꼈어요.

에이다는 비참한 공간에서 아름다운 별처럼 빛났어요. 열심히 가꾸고 꾸며서 완전히 새로운 공간으로 탈바꿈시켰어요. 우리 집에서 지낼 때보다 얼굴은 창백하고 말도 살짝 줄었지만, 성격은 여전히 쾌활하고 희망적이며 얼굴에는 그늘 한 점 없어, 저는 에이다가 사랑하는 마음 때문에 리처드가 망가지는 모습을 못 본다는 생각마저 했어요.

이런 느낌을 품은 채 하루는 그 집에서 약속한 저녁 식사를 하러 찾아갔어요. 모서리를 돌 때는 시몬드 법학예비원에서 나오는 플라이트 할머니를 만났어요. 할머니는 아직도 두 사람을 잔다이스 피후견인이라 부르면서 열심히 찾아가는 의식을 통해 크게 만족하곤 했거든요. 그래서 할머니가 월요일 오후 5시면 다른 때는 못 본 하얀 리본을 보닛 모자에 하고 서류로 가득한 손가방을 팔에 끼운 채 꼭 찾아온다는 말을 에이다한테 벌써 들었어요.

"어머나! 반갑구려! 잘 지내지요! 만나서 정말 기쁘구려. 흥미진진한 우리 잔다이스 피후견인들을 만나러 가는 건가요? 그렇구려! 우리 예쁜이가 집에 있으니, 당신을 만나면 정말 좋아하겠구려."

"리처드는 집에 안 왔나요? 다행이에요, 약간 늦은 것 같아서 걱정했거든요."

"그렇다오, 리처드는 아직 안 왔다오. 법정에 온종일 머물거든. 볼스와 함께 법정에 있는 모습을 보고 나왔다오. 그대도 볼스를 싫어하겠지

365

요? 볼스를 좋아하지 말구려. 위이험한 인간이니!"

"안타깝게도 요새는 리처드를 예전보다 자주 보겠군요."

제가 말하자, 플라이트 할머니가 대답했어요.

"그렇다오, 매일 매시간. 대법관 탁자에 사람을 빨아들이는 마법이 있다는 얘기를 내가 했잖아요. 지금은 법정에 나 다음으로 열심히 나오는 소송인이 바로 리처드라오. 그래서 우리 같은 사람을 매우 즐겁게 한다오. 우리 모두 친하게 지내거든."

불쌍하게 미친 할머니 입에서 이런 말이 나오는 게 씁쓸했지만, 놀랍지는 않았어요. 그런데 플라이트 할머니가 은혜를 베푸는 분위기로 제 귀에 입을 대고 신비롭게 말했어요.

"한 마디로, 소중한 친구라오. 비밀 하나를 알려줘야겠구려. 나는 리처드를 유언집행인으로 삼았다오. 지명하고, 선정하고, 임명했다오. 유언장에. 그으럼요."

"정말요?"

제가 깜짝 놀라자, 플라이트 할머니가 더없이 다정한 어투로 다시 말했어요.

"그으럼요. 유언집행인, 유산 관리인, 양수인. (대법정 용어라오.) 내가 사라져도 리처드는 판결을 지켜볼 수 있겠다는 생각이 들었거든. 대법정에 열심히 나오니 말이오."

리처드를 생각하니 한숨이 절로 나왔어요. 그러자 플라이트 할머니도 한숨을 내쉬며 덧붙였어요.

"예전에는 불쌍한 그리들리를 지명하고, 선정하고, 임명할 생각이었다오. 마찬가지로 열심히 나왔거든. 모범적으로! 그러다 사라졌으니, 불쌍한 사람, 다른 사람을 지명할 수밖에 없었다오. 말하지 말구려. 비밀이니까."

플라이트 할머니가 손가방을 살짝 열어서 접은 종이 한 장을 보여주는데, 할머니가 말한 임명장이었어요.

"또 다른 비밀은, 아가씨. 새를 더 구했다오."

"정말요, 할머니?"

제가 물었어요. 할머니 비밀에 관심을 보이면 좋아한다는 걸 알았거든요.

할머니는 고개를 끄덕이다, 얼굴에 어두운 그늘이 어렸어요.

"두 마리 더. 잔다이스 피후견인이라고 부른다오. 둘 다 다른 새들과 함께 새장에 넣었다오. 희망, 기쁨, 젊음, 평화, 안식, 생명, 먼지, 재, 쓰레기, 갈망, 파멸, 좌절, 광기, 죽음, 교활, 우둔, 단어, 가발, 누더기, 양피지, 약탈, 선례, 은어, 사기, 군더더기와 함께!"

가련한 할머니는 예전에 본 적이 없을 만큼 걱정스러운 표정으로 제 뺨에 뽀뽀하고 떠나갔어요. 자기 입에서 나오는 이름을 자신도 듣는 게 두려운 것 같아, 새 이름을 하나씩 말할 때는 저까지 소름이 돋았어요.

그 집에 가는데 좋은 전조는 아닌 걸 심각하게 고려했다면 볼스 변호사랑 어울리는 자리는 피할 수 있었을 것 같아요. (제가 그 집에 들어가고 일이 분도 안 돼서) 리처드가 저녁 식사를 함께 들자면서 볼스를 데리고 왔거든요. 소박한 저녁 식사지만, 우리가 먹고 마실 걸 준비하느라 에이다는 물론 리처드까지 자리를 잠시 비웠어요. 볼스는 그 사이에 나지막한 목소리로 말을 걸고요. 제가 앉은 창가로 다가와서 시몬드 법학예비원 이야기를 꺼낸 거예요.

"공직자가 아닌 사람한테는 아주 따분한 곳이랍니다."

그러면서 제가 또렷하게 보도록 지저분한 유리창을 까만 장갑으로 문질렀어요.

"볼만한 게 없네요."

제가 말하니, 볼스가 대답했어요.

"들을만한 것도 없답니다, 아가씨. 떠돌이 악사가 가끔 흘러들지만, 법조계는 음악을 좋아하지 않아서 곧바로 쫓아낸답니다. 잔다이스 선생께서는 친구분들이 바라는 만큼 잘 지내시겠죠?"

저는 고맙다고, 잘 지내신다고 대답했어요.

"나는 그분 친구가 되는 즐거움을 지금까지 못 누리는데, 그쪽 사람들은 우리 같은 법조인을 안 좋은 눈으로 바라볼 때가 있다는 건 나도 잘 안답니다. 하지만 우리가 걷는 길은, 좋은 것이든 나쁜 것이든,[33] 그리고 (우리는 편견의 희생자니) 어떤 편견이 있든, 모든 걸 공개적으로 수행하는 길이랍니다. 오늘은 리처드 선생이 어떻게 보이나요, 에스더 아가씨?"

"많이 아픈 것처럼 보여요. 끔찍한 불안감에 시달리고."

"맞습니다."

볼스가 말했어요. 낮은 천장에 거의 닿을 것처럼 기다랗고 까만 모습으로 제 뒤에 서서 얼굴에 난 부스럼을 무슨 장식이라도 되는 듯 쓰다듬으며 입안에서 오물거리는 어투로 나직하게 말하는 게, 인간적인 열정이나 감정은 하나도 없는 것 같았어요.

"우드코트 선생이 리처드 선생을 돌보지요?"

"우드코트 선생은 사심이 없는 친구랍니다."

"내 말은 전문적으로, 의학적으로 돌보느냐는 뜻입니다."

"그것만으로는 불행한 영혼에 아무런 도움도 될 수 없겠지요."

"맞습니다."

---

33) 빌립보서 4장 8절. '무엇이든 좋은 걸 본다면, 그게 도덕적일 때, 그리고 칭찬받을 만할 때, 마음에 품으십시오'라는 성서 구절을 교활하게 악용한다.

볼스가 다시 대답했어요. 핏기없는 핼쑥한 얼굴로 느릿느릿 집요하게 말할 때마다, 저는 바로 그런 눈빛에 리처드가 찌들어간다는, 흡혈귀 같은 존재라는 느낌이 들었어요. 그런 볼스가 너무나 냉정한 나머지, 까만 양가죽 장갑을 끼든 안 끼든 똑같다는 듯, 장갑 낀 두 손을 천천히 문지르면서 말했어요.

"에스더 아가씨, 리처드 선생이 결혼한 건 경솔한 행동이었답니다."

저는 그 얘기를 하고 싶지 않다고, 두 사람은 어릴 적에, 전망이 환하고 좋을 때, 리처드가 지금처럼 어둡게 살아가는 불행에 빠져들기 전에 약혼했다고 살짝 화내면서 말했어요. 이 말 역시 볼스는 동의했어요.

"맞습니다. 하지만, 모든 걸 공개적으로 수행한다는 관점에서, 아가씨께서 허락하신다면, 에스더 아가씨, 저는 이번 결혼을 매우 경솔한 행위로 여긴다는 말씀을 드리고 싶습니다. 이렇게 생각하는 이유는 나한테 공격적인 리처드 친척에게도 그렇지만, 내 평판에도 중요하기 때문이랍니다. 나는 전문가로서 명성을 유지하고, 집에 있는 세 딸에게는 독립할 자금을 조금이라도 만들어주고, 심지어, 연로하신 아버지에게는 생활비까지 지원해야 하니까요."

"선생께서 관여하는 치명적인 소송에 등을 돌리라는 조언을 따랐더라면, 볼스 선생, 두 사람의 결혼 역시 완전히 다른 결혼이, 훨씬 행복하고 바람직한 결혼이 되었을 겁니다."

제가 반박하자, 볼스는 까만 장갑 하나를 입에 대고 조용히 기침하려니 - 아니, 숨을 헐떡이더니 - 반박하지 않겠다는 듯, 머리를 한쪽으로 기울이며 말했어요.

"에스더 아가씨, 충분히 가능합니다. 리처드 선생과 경솔하게 - 리처드 선생의 친척에 대한 의무감으로 하는 말이니, 다시 언급해도 나무라지 않으실 텐데 – 결혼한 여성이 점잖은 숙녀분이라는 사실은 나도 전적으로 인정합니다. 이런 일을 하다 보면 직업적으로 관련된 사람 말고는 사교계 여인과 어울릴 기회가 거의 없지만, 그래도 지극히 점잖은 숙녀분이란 사실을 인식할 능력은 나한테 충분하다고 믿습니다. 아름다움에 대해, 나는 판단할 능력도 없고, 어릴 적부터 별다른 관심도 안 기울였지만, 그런 관점에서 볼 때 그 숙녀분은 정말 대단한 분이라고 장담할 수 있습니다. (들은 바에 따르면) 법학원 젊은 직원 모두 하나같이 그렇게 생각하는데, 미모를 판단하는 시각은 그들이 나보다 정확하니까요. 리처드 선생의 이해관계 추구에 대해서……"

"맙소사! 리처드의 이해관계라니요, 볼스 선생!"

제가 반발하자, 볼스는 이번에도 똑같이 입안에서 오물거리는 어투로 나직하게 대답했어요.

"용서하세요. 리처드 선생은 법정 소송이 걸린 특정 유언장에 따라 특정 이해관계에 있답니다. 우리가 사용하는 용어랍니다. 리처드 선생의 이해관계 추구에 대해서, 나는 아가씨를 만나는 기쁨을 처음 누릴 때, 모든 걸 공개적으로 수행하길 바란다고 – 정확히 이렇게 표현했으니, 일기장에 모든 걸 기록하는 습관이 있는 터라 언제든 보여드릴 수 있는데 – 말씀드렸습니다. 리처드 선생은 자신이 이해관계를 추구하는 원칙을 제시했고, 나는 비도덕적이지 않은 한 (즉, 비합법적이지 않은 한) 고객이 제시한 원칙에 따를 의무가 있다는 말씀도 드렸습니다. 나는 그 원칙을 지금까지 수행했으며, 현재도 수행합니다. 하지만 리처드 선생의 친척에게 무엇 하나 숨기지 않겠습니다. 그래서 잔다이스 선생에게 솔직하게 말한 것처럼 지금 아가씨한테도 솔직하게 말하는 겁니다. 나는 그걸 전문직에 종사하는 사람의 의무로 여긴답니다, 그런다고 해서 누구한테 비용을 청구할 것도 아닌데 말입니다. 듣기 좋은 소리는 아니겠지만, 나는 리처드 선생의 소송이 매우 나쁘게 풀려간다고, 리처드 선생 자신이 매우 나쁜 상태로 빠져든다고, 그래서 이번 결혼을 매우 경솔한 행위로 본다고 솔직하게 말하고 싶습니다. 왜 여기에 있냐고요, 선생? 네, 고맙습니다. 여기에서, 리처드 선생, 에스더 아가씨와 즐겁게 대화하는 기쁨을 누리는데, 모두 리처드 선생 덕분이랍니다!"

볼스는 리처드가 안으로 들어오면서 묻는 말에 대답하는 식으로 대화를 끝내고, 저는 볼스가 일자리와 체면을 교묘하게 지켜나가는 방식은 우리가 가장 두려워하는 사태를 교묘하게 외면하면서 고객의 눈치를 살피는 것임을 확실히 깨달았어요.

우리는 식탁에 둘러앉고, 저는 걱정스러운 눈으로 리처드를 지켜보았어요. 볼스는 장갑을 벗은 채 조그만 식탁 맞은편에 앉았지만, 고객 얼굴만 쳐다보느라 저를 귀찮게 한 적은 없었어요. 리처드는 얼굴이 마르고 울적하며, 옷차림이 꾀죄죄하고, 이따금 집중할 때 말고는 넋나간 표정으로 몽롱한 생각에 빠져들었어요. 즐거움이 반짝이던 커다란 눈동자는 초점을 잃은 채 초조한 느낌만 가득했어요. 늙어 보인다는 표현까지 사용할 순 없지만, 나이를 먹기도 전에 젊음이 사라진 느낌은, 청춘도 아름다운 젊음도 모두 사라진 느낌은 또렷했어요.

리처드는 음식도 안 먹었어요. 관심이 아예 없는 것 같았어요. 조급한 모습도 예전보다 많아 보이더니, 에이다한테 화까지 냈어요. 처음에는 예전의 낙천적인 모습을 모두 잃은 줄 알았는데 때때로 그 모습이 환하게 빛날 때는, 거울을 볼 때 예전 얼굴이 순간적으로 나타나다 사라지는 것과 비슷하다는 인상마저 받았어요. 웃음 역시 완전히 잊은 건 아니지만, 공허하고 슬픈 느낌은 늘 가득했어요.

그런데도 리처드는 제가 곁에 있는 걸 예전처럼 좋아하며 다정하게 대하고, 우리는 지난 추억을 즐겁게 얘기했어요. 하지만 볼스는 관심이 없는 듯, 숨이 헐떡이는 소리를 – 웃는 소리를 – 가끔 내는 게 전부였어요. 그러더니 식사를 마친 직후에 두 숙녀분이 허락하신다면 자신은 사무실로 물러나겠다고 말했어요.

"언제나 열심히 일하는군요, 볼스!"

리처드가 환호하자, 볼스가 대답했어요.

"네, 리처드 선생, 고객의 이익에 절대로 소홀할 수 없으니까요, 선생. 나처럼 동료 법조인 사이에 그리고 사회 일반에 좋은 평판을 유지하길 바라는 전문가는 고객의 이익을 언제나 가장 중요하게 여겨야 한답니다. 지금 즐겁게 대화하는 기쁨을 포기하는 것 역시 귀하의 이익과 무관하지는 않을 겁니다, 리처드 선생."

리처드는 자신도 그렇게 확신한다면서 등불을 들고 볼스를 배웅했어요. 그런 다음에 돌아와서 볼스는 좋은 사람이라고, 확실한 사람이라고, 한번 마음먹으면 꼭 해내는 사람이라고, 정말 좋은 사람이라고 여러 차례 말하는데, 매우 도전적인 어투에, 저는 리처드가 볼스를 의심하기 시작했다고 느꼈어요.

그러다 리처드는 완전히 지쳐서 소파에 몸을 던지고, 에이다와 저는 주변을 정돈했어요. 하녀라고는 실내를 청소하는 여자 한 명밖에 없었거든요. 그곳에 조그만 피아노가 있어, 사랑하는 에이다는 그 앞에 앉아서 리처드가 좋아하는 노래를 가만히 부르는데, 그 전에 등불부터 옆방으로 치워야 했어요. 리처드가 눈이 부시다고 불평해서요.

저는 사랑하는 에이다 옆자리에 앉아서 달콤한 목소리를 들으며 감상에 빠져들었어요. 리처드도 그랬던 것 같아요. 그럴 목적으로 실내를 어둡게 한 것 같기도 하고요. 에이다는 한참 노래하다 틈틈이 일어나서 리처드에게 고개를 숙인 채 말하곤 했는데, 바로 그때 우드코트 선생이 들어왔어요. 그래서 리처드 옆에 앉아 반은 장난치듯 반은 진심인 듯, 자연스러우면서도 편안하게, 오늘은 기분이 어땠는지, 온종일 어디에 있었는지 물었어요. 그러다 달빛이 좋으니 근처 다리로 산책이나 다녀오자 제안하고 리처드는 금방 동의해, 두 사람은 밖으로 나갔어요.

에이다와 저는 피아노 앞에 계속 앉아있었는데, 두 사람이 나간 뒤에, 저는 오른팔로 에이다 허리를 휘감았어요. 에이다는 그 손에 왼손을 올렸지만, 오른손은 건반 위를 오가며 움직였어요, 건반은 한 번도 안 누르고. 그러다 침묵을 깨뜨렸어요.

"사랑하는 에스더. 리처드는 우드코트가 곁에 있을 때 가장 즐겁고 편안해 보여. 모두 네 덕분이야."

저는 절대 아니라고, 우드코트 선생이 잔다이스 아저씨 댁에 자주 놀러 와서 우리 모두와 친하게 지냈으며, 리처드를 늘 좋아하고, 리처드 역시 우드코트 선생을 늘 좋아했기 때문이라고 대답했어요.

"모두 맞아. 하지만 우드코트가 우리한테 그렇게 헌신적인 건 네 덕분이야."

저는 사랑하는 에이다가 편하게 말하도록, 그래서 그 얘기를 더 안 하도록 하는 게 최선이라고 느꼈어요. 그래서 그만큼만 말했어요. 가볍게 말했어요. 에이다가 덜덜 떨었거든요.

"사랑하는 에스더. 나는 좋은 부인이, 정말 좋은 부인이 되고 싶어. 네가 가르쳐줘."

내가 가르치다니! 저는 더 말하지 않았어요. 건반 위로 움직이던 손이 씰룩대는 걸 보고, 말해야 할 사람은 내가 아니라 에이다라는 걸 깨달았거든요.

"리처드랑 결혼할 때 나는 리처드가 앞으로 어떻게 될지 모른 게 아니야. 너랑 오랫동안 완벽히 행복하게 지내긴 했지, 걱정이나 근심 같은 건 모른 채 넘치는 사랑과 관심을 받으면서. 하지만 리처드가 빠져든 위험은 충분히 깨달았어, 사랑하는 에스더."

"나도 알아, 나도 알아, 사랑하는 에이다."

"우리가 결혼할 때, 나한테는 리처드가 미망에서 깨어날 수도 있겠다는, 남편이 되면 새로운 각도에서 바라볼 수도 있겠다는, 나 때문에라도 그 일에 필사적으로 매달리지 않을 수도 있겠다는 희망이 있었어. 하지만 설사 그런 희망이 없었더라도 똑같이 결혼했을 거야, 에스더. 똑같이!"

덜덜 떨던 에이다 손에 순간적으로 힘이 들어갔어요. 마지막 말을 할 때였어요. 저는 말에 담긴 진심을 느꼈어요.

"사랑하는 에스더, 네가 보는 걸 내가 못 보고 네가 걱정하는 걸 내가 걱정하지 않는다고 생각하면 안 돼, 누구도 나보다 리처드를 잘 알 순 없어. 세상에서 가장 위대한 지혜도 내 사랑보다 리처드를 잘 알 순 없어."

너무나 소박하고 부드럽게 말하는데, 건반 위를 조용히 오가면서 덜덜 떠는 손이 가슴속에 이는 태풍을 그대로 보여주었어요.

"나는 최악으로 변하는 리처드를 매일 봐, 잠자는 모습도 지켜보고. 리처드 얼굴이 변하는 것도 모두 알아. 하지만 리처드와 결혼할 때 단단히 결심했어, 에스더, 하늘이 도와준다면, 리처드가 어떻게 행동하든 슬퍼하는 마음을 안 드러내겠다고, 리처드를 더 힘들게 하지 않겠다고. 나는 리처드가 집으로 돌아올 때 힘들어하는 표정을 보여주고 싶지 않아. 사랑스러운 모습만 보여주고 싶어. 그렇게 하려고 리처드하고 결혼한 거야. 이 결심이 나를 지탱하는 힘이야."

저는 에이다가 더 심하게 떠는 걸 느꼈어요. 그래서 새로운 얘기가 나오기만 기다렸어요. 어떤 이야기인지 알 것 같았어요.

"나를 지탱하는 힘이 또 있어, 에스더."

에이다가 잠시 멈췄어요. 말하는 것만 멈춘 거예요. 손은 여전히 움직였거든요.

"나는 시간이 흐르기만 기다려. 그러면 커다란 원군이 나타날 거야. 리처드가 나를 볼 때마다, 가슴에 안긴 아기가 훨씬 커다란 감동을 줄 테니까. 훨씬 강력한 힘으로 진짜 걸어가야 할 길을 보여주고 정신 차리게 할 테니까."

에이다가 손을 멈췄어요. 그리고는 저를 두 팔로 껴안아, 저 역시 두 팔로 에이다를 꼭 껴안았어요.

"우리 아기로도 그렇게 안 된다면, 에스더, 나는 시간이 흐르기만 다시 기다릴 거야. 오랫동안 기다릴 거야. 세월이 지나고 또 지나서 내가 늙거나 죽은 다음에, 아름다운 여인이, 리처드 딸이, 행복한 결혼 생활을 하면서 아빠를 자랑스럽게 여기고 고마워할 때까지. 아니면 관대하고 용감한 남자가, 리처드 아들이, 예전에 아빠가 그런 것처럼 잘생긴 얼굴로 가득한 희망을 품고 행복하게 살면서, 아빠와 햇살이 환한 곳을 나란히 걸으며, 백발로 변한 아빠를 존경하는 눈으로 쳐다 보고 '저를 낳은 아버지가 정말 고맙습니다, 하느님! 치명적인 유산 소송으로 망가지다 저를 보고 재기했으니까요!'라고 속으로 중얼거릴 때까지."

아, 다정한 에이다, 쿵쿵 뛰는 가슴이 저한테 그대로 느껴졌어요!

"그 희망이 나를 지탱하는 힘인데, 사랑하는 에스더, 꼭 그렇게 될 걸 나는 알아. 하지만 희망이 사라질 때도 있어, 리처드를 쳐다보는 순간에 끔찍한 생각이 떠오르면서."

저는 에이다를 격려하려고 애쓰면서 그게 무어냐고 물었어요. 그러자 에이다는 구슬프게 흐느끼면서 대답했어요.

"아기가 태어날 때까지 리처드가 못 살 수도 있다는 생각."

CHAPTER LXI
새로운 발견

비참한 구석 집을, 하지만 사랑하는 에이다가 환하게 밝힌 집을 툭하면 찾아가던 나날은 제 기억 속에 영원할 거예요. 하지만 지금은 그 집을 볼 수 없고, 보고 싶은 마음도 없어요. 나중에 그 집을 딱 한 번 다녀오긴 했지만, 제 기억 속에 깃든 집은 슬프디슬픈 영광으로 영원히 반짝일 거예요.

당시에 당연히 저는 그곳을 하루도 안 건너뛰고 찾아갔어요. 처음에는 스킴폴 선생과 두세 차례 마주치기도 했어요. 느긋하게 앉아서 피아노를 연주하거나 상쾌한 표정으로 이상한 말을 늘어놓는 식이었지요. 그런데 스킴폴 선생이 찾아오는 만큼 리처드는 더 가난할 수밖에 없다는 생각은 물론, 아무 말이나 유쾌하게 뱉어내는 방식이 심각한 에이다 생활에 너무나 안 어울린다는 생각마저 들었어요. 에이다도 저와 똑같은 생각인 게 분명했어요. 그래서 곰곰이 생각하다, 스킴폴 선생을 개인적으로 찾아가서 제 생각을 말씀드려야겠다고 다짐했어요. 사랑하는 에이다를 걱정하는 마음 하나로 대담하게 결심한 거예요.

그래서 하루는 찰리를 데리고 소머스 타운으로 길을 나섰어요. 그 집에 다가갈수록 그냥 돌아서고픈 마음이 강하게 일어났어요. 스킴폴 선생한테 확실하게 이해시키려면 필사적으로 애써야 할 거란 느낌과 동시에, 결국에는 제가 가볍게 무너지고 말 것 같았기 때문이에요. 하지만 어차피 여기까지 왔으니, 한번 부닥쳐나 보자고 생각했어요. 그래서 덜덜 떨리는 손으로 스킴폴 선생네 현관문을 ─ 두드리개가 사라져서 말 그대로 맨손으로 ─ 두드리고, 아일랜드 하녀와 오랫동안 협상한 다음에 비로소 안으로 들어갔어요. 제가 문을 두드릴 때 아일랜드 하녀가 마당에서 불쏘시개로 쓰려고 물통 뚜껑을 부지깽이로 뜯어내는 중이었거든요.

스킴폴 선생은 소파에 누워서 플루트를 불다, 저를 보고 크게 반기며 물었어요. 그래, 손님을 누가 맞이하게 할까요? 환영의식을 어떤 딸이 하는 게 좋을까요? '코미디' 딸을 불러올까요, 아니면 '예쁜이' 딸을 불러올까요, 아니면 '감수성' 딸을 불러올까요? 그것도 아니면 세 딸을 멋진 꽃다발처럼 한꺼번에 불러올까요?

저는 이미 절반은 포기한 심정으로, 괜찮다면 스킴폴 선생하고 단둘이 얘기하고 싶다고 대답했어요. 그러자 스킴폴 선생은 제가 앉은 옆으로 의자를 바싹 끌어당기면서 황홀한 미소를 떠올렸어요.

"친애하는 에스더 아가씨, 잘됐네요! 업무를 보러 찾아온 건 당연히 아닐 테니, 재밌게 놀려고 오셨군요!"

저는 이렇게 찾아온 게 업무 때문이 아닌 건 확실하지만, 그렇다 해서 재밌는 문제로 온 것도 아니라고 대답했어요. 그러자 스킴폴 선생이 흥겹고 솔직한 어투로 말했어요.

"그렇다면 친애하는 에스더 아가씨, 말도 꺼내지 마세요. 재밌는 문제가 아니라면 굳이 말할 이유가 뭐겠어요? 나는 그런 말을 절대로

안 한답니다. 모든 점에서 볼 때 아가씨는 나보다 훨씬 즐거운 인생이잖
아요. 아가씨는 완벽하게 즐거운 인생인데, 나는 애매하게 즐거운 인생
이라고요. 그런데도 나는 불쾌한 문제를 안 꺼내니, 아가씨는 더 안
꺼내야지요! 그러니 그만두고, 다른 얘기나 합시다."

정말 당혹스러웠지만, 저는 용기를 냈어요. 그래서 계속 얘기하고
싶다고 넌지시 말했어요. 그러자 스킴폴 선생이 호쾌하게 웃으며 말했
어요.

"에스더 아가씨가 그런 얘기를 한다는 건, 내가 뭔가 착각했다는
뜻인데, 나는 착각 같은 걸 안 한다고요!"

저는 눈을 들어서 상대 눈을 똑바로 보았어요.

"스킴폴 선생님께서는 평범한 일상사를 제대로 모른다고 자주 말씀
하셨으니……"

"은행 친구 세 명을 말하는 건가요? L, S랑 그 동반자 D?[34] 그런
친구라면 나는 조금도 모른다오!"

스킴폴 선생은 쾌활하게 말하고, 저는 그냥 이어나갔어요.

"……그 문제를 제가 무모하게 꺼내도 용서하세요. 리처드가 예전보
다 가난하다는 사실을 저는 선생님께서 심각하게 여겨야 한다고 생각
합니다."

"맙소사! 당연하지요, 사람들한테 들었으니……"

"매우 어려운 상황이라는 것도 마찬가집니다."

"동전의 양면이니, 당연히 그럴 밖에요!"

스킴폴 선생이 대답하는데, 매우 즐거운 표정이었어요.

---

34) 영국에서 화폐단위를 십진법으로 구분하기 전의 파운드와 실링과 펜스를 말한다. 12펜
스는 1실링이고, 20실링은 1파운드였다. 그 약어 L, S, D는 라틴어 Librae, Solidi,
Denarii에서 나왔다.

"그래서 에이다가 속으로 걱정이 많은데, 손님이 안 찾아오면 걱정이 그만큼 줄어들 것 같아요. 리처드도 마음이 늘 무겁고 불편한 상태니, 실례를 무릅쓰고 말씀드리는데, 행여나 선생님께서……"

제가 이 대목에서 많이 어려워하자, 스킴폴 선생이 두 손으로 저를 잡고 환한 얼굴로 씩씩하게 이어갔어요.

"그 집에 안 가면 좋겠다? 당연하지요, 친애하는 에스더 아가씨, 당연히 안 가지요. 내가 그 집에 왜 가겠소? 내가 어디를 간다는 건 즐거우라고 가는 거지, 괴로우라고 가는 게 아닌데 말이오. 나는 즐겁게 살려고 태어난 사람이라오. 괴로움은 꼭 필요할 때만 찾아온다오. 최근에는 친애하는 리처드네 집에서 즐거운 일이 거의 없었는데, 아가씨가 이유를 확실하게 알려주는군요. 젊은 친구 두 분은 젊은이 특유의 매혹적인 시적 재능을 벌써 잃고 '이 자는 파운드를 바라는 사람'이라고 생각한답니다. 그래요, 나는 파운드를 늘 바라요. 나 자신 때문이 아니라 장사꾼들이 늘 바라기 때문에요. 이제 두 젊은이는 돈을 최고로 여기면서 '이 자는 예전에 파운드를 가지고 있던 사람, 파운드를 빌린 사람'이라고 생각할 거예요. 나를 말하는 거지요. 파운드를 늘 빌리니까요. 그래서 우리 젊은 친구 두 분은 (너무나 안타깝게도) 산문으로 타락해서 나한테 즐거움을 줄 능력이 퇴보했답니다. 그렇다면 내가 두 분을 만나러 갈 이유가 뭐겠어요? 말도 안 돼요!"

스킴폴 선생이 이유를 대면서 환한 미소를 머금고 쳐다보다, 갑자기 사심 없이 자비로운 표정을 떠올리는 게 정말 놀라웠어요. 그러면서 확신에 찬 어투로 쾌활하게 이어갔어요.

"게다가 어디든 괴로운 곳을 안 가는 게 나라면 – 그런 곳에 간다는 건 나라는 존재 자체를 바꾸는 짓인데 – 나 때문에 괴로워하는 곳을 굳이 뭐하러 가겠소? 지금처럼 마음이 울적한 두 젊은 친구를 찾아간다면 나는 두 분한테 고통을 주는 거요. 그럼 두 분은 나랑 어울리는 게 불편할 것이오. '이 자는 파운드가 있으면서도 파운드를 안 내는 사람'이라는 말도 할 텐데, 그건 나도 어쩔 수 없으니, 그걸 의심해서 나올 것 역시 아무것도 없다오! 그렇다면 두 분을 안 찾아가는 것이 친절한 행동이니, 앞으로 다시는 안 찾아가겠소."

스킴폴 선생은 제 손에 다정하게 키스하고 고마워하는 거로 마무리 했어요. 에스더 아가씨가 멋진 재치를 발휘하지 않았다면 자신이 몰랐 을 거라면서요.

저는 몹시 당황했지만, 제일 중요한 목적은 달성했다는 생각이 들어, 스킴폴 선생이 현실을 이상하게 왜곡하는 건 문제가 안 됐어요. 하지만 다른 문제도 꺼내기로 작심한 터라 더 미루지 않았어요.

"스킴폴 선생님, 제가 떠나기 전에, 황폐한 집에서 얼마 전에 불쌍한 아이를 누가 빼냈는지 선생님이 아시며, 대가로 선물까지 받았다는 말을 정통한 소식통한테 듣고서 저는 더없이 놀랐다는 사실을, 실례를 무릅쓰고 말씀드려야 하겠습니다. 잔다이스 아저씨한테 말씀드리진 않았습니다, 괜한 상처를 받는 건 아닐까 걱정스러워서요. 하지만 제가 매우 놀랐다는 사실만큼은 선생님께 말씀드려야 하겠습니다."

"맙소사! 정말 놀란 거요, 친애하는 에스더 아가씨?"

스킴폴 선생이 물으면서 눈썹을 기분 좋게 추켜올렸어요.

"더없이 놀랐습니다."

스킴폴 선생은 극히 상냥하고 변덕스러운 표정으로 곰곰이 생각하더 니, 완전히 포기하고 한없이 매혹적인 자세로 말했어요.

"내가 아무것도 모르는 어린애라는 걸 알잖소. 그런데 왜 놀라시오?"

세세하게 대답하고 싶진 않았지만, 상대가 간청하는 게 정말 알고 싶은 것 같아, 저는 그건 도덕적 의무를 어긴 행동이라고 최대한 점잖게 설명했어요. 스킴폴 선생은 이 말을 듣고 재밌고 흥미롭다는 표정으로 단순명료하고 솔직하게 말했고요.

"맙소사, 정말? 그대도 알다시피 나는 책임질 수 없는 사람이라오. 절대로 못 그런다오. 책임을 진다는 건 늘 내 위에 있거나 내 밑에 있다오. 위쪽인지 아래쪽인지조차 모른다오. 하지만 (현실적인 분별력과 명료함이 언제나 탁월한) 친애하는 에스더 아가씨가 말하는 모습을 보면 결국 문제는 돈이라는 생각이 드는군요. 그렇지 않소?"

저는 대충 동의하는 실수를 저지르고, 스킴폴 선생은 머리를 절레절레 저으며 말했어요.

"아! 그렇다면 내가 그걸 조금도 이해할 수 없다는 걸 그대도 알겠군요."

저는 그만 떠나려고 일어나면서, 뇌물 때문에 잔다이스 아저씨의 믿음을 배신하는 건 옳지 않다고 넌지시 말했어요. 그러자 스킴폴 선생은 특유의 솔직하고 유쾌한 어투로 답했어요.

"친애하는 에스더 아가씨, 나는 뇌물을 받을 수 없다오."

"버킷 수사관이 주더라도요?"

"그렇소. 누가 주더라도 나는 돈에 아무런 가치를 안 둔다오. 관심조차 없다오. 돈을 모르고 돈을 바라지도 않고 돈을 보관하지도 않는다오. 나한테서 곧장 나가기만 한다오. 그런데 어떻게 뇌물을 받겠소?"

나는 의견이 다르다고, 하지만 이 문제로 논쟁할 능력은 없다고 대답했어요. 하지만 스킴폴 선생은 아니었어요.

"정반대로, 이런 사례에서 나는 누구보다 뛰어난 위치에 있는 사람이라오. 이런 사례에서 나는 누구보다 위에 있는 사람이라오. 이런 사례에서 나는 철학을 가지고 행동한다오. 편견에 굴복하지 않는다오, 붕대로 철철 감는 이탈리아 갓난애처럼. 나는 공기처럼 자유롭다오. 나는 시저 부인처럼 의심할 대상이 결코 아니라오."[35]

스킴폴 선생이 자신은 쾌활하고 공평한 사람이라 확신하면서 문제 전체를 깃털로 만든 공처럼 가볍게 다루는 모습은 어디에서도 볼 수 없을 게 분명했어요!

"자세히 따져보세요, 친애하는 에스더 아가씨. 내가 강력하게 반대하지만 어떤 아이가 나타나서 집 안에 들어오고 잠자리에 들어요. 아이가 잠자는 사이에 어떤 사내가 나타나요 - 잭이 지은 집처럼.[36] 사내는 요구해요, 내가 강력하게 반대하지만 집에 들어오고 잠자리에 든 아이를 내어달라고. 사내는 지폐를 내밀어요, 내가 강력하게 반대하지만 집에 들어오고 잠자리에 든 아이를 내어달라고. 스킴폴은 받아요, 내가 강력하게 반대하지만 집에 들어오고 잠자리에 든 아이를 내어달라고 사내가 내민 지폐를. 이게 구체적인 내용이에요. 좋아요. 스킴폴은 그 지폐를 거절해야 마땅할까요? 스킴폴은 그 지폐를 왜 거절해야 마땅할까요? 스킴폴은 '그걸 왜 주나요? 나는 돈을 모르고, 소용도 없으니, 그냥 가져가세요'라고 말해요. 그런데도 버킷은 스킴폴에게 돈을 받으라고 간청해요. 편견에 굴복하지 않는 스킴폴이 그 돈을 받아야 할 이유가 있을까요? 있어요. 스킴폴은 돈을 받아요. 이게 뭐지? 스킴폴은 곰곰이 생각해요. 상대는 길든 스라소니, 활동적인 경찰관, 지적인 사람, 생각하고 실행하는 능력이 탁월한 사람, 멀리 도망간 친구와 적을 우리 대신 찾아주는 사람, 강도를 당하면 우리 대신 재산을 찾아주는 사람, 우리가 살해당하면 우리 대신 복수하는 사람이다. 활동적이며

---

35) 스킴폴이 암시하는 건, 갓난애를 붕대 같은 배내옷으로 꼭 끼게 입히는 관행과 '시저 부인은 의심할 대상이 아니다'는 속담이다. (속담에 나오는 'Caesar's wife'는 '의혹을 살 행위를 해서는 안 되는 사람'이란 뜻으로 발전했다.)
36) 자장가에 나오는 첫 구절이다. 앞말을 이어가는 독특한 자장가로, 그 특징은 스킴폴이 말하는 형식에 그대로 드러난다.

지적인 경찰관은 실력을 발휘하는 사이에 돈의 힘을 강력하게 믿게 되었다. 돈이 매우 유용하다는 사실을 깨닫고, 그 돈으로 사회에 도움을 준다. 그런데 내가 돈을 거부하면 버킷은 믿음이 흔들리는 건 아닐까? 그래서 나 때문에 커다란 무기 하나가 무뎌지는 건 아닐까? 나 때문에 버킷이 다음에 수사를 제대로 못 하는 건 아닐까? 처음으로 돌아가서. 스킴폴이 지폐를 받는 게 문제가 있다면, 지폐를 주겠다는 버킷 역시 문제가 있다. 아니, 버킷한테 훨씬 커다란 문제가 있다. 버킷은 알만한 걸 다 아는 사람 아닌가! 그런데 스킴폴은 버킷이 잘되길 바란다. 스킴폴은, 버킷이 잘되길 바란다면, 사소한 일이지만, 이번 부탁에 협조하는 게 중요하다고 여긴다. 현 상황은 스킴폴에게 버킷을 믿을 걸 강력하게 요구한다. 그래서 스킴폴은 그런다. 이게 스킴폴이 한 전부라오!"

저는 대답할 말이 없어서 그냥 일어났어요. 하지만 스킴폴 선생은 기분이 좋은 나머지, "채무자 감옥 여자애"만 데리고 돌아가겠다는 말을 안 듣고, 직접 따라나섰어요. 그래서 집으로 가는 도중에 재미난 이야기를 신나게 하더니, 헤어질 때는 에스더 아가씨가 멋진 재치를 발휘한 덕분에 젊은 친구 두 분에 대해서 깨우친 사실을 결코 안 잊겠다고 다짐했어요.

그 뒤로 스킴폴 선생을 두 번 다시 못 만났으니, 그 과정을 마저 이야기하겠어요. 스킴폴 선생과 잔다이스 아저씨 사이가 차갑게 변했어요. 제일 커다란 이유는 앞에서 말한 내용에다 (나중에 에이다한테 들은 바에 따르면) 리처드와 관련해서 잔다이스 아저씨가 간절하게 한 부탁을 스킴폴 선생이 가볍게 무시했기 때문이에요. 스킴폴 선생이 잔다이스 아저씨한테 신세를 많이 지는 건 두 사람이 헤어진 일과 아무런 상관이 없어요. 스킴폴 선생은 5년 뒤에 사망하면서 일기와 편지

등, 삶을 파악할 자료를 많이 남겨서 책으로 출판됐는데, 인류 전체가 작당해서 사랑스러운 어린애를 못살게 굴었으며, 자신은 그 희생자라는 내용이에요. 책이 재밌다는 평이 돌았지만, 저는 우연히 펼칠 기회가 있을 때 첫 장에 실린 글을 보고서 두 번 다시 안 읽었어요. '잔다이스는, 내가 아는 다른 모든 사람과 마찬가지로, 이기심의 화신이다'는 내용이었어요.

이제 저한테 커다란 감동으로 다가온 이야기를, 제가 조금도 예상을 못 한 이야기를 해야겠네요. 가련하게 사라진 예전 얼굴이 이따금 떠올랐어요, 오래전에 지나간 삶의 일부처럼…… 오래전에 지나간 어린 시절처럼. 지금까지 저는 이 문제에 관한 한 약점을 무엇 하나 안 숨기고 기억나는 대로 성실하게 글로 남겼어요. 이 책이 끝으로 치닫는 지금, 마시막 글까지 이렇게 하고 싶고, 이렇게 할 생각이에요.

몇 달이 흘러갔으며, 사랑하는 에이다는 저에게 고백한 버팀목에 의지하며, 비참한 집에서 아름다운 별로 여전히 빛났어요. 리처드는 더 지치고 야위었으며, 법정에 매일 출몰해, 잔다이스 소송을 거론할 가능성은 전혀 없다는 걸 알 때조차 온종일 멍하니 앉아있어, 법정에 붙박인 명물 가운데 하나가 되었어요. 리처드가 그곳에 처음 나타날 때 모습을 기억하는 사람이 과연 있을까 궁금할 정도로요.

리처드는 한 가지 생각에 너무나 완벽하게 빠져든 상태라, 기분이 좋을 때면 "우드코트가 아니면" 신선한 공기를 쐴 기회가 전혀 없을 거라고 말할 정도였어요. 몸과 마음이 완전히 가라앉아서 우리가 심하게 걱정할 때조차, 리처드한테 몇 시간이나마 관심을 돌리고 기운을 차리게 할 사람은 우드코트 선생밖에 없었어요. 그런데 몇 달이 지나는 사이에 몸과 마음이 완전히 가라앉는 모습이 훨씬 자주 나타났어요. 친애하는 에이다는 리처드가 잘못하는 걸 알면서도 자신 때문에 더욱 절박하게 매달린다고 하는데, 옳은 말이었어요. 그동안 잃은 걸 되찾으려는 욕구는 젊은 부인을 안타깝게 여기는 만큼 강해지기만 하더니, 결국에는 도박에 미친 사람처럼 되었으니까요.

앞에서 말한 것처럼, 저는 그 집에 늘 다녔어요. 밤까지 머물 때는 찰리랑 마차를 타고 집에 가고, 가끔은 잔다이스 아저씨가 동네 어귀로 마중 나와서 집까지 나란히 걸어가기도 했어요. 하루는 아저씨가 저녁 8시에 동네 어귀로 마중을 나오겠다고 했어요. 저는 평소와 달리 그날은 제시간에 떠날 수 없었어요. 사랑하는 에이다를 위해 바느질했는데, 몇 바늘만 더 뜨면 마무리할 수 있었거든요. 그래서 약속 시각을 몇 분 앞두고 조그만 바느질 바구니를 정돈하고 사랑하는 에이다에게 작별 키스하고 계단을 급히 내려갔어요. 우드코트 선생이 함께 내려왔어요, 날이 어두워서요.

평소에 만나던 장소로 왔는데 – 바로 그 옆인데, 우드코트 선생이 예전에도 함께 오곤 했던 곳인데 – 잔다이스 아저씨는 없었어요. 우리는 삼십 분 정도 기다리면서 이리저리 거닐었지만, 아저씨가 나타날 기미는 없었어요. 우리는 일이 있어서 못 왔거나 먼저 떠났다는 데 동의하고, 우드코트 선생은 저를 집까지 바래다주겠다고 제안했어요.

함께 산책한 건 그때가 처음이었어요, 평소에 만나던 장소까지 짧은 거리를 걸은 것 말고는. 우리는 리처드와 에이다 얘기를 했어요. 우드코트 선생이 도와주어서 고맙다는 말은 하지 않았지만 – 그 이상으로 고마운 마음이 컸거든요 – 제가 그걸 정말 대단하게 여긴다는 사실만큼은 알려주고 싶었어요.

집에 도착해서 위층으로 올라가니, 아저씨는 없고 우드코트 부인 역시 나간 상태였어요. 우리는 아름다운 에이다가 지금은 남편으로 바뀐 젊은 연인을 가녀린 마음에 담아서 얼굴을 빨갛게 물들인 채 안으로 들어온 바로 그 방으로, 두 연인이 꿈과 희망을 가득 안고 햇살 속으로 걸어가는 모습을 잔다이스 아저씨와 내가 지켜본 바로 그 방으로 들어갔어요.

열린 창가에서 거리를 살필 때 우드코트 선생이 말했어요. 그분이 저를 사랑한다는 건 그때 처음 알았어요. 얼굴에 깃든 흉터가 그분에게 아무렇지 않다는 건 그때 처음 알았어요. 지금까지 동정과 연민인 줄 알던 것이 헌신적이고 고결하고 굳센 사랑이라는 건 그때 처음 알았어요. 아, 하지만 너무 늦었어요, 너무 늦었어요, 너무 늦었어요. 제가 감사할 줄 모르는 생각을 품은 건 그때가 처음이었어요. 너무 늦었어요.

우드코트 선생이 이렇게 말했어요.

"떠날 때만큼 가난하게 나타나, 병석에서 막 벗어난 당신을 보았을 때, 다른 사람을 배려하는 마음은 여전하고 이기적인 생각은 조금도 안 하는 모습을 보았을 때……"

"아, 우드코트 씨, 그만 하세요, 그만 하세요! 저는 그렇게 칭찬받을 자격이 없어요. 당시에도 이기적인 생각을 수없이 했답니다, 수없이!"

제가 간청해도, 우드코트 선생은 계속 말했어요.

"사랑에 빠져서 하는 칭찬이 아니라 진실이라는 건 하늘이 압니다. 주변에서 당신을 어떻게 보는지, 얼마나 많은 감동과 자극이 되는지, 얼마나 성스럽게 존경하며 사랑하는지, 당신은 몰라요."

"아, 우드코트 씨, 사랑을 받는다는 건 근사한 거예요, 사랑을 받는다는 건 근사한 거예요! 자랑스럽고 영광스러운 거예요. 그 말을 들으니 기쁘고도 슬픈 눈물이 흐르네요. 사랑을 받아서 기쁘고 그걸 받아들일 자격이 없어서 슬프네요. 나는 그럴만한 자유가 없거든요."

눈물이 그냥 흘렀어요. 하지만 자신만만하게 말했어요. 그분이 그렇게 칭찬하고, 덜덜 떨리는 목소리는 마음을 그대로 털어놓는 증거처럼 들리니, 그런 말을 들을 자격이 있는 사람처럼 되고 싶었거든요. 그런 사람이 되기에는 아직 안 늦었거든요. 제 인생에서 상상조차 못 하던 페이지가 오늘 밤 끝날지언정, 평생을 거기에 합당한 사람으로 살아갈 순 있었거든요. 그래서 마음에 위안이 되고 자극이 되었어요. 이렇게 생각하니, 우드코트 선생이 보여준 존엄성이 제 내면에서 일어나는 느낌을 받았어요.

우드코트 선생이 침묵을 깼어요. 진지하게 흘러나오는 말이 처음에는 힘을 주더니 이제는 저를 흐느끼게 만들었어요.

"내 사랑을 받아들일 자유가 없다고 말씀하셨는데도 내가 사랑을 강요한다면, 지금도 소중하고 앞으로도 영원히 소중할 분한테 옳지 않은 행동이겠지요. 친애하는 에스더, 이 말만 하겠습니다. 나는 해외로 나갈 때 당신을 가슴에 소중하게 품었는데, 고국으로 돌아오니, 당신은 천사가 되었습니다. 나는 늘 희망했습니다, 앞길에 서광이 비치는 순간에 당신한테 사랑을 고백하기를. 그리고 늘 두려워했습니다, 사랑을 고백하고 퇴짜맞는걸. 희망과 공포가 오늘 밤에 모두 실현되었네요. 내가 당신을 슬프게 하는군요. 이제 더 말하지 않겠습니다."

저는 이분이 말한 천사가 된 듯한 느낌도 들고, 이분이 받은 상처가 더없이 슬프기도 했어요! 이분이 고통을 털어내도록 도와주고 싶었어요, 이분이 저한테 연민을 처음 보여줄 때 그랬던 것처럼. 그래서 말했어요.

"친애하는 우드코트 선생님, 오늘 밤 헤어지기 전에 말씀드려야 할 게 있습니다. 제대로 말씀드릴 수 없겠지만…… 결코 못 그러겠지만…… 그래도……"

저는 이분이 보여준 사랑과 고통에 합당하게 행동하자는 마음을 다시 다진 다음에 비로소 이어갈 수 있었어요.

"……저는 선생님의 고결한 마음을 깊이 느끼며, 죽는 순간까지 보물처럼 간직하겠습니다. 저는 제가 변한 걸 충분히 알고, 제가 살아온 역사를 선생님이 모르는 게 아니라는 걸 알며, 이토록 소중한 사랑은 끝없이 고귀하다는 것도 압니다. 선생님이 하신 말씀은 저한테 다른 누가 한 말보다 커다란 영향을 미쳤습니다. 저한테 이렇게 소중한 말을 할 사람은 어디에도 없으니까요. 영원히 안 잊겠습니다. 꼭 끌어안고 그 말씀에 합당하게 살아가겠습니다."

우드코트 선생은 손으로 두 눈을 가린 채 머리를 돌렸습니다. 아, 아, 그렇게 눈물을 흘릴 가치가 저한테 있었나요?

"우리가 변함없이 만난다면 – 리처드와 에이다를 돌보면서 훨씬 행복한 순간을 보낼 수 있다면 – 저한테서 예전보다 바람직한 모습이 보인다면 – 그건 오늘 밤에 있었던 일 때문이며 모두 선생님 덕분이라는 걸 알아주세요. 오늘 밤을 영원히 기억하겠어요. 심장이 뛰는 동안 선생님께 사랑을 받았다는 자부심과 기쁨을 영원히 소중하게 간직하겠어요."

우드코트 선생이 제 손을 잡고 뽀뽀했어요. 다시 마음을 가라앉힌 것 같았어요. 그래서 저는 한층 더 용기가 났어요. 그래서 물었어요.

"방금 하신 말씀으로 볼 때, 바라던 자리를 구하셨다고 여겨도 될까요?"

"네. 잔다이스 선생님이 도와주신 덕분에 자리를 구했습니다."

"하늘이 그분께 은총을 내리실 거예요. 그리고 당신이 하는 모든 일에도 은총을 내릴 거고요."

"그 소망에 합당하도록 노력하겠습니다. 그런 말을 들으니 그대한테 신성한 임무를 받을 때처럼 새로 맡은 일을 시작할 수 있을 것 같습니다."

"아! 리처드! 당신이 떠나면 리처드는 어떻게 하나요!"

저도 모르게 한탄이 흘러나왔어요.

"아직은 떠날 필요가 없습니다. 설사 그렇게 되더라도 리처드를 모른 척하지 않겠습니다, 친애하는 에스더 아가씨."

그분이 떠나기 전에 한 가지 더 말씀드려야 했어요. 그걸 말하지 않는 건 그분의 사랑에 합당한 행동이 아닌 것 같았어요. 그래서 말했어요.

"우드코트 선생님, 작별하기 전에 제 입으로 직접 말씀드리는 게 좋겠어요, 제 앞에 밝은 미래가 또렷하다고, 너무나 커다란 행운이 저를 기다린다고, 후회할 것도 갈망할 것도 없다고."

우드코트 선생은 이 말을 들어서 정말 기쁘다 대답하고, 저는 다시 말했어요.

"어린 시절부터 누구보다 훌륭한 분이 저한테 지칠 줄 모르는 선행을 베푸시어, 저는 애정과 감사와 사랑으로 그분과 연결되었으니, 그 마음은 무엇으로도 설명할 수 없답니다."

"잔다이스 선생님 말씀이군요. 나도 같은 마음입니다."

"그분이 훌륭하다는 건 선생님도 아시지만, 그분이 정말 위대하다는 사실을 저만큼 아는 사람은 없어요. 고결하고 훌륭한 인격이 저한테 행복하게 살아갈 미래로 더할 나위 없이 화사하게 드러났으니까요. 선생님은 그분을 한없이 존경하시지만, 설사 그렇지 않는다 해도, 그 사실을 안다면, 제 감정을 안다면, 그분을 최고로 존경하실 겁니다."

제가 말하자, 우드코트 선생은 정말로 정말로 최고로 존경한다고 열심히 대답하고, 저는 손을 다시 내밀며 말했어요.

"안녕히 가세요. 안녕."

"첫 번째는 내일 만나자는 뜻이고, 두 번째는 우리 사이에서 그 얘기는 영원히 안녕이라는 뜻이군요."

"네."

"안녕히 계세요. 안녕."

우드코트 선생은 떠나고, 저는 어두운 창가에서 거리를 바라보았어요. 그분의 사랑은 한결같고 고결했으나, 너무나 갑자기 다가온 나머지, 그분이 떠나고 일 분도 안 돼서 저는 마음이 또 무너지면서 줄줄 흐르는 눈물에 거리가 얼룩졌어요.

하지만 후회하고 슬퍼하는 눈물이 아니었어요. 그래요. 그분은 나를 평생 사랑할 사람이라고, 지금도 소중하고 앞으로도 영원히 소중할 분이라고 했어요. 저는 너무 기뻐서 심장이 터져나갈 것 같았어요. 첫사랑은 떠나갔어요. 하지만 그 말을 들은 게 너무 늦은 건 아니었어요. 그 말에 힘입어 선량하고 진실하고 감사하고 만족하며 살기에 너무 늦은 건 아니니까요. 아, 제가 가는 길은 평탄하겠지만, 그분이 가는 길은 얼마나 고통스러웠을까요!

CHAPTER LXII
또 다른 새로운 발견

저는 그날 밤에 누구도 만날 기분이 아니었어요. 저 자신을 보고픈 마음조차 없었어요. 눈물이 저를 나무랄 것 같았어요. 어둠에 잠긴 방으로 올라가, 어둠 속에서 기도하고, 어둠 속에서 잠자리에 누웠어요. 잔다이스 아저씨 편지를 읽는 데는 불빛이 필요하지 않았어요. 속속들이 알거든요. 저는 편지를 꺼내서 고결한 사랑이 뿜어대는 맑은 빛으로 내용을 다시 읽고 머리맡에 놓은 채 잠들었어요.

이튿날 아침에는 일찍 일어나서 찰리를 불러 산책하러 갔어요. 아침 식탁에 놓을 꽃을 사고 돌아와서 식탁을 장식하는 등, 최대한 바쁘게 움직였어요. 시간이 너무 일러서 아침 식사 전에 찰리가 공부할 시간은 넉넉했어요. 찰리는 (문법 실력이 좋아지지 않아도) 엄청난 격려를 받으며 계속 도전하고, 우리는 만족했어요. 아저씨는 식당으로 들어오자마자 "야, 꼬마 아줌마, 네가 꽃보다 청초해!"라고 말했어요. 그러자 우드코트 부인 역시 그렇다면서 '뮤린월인워드' 시집에 실린 구절을 번역해, 저를 태양이 떠오른 명산 같다고 했어요.

이 말이 마음에 쏙 들었어요. 예전보다 훨씬 좋은 명산처럼 되고 싶다는 소망까지 일었어요. 아침을 먹은 뒤, 저는 기회를 엿보고 주변을 살피다, 잔다이스 아저씨가 '속풀이 방'으로 – 간밤에 있던 방으로 – 들어가는 걸 보았어요. 그래서 열쇠꾸러미를 들고 일하는 척하면서 들어가, 방문을 닫았어요.

아저씨는 여러 통 받은 편지에 답장을 쓰다 물었어요.

"무슨 일이지, 더든 아줌마? 돈이 필요하니?"

"아니에요, 돈은 충분해요."

"돈을 그렇게 아껴 쓰는 더든 아줌마는 처음 봐."

아저씨가 말하면서 펜을 내려놓고 의자에 등을 기대고 쳐다보았어요. 아저씨 얼굴이 환하다는 말은 여러 번 했지만, 그날처럼 환하고 착한 얼굴은 처음 보는 것 같았어요. 얼굴에 행복한 표정이 가득한 걸 보니 '오늘 아침에도 뭔가 좋은 일을 하나 보다'는 생각이 절로 났어요.

아저씨가 감동한 표정으로 미소를 머금고 쳐다보며 다시 말했어요.

"돈을 그렇게 아껴 쓰는 더든 아줌마는 정말이지 처음이야."

아저씨는 예전 태도를 바꾼 적이 아직껏 한 번도 없었어요. 저는 그 태도와 아저씨가 너무나 사랑스러운 나머지 곧바로 다가가서 평소 의자에 – 어떨 때는 책도 읽어주고 어떨 때는 얘기도 하고 어떨 때는 옆에서 조용히 수를 놓기도 하는 아저씨 옆자리에 – 앉아, 아저씨 가슴에 손을 댔어요. 하지만 그 태도를 흐트러뜨리고 싶지는 않았어요. 아저씨도 그 태도를 조금도 흐트러뜨리지 않았고요.

"친애하는 아저씨, 묻고 싶은 게 있어요. 제가 무얼 소홀히 했나요?"

"무얼 소홀히 하다니, 에스더!"

"제가 아저씨 편지에 대답한 뒤로, 제가 의도치 않게 소홀한 적이 있나요?"

"지금까지 너는 무엇이든 내가 바라는 이상으로 했어, 내 사랑."

"그 말을 들으니 기뻐요. 아시다시피 아저씨는 저한테 황폐한 집 안주인이 되어주겠느냐 묻고, 저는 좋다고 대답했어요."

"그래."

아저씨가 대답하며 머리를 끄덕였어요. 저한테 두른 팔은 무언가로부터 저를 보호하려는 것 같았어요. 그리고 저를 쳐다보면서 미소를 머금었어요.

"그런 뒤로 우리는 그 문제에 대해서 딱 한 번밖에 말하지 않았어요."

"그때 나는 황폐한 집이 순식간에 기운다고 했지. 실제로 그랬고, 내 사랑."

"그래서 저는 황폐한 집 안주인이 있다고 말씀드렸지요."

제가 수줍게 말하자, 아저씨는 저를 보호하는 태도로 똑같이 껴안는데, 얼굴에 착한 표정이 가득했어요.

"친애하는 아저씨, 그동안 일어난 일을 어떻게 느끼시는지 저는 알아요. 아저씨는 사려 깊게 행동하셨어요. 시간이 많이 흐른 데다, 아저씨가 오늘 아침에 청초하다는 말씀까지 하신 걸 보고, 저는 아저씨가 그 문제를 다시 거론하길 바란다고 생각했어요. 그래서 말씀드리는데, 아저씨가 편하실 때 황폐한 집 안주인이 되겠어요."

제가 말하자, 아저씨가 유쾌하게 대답했어요.

"우리 둘은 마음이 정말 잘 통하는구나! 나도 그 문제를 계속 생각했단다. 불쌍한 리처드 문제가 유일한 예외야, 아주 커다란 예외. 네가 들어올 때도 그 생각을 하는 중이었으니까. 황폐한 집이 안주인을 언제 맞이하는 게 좋을까, 꼬마 아줌마?"

"아저씨가 편하실 때요."

"다음 달?"

"네, 다음 달."

"그렇다면 내가 세상에서 가장 행복하고 바람직한 첫발을 내딛는 날, 내가 세상 어떤 남자보다 기쁘고 신나는 날, 황폐한 집에 꼬마 안주인이 생기는 날은 다음 달이 되겠구나."

아저씨가 말하고, 저는 그 목에 두 팔을 둘러서 처음 대답한 날처럼 키스했어요.

하인이 문가로 와서 수사관 버킷이 왔다고 알리는데, 굳이 알릴 필요는 없었어요. 버킷 수사관이 쫓아와서 하인 어깨너머로 숨을 몰아쉬며 말했거든요.

"잔다이스 선생님, 에스더 아가씨, 방해한 걸 용서하세요. 계단에 있는 사람을 올려오라고 해도 괜찮겠습니까? 자기가 없는 상태에서 입방아를 찧지나 않을까 우려하거든요. 고맙습니다. 의자째 떠메고 이쪽으로 오겠나?"

버킷 수사관이 난간 너머로 소리쳤어요.

이상한 요청을 하자, 짐꾼 두 명이 까만 모자를 쓴, 걸을 수 없는 노인을 의자에 앉힌 채 떠메고 들어와서 문 옆에 내려놓았어요. 버킷 수사관은 즉시 짐꾼 두 명을 내보내고, 불가사의한 표정으로 방문을 닫더니 빗장까지 질렀어요. 그러더니 모자를 내려놓고 예전처럼 집게 손가락을 흔들면서 말했어요.

"잔다이스 선생은 나를 알고, 에스더 아가씨도 나를 압니다. 이 신사분 역시 나를 아는데, 이름은 스몰위드라고 합니다. 주 업무가 어음할인이니, 돈놀이 하는 사람이라고 부르면 되겠군요. 당신이 하는 일은 그런 일이오, 안 그렇소?"

버킷 수사관이 말을 멈추고 문제의 노인에게 묻는데, 당사자는 버킷 수사관이 매우 의심스럽다는 표정이었어요. 그래서 상대가 한 말에 반박하려는 것 같았는데, 기침이 심하게 연속으로 터져 나오고, 버킷 수사관은 기회를 안 놓쳤어요.

"사람이 조심할 줄 알아야지! 쓸데없이 나서면 기침이 마구 나오는 법이라오. 자, 잔다이스 선생님, 내가 먼저 말씀드리겠습니다. 나는 준남작 레스터 데드록 나리를 대신해서 지금까지 협상하느라, 이런저런 일로 저 신사분 일터를 문턱이 닳도록 들락거렸답니다. 저 신사분 일터는 예전에 크룩이 소유한 고물상으로, 크룩은 저 신사분 친척인데, 제가 착각한 게 아니라면, 선생님도 예전에 크룩을 만난 적이 있으시죠?"

잔다이스 아저씨는 "그렇다" 대답하고, 버킷 수사관은 계속 이어갔어요.

"으음! 그렇다면 선생님께서 아셔야 할 건, 이 신사분이 크룩 재산을, 엄청나게 많은 잡동사니와 함께 넘겨받았다는 사실입니다. 다 쓰고 버린 서류가 엄청나게 많다는 사실도요. 아무짝에도 쓸모없는 쓰레기 더미들!"

버킷 수사관은 노련하게 살피면서 교묘하게 말하는 방식으로, 노인이 열심히 살피다 항의하려는 표정을 억누르면서 사전에 합의한 내용에 따라 말하고서, 우리가 스몰위드 노인을 제대로 모르니, 노인만 괜찮다면 더 많은 걸 말할 수도 있다고 우리에게 알렸어요. 그런데 노인은 귀가 잘 안 들리는 데다 의심이 많은 표정으로 대놓고 쳐다보는 터라, 버킷 수사관이 많은 어려움을 겪었어요.

"쓰레기 더미 가운데는 폐기한 서류 뭉텅이도 많아서, 이 신사분은 그걸 넘겨받자마자, 당연히 열심히 뒤지고 있어요, 안 그런가요?"

버킷 수사관이 묻자, 스몰위드 노인이 매서운 목소리로 날카롭게 소리쳤어요.

"무얼 한다고? 다시 말해요."

"뒤진다고! 신중한 성격인 데다 자기 일은 직접 처리해야 마음이 놓이니, 당신은 서류 뭉텅이를 넘겨받자마자 서류 더미를 열심히 뒤지고 있어요, 안 그런가요?"

버킷 수사관이 묻는 말에 스몰위드 노인은 "당연히 그런다"고 소리치고, 버킷 수사관은 스스럼없이 이어나갔어요.

"당연히 그렇겠지요. 안 그러면 당신이 아니니까."

버킷 수사관이 다가가서 노인이 반박할 틈도 없이 유쾌하게 조롱하고는 노인을 굽어보며 덧붙였어요.

"그러다 잔다이스라고 서명한 서류를 우연히 발견했어요. 그렇죠?"

스몰위드 노인이 당황한 눈으로 우리를 힐끗 쳐다보다, 마지못한 표정으로 고개를 끄덕였어요.

"굳이 읽고픈 호기심이 안 드니, 당장 읽을 필요는 없고, 그래서 나중에 시간이 넉넉할 때 느긋하게 살피다, 다름 아닌 유언장이라는 사실을 발견했어요. 참 대단한 코미디지요."

버킷 수사관이 농담하며 재밌게 말하는데, 스몰위드 노인은 재미라곤 조금도 없다는 표정에 여전히 풀죽은 상태였어요.

"그게 다름 아닌 유언장이라는 사실을 발견했다고요, 그죠?"

버킷 수사관이 다시 말하자, 스몰위드 노인이 으르렁댔어요.

"나는 모른다오, 그게 유언장인지 아닌지."

버킷 수사관이 – 의자에서 미끄러져 옷더미처럼 쭈그러든 – 노인을 물끄러미 쳐다보는 게 당장에라도 달려들어서 한 대 때릴 것 같더니, 다시 쾌활한 분위기로 굽어보면서 말하는데, 곁눈은 우리를 끊임없이 살폈어요.

"그런데도 그 서류 때문에 약간 미심쩍고 불편한 게 있군요, 마음이 매우 부드러운 사람이라."

"뭐요? 마음이 어떤 사람?"

스몰위드 노인이 한 손을 귀에 대고 물었어요.

"마음이 매우 부드러운 사람."

"하! 그래, 계속하시오."

"당신은 그 이름으로 된 유언장을 둘러싼 유명한 대법정 소송을 오랫동안 들은 데다, 크룩이 온갖 가구와 책과 서류 기타 등등을 사서 보관한 채 읽는 법을 배우려고 애쓴 사실을 아는 터라 – 당신이 태어난 이래 이보다 올바로 생각한 적은 없으니 – '이크, 조심하지 않으면 이 유언장 때문에 고초를 겪겠구나'라고 생각하지요."

노인이 한 손을 귀에 댄 채 걱정스러운 표정으로 소리쳤어요.

"말을 조심하세요, 버킷. 커다랗게 말하고. 표독스런 계집 같은 속임수는 쓰지 말고. 나 좀 일으켜 주시오. 더 잘 듣고 싶소. 아, 하느님, 온몸이 갈기갈기 찢어지네!"

버킷 수사관이 순식간에 일으켜 앉혔거든요. 하지만 노인은 기침을 해대면서도 자기 소리가 들리자마자 "아, 뼈다귀야! 아, 하느님! 숨을 못 쉬겠어! 집에서 걸리적대는 표독스러운 돼지보다 심하다고!"라면서 나쁜 말을 열심히 뱉어내고, 버킷 수사관은 방금처럼 쾌활한 표정으로 다시 말했어요.

"그래서, 당신 일터에 습관처럼 들락거릴 때, 나한테 그 말을 털어놓았어요, 그죠?"

스몰위드 노인이 마지못해 인정하는데, 앙심을 가득 품은 표정도, 억지로 인정하는 모습도 상상을 초월하는 걸 보면, 버킷 수사관한테만큼은 절대로 털어놓지 말아야 했다고 여기는 게 분명했어요.

"그래서 나는 당신과 상의했어요…… 매우 유쾌하게. 그리고 유언장을 제대로 처리하지 않으면 심각한 문제가 될 수 있다고 당신이 우려할 근거는 충분하다는 것도 확인했어요."

버킷 수사관이 유난히 강조했어요.

"그래서 당신은 그 유언장을 여기에 계시는 잔다이스 선생님께 아무런 조건 없이 전달하기로 합의했어요. 가치가 있다는 게 입증되면, 잔다이스 선생님께서 합당하게 보상할 거라는 말까지 하면서. 그래서 여기까지 온 거예요, 그죠?"

"그러기로 했지요."

스몰위드 노인이 이번에도 마지못한 표정으로 인정하자, 버킷 수사관은 갑자기 유쾌한 태도에서 벗어나, 사무적으로 냉정하게 이어갔어요.

"당신은 그 유언장을 직접 가지고 왔으니, 이제 남은 건 지금 당장 내놓는 것밖에 없어요!"

버킷 수사관은 옆눈으로 우리를 힐끗 보면서 집게손가락으로 코를 의기양양하게 문지르더니, 속마음을 털어놓은 친구한테 시선을 고정하며 손을 내미는 게, 당장 서류를 받아서 잔다이스 아저씨한테 넘기려는 모양이었어요. 하지만 스몰위드 노인은 서류를 꺼내고 싶지 않은 표정으로, 자신은 열심히 일해야 먹고사는 가난한 노인이다, 잔다이스 선생은 명예로운 분이니 자신이 정직한 것 때문에 손해 보는 일은 없도록 해야 한다, 등등을 다양하게 선언했어요. 그런 다음에 비로소 손을 정말 조금씩 움직이며 안주머니에서 얼룩지고 색바랜 종이 한 장을 천천히 꺼내는데, 겉이 불에 그을리고 모서리가 살짝 탄 걸 보면, 오래전에 불 속에 던졌다 황급히 꺼낸 것 같았어요. 버킷 수사관은 그 서류를 스몰위드 노인한테서 잔다이스 아저씨 손으로 마법처럼 빠르고 교묘하게 넘겼어요. 그러면서 손으로 입을 가린 채 속삭였어요.

"보상을 얼마나 받을지는 결정을 못 했답니다. 한참 옥신각신했지요. 내가 20파운드를 제안했어요. 처음에는 탐욕스러운 두 손자가 너무 오래 산다는 이유로 노인과 갈리더니, 나중에는 자기네끼리도 갈리더군요. 맙소사! 1~2파운드만 줘도 서로를 팔아넘길 사람들이에요, 노파만 빼고. 노망이 들어서 뭐가 뭔지 모르거든요."

"이 서류에 어떤 가치가 있든, 두 분께 감사드립니다. 이 서류에 가치가 있다면 그에 따라서 스몰위드 노인께 합당하게 보상하도록 노력하겠습니다."

잔다이스 아저씨가 커다랗게 말하자, 버킷 수사관이 노인에게 다정하게 설명했어요.

"당신 가치에 따르는 게 아니라 서류 가치에 따르는 거니, 걱정하지 마시오."

잔다이스 아저씨도 말했어요.

"네, 그런 뜻입니다. 수사관 버킷, 나는 이 서류를 검토하지 않겠소. 사실대로 말하자면, 나는 소송과 관련된 전부를 포기하기로 옛적에 맹세했으니, 엮이기 싫소. 에스더 아가씨와 나는 이 서류를 소송 담당 변호사한테 곧바로 넘겨서 이런 서류가 있다는 사실을 이해당사자 모두한테 곧바로 알리도록 하겠소."

그러자 버킷 수사관이 노인에게 논평했어요.

"노인도 보시다시피, 잔다이스 선생님께서 하신 말씀은 그보다 더 공평할 수 없군요. 이제 잘못되는 사람은 아무도 없다는 사실을 - 노인한테는 이보다 다행스러울 수 없다는 사실을 - 확인했으니, 의자를 집으로 옮기는 행사로 나아가도 되겠지요."

그리곤 방문에 지른 빗장을 벗기고, 짐꾼을 부르더니, 안녕히 계시라고 인사하면서 의미심장한 표정으로 쳐다보고는, 집게손가락을 구부려서 떠나자고 신호하며 밖으로 나갔어요.

우리 역시 링컨 법학원으로 최대한 빨리 길을 나섰어요. 켄지 변호사가 안 보여서 전용 사무실로 들어서니, 그는 무표정하게 보이는 서적과 서류 더미로 가득한 먼지투성이 책상에 앉아있었어요. 거피는 우리가 앉을 의자를 끌어오고, 켄지 변호사는 잔다이스 선생이 평소와 달리 사무실까지 직접 찾아오시다니, 놀랍기도 하고 뿌듯하기도 하다면서 반기는데, 이중 안경을 올린 채 말하는 모습이 영락없는 '수다쟁이 켄지'였어요.

"에스더 아가씨가 상냥한 영향력을 발휘한 덕분에 잔다이스 선생님께서 소송에 대한, 그리고 대법정에 대한, 우리 분야에서 가장 웅장한 버팀목이라 할 대법정에 대한 적대감이 살짝 누그러진 건가요?"

켄지 변호사가 묻는 말에 잔다이스 아저씨가 대답했어요.

"에스더 아가씨 역시 대법정의 폐단과 부정적인 결과를 지금껏 유감없이 보았소. 그렇지만 내가 찾아온 건 그와 관련된 일 때문이오. 켄지 변호사, 이 서류를 당신 책상에 내려놓고 용건을 마치기 전에, 내 손으로 들어온 과정부터 설명하겠소."

그리곤 짧고 명확하게 설명하자, 켄지 변호사가 감탄했어요.

"법정에서 진술한다고 해도 그보다 또렷하고 확실할 순 없겠습니다, 선생님."

"영국 헌법이든 형평법이든, 또렷하고 확실한 적이 있긴 했나요?"

잔다이스 아저씨가 묻자, 켄지 변호사가 한탄했어요.

"맙소사!"

켄지 변호사는 처음에 서류를 가볍게 여기는 것 같았지만 직접 보는 순간에 관심이 생기는지, 서류를 펴고 이중 안경을 걸쳐서 조금 더 읽다, 깜짝 놀라며 소리쳤어요.

"잔다이스 선생님, 읽어보셨나요?"

"아니오!"

"하지만, 선생님, 이건 소송에 나온 어떤 유언장보다도 최근 날짜가 찍힌 유언장입니다. 유언 당사자가 손으로 직접 쓴 것 같습니다. 법률 형식도 합당하고 검증까지 받았습니다. 불에 그을린 흔적으로 볼 때 파기하려는 의도가 있었던 것 같지만, 결국엔 파기하지 않았고요. 그래서 이렇게 나타난 겁니다, 완벽한 문서로!"

"으음! 그게 나랑 무슨 관계가 있죠?"

잔다이스 아저씨가 묻자, 켄지 변호사는 목소리를 키우며 소리쳤어요.

"거피! 죄송합니다, 잔다이스 선생님."

"네, 선생님."

거피가 들어오자, 켄지 변호사가 다시 말했어요.

"시몬드 법학예비원에 가서 볼스 변호사를 불러오게. 볼일이 있다고. 잔다이스 대 잔다이스."

거피는 사라지고, 켄지 변호사는 다시 말했어요.

"이게 선생님과 무슨 관계가 있느냐고 물어보셨지요, 잔다이스 선생님? 이 문서를 읽으셨다면, 선생님은 이익이 현저하게 줄어든다는 사실을 깨달으셨을 겁니다, 여전히 상당한 액수긴 하지만, 여전히 상당한 액수."

켄지 변호사가 상대를 설득하듯 한 손을 부드럽게 흔들며 이어갔어요.

"그리고 리처드 카스톤과 에이다 클레어, 현재의 리처드 부인은 이익이 상당히 늘어난다는 사실도 깨달으셨을 겁니다."

"켄지, 비열한 대법정에서 소송하는 엄청난 유산 전부가 젊은 두 친척한테 떨어진다면 나는 충분히 만족합니다. 하지만 잔다이스 대 잔다이스 소송에서 좋은 일이 생긴다는 말을 믿으라는 겁니까?"

"아, 정말로, 잔다이스 선생님! 편견입니다, 편견이요. 친애하는 선생님, 이 나라는 훌륭한 나라입니다, 정말 훌륭한 나라. 형평법은 훌륭한 제도고요, 매우 훌륭한 제도. 정말로, 정말로!"

잔다이스 아저씨는 더 말하지 않고, 볼스 변호사는 도착했어요. 그는 켄지 변호사의 권위에 눌리는 분위기였어요.

"안녕하시오, 볼스 변호사? 여기, 내 옆에 앉아서 이 서류를 보겠소?"

볼스 변호사는 시키는 대로 하는데, 글자 하나하나를 꼼꼼히 읽는 것 같았어요. 흥분하진 않았지만, 어차피 무슨 일에도 흥분하지 않는 사람이니까요. 그래서 서류를 충분히 살핀 뒤, 켄지 변호사와 더불어 창가로 물러나서 까만 장갑으로 입을 가린 채 한참 얘기했어요. 켄지 변호사가 반박하는 듯한 모습에도 저는 놀라지 않았어요. 잔다이스 대 잔다이스에 대해 두 사람은 무엇 하나 일치하는 게 없었거든요. 하지만 "수익관리국", "회계관리국", "보고서", "유산", "비용" 등과 같은 단어가 나올 때마다 볼스 변호사가 우세하게 변하는 것 같았어요. 그래서 대화를 마치자, 두 사람은 켄지 변호사 책상으로 돌아와서 커다랗게 말했어요.

"으음! 하지만 이건 정말 놀라운 자료요, 볼스 변호사."

켄지 변호사 말에, 볼스 변호사가 대답했어요.

"네, 정말 놀라운 자룝니다."

"매우 중요한 자료기도 하고, 볼스 변호사."

"네, 매우 중요한 자룝니다."

"볼스 변호사 말대로, 다음 회기에 등록하면, 이 서류 때문에 예기치 않은 흥미로운 결과가 나올 것이오."

켄지 변호사가 말하면서 잔다이스 아저씨를 거만하게 쳐다보았어요.

볼스 변호사는 성공하려고 몸부림치는 조그만 사무실 변호사로, 상당한 권위자가 자기 의견을 인정한 걸 만족스럽게 받아들이고, 잔다이스 아저씨는 켄지가 동전을 쨍그랑대고 볼스가 여드름을 짜는 동안, 가만히 있다 일어나면서 물었어요.

"그렇다면 다음 회기는 언제 열립니까?"

"다음 회기는, 잔다이스 선생님, 다음 달에 열립니다. 당연히 우리는 이 서류를 가지고 지금 당장 필요한 조치를 할 것이며 필요한 증거를 모을 겁니다. 재판 일정이 잡히면 당연히 우리는 평소처럼 선생님께 통보할 거고요."

켄지가 대답하자, 볼스가 덧붙였어요.

"당연히 저도 평소처럼 관심을 기울일 겁니다."

그리고 켄지 변호사는 바깥 사무실을 지나 우리를 현관문까지 배웅하면서 말했어요.

"아직도 시큰둥하십니까, 친애하는 선생님? 마음이 넓으신 분이 아직도 일반에 팽배한 편견에 치우치십니까? 우리는 번창하는 사회입니다, 잔다이스 선생님, 매우 번창하는 사회. 우리는 위대한 국가입니다, 잔다이스 선생님, 정말 위대한 국가. 이건 매우 훌륭한 제도인데, 잔다이스 선생님, 위대한 국가에서 별 볼 일 없는 제도가 있기를 바라는 건 아니시겠죠? 정말로, 정말로!"

켄지 변호사가 계단 꼭대기에서 말하며 오른손을 천천히 흔드는 게, 은빛 흙손을 들고, 입에서 뱉어낸 말을 제도라는 구조물에 시멘트처럼 단단히 처발라서 천 년은 버티게 하려는 것 같았어요.

CHAPTER LXIII
강철과 쇳덩이

    조지는 사격장을 내놓고 장비를 몽땅 판 다음, 체스니 대저택에서 레스터 경이 말을 탈 때마다 바로 옆에서 말을 몰며 고삐를 잡아주는 역할을 한다. 고삐를 잡는 손이 불확실하기 때문이다. 하지만 오늘도 그 일을 하는 건 아니다. 자신을 돌아보는 차원에서 머나먼 북쪽 끝 강철 산업지대로 가는 중이다.

    머나먼 북쪽 끝 강철 산업지대로 들어서는 순간, 체스니 대저택처럼 녹색이 상쾌한 숲은 완전히 사라지고, 석탄 찌꺼기와 재, 높은 굴뚝과 빨간 벽돌, 말라비틀어진 초목, 모든 걸 태울 것 같은 불, 절대 옅어지지 않을 것처럼 짙은 매연만 가득하다. 기병은 이런 풍경 사이로 말을 몰고 주변을 둘러보며 자신이 찾는 대상을 물색한다.

    쇠를 두드리는 소리가 가득하고 지금까지 본 것보다 많은 불구덩이와 매연이 가득한 도시에서 새까만 운하 다리에 올라, 기병은 석탄 먼지가 풀풀 날리는 길에서 말을 세우고 어떤 노동자에게 라운스웰이라는 이름을 아느냐고 묻는다.

"맙소사, 나리, 차라리 제 이름을 아느냐고 물으십시오."

"그 말은 그 이름이 근방에 유명하다는 뜻인가요, 동지?"

"라운스웰 집안이요? 네. 맞습니다."

"그렇다면 그곳이 어딥니까?"

기병이 물으며 전방을 살핀다.

"은행이요, 공장이요, 저택이요?"

노동자가 묻자, 기병은 턱을 쓰다듬으며 중얼거린다.

"으흠! 라운스웰 집안이 대단한 게 분명하군. 그냥 돌아가고 싶을 정도야. 어디로 가야 할지 모르겠군요. 공장으로 가면 라운스웰 선생을 만날 수 있을까요?"

"어디로 가면 만날 수 있는지는 쉽지 않은데…… 이 시간이면 그분이든 그분 아들이든 공장에 있을 겁니다, 그분이 다른 데로 안 갔다면. 계약 때문에 툭하면 외지로 나가거든요."

그렇다면 공장은 어디요? 저기 쭉 늘어선 굴뚝을 보세요…… 제일 높은 굴뚝! 네, 보입니다. 그럼 쭉 늘어선 굴뚝을 보면서 곧장 가다, 끝에서 왼쪽으로 꺾으면 쭉 늘어선 벽돌 담장이 있을 겁니다. 그곳이 라운스웰 철공장입니다.

기병은 고맙다 하고 말을 천천히 몰며 주변을 둘러본다. 돌아가는 건 아니지만, 선술집에 말을 세운다. 그래서 말을 잘 손질해달라고 부탁하는데, 하인이 말한 바에 따르면 라운스웰 직공들이 잔뜩 몰려나와서 식사하는 풍경이 도시 전체를 점령한 것 같다. 라운스웰 직공은 하나같이 건장한 근육질로……검댕이 조금씩 묻었다.

벽돌 담장에 난 출입구로 다가가자, 엄청나게 많은 쇳덩이를 다양한 단계로 처리하며 다양하고 복잡하게 쌓아놓았는데, 봉강, 쐐기꼴, 철판도 있고, 커다란 통, 보일러, 차축, 바퀴, 톱니, 크랭크, 선로도 있고,

기계 부품인 듯 이리 비틀고 저리 돌려서 이상하게 만든 모양도 있고, 해체해서 산처럼 쌓아놓아 잔뜩 녹슨 것도 있고, 멀리 떨어진 용광로에서는 부글부글 끓고 빨갛게 이글거리면서 새롭게 태어나고, 증기 해머로 내려치는 주변에는 새빨간 불똥이 소낙비처럼 일고, 빨갛게 달아오른 쇳덩이, 하얗게 달아오른 쇳덩이, 까맣게 식은 쇳덩이도 있는데, 쇳덩이 맛, 쇳덩이 냄새, 쇳덩이 소리가 바벨탑 같다.

기병은 사무실을 찾으며 중얼거린다.

"머리를 지근지근 아프게 하는 곳이군! 누가 다가오네? 내가 군대에 들어가기 전과 똑같이 생겼어. 조카가 분명해, 가족 간에 유전이 된다면. 말 좀 물읍시다, 선생."

"네, 선생님. 누구를 찾아오셨나요?"

"실례합니다만, 라운스웰 선생 아들인가요?"

"네."

"선생 아버지를 찾는 중이오, 선생. 직접 만나고 싶소."

젊은이는 이런 시간에 찾아오다니 운이 좋으시다, 아버지는 저곳에 계신다면서, 사무실로 안내한다. 기병은 뒤를 따라가며 '내가 군대에 들어가기 전과 똑같아…… 쏙 빼닮았어!'라고 생각한다. 이윽고 마당에 있는 건물로 다가가는데, 사무실은 2층이다. 사무실에서 신사가 보이는 순간, 조지는 얼굴이 빨갛게 변한다.

"아버지한테 어떤 분이 찾아오셨다고 전할까요?"

젊은이가 묻자, 조지는 쇳덩이 생각만 가득하다 "강철"이라고 아무렇게나 대답하니, 그대로 전달된다. 조지는 사무실 신사와 단둘이 남는데, 신사가 앉은 책상에는 회계장부가 있고 숫자가 얼룩지고 모양이 이상한 서류도 있다. 사무실은 휑뎅그렁하고 창문도 휑뎅그렁한데, 그 밑으로 가득 쌓인 쇳덩이가 보인다. 책상에도 다양한 쇳조각이 뒹구는데, 다양한 시기에 다양한 방법으로 강도를 시험한 것 같다. 쇳가루도 사방에 가득하고, 창문 밖에는 높다란 굴뚝마다 매연이 묵직하게 흘러나와 다른 굴뚝에서 흘러나온 매연과 바빌론[37]처럼 뒤엉킨다.

손님이 녹슨 의자에 앉자, 신사가 묻는다.

"무슨 일로 찾아오셨나요, 강철 선생?"

조지는 왼팔을 무릎에 올리고 모자를 한 손에 들고 상체를 앞으로 숙여서 형과 눈이 안 마주치려 애쓰며 대답한다.

"으음, 라운스웰 선생, 제가 쓸데없이 찾아와서 방해되지 않았나 모르겠군요. 저는 예전에 기병으로 복무했는데, 저와 매우 친하게 지낸 동료 가운데, 제가 착각한 게 아니라면, 선생 동생이 있었습니다. 집안에서 말썽만 피우다 도망치고 두 번 다시 안 돌아온 동생이 있지요?"

철강업자가 갑자기 달라진 목소리로 되묻는다.

"선생 이름이 '강철'인 게 맞습니까?"

기병이 멈칫하며 고개를 든다. 형이 깜짝 놀라더니, 동생 이름을 부르면서 꼭 껴안자, 기병은 눈물을 펑펑 흘리며 소리친다.

"눈치가 정말 빠르군! 그동안 잘 지냈어, 그리운 형? 형이 나를 반길 거란 생각은 조금도 못했어. 그동안 잘 지냈어, 그리운 형, 그동안 잘 지냈어?"

형제는 손을 맞잡고 흔들다 서로를 껴안고, 다시 손을 흔들다 또 껴안고, 기병은 "그동안 잘 지냈어, 그리운 형?"이라는 말과 "형이 나를 보고 반길 거란 생각은 조금도 못했어"라는 말만 되풀이한다! 그리고 자신이 살아온 과정을 충분히 이야기하고 나서 선언한다.

"소식을 알릴 생각은 정말이지 없었어. 행여나 형이 나를 용서한다면

---

37) 기원전 587년에 유다 왕국이 멸망하면서 유대인이 노예로 끌려간 곳이다. 인간의 탐욕과 타락이 하느님의 진노를 사서 멸망한 곳으로 성서는 기록한다.

편지나 조금씩 써야겠다고 생각하는 정도였어. 하지만 형이 편지를 받고 달갑지 않게 여겼다 해도 나는 전혀 안 놀랐을 거야."

그러자 형이 대답한다.

"집으로 가자, 조지, 네 소식을 우리가 어떻게 받아들이는지 보여줄 게. 우리 집에 경사가 있으니, 네가, 구릿빛 기병이, 이보다 좋은 날에 찾아올 순 없어. 아들한테 오늘 약속했거든, 앞으로 열두 달이 지난 오늘, 누구보다 아름답고 착한 아가씨와 결혼시켜 주겠다고. 그 아가씨 가 네 조카딸 한 명과 마무리 교육을 받으러 내일 독일로[38] 떠날 예정이 야. 그래서 오늘 잔치를 여는데, 네가 주인공이 될 것 같아."

조지는 갑작스러운 제안을 처음에는 진심으로 거절하지만, 형과 조카에게 - "네가 나를 보고 이렇게 반길 거란 생각은 조금도 못했어"라는 말을 또다시 한 조카에게 - 압도당해서 집으로 끌려가는데, 그 집은 아버지와 어머니의 소박한 습관이 새로운 지위 및 자녀의 크나큰 행운 과 기분 좋게 어우러진 모습이 우아하다. 여기에서 조지는 조카딸이 하나같이 교양이 풍부하고 우아한 모습에, 앞으로 조카며느리가 될 로자가 너무나 아름다운 모습에, 젊은 아가씨들이 다정하게 반기며 인사하는 모습에 크게 당황하나, 결국엔 일종의 꿈결처럼 받아들인다. 조카가 책임감 강하고 성실하게 행동하는 모습을 보는 순간에는 깜짝 놀라, 자신이 말썽만 일으킨 사실을 슬프고 아프게 떠올리기도 한다. 하지만 모두 기뻐하고 따뜻하게 어울리면서 즐겁게 지내고, 조지는 그러는 내내 군인처럼 무뚝뚝하게 지내다, 결혼식에 꼭 참석해서 신부 손을 신랑에게 인도하겠다고 약속해, 모두에게 뜨거운 환호를 받는다. 그날 밤에 형네 집 화려한 침대에 누워서 오늘 겪은 일을 떠올리는데,

---

38) 당시에는 여성이 광범위하게 교육받으러 독일로 유학을 가는 게 상류층 일반에 널리 유행했다. 디킨스 역시 아들을 독일로 보내서 독일어를 습득하도록 했다.

자신이 누운 침대 시트 위에서 조카딸들이 (엷은 모슬린 차림으로 저녁 내내 끔찍하게) 독일식 왈츠[39]를 추는 영상이 떠올라, 머리가 빙글빙글 돈다.

형제는 다음 날 아침에 철강업자 방에서 단둘이 밀담을 나눈다. 형이 사리 분별력을 갖춘 사람답게 먼저 입을 열어, 자기 사업체에서 조지가 어떤 일을 하면 좋을지 얘기하려는 순간, 동생이 그 손을 잡으며 막는다.

"형, 분에 넘치게 반겨주어서 정말 고마워, 형으로서 동생한테 관심을 보여주는 것도 고맙고. 하지만 나는 계획이 있어. 어떤 계획인지 말하기 전에, 가족 문제에 대해서 형하고 상의할 게 있어."

기병이 팔짱을 끼고 단호한 표정으로 형을 쳐다보면서 덧붙인다.

"어떻게 해야 어머니가 나를 단단히 혼낼까?"

"무슨 말인지 모르겠어, 조지."

"내 말 그대로야, 형, 어떻게 해야 어머니가 나를 단단히 혼낼까? 어머니가 어떤 식으로든 나를 혼내야 하거든."

"어머니가 맘에 없어도 너를 혼내야 한다는 뜻이니?"

철강업자가 묻자, 기병은 팔짱을 단호하게 끼우며 대답한다.

"당연하지. 한 마디로……혼내라는 거야……나를!"

"사랑하는 조지, 네가 꼭 그런 과정을 거쳐야 하는 거니?"

"당연하지! 절대적으로! 안 그러면 야비하게 돌아왔다는 죄책감을 느낄 수 없잖아. 내가 집을 다시 안 나간다는 보장도 없고. 나는, 형은 아닐지라도, 형에 대한 조카들의 권리를 빼앗으려고 살그머니 돌아온 게 아니야. 나는 예전에 가족에 대한 권리를 모두 포기했어! 내가 집에

---

39) 왈츠는 19세기 초기에 독일에서 넘어왔으나, 파트너끼리 달라붙는다는 이유로 많은 사람이 오랫동안 눈살을 찌푸렸다.

남아서 머리를 들고 살려면, 호되게 당해야 돼. 어서. 형은 통찰력과 판단력이 탁월하니, 어떻게 하면 되는지 알려줄 수 있잖아."

기병이 묻자, 철강업자가 신중하게 대답한다.

"어떻게 하면 그렇게 안 되는지는 알려줄 수 있다는 게 합당한 대답인 것 같아. 어머니를 보고, 어머니를 생각하고, 어머니가 너를 찾았을 때 어떤 마음이었을지 떠올려. 세상에서 가장 소중한 아들한테 어머니가 그렇게 하도록 만들 방법이 있을 것 같니? 사랑하는 어머니한테 혼나지 않고서 그렇게 말할 방법이 있을 것 같니? 그건 네가 잘못하는 거야. 안 돼, 조지! 앞으로 안 혼나도록 다짐하는 편이 더 좋아."

철강업자는 동생이 잔뜩 실망한 표정으로 곰곰이 생각하는 모습을 바라보면서 미소가 어린 얼굴로 다시 말한다.

"그런 곤욕을 안 치러도, 너는 이미 된통 혼난 것처럼 잘할 수 있어."

"어떻게, 형?"

"열심히 노력해서 나쁜 습관을 네가 원하는 방식으로 충분히 이겨낼 수 있으니까."

"맞아!"

기병이 소리치고 다시 곰곰이 생각한다. 그러다 형의 손을 꼭 잡고서 걱정스러운 표정으로 묻는다.

"형수랑 조카들한테 형이 말해줄 수 있어?"

"당연하지."

"고마워. 비록 나는 떠돌이가, 대충대충 사는 떠돌이가 분명하지만, 비열한 성격은 아닌 거, 형도 알지?"

철강업자는 미소가 절로 떠오르는 걸 꾹 참으며 동의한다. 그러자 기병은 숨을 깊이 들이마시고 팔짱을 풀어서 두 무릎에 손을 하나씩 내려놓으며 말한다.

"고마워. 고마워. 이제 마음의 짐을 덜었어, 된통 혼나야 한다는 마음은 여전해도!"

형제는 서로를 정말 많이 닮았다, 얼굴을 마주한 모습이. 하지만 세상 물정을 모른 채 마냥 순수한 모습은 오로지 기병한테만 보인다. 그런 기병이 실망감을 벗어던지며 다시 말한다.

"아아, 두 번째자 마지막으로, 내 계획을 말할게. 여기에 남아서 형이 인내심과 판단력으로 이룩한 사업체에 자리를 잡으라는 건 정말 고마운 제안이야. 진심으로 고마워. 다시 말하지만, 형제다운 정을 뛰어넘어. 진심으로 고마워."

기병은 철강업자 손을 잡고 오랫동안 흔들다 털어놓는다.

"하지만 사실, 형, 나는…… 나는 일종의 잡초야, 정원에 심기에는 너무 늦었어."

그러자 형은 강인하고 착실한 표정을 동생에게 보이며 자신만만한 미소를 머금는다.

"사랑하는 조지, 그건 나한테 맡겨, 내가 알아서 할 테니."

하지만 조지는 머리를 젓는다.

"형은 그럴 수 있겠지. 전혀 의심하지 않아. 하지만 그럴 순 없어. 그러면 안 돼, 형! 게다가 레스터 데드록 경이 슬픈 가족사로 병을 앓은 다음부터 내가 사소하게 돕고 있어. 어머니 아들이 당신을 거들길 바라거든, 다른 누구도 싫다면서."

철강업자가 대답하는데, 정직한 얼굴에 그늘이 살짝 어린다.

"그래, 사랑하는 조지, 레스터 데드록 집안 기병으로 근무하는 게 좋다면……"

기병은 한 손을 무릎 위에 또다시 올린 채 형이 하는 말을 가로막는다.

"그래, 형. 제대로 말했어! 형은 그 생각이 마음에 안 들겠지만, 나는 괜찮아. 형은 기병 일이 익숙하지 않지만, 나는 익숙해. 형 주변에는 질서와 규율이 하나같이 완벽하게 잡혔지만, 나는 누가 옆에서 하나같이 잡아줘야 해. 우리는 재주도 다르고 세상을 보는 시각도 달라. 내가 군대 방식에 익숙하다는 말이 아니야. 간밤에 정말 편안하게 어울린 데다, 특별히 눈치를 챈 사람 역시 없을 테니까. 하지만 나는 체스니 대저택에서 지내는 게 좋아, 그곳은 잡초가 살아갈 공간이 여기보다 넉넉하거든. 사랑하는 노부인 역시 내가 곁에 있는 걸 좋아하고. 그래서 레스터 데드록 경이 제안한 걸 받아들였어. 내년에 신부 손을 신랑한테 넘겨주러 올 때면, 아무 때든 올 때면, 나도 분별력을 갖추었을 테니, 집안 기병 같은 모습으로 형네 집을 돌아다니는 일은 없을 거야. 다시 말하지만 진심으로 고마워, 형이 라운스웰 집안을 일으켜 세운 것도 자랑스럽고."

형은 동생이 잡은 손을 꼭 움켜잡으며 대답한다.

"너는 너 자신을 알아, 조지, 어쩌면 나를 나 자신보다 많이 알 수도 있고. 편한 대로 하렴. 우리 형제가 두 번 다시 안 헤어지도록, 네가 편한 대로 하렴."

"그건 걱정하지 마! 그리고 말머리를 돌리기 전에 형, 괜찮다면, 부탁할 게 있어, 이 편지를 검토하는 거. 이 지역에서 보내려고 일부러 가져왔어. 체스니 대저택 주소가 들어가면 상대가 힘들어할 것 같아서. 나는 편지를 쓰는 게 너무나 서툰데, 이 편지만큼은 정성을 다해서 작성했거든, 솔직하면서도 섬세하게 보이고 싶어서."

그러면서 편지를, 연한 잉크로 빼곡하지만 깔끔하게 쓴 편지를 건네고, 철강업자는 다음같이 읽는다.

에스더 서머슨 아가씨,

버킷 수사관이 어떤 특정 인물의 서류에서 저한테 보내는 편지를 발견했다고 알려왔는데, 그 편지는 동봉한 편지를 당시에 미혼으로 영국에 거주하던 젊고 아름다운 숙녀에게 언제 어디서 어떻게 전달하도록 해외에서 지시한 몇 줄에 불과하며, 저는 지시받은 대로 충실하게 집행했다는 사실을, 실례를 무릅쓰고 아가씨께 알립니다.

그 편지는 제 품에 있다, 필체를 확인할 용도로 빼앗겼음을, 제가 지니고 있으면 누구한테도 해가 안 될 것이므로, 특별한 일이 없었다면 제가 절대로 안 빼앗겼을 것임을, 한 사람이 심장에 총을 맞는 일도 없었을 것임을 다시 실례를 무릅쓰고 아가씨께 알립니다.

불행한 특정 인물이 살아계신다고 여겼더라면 그분이 은둔한 곳을 찾아서 마지막 충성을 다하려고 최선을 다했을 것임을, 체질적으로도 의무감으로도 그렇게 했을 것임을 또다시 실례를 무릅쓰고 말씀드립니다. 하지만 그분은 (공식적으로) 익사했다고, 서인도에 도착하고 몇 시간 만에 아일랜드 항구에서 한밤중에 수송선 너머로 뛰어내렸다고 했으며, 저는 현장에 있던 장교 여러 명과 병사 여러 명한테 직접 확인했고, (공식적으로) 마무리된 거로 알고 있었습니다.

저는 부사관이라는 소박한 군인 출신으로, 앞으로 계속해서 아가씨께 철저하게 헌신하며 숭배할 것임을, 누구보다 뛰어난 아가씨의 성품을 존경할 것임을 실례를 무릅쓰고 말씀드리는 바입니다.

아가씨께 편지를 보내는 영광을 누리는

조지가

"약간 딱딱해."

형이 어리둥절한 표정으로 말하면서 편지를 접자, 동생이 묻는다.

"하지만 점잖은 아가씨한테 보내면 안 되는 표현은 없지?"

"응, 없어."

그러자 편지는 봉인되어 철공장에서 그날 보낼 우편물 사이로 들어간다. 그리고 나서 조지는 가족 전체와 진심으로 작별인사를 하고 안장에 올라탈 준비를 한다. 하지만 형은 동생과 일찍 헤어지는 게 싫어, 하룻밤 묵을 곳까지 무개 마차를 타고 함께 가자고, 아침까지 함께 지내자고, 체스니 대저택에서 타고 온 순종 명마는 하인이 타고 쫓아오면 된다고 제안한다. 제안을 기쁘게 받아들이니, 형제는 즐거운 마차 드라이브와 즐거운 저녁 식사와 즐거운 아침 식사를 즐기며 정을 나눈다. 그리고 다시 한번 손을 진심으로 맞잡고 오랫동안 흔들다 헤어지니, 철강업자는 매연과 화염이 가득한 곳으로 나아가고, 기병은 녹색이 우거진 지역으로 나아간다. 오후 이른 시각에 묵직하게 달리는 군대식 말발굽 소리는 대로변 잔디에 묻히고, 기병은 군대 장비를 철커덩대는 상상을 즐기며 느릅나무 아래를 달린다.

CHAPTER LXIV
에스더 이야기

잔다이스 아저씨는 저와 대화하고 얼마 안 지난 아침에 봉투 하나를 불쑥 내밀면서 "다음 달에 쓸 돈이란다"라고 말했어요. 안에는 200파운드가 있었어요.

저는 필요하다는 생각이 드는 대로 조용히 준비하기 시작했어요. 물건을 살 때는, 잔다이스 아저씨 취향을 잘 아니, 당연히 그 취향을 고려하고, 의상은 아저씨가 좋아할 만한 걸 고르면서 잘 샀다는 말을 듣기만 바랐어요. 모든 걸 정말 조용히 진행했어요. 에이다가 많이 미안해할 거란 오랜 걱정도 드는 데다, 아저씨가 아무 말도 안 했기 때문이에요. 여러 상황을 고려할 때 정말 조용히 간단하게 치르는 결혼일게 분명했어요. 제가 에이다한테 하는 말은 "내일 와서 결혼하는 걸 구경할래, 사랑하는 에이다?"가 전부일 수도 있었어요. 에이다처럼 소박한 결혼이 될 수도 있고, 결혼식이 끝날 때까지 결혼이란 말 자체를 꺼낼 필요가 없을 수도 있었어요. 저한테 선택하라면, 당연히 그럴 것 같았어요.

제가 유일한 예외로 삼은 분은 우드코트 부인이었어요. 잔다이스 아저씨와 결혼한다는, 얼마 전에 약혼했다는 소식을 알렸거든요. 부인은 크게 축하했어요. 처음에 우리 집에 왔을 때 그런 것에 비하면 저한테 그렇게 잘할 수도, 그렇게 다정할 수도 없었어요. 저를 위해서라면 어떤 일이라도 할 것 같았어요. 하지만 부인이 기쁘게 일할 수 있는 이상을 제가 동의한 적은 절대로 없다는 말까지 할 필요는 없겠지요.

그렇다고 해서 그 시기에 잔다이스 아저씨한테 소홀한 건 아니며, 사랑하는 에이다한테도 소홀하지 않았어요. 그래서 할 일이 많아도 하나같이 즐겁게 했답니다. 찰리 얘기를 하자면, 찰리는 바느질하는 모습을 보여준 적이 한 번도 없었어요. 바구니든 탁자든 바느질감을 잔뜩 쌓아놓고 바느질은 하나도 안 한 채, 동그란 눈으로 멀뚱멀뚱 쳐다보면서 자신은 저 일을 할 거라고 온종일 다짐하는 게 찰리의 커다란 자부심이자 즐거움이었어요.

다른 한편으로 이 말도 해야겠는데, 저는 유언장 문제에서 잔다이스 아저씨 의견에 동의할 수 없었어요. 잔다이스 대 잔다이스 소송이 바람직하게 끝나리라는 희망이 생겼거든요. 누가 옳은지는 금방 드러나겠지만, 제가 기대감을 품은 건 확실해요. 리처드는 유언장을 발견하는 순간부터 한동안 잔뜩 고무돼서 열심히 뛰어다니며 흥분하더니, 지금은 다시 희망을 몽땅 잃은 채 불안과 걱정에 시달리는 것 같았어요. 하루는 이런 얘기를 하다, 잔다이스 아저씨가 한 말을 통해, 저는 우리가 학수고대한다고 말한 개정기 이후에 결혼식을 하게 될 거로 이해했어요. 그래서 조금 더 생각하니, 리처드와 에이다가 부자가 된 다음에 결혼하면 그 기쁨은 그만큼 더 클 것 같았어요.

개정기를 앞둔 시기에 잔다이스 아저씨는 우드코트 선생 일로 런던을 떠나서 요크셔로 내려갔어요. 자신이 직접 내려가야 하겠다고 알린

다음에요. 하루는 사랑하는 에이다 집에서 막 돌아와 새 옷을 늘여놓은 한가운데 앉아서 가만히 둘러보며 생각에 잠기는데, 잔다이스 아저씨 한테 온 편지를 하인이 가져왔어요. 요크셔로 내려오라고, 런던에서 새벽 몇 시에 어떤 역마차를 타고 출발하면 된다는 내용이었어요. 추신에 에이다와 오래 떨어지는 건 아니라고 덧붙였어요.

이런 시기에 먼 길을 떠나리라는 예상은 못 했지만, 저는 삼십 분만에 준비를 끝내고 다음 날 새벽 지정한 시각에 출발했어요. 마차를 온종일 타고 가면서 무엇 때문에 그렇게 멀리서 저를 부를까 온종일 걱정했어요. 이것 때문에 부르는 것 같다는 생각을 하다가도 저것 때문에 부르는 것 같다는 생각을 했지만, 진실에 다가간 건 하나도 없었어요.

목적지에 도착해서 저를 기다리는 아저씨를 발견한 건 밤이었어요. 다행스러웠어요. 아저씨가 아플 수도 있다는 (그래서 편지가 짧은 거라는) 두려움이 초저녁부터 몰려들었거든요. 하지만 아저씨가 아픈 느낌은 조금도 없었어요. 다정한 얼굴에 밝고 즐거운 표정이 가득한 걸 다시보는 순간에는 또 다른 멋지고 훌륭한 일을 하는 중이라는 생각만 절로 떠올랐어요. 대단한 통찰력이 없어도 그 정도는 충분히 파악할 수 있었거든요. 그곳에 머무는 자체가 남을 도우려는 행동이었으니까요.

호텔에서 저녁 식사를 차리고 식탁에 단둘이 앉을 때, 아저씨가 물었어요.

"내가 너를 부른 이유가 궁금하지, 꼬마 아줌마?"

"맙소사, 아저씨, 저는 파티마고 아저씨는 파란 수염[40]으로 생각하는 게 아니라면, 궁금한 게 당연하잖아요."

---

40) '파란 수염'이라는 동화를 빗댄 이야기로, 파란 수염은 여섯 번 결혼해서 부인을 모두 죽이고, 일곱 번째로 결혼한다. 그 상대가 파티마로, 오빠들 도움으로 위기를 모면하고 파란 수염이 그동안 저지른 죄악을 파헤친다.

제가 대답하자 아저씨가 유쾌하게 말했어요.

"그렇다면 네가 오늘 밤을 편히 쉬도록, 내일까지 기다릴 필요 없이 지금 말해야 하겠구나. 그동안 우드코트한테 고마움을 표현하고 싶은 마음이 많았어. 불쌍한 조를 다정하게 대하고, 젊은 친척한테 더없이 소중한 도움을 주고, 우리한테도 소중하잖아. 그래서 여기에 정착하는 결정이 나는 순간, 머리를 누일 소박한 공간을 마련해주면 좋겠다는 생각이 들었어. 그래서 적당한 곳을 알아보게 한 다음, 그런 공간이 좋은 조건으로 나온 걸 찾아내서 우드코트가 살만하도록 손질했어. 그런데 이틀 전에 작업이 끝났다는 전갈을 듣고 가보니, 살림을 제대로 배치했는지 살펴볼 가정주부가 없는 거야. 그래서 꼬마 가정주부를 불러다 의견도 듣고 조언도 듣는 게 좋겠다고 생각했어. 그래서 이렇게 내려와, 웃으면서 우는 거야!"

제가 웃으면서 운 건 아저씨가 너무나 친절하고 너무나 훌륭하고 너무나 존경스러웠기 때문이에요. 그 마음을 표현하고 싶은데 말이 제대로 안 나오기도 했고요.

"쯧쯧! 그렇게 대단한 건 아니야, 꼬마 아줌마. 맙소사, 목까지 메나 보구나, 더든 아줌마, 목까지 메여!"

"너무 기뻐서 그래요, 아저씨…… 너무나 고마워서."

"그래, 그래. 네가 기쁘다니 나도 기쁘구나. 이렇게 좋아할 줄 알았어. '황폐한 집' 꼬마 안주인을 깜짝 놀라게 하고 싶었거든."

저는 아저씨한테 뽀뽀하고 눈물을 닦으며 말했어요.

"이제 알겠어요. 오래전부터 아저씨 얼굴에서 이상한 낌새를 느꼈거든요."

"맙소사, 정말이니? 이제 얼굴까지 읽는구나, 더든 아줌마, 정말 대단해!"

잔다이스 아저씨가 묘하게 쾌활한 나머지 저는 계속 울 수 없었어요. 조금 전까지 울었다는 게 창피할 정도였어요. 그러다 잠자리에 들고, 그때 비로소 다시 울었어요. 울긴 했지만, 기뻐서 흘린 눈물이길 바라지만, 정말 기뻐서 그런 거라고 자신할 순 없다는 고백을 해야겠어요. 편지에 담긴 말 한 마디 한 마디를 두 번이나 떠올렸거든요.

너무나 아름다운 여름날 아침이 밝아오고, 우리는 식사한 다음에 서로 팔짱 끼고, 새로 구한 집에 배치한 살림을 살피러 갔어요. 마침 아저씨한테 열쇠가 있어서 옆 담에 난 문으로 들어서는데, 제일 먼저 눈에 띈 건, 꽃을 배치한 화단이 우리 집에서 제가 꽃을 배치한 화단과 너무나 비슷하다는 점이었어요.

아저씨가 환한 얼굴로 가만히 서서 제 표정을 바라보다 말했어요.

"너도 보다시피, 네가 꾸민 화단보다 더 좋은 화단을 떠올릴 수 없어서 네 방식을 빌렸단다."

예쁘고 아담한 과수원을 지날 때는 녹색 잎사귀 사이로 딸기가 주렁주렁 달리고 사과나무 그늘은 풀밭을 지나서 건물로 나아갔어요. 건물은 인형이 사는 집처럼 소박하고 아담한 게, 너무나 사랑스럽고 평온하고 아름다웠어요. 주변에는 전원풍경이 사방으로 뻗어 나가고, 멀리서 개울이 반짝이며 흐르는데, 이쪽에는 수양버들이 치렁치렁하고 저쪽에는 물레방아가 윙윙 돌아가고, 산뜻한 마을 옆 초원에는 크리켓 선수들이 화사한 옷차림으로 모이고, 하얀 천막에 매달린 깃발은 달콤한 서쪽 바람을 맞으며 펄럭였어요. 그러다 들어간 방마다 예쁘고, 전원풍 베란다는 하나같이 아담하고, 그걸 받친 조그만 나무 기둥마다 인동덩굴, 재스민, 담쟁이덩굴이 화관처럼 휘감고, 벽에 바른 벽지와 가구 색상 등, 아름다운 살림살이는 하나하나가 저의 독특한 방식을, 사람들이 웃으면서도 칭찬하던 제 취향과 방식을 그대로 담아냈어요.

하나같이 아름다운 모습에 감탄이 절로 나왔어요. 하지만 마음속으로는 뭔지 모를 의심이 일었어요. '저걸 보면 우드코트 선생이 행복할까? 우드코트 선생이 평화롭게 지내려면 나를 연상케 하는 건 없어야 하지 않을까? 나는 우드코트 선생이 생각하는 사람이 될 수 없으나, 그래도 우드코트 선생은 나를 끔찍하게 사랑하니, 저런 걸 보면 자신이 잃었다고 여기는 대상만 떠올라서 슬퍼하는 건 아닐까? 나 역시 그분이 나를 잊는 걸 바라지는 않지만 – 저런 것들이 기억을 새롭게 떠올리지 않아도, 나를 잊지는 않겠지만 – 나보다는 그분이 훨씬 힘들 테니, 그 고통을 덜어내고 행복하게 산다면 나는 충분히 받아들일 수 있어'라는 생각이 절로 일었어요.

잔다이스 아저씨는 지금까지 준비한 모든 것을 보여주고 제가 하나같이 감탄하는 모습을 지켜보면서 더없이 뿌듯하고 즐거운 표정으로 물었어요.

"그리고 이제, 꼬마 아줌마, 마지막으로, 이 집 이름이 뭘까?"

"뭔데요, 친애하는 아저씨?"

"얘야, 이리 와서 보려무나."

아저씨가 말하면서 현관으로, 지금껏 안 본 현관으로 데려가더니, 밖으로 나가기 전에 걸음을 멈추며 물었어요.

"얘야, 이름을 추측할 수 없겠니?"

"네."

현관을 나서자, 아저씨가 현관 위에 적힌 글씨를 가리켰어요. '황폐한 집'.

아저씨는 근처 나무그늘 밑 의자로 데려가서 저와 나란히 앉아 제 손을 잡으며 말했어요.

"귀여운 아가씨, 지금껏 우리 사이에 있었던 일이 너를 행복하게 하려는 노력의 일환이었으면 좋겠어. 내가 편지를 쓰고 네가 대답했을 때……"

아저씨가 미소를 떠올리며 이어갔어요.

"나는 내 생각을 너무 많이 했어. 하지만 네 생각도 했단다. 너를 부인으로 맞이하겠다는 꿈을 때때로 꾸었으나, 완전히 다른 상황이라면 과연 내가 그 꿈을 되살릴 수 있을까 자문할 필요는 없었어. 나는 어차피 그 꿈을 되살리고 그래서 편지를 쓰고 너는 대답했으니까. 얘야, 무슨 말인지 이해하겠니?"

저는 온몸이 얼어붙었어요. 온몸이 떨렸어요. 하지만 아저씨가 하는 말을 한마디도 안 놓쳤어요. 가만히 앉아서 쳐다보는데, 햇살이 내려와서 잎사귀 사이로 아저씨 맨머리를 부드럽게 비추었어요. 머리에 환하게 비추는 햇살이 천사를 비추는 후광 같았어요.

"잠깐만 들어보렴, 내 사랑, 아무 말 말고. 지금은 내가 말할 때니까. 내가 결정한 사항이 과연 너를 정말로 행복하게 할지를 언제부터 의심했는지는 중요하지 않아. 우드코트가 집에 오고, 나는 즉시 깨달았으니까."

저는 아저씨 목에 두 팔을 두르고 그 가슴에 머리를 기댄 채 흐느끼고, 아저씨는 저를 다정하게 껴안으며 다독였어요.

"그래, 편히 기대렴, 우리 아가. 나는 네 보호자야, 이제 네 아버지고, 편히 기대렴."

가만히 부스럭대는 잎사귀처럼 차분하게, 농익은 날씨처럼 다정하게, 햇살처럼 환하고 은혜롭게, 아저씨는 이어갔어요.

"나를 이해하렴, 사랑하는 아가씨. 나는 네가 나와 더불어 만족스럽고 행복하게 살아갈 것을, 의무를 다하고 헌신하며 살아갈 것을 의심하지 않았어. 하지만 네가 누구와 사는 게 더 행복할까를 깨달았어. 더든 아줌마가 아무것도 모를 때 내가 우드코트 속마음을 깨달은 건 너무나 당연해. 더든 아줌마한테는 영원히 변치 않을 장점이 있다는 걸 더든 아줌마보다 잘 알거든. 아아! 우드코트는 나한테 속마음을 오랫동안 털어놓았어. 나는 어제 비로소, 네가 여기에 오기 몇 시간 전에 비로소 속마음을 털어놓고. 하지만 사랑하는 에스더의 빛나는 장점을 무시하게 하진 않겠어. 사랑하는 아가씨의 훌륭한 마음을 조금도 못 보고 무시하게 하진 않겠어. 모건 앞 케리그 가문에 들어가서 고통받게 하지도 않겠고! 웨일스 산만한 금덩이를 준다고 해도, 절대로!"

아저씨는 말을 멈추고서 제 이마에 뽀뽀하고, 저는 다시 흐느꼈어요. 아저씨가 칭찬하는 말이 기쁘면서도 고통스러워서 도저히 못 견딜 것 같았거든요. 하지만 아저씨는 더없이 기쁜 어투로 말했어요.

"쉿, 꼬마 아줌마! 울지 마. 오늘은 기쁜 날이니까. 내가 한 달 한 달 꼽으면서 학수고대하던 날이니까! 몇 마디만 더 하면, 더든 아줌마, 내 말은 끝나. 나는 사랑하는 에스더의 장점을 단 하나도 무시하지 않도록 하겠다고 단단히 결심하고 우드코트 부인을 조용한 곳으로 데려갔어. 그리고 말했어. '부인, 나는 부인 아드님이 제 피후견인을 사랑하는 마음을 또렷하게 느낍니다. 제 피후견인 역시 부인 아드님을 사랑하지만, 의무감 때문에 그 사랑을 희생하는 것 역시, 밤낮으로 지켜보아도 아무런 의심이 안 들 정도로 그 사랑을 더없이 완벽하고 더없이 철저하고 더없이 세심하게 희생하는 것 역시 이제는 확실히 느낍니다.' 그런 다음에 우리 이야기를 - 네 이야기랑 내 이야기를 - 했어. 그리고 말했어. '그러니, 부인, 그 사실을 알고 우리 집에 와서 함께 살아요. 그래서 우리 아이를 매시간 살피고, 행여나 그 가문에 합당치 않은 모습이 보인다면, 그게 무언지 하나하나 알려주세요.' 아! 부인은 오래된 웨일스 명문가답게 행동했어. 이제 부인이 더든 아줌마를 생각하는 마음은 내 마음만큼이나 따뜻하고 감동적이고 사랑스러운 게 분명하거든!"

아저씨는 제 얼굴을 가만히 올리더니, 여전히 매달리는 제 이마에 아버지 같은 자세로 예전처럼 뽀뽀하고 또 뽀뽀했어요. 아버지가 딸을 지켜주겠다고 다짐하는 뽀뽀였어요.

"마지막으로 한 마디 더. 우드코트가 너한테 사랑을 고백할 때, 내 사랑, 먼저 나한테 알리고 동의를 얻었어. 하지만 나는 격려하는 말을 안 했어. 이렇게 깜짝 놀라게 하는 상이라도 받고 싶었거든. 그 즐거움을 함께 누리고 싶었거든. 우드코트는 너를 만난 다음에 나를 찾아와서 어떤 말이 오갔는지 모두 알려주겠다 했고, 실제로 그렇게 했어. 이제 나는 더 할 말이 없어. 누구보다 사랑하는 에스더, 우드코트는 네 아버지가 사망했을 때 옆에 있었고, 네 어머니 옆에도 있었어. 이곳은 '황폐한 집'이야. 오늘은 이 집에 꼬마 안주인이 생기는 날이고, 하느님 앞에서, 오늘은 평생에 걸쳐 나한테 가장 기쁜 날이란다!"

아저씨가 일어나서 저를 일으켰어요. 어느새 우리 두 사람만 있는 건 아니었어요. 제 남편이 ─ 지난 7년을 행복하게 지내면서 그렇게 부르던 인물이 ─ 제 옆으로 다가왔어요. 그러자 아저씨가 말했어요.

"우드코트, 내가 기꺼이 내미는 선물을, 세상에서 가장 훌륭한 부인을 받게. 내가 할 말은 자네한테 그만한 자격이 있다는 말밖에 없네! 사랑스러운 에스더와 함께 조그만 집을 받아주게. 에스더가 이 집을 어떻게 꾸밀지는 자네도 알 거야, 우드코트. 이름이 똑같은 집을 에스더가 어떻게 꾸몄는지를 아니까. 행복한 집에 가끔은 나도 받아주게. 그런데 내가 희생한 게 무어냐고? 없어, 단 하나도."

아저씨는 제 이마에 다시 뽀뽀하더니, 눈물이 가득한 눈으로 다정하게 말했어요.

"누구보다 사랑스러운 에스더, 오랜 세월을 함께 보냈는데, 이렇게 헤어지는구나. 그동안 내가 잘못 생각해서 네가 힘들어했던 걸 나도 알아. 아저씨를 용서하고, 예전처럼 다정하게 받아주려무나. 아저씨가 잘못한 건 기억에서 모두 지우고. 우드코트, 에스더를 받게."

아저씨는 녹색 잎사귀 그늘을 벗어나, 햇살이 환한 곳에서 걸음을 멈추고 우리를 돌아보며 쾌활하게 말했어요.

"주변을 둘러보마. 바람이 서쪽에서 부는구나, 꼬마 아줌마, 정서풍! 누구도 나한테 고마워하지 말렴. 독신 생활로 돌아가니, 행여나 누구라도 경고를 어기면, 당장 도망가서 두 번 다시 안 돌아올 테니!"

그날 우리는 더없이 행복하고 더없이 기쁘고 더없이 편안하고 더없이 감사하고 더없이 황홀하고 더없이 커다란 희망에 부풀었어요! 우리는 두 달이 다 가기 전에 결혼하기로, 하지만 우리 집에 들어와서 사는 건 리처드와 에이다 사정에 따라서 결정하기로 했어요.

우리 세 사람은 다음 날 런던으로 올라갔어요. 런던에 도착하는 즉시, 우드코트는 기쁜 소식을 전하러 리처드와 에이다한테 곧장 갔어요. 저 역시 늦게라도 잠자리에 들기 전에 에이다를 몇 분이나마 만날 생각이었지만, 그러기 전에 아저씨한테 차도 만들어 드리고, 아저씨 옆자리가 너무 일찍 텅 비게 하고 싶지 않아서 그 옆자리에 앉고자, 아저씨랑 함께 집으로 먼저 갔어요.

집에 도착하니, 젊은 신사가 그날 세 번이나 찾아왔으며, 마지막 세 번째 왔을 때는 제가 저녁 10시 이전에 돌아올 것 같다는 말을 듣고, 그때 다시 찾아오겠다는 말을 남겼다는 전갈을 받았어요. 명함도 세 번 모두 남겼는데, 거피였어요.

저는 거피가 세 번이나 찾아온 이유를 당연히 곰곰이 생각하고, 거피만 생각하면 우스꽝스러운 기분도 들어, 결국 거피가 예전에 청혼한 이야기랑 나중에 철회한 이야기까지 아저씨에게 말하면서 웃었어요. 아저씨는 이렇게 대답했고요.

"그렇다면 그 주인공을 당연히 만나봐야 하겠군."

그리고는 거피가 찾아오면 자신한테 안내하라고 지시했어요.

마침내 거피는 찾아오고, 제 곁에 아저씨도 있는 걸 보고 크게 당황했지만, 곧바로 정신을 차리며 인사했어요.

"잘 지내셨습니까, 선생님?"

"잘 지냈소, 선생?"

아저씨가 대답하자, 거피가 사례했어요.

"고맙습니다, 선생님. 그럭저럭 지냅니다. 구 거리 도로에 사시는 어머니 거피 부인과 제 친구 위블을 소개하겠습니다. 말하자면, 제 친구는 현재는 위블이란 이름으로 지내나, 원래 이름은 사실 조블링이랍니다."

아저씨는 의자를 권하고, 세 사람은 앉았어요. 어색한 침묵이 흐르자, 거피가 친구에게 말했어요.

"조블링, 먼저 말할래?"

하지만 친구는 퉁명스럽게 대답했어요.

"네가 말해."

거피 부인은 팔꿈치로 조블링을 쿡쿡 찌르면서 저에게 노골적으로 윙크하고, 거피는 어머니가 관심을 돌리도록, 잠시 생각하다 말했어요.

"으음, 잔다이스 선생님, 에스더 아가씨만 만나려고 한 터라, 존경스러운 선생님께서 계실 줄은 몰랐습니다. 하지만 에스더 아가씨가 선생님께 예전에 우리 사이에서 있었던 일은 말씀드렸겠지요?"

아저씨가 빙그레 웃으며 대답했어요.

"에스더 아가씨께서 충분히 알려주었다오."

"그렇다면 편하게 말씀드릴 수 있겠군요. 선생님, 저는 '켄지와 카보이'에서 수습을 막 마쳤으며, 관계자 모두 만족한다고 믿습니다. 저는 (사람을 정말 우울하게 만드는 시험을 치르고 더는 알고 싶지 않은 엉터리 내용을 잔뜩 익혀서) 변호사 자격증을 땄으니, 원하신다면 당장 꺼내서 보여드리겠습니다."

"고맙소, 거피 군. 자격증을 땄다고 – 법정 용어로 – 충분히 인정하겠소."

아저씨가 말하자, 거피는 주머니에서 무언가를 꺼내다 멈추고 다시 말했어요.

"저는 자본이 없지만, 어머니는 연금 형태로 받는 자산이 조금 있습니다."

거피 어머니가 고개를 열심히 끄덕이면서 손수건을 입에 대고는 저에게 또 윙크하는 게, 그 말을 증명하려는 것 같았어요.

"필요하다면 저한테 몇 파운드는 무이자로 가볍게 빌려주실 수 있으니, 이건 커다란 장점이 아닐 수 없습니다."

거피는 열심히 말하고, 아저씨는 대답했어요.

"당연히 커다란 장점이겠지요."

"저는 램버스 지구 월콧 광장 쪽으로 인맥이 있으며, 따라서 그쪽에, 친구들 의견에 따르면 (세금도 적고 월세에 가구 비용까지 포함된) 공짜나 다름없는 집을 바로 구해서 변호사 업무를 시작할 예정입니다."

여기에서 거피 어머니는 고개를 정신없이 끄덕이면서 누구든 시선만 마주치면 우스꽝스러운 미소를 보내고, 거피는 계속 말했어요.

"방이 여섯 칸이고 주방은 별로로, 친구들 의견에 따르면, 매우 널찍한 셋집입니다. 제가 친구들이라고 말하는 건 주로 여기에 있는 조블링인데, 어릴 적부터 저를 잘 아는 친구랍니다."

거피가 친구를 다정하게 쳐다보자, 조블링은 두 다리를 움직여서 공감했어요.

"친구 조블링은 서기 능력을 발휘해서 제 일을 거들며 한집에 살 예정입니다. 어머니도 임대 기간이 끝나면 지금 사시는 구 거리 도로를 나와서 함께 지내실 거고요. 그러니 사람이 없어서 쓸쓸하지는 않을 겁니다. 친구 조블링은 귀족 취향을 타고난 데다 상류사회 동향에 정통하니, 제가 새롭게 개발하는 사업에 커다란 도움이 될 겁니다."

조블링은 "당연하지"라 말하면서 거피 어머니 팔꿈치에서 살짝 벗어나고, 거피는 계속 말했어요.

"에스더 아가씨한테 모두 들으셨으니, (어머니, 가만히 계시는 게 좋겠어요) 에스더 아가씨 영상이 예전에 제 가슴에 꽂혔다는 사실도, 제가 청혼했다는 사실도 굳이 말씀드릴 필요는 없겠군요."

"그렇겠지요, 모두 들었으니."

아저씨가 대답하자, 거피는 다시 말했어요.

"하지만 어쩔 수 없는 상황에 맞닥뜨려, 그 영상과 인상은 한동안 줄어들었습니다. 그러는 동안에도 에스더 아가씨는 매우 고상했으며, 더없이 관대했다고 말할 수 있습니다."

아저씨가 제 어깨를 도닥이는 게 정말 재밌어 하시는 것 같았어요.

"그러니, 선생님, 이번에는 제가 관대하게 행동하고 싶은 마음이 들었습니다. 에스더 아가씨가 생각도 못 할 만큼 관대할 수 있다는 사실을 증명하고 싶었습니다. 그동안 제 가슴에서 사라진 줄 알았던 영상이 사라지지 않았다는 사실을 깨달으니까요. 그 영상은 아직도 엄청난 영향을 미치니, 저로선 우리 누구도 어쩔 수 없는 상황을 이겨내고 예전에 에스더 아가씨한테 영광스럽게 제시한 청혼을 기꺼이 되살릴 생각입니다. 그러니 에스더 아가씨께서 월콧 광장에 있는 집과 변호사

사무실과 저 자신을 받아들이길 간청하는 바입니다."

"참 관대하군요, 선생."

아저씨가 말하자, 거피가 솔직하게 대답했어요.

"으음, 선생님, 저는 관대한 사람이 되고 싶습니다. 저는 에스더 아가씨한테 청혼하는 게 저를 싸구려로 내버리는 거라는 생각을 조금도 안 하며, 친구들 역시 똑같은 의견입니다. 저 역시 결점이 없는 건 아니니, 이번 청혼은 극히 공평하고 합당하다고 봅니다."

잔다이스 아저씨가 크게 웃다, 종을 울리면서 말했어요.

"에스더 아가씨를 대신해서 내가 귀하의 청혼에 대답하겠소. 에스더 아가씨는 귀하의 훌륭한 제안을 충분히 들었으니, 이제 안녕히 돌아가시길, 그래서 잘 사시길 바란다오."

거피가 멍한 표정으로 물었어요.

"아! 청혼을 받아들인다는 뜻인가요, 거절한다는 뜻인가요, 생각해 보겠다는 뜻인가요?"

"단호하게 거절한다는 뜻이라오."

아저씨가 대답하자, 거피는 믿을 수 없다는 표정으로 친구와 어머니를 바라보고 바닥과 천장을 바라보는데, 어머니는 갑자기 분노가 솟구치는 표정이고, 거피는 다시 물었어요.

"정말요? 그렇다면 조블링, 네가 친구라면, 우리 어머니가 원치 않는 자리에 계실 필요는 없으니, 손을 잡고 밖으로 나가주렴."

하지만 거피 부인은 밖으로 나가길 거부했어요. 말을 들으려고도 않으면서 아저씨한테 소리쳤어요.

"맙소사, 그만 나가라니, 대체 무슨 뜻이오? 내 아들이 당신한테 충분하지 않다는 뜻이오? 창피한 줄 아시오. 당신이나 나가라고요!"

"착하신 부인, 내 방인데 나한테 나가라니, 어이가 없군요."

아저씨가 대답하자, 거피 부인이 소리쳤어요.

"그건 상관없으니, 어서 나가라고요. 우리가 당신한테 충분하지 않다면, 직접 나가서 충분히 마음에 드는 사람을 찾아내라고요. 어서 나가서 찾아내라고요."

익살스럽기만 하던 거피 부인이 돌변하는 모습에 저는 크게 당황했어요.

"어서 나가서 마음에 차는 사람을 찾아보라고요. 어서 나가요!"

거피 부인이 계속 소리치는 걸 보면 우리가 안 나간다는 사실에 한층 더 화가 치미는 것 같았어요.

"어서 나가요! 안 나가고 여기에 남아있는 이유가 뭐냐고요?"

거피 부인이 소리치면서 아저씨한테 달려드는 순간에 거피가 재빨리 끼어들어 어깨로 막으며 소리쳤어요.

"어머니! 입 좀 다무시겠어요?"

"아니야, 거피, 그럴 순 없어! 저자가 안 나가는 한, 그럴 순 없다고!"

하지만 거피와 조블링은 (갑자기 사납게 변한) 거피 부인을 막아서 억지로 잡아끌며 아래층으로 내려가는데, 거피 부인이 내려가는 만큼 목소리는 위로 올라와, 어서 나가서 충분히 마음에 드는 사람을 찾아보라고, 당장 나가라고 요구했어요.

CHAPTER LXV

새로운 세상

개정기는 시작되고, 잔다이스 아저씨는 이틀 뒤에 소송이 열린다는 통지를 받았어요. 유언장이 힘을 발휘할 거라는 희망을 품은 터라, 저는 우드코트랑 그날 아침 법정에 가기로 약속했어요. 리처드는 병약한 몸을 신경 써야 하는데도 잔뜩 흥분하다 기운이 떨어지고, 친애하는 에이다는 강력한 버팀목이 절실하게 필요했어요. 그래서 앞으로 태어날 – 얼마 안 남은 – 아기를 생각할 뿐, 절대로 의기소침하지 않았어요.

소송이 열리는 곳은 웨스트민스트였어요. 이미 그곳에서 소송이 최소한 백 번은 열린 터라, 이번에는 어떤 식으로든 결론이 날 거라는 생각을 지울 수 없었어요. 우리는 웨스트민스트 홀에 제시간에 도착하려고 아침 식사를 마치자마자 길을 나서, 활달한 거리를 – 이상할 정도로 행복하게 보이는 거리를! – 나란히 걸어갔어요.

그래서 리처드와 에이다를 도울 방법을 논의하면서 걸어가는데, 누군가 "에스더 언니! 친애하는 에스더 언니! 에스더 언니!"라고 부르는 소리가 들렸어요. 캐디 젤리비가 조그만 마차 창문에 머리를 내밀고 부르는데 (출장 교습 학생이 너무 많아서 전세 마차를 구했거든요) 100m 거리인데도 저를 껴안으려는 것 같았어요. 잔다이스 아저씨가 우리한테 해준 걸 편지로 알리긴 했지만, 직접 만난 적은 없었거든요. 당연히 우리는 발길을 돌리고, 애정이 넘치는 캐디는 기뻐서 어쩔 줄 모르더니, 자신이 꽃다발을 가지고 나한테 찾아온 날을 즐거운 마음으로 떠올리고, 제 얼굴을 (보닛 모자까지) 두 손으로 꼭 잡은 채 함께 정신없이 좋아하고, 온갖 사랑스러운 이름으로 저를 불러대고, 우드코트한테는 내가 자신한테 얼마나 대단한 일을 해줬는지 모른다고 떠들어대니, 저로선 조그만 마차에 올라타서 캐디가 하고픈 대로 말하고 행동하도록 하는 식으로 진정시킬 수밖에 없었어요. 우드코트는 마차 창밖에서 캐디만큼이나 기뻐하고, 저 역시 똑같이 기뻐했어요. 당시에 제가 평소처럼 마차에서 내렸는지, 행여나 빨갛게 달아오른 얼굴로 크게 웃다 왈가닥처럼 내려서 캐디를 바라본 건 아닌지, 그래서 캐디 역시 우리가 안 보일 때까지 마차 창문으로 고개를 내밀고 쳐다본 건 아닌지 지금까지 궁금하답니다.

결국 우리는 15분 정도 늦었는데, 웨스트민스트 홀에 들어서니, 재판은 벌써 시작한 상태였어요. 그보다 커다란 문제는, 대법정에 인파가 유난히 몰려서 입구까지 꽉 찬 나머지, 안을 들여다볼 수도 안에서 오가는 내용을 들을 수도 없었다는 거예요. 뭔가 우스운 상황이 벌어지는 것 같았어요. 웃는 소리와 함께 "조용!"이라는 소리가 안에서 툭하면 일어났거든. 뭔가 흥미진진한 일이 일어나는 게 분명했어요. 모든 사람이 안으로 조금이나마 들어가려고 밀쳤어요. 법조인들도 흥겨워하는 것 같았어요. 가발에 구레나룻까지 한 젊은 변호사 몇 명이 밖에서 인파를 구경하다, 한 명이 무슨 말을 하자, 동료들이 하나같이 주머니에 두 손을 찌른 채 폭소를 터트리고서 발소리를 뚜벅대며 다른 데로 갔거든요.

우리는 옆에 있는 신사한테 지금 어떤 소송을 진행하는 중이냐고 물었어요. 잔다이스 대 잔다이스라는 대답이 나왔어요. 소송이 어떻게 진행되느냐고 물었어요. 그러자 상대는 자신도 모른다, 아직은 아무도 모른다, 하지만 자신이 보기에 다 끝난 것 같다고 대답했어요. 오늘 재판이 끝났나요? 우리가 묻자, 상대가 대답했어요. 아니다, 영원히 끝났다.

영원히 끝났다!

확실하지 않은 대답을 듣는 순간, 우리는 깜짝 놀란 표정으로 서로를 쳐다보았어요. 마침내 유언장이 힘을 발휘해서 리처드랑 에이다가 부자가 된다는 말인가? 그렇게 잘 풀리다니, 사실 같지 않았어요. 아아, 사실이 아니었어요!

궁금증은 금방 풀렸어요. 인파는 순식간에 흩어지고, 사람들은 빨갛게 달아오른 얼굴로 물밀 듯 나오면서 역한 냄새를 몰고 나왔어요. 그런데도 재밌다는 표정은 가득한 게, 재판이 아니라 코미디 연극을 구경하다 나온 사람들 같았어요. 우리가 옆으로 물러나서 아는 얼굴이 있나 찾아보는데, 곧이어 엄청난 서류뭉치를 ― 가방에 가득 담은 서류뭉치도, 너무 커서 가방에 담을 수 없는 서류뭉치도 ― 모양이 제각기 다른 엄청난 서류뭉치를 짐꾼이 짊어지고 비틀비틀 나와서 바닥에 내던지며 내려놓고 서류뭉치를 가지러 안으로 다시 들어갔어요. 그런데, 짐꾼들조차 웃었어요. 서류를 쳐다보니 하나같이 잔다이스 대 잔다이스라는 제목이었어요. 서류뭉치 한가운데 선 모습이 책임자처럼 보이는 사람에게 이제 소송이 다 끝난 거냐고 물었어요. 상대는 그렇다고, 드디어 모두 끝났다고 대답하면서 똑같이 폭소를 터트렸어요.

그 순간 켄지 변호사가 법정에서 친절하면서도 위엄 어린 표정으로 나오고 볼스 변호사는 비굴한 자세로 가방을 들고 쫓아 나오면서 열심히 말하는 모습이 보였어요. 그러다 우리를 보고서 "에스더 아가씨가 왔습니다, 변호사님. 우드코트 선생도 오고요"라고 말했어요.

"아, 정말이군! 그래. 맞아!"

켄지 변호사가 대답하더니, 예의 바르고 정중하게 모자를 들면서 인사했어요.

"안녕하세요? 만나서 반갑습니다. 잔다이스 선생님께서는 안 오셨나요?"

네. 그분은 이런 곳에 절대로 안 오신다고 제가 말했어요. 그러자 켄지 변호사가 대답했어요.

"정말이지, 오늘 같은 날은 안 오시는 게 좋겠지요. 그분이 오셨다면 그 주장에……뭐라고 할까, 말도 안 되게 기묘한 의견이라고 할까?……힘이 실릴 수도 있을 테니까요. 말도 안 되긴 하지만, 힘이 실릴 수도 있을 테니까요."

"오늘 재판이 어떻게 된 겁니까?"

우드코트가 묻자, 켄지 변호사가 우아한 척하면서 되물었어요.

"뭐라고요?"

"오늘 재판이 어떻게 된 겁니까?"

우드코트가 다시 묻자, 켄지 변호사가 되풀이하며 대답했어요.

"어떻게 됐느냐! 그저 그렇게 됐어요. 네. 그래요, 별다른 일은 없었어요. 아무 일도. 우리 진술이 중단됐어요……뭐라고 할까, 문턱에 들어서려고 하는데 갑자기 그렇게 됐다고나 할까?"

"그 유언장은 중요한 서류로 인정받을 거라고 하셨잖아요, 변호사님? 그 부분을 알려주시겠습니까?"

우드코트가 묻자, 켄지 변호사가 대답했어요.

"그랬겠지요, 우리가 유언장을 제출할 수만 있었다면. 하지만 재판이 거기까지 안 갔어요, 거기까지 안 가."

"재판이 거기까지 안 갔어요."

볼스 변호사가 다시 말하는데, 속으로 우물거리는 어투가 메아리처럼 들렸어요.

켄지 변호사가 은빛 흙손을 부드럽게 움직이면서 덧붙였어요.

"지금까지 정말 위대한 소송이었음을, 지금까지 오랫동안 끌어온 소송이었음을, 지금까지 무엇보다 복잡한 소송이었음을 떠올려야 한답니다, 우드코트 선생. 잔다이스 대 잔다이스는 대법정 소송의 기념비였다는 말까지 있으니까요."

"그래서 오랫동안 인내심처럼 앉았군요."[41]

우드코트가 비꼬자, 켄지 변호사가 겸손하게 웃으면서 대답했어요.

"맞아요, 선생. 맞아요!"

그러더니 엄숙한 표정으로 덧붙였어요.

"나아가서, 지금까지 수많은 어려움과 우연성, 교묘한 허구와 위대한 소송을 진행한 형식에 엄청나게 많은 연구와 능력과 능변과 지식과 지혜가, 최고의 지혜가 동원되었음을 생각해야 한답니다, 우드코트 선생. 정말 오랜 세월 동안, 뭐라고 할까……재판정의 꽃을……거기에다 재판정에서 최고로 농익은 과일을……잔다이스 대 잔다이스에 아낌없이 쏟아부었으니까요. 위대한 소송을 통해서 대중이 교훈을 얻고 나라가 풍성해지려면, 돈이든 돈 될 물건이든 모조리 들어갈 수밖에 없겠지요, 선생."

---

41) 그녀는 기념비에 인내심처럼 앉아서 구슬프게 울었소. (셰익스피어 희극 '십이야, II. iv. 115-16')

우드코트가 갑자기 깨달은 듯 물었어요.

"켄지 변호사님, 실례합니다만, 우리가 시간이 없어서요. 그 말은 유산 전체가 소송 비용으로 모조리 사라졌다는 뜻입니까?"

"으음! 그런 것 같소. 볼스 변호사, 당신 생각은 어떠시오?"

"저도 그런 것 같습니다."

"그래서 소송이 저절로 끝난 건가요?"

"아마도요."

켄지 변호사가 대답하고 나서 물었어요.

"볼스 변호사 생각은?"

"아마도요."

볼스가 대답하자, 우드코트가 속삭였어요.

"아, 사랑하는 에스더, 리처드가 이걸 알면 마음이 무너지겠어!"

우드코트 얼굴에 걱정이 가득했어요. 우드코트는 리처드를 너무나 잘 알고, 저 역시 리처드가 조금씩 가라앉는 모습을 충분히 보아온 터라, 사랑하는 에이다가 불길하게 예언한 말이 머릿속에 장례식 종소리처럼 울렸어요.

그런데 볼스 변호사가 우리를 쫓아오며 말하는 소리가 들렸어요.

"리처드 선생을 만나고 싶다면, 선생, 법정으로 들어가시오. 잠시 쉬도록 남겨두었으니까. 잘 가시오, 선생, 잘 가시오, 에스더 아가씨."

그러더니 볼스 변호사가 저를 집어삼킬 듯한 표정으로 쳐다보다, 가방 밧줄을 움켜잡고, 떠버리 켄지 변호사의 자비로운 그늘을 행여나 놓칠세라 급히 쫓아가면서 침을 꿀꺽 삼키는 모습은 불쌍한 고객을 마지막으로 집어삼키는 것 같고, 까만 복장에 단추를 끝까지 채운 역겨운 모습은 웨스트민스트 홀 끝에 있는 나지막한 문으로 빨려드는 것 같았어요.

"사랑하는 에스더, 이곳은 나한테 맡기고, 당신은 집으로 가서 선생님께 알린 다음에. 에이다를 찾아가시오!"

우드코트가 말했어요. 저는 마차까지 바래다준다는 걸 거부한 채, 지체하지 말고 리처드를 당장 찾아가라고, 나는 당신이 바라는 대로 하겠다고 대답했어요. 그리고 집으로 급히 돌아가서 잔다이스 아저씨를 찾아, 제가 들은 소식을 말씀드렸어요. 그러자 아저씨는 조금도 안 놀란 표정으로 대답했어요.

"꼬마 아줌마, 소송이 완전히 끝났다니 나로선 그보다 기쁜 일이 없구나. 하지만 두 젊은 친척이 불쌍해!"

우리는 오전 내내 그 얘기를 하면서 앞으로 어떻게 할지 논의했어요. 오후에는 잔다이스 아저씨가 걸어서 저를 시몬드 법학예비원 앞까지 데려다주고 떠났어요. 저는 위층으로 올라갔어요. 사랑하는 에이다는 발소리를 듣고 조그만 복도로 나와서 두 팔로 제 목을 휘감더니, 곧바로 진정한 다음, 리처드가 저를 여러 번 찾았다면서 그동안 일어난 일을 알려주었어요. 우드코트는 재판정 모서리에 석상처럼 앉아있는 리처드를 찾았다. 그래서 흔드니, 리처드는 깜짝 놀란 듯 깨어나자마자 재판장한테 매서운 목소리로 따지려는 것 같았다. 하지만 입에 피가 가득해서 아무 말도 못 하고, 우드코트는 그런 리처드를 집으로 데려왔다는 거예요.

안으로 들어서니, 리처드는 소파에 누워서 눈을 꼭 감았어요. 탁자에는 회복제가 있고, 실내는 공기가 최대한 잘 통하고 어둡게 해서, 차분하고 조용했어요. 우드코트는 리처드 뒤에서 근엄한 표정으로 지켜보았고요. 리처드는 얼굴에 혈색이 하나도 없는 것처럼 보였어요. 리처드가 안 보는 상태에서 그 얼굴을 가만히 바라보고는, 말도 안 되게 초췌하다는 사실을 그때 처음 깨달았어요. 하지만 얼굴이 그렇게 단정해

보인 것 역시 정말 오랜만이었어요.

저는 그 옆에 말없이 앉았어요. 리처드는 눈을 조금씩 뜨더니, 가느다란 목소리로, 하지만 예전처럼 웃으면서 말했어요.

"더든 아줌마, 뽀뽀해줘!"

기력이 그렇게 떨어진 상태에서 쾌활한 표정으로 미래를 기대한다는 사실이 다행스럽기도 하고 놀랍기도 했어요. 우리가 얼마 뒤에 결혼한다는 게 말할 수 없이 기쁘다는 말도 했어요. 남편이 리처드와 에이다한테 오랫동안 수호천사 역할을 했다면서, 우리 두 사람은 인간이 누릴 모든 즐거움을 누리며 오랫동안 행복하게 살아갈 자격이 있다고 축복했어요. 그러면서 남편 손을 꼭 잡아 자기 가슴에 올리는 순간, 저는 가슴이 미어졌어요.

우리는 가능하면 미래만 얘기하려 애쓰고, 리처드는 우리 결혼식에 꼭 참석하겠다고, 자신이 두 발로 서기만 바란다고, 그럼 에이다가 어떤 식으로든 데려갈 거라고 했어요. 그러자 사랑하는 에이다는 "당연하지, 사랑하는 리처드!"라면서 희망 어린 목소리로 차분하고 아름답게 대답하는데, 앞으로 태어날 아기가 도와주는 게 분명했어요!

너무 많이 말하는 건 리처드한테 안 좋아, 리처드가 입을 다물 때 우리도 입을 다물었어요. 저는 리처드 옆에 앉아, 나는 늘 바쁘게 일한다고 리처드가 즐겁게 농담한 것처럼, 사랑하는 에이다를 위해서 자수를 놓는 척했어요. 에이다는 리처드 머리맡에 몸을 숙여서 팔로 리처드 머리를 받쳐주었어요. 리처드는 툭하면 졸았어요. 그러다 깨어나서 우드코트가 안 보일 때마다 물었어요.

"우드코트는 어디 있지?"

초저녁에는 고개를 드니, 조그만 복도에 선 잔다이스 아저씨가 보였어요.

"누구야, 더든 아줌마?"

리처드가 물었어요. 문은 뒤쪽이지만 제 얼굴에 떠오른 표정을 보고서 깨달은 거예요.

제가 쳐다보니 우드코트가 "그래"라는 표정으로 고개를 끄덕여, 저는 리처드에게 얼굴을 갖다 대며 말했어요. 아저씨는 그 모습을 보고 옆으로 조용히 다가와서 리처드 손을 잡고, 리처드는 "아, 아저씨, 아저씨는 좋은 분이세요, 정말 좋은 분!"이라고 말하다, 처음으로 눈물을 터트렸어요.

아저씨는 리처드 손을 꼭 잡은 채 제가 앉던 자리에 앉아서 한없이 너그러운 표정으로 말했어요.

"사랑하는 리처드, 먹구름이 몽땅 걷혔어. 이제 밝은 세상이야. 이제 똑똑히 볼 수 있어. 우리 모두 어느 정도 당황했지만, 리처드, 아무 문제 없어! 그래, 몸은 어때, 사랑하는 리처드?"

"기력이 하나도 없지만, 아저씨, 이제 건강을 되찾으면 좋겠어요. 새로운 세상을 살아가야 하잖아요."

"그래, 그 말이 맞아, 좋은 말이야!"

아저씨는 흐느끼고, 리처드는 슬픈 미소를 머금으며 말했어요.

"이제 예전처럼 안 살 거예요. 지금까지 많은 교훈을 배웠어요, 아저씨. 가혹하긴 해도, 교훈은 교훈이니까요, 아저씨."

"그래, 그래. 그래, 맞아, 사랑하는 리처드!"

아저씨가 위로하고, 리처드는 다시 말했어요.

"두 사람 집에 – 더든 아줌마랑 우드코트 집에 세상 무슨 일이 있더라도 가야 한다는 생각을 했어요, 아저씨. 제가 기운을 조금이라도 차린 다음에 그곳으로 데려만 간다면, 다른 어느 곳보다 빠르게 회복할 것 같아요."

"그래, 나도 그런 생각을 했단다, 리처드, 우리 꼬마 아줌마도 그렇게 생각하고. 오늘 그 얘기를 했거든. 꼬마 아줌마 남편도 반대하지 않을 거야. 그러니 기운 내렴."

리처드가 빙그레 웃으면서 팔을 들어, 머리맡 너머로 아저씨를 잡고서 말했어요.

"지금까지 에이다 말을 조금도 안 했지만, 저는 에이다를 언제나 생각했어요, 수없이 생각했어요. 에이다를 보세요! 아저씨, 자신이 머리를 누여야 마땅한 순간에 이렇게 허리를 숙여서 저를 받쳐주는 에이다를 보세요, 불쌍한 에이다를!"

리처드는 두 팔로 에이다를 잡고, 우리는 아무도 입을 안 열었어요. 리처드가 천천히 풀어주자, 에이다는 우리를 쳐다보고 하늘을 바라보면서 입술을 움직였어요. 리처드는 다시 말하고요.

"제가 황폐한 집으로 내려간다면, 아저씨께 드릴 말씀이 정말 많을 거예요. 아저씨는 저한테 가르쳐주실 게 정말 많을 거고요. 아저씨도 내려가시죠?"

"당연하지, 사랑하는 리처드."

"고마워요. 아저씨다워요, 아저씨다워요. 하나같이 아저씨다워요. 아저씨가 놀라운 계획을 짜고 에스더의 취향과 방식까지 그대로 떠올린 걸 두 사람이 모두 말했어요. 그 집에 내려가면 정겨운 황폐한 집에 다시 들어가는 기분일 거예요."

"원래 집에도 와야지, 리처드. 너도 알다시피, 앞으로 나는 외로운 처지니, 네가 찾아오면 참 반가울 거야. 에이다가 찾아와도 너무나 반가울 거고, 내 사랑!"

아저씨가 에이다한테도 똑같이 말하면서 금발 머리를 다정하게 쓰다듬다 머리 다발을 입술에 댔어요. (지금 생각하니, 아저씨는 에이다가 혼자 남으면 당신이 돌보겠다고 다짐한 것 같아요.)

"정말 끔찍한 악몽이었지요?"

리처드가 물으며 아저씨 손을 꼭 잡았어요.

"그럼, 그렇고말고, 리처드, 정말 끔찍한 악몽이었어."

"그런데도 아저씨는 좋은 분이라, 그걸 모두 넘긴 채 몽상가를 불쌍히 여기면서 용서하는 건 물론, 위로도 하고 격려도 할 수 있는 거예요, 그죠?"

"당연하지. 사실 나도 몽상가거든, 리처드."

"이제 새로운 세상을 시작하겠어요!"

리처드가 말하는데, 두 눈이 반짝였어요.

남편은 에이다에게 살짝 다가가고, 저는 남편이 한 손을 엄숙하게 들어서 아저씨에게 준비시키는 모습을 보았어요.

"언제 내려갈까요, 정겨운 곳으로, 제가 기력을 되찾아 에이다한테 고맙다고 말할 곳으로, 제가 그동안 보인 수많은 단점과 무분별한 행위를 떠올리며 반성할 곳으로, 앞으로 태어날 아기한테 제가 길잡이를 할 곳으로? 언제 내려갈까요?"

"사랑하는 리처드, 네가 충분히 회복하면 아무 때든."

아저씨가 대답했어요.

"에이다, 사랑하는 부인!"

리처드가 몸을 살짝 일으키려 하자, 우드코트가 일으켜서 에이다가 가슴에 꼭 껴안도록 해주었어요. 리처드가 바라는 자세였어요.

"지금껏 당신한테 못된 짓만 했어, 내 사랑. 어두운 먹구름처럼 당신 앞길을 막다, 결혼까지 해서 가난에 시달리게 하고, 재산까지 바람에 날려버렸어. 모두 용서할 거지, 사랑하는 에이다, 내가 새로운 세상을 시작하기 전에?"

에이다가 허리를 숙이고 키스하자, 리처드 얼굴에 미소가 번졌어요. 그러다 에이다 가슴에 얼굴을 천천히 떨구고, 두 팔을 그 목에 단단히 감더니, 마지막 흐느끼는 소리와 함께 새로운 세상을 시작했어요. 이 세상이 아니었어요, 아, 이 세상이! 모든 걸 올바로 잡아주는 세상이었어요.

늦은 시각 사방이 고요할 때는 정신 나간 불쌍한 플라이트 할머니가 찾아와서 새를 몽땅 풀어주었다며 흐느꼈어요.

CHAPTER LXVI
링컨셔에서

　새롭게 담길 가문의 역사가 그런 것처럼, 체스니 대저택은 며칠 동안 조용하다. 분위기가 완전히 다르다. 레스터 경이 손을 써서 여러 사람의 입을 막았다는 소문이 돌지만, 근거는 없으니, 힘없이 속삭이는 소리만 이리저리 기어 다니며 반짝하다 수그러든다. 울창한 나뭇가지가 그늘을 드리우고 밤마다 올빼미가 나무를 울리는, 공원 내부 화려한 가족묘에 잘 생긴 데드록 귀부인이 누웠다는 건 누구나 아나, 시신을 어떻게 데려와서 적막한 가족묘 메아리 사이에 어떻게 누였는지, 귀부인이 어떻게 죽었는지는 하나같이 미스터리다. 귀부인과 오랫동안 어울리던 여인 가운데 일부가, 대체로 주름진 목에 분홍색 뺨이 짙은 여인 가운데 일부가, 모든 매력을 잃은 채 섬뜩한 죽음과 시시덕거리듯 커다란 부채를 송장처럼 부치면서, 온 세상이 모였을 때, 가족묘에 묻힌 데드록 조상의 유해가 데드록 귀부인의 신성 모독에 저항하며 일어서지 않는지 궁금하다고 가끔가다 말하는 정도다. 하지만 옛적에 죽어서 사라진 데드록 조상은 무엇이든 차분하게 받아들일 뿐, 조금도 저항

할 줄 모른다.

계곡에 가득한 양치류 사이를 지나서 나무 사이로 승마길을 끼고 돌아가는 쓸쓸한 지점에 말발굽 소리가 종종 일어난다. 그러다 보면 레스터 경이 - 몸은 굳고 허리도 굽고 앞도 거의 못 보지만, 아직은 위엄이 어린 모습으로 - 옆에서 나란히 말을 몰며 말고삐를 잡은 건장한 사내와 나타난다. 그래서 가족묘 대문으로 다가가면, 레스터 경이 올라탄 말은 익숙한 듯 저절로 멈추고 레스터 경은 모자를 벗은 채 한동안 묵념하다 말머리를 돌린다.

철면피 보이손하고는 전쟁을 계속하지만, 뜨겁게 달아오르기도 하고 차갑게 식기도 하는 모습이 불안하게 흔들리는 불빛 같다. 사실대로 말하자면, 레스터 경이 링컨셔로 영원히 내려왔을 때, 보이손 선생은 자신의 권리를 포기하고 레스터 경이 원하는 대로 하겠다는 의사를 또렷하게 드러냈으나, 레스터 경은 그것을 자신이 불행한 일을 겪고 병든 걸 보고서 생색내는 행위로 받아들이고 크게 분노하면서 감정이 엄청나게 상한 나머지, 보이손 선생은 이웃이 회복하려면 자신이 열심히 도발하는 방법밖에 없다고 느낀 것이다. 비슷한 이유로, 보이손 선생은 분쟁 중인 도로에 엄청나게 커다란 플래카드를 계속 꽂고, 자기 집에서 (머리에 카나리아를 올려놓은 채) 레스터 경을 열심히 공격한다. 비슷한 이유로, 조그만 교회에서 예전처럼 모르는 척하는 식으로 덤덤하게 모멸감을 표시한다. 하지만 보이손 선생은 오랜 적을 가장 심하게 공격할 때조차 사려 깊지만 레스터 경은 오랜 원한을 위엄있게 드러낼 뿐, 상대가 배려한다는 상상조차 못 한다는 소문이 돈다. 레스터 경은 경쟁자와 자신이 자매의 운명에 똑같이 얽혔다는 사실 역시 상상조차 못 하는데, 그걸 아는 경쟁자는 레스터 경에게 말할 사람이 아니며, 그래서 계속되는 다툼에 양측은 만족한다.

공원 관리인 오두막 한 곳에는 – 대저택이 보이는 곳으로, 링컨셔에 비가 올 때 귀부인이 내실 창가에서 관리인 아이를 바라보던 오두막에는 – 예전에 기병으로 활약하던 건장한 사내가 산다. 사업할 때 사용하던 물건 몇 개는 벽에 걸리고, 그걸 반짝반짝하게 닦는 건 마구간 주변에서 다리를 저는 조그만 사내가 가장 좋아하는 여가활동이다. 조그만 사내는 마구 창고 입구에서 등자나 재갈이나 재갈 사슬 등, 마구간에서 광택을 낼 수 있는 물건이면 무어든 늘 반짝거리게 닦는 식으로 마찰이 가득한 삶을 살아간다. 상처투성이에 털이 덥수룩한 모습은 언제나 바쁘게 돌아다니는 잡종 똥개 모습 그대로다. 사람들은 그를 필이라고 부른다.

우아하게 늙은 하녀장이 (이제 귀도 잘 안 들리는데) 아들 팔을 잡고 교회로 가는 모습은 참으로 보기 좋으며 – 지금은 대저택에 일하는 사람이 거의 없는 터라 보는 사람 역시 적어도 – 두 사람이 레스터 경을 대하고 레스터 경이 두 사람을 대하는 모습 역시 참으로 보기 좋다. 여름이 한창일 때면 손님들이 찾아오니, 다른 시기에는 체스니 대저택에 안 보이던 회색 망토와 우산이 나뭇잎 사이로 보이고, 어린 아가씨 두 명이 톱질하는 웅덩이처럼 외진 구석에서 뛰어노는 모습이 보이고, 기병이 사는 오두막 입구에는 파이프 담배 연기 두 줄기가 향긋한 초저녁 하늘로 피어오른다. 그러다 보면 오두막 안에서 피리가 '영국 척탄병 행진곡'을 신나게 불어대며 추억을 자아내고, 초저녁이 깊어질 때면 두 사내가 문 앞을 오르내리고, "하지만 나는 우리 마누라 앞에서 그런 말을 절대 안 해. 규율을 유지해야 하거든"이라고 말하는 무뚝뚝한 목소리가 들린다.

대저택은 문을 모두 닫아, 누구한테도 내부를 구경시키지 않는다. 그래서 레스터 경은 잔뜩 쪼그라든 몸뚱이로 기다란 응접실에 들어가,

귀부인 초상화 앞 정겨운 자리에 눕는다. 밤에는 그 부분만 밝은데, 그 불빛은 계속 줄어들고 작아지다 결국엔 완전히 사라질 것 같다. 사실, 이제 조금만 더 줄어들면 레스터 경을 비추는 불빛은 완전히 사라질 수밖에 없다. 그러면 단단히 닫혀서 고집스럽게 보이는 가족묘가 열려서 레스터 경을 받아들일 것이다.

볼룸니나는, 쏜살같이 흐르는 시간에 빨간 혈색은 분홍으로 엷어지고 하얀 피부는 노랗게 변한 채, 기나긴 밤이 계속되는 동안 레스터 경에게 책을 읽어주다 절로 나오는 하품을 숨기는 다양한 방법을 고안하는데, 빨간 입술 사이로 진주 목걸이를 집어넣는 방법이 효과가 제일 좋아서 자주 사용한다. 볼룸니나가 주로 읽어주는 내용은 사방에 부들이 가득하고 버피는 하나도 없을 때 나라가 엉망이고, 사방에 버피가 가득하고 부들이 하나도 없을 때 나라가 좋았다고 - 둘 가운데 하나만 있어야 하며, 다른 길은 없다고 - 버피는 흠이 하나도 없는데 부들은 사악한 악당이라고, 버피와 부들 문제를 장황하게 분석한 논문이다. 레스터 경은 그 내용에 특별한 관심도 없고, 자세히 이해하는 것 같지도 않은데, 볼룸니나가 그만 읽는 모험을 감행하는 순간에 완전히 깨어나, 볼룸니나가 읽은 마지막 구절을 낭랑한 목소리로 되풀이하면서 벌써 지쳤느냐고 불쾌한 어투로 묻기 일쑤다. 하지만 볼룸니나는 서류 사이를 새처럼 폴짝폴짝 뛰어다니며 쪼아대다, 레스터 경에게 "무슨 일이 일어나는" 경우에 자신에게 돌아올 유산 내용을 목격했으니, 죽도록 따분해도 이겨내고 글을 계속 읽어줄 가치는 충분하다.

친척들은 활기를 잃은 체스니 대저택에 내려오는 걸 대체로 피하는 편이지만, 사냥철이 되면 살짝 내려오니, 총소리는 사방에서 일고 몰이꾼은 명당자리에서 침울한 친척이 두세 명씩 나타나길 기다린다. 허약한 친척은, 음산한 분위기 때문에 몸이 더 약해져서 걱정스러울 정도로 우울한 상태에 빠져들어, 총소리가 안 들리는 시간이면 참회하는 소파 베개 밑에서 끙끙대며, 감옥같이 답답하다고, 너무 답답해서 죽어버릴 것 같다고 한탄한다.

분위기가 완전히 바뀐 상태에서 볼룸니나에게 유일한 재미는 지역이나 국가에 기념할 일이 있을 때마다 열리는 공공 무도회다. 그러면, 정말이지, 지칠 대로 지친 요정은 동화 나라를 벗어나, 친척에게 에스코트 받으며 20km나 떨어진 낡디낡은 집회장으로 — 매년 364일을 호주 개척지 헛간처럼 낡은 의자와 식탁을 거꾸로 잔뜩 뒤집어놓기만 하는 집회장으로 — 즐겁게 나아간다. 그러면, 정말이지, 볼룸니나는 겸손한 태도로, 소녀처럼 활달하게, 끔찍하게 늙은 장군이 입안에 가득한 틀니를 하나당 금화 두 냥에도 안 자를 때처럼 발랄한 모습으로 모든 남성의 마음을 사로잡는다. 그래서 미로 같은 무도장을 명문가의 목가적인 요정처럼 누비며 다닌다. 그러면, 시골 멋쟁이들이 차를 들고, 레모네이드를 들고, 샌드위치를 들고, 존경심을 들고 나타난다. 그러면, 볼룸니나는 다정하면서 잔인하고, 당당하면서 겸손하고, 변덕스러우면서 아름다운 고집쟁이가 된다. 그러면, 집회장을 장식하는 예전 시대의 조그만 샹젤리제는 볼룸니나하고 묘하게 대비되니, 초라한 가지도, 부족한 촛불 자리도, 촛불 자리 자체가 없는 실망스러운 장식도, 촛불 자리랑 장식이 떨어진 황량한 줄기도, 희미하고도 다채롭게 반짝이는 불빛도, 하나같이 볼룸니나처럼 보인다.

이것을 빼면 볼룸니나에게 링컨셔 생활은 수많은 나무가 우울증에 빠져들어 단조롭게 한숨짓고, 가지를 비틀고, 머리를 숙이고, 창틀에 눈물을 흩뿌리는 모습만 내다보이는, 지나치게 커서 휑뎅그렁한 저택 공간과 똑같다. 웅장한 미로는, 사람들이 유령 같은 초상화와 사는 명문가의 대저택이 아니라 조그만 소리만 나도 수많은 무덤에서 깜짝 놀라는 소리가 천둥처럼 메아리치는 폐가 같다. 복도와 계단은 아무도 사용을 안 하니, 밤에 침실에서 머리빗 하나만 떨어져도 무슨 일인지 알아보려고 살금살금 걷는 소리가 집 안에 가득하고, 누구도 혼자 돌아다니려 하지 않고, 하녀는 벽난로에서 재가 떨어지는 소리에 비명을 지르고, 시도 때도 없이 눈물을 흘리고, 우울한 영혼의 희생자가 되어, 다른 사람에게 경고하며 떠난다.

이게 체스니 대저택이다. 대부분이 어둠에 잠기고, 햇살이 환한 여름철이든 음울한 겨울철이든 늘 음침하고 활기 없는 곳, 이제는 낮에 펄럭이는 깃발도 없고, 밤에 쭉 늘어서서 반짝이던 불빛도 사라진 곳, 오가는 가족도 없고, 서늘한 방에 묵으러 오는 손님도 없고, 생명의 기운마저 사라진 곳, 낯선 사람 눈에도 열정과 자부심을 모두 잃은 채 영면 속으로 빠져드는 곳.

CHAPTER LXVII
마지막 에스더 이야기

저는 황폐한 집 안주인으로 7년을 행복하게 지냈어요. 제가 할 말은 이제 끝나고, 지금까지 쓴 글을 읽던 미지의 친구하고는 영원히 헤어지겠지요. 저로서는 정말 서운하지 않을 수 없어요. 여러분도 약간은 서운하게 여기길 바랄 뿐이에요.

사람들은 사랑하는 에이다를 저한테 보내고, 저는 몇 주 동안 친구 곁을 한 번도 안 떠났답니다. 많은 도움을 줄 것으로 기대하던 아기가 아버지 무덤에 뗏장을 입히기도 전에 태어난 거예요. 사내아이였어요. 그래서 저와 남편과 잔다이스 아저씨는 아기에게 아버지 이름을 붙여 주었어요.

사랑하는 에이다가 기대하던 도움은 실제로 있었지만, 애초와 다른 목적으로, 영원한 지혜로 나타났어요. 아기가 한 역할은 아버지가 아니라 어머니를 축복하고 회복시키는 것이었거든요. 하지만 그 힘은 정말 대단했어요. 연약하고 조그만 손이 미치는 힘을, 그 손길이 사랑하는 에이다의 마음속으로 녹아들어 희망을 새롭게 끌어올리는 광경

451

을 목격하는 순간, 저는 선하시고 다정하신 하느님을 새롭게 느꼈으니까요.

두 사람은 기력을 찾고, 사랑하는 에이다가 정원으로 나가서 아기를 품에 안고 거니는 모습은 점차 많이 보였어요. 당시에 저는 신혼 초기였답니다. 세상 누구보다 행복했어요.

잔다이스 아저씨가 우리 집에 와서 에이다에게 집으로 언제 돌아올 거냐고 물은 건 이즈음이었어요.

"두 집 모두 네 집이지만, 에이다, 오래된 '황폐한 집'에 우선권이 있단다. 너랑 아기가 먼 길을 올 만한 체력이 생기면, 너희 집으로 들어와서 살려무나."

에이다는 아저씨를 "사랑하고 존경하는 존 아저씨"라고 불렀어요. 하지만 아저씨는 이제 자신을 후견인으로 여겨야 한다고 말했어요. 앞으로 에이다 후견인으로, 그리고 갓난아기 후견인으로 살아가겠다면서요. 자신은 후견인 역할에 익숙하다면서요. 그래서 에이다는 앞으로 아저씨를 후견인으로 여기겠다 대답했으며, 지금껏 그렇게 여겨요. 아이들도 아저씨를 후견인으로 알아요. 제가 아이들이라고 했는데, 저한 테 두 딸이 생겼거든요.

찰리가 (눈은 여전히 동그랗고 문법도 엉망인데) 마을에 사는 방앗간 주인과 결혼한 사실은 정말 믿을 수 없는데, 실제로 결혼했으니, 지금도 이른 새벽에 글을 쓰는 책상에서 여름 유리창으로 고개를 들면, 이제 막 돌아가는 물레방아가 보여요. 저로선 방앗간 주인이 찰리 버릇을 망치지 않기만 바라지만, 그는 부인을 너무나 좋아하고, 찰리는 허영심이 늘어났어요. 방앗간이 매우 잘됐거든요. 조그만 하녀만 떠올리면, 삼십 분 전에 물레방아가 그랬던 것처럼 7년이란 세월이 멈춘 것 같아요. 찰리 여동생 엠마가 예전의 찰리와 똑같이 생겼거든요. 찰리

452

남동생 톰은 학교에서 굉장히 어려운 수학을 공부했다는데, 제가 보기에는 소수 같아요. 지금은 방앗간에서 도제로 일하는데, 누군가를 늘 사랑하면서 부끄러워하는, 수줍음이 많은 성격이랍니다.

캐디 젤리비는 지난 연휴를 우리 집에서 보냈는데, 댄스 교습을 평생한 번도 안 한 사람처럼 집 안팎에서 아이들하고 춤추는 모습이 더할나위 없이 정겨웠답니다. 지금은 전세 마차가 아니라 자가용 마차를타고 다니는데, 뉴맨 거리 서쪽 3km 거리[42]에서 살아요. (정말 훌륭한)남편이 다리를 절어서 일할 수 없어, 캐디는 그만큼 더 열심히 일해요. 어떤 일이든 열과 성을 다하면서요. 젤리비 선생은 딸이 새로 구한집에서 예전에 그런 것처럼 머리를 벽에 기댄 채 초저녁 시간을 보내곤해요. 젤리비 여사는 딸이 천박한 사람과 결혼해서 천박한 일을 하는걸 엄청난 치욕으로 여긴다는데, 저로선 이제 그런 감정도 극복하길바랄 뿐이에요.

젤리비 여사는 보리오부라-가 사업이 실패했어요. 보리오부라-가왕이 럼주를 받고서 부족민을 - 악천후에 살아남은 부족민을 - 모두팔아넘기려 했거든요. 그래서 이번에는 여성의 권리를 주장하며 의회에 도전하니, 캐디는 예전보다 훨씬 많은 편지를 주고받을 거라고 한탄했어요.

캐디의 불쌍한 딸을 깜박 잊을 뻔했네요. 이제 많이 컸는데, 말을못 하고 못 들어요. 하지만 캐디보다 훌륭한 엄마는 없어요. 어린 딸이겪을 고통을 조금이나마 덜어주려고, 바쁜 와중에도 시간을 짜내서수화를 배우거든요.

캐디 이야기를 하다 보니, 피피와 아버지 터비드롭도 떠오르네요.

---

42) 런던이 팽창하면서 동쪽에는 하층민이 서쪽에는 중산층 이상이 살았다. '뉴맨 거리 서쪽 3km 거리'에서 산다는 건 캐디가 중산층 이상이 되었다는 의미다.

피피는 세관에 있는데, 일을 꽤 잘해요. 아버지 터비드롭은 중풍에 걸렸는데도 옷을 잔뜩 차려입고 도심지를 돌아다니면서 예전 방식을 즐기고 오랜 전통을 주장해요. 아직도 피피를 좋아해, 분장실에 있는 멋진 프랑스 벽시계를 유산으로 남기겠다고 했다는데, 자기 물건도 아니에요.

우리는 제일 먼저 모은 돈으로 우리 집을 증축해서 잔다이스 아저씨가 쓰도록 조그만 속풀이 비밀방을 만들어, 아저씨가 내려왔을 때 개관식을 성대하게 치렀어요. 지금 저는 이 내용을 가볍게 언급하려고 애쓴답니다. 글을 마친다는 사실이 벅차기도 하지만, 아저씨 얘기만 나오면 눈물이 줄줄 흐르거든요.

잔다이스 아저씨를 보면 그리운 리처드가 아저씨는 정말 좋은 분이라고 말하는 소리가 들려요. 에이다와 어여쁜 아들에게 아저씨는 사랑스러운 아버지고, 저한테는 늘 한결같으니, 뭐라고 불러야 좋을까요? 아저씨는 남편에게 가장 가깝고 소중한 조언자며, 우리 아이들에게 가장 다정한 친구로, 우리 가족 모두가 가장 사랑하고 존경하는 분이에요. 그분을 초월적인 존재로 여기면서도 누구보다 친숙하고 편안한 분으로 대하는 저 자신이 신기할 정도예요. 저는 예전 호칭을 잃은 적이 없고 그분 역시 예전 호칭을 잃은 적이 없으니, 그분이 우리 집에 오면 예전에 그런 것처럼 저는 더든 아줌마와 꼬마 아줌마로 늘 그 옆자리에 앉고, 그래서 예전에 그런 것처럼 "네, 사랑하는 잔다이스 아저씨!"라고 대답한답니다.

잔다이스 아저씨가 현관으로 데려가서 건물 이름을 읽어준 뒤로 저는 동풍이 부는 걸 한 번도 본 적이 없어요. 그래서 한번은 이제 동풍이 안 부느냐고 물으니, 아저씨는 그렇다고, 그날 뒤로 동풍이 완전히 사라진 것 같다고 대답했답니다.

제가 보기에 아름다운 에이다는 한층 더 아름다워진 것 같아요. 그 얼굴에 어린 슬픔이 그렇지 않아도 순수한 표정을 정갈하게 하고 성스러운 인상을 주는 것 같아요. 그래서 여전히 상복 차림으로 우리 리처드를 가리키는 모습을 바라보노라면 - 뭐라고 표현해야 좋을지 모르겠는데 - 기도 중에 에스더를 꼭 기억한다는 말이 들리는 것처럼 기분이 좋아요.

제가 우리 리처드라고 말했네요! 실제로 그 아이는 엄마가 둘이라고, 저한테도 엄마라고 한답니다.

은행에 돈이 많은 부자는 아니지만, 우리는 언제나 여유롭고 넉넉하게 살아요. 남편하고 밖에 나가면 사람들이 축복하는 소리가 들리곤 한답니다. 어떤 집이든 들어가면 남편을 칭찬하는 소리와 감사하는 눈빛이 깃들고요. 밤에 잠자리에 누우면 오늘 하루도 남편이 다른 사람의 고통을 덜어주고 절박한 사람을 달래준 모습이 떠오르고요. 회복할 수 없는 사람이 침상에서 마지막을 맞이하는 순간에 오랫동안 애써주셔서 고맙다고 하는 말도 자주 들려요. 이 정도면 부자가 아닐까요?

사람들은 의사 선생님 사모님이라며 저까지 칭찬한답니다. 제가 어디를 가든 사람들이 반겨서 부끄러울 때가 한두 번이 아니에요. 모든 게 사랑하는 남편, 자랑스러운 남편 덕분이에요! 사람들이 남편을 위해서 저를 좋아하는 것처럼, 저 역시 남편을 위해서 노력한답니다.

하룻가 이틀 전날 밤에는 하루 뒤에 찾아온다는 사랑하는 에이다와 잔다이스 아저씨와 우리 리처드를 맞이할 준비를 하느라 바쁘게 보낸 뒤에, 다른 곳도 아닌 현관에, 기념비 같은 현관에 앉아있는데, 남편이 돌아왔어요. 그래서 말했어요. "소중한 꼬마 아줌마, 여기서 뭐 하는 거야?" 그래서 제가 대답했어요. "달이 밝아서, 우드코트, 밤이 너무나 상쾌해서, 가만히 앉아 생각하는 중이었어요."

"무슨 생각을 했는데, 여보?"

"호기심이 많군요! 말하기는 부끄럽지만, 그래도 말하지요. 예전 얼굴을 생각했어요."

"예전 얼굴을 어떻게 생각했는데, 여보?"

"내가 예전 얼굴을 되찾았다 해도 당신이 나를 이보다 사랑할 순 없겠다는 생각을 했어요."

"예전 얼굴이라도?"

남편이 웃으면서 되물었어요.

"네, 예전 얼굴이라도."

제가 대답하자, 남편은 제 팔에 팔짱을 끼면서 물었어요.

"친애하는 더든 아줌마, 거울을 본 적이 있소?"

"물론이지요. 내가 거울을 보는 걸 봤잖아요."

"그런데도 당신이 예전보다 훨씬 예뻐졌다는 사실을 모른단 말이오?"

"그건 모르겠어요. 지금도 확실히 모르겠고요. 하지만 우리 아이들이 예쁘다는 건, 그리고 사랑하는 에이다가 예쁘다는 건, 그리고 남편이 잘생겼다는 건, 그리고 잔다이스 아저씨가 예전 어느 때보다 환하고 자애로운 표정이라는 건, 이들 모두 제가 예쁜 얼굴이 아니더라도 상관하지 않는다는 건 알아요. 심지어……"

3권 끝

작가 소개

    찰스 디킨스는 캐릭터 묘사가 극히 뛰어나며 풍자가 대단하고 문장이 화려하나, 지금까지 한국에서 번역물로 제대로 소개했다고 볼 수 없다. 《올리버 트위스트》와 《크리스마스 캐럴》, 《두 도시 이야기》, 《위대한 유산》, 《데이비드 코퍼필드》, 《어려운 시절》, 《골동품 상점》, 《황폐한 집》 등, 세계적으로 유명한, 디킨스 문학의 별미를 이미지만 소개하거나 난수표로 소개한 수준이라서 독자들이 디킨스 문학을 맛보기엔 부족했다.

    찰스 디킨스(Charles John Huffam Dickens)는 영국 빅토리아 시대를 풍미한 소설가다. 이백 년도 넘은 1812년 2월 7일, 나폴레옹 전쟁이 한창일 때에 영국 남부 포츠머스 외곽에서 팔 남매 가운데 둘째로 태어나 장남으로 살아간다. 형제 두 명이 어려서 죽기 때문이다. 할아버지는 저택에서 집사로 일하고 할머니는 하녀장으로 일했는데, 찰스 디킨스는 할머니가 "즉석에서 이야기를 지어내 모두를 즐겁게 하는" 능력이 탁월했다고 기억한다. 아버지는 해군 경리국 하급관리로 사교적이고 유머가 풍부하나 경제적으로 무능하고, 어머니는 선량하고 밝은 성격이나 자녀에게 무정했다. 경제적인 이유로 어려서 계속 이사 다녔다. 외할아버지 역시 해군 경리국에서 일했으나, 자금을 횡령하고 외국으로 도망쳤다.

디킨스가 다섯 살 때 아버지는 전근명령을 받아 온 가족이 채텀으로 이사해서 5년을 사는데, 도시 남쪽으로는 밀밭이 풍요롭고 북쪽으로는 바닷물이 들어오는 습지대가 황량하고, 서쪽 2㎞ 거리에는 조용한 대성당도시 로체스터가 있어, 채텀은 어린 디킨스에게 깊은 인상을 주고 나중에 다양한 작품에 등장한다.

디킨스에게는 이때가 가장 행복한 시절이었다. "어머니를 통해서 지식욕과 독서욕에 처음 눈떴다. 어머니는 매일 규칙적으로 나에게 공부를 오랫동안 가르쳤다." 집에는 유모가 있어, 살인마 대위가 아내를 여럿 죽여서 파이로 만들었다든가 무서운 고양이가 밤마다 눈을 번뜩이면서 어슬렁어슬렁 돌아다니며 어린애를 먹어치운다든가 하는 이야기를 하면서 "악마처럼 즐거워"하니, 어린 디킨스는 다양한 악몽과 공포에 시달렸다. 나중에 디킨스 자신이 "우리가 어른이 된 다음에도 황당한 공포에 가끔 빠져드는 건 어린 시절에 유모 같은 사람이 무섭게 만들어낸 이야기가 마음속에 깊숙이 틀어박혔기 때문"이라고 정의할 정도였다.

이 시절에 디킨스는 흉내를 잘 내, 유모 앞에서 즉흥 연기도 하고 누나가 연주하는 피아노 가락에 맞춰서 노래도 하니, 아버지는 장녀와 장남을 채텀에서 유명한 여인숙으로 데려가 이중창을 부르게 해서 박수갈채와 함께 다양한 음식을 얻어먹었다. 이 무렵에 굴을 처음 먹고서 어린 디킨스는 "마음이 지극히 설렜다." 2㎞ 떨어진 로체스터 로열 극장에 가서 다양한 연극도 관람해, 30년이 지난 다음에 디킨스는 "멋진 소극장에 처음 들어선 황홀한 느낌을 지금도 또렷하게 기억한다"면서 말한다.

　　녹색 장막이 뚫린 구멍에서 눈빛 하나가 반짝이며 우리를 쳐다본다……. 파란 옷차림에 머리를 뒤로 길게 늘어뜨린 여주인공이 빛을 내뿜자, 모두 무서워서 마른침을 꿀꺽 삼키다 환호한다……. 코미디언이 빨간 가발을 쓰고 지하감옥에 갇혀서 재미있게 노래하는데, 나는 그렇게 우스꽝스러운 사람을 처음 봤다……. 녹색 장막이 내려올 때는 등잔 기름 냄새와 오렌지 껍질 냄새가 향긋했다.

　어린 디킨스는 아버지를 따라 해군 공창에 가서 노동자가 일하는 모습도 신나게 구경한다. 톱밥과 뱃밥과 돛 냄새가 진동하는 곳에서 노동자들이 불러대는 노래도 듣고, 죄수들이 묵묵히 끌려가는 장면도 목격하니, 이런 장면은 《위대한 유산》에 실감 나게 등장하고, 아버지랑 주변 시골을 산책하던 경험은 《위대한 유산》에서 매형과 산책하는 장면으로 나타난다.

　얼마 뒤에는 염색가게 위층에 있는 학원에 다니면서 "무시무시한 노부인이 회초리로 지배하는 세상"을 체험하니, 디킨스는 《위대한 유산》에서 어린 핍이 다니던 엉터리 학교로 그 분위기를 묘사한다. 아홉 살 때는 정식학교에 잠시 다니며 공부도 열심히 하고 크리켓 게임 같은 스포츠도 즐겼다. '데이비드 코퍼필드'가 그런 것처럼 "아버지가 이층 조그만 방에 모아둔 책을 읽으며 '로더릭 랜덤', '페레그린 피클', '험프리 클링커', '톰 존스', '웨이크필드에 사는 성직자', '돈키호테', '질 블라스', '로빈슨 크루소' 같은 훌륭한 주인공을 친구로 사귄" 것도 이즈음이니, 디킨스는 이후로도 평생에 걸쳐서 책을 읽는 즐거움에 빠져든다.

하지만 아버지는 빚이 늘면서 위기에 처하고, 어린 디킨스는 따로 살다 혼자서 역마차를 타고 가족을 찾아가는데, 이 경험은 디킨스 뇌리에 평생 틀어박혀 《올리버 트위스트》와 자전적 소설 《데이비드 코퍼필드》에서 주인공이 어린 나이에 혼자 먼 길을 떠나는 고통으로 나타난다. 어린 디킨스가 찾아간 가족은 런던 빈민가에 살았다. 디킨스는 아버지를 "정이 많고 상냥한" 사람으로 여겼는데, "생활이 어려운 데다 성격까지 물러서 아들을 제대로 공부시킬 생각을 전혀 안 하는 것 같았다. 아들에게 제대로 성장할 권리가 있다는 사실조차 잊어버린 것 같았다"고 당시를 회상한다.

어린 디킨스는 다양한 책을 읽고, 채텀에서 배운 통속적인 노래를 불러서 박수갈채를 받고, 활기찬 런던 거리를 돌아다니는 걸 낙으로 삼았다. 미로처럼 얽히고설킨 뒷골목이, 싸구려 술집과 금방이라도 쓰러질 것처럼 누추한 건물과 헐벗은 아이로 득시글거리는 거리가 특히 마음에 들었다. "기가 막힐 정도로 가난한 분위기, 음식을 구걸하는 장면, 음습한 분위기 등이 터무니없이 강렬한 이미지로 다가와" 나중에 《올리버 트위스트》에 담긴다.

결국엔 아버지가 파산하자, 어머니는 없는 돈을 탈탈 털고 집을 빌리고 학교를 열어서 먹고살 방편을 모색한다. 입구에는 놋쇠로 명패를 걸고 이웃에는 안내장을 보냈다. 하지만 "학생을 받을 준비도 안 되고 누가 입학할 기미도 없었다." 채권자들이 툭하면 찾아와서 고래고래 소리치며 독기를 내뿜을 뿐이었다. 이윽고 가구를 하나씩 내다 팔고, 어린 디킨스는 운반 가능한 물품을 전당포로 가져가는 역할을 맡았다. 디킨스가 애독하던 책까지 중고서점으로 한 권씩 팔려나가, 온 가족은 텅 빈 방 두 칸에서 하루하루를 힘겹게 살았다.

구두약 공장 지배인을 하던 친척이 어린 디킨스에게 공장에서 일할
걸 제안하고 부모가 받아들이니, 디킨스는 열세 살 생일이 이틀 지난
뒤에 구두약 공장에 노동자로 취업한다. 공장은 강기슭이고 쥐는 우글
거렸다. 거칠고 무식한 아이들이 함께 일하는데, 디킨스를 "꼬마 신사"
라고 부르며 친절하게 대했다. 하지만 디킨스는 "이들과 일하면서 정신
적으로 심한 갈등에 휩싸였다. 어린 시절을 행복하게 보낼 때 만나던
친구들과 비교했다. 많이 공부해서 훌륭한 사람이 되고 싶다는 희망이
산산이 부서지는 걸 느꼈다."

디킨스는 공장에서 일하는 현실에 깊은 충격을 받는다. "나는 어리
벙벙했다. 그토록 어린 나이에 그토록 가볍게 버림받다니……. 아무
도 동정하지 않았다. 재능은 뛰어나고 머리는 팍팍 돌고 의욕은 넘치
고 감성은 섬세한데, 부모는 나를 학교에 보낼 고민은커녕 동정하는
마음조차 없었다." 디킨스는 정신적 육체적으로 커다란 상처를 받았
다. 공장에서 일한 기간을 기억조차 못 할 정도니, 그 심정은 '데이비
드 코퍼필드'가 주류 공장에서 일하며 느끼던 좌절감에 그대로 묻어
나온다.

아버지는 '채무자 감옥'에 갇히고 생활비를 절약하려고 가족도 함께
들어가, 감옥 생활에 적응하다 못해 단조롭고 평온 무사한 분위기를
나름대로 즐기며 지낸다. 하지만 어린 디킨스는 혼자 공장에 다니며
무서운 노부인 집에서 하숙했다. 생활비를 하루 단위로 쪼개서 싸구려
빵과 치즈로 살았다. "돈이 조금 있을 때는 카페에서 커피 한 잔이랑
버터 바른 빵을 먹고, 돈이 없을 때는 청과시장에서 파인애플 따위를
구경했다." 일요일에 10㎞를 걸어서 부모 및 형제자매와 하루를 보내
는 게 유일한 낙이었다.

아버지는 할머니 유산으로 빚을 일부 청산한 덕분에 '지급불능 채무

자 조례'를 적용받고 풀려나니, 조그만 셋집을 전전하며 불안하게 살면서도 가계를 조금씩 일으켜 세웠다. 어머니는 어린 디킨스가 구두약 공장에 계속 다니길 바랐으나, 아버지는 장남이 힘들게 살아가는 게 마음 아팠는지, 구두약 공장 지배인 친척과 심하게 다투고 아들을 빼내서 웰링턴 하우스 아카데미(Wellington House Academy)에 2년 동안 보낸다. 하지만 어머니는 "공장에서 돈이나 벌라"며 끊임없이 반대하고 디킨스는 어머니와 서먹한 관계를 평생 유지하니, 나중에 "나는 원한과 분노를 담아서 글을 쓰지 않는다. 모든 환경과 경험이 하나로 모여서 현재의 나로 완성되었다는 걸 알기 때문이다. 하지만 어머니가 나를 공장으로 돌려보내려고 애쓴 기억만큼은 지금도 못 잊고 앞으로도 못 잊을 것"이라고 고백한다.

디킨스는 어린 시절에 구두약 공장에 다니며 고생한 경험을 누구에게도 말하지 않았다. 이십 년이 지난 다음에 비로소 처음 언급할 정도였다. 하지만 어린 시절에 겪은 고통은 다양한 작품에 다양한 형태로 등장한다. 어린아이를 소중하게 여기는 묘사가 모든 작품에 나오는 까닭도 여기에 있다. 비판에 민감하며, 한 번 꺼낸 말은 거두지 않는 완고한 성격도 여기에서 나왔다. 스스로 중산층이라고 생각하던 어린애가 노동자로 전락하면서 겪는 좌절과 고통 역시 자전적 소설《데이비드 코퍼필드》에 잘 나타나며 아버지는 '미코버', 어머니는 법률사무소 대표의 딸로 허영심 많은 '도라'를 대변한다.

2년 동안 다닌 '웰링턴 하우스 아카데미'는 인근에서 평이 좋았으나 찰스 디킨스에게는 그렇지 않았다. "교장은 내가 만난 누구보다도 특별나게 무식한 사람으로 전제군주처럼 선생과 학생을 지배"했다. 그래도 어린 디킨스는 학교생활에 적응하려 노력하고, 당시에 학교를 같이 다닌 친구들은 찰스 디킨스가 잘생기고, 옷은 낡아도 세련된 느낌이고, 자신감이 넘치고, 머리가 빨리 돌고, 책을 많이 읽고, 아마추어 연극에 몰두하고, 이야기하는 걸 좋아하고, 책상 서랍에다 흰쥐를 몰래 키우고, 장난도 잘 치고, 스포츠를 열심히 하였다고 기억한다. 하지만 아버지는 또다시 빈곤에 빠져들고 디킨스는 생활 전선에 다시 뛰어든다.

열여섯 살 나이에 변호사 사무실에 들어가서 이 년간 심부름꾼으로 일하는데, 법조인 거리 중심부에 있는 사무실은 "정말 좁은 세계, 정말 따분한 세계"였다. 서류를 베끼거나 잔심부름하다 시간이 나면 "세속적인 냄새와 곰팡내 솔솔 풍기는" 법정이나 주변을 탐색했다. 한가한 오후에는 장난도 치고 흉내 내는 실력을 발휘하며 동료들과 즐겁게 지냈다. 그런 동료 가운데 하나는 "디킨스는 거리를 오가는 서민들 모습을 그대로 흉내 냈다. 과일 장수든 채소 장수든 건달이든 정말 그럴싸했다"고 기억한다.

디킨스는 동료들과 즐겁게 지내면서도 좀 더 바람직한 일을 끊임없이 모색한다. 대영박물관 도서 열람증을 손에 넣어서 독학으로 다양한 지식을 쌓고 속기도 배운다. 신문기자가 되고 싶었기 때문인데, 야심만만한 청년들이 선호하던 직업으로 수입도 좋았다. 속기를 일 년 정도 혼자서 공부한 디킨스는 결국 '민법 박사회관'에서 진술을 기록하는 속기사로 새롭게 출발한다. 하지만 너무나 따분하고 지루한 분위기에, 연극배우로 직업을 바꾸는 고민에 몰두한다. 그래서 밤마다 극장을 찾아가 좋은 연기를 연구하다, 스무 살에는 연극 오디션까지 신청한다. 하지만 감기에 걸려서 불참하고, 다시 신청할 용기를 못 낸다. (디킨스는 소설을 쓸 때마다 등장인물을 혼자 연기해서 자연스러운 분위기를 살려낸 거로 유명하다.)

디킨스는 결국 스물한 살에 의회 출입기자가 된다. 그래서 신속하고 정확한 기사로 이름을 얻는다. 열악한 노동환경은 문제가 안 됐다. "낡은 하원 건물 뒷좌석에서 책상 삼아 필기하느라 무릎이 다 닳고, 낡고 비좁은 울타리에서 양 떼처럼 바싹 달라붙은 기자들과 함께 선 채로 기록하느라 신발 밑창이 다 닳았다." 선거법 개정안과 공장법과 구빈법 개정안을 둘러싼 논쟁을 지켜볼 때는 "광대 노릇이 돋보이는 정치 연극"이라는 생각이 절로 들었다.

디킨스는 여기에서 의회와 정치에 대한 불신과 부정부패, 빈부 격차 등 다양한 사회현상에 눈을 뜬다. 하지만 말년에 고백한 바에 의하면 "젊은 시절에 신문사에서 혹독한 훈련을 잘 견딘 게 내가 성공한 첫 번째 원인"이기도 하다.

이즈음에 은행가 딸과 첫사랑에 빠진다. 상대는 까만 머리칼에 몸집은 자그마한 미인, 마리아였다. 디킨스는 4년 동안 마리아를 너무나 사랑한 나머지, "다른 생각은 조금도 못했다." 마리아 역시 처음에는 디킨스를 좋아했으나 경쟁사는 사방에 가득하고, 마리아 부모는 경제적으로 무능한 디킨스 집안을 인정할 수 없고, 마리아 역시 싸늘하게 변했다. 디킨스는 "박정하고 무관심한 취급을 여러 차례 당하며" 괴로워하고 실의에 빠진 채 밤에는 잠을 못 이루고 그 집 주변을 이리저리 돌아다녔다.

디킨스는 한층 더 열심히 일하는 식으로 상처를 치유한다. 성공하고 싶다는 결의도 강하게 다진다. 그해 여름 의회 휴회 기간에는 저술활동을 시작하고, 그해 말에는 'A Dinner at Poplar Walk'를 월간지 'Monthly Magazine'에 발표한다. 자신이 쓴 글이 활자로 나온 걸 보고, 디킨스는 "국회의사당까지 걸어가, 아무도 없는 곳에서 30분 정도를 보냈다. 너무 기쁘고 자랑스러워 두 눈에 가득 맺힌 눈물을 다른 사람에게 보이고 싶지 않았다." 이어서 비슷한 단편을 익명으로 몇 번 발표하다 34년 8월에 '보즈Boz'라는 필명을 처음 사용한다. 가족이 막냇동생 오거스터스를 부르는 별명이었다.

스물세 살에는 "글솜씨도 훌륭하고 보도기자로도 탁월하다"는 이유로 '모닝 크로니클' 기자에 발탁되어 풍속 전문 스케치를 기고한다. 중요한 모임이나 선거운동 등을 전국 규모로 취재할 권한도 생기니, 디킨스는 마차를 타고 밤새도록 달리는 쾌감을 마음껏 즐겼다. 흔들리는 등불에 의지하며 원고를 갈겨쓸 때는 열린 창문에서 진흙이 튀어들었다. 그래서 파란 천에 까만 벨벳을 테두리에 둘러친 망토를 사서 스페인식으로 한쪽 어깨에 걸치는 멋도 냈다. 머리도 기르고, 조끼도 멋있게 차려입었다. 아버지가 심각한 위기에 빠질 때는 빚도 일부 갚아주었다. 스물네 살에는 경제적으로 완전히 자립한 건 물론 유능한 기자로 이름도 높았다. '피크위크 페이퍼스'를 20회 연재하자고 제안받아, 전문작가로 나아가는 길도 열렸다.

'모닝 크로니클' 편집자 호가스는 젊은 기대주를 호가스 자택으로 초대하니, 결국 디킨스는 파티와 음악회가 열릴 때마다 참여해서 재미있는 노래와 익살로 모든 사람을 즐겁게 했다. 호가스는 세 딸이 있는데, 맏딸 캐서린은 열아홉 살, 메리는 열네 살, 조지나는 일곱 살이었다. 캐서린은 약간 통통하면서도 예쁜 얼굴에 표정이나 성격이 온화하고 상냥하며 조용한 성품이면서도 유머 감각이 있어, 디킨스와 연인으로 발전하고 몇 개월 뒤에는 결혼을 약속한다.

디킨스는 캐서린과 사귀면서도 업무에 끊임없이 쫓기느라 편지로 방문 약속을 취소하거나 늦출 때가 많았다. 하지만 화내거나 토라지거나 풀이 죽지 않도록 간청하며 "우리가 만난 순간부터 그대를 단 한 순간도 사랑하지 않은 적이 없으며, 앞으로도 없을 거"라고 강조한다.

이듬해 2월에는 그동안 발표한 풍속 스케치를 모아서 첫 번째 단행

본 《보즈 스케치Sketches by Boz》를 출간하고, 판매성적이 좋아서 8월에는 2판을 간행하고, 12월에는 단편소설과 스케치 20편을 모아서 속편을 출간한다. 디킨스 자신은 "생각이 짧고 미숙한" 작품으로 규정하지만, 나중에 디킨스 전기를 집필한 포스터는 《보즈 스케치》를 "런던 일상을 꼭대기부터 밑바닥까지 즐거움과 기쁨, 괴로움과 죄악까지 또렷하게 그려낸" 작품으로, 독자는 "시대 상황을 비롯해 거리 풍경과 풍속을 정교하게 묘사한" 작품으로 평가하고, 풍속학자는 당시 풍속을 연구하는 자료로 활용한다.

이즈음에 'Chapman & Hall'에서 화가 시모어가 그린 삽화를 곁들인 단편소설을 연재하자고 제안한다. 디킨스는 오페라 대본 한 편과 희극 한 편을 집필하는 중인 데다 장편 소설까지 고려하던 중이었다. 하지만 캐서린과 결혼할 예정이라서 돈이 많이 필요할 때였다. 디킨스는 캐서린에게 보낸 편지에 밝혔듯이 "마음에 안 들지만 보수가 좋아서 유혹을 뿌리치기 힘들었다." 그래서 《피크위크 클럽》 첫 호는 1836년 3월 31일 목요일에 나오고, 이틀 뒤 4월 2일에는 첼시 '성 루카' 성당에서 캐서린과 결혼한다. 양쪽 집안 식구만 참석한 소박한 결혼식으로, 신혼부부는 고즈넉한 시골 마을에 가서 신혼여행을 즐겼다.

《피크위크 클럽》은 판매가 부진한 데다 화가 시모어가 정신쇠약으로 자살하니, 디킨스는 중심인물로 부상해서 '해블롯 브라운'을 삽화가로 선택하고, 브라운은 '보즈'와 어울리도록 '피즈'로 필명을 정해, 두 사람은 20년 넘게 협업 관계를 유지한다.

《피크위크 클럽》은 4호부터 독자의 관심을 끌고, 선거를 재미있게 묘사한 5호가 나올 즈음에는 "보즈가 모든 사람의 이목은 물론 마음마저 사로잡아" 사람들이 서점 유리창에 딱 달라붙어서 최신호를 본다는 신문 기사까지 실리니, 판매량은 꾸준히 늘고, 디킨스는 "더할 나위 없이 위대한 보즈"로 명성을 떨친다.

　새로운 성공에 힘입어 디킨스는 "집필 작업에 완전히 빠져든다." 1836년 11월에 출판인 '리처드 벤틀리'가 월간지 편집주간을 제의하자, 디킨스는 소설 집필 계획을 잡아놓고도 제안을 받아들인다. 월급과 따로 원고료를 받는 조건이었다. 부인이 첫아이를 낳기 직전이라 가장으로 책임감을 절실하게 느낄 때였다. 이듬해 1월 6일에는 첫 아이를 낳고, 디킨스는 너무 기쁜 나머지 자기 이름 '찰스'를 물려준다.

　디킨스는 자신이 편집주간으로 근무하는 '벤틀리 미셀러니'에서 장편 소설 《올리버 트위스트》를 본격적으로 연재한다. 공리주의에 근거해서 '신 빈민구제법'을 제정해, 빈자와 고아를 교구 구빈원에서 무자비하게 다루는 비인간적인 제도를 비판하는 내용인데, 작품에 몰두할수록 디킨스는 어린 시절에 겪은 비참한 느낌과 굶주림과 소외감에 빠져들어, 폭력과 사기가 난무하는 런던 빈민가에서 어린애가 살아남으려고 필사적으로 몸부림치는 이야기에 온 힘을 쏟아부었다. 당시의 전형적인 소설기법대로 좋은 사람과 나쁜 사람을 또렷하게 대비하면서도 '낸시'라는 독특한 인물을 통해 새로운 가능성을 열어놓는다.

　매춘부 사기꾼 '낸시'를 연민이 가득한 눈길로 묘사하는 방식에 독자는 커다란 충격과 반감을 느낀다. 하지만 새로운 해석에 빠져드는 독자도 많아, 디킨스는 월간지로 발행한 내용을 나중에 단행본으로 묶어서 발행할 때 본인 이름을 사용할 걸 단호하게 주장하고, 비평가들은 셰익스피어에 버금가는 대작가 반열에 디킨스를 올려놓는다.

　경제적으로 성공한 디킨스는 고급주택으로 이사해서 쾌적한 생활을 시작하고, 처제 메리(Mary)는 당시 풍습에 따라 그 집에 함께 살면서 아기를 돌본다. 디킨스는 이런 처제에게서 이상적인 여인상을 발견하고 정신적으로 독특한 유대관계를 맺는다. 하지만 이듬해에 처제가 병으로 죽자, 디킨스는 너무나 커다란 충격을 받은 나머지, 처음이자 마지막으로 소설 연재를 중단한다. 처제 손가락에서 뺀 반지를 죽을 때까지 손가락에 낄 정도였다. 메리에 대한 그리움은 3년 뒤에 발표한 작품 《골동품 상점》에서 '넬리'로 나타난다.

커다란 비극에 가정은 구멍이 뚫리고, 디킨스는 오후에 친구들과 어울리며 말을 타고 시내를 어슬렁거리며 돌아다니는 걸 피난처로 삼는다. 그러면서 여유도 생기고 사고력도 풍부하게 변하니, "상상력을 자극하려면 몸을 꾸준히 움직여야 한다"고 입버릇처럼 말할 정도였다. 평생에 걸친 문학적 조언자로 나중에 '찰스 디킨스 전기'까지 집필하는 존 포스터(John Poster)를 만난 것도 이즈음이다. 디킨스는 포스터와 공통점이 많았다. 나이도 같고, 중하층 계급 출신도 같고, 법률을 공부하다 저널리즘과 문학으로 방향을 바꾼 것도 같고, 명랑한 성격에 연극과 파티를 좋아하는 것도 같았다. 포스터는 디킨스에게 평생 헌신하고, 디킨스는 포스터에게 평생 의지하며 살았다.

1839년에는 《니콜라스 니클비》를 출간하고, 1841년에는 《골동품 상점》과 《바너비 러지》를 출간하면서 디킨스는 시대를 대표하는 작가로 올라선다. 런던 사교계에서 추앙받고, 특권 신사 클럽에 가입하고, 공공장소에서 연설하는 사례도 늘었다. 1841년에는 에든버러 시민들이 디킨스에게 경의를 표하며 에든버러 명예시민으로 추대했다. 20대 청년에게 "더없이 커다란 영광"으로 디킨스는 크게 감격했다.

집필활동에 왕성하던 디킨스는 서른세 살에 견문을 넓히고자 아내 캐서린과 함께 미국 방문길에 나선다. 왕도 없고 계급도 없는 자유로운 민주주의 국가라는 사실에 잔뜩 기대하고, 뉴욕에서 3천 명이 넘는 독자가 환호하니, 디킨스는 미국과 미국인에게 감동한다. 뉴욕의 활기

찬 분위기와 보스턴의 아름다우면서도 고상한 분위기에 감탄한다.

하지만 체류하는 나날이 늘어나면서 언제나 대중에게 드러나는 생활이 버겁게 다가왔다. 향수병에 시달리고 런던에 두고 온 아이들도 눈앞에 어른댔다. 남쪽으로는 필라델피아와 워싱턴과 리치먼드를 둘러보고, 서쪽으로는 루이빌과 세인트루이스를 방문하고, 북동쪽으로는 신시내티를 찾아가는데, 너무나 갑작스럽게 변하는 기후가 고통스러웠다. 열차와 배를 타거나 역마차를 타고 울퉁불퉁한 도로를 달리는 것도 힘에 겨웠다. 영국인이 흔히 그렇듯, 지나치게 잘된 난방도 싫고, 담배를 질겅질겅 씹어대다 퉤퉤 뱉어내는 습관도 싫었다. 노예제도를 목격한 순간에는 "인간으로 크나큰 굴욕감"을 느꼈다.

무엇보다 화난 건 '국제저작권 협정'에 미국이 서명하지 않는 현실이었다. 그러니 영국 작가는 아무리 인기가 많아도, 심지어 미국 출판사와 계약까지 해도, 저작권 침해를 문제 삼을 수 없으니, 디킨스는 미국에서 판매하는 작품에 공정한 대가를 받을 수 없었다. 자신을 열렬히 환영하고 환호하면서도 저작권 침해를 묵인하는 자세는 예의가 아닌 것 같았다. 그래서 문제 삼으면 신문에서는 "문학적 명성보다 달러"를, "월계관보다 화려한 조끼"를 좋아하는 "속물"이라며 비판했다.

귀국길에 오른 디킨스는 "상상 속 공화국"에 실망하고 "배고픈 40년대"로 신음하는 영국 사회에 더욱 커다란 관심을 보이며 사회 운동에 동참한다. 여성과 아동이 땅속에서 노동하는 걸 금지하는 '탄광 노동자 법안'을 지지하며 열정적인 글을 신문에 투고하고, 대여섯 살 어린애를 공장에서 부려먹는 현실에 "철퇴를 내리겠다"고 맹세한다. 《올리버 트위스트》에서 페이긴 영감이 은신하던 빈민가와 빈민학교를 찾아간다. 굶주림에 허덕이느라 선악조차 구별할 수 없는 아이들을 보고서 근본적인 대책을 촉구하고 모색한다. 그리고 1843년에 작심하고 불과 보름이란 짧은 시기에 《크리스마스 캐럴》을 집필해서 발표한다. 디킨스는 작품을 집필하는 동안 몇 날 밤이고 캄캄한 런던 거리를 돌아다니며 상상력을 끌어올렸다.

자본주의 병폐를 처절하게 비판하는 책은 놀라운 파문을 일으켰다. 초판 6천 부가 며칠 만에 동나고, 크리스마스를 배경으로 한 책이 여름철에도 팔려나갔다. 사람들은 크리스마스 분위기와 의미를 새롭게 되새기며 디킨스에게 고맙다는 편지를 보냈다. 하지만 《크리스마스 캐럴》은 디킨스에게 엄청난 성공과 동시에 좌절을 안긴다. 호화로운 표지와 금박 장식에 삽화까지 천연색으로 넣어서 독자에겐 책값이 비싸도 그 돈으론 제작비를 충당할 수 없었다. 디킨스는 출판사와 분쟁까지 겪으며 고통스러워하다 결국엔 다른 출판사와 '크리스마스 캐럴 2탄'을 쓰기로 계약하고 선금으로 금화 이천팔백 냥을 받아서 낡은 대형마차에 가족을 태우고 이탈리아 제노바로 떠난다.

메리가 사망한 뒤에 디킨스 집으로 들어와서 아이들을 돌보던 막내 처제 조지나는 활달하고 총명한 아가씨인 데다 언니 메리를 신기할 정도로 빼닮았다. 디킨스는 조지나를 "귀염둥이"라고 불렀는데, 아내가 열 번째 아이를 낳고 무기력증에 빠져서 방구석에 틀어박히니, 둘 사이는 더욱 가까워질 수밖에 없었다. 연극도 함께 기획하고, 산책도 함께했다. 조지나는 평생을 독신으로 살면서 디킨스 집안 살림을 맡았는데, 언니 캐서린이 이혼한 다음에도 디킨스가 임종하는 자리까지 지킨다.

디킨스는 1845년 7월에 가족을 데리고 런던으로 돌아와, 아마추어 연극을 준비한다. 곱슬곱슬하고 까만 수염에 화려한 의상을 차려입고 겁많은 허풍쟁이 군인으로 출연하고, 연극은 많은 화제를 불러일으켜서 자선공연까지 이어진다. 디킨스는 의상과 배경과 조명과 광고 포스터까지 전담하는 건 물론 무대감독처럼 총연습까지 지휘하고, 이후 10년 동안 간헐적으로 공연하니, 디킨스에겐 불행한 가정생활의 도피처고 기분전환이며 "동료들과 함께 책을 쓰는 과정"이었다. 하지만 이탈리아에서 돌아오는 길에 지나친 스위스가 계속 떠올라, 디킨스는 가족을 데리고 스위스로 건너가서 로잔 호숫가 조용한 집에 머물며 집필에 몰두한다.

서른여덟 살에는 뉴게이트 감옥을 방문한다. 디킨스는 감옥에서 젊은 여성들이 고통스러워하는 모습에 특히 많은 관심을 보인다. 가난한 집에서 태어나 부모에게 사랑을 못 받고 어린 나이에 거리를 떠돌다 구렁텅이에 빠지거나 매춘으로 접어드는 악순환을 정확히 이해한다. 후원자를 모아서 런던에 '집 없는 여성을 위한 쉼터'를 설립한다. 매춘부와 여성 노숙자에게 일정한 규율 아래 포근한 보금자리를 제공하며 읽고 쓰는 법을 가르쳐서 사회로 복귀하는 길을 열어준 것이다.

마흔을 눈앞에 두고 디킨스는 자신이 살아온 길이 자주 떠오른다는 사실을 깨닫는다. "별다른 보살핌도 못 받고 고생하던 어린 시절"이 유난히 많이 떠올랐다. 구두약 공장에 다니던 굴욕적인 어린 시절을 친구 포스터에게 처음 고백한 것도 이즈음이다. 얼마 뒤에는 사랑하는 누나 '프랜시스 엘리자베스'가 결핵으로 사망하자, 디킨스는 자신이 보낸 어린 시절에 더욱 집착한다. 자신이 가장 사랑하고 좋아하는 자전적 작품 《데이비드 코퍼필드》를 쓰기 시작한 거다. 한겨울에 야머스에 가서 광활하게 뻗어 나간 해안을 보고 강렬한 영감도 받는다. 디킨스 자신은 물론 아버지와 어머니, 첫사랑과 결혼, 마흔 평생을 살아오면서 만난 사람과 느낌과 생각을 모두 정리한다. 작가 자신과 주변을 "사실과 허구로 복잡하게 뒤섞는" 작업에 열정을 얼마나 쏟아부었는지, 나중에 "제일 좋아하는 자식은 '데이비드 코퍼필드'"라고 고백한다.

마흔한 살에는 '가정 이야기'라는 잡지를 창간하고, 19개월에 걸쳐서 '황폐한 집'을 연재해 "내가 쓴 어떤 책보다도 이 책을 좋아하는 독자가 많"을 정도로 환호를 받는다.

1854년에는 런던에서 콜레라가 들끓고, 크림전쟁을 둘러싼 정부 실책은 잇따라 드러나고, 영국 북서부 프레스턴 면공업 지역에서 장기 파업이 일어나니, 디킨스는 사회 문제에 깊이 빠져들다 사장과 노동자 사이를 가로막은 거대한 벽에 몰두한다. 그래서 의회를 "국립 쓰레기장"이라 비판하고, 노동자들이 비참하게 살아가면서도 의리를 지키는 순박함과 인간애에 집착하며 모든 열정을 쏟아부으니, 《어려운 시절》이란 작품이 나온다.

《어려운 시절》은 크게 성공하나 비평가들 역시 크게 당황하니 이 작품은 디킨스 작품 가운데 평가가 가장 엇갈리는 소설이라고 할 수 있다. 우익 정치인 맥컬리는 "기분 나쁜 사회주의"라며 무시하지만, 유명한 비평가 존 러스킨은 디킨스 최대 작품이라고 극찬하며 사회 문제에 관심을 가진 사람은 누구나 정독해야 한다고 평가한다.

1870년 6월 8일, 오십구 세 나이로 저택에서 '에드윈 드루드의 수수께끼'를 온종일 쓰고 저녁 식사를 하다 쓰러져 다음 날 세상을 떠난다. 웨스트민스터 사원 '시인의 묘역'에 묻혀 묘비에 다음 같은 글을 새긴다.

"가난하고 고통받고 박해받는 사람을 동정했다. 이 사람이 죽으면서 세상은 영국에서 가장 위대한 작가를 잃었다."

디킨스가 세상을 떠났다는 말에 노동자들은 술집에서 "우리 친구가 죽었다"며 울부짖고, 신문과 잡지는 찰스 디킨스 일대기로 도배하고, 한 신문은 부고란에 "디킨스가 발표한 소설은 언제나 화제를 불러모았다. 디킨스가 쓴 소설에는 현실정치와 사건이 그대로 담겼다. 디킨스가 소설에 담아낸 건 소설이 아니라 현실 세계였다"고 적었다.

당시 영국은 산업혁명에 성공해 전 세계에서 가장 빠르게 발전하는 나라였다. 디킨스는 번듯한 마차를 타고 저명인사와 교류하면서도 대다수 서민이 진흙탕을 밟고 힘겹게 살아가며 신음하는 소리를 듣고 영국 최고 전성기가 남긴 아픈 그림자를 직시하면서 위대한 작품을 남겼다. 당시에는 다섯 살 어린애가 공장에서 열두 시간씩 일하고 겨우 동전 몇 닢을 손에 쥔 채 집으로 돌아가는 일이 잦고, 노동자 평균수명은 겨우 스물여덟 살이었다.

디킨스는 가난한 사람을 깊이 동정하고, 사회적인 악습을 공격하고, 사회에서 일어난 사건을 기사로 작성하고 소설에 담았다. 칼 맑스가 "정치 현실과 사회현실에 대해 전문 정치인이나 정치 평론가나 학자보다 많은 진실을 말했다"고 평가할 정도였다. 초기 소설은 풍자가 강하지만, 후기 소설은 풍자 대신 치밀한 구성과 사회비평이 돋보인다.

디킨스 문학에서 가장 독특한 역할을 한 건 연극이다. 디킨스 자신이 어릴 때부터 연극에 깊이 빠지고, 한때는 연극배우로 살아갈 염원까지 품었다면, 작가로 성공한 다음에는 아마추어 연극에 배우로 참여하는 정도에 그치지 않고 총연출까지 맡았다. 원고를 집필할 때는 스스로 다양한 등장인물을 직접 연기하며 캐릭터를 만들어나가니, 톨스토이나 도스토옙스키를 비롯한 대문호는 물론 수많은 독자가 감탄하는 캐릭터가 나오는 배경이다. 또 하나는 자신이 직접 경험한 사건이나 캐릭터를 중심으로 인물 성격을 잡아나가고, 사회현실을 대변하는 독특한 사건이 신문에 실리면 그 내용을 조사해서 작품에 싣는 식으로 허구를 구성하니, 탁월한 현실감이 작품을 지배하는 배경이라 할 수 있다.

작품 해설 및 역자 후기

당시 영국은 산업혁명이 한창이었다. 역마차로 인력과 물자를 수송하던 시대는 곳곳에서 건설하는 철도에 밀리기 직전이다. 사회의 근간이 뒤바뀐다. 새로운 지배구조가 부상하고, 계급 갈등이 고조되고, 빈부 격차는 크나큰 사회 문제로 나타난다.

찰스 디킨스는 영국 성공회 분위기에서 성장했으나, 기본적으로 "신자" 혹은 "종교인"이 아니다. 하지만 성서의 가르침을 삶의 지혜로 받아들이고, 사랑과 자비를 실천하려 애쓴다. 그래서 '억압하는 세력'을 비판하고 '억압받는 자'를 위로한다. 디킨스 작품에 관통하는 정신이며, 디킨스 작품에 등장하는 이상적인 삶이다.

'황폐한 집' 역시 기본적으로 인간을 '억압하는 제도'를 폭로하는 소설이다. 노아의 홍수는 인간에게서 악을 씻어내나, 그 악은 다시 짙은 안개와 매연으로 영국 전역을 집어삼키고, 대법정을 물들이고, 디킨스는 그 대법정을 처절하게 비판하는 것으로 작품을 시작한다.

여기서 말하는 대법정은 3심제도가 확립된 이후의 대법정이 아니다. 당시 영국은 보통법(Common Law)과 형평법(Equity)으로 이원화됐으며, 보통법은 영주가 성문법으로 국왕의 권한을 제한하는 거라면, 형평법은 성문법 대신 판례와 전통에 근거해서 유언과 신탁(trust)을 판결하는 것으로, 리처드 2세가 대법원을 세우고 대법관을 임명하는 식으로 시작됐다. 그래서 분쟁이 인 재산은 대법원에 묶이고, 판결이 나올 때까지 누구도 손댈 수 없었다. 문제는 법관과 서기와 변호사 등, 재판에 관여하는 모든 인력이 그 비용을 유산에서 충당했다는 사실이다. 이들에게 유산 분쟁은 유일한 수입원이었으며, 따라서 유산이 많으면 재판을 최대한 오래 끄는 식으로 돈벌이에 몰두하니, 재판은 수십 년간 계속되고, 소송 당사자는 막대한 유산이라는 신기루에 시달리다 현실과 괴리된 채 정신병에 걸려서 자살하거나 죽어가기 일쑤였다. '황폐한 집'이 나오고 약 20여 년이 지난 1875년에 형평법은 폐지되고 보통법과 합쳐지나, 아직도 영미법에 '판례법'이라는 형태로 남아 있다. '대법정 소송 중이다'는 의미의 'in chancery'는 '궁지에 빠졌다'는 숙어로 영미권에서 아직도 사용하니, 당시 병폐가 얼마나 심했는지 알 수 있다.

악을 증오하는 인간의 선의는 나쁜 제도를 고치자는 개혁운동으로 나아갈 수도 있고, 이기적 속성을 이겨내고 사랑과 자비를 실천하는 이타적 유형으로 나아갈 수도 있다. '황폐한 집'에 등장하는 개혁론자들은 개혁 주장을 밥벌이로 삼고 주변을 희생시키는 모습으로 나타나고, 이기적 속성을 이겨내려고 애쓰는 후자는 개혁론자들을 후원하면서도 그 한계를 지적한다.

1859년 3월 말에 디킨스는 '가정 이야기 – Household Words'라는 주간지를 창간한다. 30년대는 '피크위크 페이퍼스'와 '올리버 트위스트', 40년대는 '골동품 상점'에서 '데이비드 코퍼필드'까지 발표하면서 세계적인 명성을 쌓은 뒤였다. '가정 이야기'는 사회 문제를 다양하고 깊이 있게 파악해서 보도하는 게 목적이었다. 디킨스 역시 사회 이슈를 직접 조사하고 취재해서 독자들에게 제공했다. 그러다 1852년 3월부터 1853년 9월까지 19개월에 걸쳐서 '가정 이야기'에 '황폐한 집'을 연재하니, 당연히 '가정 이야기'에서 조사하고 취재한 내용은 새로운 소설의 재료가 될 수밖에 없었다. 팩트에 근거한 픽션이 나오고, '황폐한 집'은 본격적인 폭로 소설이 되는 배경이다. '버킷'이라는 등장인물 역시 디킨스가 여러 번 인터뷰한 런던 경시청 수사관 'Jack Whicher'를, '스킴폴'이라는 황당한 인간은 수필가 'Leigh Hunt'를 모델로 했다.

재미있는 건 '자연 발화'에 대한 디킨스의 입장인데, 당시 과학계는 인간의 몸뚱이가 저절로 타오르는 '자연 발화'를 불가능한 현상으로 보았다. 그런데도 디킨스는 작품 중에 "사악한 몸뚱이가 사악한 알코올을 잔뜩 쑤셔 넣다 썩어 문드러지는" 현상으로 묘사하고, 서문에서는 '자연 발화'의 다양한 사례를 역설한다. 그래서 '사악한 제도'가 썩어 문드러져서 불에 타서 없어지기를 바라는 디킨스의 소망으로 해석하는 평론가도 많다.

'황폐한 집'은 로맨스 소설이기도 하다. 에스더는 천연두에 걸려서 미모를 잃고 좌절하나, 우드코트는 성실하고 이타적인 삶을 보면서 사랑을 꽃피운다. 에이다는 첫사랑에 모든 것을 바치나, 상대는 미망에 빠져서 고생하다 죽어간다. 데드록 귀부인은 젊을 적 로맨스로 파멸하고, 거피는 자만심에 들뜬 로맨스로 인간의 교만과 허영을 코미디처럼 펼쳐나간다.

'황폐한 집'은 추리소설이기도 하다. 아니, 최초의 추리소설이다. 그래서 처음 읽을 때는 뭐가 뭔지 파악하기 바쁜데, 두 번째 읽을 때는 전체 그림이 그려지고, 등장인물의 언행이 오밀조밀하게 연결되면서 절로 감탄을 자아낸다. 디킨스는 다른 작품에서 캐릭터를 탁월하게 그려내고 사물을 묘사하는 천재성이 돋보인다면, 이 작품에서는 전체를 파악한 다음에 비로소 각각의 이면에 담긴 의미가 드러나는 성숙한 천재성이 새롭게 가미되는 것이다. 현대 최고의 추리소설가 스티븐 킹이 "가장 좋아하는 책 10선"으로 꼽을 정도다.

작품에는 은유도 가득하다. 하인이 쓴 가발도, 법정에서 재판관과 변호사 등이 쓴 가발도 든 게 없는 머릿속을 숨기려는 것이며, 런던에 가득한 안개와 매연은, 상류층이든 하류층이든, 모두를 평등하게 한다. 진흙탕을 파헤쳐서 고물을 긁어모으는 크룩은 '대법관'이라는 별명으로 불리고, 그걸 잔뜩 쌓아놓은 고물상은 '대법정'으로 불린다. 서류를 잔뜩 만들기만 하고 판결은 않는 대법정이나, 고물을 잔뜩 쌓아놓기만 하는 고물상이나, 사람 가죽을 벗기는 대법관이나 고양이 가죽을 벗기는 크룩이나 비슷한 것이다. 대법정 서류는 하나같이 폐지로 변해서 크룩한테 가고, 그 속에서는 소송을 마무리할 결정적인 단서가 나오는 것도 흥미롭다.

디킨스는 민중의 삶을 피폐하게 하는 법 제도를 신랄하게 비판했다. 법은 인간이 바람직하게 살아가는데 필요한 질서를 보장해야지, 착취하고 억압하는 수단으로 쓰이면 안 된다는 것이다. 하지만 영국에서 그랬듯, 한국에서도 법이 독재정권의 시녀일 때가 있었다. 6·25 때는 법조차 없이 시민과 농민을 잡아다 죽이더니, 군부독재 때 경찰과 검사는 민주인사를 불법연행하고 감금하고 고문하고 사건을 조작해서 감옥에 가두는 공로로 승진하고, 판사는 민주인사를 범죄자로 판결해서 자리를 유지하며 특권을 누렸다. 그렇게 죽이고 조작한 사건을 이제 한국에서도 밝혀야 한다. (조작 사건이 여럿 밝혀지긴 했지만 아직은 빙산의 일각에 불과하다.) 과거에 조작한 수많은 사건의

진실을, 그로 인해 병들고 죽어간 수많은 인물의 고통을 밝히고 사죄
해야 한다. 그럴 때 비로소 한국 사회는 진실에 근거한 역사적 정당성
이 생겨날 것이다.

북한산이 보이는 미아동에서

김옥수